读客

读客外国小说文库

熊猫君激发个人成长

刘邦

上

［日］宫城谷昌光 著

佟凡 译

上海文艺出版社

劉邦

RYUHO

目录

月下五彩

明月之下，有五彩云气若隐若现。

五彩，又称五色，是指青、黄、赤、白、黑五种颜色。

看见五彩云气的石公不由得高声说："难道——"随后让左右剑士及身后的两名弟子止步。

"石公，出什么事了？"剑士问道。

石公抬起手臂，伸出手指向虚空，皱了皱眉头。他身后的弟子立刻注意到了飘浮在空中的五彩云气，惊喜地叫道："先生发现了五彩云气吗？"

"看啊，看啊，能看到吧？就是那个啊，那个。"

石公声音颤抖着说，双腿也激动地发起抖来。

这样一来就可以活下去了。

弟子们也想到了这点。

石公是秦朝的方术之士，简称方士。方术，有"医术""占星术""占卜术""手相、面相之术"等多种，但是秦朝不允许一名方士同时掌握两种方术。而石公私下掌握的方术却不止两种，甚至多达三四种。在几种方术中，他选择成为占卜术士。秦朝朝中术士众多，秦始皇曾经发出豪言壮语要将天下方士尽数集结，因此朝中仅占星术士就有三百人之多。他们的知识和技术本应用在内政及军事方面，但是秦始皇关心的仅仅是得到长生不老的仙药，如果得不到，就要找到不老不死的神仙之术。因此，方士们分散在全国各地，为找药而疲于奔命。石公正是这些为了搜集有关长生不老的消息，在边陲之地徒然寻找的方士之一。

一无所获回到朝中的方士们害怕秦始皇震怒，担心自己会被降罪。最终，侯公和卢公选择出逃，下落不明。石公因为晚了一步而被逮捕，即将被震怒的秦始皇坑杀。

这一天终于来了啊。

石公早已想到了最糟糕的结果，在被捕前一刻将奏书托付给了捕吏的长官，泣血请愿：

"此事事关秦朝国运。请务必，务必，将此信亲手交给皇上——"

万幸，石公的奏书顺利地交到了秦始皇手里。顺带一提，秦始皇亲政，从不将政务交给大臣们。不光是重大事件，就连细枝末节的小事也要亲自过目，作出裁决。因此，上奏的文书日积月累，已经到了需要用衡石测量的程度。

秦始皇看过石公的上书后，立刻下令道："好，取消对石生和韩生的处罚。"

生，并不是指学生，而是和"公"一样的敬称。韩生，也叫韩公，是一名方士。也就是说，秦始皇收到了两份内容相同的奏书。

方士中，秦始皇最为亲近的侍从是侯公和卢公。有一次，石公和卢公畅谈时，卢公对他说过这样的话：

"主上近来经常默念，东南方有天子之气。"

我擅长观气。

石公对此很有自信。他想过向皇帝请命寻找东南方升起的天子之气，可终究放弃了。但是，当明白自己即将被处刑时，石公向皇帝上奏："我不光可以找到恐加害于皇室及我朝的妖气，也能够消灭此妖气。"秦始皇接受了他的上奏。

石公接受了秦始皇的命令。当发现被传唤的不止是自己一个人，还有韩公时，他在心中苦笑道——为了救急，他也想到了同样的方法啊！

秦始皇的命令十分严苛。

"限尔等于一年之内消灭东南方妖气。如若违命，立斩不赦。"

两人身边分别被安排了两名剑士。如果任务没有顺利完成，这四名剑士就是两人的处刑者。

石公和韩公离开都城咸阳后向东方前进，过了函谷关之后，两人避开作为监视者的剑士进行了密谈。

两人一见面，都不由得叹了口气。

当然，两人的妻儿都被当成人质软禁在咸阳。虽然每人被允许带两名弟子作为随从，但他们也可以说是人质。

如果逃跑的话，弟子和妻儿就会被杀。

"既然如此，"石公开口说，"我们就必须找到妖气。但是，你知道那妖气实为天子之气吗？"

"我知道，我听侯公说了，天子之气就是五彩之气吧。那云气没有出现在关中，而是出现在东南方，这是怎么回事啊？"

关中，是指关塞以内的地区。

秦朝有四处关塞。分别是东方的函谷关，西方的陇关，北方的萧关和南方的武关。被这四处关塞所守护的地区就是秦朝统一天下之前的领土，统一后被称为关中。

"这一点我也不明白，我只知道秦王朝的统治并非坚如磐石。以前，卢公渡海寻找不老不死的仙药，曾带回一封预言书。书上说，亡秦者胡，你知道这件事吗？"

　　"这是我初次听闻。可匈奴是北方的异族，并非在东南方。"韩公不解地说。

　　"没错。总有一天匈奴会越过长城一拥而入，秦朝将因此而灭亡。在那之后会成为天子的人，如今就在东南方。只能这样解释了。"

　　"但是……"韩公摇了摇头，稍稍加强了语气，"现在出现天子之气不是太早了吗？云气预示的并非遥远的未来，而是近期将要发生的事情啊。"

　　"正是如此。"石公点点头。

　　秦始皇得知秦朝会亡于将势力保存在朔北的匈奴后，立即派蒙恬将军率三十万大军征伐匈奴。匈奴是善于骑射的狩猎民族，以骑兵队为主要战斗集团，移动迅速，神出鬼没。不过，名将蒙恬漂亮地将他们驱逐了出去。因此，朔北从始至终都没有传来过遭受劫掠的报告。即使如此，谨慎的秦始皇为了能随时发动关中士兵急赴朔北，还是在北边的九原和咸阳附近的云阳之间建造了"直道"。这条道路既是军用通道，同时也是亚洲最早的高速公路，全长超过六百公里。

　　势力衰减的匈奴因畏惧蒙恬的武威而远离长城。十年以内，他们不可能能够东山再起，威胁秦朝的统治。

　　"当然，匈奴不会进攻，秦朝的统治就不会动摇。既然如此，东南方为何会出现天子之气呢？东西方会同时出现两位天子吗？"

韩公开始怀疑，皇帝是不是将东南方升起的邪气误认为天子之气了呢？

"皇帝的感觉很敏锐，远方出现了天子之气，这是毋庸置疑的事情。我至今为止看过各种各样的气，但从来没有见过天子之气。即使如此，那云气呈五彩之色，应该不会有错。只是，你我眼中的气经常不为他人所见，如果不自己寻找，难免会错过。"

也就是说，两人若将此事交于弟子，恐怕性命难保。

"务必由我等亲自寻找。"韩公表情严肃地说。

"那么……要从何找起呢？"

石公取出两张白布，将其中一张递给韩公，白布上写着几个郡名和县名。这是一张简易地图。

顺带一提，在行政区域上，郡要比县大得多。

秦始皇统一天下后，将天下分为三十六郡。也就是说，他并没有将土地分给自己的儿子和功臣，因此天下没有王、公、侯国，土地全都由皇室直接掌管。那么，虽然没有必要将这些郡全部记住，但是它们与今后将要发生的事密切相关，因此将郡名罗列如下：

汉中郡、巴郡、蜀郡、上郡、河东郡、陇西郡、北地郡、南郡、黔中郡、南阳郡、三川郡、上党郡、太原郡、东郡、云中郡、雁门郡、颍川郡、邯郸郡、巨鹿郡、广阳郡、渔阳郡、右北平郡、辽西郡、砀郡、薛郡、泗水郡、陈郡、九江郡、长沙郡、会稽郡、闽中郡、辽东郡、上谷郡、代郡、齐郡、琅琊郡。

天下统一之前，第一个设立的是汉中郡，齐郡和琅琊郡则最晚设立。也就是说，此后郡的数量并非一直是三十六个。

石公将简易地图递给韩公，向他指出路线。

"我们现在在三川郡，这里位于咸阳的东面，并不是东南。因此，你从这里向南走，搜寻南阳郡和陈郡，在泗水郡与我会合。我则由砀郡向泗水郡搜寻。"

韩公疑惑地说："如果在泗水郡会合前没能找到天子之气，就要渡过淮水。淮水以南也可以算东南方吗？"

"淮水以南就是南方了。只怕在一年之期到来之前，我们都无法走到如此靠南的郡吧。到了那时，恐怕你我只能陈尸于淮水之中了。"

"是啊。无论如何都必须在淮水以北找到天子之气。让弟子在你我之间帮忙传递消息吧。"

之后，韩公和石公仔细确认了二人的行进路线。

第二天，石公向韩公辞别，出发前往三川郡以东的砀郡。

没有必要在三川郡细细调查。石公在心里这样断定道。这里并不在咸阳的东南方，不仅如此，三川郡在被秦国吞并之前属于周朝和郑国，这两国对秦国时而反抗时而归顺，换句话说，两国并没有一直与强大的秦国相对抗，而是再三妥协、归顺。石公认为，这样的国家的遗民中不会出现能够威胁到秦王朝的英豪。

卧龙应该会在陈郡或砀郡吧。石公这样猜测着。

陈郡的郡府陈县过去是楚国的都城。楚国正是不断抵抗秦国的国家之一，楚国的遗民如今应该依然对秦朝怀恨在心吧。

而砀郡的大部分属于过去的魏国。

战国时代初期以魏国为主导，魏国国主就是诸侯的盟主。魏国西边的秦国因为惧怕魏国，在很长一段时间里无法向东扩展势力。但是，在战国时代中期，魏国的决策失误使人才流失他国，并因此丧失霸权，从盟主的位置退了下来。之后，魏国不断陷入与秦国的苦战，国土逐渐减少，但依然坚持与秦国作战，直到灭亡。魏国的遗民自尊心强，现在也对秦朝怀恨在心吧。

在砀郡仔细寻找吧。

从三川郡进入砀郡后，石公的脚步慢了下来。

他在大梁住了一段时间。

"这里曾经是魏国的首都，我需要在此周围仔细寻找一番。"石公对两名剑士解释道。

但是半个月过去了，石公依然没有找到天子之气，只好继续动身向前。

在咸阳看到的云气不可能凭空消失，这又不是会掉在地上的东西。

石公花了一个半月搜遍了砀郡，依然一无所获。他疑惑地想：难道是我的猜测出错了吗？

石公到达砀郡的郡府睢阳后，正准备派使者前往南阳郡，寻找在那里搜寻天子之气的韩公。就在这时，韩公的弟子来到了石公面前。

"有传言说淮水以南出现妖气，家师已沿淮水而下，在衡山郡和九江郡搜寻。因此，希望将陈郡交由石公搜寻，并将会合的地点改为东海郡的下邳。"

"我知道了。"石公不置可否地点了点头。

最初，石公并不打算搜寻淮水以南各郡。但是既然那里出现了妖气，就必须前往查明。

不过，传言说出现的是妖气，而非五彩云气。

一直以来，石公都坚持着自己的想法，但是现在，他不由产生了动摇。

一名弟子在他耳边轻声说道："陛下于十月出巡。"

按照秦朝的历法，十月是新年伊始。

秦朝的新年从十月开始，即每年从冬天开始，到秋天结束。石公和韩公从咸阳出发时是暮秋，距今已有近三个月之久。

"嗯，我知道……"

石公早已听说了秦始皇将要出巡的消息。如果秦始皇一年内不回咸阳，他和韩公就能再多活一段时间。

但是，不能太过乐观。

秦始皇是绝对不会宽恕臣下的。

想到这里，石公振作精神出发前往陈郡。

石公越来越焦急，在陈郡搜寻一圈未果之后，又来到了毗邻陈郡的颍川郡。仔细搜寻过这两个计划外的郡之后，春天已经结束了。

接下来是泗水郡和东海郡了。

石公继续向东前进，他的脚步越来越沉重，各种意料之外的事情使他身心俱疲。

泗水郡的大部分地方属于以前的楚国。北部的一部分属于以前的魏国。泗水郡设立于魏国灭亡后第二年，距今已有十四年。泗水郡设立那年，秦国率六十万大军攻打楚国，大胜而归。

泗水郡的土地上并没有笼罩魏国和楚国遗民的怨气。

因此，石公在内心断定这里不会出现英雄。但是他遍寻砀郡和陈郡，依然没能发现天子之气，因此不得不继续前进。

石公刚一进入泗水郡的郡府相县，一名弟子就大惊失色也前来报告："据说薛郡和东郡的交界处出现了龙。当龙再次回到天上的时候，就会出现五彩云气吧。"

"嗯……"石公并没有十分重视弟子带来的消息。自古以来，当龙下凡饮水时，人们都会说"蜺来了"。蜺，又叫虹桥或虹蜺，呈七彩，而不是五彩。那并不是天子之气。

但是，看到石公反应冷淡，两名弟子却并没有退下。如果老师被杀，那他们也没有活路。现在已经没有时间了，只能死马当活马医。两名剑士也说："石公，不如前往一看。双龙相争坠落人间，也许暂时无法动弹。北郡发生的事情能传到这里，说明一定是不得了的大事。皇帝命令我们九月末取您项上人头，如今已经四月，只剩不到六个月了。我们一路跟随您，实在不忍下手，希望您能够尽快找到天子之气。哪怕只有一点线索也不能放过。"

有道理……

听到周围人如此劝说，石公也不得不重新考虑。于是，他决定加快脚步向北方前进。在薛郡和东郡的交界处有一条河，名为济水。石公的下一个目的地就在这里。

从相县到济水路途遥远，直线距离约五百六十里。"里"既可以用来表示聚落的规模，同时也是距离单位。秦朝的一里相当于现在的四百五十米，五百六十里就相当于二百二十七公里。但这只是直线距离，旅途过程中免不了要跋山涉水。

石公一行人在渡过一条流经方与邑以北的河流之前遭遇大雨，洪水淹没了道路，众人既不能向前也无法后退，在方与邑被困数日，白白浪费了几天时间。方与邑在薛郡的西南端，到了五月中旬，石公终于能够重新出发。

六月朔日（初一），石公在东海郡的下邳与韩公会合。

在这里，石公生出了原路折回的念头，因为他还没有仔细搜寻泗水郡。但是，一想到好不容易才来到这里，他终究还是决定继续向方与邑以北前进，向东迂回避开钜野泽后继续北上。

这时，弟子一脸严肃地前来报告。

"有不好的消息传来。据说双龙已死，因为天气炎热，尸身俱腐，恶臭扑鼻。由于近日天降大雨，两条龙的尸身随河水漂走，现已不见踪影。"

"是吗……"石公连生气的力气都没有了。就算一开始就知道这趟旅程会无疾而终，在当时那种情况下也不能无视弟子们的努力，必须走这一趟。

石公把剑士和弟子召集起来，对他们说："双龙已经消失，我们也已经没有时间回头搜寻泗水郡了。不如就此出发前往下邳与韩公会合，重新商定今后的对策。"

从这里到下邳至少还有六百五十里。就算每天前进五十里也要花十三天。南下走到薛郡和泗水郡交界处后，石公在心中估算了距离。他抬头看着逐渐暗淡的下弦月，喘着气对随行的人们说："看来必须连夜赶路了。"

夜色中匆忙赶路的石公没有想到，奇迹正在逐渐接近自己。

石公让弟子拿着火炬，走在荒草丛生的道路上，就在他抬头观察星星的位置时，一道彩色光柱出现在眼角余光中。

为什么五彩云气会出现在这黑暗的旷野中？

周围荒无人烟，甚至看不到田地，只有一片荒芜的草地。四周不见鸟兽，却真真切切地升起了一道五彩云气。石公惊喜万分，将所有疑虑都抛到了脑后。

"看啊，看啊，就是那个啊，那个。"

剑士看向欢欣雀跃的石公所指的方向，朦胧的月光下只有一片虚空。

"再走近些就能看到了。"

石公欣喜万分，粗暴地拨开草丛向前走去，终于来到了一条小河边，这里视野开阔。

"河边有人，似乎是在小解。看到了吗？就是那个男人，快去杀了他。"石公指着那人说着，在剑士背后推了一把。

五彩云气正是从河边那个人影身上散发出来的。

两名剑士回过头来，谨慎地说："我们看不到天子之气，您不会认错人吧？"

石公深深地点了点头，语气坚定地说："那云气直冲天际，遮蔽了月光，河上也闪耀着五彩光芒，绝不会错，就是那个男人。而且，只有他一个人。只要杀了那个男人，我们就能昂首挺胸地回咸阳复命了。"

"好。"两名剑士交换了眼神，分别绕到两边，准备夹击那个男人。那个男人佩剑戴冠，可见并不是农民，也不是普通百姓。秦朝时，百姓成人后要佩戴头巾。

石公站在远处注视着眼前的景象，轻声对弟子说："这两位剑士个个身手不凡，不愧是皇帝精挑细选出来的。那个男人怕是无处可逃了。"

孑然一身立于月下的男子名为刘邦，字季。过去，成年人的名与字是分开使用的。名用于家人和亲族之间，也可用来称呼仆人或徒弟。其他场合下都使用字。因此刘邦多被称为"刘季"或"季"，很少有人知道他名叫刘邦。另外，季多为末子或第四个儿子的名字，而奇怪的是，刘邦在家里排行老三，也许在刘邦之前有一个早夭的哥哥吧，但是刘邦从来没有听别人说过。更奇怪的是，刘邦还有一个同父异母的弟弟，父亲从来没有告诉过他这孩子是什么时候出生的，他的母亲又是谁。

这样看来，父亲是个好女色的人。

最近，刘邦很少与父亲见面，每次见面一定会嘲笑父亲好女色，而父亲总是摆出一副对女人毫无兴趣的表情。父亲已经日渐衰老，而刘邦自己不知不觉也已经四十七岁了。

从他担任泗水亭亭长至今已有十四年。

亭，是最小的行政区划，同时也相当于现在最小的公安局。亭是一座二层建筑，二楼的房间是供来往官员休息的地方。因此亭长就相当于这里的行政长官，同时兼任公安局长及站长。

这天，有一个名叫宁君的贼人意图谋反，正在率领手下搬运大量武器，刘邦接到郡守的命令要将其斩杀。郡内的小吏几乎倾巢出动，一番搜寻后却一无所获，到了晚上只得露宿郊外。刘邦平时夜里一向睡得很好，可这天晚上不知为何辗转难眠，只好起身散步到小河边擦汗。这时，刘邦感到背后升起一股杀气。

难道附近有贼人？

刘邦没有回头，将手放在了剑柄上。

祖龙之死

刘邦的直觉很准。

这直觉经常能救命。

年轻时，他没有继承家业，因此被称为"少年"。少年既是指成年之前的男子，也可以用来形容成年后每日无所事事的男子。这样的少年们为家族所不容，只能在县内游荡，为了被豪族或富贵人家收留，他们最终会离开本县在各处游荡。刘邦在二十多岁的时候就是这样的少年，那时秦国还没有统一天下，战国七雄齐、楚、秦、燕、赵、魏、韩并存，天下纷争不断。

刘邦经常去魏国的外黄县游荡。他听说外黄县县令张耳为人侠义，于是跑去张耳家里寄人篱下，做了近半年食客。

但是，在秦朝平定中原后，生活越发拮据，魏国灭亡后，刘邦被沛县当地官吏推荐，当上了沛县以东百步（约一百三十五米）之外的泗水亭亭长。像刘邦这样的流浪少年，通常都会成为富人或当权者的手下，一生受人驱使，他却成了一名官吏，虽然只是下层官吏，但也不得不说是一种幸运吧。刘邦当上亭长的时候刚刚年过三十，如今已经年近五十了。

这天，卒史（下级官吏）周苛来到泗水亭，将郡守"斩杀贼人宁君"的命令传达给刘邦。

周苛话音刚落，两名意想不到的人物从泗水亭前经过，刘邦心中一惊，那不是贯高和赵午吗？

刘邦的眼力和直觉不相上下。

贯高和赵午以前也是张耳的食客。但是和同为食客的刘邦不同，这两人深受张耳信任，张耳待他们亲如手足。

魏国灭亡后，外黄县令张耳行踪不明，因为他在魏国颇有声望，因此秦朝政府将他当成最危险的人物之一，向诸郡下达了逮捕令。

"捉住张耳者，赏赐千金。"

讽刺的是，正是这件事成就了刘邦的仕途。当时，每天无所事事的刘邦突然被沛县县令传唤，县令对他说："听说你年轻时经常出入张耳家中。如今不止张耳，他的同伴陈余也被悬赏。我命你求盗，逮捕此二人。"随后，刘邦被任命为泗水亭亭长。求盗，就是逮捕盗贼的意思。

这可以说是以毒攻毒的做法。用在暗处有人脉的人去寻找藏在暗处的贼人。

当上官吏后，刘邦经常在心里嘲笑自己：我这是卖主求荣啊。

时间不断流逝，张耳依旧杳无音信。但是，刘邦认为如果张耳和陈余是一起逃走的，那么他们一定会逃到黄河以北。因为他听说陈余的老丈人公乘氏是旧赵国的富人。

不过，贯高和赵午这两名张耳的心腹从泗水亭前经过，这是不是说明张耳并没有逃往北方，而是向南行进了呢？刘邦注视着二人的背影思索着。

"出什么事了吗？"周苛疑惑地回头看了看。

"不，没事。你刚才说贼人名叫——"

"宁君。"

不是张耳，刘邦暗自松了口气。

"宁君狡黠，经常在郡界处出没。"周苛简短地说明。

"这样啊——"

刘邦轻轻点了点头。郡界，即两郡的交界处，也就是说宁君被郡吏追赶时就会逃到相邻的郡，这样一来，追捕他的郡吏就无法进入他们管辖之外的郡，宁君就得以逃脱。

"那这一次他不会故伎重施吗？"

泗水郡北边与薛郡相邻。就算在泗水郡内找到宁君，一旦他逃进薛郡就无法继续追踪下去了。

"正因为如此，这次在薛郡也同时派出人马监视郡界。"

"哦，宁君竟如此重要。最关键的是，你们已经查明他的长相了吗？他究竟是何等人物？"

"尚未查明。"周苛苦笑着回答。

"尚未查明啊。"刘邦张大嘴笑道。

"现在唯一知道的是，宁君所持的宝剑剑柄上镶嵌着美丽的贝壳。"

刘邦瞬间收敛了笑容。他曾经见过螺钿的剑柄。

没错，正是张耳的宝剑。

张耳不止一次地向他的食客们展示过那柄不能用于实战的宝剑。他曾经自豪地说："这可是信陵君赐给我的宝剑。"也难怪张耳不厌其烦地吹嘘他的宝剑，不止是刘邦，在跟他同时代的人们眼里，信陵君都被奉为传说中的英雄。信陵君是魏王之子，他的府邸中曾经聚集了天下名士，张耳曾经也是信陵君的食客之一，这是他一生最骄傲的事情。

只怪我生得太迟。

刘邦尚武，对信陵君仰慕已久，因为只有信陵君能够将所向披靡的秦军打得落花流水。

"半个时辰后出发，出发前请到沛县的校场来。"周苛说完后，急匆匆地离开了泗水亭。刘邦沉思片刻后也冲向亭外，向南飞奔而去。

那两人走得真快。

刘邦疾驰半里后，终于看到了那两人的身影。

"喂——"刘邦高声叫道，看到两人转身后，随即停下了追赶的脚步。

刘邦追得汗流浃背，他问道："是贯高兄和赵午兄吗？"

两人闻言一惊，略微正了正姿势，将头上的斗笠轻轻抬起，但是谁都没有回答。

"我是刘季啊，不记得我了吗？"

两人抬着斗笠，又对刘邦打量了一番，贯高嘲笑地说道："看你的样子，已经成为官家的走狗了。你是来逮捕我们的吗？"

贯高和赵午过去作为张耳的左右手，自然年长于刘邦，作为食客们的统领，曾经关照过年轻的刘邦。但如今二人看向刘邦的眼神中只剩下憎恶和轻蔑。在誓死效忠魏国、愿意以身殉义的二人眼中，在秦国灭了魏国后成为秦朝小吏的刘邦与肮脏的蝼蚁无异。

刘邦闻言微怒，但他还是压抑着心中的怒火说："那位宁君究竟是何人？为了逮捕宁君和他的手下，马上就要开始进行大规模的搜寻了。如果宁君就是张耳大人，请二位转告他，如若通过郡界，则性命不保。"

二人听过刘邦的话后并无回应，只是转身准备离开。

这两人真是无礼。

刘邦微怒，静静地盯着两人的背影看了一会儿，突然觉得也许那两人也不知道张耳的行踪，他们也在寻找张耳。如果是这样，那两人大概也不知道宁君究竟是不是张耳。

刘邦回到泗水亭，整理好行装后出发前往沛县。

五月下旬已是盛夏时节。

沛县的城壁被战火烧得焦黑，穿过城门后，周昌出现在刘邦面前。

之前到泗水亭传信的周苛正是周昌的哥哥，准确来说，是周昌的堂兄。这对堂兄弟出身沛县，现在周昌是泗水郡府的卒史。今天，兄弟二人作为传信员在各处来回奔波。

"太慢了，太慢了，县丞马上就要到了。"周昌焦急地催促刘邦。

"哦，今天是由县丞领兵啊。"丞，是最高长官的辅佐，在县里就是指副县令。

"因为郡监不在，县里的事务总不能交给一介亭长吧。"周昌口气强硬地说道。周昌平时性格沉稳，直言不讳，而他的堂兄周苛与刘邦说话时总是不忘礼数。看着这对兄弟，刘邦不由感叹道："还是周苛城府更深啊。"

刘邦和周昌一同赶往校场，校场上已经聚集了四五十人，正在列队准备出发。刘邦正要加入队伍之中，突然有人叫住了他。

"这不是泗水亭长吗，好久不见。"

刘邦看到了说话的人后小声叫道："啊，王兄……"垂目示意。

说话人是王陵，他的手下聚集了很多少年，在沛县是有头有脸的大人物。刘邦在还是游侠的时候，也曾承蒙王陵照顾，二人以兄弟相称。

刘邦在与王陵相距不远的地方看到了一位带领着手下正向这边张望的人。

雍齿也来了。

刘邦这时才真正感受到这次搜查规模之大，竟动员了各方豪族。

每当有人问刘邦出身何地时，他都会回答"沛县"。这样说虽然没错，但准确来说，刘邦出身沛县下属的丰邑中阳里。一般情况下，郡的下级为县，县的下级为乡，乡的下级为里。因此丰邑相当于沛县下属的乡级地区，但奇怪的是，丰邑并不在沛县中，而是在沛县以西八十里的地方。后来丰邑也升级为县，而在当时丰邑还只是沛县的属地。

雍齿是丰邑的豪族，与沛县的王陵是兄弟之交。他与刘邦年龄相仿，年轻时两人曾一起外出游历。只是，刘邦家贫，雍齿出身富贵并且继承了家业，从那以后他与未继承家业的刘邦之间的友情也就逐渐冷淡了。

过去雍齿曾经对刘邦说过："我旧姓姬，祖上是晋国王族的一支。你的先祖是士会吧，士会曾是晋国宰相，权倾一时，可惜子孙无能，在权力斗争中失利，不得不离开晋国。不过不管怎么说，你我二人的祖上都曾为晋国尽忠职守，你我二人也好好相处吧。"

刘邦的父母和兄长从未告诉过他先祖和家族血脉的事情，那次是他初次听闻。但是，后来他细细一想，就明白那不过是雍齿在夸耀自己家族的血统而已。

晋国是春秋时期的超级大国，可以说黄河以北都是晋国的土地。后来，因国土广阔终难长久，遂分裂成三国，晋国就此消失于历史之中。从晋国分裂出的三国分别为魏国、韩国和赵国，其中魏国与韩国都是姬姓的天下。

雍齿想说的就是自己与两国王室同宗同族吧。

他看着来到沛县校场的刘邦，并没有上前致意。

不久，县丞坐在马车上，从官衙慢慢向校场走来。

他站在四五十人面前，开始向他们说明此次搜寻的内容："在砀郡和薛郡的郡界处发现了南下的贼人，是以宁君为首的武装集团，约三十人，准确人数尚不可知，如今他们正在搬运大量武器。因此，望泗水郡北部诸县的各位共同搜寻。郡监大人将于傍晚时分到达戚县指挥搜寻。贼人凶狠，务必小心行事。"

当时各郡官吏从上到下设置了"守""尉""监"各职。郡守是行政长官，为文官。郡尉是军士长官，为武官。郡监是监察长官，为法官。郡内的治安由郡尉和郡监同时管理，公安系统则由郡监掌管。

因为王陵和雍齿的部下大多负责辎重及殿后，县丞特意坐着马车来到二人面前慰劳。毫无疑问，之后二人也会受到县里的特别照顾。

县丞在马车上叫住了刘邦。

"听说你善于求盗，命你率十余人先行侦察。"

于是刘邦选出了十四人一同向北前进，在薛郡的边界处仔细搜寻。

眼见太阳西沉，刘邦说道："该撤往戚县了。"略感疲惫的刘邦在向东前进的途中遇到了周苛。周苛从早上开始就东奔西走，早已疲惫不堪，正站在树荫下休息。周苛一见到刘邦就将他引到树荫下说："戚县附近已聚集了诸县众人，没有落脚之地了。不如派一人通报县丞，就在这里扎营露宿吧。"

搜寻持续了整整三日。

第一天的食物是各人自己准备的，之后的两天则由郡里配给。

"这里的水很干净啊，"刘邦说着，从随行者中选出一人命令道，"晚饭后去向县丞报告。走夜路不安全，你明天早上回来即可。"随后又命令其他人："去打水来，虽然天色尚早，不过今天就准备用餐吧。"

周苛抬起头，看着刘邦真诚地说："你做事真是丝毫不懈怠啊。我要对你另眼相看了。"

刘邦坐在树荫下笑着回答："我本是勤勉之人。"

其实，刘邦并非勤勉之人，只是今天情况特殊，他想尽早得知宁君的真面目罢了。刘邦虽然时常练习书法，但从来没有认真研究过学问。刘邦的二哥刘喜是认真勤勉之人，长兄早亡，因此如今二哥便是一家之主。过去刘邦曾嘲笑二哥"学问有何用"。如今，他的想法并没有改变。刘邦向往的是成为"士"，成为他最尊敬的信陵君那样的"知士者"。士，即以生命恪守信义的人，与学识的优劣无关。

周苛觉得刘季如果生在富贵之家，一定会成为超越王陵的豪族。他曾经听说过一件关于刘邦的奇闻异事。沛县有两间酒馆，酒家分别叫王媪和武负。两位酒家都跟周苛说过"刘季醉倒后，有龙盘旋于其上"。周苛对此嗤之以鼻，认为这不过是酒家眼花。

过去人们认为龙是水神之一，在诸神中并不居于上位。自古以来都是以"凤凰"象征天子。飞舞在西方霸主周文王的国都之上宣告天命的正是凤凰。不久后，文王之子武王战胜殷纣王夺取了天下，因此凤凰在周朝被奉为至尊。但是，不知是不是因为周朝迁都洛阳后，周王的权势日渐衰落，五行思想开始广泛传播开来。到了战国时代，思想家邹衍将五行思想系统化，并且发展出宇宙论，认为五行是宇宙的五大元素。据说有人听到这一深邃的思想后因无法理解而昏厥，不过如今不止贵族，连平民也能够理解五行思想中最浅显的部分了。

从太古开始存在的王朝可与五行相对应。虽有些许牵强，但只要改变排列顺序就可以解除矛盾。

木、火、土、金、水（五行相生）
水、火、金、木、土（五行相克）

按照相生相克的理论可以排列出上述两种顺序。按照五行相克的理论，水克火，火克金，金克木，木克土，土克水。

例如，秦朝之前为周朝，周朝以红色为尊，属火德。推翻周朝的秦克火，自然为水德。因此到了秦朝，龙作为水神在诸神中跃居最上位，成为皇帝（天子）的象征。秦始皇作为中国历史上最早的皇帝被称为"祖龙"。秦朝因属水德，故以黑色为尊。

周苛并不知道祖龙这一称呼，但是他知道龙是帝王的象征。并且在前一年秋天，"今年，祖龙将死"的预言传到了秦始皇耳中。秦始皇担心预言成真，为了消灾除厄，决定在新年（十月）出游。当然，周苛并不知道秦始皇出游的真正原因。

总之，周苛对刘邦身上有龙出现的传言一笑置之，认为不过是酒家的幻觉而已。只是两间酒馆的酒家都声称看到了龙，因此他又不能对此置若罔闻。

"那龙为何色？"

"好像是黑色。"二人说法一致。

真奇怪。

周苛有些疑惑。秦朝以黑色为尊，因此黑龙代表的是秦始皇的继承人。如果奇迹发生，刘邦当真成为皇帝，自然是要推翻秦朝。从五行思想来看，土克水，土为黄，刘邦身上显现的龙应该是黄色才对。周苛将酒家看到的事情告诉了堂弟周昌，但并没有提到与五行的矛盾。周昌对此一笑置之，只说："两人年事已高，怕是将屋内的阴影错看成龙了吧。"

但是两位酒家均精神矍铄，他们常年观察客人练就的眼力不可小视。听说二人当月都免去了刘邦的酒钱。每当刘邦去酒馆喝酒，生意就异常火爆，甚至经常满座。

"托刘季的福，我们赚了不少钱。"

两位酒家都是经历过风雨的人，自然看得出非凡之人、祥瑞之兆。在二人眼中，刘邦就是给他们带来福运的人。

刘季身上一定有什么特别之处。

周苛带着这样的想法重新审视刘邦，可是近来又觉得他大概要在亭长的位置上虚度终生了。

"明天，明天——"

刘邦活力十足地鼓舞完士兵，派一名年轻人守夜后倒头就睡。

刘邦平时不会做梦，但是当晚有所不同。他感觉周围笼罩着来路不明的凝重之气，噩梦不断。

以前也发生过同样的事情。

刘邦心思澄明，可身体却无法动弹。挣扎了很久，他终于睁开了双眼，余光能看到挂在夜空中的下弦月。他全身已被汗水浸湿，呼吸急促。等气息平复后，刘邦轻轻起身，蹑手蹑脚地走出房间。军中严禁夜间随意走动，如果是在军中，他一定会受到惩罚。

刘邦来到小河边，将布在水中浸湿，拧干后擦了擦上身，顿觉浑身舒爽。他抬头看了看月亮，心想：如果宁君就是张耳，我要怎样才能放他逃走呢？

之后，刘邦突然发现月亮在摇晃。

月亮是不会摇晃的啊。

有人搅动了宁静的夜色。刘邦绷紧了全身的神经，背后的草丛在晃动。刀刃切开了夜色，刘邦没有回头，在刀刃入体前纵身跃入河中。

此二人身手不凡。

即使没有回头，刘邦也知道袭击他的是两个人，而且都是身手不凡的剑士。他涉水渡河，仔细听着背后的水声。

追上来了。

刘邦咋了咋舌，本想跳入草丛之中逃走，但是迟迟没有找到足以隐藏身形的茂密草丛。

糟了。

刘邦正想着，脚下被什么东西绊倒了，转眼间脚步声逐渐向他接近。

"呀！"刘邦拔出佩剑，摆好架势，他的眼前出现了两个亡灵般的身影。

我命危矣。

刘邦纵使自诩胆量过人，此时听到带着杀气的脚步声逐渐迫近，也不免全身僵硬。

刘邦曾经跟随张耳的一名食客学过剑术，但并不精通，徒有胆量和蛮力罢了。而眼前逐渐接近的人影毫无疑问都是练达之士，而且对方有两人。

既然是冲着我来的……是不是与我白天去见了张耳的亲信贯高和赵午有关呢？

刘邦声嘶力竭地喊道："你们是宁君，不，张耳大人的食客吧？我是张耳大人的食客刘季啊。你们一定是认错人了。请收起剑吧。"

二人无言，全神贯注地看着刘邦。

刘邦想后退，却因为恐惧而无法动弹，他的剑在手中颤抖。

嚓——

一名剑士向前踏出一步，凌厉的杀气袭来，刘邦的剑险些脱手。

我已经无计可施了。

即使是刘邦，此时也只能闭上眼睛，几乎失去了意识，无力地倒了下去。

"呃——"刘邦也不知道这是自己口中发出的声音，还是摔倒在地的声音。

他左手撑在草地上，右手的剑已经掉在地上，身边泛起血的味道。

原来我的血是这种味道啊，原来我可以闻到自己死亡的味道啊。

带着奇妙的感觉，刘邦睁开了一只眼睛，在他近旁躺着一名剑士，脸已经被打烂了。另一名剑士趴在对面，背上有一道剑伤。

这是怎么回事？

刘邦感到十分疑惑。自己并没有出剑，袭击他的人就已经倒下了，而自己竟然毫发无伤地活了下来。

"真危险啊。"

上方传来了说话声，刘邦的背后竟然站着一个人。

刘邦惊讶地跳了起来。站在他身后的不止一个人，一共有三人。右边那人手持长戈，左边那人则拿着一根长长的皮带，皮带的前端拴着一个铁球。这两人都系着头巾，而中间那人满头白发，既没有系头巾也没有戴冠。

"是你们救了我吧？"

"没错。"

满头白发的男人微微一笑。月光暗淡，看不清男人的长相。但是刘邦感觉此人身上带着一股文雅的气质。

"在下是泗水亭亭长刘季，敢问诸位高姓大名？"

"就叫我东阳吧。"

"原来是东阳大人，救命之恩终身难忘。大人今后若经过泗水亭，一定要赏光一聚。"

刘邦深鞠一躬，如果不是这三人路过此地，自己如今怕是已经命丧黄泉。

"亭长怎会独自一人深夜至此？"

"我白天在搜寻名为宁君的贼人，似乎晚上就被这帮贼人盯上了。各位连夜赶路，有没有看到约三十人的武装集团，或者听到什么风声？"

"宁君……"

三人面面相觑。突然，东阳睁大了眼睛。刘邦感觉到异样，立刻回头看去。河对岸有火光若隐若现，似乎是拿着火炬的人在逐渐聚拢。

"有敌袭吗？"

"或许——"刘邦小声嘟囔着，表情严肃地回身向东阳鞠了一躬，捡起脚边的宝剑匆忙向河对岸跑去。

刘邦离去后，三人身后的黑暗中走出约三十人的武装集团。拿着铁球的男人和手持长戈的男人耸肩大笑起来。

"追捕宁君的男人反而被宁君所救，造化弄人啊。竟然救了秦朝的小吏，宁君您究竟是怎么想的啊？"

白发男子听了两人的问话后说："嗯，我看到了稀罕的东西啊。也许……算了，不提也罢。"自称东阳的男子正是郡县捕吏们全力寻找的宁君。东阳是他的出身地，他是一方小国君主的后代，家族曾经是当地豪族，在秦国灭楚后没落。但是，因为他曾经施惠众人，现在在暗中依然保存有自己的势力。在他看来，秦始皇实施"苛政"，其苛刻程度更甚于夏桀商纣。人民被法律束缚，不得有丁点闪失。国家人心惶惶，国力逐渐衰退，人们渐渐失去了精神上的余裕。

不识人间疾苦的皇帝是人民的敌人，必须让他消失。

抱有同样想法的权贵不止宁君一人。秦嘉（陵人）、董缗（铚人）、朱鸡石（符离人）、郑布（取虑人）、丁疾（徐人）都有着推翻秦朝统治这一共同志向，他们和宁君一起建立了地下反叛组织。

今年，秦始皇将渡过长江巡视南方。巡视途中大多使用渡船，当皇帝下船登上陆地巡视的时候，就是袭击的时机。三人兴奋地制订了计划，由宁君负责前往赵国制造并运送武器，遗憾的是这个计划多少有些费时费力。

"宁君，已经做到如今的地步了，不能就此放弃。"拿着铁球的男人催促道。

"嗯，我就直说了。我在那亭长身上看到了五彩云气，你们看不到那云气吧？说说看，你们认为那亭长如何？"

手持长戈的男人嗤笑道："不过是个愚蠢之人罢了，甚至不知道想要杀他的刺客是何人，那也许是皇帝派来的刺客吧。如果当真如此，斩杀这样的小吏对皇帝有什么好处呢？"

"必有好处。也许那亭长就是下一个天子。"

两人闻言大笑。

"宁君何出此言？那亭长甚至不知道要杀自己的是何人，即使天翻地覆，他也不可能成为天子。"

"若当真天翻地覆，我等心愿可了啊。"

宁君苦笑着说完后叫来数人，将尸体清理干净。从尸体的伤口可以判断出杀人者使用的武器，若是有人就此追查到他们可就不妙了。

突然，周围的天色暗了下来。

"嗯？要下雨了……"

瞬时骤雨倾盆。宁君率领众人消失在雨中。

刘邦渡过小河后找到了在河边东奔西跑的周苛。

"我在这里，出什么事了？"

周苛没有想到刘邦会从河对岸回来，环顾良久，终于看到了从河中上岸的刘邦，飞快地对他说："非常时刻队长却不在营中，营地大乱。守夜的人发现了几名不断向营地张望的可疑者，周勃已经去追了。如果宁君在附近，就必须派人增援。我立刻去请示县丞。"

周苛话中的队长自然是指刘邦。

"且慢。"刘邦抓住了想要匆忙离开的周苛。他靠近周苛耳边，轻声告诉他一会儿自己有话要对他说，请他听完后再向县丞报告。

　　两人一起跑了起来。不久月亮被乌云遮住，天空下起雨来。雨停后，已是黎明时分。

　　刘邦和手下所有人，在晨光中看到了躺在地上的两具尸体。

　　"让一个人跑了。"周勃懊悔地说，他是沛县的材官。材官，也叫射手。能引强弓者，又叫"材官引彊"或"材官蹶张"。以手引弓者称引彊，以脚引弓者称蹶张。而叫作弩的强弓弓弦强劲，必须用脚才能撑开。

　　周勃就是一名材官引彊。

　　他是县里的下级武官，因为附近没有驻军，平常以编织薄曲维持生计。

　　古代，绢织品在济水边十分盛行。济水是黄河的支流，从三川郡东部继续向东流去，流经砀郡北部后继续流向东北方，与沛县相距甚远。尽管如此，沛县周围养蚕业盛行，薄曲是养蚕的器具，也就是竹篓。

　　周勃还有一个有趣的地方在于，每当举行丧礼，他都会前去吹箫。与其说是有趣，不如说这是一种悲哀吧。他的箫声中蕴藏着独特的悲哀。

　　刘邦对周勃并不熟悉，只觉得他为人质朴，性格忠厚。加上周苛对刘邦说过周勃不善学问，因为这一点，刘邦对周勃颇有好感。因此，昨天县丞命他挑选手下的时候，刘邦首先选了周勃。

　　周苛蹲下身子查看地上的尸体，皱起眉头说："这二人并非贼人的爪牙，只是平民百姓。其中一人也许是官员。"

"不对。"守夜的年轻人愤怒地说，如果误杀平民，他将会被问罪，因此不得不拼命坚持。

"那三人一直在窥视我方营地，一定是伪装成平民的贼人。最重要的是，这三人见有人追赶立刻四散奔逃，如果只是偶尔在附近露宿的平民，自然没有必要逃走。"

刘邦认为年轻人的话也有道理，上前看了看尸体。

年长的男人手持短剑，年轻的男人手持长剑，但是二人并未拔剑，大概是在黑暗的雨中四散奔逃时被斩杀的吧。而且，尚不知道是谁杀了这两人。

"总之既然出了人命，就必须上报县丞。另外，从戚县运来的食物就要到了，先回营吧。"刘邦说完，留下两人看守尸体，率领剩余人员回营。

周苛向刘邦使了个眼色。

刘邦同样以眼神示意，逐渐放缓了脚步，等众人先行离开后，这里只剩下刘邦和周苛两人。周苛在确认周围没有其他人后，掀起衣袖让刘邦看自己手中握着的竹片。

"那名年长男子手中握有此物。"

竹片上涂着黑漆，已经看不出是由竹子制成。竹片上赫然刻着"龍"字的右半边，字迹闪着银光。

"这是何物？"

"应该是'传'。"

传，即通过关塞时必须出示的符契。

"我从未见过这样的传。"

即使只是一介小吏，符契的知识刘邦还是了解的。

"恐怕这不是普通的传，而是皇室特别配发的。既然如此，这二人当为皇帝的密使。"周苛如此推测。

"竟然杀了皇帝的密使……"

事情不妙，刘邦正想着，周苛又掀起另一边的衣袖，拿出一条白布。

"还有此物。"

"这是地图吧。"

"正是。图上所示多为砀郡和泗水郡的地名，右下小字为薛郡的地名，此人多半也去过薛郡。"

"这么说，他们是接受了皇帝密令的巡查使吗？"刘邦咋舌。

"下官认为应是如此，可是从这二人的气味来看，实在不像巡查使。"

"喂，你难道闻了尸体的气味吗？不要做这种令人作呕的事情。"

"哼，"周苛嗤笑了一声，轻松地说道，"如果这东西落到验尸官手里，难免成为隐患，所以我就压下了。"

刘邦沉思片刻后，对周苛和盘托出。"我有一个秘密要告诉你，昨夜有两名剑客意欲杀我。"如果让闲杂人等知道此事，难免因言招祸，而周苛懂得事情的轻重缓急，也能妥善处理事情，是个稳重的人，因此刘邦很信任周苛，认为此事有必要告知他。

"嗯？"周苛闻言大惊。

听刘邦详细描述了昨晚发生的事情后，周苛惊讶不已，谨慎地问："那两名剑士要杀的人确实是亭长大人您吗？"

"没错，那两人是冲着我来的。如果不是一位名叫东阳的旅人路过此地，我此时怕是已经暴尸荒野了。"

"这样啊。"周苛意识到情势严峻，突然看向刘邦，向他提议回到昨晚的地方寻找两名剑士的尸体。

于是两人避开周勃等人的目光，渡过小河向草地走去。

周苛找到一处小小的洼地，将涂了黑漆的竹片用白布包住放入洼地，用土盖住。

"等草长出来盖住这里之后，这两样东西就会永远消失了。"周苛低声说，向四下张望了一番。别说是人了，连鸟兽的影子都没有。阳光透过云层照射下来，被雨水淋湿的草叶发出璀璨的光芒。两人从草上走过，闪着耀眼光芒的水滴飞溅起来。

"就在这附近。"刘邦停下脚步。

周苛在四周寻找了一番，说道："不只是尸体，连血迹也看不见啊。"

刘邦惊讶地伫立良久，终于将周苛叫到身边，对他说道：

"难道那都是我的妄想吗？"

"不对。"周苛摇了摇头。

"你相信我吗？"

"看这里。"周苛绕到刘邦身后，用手拉住刘邦的袖子。"这里有血迹。"

"我竟然没有发现。要是被人看到就糟了。"

"应该没有人发现。另外，救了亭长性命的东阳究竟是什么人？"

刘邦拍了拍周苛的肩膀示意他坐下。

"也许就是宁君。"

"我也这样认为。他并不知道您是泗水亭亭长，因此才出手相救的吧。"

"也许并非如此。我向刺客报上泗水亭长的名号后，东阳等人马上就杀死了刺客，在那么近的地方不可能听不见我的话。"

其实刘邦并没有告诉两名袭击他的剑士自己就是泗水亭长，只是他已经记不清当时的情形了。

"贼人救了追捕者一命，竟然会有这种事情。"

刘邦苦笑："实乃怪事，或许东阳和宁君并不是同一个人吧，东阳手中并无宝剑。"

"这就更加奇怪了。究竟是什么人派刺客来刺杀亭长呢？"周苛摇着头站了起来，再次渡过小河，口中不停地嘟囔着。

刘邦和周苛带着满腹的疑惑回到了营地。

昨日派去向县丞报告的使者已经带着食物回到了营地，同时带回了县丞的命令。

"迅速前往戚县。"

昨夜，宁君和武装集团经过了戚县的北部。郡监因为不能指挥捕吏在戚县大肆搜查，今早已经带领大队人马离开，只剩下沛县县丞一人独自留在空荡荡的戚县。

"因为郡监认为县丞无能。"周苛带着笑意对刘邦说。

"我们都没能睡个好觉，肚子也饿了，总之先吃早饭吧。"

"不如由下官先去戚县汇报情况。"周苛识时务地提议。

"不必，你和大家一起先填饱肚子再说。不会因为少了我们这点儿人，就抓不住宁君的。"

刘邦说着，命令半个时辰后吃早饭，慰劳大家。周苛起身说了句"告辞"，就先行出发了。

气温迅速上升，天气变得闷热起来，云彩飞快地向南方飘去。

看来宁君是会招来雨水的男人啊。

刘邦在心中小声笑道。

就在所有人起身准备出发时，周勃来到了刘邦身边。

终于来了啊。

刘邦从刚才起就注意到周勃表情凝重，像是有什么心事。

"亭长，昨晚危急之时，您却不见踪影。您有什么要辩解的吗？"

周勃目光中带着责备，他是代表所有心存疑惑的人来盘问刘邦的。

"周勃啊，你想听谎言吗？"

听闻刘邦此言，周勃怒答："十分憎恶。"完全是木讷质朴的周勃会说出的回答。

刘邦大笑："就算你讨厌，有时也不得不说谎啊。如今法不容情，若是家人、朋友将要获罪，你也会出言袒护的吧。"说完后，刘邦仔细观察着周勃的表情。周勃紧闭双唇。

"言归正传，我昨夜之所以不在，是因为有两名武艺高超的剑士趁夜色偷袭，意欲杀我，我只得逃跑。"

周勃皱起了眉头，似乎不知是否应该相信。

"我拼命地逃，这才捡回了性命。"

周勃心中的疑惑越来越深。

"……都是骗你的。"

"嗯？"发现自己被耍了，周勃的眉宇间升起一股怒气。

"哈哈，不要生气。谎言中也有真相。说来惭愧，我确实是逃走了，因为我实在不是那两人的对手。但是，那两名刺客追上来后突然遇刺，我这才得以生还。不是我杀了那二人，你只要看看我的剑就知道上面并没有沾上鲜血。这都是事实，但是说来让人难以置信。因此事后我就得想出一个能让所有人相信，所有人都不会怀疑的谎言。"

说完，刘邦加快了脚步。周勃也快步追上，在刘邦身后问道："那两人的尸体在哪里？"

"尸体消失了。所以这件事也必须消失，因为没有人会相信。"

周勃像被人推开一样突然停下了脚步。直到队伍前方有人叫他，他才重新走了起来，但是始终沉默不语。

刚才亭长似乎和周苛二人渡过了小河，是去确认两名刺客的尸体了吧。如果是这样，亭长刚才并没有说谎。

周勃边走边思考着。

刘季好说大话。

这是沛县吏民们的共识。

"那个亭长只有嘴上功夫，自从成为亭长以来，他没有做出一件功绩，是个无用之人。"对刘邦没有好感的人一定会这样评价他。但是，对他抱有好感的人则会说："那个亭长虽然爱说大话不干实事，但是不会暗地里算计别人。别看他那副模样，倒是个诚实的人。"

这两种评价周勃都有所耳闻。

我不想和他有任何牵扯。

因为周勃一直抱着这样的想法，所以并没有太过在意。今天是他第一次注意到刘邦的心绪。

周勃好吹箫，对气息很敏感，能准确感受到他人的呼吸是否调和。今天，可以说他听到了刘邦此人的音色。在那一瞬间，刘邦应该也听到自己无意间发出的声音了吧。后来，刘邦知人善用，就像指挥大型管弦乐队一样。首先看出刘邦有这等才华的也许就是周勃。

刘季此人，并不像世人眼中那么简单啊。

周勃看着刘邦想道，同时，刘邦对周勃的印象也与世人不同。刘邦本想将昨夜的事当成自己和周苛两人之间的秘密，今天却将此事告诉了周勃。周勃认为这是刘邦在试探自己。

如果那两名武艺高超的刺客是贼首宁君的手下，也不是不可能想让指挥搜查小队的亭长消失。但如果是这样，好不容易捡回一条命的亭长昨晚一定会大喊贼人在河对岸，而他并没有这样做。这是为什么呢？

更加奇怪的是，袭击亭长的两名刺客突然命丧黄泉。究竟发生了什么？

大概只有周苛知道详情吧。

比起周勃，亭长更信任周苛，这也是理所当然的。虽然都姓周，但是周勃和周苛并非亲戚。泗水郡中周姓之人不在少数。

我不能贸然去问周苛究竟是怎么回事。

周勃正想着，队伍中有一个人搭上了他的肩膀，

"喂，亭长怎么跟你说的，快说来听听。"

周勃瞪了他一眼说："你不懂音律，说了你也不会明白。"

"音律……什么意思啊？"

"亭长心中明了。"周勃说完，立刻加快了脚步。他突然心念一动，向刘邦追去。

这时，刘邦正在心中默默祈祷东阳如果就是宁君，千万不要被抓住杀掉，毕竟东阳对他有救命之恩。因为想要尽快知道昨晚之后又发生了什么，刘邦径自加快了脚步。

周苛走出戚县城门，伸开双臂拦住了众人。

"不能进去。县丞命你们在城外待命。"

刘邦面露不满之色，问道："从沛县来的其他人也都在城外吗？"

"不是，他们在城内。"

"就是说只有我们要顶着酷暑在城外待命吗？"

"亭长——"

周苛用眼神示意刘邦稍安毋躁。刘邦压下心中的愤怒，向周苛询问了宁君的情况。之后，他走到城墙投下的阴影中一直等到太阳西斜。周苛再次走出城门，对刘邦说：

"亭长的队伍请先行解散，明天也不用搜寻了，贼人似乎已经不见踪影。"

"哦？"刘邦站起身，不动声色地对手下的人说，"解散。从现在开始，你们不用听我指挥了。"随后迅速离开了此地。被留下的人里有些还没有搞清究竟发生了什么，正在面面相觑，只有周勃迅速起身追上了刘邦。

"只有我们解散，这不是很蹊跷吗？"

"确实蹊跷。"刘邦虽然这样说着，但表情全不在意。

"更蹊跷的是，亭长并没有问周苛解散的原因。"

听到周勃这样说，刘邦突然微微一笑。

"你小子倒是挺机灵的嘛。"

"不敢当。"周勃暗自欣喜。

"只凭你注意到这点，就值得称赞。看来你不光是会在丧礼上吹箫。不过，你外表稳重，竟是如此性急之人，一旦心中生疑，立刻要向他人问个究竟。以后遇事要先在自己心里理出个究竟。只要养成这个习惯，你的城府就能比旁人深两三倍。"

"真不可思议，亭长就是这样的人吗？"周勃自己也感到惊讶的是，自己此时的声音比以往明快得多。

"哈哈，你一直认为泗水亭亭长不过是无能的酒色之徒吗？"

"确实如此……"

"你还真敢说啊。你还是老样子，最讨厌说谎。"刘邦只有对亲近的人说话时才会口无遮拦，这也是当年放浪不羁时留下的习惯。

"解散在亭长意料之中，因此并无蹊跷。我只能想到这点。"

"读书人就是想不明白这点啊。"刘邦想。

让刘邦一行尽早离开戚县，是为了不让会在傍晚时分返回戚县的郡监看到他们，这一定是县丞与周苛商量之后决定的。

虽说戚县就在沛县旁边，但太阳西斜时离开戚县，日落之前也无法到达沛县，中途必须露宿一晚。但刘邦并没有休息，而是选择连夜赶路。他手下所有人都没有掉队，而是紧紧跟随着他。

"哈哈，"刘邦朗声大笑，"黎明时如能回到泗水亭，我请大家吃早饭。大家养好精神后可自行归去。"

随行者们都举起火炬，小声欢呼。虽然刘邦可以制造出活跃的气氛，但想到昨晚九死一生，他依然感到不寒而栗。那是他第一次如此接近死亡。那一瞬间，死亡逐渐接近，仿佛就要降临在自己头上，结果，将死亡带向自己的人却先一步被死亡带走。遇到这种离奇的事并不是因为自己运气好，刘邦还没有傲慢到会夸耀自己的好运。

这是神在保佑我。

刘邦的信仰很坚定。刘邦信仰的是社神，也就是土地神。如果失去信仰就会失去神的保佑，如果遇到危险就会坠入死亡的深渊，刘邦对此深信不疑。

"您走得真快。"周勃的声音从身后传来。周勃平日沉默寡言，但是今天话很多。

"我年轻时经常在大街上游荡，很清楚为了生存必须不停地走。如今腿脚灵便也是理所当然的事情。"

"我走不快。"

"你是射手，走不快也不丢人，骑马射箭才是你的本职。"

"哈——"

周勃很高兴，长叹了一声。被刘邦这样一说，他不禁在脑海中想象自己骑在马上的样子。实际上他并没有骑过马。

深夜，刘邦让跟随他的人短暂休息了一会儿。

刘邦独自站在围坐在篝火旁的人群中，语气强硬地说："今天傍晚，县丞只命我们的队伍提前回沛县，大概和那两具尸体有关，明天或者后天，郡里的验尸官就会去查验尸体。我不知道他们会怎样向县丞汇报，但是我相信，县丞自己也不想和那两具尸体扯上关系。因此，他让我们先行离开，不要留在城内。也许县丞希望我们从一开始就不参加搜索，这样一来就没有人会受到惩罚。希望你们也不要多言。"

那个平庸的县丞竟有如此用心，一定是听取了周苛的意见。

原来是这么回事。

大家终于露出了理解的表情。他们并没有注意到周苛暗中的行动，但是都感受到了刘邦作为领导者的气量。团结下属、行动果断、有容人之心，刘邦的能力出乎大家的意料。

天亮之前，一行人回到了泗水亭。

"来吧，大家一起敲门，把里面的人叫醒。"

刘邦话音刚落，便有人敲门，有人发出怪叫。终于，有人怒吼着"何人喧哗"打开了大门。开门的人正是任敖。他是沛县的一名狱卒，刘邦离开时，他奉命看守泗水亭。

很多狱卒表面冷酷无情，而只有任敖感情丰富，喜怒形于色。刘邦从很早开始就很欣赏他，对方也能感受到他的好意，因此任敖私下里与刘邦交好。

任敖怒吼一声后，见竟是刘邦归来，甚为惊讶，马上收起怒气，问道："之后如何？"

"不在，仅此而已。具体情况稍后再说，先吃早饭。"

刘邦叫醒下人们，让他们准备早饭，边吃边与随行者们谈笑风生。畅谈过后，天亮了。

"现在真的要解散了，大家干得很好，都不要在意此事了，不会给大家添麻烦的。"

刘邦说完，依依不舍地和每个起身的人告别。将所有人送走后，只剩他与任敖两人，于是他回到任敖身边，将这两天发生的事告诉了他。但是，他并没有告诉任敖两名剑士的死和东阳的事。

"竟有此事……"任敖疑惑地说。

"可疑的共有三人，有一个人逃走了。他如果只是偶尔去到那里的平民，应该会去某处申冤，那样一来就不好办了。也许我会被郡府传唤。"刘邦没有掩饰自己的焦虑。

"那三人究竟是何人？应该是贼人的走狗吧。昨日并无人来沛县申冤。离那里最近的就是戚县和沛县，既然两县都没有那人的消息，应该是他自己心中有鬼吧。"

"是吗？"

刘邦继续与任敖交谈着。

傍晚，县丞率领大部队回到了沛县后，立刻解除了任敖的职务，让他回到沛县。

"无须多虑。有事情我会通知你。"说完，任敖离开了泗水亭。

第二天早上，来到泗水亭的并不是任敖，而是萧何。

他来了。

刘邦心下一沉，萧何是沛县县令的下属，人称"豪吏"。虽然县令时有更替，但当地任用的官吏并不会调动到别的县。萧何的行政能力无人能出其右，因此县令不得不将所有事情都交给他来办，久而久之，萧何成了官吏中最有权势的人。

萧何是个聪明人，是典型的能吏。

"刘季，你在吗?"

不等刘邦回答，萧何径自走了进来，在移开视线的刘邦面前坐下。

"你有疾，不得不告假在家休养。"萧何说道。

"唉，原来我有疾啊。"刘邦依然没有直视萧何。

"告假书已经写好，你只需要写上名字。"萧何从怀中取出竹简，指了指文书末尾。刘邦拿起笔，并没有询问缘由，只是老实地签下了自己的名字。

"好，我会交给县令。你快回家吧，因为你身患疾病，不得在县内徘徊。另外禁止饮酒。"

"我明白了。"刘邦像在赌气一样地说完后，离开了泗水亭。其实，刘邦只是不擅应对萧何，内心并不讨厌他。刘邦听说当年执意举荐一无是处的他成为亭长的正是萧何，毕竟二人是同乡。

刘邦抱着双臂仔细思考后，还是决定回到沛县的家中。他的老家在丰邑，不过他与妻子吕雉的家在沛县，房子四周被土墙包围着。

"我回来了。"

听到刘邦的声音探出头来的并不是吕雉，而是审食其。他是沛县人，与刘邦的关系并不亲近，但是不知道什么时候被吕雉看上，现在可以说成了刘邦的家人。

"大人，是您啊。"

审食其身上有种超然世外的气质，就算突然看到刘邦也并没有惊讶。

"娥姁呢？"

刘邦妻子的闺名叫娥姁。

"今日一直在割草。"

"我知道了。"

刘邦加快脚步走出沛县向田里走去。县城附近的田地都成了王陵那些豪族的私人土地，刘邦的田在城外很远的地方，田埂上站着三个人。刘邦有一双儿女，长女已经十几岁了，长男还不到十岁。

"喂——"刘邦高举起手叫道。但是，他的声音中带着失落，举起的双手能抓住的也只有空气。

妻子吕雉立刻注意到他，匆忙跑了过来。刘邦发现她的脚步并不同于往常，觉得一定是出了什么事，也急忙跑了起来。

吕雉今年三十二岁。她与刘邦结婚时还是一个苗条的姑娘，最近发福得厉害。

刘邦故意笑着对还没来得及擦汗的妻子说："现在能休息了吧。"

"嗯。"妻子微微点了点头，心不在焉地向远处张望。吕雉虽是女子，但沉着稳重，很难看到她这样慌乱。

"你看没看到一位老人？"

"老人……"

刘邦四下张望了一圈，吕雉使劲拉住他的袖子，快速说道："就在刚才，一位老人路过这里，对我说……"

当时，骄阳之下，吕雉正在割草，一位过路的老人用虚弱的声音问她有没有能解渴的东西，看上去十分憔悴。

老人一定饿了吧。

吕雉想着，拿出了食物和水。老人默默吃完后，端详良久后对吕雉说：

"你将成为天底下的贵人啊。"

吕雉心想这大概是老人在感激她拿出的食物，她开心地说："我会成为贵人吗？那这些孩子呢？"说完回头看了看两个孩子。老人对着长男刘盈说："母以子贵。"之后又看了看吕雉的女儿，留下了一句这孩子也会成为显贵之人后就离开了。

"真是夸张的恭维话。"刘邦爽朗地笑起来。

"不过，那位老人举止温文尔雅，不像是这里的人，又没有带行李，也不像是旅人。"

"看清他的模样了吗？"

"长发及腰，头发遮住了额头，看不清长相。"

也可以说老人在刻意躲避吕雉敏锐的目光。

"头发很长啊……"刘邦收起笑意。

会不会是占卜师呢？

听说给人看相的占卜师头发都很长。如果是这样，那老人并不是信口开河。

妻子和一双儿女有贵人之相。

那我又如何呢？突然，刘邦跑了起来。但是任他在周围如何寻找，都看不到那位老人的身影。

难道是神仙？这里也有怪事发生。

十几天后，刘邦被县厅传唤，竟然得到了县令的褒奖。

"你斩二人有功，郡里赐你牛肉和美酒。"

刘邦退出前看了看萧何的表情，只见这名能吏露出一副事不关己的表情。刘邦官复原职，收到了郡里送来的牛肉和美酒，是周苟送来的。

"一会儿说我有疾，一会儿赐我酒肉，世事无常啊。"刘邦苦笑。

"贼人经过戚县附近，没有抓到他们是郡监的失职，多亏你帮他弥补。"

"之前，他还想加罪于我。"

"以患病为借口将你藏起来的是萧何，那可是位智者啊。"

"好，把各位都叫来吧。"

刘邦将之前跟他一起搜寻贼人的手下全都招来，举办了一场小型的宴会。

一个月后，秦始皇出游归来，途经平原津时染病，继续向西前进到沙丘时病重驾崩。史称祖龙之死。

时代风暴

历史的车轮开始转动。

秦始皇在游幸中驾崩的消息一直被隐瞒着，直到一个月后才正式发丧。

继承皇位的秦二世并非长子扶苏，而是末子胡亥。

过去曾有不吉的预言说亡秦者胡，秦始皇一直认为这里的胡指的是北方的狩猎民族胡族，后世发现，预言是指他的末子胡亥，但是胡亥继位时并未有人发现。

"公子扶苏明明是始皇帝的嫡子，为什么没有继承皇位呢？"沛县的官民都在窃窃私语。

刘邦只是区区泗水亭亭长，与朝廷的人事变动并无交集，即使如此，他也嗅到了一丝阴谋的味道。将中央政府的消息传递到泗水亭的除了泗水郡卒史周苛，还有沛县令史（管理文书的人）夏侯婴。

夏侯婴是沛县人，向来与刘邦交好。

他曾经差点成为游侠，但并没有像刘邦一样离开家族彻底成为游民。夏侯婴与家人关系很好，并没有被家族抛弃。但是，他暗地里一直对刘邦怀有敬意，将他视为兄长。夏侯婴认为刘邦走的路与常人不同，他是抱着对士的憧憬，想要全身心地践行侠义之道。刘邦也认为夏侯婴此人颇有男子气概。

在刘邦成为亭长，夏侯婴成为县里的厩司御（管理马匹的人）之后，两人依然保持着义兄弟的关系。夏侯婴善于驯马。

有一件事可以证明夏侯婴是非常有男子气概的人。

有一次，刘邦与夏侯婴发生争执，两人完全没有反感或憎恶对方，不过是因玩笑而起了争执。但是，刘邦不小心将夏侯婴打成轻伤。不过是一件小事，但不久后刘邦突然接到讼庭的传唤，欲判他"伤害罪"。

"不过是两个人打闹而已。"就算刘邦这样解释，秦朝的法律也不容辩解，重要的是有没有伤人。如果承认确实伤了人，无论有何种理由，无论之后如何辩解，也不能被判无罪。

奇怪的是，告状的人并不是夏侯婴。

秦朝的法律规定密告者有赏，这也是秦朝法律的阴毒之处。

刘邦心想：有人秘密向县里的高层官员告了我的状。

这个人一定非常反感刘邦。

"我没有伤人，请务必询问夏侯婴。"刘邦只能如此坚决主张。

"好，传夏侯婴。"

讼庭立刻传唤夏侯婴，向他询问刘邦的叙述是否属实。

"我看你确实身上有伤，这是泗水亭长殴打造成的吗？"

"不，这只是我自己摔倒所致。如果被殴打负伤，我自己会告状的。"夏侯婴如此辩白，其实他内心非常震惊。进出泗水亭的人之中，竟然有人看到了他和刘邦小小的争执。如果目击者是下人，平时刘邦并未任意驱使下人，他们会向县里的高层官员告状吗？相反，下人们看起来都喜欢、仰慕刘邦。那么，如果他们不是告密者，又是谁告的状呢？

"如此。"讼庭相信了夏侯婴的叙述，将刘邦释放了。

刘邦平安回到泗水亭时，下人们都在欢呼着迎接他。刘邦看着每一个人的表情，从内心里相信这些人不会出卖他。刘邦眼力很好，能洞察出心怀鬼胎的人。

那么，这究竟是怎么回事呢？

刘邦一直思考着这件事的原委。傍晚时分，夏侯婴来到泗水亭，刘邦只是冷淡地打了个招呼。夏侯婴就像没听见刘邦的声音一样匆忙地径直走进房间，小声说："事情发生时正是傍晚时分，亭内并无客人。你我虽然走出了亭外，但是争论发生在房间内，从房间外听不到声音，也没有人向屋内张望。不过有人偷看。"

夏侯婴不停地四下张望，似乎在询问刘邦是否调查过下人。刘邦点点头断言道："不需要调查，我的部下中没有告密者。"

"哼。"夏侯婴哼了一声，看起来并不相信刘邦的话。

"都过去了，把这事忘了吧。"刘邦这样安慰夏侯婴，但是事情并未就此结束。

有人再次密告。

讼庭十分重视此事，命令狱吏调查夏侯婴。那并非简单的调查，而是拷问。夏侯婴入狱一年，数次被鞭笞到皮肤开裂，血流不止。这种拷问被称为"掠笞"，甚至有人被鞭打至死。但是，他一直忍受着，终于逃脱了作伪证的罪名。同时也袒护了刘邦。

得知夏侯婴被释放后，刘邦从心底里称赞他为真正的士。刘邦觉得这是自己第一次见到舍命保守信义之人，见到夏侯婴拄着拐杖拖着双腿来到泗水亭时，几乎想上前拥抱住他。但是，刘邦按捺住喜色，只对他说："社神听到了我的祈祷啊。"

即使如此，夏侯婴依然明白刘邦对他的担心，便用拐杖敲打着地面，红着双眼说："也许你会因此减寿的。"他也心有不甘吧。因为既然他的伪证罪不成立，自然必须惩罚密告者，但是讼庭却对此沉默不语。

等房间里只剩下他们两人，刘邦搭着夏侯婴的肩膀说："你以为我没有调查想陷害我的人是谁吗？密告者自然是沛县人，但是却始终查不到他的姓名。这两次指示沛县法官的似乎都是县令。"

"县令……"

听到这个意外的名字，夏侯婴一脸质疑。

"我并无证据。但是将听到的传闻汇总起来看，只能得出这个结论。"

"县令怨恨你……原来如此，是因为吕公的事吧？"

夏侯婴口中的吕公是指刘邦妻子吕雉的父亲。

吕公并非沛县人。在沛县的正西方，经过丰邑就能到达郡界，越过郡界后就进入了砀郡，继续向西就能到达单父县。吕公正是单父县的人，但是曾经发生过一件让吕公无法继续留在单父县的事。

"一定发生过一件无法公开的伤亡事件。"

夏侯婴推测，也许正是因为此事，吕公作为加害者恐遭报复，便携家带口离开了单父而来到沛县。

"沛县县令与我亲近，应当不会不讲情面。"吕公的这一期望并未落空。来到沛县后，县令愉快地迎接了他，那是刘邦成为亭长的第三年。

"沛县是个好地方，你就安心住下吧，"县令说完后突然压低声音，"能把娥姁姑娘嫁给我吗？"县令当时并未娶亲。

娥姁就是吕雉，是吕公的二女儿，长女长姁已嫁作人妇，当时吕雉二十岁。

"请容我三思。"

吕公财力丰厚，在县里建了房子。沛县官民听说有县令的宾客搬来沛县后，纷纷去吕公家送上贺词和礼物。

夏侯婴来到泗水亭将此事告诉了刘邦，劝他说："听说要举办宴会。今后必互有来往，你还是去一趟吧。"

巴结县令吗？荒唐。

刘邦冷笑着，但奈何他现在是公吏之身。如果说别人议论只有泗水亭长未在宴会上露面，今后还不知道会有什么麻烦，息事宁人，让人无可非议才是生存的智慧。刘邦虽如此自嘲，依然来到了吕公家。

这房子真大啊。

门内门外，宾客络绎不绝。

"送礼请走这边。"

门里传来说话声。刘邦并没有带礼物，但他并不会因此而退缩。

他露出意味深长的笑容，走进门里借了笔，在谒（名片）上写上了"贺钱万"，意思是贺钱一万。

吕公收到这张谒后大惊，起身向门口跑去。

"这是你的谒吗？"

吕公看到刘邦，一时间皱了皱眉头，向前走了几步后惊讶地睁大了眼睛。

这是高贵之相，不，是天子之相啊。

虽说是自学，吕公曾研究过看相。他并不认为自己的研究水准达到了值得向世人夸耀的地步，但依然颇有自信。他曾经为自己的孩子看过相，怎么看都是富贵之相。他有三个儿子，长子吕泽和次子吕释之的样貌都很好，特别是次女娥姁，让他不能不认为"有尊贵之相"。虽说这可能是因为在父母眼里儿女都是好的，但他依然对妻子说："娥姁将来必成尊贵之人。所以我想将她嫁给贵人。"带着这样的想法，吕公在看到许久未见的县令时不由失望。

原来他是这么不足为道的男人。

过去，吕公曾经将他当成精力充沛的人才。当然，吕公并不打算把娥姁嫁给他。不过，在沛县已经没有比县令更尊贵的人了。

但是，事实如何呢？

现在站在吕公眼前的这名身高七尺八寸（175.5厘米）的男人，在面相学看来，不正拥有着最上等的相貌吗？

我没有看错吧？

吕公抑制住不断扩散到全身的激动，走近刘邦继续观察，嘴上说着"请快进来"，亲自将他带到堂上。而其他贺钱在千钱以下的人只能坐在堂下。他们同时抬起目光，注视着走到堂上的刘邦，惊讶地窃窃私语道："刘季竟然送了千钱以上啊。"

萧何坐在堂上皱着眉头，县令吩咐他来主持今日的宴会。他见刘邦就要跟在吕公之后走到堂上，急忙径自上前劝诫吕公说："刘季此人好说大话，并无实际建树。"试图阻止吕公的轻率之举。毫无疑问，刘邦也听到了萧何的话，但他对此充耳不闻。

但是，吕公并未听从萧何的劝诫，他将刘邦请到上座，将他当作最尊贵的客人来招待。

刘邦毫无怯意，傲慢地环视着堂上的人。

真是得寸进尺的家伙。

萧何无法，只得苦笑。这时谁都没有想到很久之后，今天的景象将会再次出现。不对，只有吕公预见到了刘邦的未来。

酒宴正酣之时，吕公对刘邦使了个眼色，示意他不要中途离场。

刘邦不动声色地点了点头。酒宴结束后，等到所有客人纷纷离场后，只剩下他和吕公二人。吕公缓缓坐在刘邦面前，对他说出了一番大胆的话。

"我从年轻时起就爱好给人看相。如今阅人无数，却从未见过您这样尊贵的相貌，请务必保重。我膝下有一爱女，请您务必纳她为箕帚之妾。"

箕帚之妾，就是操持家里洒扫的女子，但并非指打扫家里的女仆。

"请将她纳做打扫家庙的女子"是一种谦虚风雅的说法，也就是说吕公请求刘邦娶他的女儿为妻。

"结婚吗？"

刘邦自然没有马上答复。

确实，刘邦表面上并未结婚，但却有一位相当于他妻子的人。刘邦在二十多岁的时候几乎没有回过老家，从那时起，他就与沛县的曹氏住在一起，两人育有一个名叫"肥"的儿子。成为亭长后，曹氏的家就成了他休假时的栖身之所。

就在刘邦痛苦地觉得不能继续这样下去的时候，吕公向他提出了这门亲事。

不如就此接受吧。

回到泗水亭后，刘邦烦恼良久，最后终于决定迎娶吕公的女儿。趁着没有改变主意之前，刘邦去了曹氏家。

这时刘邦三十五岁，曹氏刚刚年过三十。曹氏并非是让人眼前一亮的美女，但从她的容貌中就能看出她温柔体贴。刘邦尚未开口，曹氏对着他端详良久，泪水夺眶而出。

我真是个糟糕的男人啊。

刘邦轻轻摇了摇头，沉默地抚着曹氏的背。曹氏双手掩面。

在那个时代，结婚并不是两个人能够决定的事情，人们更重视两家的结合，为了使两人的关系得到世人的认可，必须有媒人说合两家。刘邦和曹氏之间并没有这样的介绍人，也没有后盾。因此，就算刘邦有了自己的房子娶了曹氏，一般来说，世人也不会把这当成正式的嫁娶，而是会认为这是纳妾。

因此刘邦永远无法娶曹氏为妻，曹氏心里也很清楚。

"我也许不会再来了。"刘邦低着头说完，曹氏放下双手，眼神空洞地看着刘邦，声音微弱地请求道：

"哪怕一年来一次也好，请你来看看肥吧。"

"肥已经十岁了啊……"

因为直面曹氏的心情实在太过痛苦，刘邦岔开了话题。

不知何时，因为挂念母亲，肥走进了房间。一瞬间，他挡在母亲面前，责备地看着父亲。刘邦对着自己的长子说："好好保护你的母亲。绝对不能原谅让你母亲哭泣的人，即使那个人是你父亲我。"

肥露出疑惑的表情。刘邦立刻接着说道："就算想要做出最好的选择，但有时候人也不得不选择次善之策啊。"

说完，他也不由得落下泪来。

刘邦离开曹氏的家，带着沉重的心情回到了自己久违的家中。

真是可恶的家啊。

他在这个家里从来没有过愉快的回忆。特别是长嫂心术不正的眼神让他难以忘怀。他憧憬着侠客的生活而在大街上游荡的时候，曾经带着客人路过家里。就在他们想要口饭吃的时候，长嫂显出露骨的厌恶表情，用饭勺摩擦锅底发出声音，装作家里没有热羹的样子。听到这个声音后，客人立刻离开了。

竟然做出这种事情。

刘邦很生气，看了看锅里，明明还有热羹，便说：

"我的脸都让你丢光了。"

从那以后，刘邦不由得厌恶起长嫂来。长兄亡故后，二哥继承了家业，这个家依然不欢迎刘邦，因此自从当上了亭长之后，刘邦就再也没有回过老家。但是，为了完成正式的嫁娶，他必须通知父亲和二哥。

"父亲，你在吗？"

刘邦踏进家门，冲着昏暗的房间中喊道。应声而来的不是父亲也不是二哥，而是同村的友人。

"卢绾，你来了啊。"

"哟，刘季。你今天怎么——"

卢绾是刘邦的好友，两人同年同月同日出生。村人都认为这是一件难得的好事，两人的父亲也是好友。

"我才要问你怎么在这儿呢。"

"我听说你父亲因为中暑倒下了，所以过来探病。"

卢绾为人诚实，又是个热心的人。

"我父亲还在卧床吗？"

"没有，刚喝了粥。再过两三日就可以下床了。"

刘邦闻言，稍稍安心了一些，和卢绾一起走进了里间。父亲躺在病榻上看着刘邦，沉着脸说："是什么风把你吹来了？"

刘邦正襟危坐，向父亲鞠了一躬。

"我想娶吕公之女为妻。需要兄长到吕公家里走一趟。"

卢绾在他身后听闻此事，奇道：

"就是县令的贵客吕公吗？刘季，你很厉害啊。"

刘邦抬起头，心里十分想揍卢绾一顿。卢绾明知刘邦与曹氏同居并生有一子，听到此事竟然表现得如此高兴，这算怎么回事？真正的好友应该劝他三思才对吧。应该责问他平日里标榜自己是恪守信义之人，遇到女人的事就把信义抛到脑后。但是，他这位好友一听说要和吕公家结亲，就沾沾自喜起来。

父亲支起上身，难得地微笑着对他说："邦儿啊，你终于出息了。"丰邑刘氏并非名门，过去并未出过名士，也不是人丁兴旺的家族，只能被埋没在闾巷之中。如果能和吕公攀上亲戚，那将是刘家第一次光耀门楣。

怎么能活得处处算计？

刘邦陷入了自我厌恶之中。其实，这种自我厌恶由来已久，他始终忍耐着，最终还是走到了结婚这一步。

刘邦和吕雉缔结婚约的时候，吕公的妻子勃然大怒。

"你不是说看雉儿的面相，将来必是尊贵之人吗？我相信你的话，一直认为雉儿会嫁给贵人。我听说县令也来提过亲，可你竟然要把雉儿嫁给刘季那个小吏，我无论如何都无法接受。"

吕公看着哭闹不止的妻子，严厉地训斥她："此事与妇孺无关。"这句话是说这件事不容女子和孩子插手。

刘邦最终如愿娶了吕雉，得到了有权势的姻戚，同吕氏的两个哥哥吕泽和吕释之也成了兄弟。

那次奇怪的诉讼就发生在他婚后不久。

话题转到秦始皇死后。

夏侯婴从厩司御升为执笔令史后，就很少有离开官衙的机会，不能再像以前那样成日混迹在泗水亭里。

不过刚进入九月，他马上再次出现了。

"事态似乎不妙。"夏侯婴一进门就表情阴沉地说。而刘邦也和夏侯婴一样面带忧色。

"二世皇帝刚继位，需要服丧，朝政交由丞相处理，这是传统吧。"

夏侯婴说："这位皇帝可不是循规蹈矩的人，说不定会做出惊人的事。"首先，秦二世明明是秦始皇的末子，却越过了长子得以继位。

"始皇帝的继承人应该是公子扶苏吧。他对父亲坑儒不满，因此被始皇帝疏远，贬往上郡。蒙恬将军率领三十万精兵驻扎在那里。如果二世皇帝是不顾始皇帝的遗言强行继位，公子扶苏不是可以和蒙恬将军的大军一起攻进首都咸阳吗？"

这些大多是周苛告诉刘邦的。

"说不定公子扶苏和蒙恬将军已死，或者应该说被谋杀了。二世皇帝的背后一定有向他献奸计的人。"

"丞相李斯吗？"

秦始皇临终前李斯就在他身边，因此很容易在皇位继承权上做手脚。

"不清楚，但一定是那个会因为公子扶苏继位而陷入不利境地的人，"夏侯婴动了动腿，严肃地说，"二世皇帝何止没有老老实实地服丧，甚至有流言四起，说他为了建成秦始皇陵从各州征集壮丁。"

秦始皇陵即骊山，也写作郦山，此处写为骊山。

从古至今，王侯从即位开始就会选定自己的墓地，开始建造陵墓。据说盗墓者也几乎会在同时开始向着陵墓所在地挖掘盗洞。

秦始皇十三岁即位为秦王，那时他就已经将骊山选为自己的墓地，三十九岁称帝后，他又扩建了骊山的地下工程，将它作为自己死后安居的场所。不过直到他驾崩，陵墓都没有修建完成，因此秦二世决定继续完成陵墓的建造工程。

"虽然现在只是流言，但十有八九会变成事实。沛县也会接到征壮丁的命令，大概需要上百人吧。"

"啊，我以前曾经率领壮丁前往关中。"刘邦想起他与吕雉结婚两年后，曾经作为泗水亭长率数人向西越过函谷关进入关中。渭水流经咸阳以南，秦始皇想建造一座横跨渭水的巨大宫殿，各个工程都需要大量壮丁，沛县的壮丁也加入了这一工程，这叫作"赋役"，是纳税的一种，壮丁被强迫为官家修建工程。

"从那件事上可以感受到县令对你不怀好意。"夏侯婴也记得当时的事情。往返必定会有危险，而且一旦途中有人生病则完全无计可施。特别是去程，必须在规定时间内到达。如果要照顾病人或伤员就会赶不上期限，领头的人会受到惩罚。也就是说顺利往返是极难完成的任务。夏侯婴认为县令正是因为明白此行凶险才故意派刘邦率队前往。

但是，在刘邦的带领下，队伍里没有出现一个病人或伤员，所有人都毫发无伤地回到了沛县。这正是刘邦最大的功绩，有很多人因此而感谢他。

"说起来，我曾经见过始皇帝。"刘邦脑海中浮现起一个清晰的画面。

"啊呀——"

夏侯婴惊讶地瞪大了眼睛。平民是不可能见到皇帝的。平民又叫"黔首"，因为平民在皇帝面前不得抬头，因此皇帝看到的都是黑色的头，"黔"即黑色。这种称呼是对平民的极度侮蔑。

但是，秦始皇来到刘邦他们干活的地方时曾经说"抬起头来"，在场的所有壮丁都抬起了头，刘邦只是远远地看到了秦始皇的身影。即使如此，曾经见到了秦始皇的事情一直让他激动不已。

"如果可以，我也想成为那样的人。"

也许他在内心中曾这样想过。羡慕着秦始皇的应当并非只有刘邦一人。这种羡慕之情并不强烈，还未经过岁月的洗礼就消失无踪了。平民是无法成为皇帝的。

"刘季，也许你这次也能见到皇帝。"夏侯婴担心的正是此事。刘邦终于明白了他的担忧，兴致缺缺地说："带领壮丁这种差事做一次就足够了。"

"一定会有人说你上次顺利完成了任务，这次也可以。但是我总归觉得这次不会那么顺利。"

如今的世道动荡不安，已经和秦始皇活着的时候完全不同了。盗贼横行，意图推翻政府的贼人也在暗处蠢蠢欲动地寻找机会，社会治安已经远远不如以前，因为秦二世的即位使民怨沸腾。

"不如装病好了。"只要装病，就不会接到带领壮丁的命令。

"也许是个好主意。萧何应该会提前来通风报信的吧。"

说完，夏侯婴离开了泗水亭。还不到三天，刘邦接到了县厅的传唤。

刘邦面见县令之前先看向萧何，但是萧何并没有与他对视，这让他产生了不好的预感。果然不出所料，县令命他率百名壮丁前往骊山。

糟了。

此时装病为时已晚，刘邦盯着萧何。在内心深处，他一直在等萧何的消息。县令离开后，萧何终于迎上了刘邦的目光，面无表情地将竹简递给了刘邦。

"这是壮丁的名簿。"

也许这次的命令连萧何都无法阻止吧。即使刘邦知道萧何是不会给自己找借口的人，但是他依然心中微怒，他是在生自己的气。难得夏侯婴提出了忠告，他却没有尽快采取对策。见刘邦眼中带着怒火沉默不语，萧何冷淡地对他说：

"后天出发。你可以直接回家，不必回泗水亭了。祝你平安归来。"

刘邦忍住了想扔掉名簿的冲动，他十分清楚这不是萧何的错，但却无法释怀。正如夏侯婴所说，这次的旅程与之前不同，似乎不会顺利。

萧何转过身，背对着一动不动的刘邦走了两三步后突然回头说："名簿中有樊哙和周继的名字，这样你就能放心了吧。"然后转身离去。

是萧何将这两人加入名簿中的吧。

樊哙和周继虽是暴徒，但两人在刘邦放荡不羁的时候并没有选择成为王陵的手下，而是跟随了独来独往的刘邦。当时的刘邦手下包括这两人在内只有区区数人。不过，刘邦成为亭长之后，樊哙就去做狗肉生意了，当然他卖的狗肉是用来吃的。

俗话说挂羊头卖狗肉，最下等的狗肉虽然难吃，但是一直被人们当成食物，直到唐朝都有食用狗肉的习惯。另外，犬与狗的区别在于，犬是野生，而狗是人工饲养的。

樊哙和周继一样是沛县出身，年龄都比刘邦小一轮儿。

失望地离开县厅后，刘邦并没有马上回家，而是顺路来到了周继家。

周继在十五岁以后，由于不能继承家业，成了在县内四处游荡的少年，有时也会去县外行走。不知为何，这个招人厌恶的人偏偏敬刘邦为兄长。

刘邦并非豪族，也曾告诫他跟着自己并不会有什么好处，而他却没有离开刘邦，只是回答："大家都不是什么好人。虽然打着义侠的名义，不过是为了满足一己私欲。这不就是挂羊头卖狗肉吗？"后来，因为兄长过世，他回家继承祖业当了农民，从此不再走邪门歪道。

周继家并没有俗气的土墙，而是用仔细修整过的篱笆围起来的。刘邦沿着篱笆走着，一名十岁左右的童子从屋里走了出来，看到刘邦后叫道："啊，是亭长大人。"

"你是应儿吧，都这么大了，你父亲在吗？"

见到这个童子，刘邦心情舒畅了一些。这是周继的儿子周应，曾经跟着父亲一起来过泗水亭两三次。

"父亲在田里干活，我正要去给他送饭。"

"好，我与你同去吧。"

周继的田在城外不远的地方。

来到田边，刘邦看到有三个人正在田里干活，周继的高大身形格外显眼。他似乎看到了走近的刘邦和周应，停下了手中的活计。

"你的饭到了。"

听到刘邦的声音，周继笑了起来。他擦了擦汗，在田埂上坐下，问刘邦："您今天休息吗？"

刘邦没有回答，用眼神示意他自己有话要和他单独说。周继站起身来。

两人顺着田间小道走了几步后坐在了草地上，刘邦立刻从怀中取出名簿，递给周继。

"傍晚时分应该就会有人来通知你，要你和我一起去骊山参加劳役。"

周继大吃一惊，目不转睛地看着名簿，寻找自己的名字。也难怪周继会惊讶，户主或继承家业的人并不会被要求参加劳役强制劳动，只有没有工作的次子或者更小的儿子才会被征用。周继虽不是长子，现在也是户主。地方政府也明白，如果征用农民，田地就会荒芜，造成农业生产力下降。尽管如此，周继还是要被迫离家前往骊山。

周继看到自己的名字后叹了口气。

"领头人是亭长吗？"

"没错，也许正因为由我领头，你才会被选上吧。应该是了解你我关系的人刻意安排，给你添麻烦了。"刘邦也感到忧愁。

"又要去关中吗……"

周继低下头。他曾经和刘邦一起前往都城服劳役，那时他还年轻，并未觉得往返有多辛苦。可是如今有了妻子儿女，要维持家里的生计，他实在不想去路途遥远的骊山。

"你就说突然得了疾病。"刘邦说完，周继诧异地睁大了眼睛。

"要想逃掉劳役，生病不失为一种方法，我正是因为犹豫才耽误了时机。可是你还来得及，吃完饭后你就装成吃坏了肚子，四处宣扬一番后回家躺在床上。"刘邦笑着走到周应身边，对他说："抱歉啊，打扰你父亲吃饭了。来，快把饭拿给你父亲吃。"

说完后，刘邦离开了周继家的田地。他并没有去樊哙家，樊哙并非户主。

妻子吕雉见刘邦回来，立刻注意到事情不妙，问道："装病也躲不过去了吗？"

刘邦的直觉很好，吕雉也并不逊色。

"嗯，如果我早点儿装病就不会落到如此境地了。"

"也就是说——"

"后天我就要出发去都城附近的骊山服役。"

说着，刘邦疲惫地坐下。

"这样啊。"吕雉坐在刘邦面前，面色未变。

"你不惊讶吗？"

"过去，你曾经带着沛县的壮丁顺利往返。就因为这样，县令认为只有你能担任领头人吧。我如果是县令也会这么做的。"

吕雉对意料之外的发展并没有心生动摇。她尽管是女性却很大胆，虽然会冲动，但理性会战胜冲动，因此能一直保持冷静。

"但是今非昔比。隐藏在地下的热流不知何时就会喷发。走在这样的土地上，不止是我，所有前往骊山的人都会有同样的不安吧。"

"是啊。"两人沉默了下来。过了一会儿，刘邦搭着妻子的肩膀，轻轻叹了口气，

"也许此行将有去无回了。"

"夫君……"即使坚强如吕雉，此时也满面愁容。刘邦看着妻子的双眼，脑海中突然闪现出一幅画面，画中有下弦月和骤雨。

"对了……我之前差点死掉。还没有跟你说吧，之前搜寻宁君的时候我曾经被两名刺客袭击，险些丢了性命。"

"啊呀——"吕雉难得发出了惊讶的声音。

刘邦稍稍打起了精神说："现在还不知道那两名剑客是受何人指使，但是我深深地感觉到冥冥中有一股力量在保护着我。也许此次，也是这股力量让我前去骊山。如果这是神力，那一定只是对我的考验，我不会死的。"说着说着，刘邦心中的不安渐渐消散了。

吕雉深深点了点头，坚决地说："你一定不会死。以前父亲曾经说过你能活到六十岁。"

刘邦展颜一笑："听你这么说我就放松了。我今年四十七岁，还有十三年能活啊。我有预感，在今后的十三年里，你我二人身上会发生惊天动地的大事。"

"我最近也总觉得心慌，倒不是因为害怕……"吕雉说完后，移开了视线，"如果你回来晚了，就由我来照顾曹氏吧。"

"抱歉。"在结婚之前，吕雉就知道刘邦在外面有一名小妾，订婚前，她的父亲吕公调查过刘邦周围的事情。

他有外妾。

吕公并未因此而惊讶。比起这些事情，吕公担心的是年轻时混迹于邪门歪道的刘邦是不是还在与那些恶徒交往。但是并没有出现吕公担心的情况，刘邦的周围很干净。关于未来的夫君有外妾的事情，一般人都会瞒着自己即将出嫁的女儿，吕公却直截了当地教育吕雉："这样的男人才有出息。你是要做正妻的人，你也要体谅那些只能做外妾的女人的悲哀。"

这都是男人的借口。

吕雉对此很反感，甚至产生了厌恶，但最终没有违逆父亲，还是选择嫁给了刘邦。

婚礼结束后不久，刘邦向吕雉坦白了曹氏和儿子刘肥的事。

吕雉无可奈何地盯着丈夫，只是说："你每年去见他们一次吧……要是一年去两次以上，就请把我送回娘家吧。"吕雉能说出这样的话，就证明她接受了丈夫有外妾的事情。

半年后，吕雉对经常来她家拜访的审食其说："你帮我去看看曹氏是什么样的女人吧。"

"遵命。"审食其信步走出大门，不久后又信步归来。

"曹氏不是值得您担心的女人。她并非出身名门，容貌也不出众，是个老实的女人。平静地生活，默默地把儿子抚养成人就是她唯一的期望了。"

这就是审食其观察的结果。

"她有外出干活吗？"刘邦应该并没有经常周济曹氏。

"在沛县，姓曹的人并不在少数，她似乎在其中一家做用人。"

"我知道了。"

从那以后，吕雉不再担心丈夫的外妾曹氏。如果吕雉没有儿子，那么曹氏的儿子就会成为刘邦的嗣子，不过吕雉在生了一个女儿后又有了儿子，也就不用再担心此事。又过了很久，因为丈夫要率领壮丁前往关中，吕雉突然想起了曹氏。她从来没有亲眼去看过曹氏生活的地方。

刘邦横躺着翻看名簿，表情凝重。

"出什么事了？"

"名簿中有不少性格卑劣的年轻人，一定是有人怀着恶意拟定了这本名簿，顺利往返果然极难。"刘邦气愤地抛开名簿。

出发那天，樊哙一大早就来迎接刘邦。

过去，吕雉第一次看到樊哙时曾说他有一双温柔的眼睛。刘邦听后很开心，笑着说："只有你见到樊哙会说他温柔，别人都会因为他身形高大而忌惮他。你有一双慧眼，能看出他本质善良。"

樊哙结过一次婚，两人也有了孩子，但是因为夫妻关系不睦离了婚。所以吕雉见到樊哙时他是单身。吕雉很喜欢他，不光对刘邦说想把自己的妹妹嫁给樊哙，还回到自己家见了父亲吕公，对他说："请您为樊哙看相。他虽然现在只是一个做狗肉生意的人，但是将来一定能成功。而且他感情丰富，是个诚实善良的人，一定会让妹妹幸福的。"

虽然母亲一听说狗肉就露出一副不快的表情，但是吕公却对樊哙很有兴趣，马上去见了樊哙。回来的路上来到了刘邦家，愉快地说："不愧是你看上的人。樊哙有贵人之相，就把婴儿嫁给他吧。"

"我还比不上父亲大人。"吕雉大喜，她也很喜欢樊哙。

"沛县是个神奇的地方，有不少人都有贵人之相。被称为豪吏的萧何也有贵人之相。我刚到沛县时，萧何为我操持宴会，我一眼看去，曾经想过如果他尚未娶妻就把你嫁给她。来参加宴会的人里，还有另外四五个人引起了我的注意。但是，包括萧何在内，那些有贵人之相的人都远远不及你的夫君刘季。"

"这可真令人欣慰。"吕雉从不怀疑父亲看相的本事。

于是，吕雉的妹妹吕媭成了樊哙的妻子，生下了一个男孩取名樊伉。樊哙本来就敬刘邦为兄长，结婚后更是成了刘邦名副其实的内弟。

出发前往骊山服役这天，不只是刘邦和樊哙，对沛县的所有人来说都是走进历史激变的第一天。

吕雉赶紧将樊哙迎进家门，压低声音对他说："听说壮丁中有不少性情恶劣的人，你也要当心。"从吕雉的表情来看，她似乎并不想让刘邦听到自己与樊哙之间的窃窃私语。

樊哙不解，不过还是拍着胸脯保证："我听说王陵出了不少人。他手下确实没什么正经人，不过我并不认为王陵对亭长怀恨在心。请放心，我会擦亮眼睛盯着的。"

"那就拜托你了。"

吕雉非常信任这位内弟，她听后安心地找到刘邦，告诉他樊哙已经来了。刘邦已经和一双儿女一起吃过饭，收拾好行装准备出发了。

"你来了，"刘邦说着让樊哙走进房中，"沛七十，丰三十。"也就是说刘邦带领的一百名壮丁中，有七十人来自沛县，另外三十人来自丰邑。

性情恶劣的是丰邑的壮丁们吗？

樊哙推测。

"好，该出发了。"

听到刘邦的声音，吕雉带着一双儿女跟在樊哙后面走出了家门，向县厅前的校场走去。除了他们，还有两三组人正走向校场，其中一位年长的人看见刘邦后立刻跑了过来说："亭长大人，一切就拜托您了。"说完将自己的儿子拜托给刘邦。

每当有人对他说同样的话，刘邦为了让他们安心，都会充满自信地回答："请放心地在家里等着吧，我一定会将他们平安带回来的。"

校场上已经有四五十个人，他们的父母和妻儿远远地把校场围了起来。王陵与往常一样带着一群部下站在校场边，他看到刘邦后上前说道："亭长，我的人就承蒙关照了。"

"交给我吧。"刘邦大声回答。王陵高兴地点点头，严厉地训诫身后数十名壮丁："你们一定要听从亭长的命令，明白了吗？"

"是。"数十名壮丁低头答应后，站在刘邦面前齐声说："听从亭长指挥。"倒是礼数周全。这些人看上去都在二十到三十岁之间。王陵走到刘邦近前，坚决地说："这些人都不会给亭长添麻烦，如果他们做出什么不合规矩的事，请你尽管责备。"

不一会儿，厅舍中走出两名吏人，开始宣读名簿上的人名，逐一进行确认。稍晚，萧何也出现在校场上。他径直走到刘邦面前，伸出手说："你有名簿吗？"

"在这里。"

萧何面无表情地将周继的名字用刀笔从名簿上去掉，加上了新名字后将名簿还给刘邦。

看来周继装病的事成功了。

刘邦暗自高兴。周继和樊哙是刘邦的左膀右臂。如果周继能与他同行，确实能更让他放心，但是周继如今已经成为一家之主，刘邦不想牵连到他，半个时辰后，七十个人全都到齐了，县令在众多吏人的簇拥下来到了校场上，领头人的任命结束后，又进行了长时间的训诫。

现在沛县的县令已经换过了，并不是曾经向吕公提亲，想娶吕雉为妻的人。刘邦曾听夏侯婴说现任沛县县令是个优柔寡断的人。今天一见确实如此，说话平淡呆板，乏味冗长，壮丁们都是一副不耐烦的表情。终于，冗长的训诫结束，刘邦向县令行了一礼，走到壮丁们面前。

"劳役规定的时间不到一年，最多半年。现在是九月，也许明年三月我就能带你们回到沛县。大家要在冬天里劳作，关中苦寒，大家要打起精神，做好准备不要被寒冷打倒。"

说完后，刘邦将十人分为一组，共计七组，每组选出一人作为组长。

终于到了出发的时刻，太阳已经升得老高。

县厅来的吏人们来到刘邦身旁告别，送上钱别的银钱，夏侯婴也在其中。他对刘邦说道："我已经拜过社神，保佑你平安归来。"

刘邦微笑着回答："我这一路上遇到的考验哪比得上你在狱中受到的拷问。"

吏人们送上的银钱一共有三百钱，萧何一人就送了五百钱。刘邦沉默地看着萧何，萧何一言不发，只是点了点头。

他是想向我表示歉意吧。

刘邦这样想着。

七十人的队伍出发了，他们的家人也跟着来到了城外。本来送别只能送到两地交界处。比如邻国君主来访，从礼节上来说要送到国境处，目送君主回到自己的国土。如今，壮丁们的家人已经送出十里有余。

刘邦转身对前来送别的家人们告别。

"就送到这里吧——"

吕雉牵着一双儿女的手，交到刘邦手中，难过地说："请你牵一牵他们的手。"

刘邦蹲下身牵着一双儿女的手说："听好了，你们要相信自己的愿望。愿望越强烈，你们越会感到痛苦。但是不经历痛苦愿望就无法实现。所以不要害怕许愿，也不要害怕痛苦。半年后我就会回来，到那时，我希望看到你们比现在都更成熟了。"

平时，刘邦很少会说出这样的话。姐姐点了点头，而弟弟害怕地转过头，向母亲投去了求救的目光。

盈儿就是太依赖母亲了。

刘邦感到有些失望。

刘盈是刘邦的嫡子，但并非长子，外妾曹氏的儿子刘肥是他的长子。

刘肥早就年过二十了。

等这两个儿子都长大后，刘肥的才干应该会超过刘盈吧。到去年为止，刘邦每年会去一次曹氏家看望刘肥，而今年还没有去过。因为那对母子身边出现了一个名叫驷钧的人。刘邦知道，曹氏为了维持生计，在一个名叫曹无伤的人家里工作。所以他找到曹无伤，感谢他对曹氏一家的照顾。曹无伤比刘邦大两三岁，他并没有以恩人的身份自居，而是说："她干活很勤恳，我记得她，自然会关照。"刘邦想，把曹氏交给他这样的人，我就不用担心什么了。

但是当驷钧开始昵狎地接近母子俩，就另当别论了。驷钧并没有加入王陵一派，而是一个有才能，想靠自己闯出一番天地的年轻人，不过刘邦听说此人在暗地里做过不少恶毒的事。驷钧如果想亲近刘肥，一定是抱有什么不可告人的目的。如果他想暗地里卖泗水亭长刘邦一个人情，那可不得不多加提防。

当然，曹氏和刘肥、驷钧并未出现在送别的队伍里。

也许这是个断绝关系的好机会。

刘邦想着，心里涌出一股凄凉之情。

"出发——"

刘邦一声号令，七十名壮丁与送行的人告别，开始向西进发。

晚秋的天空碧蓝如洗。

每个人都怀着离别之情，沉默不语，也许只有刘邦一人有闲情抬头仰望天空。

到达丰邑已是傍晚时分，城门已经关闭。刘邦本来就不打算进城，于是吩咐大家在城墙旁露宿一晚。夜里相当寒冷。

天亮后，城门开启，三十人在吏人的带领下无精打采地走出城门，所有人都很年轻。刘邦虽然生在丰邑，但如今已经移居沛县，所以丰邑的年轻人他几乎都不认识了。他们队伍零散，有人低头看着地面，有人转向一旁，完全不看刘邦。

尽管如此，刘邦还是对着名簿确认了每一个人的名字。然后将他们分为十人一组，仔细观察过他们的表情后指定了各组的组长。

"哟，卢绾——"

刘邦的好友卢绾前来与他饯别，卢绾紧皱眉头，向他提出了忠告："这里不少人受雍齿庇护，也有很多泼皮无赖，你最好盯紧他们。"

"我明白。"刘邦点点头，这群人中有十几个人态度很恶劣。

"刘季大人。"有人低声叫道，刘邦抬头一看，高兴地说道："是彭祖啊，你也来了。我父亲就拜托你照顾了。"

彭祖是老家的人，是刘邦的父亲最信任的仆人。刘邦的哥哥刘喜和弟弟刘交并没有来送行，父亲派彭祖来送行的这份情谊让刘邦深受感动。

雍齿也没有来啊……

刘邦心中涌起一片凄凉。年轻时，两人意气相投，曾一起外出游历。当时雍齿还是个胆子很大，头脑灵敏的人。但是时间能改变一个人。沛县的王陵依然还是刘邦印象中那个有气量的人，但是雍齿为人已丧失了当年的格局，也许是因为家族没有如他所愿地发展壮大吧。

年轻时的雍齿明明是个不错的男人……

刘邦在心中咋了咋舌，命令全员出发。丰邑的送行者寥寥无几。

"我们在队伍最后跟着。"樊哙心中警觉，刻意让自己一组人最后出发，他想在队伍最后监视丰邑的这些人。

卢绾和彭祖一直跟随着刘邦。

"你们难道要随我去关中吗？"

走出十里后，刘邦打发两人回去。但是，命运难测。刘邦的好友卢绾自不必说，彭祖本来只是刘邦父亲的仆从，只因跟随刘邦，十四年后受封戴侯，食邑一千二百户。但这光芒万丈的未来隐藏在浓雾弥漫的时间洪流之后，此时尚无人知晓。

傍晚，队伍到达了沼泽边，刘邦命令全员停下脚步。

"今晚就在此露宿，明日进入砀郡。"

高声传达命令后，刘邦看着樊哙问道："丰邑的人如何？"

"虽然走得很不情愿，但是这几天都很老实。"

"明天让他们走快一些。"

刘邦用过晚饭后抬头看着星空，不知不觉睡了过去。

"亭长。"

一个低沉的声音将他叫了起来。附近有人，但是周围太暗看不清是谁。

"是谁？"

"我是丰邑的王吸。这两人是丰邑的陈遫和陈仓。"

刘邦支起上身。

"我看不清楚，你们有三个人啊。有何事汇报？"

"丰邑的人只剩我们几个了，其他人都不见了。"

"你说什么！"刘邦跳了起来。

"拿火炬来，叫樊哙起来。"

"啊……我不认识樊哙。"

"你在旁边找一个打呼噜的高大汉子，那就是樊哙。"

有两三人从刘邦严厉的声音中感受到有事发生，赶紧爬了起来。刘邦对他们说："拿上火炬，把所有人叫起来。但是不要惊动大家，只说让所有人在这里集合。"

拿着火炬的樊哙立刻跑了过来。

"他们都逃了！"

樊哙气得浑身发抖，看起来身形又魁梧了一些。

"他们一定是一开始就计划好的。事到如今就算追上，他们也不会回来了。"刘邦苦笑，破罐子破摔地说道。

"一定是雍齿干的好事。"

"真的是这样吗？"刘邦并不打算怨恨旧时的好友。

终于，剩下的人都集合在一起。刘邦清点人数后发现不足七十人，看来沛县也有数名壮丁逃走了。王陵的手下都还在。

不愧是王陵。

刘邦在心里赞叹道。

"坐下。"刘邦下达命令后，简单明了地说："不用我说，大家都应该知道发生了什么事情吧？有三十多人趁着夜色逃跑了。剩下我们这些人就算到了骊山也会被当成违背皇帝的命令而遭受墨刑，成为官奴，一辈子回不了故乡。"

刘邦眼前众人的叹息声响成一片。

"事已至此，就地解散吧。"

刘邦说完，众人发出惊讶的声音。一名男子战战兢兢地起身说道："亭长说我们就算去了骊山也会受到惩罚，但是我们就算回到沛县也逃不过惩罚啊。"

所有人都是这么想的，如今陷入了进退两难的境地。

不过，刘邦沉着地说："不，你们不会受到惩罚。如果一个人说有老虎，没有人会相信，可是如果两个人、三个人都说了同样的话，别人就会相信。只要你们众口一词，对县吏们说到达丰邑以西的沼泽边时，泗水亭长走错了路，于是打算不再前往骊山，就这样逃跑了，大家不得已只好逃了回来，这样一来，有谁会怀疑你们呢？"

"亭长……"起身的男子明白刘邦打算自己一个人承担罪责，深受感动，坐回了原地。

"但是——"

从别的地方又传来了声音。

"但是如何？"

"如果县令没有把壮丁送到骊山，他就会受到惩罚吧。就算亭长担下全部罪名，我们还是会被集结起来重新送往关中的。"

刘邦闻言笑道："等你们回到沛县时已经是后天了。等弄清楚事情的原委，县令一定会狼狈周章，然后召集佐吏们商量对策，这样又会过去一两天。重新制定名簿、通知个人又要花一到两天。之后也不能立刻出发，多半要花上两日。也就是说，下回出发的日子最早也要在六日之后。你们觉得还能按时到达骊山吗？一定来不及了。所以县令不会重新集结壮丁送往骊山，而是会想方设法逃避罪责。"

"我明白了，县令会把一切罪责都推给亭长，让亭长成为恶人吧。"

"哈哈，秦国的法律就是这样不断制造出罪犯和恶人的。"

刘邦叫来王吸和陈邀，让他们拿酒来。

"所以，你们大家可以安心回家和家人团聚。虽然打算就此解散，不过我想起这里还有可以用来饯别的酒。酒喝完后，大家就此分别。"

说完，刘邦把酒分给了每一个人。

亭长要为了我们而牺牲自己。

不少人含泪喝下了杯中的酒。联想到之后发生的事，可以说正是刘邦此时的行为树立起了他高大的形象。

刘邦自己也喝到大醉，说着"大家就此别过"，摇摇晃晃地站了起来。

"亭长要去哪里？"

"不知道。为了不被抓住，四处逃窜吧。"

刘邦跟跟跄跄地走着，樊哙突然起身跟了上去。然后，一个人、两个人，大家都站起身跟在樊哙后面走了起来。就这样，跟随在刘邦身后的有十余人。

刘邦醉眼蒙眬地回头看着这些人，斥责道："王吸和陈遬、陈仓也在啊。回去，都回去，不然你们也会被当成贼人，被抓到是要被砍头的。"

但是王吸非但没有离开，反而向刘邦走去："我们三个统一口径，就说是去追逃跑的亭长了怎么样？"

刘邦大笑道："三个人，还真是个合适的人数，总会有办法的。你们如果实在不想回家就跟上来吧。"

"是，我们永远跟随亭长。"如此回答的并不止这三人。这十余人最早跟随卸下官职的刘邦，即使是在刘邦大军人数日益增长的后期，这批人也代表着这支军队最开始的初衷。

后来，王吸成了将军，受封清阳侯，食邑三千一百户。陈遬也当上了都尉，受封猗氏侯，食邑两千四百户。陈仓成为将军，受封纪信侯，食邑七百户。

正可谓造化弄人。

南方之声

刘邦在黑暗中晃晃悠悠地走着。他从没有露出过如此悲伤的表情。但是，并没有人窥见这副表情。

"我该何去何从？"这个问题消失在黑暗的虚空中。

风不断从沼泽吹来，风势不强，但刘邦依然感觉自己就要随风而去。

如今的我比树叶还要轻啊！

刘邦自嘲道。难道要就这样成为贼人，终此一生四处逃亡，最终潦倒地死在九州的尽头吗？

前方出现了火把，是他派去探路的人回来了。

"亭长，这条路走不得，前面有一条大蛇，我们还是回头吧。"

刘邦带着醉意说："跟我来。壮士怎么能惧怕区区大蛇！"

刘邦拔出剑来。实际上他现在的感觉并不正常，因此完全不觉得恐惧。一双蛇瞳在和刘邦眼睛相同的高度闪着光。那是一条盘成一团的大蛇，身形巨大，挡在道路中间，刘邦一靠近它就会抬起头威吓，仿佛要从口中喷出火焰。刘邦身后举着火把的跟随者们都吓得两腿发软，呆若木鸡。

但是刘邦并没有畏缩，大喊道："躲开，壮士要从此地通过！"他躲开大蛇箭一般迅速的攻击后立刻以迅雷不及掩耳之势靠近大蛇，挥出一剑，完全看不出来刚刚喝醉了。

跟随刘邦的人们听到了雷鸣般的凄厉声响，纷纷丢下火把捂住双耳。

蛇应该是不会叫的……

他们捡起火把，战战兢兢地站起身来，看到大蛇已经被斩成两段，对面是刘邦的背影。

就像壮士又变回了树叶，刘邦像被微风吹动一般向前飘去。

看着他的身影像是要融入黑暗之中，跟随他的人们慌慌张张地跑着追了上去。他们跨过像大树根一样的大蛇的尸体，看到刘邦的背影后，发出赞叹的声音。

他们看着刘邦将要收起的剑刃，有一种奇异的感觉，剑刃上并没有血滴下。

斩得那么快吗？

跟随他的人们再次发出惊叹。

走了一段之后，刘邦听到后边传来声音。

"怎么了？"他停下脚步。

"后面跟上来的人们在寻找亭长，在这里稍等一下吧。"

"是吗……"刘邦的头有些晕。

不久，有四五个人追了上来。

"在这里，在这里。"和刘邦一起等着他们的跟随者立刻炫耀道："你们看到大蛇的尸体了吧。那是亭长斩断的，真想让你们也看看那敏捷的身手。"而斩杀大蛇的刘邦已经站着睡着了。

但是，后来的人们都摇了摇头，众口一词地说："大蛇的尸体？没看见啊。"

"喂，被斩断的大蛇不可能活过来跑掉，你们是不是从别的路过来的啊？"先跟随刘邦的人一脸不满。

"虽然没有大蛇的尸体，但是路边有一个老婆婆，正蹲在路边哭。"

"在这种深更半夜里？"

"我们也觉得奇怪，就上前问她为什么要哭。"

"然后——"

"老婆婆说有人杀了她的孩子，所以她才哭得那么伤心。然后我们又问她，为什么要杀她的孩子。"

既然四五个人都说看到了那个老婆婆，应该不是在说谎。

"我的孩子是白帝之子，化身成蛇挡在了路上，结果却被赤帝的儿子斩断了。"

这就是老婆婆的回答。

白帝，是秋之神，也是西方神。赤帝，是夏之神，也是南方神。这是南方神会战胜西方神的预兆。

但是，这些人中的一个人一直盯着老婆婆，他并没有想到这是预兆，只是觉得事有蹊跷，就突然用手中的鞭子打向老婆婆。结果鞭子只是打到了地上，老婆婆瞬间消失了身影。

顺带一提，这段逸闻后来传入日本，演绎成了消灭八歧大蛇等故事。

"亭长，您听到了吗？您就是赤帝之子。"跟随他的人们高兴地说，而刘邦已经趴在地上酣然入睡了。跟随他的人们等樊哙来了之后，为了不让刘邦被风吹到，将他搬到像屏风一样的岩石上靠着。

天亮了，风停了。

刘邦最先睁开眼睛，数了数跟随他的人，发现不到十个人后叫醒了樊哙。

"没看到王吸他们，发生什么事了？"

"他们走到一半就回去了。丰邑的三个人可能是因为害怕逃跑了吧。"樊哙失望地说。跟随有着侠义之心的刘邦的人竟然如此之少，这也让樊哙感到很不满吧。

"这样啊……"

刘邦暗自沮丧，正因为他觉得王吸等三人很有远见，因此心情非常沮丧。不久，所有跟随他的人都起来了。这时他们才注意到严重的失误，他们中只有四五个人带了食物。他们打开背上的袋子叹了一口气："只够四五天吃的。"

屏风一样的岩石上长着一棵老松。一个人爬上了这棵松树，向四周张望了一圈后大喊道："有人来了。"

刘邦身旁的两三个人脸色一变，迅速爬上了屏风一样的岩石。朝阳照射在岩石顶上，老松在阳光下闪闪发光。

捕吏应该不会这么快赶到，必须弄清楚来者究竟是何人。

这附近离沼泽不远，长满了一丈高的草和灌木。而且地形有高有低，刚才看到的人影已经消失不见。

"有多少人？"

"我看到两三人……"

既然人数不多，就可以暂时放下心来。站在岩石上的人们聚精会神地看着周围。草地也开始在朝阳下发出光芒，不久，人影再次出现在视线中。

"有三个人拉着车，或许是丰邑的那三个人吧。嗯？他们不动了。对了，他们一定是因为不知道咱们在什么地方，所以不知如何是好。"

其中一人说完后急忙爬下了岩石，对刘邦说："丰邑的三个人正在找我们，我去接他们。"不等刘邦指示，他就跑了起来。听了他的报告，刘邦的心情明朗了起来。但是，为什么那三个人昨天晚上要半路返回呢？

"看来他们并不是逃走了。"樊哙欣喜地说。

等了一会儿后，传来一个模模糊糊的爽朗的声音。

"亭长——"

是王吸的声音。刘邦答应了一声，朝着远处的声音走去。一个人兴奋地走在三个人和一辆车前面。

"那三个人说他们是回去取食物的，装了满满一车。"

人们听到他的话，发出了震天的欢呼声。

三个人拉着车赶到了。刘邦抑制不住感动的心情，举起双手称赞道："王吸、陈遬、陈仓，多亏你们想到了食物的问题。"王吸上前一步，接着说出了一件令人意外的事。

"我们确实想到了那里还留着足够一百个人走到骊山的食物，可如果我们回去之后发现食物都被带走了的话也无济于事。但是，只有王陵的部下留在那里守着食物。他们说等天亮了就要来送给亭长。"

"啊——"刘邦心中涌起一股热流，心想：我欠王陵一个人情。虽然今后就要开始流亡，但他并不打算成为盗贼。樊哙保管着所有临别时收到的钱财，然而那些钱很快就会用完。不过现在有了这些食物，足够一时之需。

吃完早饭后，刘邦对跟随他的人说出了对未来的想法。

"大家请听听我的想法。今年夏天，我在追捕一个名叫宁君的贼人时学到了一件事。他们巧妙地利用郡界来转移。我们也要模仿他们，顺着泗水郡和砀郡的边境移动。只要进入砀郡，泗水郡的捕吏就无法进入搜查了。沛县县令因为不想重新派出壮丁，一定会始终装作不知道我们已经逃亡，而坚持说已经派出了壮丁。正因如此，他也不能委托其他郡县逮捕我们。"

陈遬拍着手说："原来如此，如果沛县派出捕吏，壮丁逃走的事情就会暴露，那样就是县令作茧自缚。亭长说得没错。"

不只是陈遬，其他人也发出愉快的话音。也许来年春天就不会有人再搜捕他们了，不用时刻担心捕吏会来。

刘邦严厉地说："我们应该不会只在沛县逃亡。因此，虽然县令总有一天会放过逃亡的人，但是如果我们伤了人，或是夺人财物，各个郡县都不会置之不理的。所以千万不要做出盗贼的勾当。"

"遵命。"

刘邦听到回答后，命令所有人起立。

这群人没有垂头丧气，先向西走了一段来到郡界，然后开始南下。

冬天就要到了，寒风越发凛冽，不过刘邦的队伍并不是逆风而行。

必须要找到不容易被居民发现又便于居住的地方，这并非易事。水源是住地不可或缺的东西。在河边或沼泽边自然最好，但平坦的地方无处藏身。就算留在草多易藏身的地方，但那里鸟兽稀少，很难通过捕猎来补充食物。这样一来，森林或者山里倒是居住的好地方，问题是那里距离水源太遥远。

"去砀郡看看吧。"

刘邦决定向砀郡的边缘地带进发。

因为担心白天行动会被郡里的人们看到，他们便傍晚出发，凌晨停下来休息到太阳西沉。就这样一天天重复。

夜晚挂在空中的月亮已经开始从月圆变成月缺，但依然十分明亮。实际上，刘邦的表情也突然从悲伤变得异常明朗。樊哙注意到这一点，笑着说："刘季大人就好像又回到了年轻的时候。"

"看起来是这样吗？哈哈，我自己也觉得不可思议，这样漫无目的地走让我心情舒畅。这可能是我的毛病吧，一旦带着什么目的就会郁郁寡欢。总之，从闲居在家的生活中逃出来，我好久没体会过这种轻松的感觉了。"

樊哙感慨地说："以前，刘季大人经常去外黄县的张耳家里，现在张耳依旧行踪不明，没有被逮捕。不知道他如今在哪里。"

"他的头被悬赏千金，即使如此依然幸运地逃脱了追捕，真了不起。因为他德行好，所以能有天佑，如果我的德行好，也不会被逮捕。"

刘邦稍稍抬了抬头，他并没有像张耳那样养过食客，施舍过恩惠，他的地位还没有高到能体恤民情。但他认为自己也并非毫无德行。

樊哙能感受到刘邦骨子里的侠义和高洁。他机智地说："我听到了白帝和赤帝的传说，刘季大人似乎是赤帝之子。如果是这样，我们最好不要向北走，因为南方神会保佑您的。"

"既然如此，不如再向南走一段。"

刘邦来到下邑附近后，又小心谨慎地选择了离开下邑，继续南下。

"马上就要到砀县了。"王吸不安地说。砀县位于砀郡的东南部，砀县以南只有芒县，越过芒县继续南下的话就会再次进入泗水郡。

"怎么样，还没有找到属于我们的天府吗？"

天府，本意是指像大自然的宝库一样的地方，刘邦这样说，指的是现在所说的乌托邦。如果越过芒县后依然找不到天府之国，就必须改变前进的方向。但是他并不想离泗水郡太远。

刘邦一边苦恼一边继续前进，穿过了砀县东边。

前面出现了一座山，虽称不上巍峨，但靠近一看却是巨石嶙峋，有很多可以躲避风雪的岩角。刘邦众人仔细探看后，竟然还发现了可以隐藏十数人的岩洞。而且距离山脚很近的地方就有溪水流过。

"这不就是咸阳嘛。"王吸爽朗地说。

之前已经说过，秦的首都叫作咸阳。咸，即全部之意，咸阳即皆为阳之意。地形有阴阳之分，山南为阳，山北为阴。比如华山之南为华阳，华山之北称华阴。另外，水北为阳，水南为阴。颍川北岸为颍阳，南岸为颍阴。

刘邦的部下们发现的地方位于山南水北，称之为咸阳并无不妥。

"亭长，我们就住在这里吧。"所有人都意见一致。

确实没错，这是上天赐给我们的住处啊。

刘邦感觉到了天意，便顺从部下们的意见在这片砀县以南芒县以北的山泽之地定居下来。

眼看这一年就要结束了。

从十月开始又是新的一年，刘邦站在暮秋的风中，为了不让自己陷入感伤的情绪，努力打起精神。

"刘季大人，我出去买点儿东西。"樊哙对刘邦说完后带着几个人下山向芒县走去。他们在芒县的市场上买了餐具和炊具，又买了几个大罐子用来存放水和食物。

刘邦的部下们编草席，将树枝编在一起做成了用来遮盖岩洞的门。然后又制作了弓箭和戈。说到大一些的物件，甚至还有人建造了放哨用的小屋。在所有人忙着做这些事情的时候，时间进入了十月，一转眼就到了十一月。

在十一月即将结束的时候，从放哨用的小屋中传出了敲打木头的声音。是警报。

"有人爬上来了，我去看看情况吧。"樊哙说着就要冲出去。刘邦制止了他，抓着剑站起来说："不，我去。"

天空晴朗得耀眼，一朵白云飘浮在天空中。刘邦眺望着天空，向山下走了几步。触手可及的岩石很温暖，刘邦爬上岩石坐了下来，俯瞰山下。一个人影出现在他的视线中，他戴着庶人的头巾，手里却拿着剑。不大工夫，男人似乎发现了刘邦，停下了脚步。刘邦冲他笑着招了招手。那男子稍微犹豫了一下，还是回应刘邦的召唤，继续沿着石子路向上攀登。

这男人真有胆量。

这是刘邦对他的第一印象。男人走近之后，刘邦依然没有起身，双脚垂在岩石下面来回摇晃。男人从岩石下面看着刘邦问道：

"你是巡视这片山泽的官吏吗？"

男子正值壮年，面目精悍。

"啊，只因为我戴着这个吧，"刘邦笑着指了指自己头上的帽子。"我过去确实是官吏，但是现在已经不是了。"

"一个辞官的人在这里干什么？"男人目光锐利。

"说起这个，你爬到山上来干什么？如果是要去芒县，不应该翻越这座山啊。"刘邦回应道。

也许是认为这样的交谈并无进展，男人说："这座山上有一个巨大的岩洞，我正要去看看它现在变成什么样子了。"

"啊，那个啊——"刘邦用手掌拍了拍岩石表面，"那里现在是我的栖身之处。放心吧，那里并没有成为山贼的老巢。"

"你说什么——"男人大喝一声，盯着刘邦口气强硬地断言，"是我最先发现那个岩洞的，你快点儿离开那里。"

"啊呀，怎么能这样。本来山里就不是朝廷统治的地方，正因如此，对周朝统治不满的伯夷和叔齐才逃到了山里。这里也不是你的地盘。"

刘邦正说着，男人又开始向上走去。

"等等。你再不停下，就会被箭射穿。你觉得我在骗你吗？"刘邦话音刚落，从岩石背后走出了两三个拿着弓箭的人。

男人停下脚步，将手放在剑柄上。

"我的忠告就到此为止，之后的事情一概与我无关。你如果想找死，就尽管去吧。"

刘邦跳下岩石，穿过灌木丛消失在岩石后面。男人一边后悔没有带同伴一起来，一边一点一点向后退去，最后终于回身向山下走去。男人走到山脚下，不甘心地回头看了看山上，他的名字叫作"陈濞"，是砀县人。

傍晚，陈濞从山上回来，有几个人一声不吭地来迎接他，等到天黑后，他们悄悄集合在一起。除了陈濞，还有周灶、陈涓、丁礼、魏选、陈贺等。他们所在的砀县也被强制要求派出壮丁。但是，前往骊山的壮丁中有人逃走，领头人将他们抓回来后杀掉了，其他壮丁揭竿而起，杀死了领头人后就各自散去了。

县令大怒，为了逮捕杀死了领头人的壮丁，将他们的父兄和妻儿关进监狱，以连坐的罪名逮捕了和他们有关的人进行拷问。

陈濞等人见一个又一个清白无辜的人被捕入狱，暗自计划袭击县城的牢狱，救出这些无辜的人。

无论事成与否，他们都需要一个可以暂时藏身的地方。去哪里合适呢？

"应该去山里。"

大家的想法一致。于是陈濞去查看了山里的情况后，表情严肃地回到了县里。

"情况如何？"周灶问他。

"有人抢在了咱们前头。"

"抢在前头……被山贼占了吗？"

"并非山贼。他们的首领以前不知是哪里的吏人，人数很多。那个首领倒有些意思。"陈濞在心里发出一丝苦笑。

"哦？你见到他们的首领了？"

"他有四十多岁吧。说起来，他戴着一顶奇怪的帽子，虽然我无法断定，但看起来像是竹皮做的帽子。"

魏选眉毛一动："竹皮帽吗……等等，我想起来了，我之前去泗水亭的时候，听说沛县的泗水亭亭长是个与众不同的男人，他就戴着一顶竹皮帽。"

陈濞重重地点了点头说："那就是他了——"

泗水亭亭长为什么会出现在这座山里呢？

陈濞等人认为应该弄清楚个中缘由，便连日收集情报。

到了十二月上旬，他们终于弄清楚了两件事情。一件是泗水亭长带领着沛县的壮丁出发前往骊山了，另一件是那位亭长名叫刘季。根据这两件事来推断，就能猜到也许沛县和砀县发生了同样的事情。也就是说，壮丁们在前往骊山的途中逃走了。但是领头人所处的状况与砀县并不相同。砀县的领头人已经被杀，而沛县的领头人则受到了壮丁们的拥戴。

陈贺说出了自己的疑问："这件事可以理解，但奇怪的是如今已经十二月了，九月出发的壮丁如果没有到达骊山，沛县县令应该会被朝廷追究责任，可至今也没有听到有关这个的任何消息。"

"我们也不知道这是何故。总之再过不久，我们县里被关在牢狱中的人们就要被送到郡府（睢阳）去了。县令要用他们为自己洗脱罪责。"丁礼很是焦急。

先将劫囚车的事放到一边，周灶和魏选提出想要去山里见见刘季。第二天，陈濞带着这两人来到了山上。

"就是他。"陈濞所指的岩石上有一个人戴着竹皮帽，那人正晃着双腿。

"呀，你又来了啊，真不长记性。"

陈濞听了刘邦的话，举起双手回应道："我们没带武器。"又扭头对身后的人说："你们也跟我一起举起手来。"他让自己身后的两人也举起了双手。

"如果您就是泗水亭亭长，我们有事相求。能听我们说说吗？"

听到陈濞的话，刘邦身手敏捷地从岩石上下来，说了句"跟我上来"，就消失不见了。三个人从巨大的岩石边上穿过，向上爬了短短一段路后就看到了一块平坦的岩石。除了刘邦之外，还有三个人坐在那里。坐在刘邦右边的男人身材魁梧，怒目圆睁，很有威慑力。

陈濞跪在岩石上，感觉到岩石很温暖。他在心中祈祷着眼前坐着的泗水亭长也能像这块岩石一样温暖。

"陈濞啊，你有什么话想说？"

陈濞听到刘邦的声音，吓了一跳。勉强苦笑着说："我完全没发现有人走到我身后了。"

刘邦眼中带着笑意对他说："我自从住在山里，腿脚就变得灵便了，还学会了一种步法，能在不被鸟兽发现的情况下接近它们。"

"既然如此，恐怕您连我们在计划什么事都知道得一清二楚吧。我想拜托您的是另外的事情。具体的情况让周灶和魏选来说吧。"

陈濞说完，周灶和魏选点了点头，膝盖稍稍向前移动了一些。

"砀县也派壮丁去了骊山。但是半路有人想逃，被领头人杀掉了，结果领头人也被剩下的壮丁杀死。因为此事，很多壮丁落到了有家不能回的地步。实际上有几个人就藏在我们之中。我们并不想把他们卷进我们的计划中，而且一旦我们出了砀县开始行动，就没有人能够继续保护他们了。所以，我们想把他们拜托给您照顾。"

说完，周灶和魏选在岩石上向刘邦磕了个头。

"原来是这么回事。"刘邦敲着膝盖，用毋庸置疑的口气说："如果那些人能带着一百天分量的食物上山，我就可以让他们留下。另外，不用我多说，你们也知道在山里要如何生活，好好想想除了食物还要准备些什么东西。现在正值深冬，如果没有带保暖的东西，只要一个晚上就会被冻死。"

"您会让他们留下吧。"周灶和魏选像是放下了心中的一块大石头，露出了愉快的表情。

从第二天开始，周灶他们每天带着两三个人上山。因为如果人数太多，一起行动的话未免太过显眼，所以他们小心谨慎地离开了砀县。三天后，七个人都到齐了，一起坐在刘邦面前向他表示感谢，他们看上去都非常朴实。樊哙看着这些人叹息道："不知道他们何时才能再次和家人团聚。"

就在当天，陈濞急匆匆地上了山，面无人色。他喘着粗气来到刘邦面前，懊恼地说："我们被县令算计了。"

原来，县令连夜将被关在狱中的人带出县城，押送到郡府去了，陈濞他们在押送途中劫囚的计划彻底泡汤了。

刘邦看着面色阴沉的陈濞说："说不定是走漏了消息。县令只要抓住一名参与了计划的人，就会来逮捕你们。趁还没有被抓住，你们先在我这里躲一躲吧。"

陈濞垂头丧气地说："父母和妻儿都在县里，他们可不是那么容易逃走的。"

刘邦冷笑道："你不是想要劫囚吗？既然如此，就应该先让家人逃走，真是不知道轻重缓急。"

"正如您所说。"陈濞这才意识到自己之前被义愤之情驱使，实在太欠考虑。见了刘邦几面之后，他自认为已经看清了刘邦的性情。最重要的是，他打心底里觉得此人可信，他从刘邦身上感受到了昔日侠义之士的风范。陈濞心想，说不定刘邦在当上亭长之前曾经是名侠客。

死也要恪守信义。

如果眼前的亭长有着这样的信念，我今后就跟随他一起行动吧。陈濞不由得这样想。

两天后，陈濞、周灶、魏选、陈涓四人急匆匆地上了山。从他们爬山的样子就能看出他们带回的消息是吉是凶。

"你们带来的恐怕不是什么好消息吧？"刘邦让四人坐下，开口说道。

"并非如此。"听陈濞这么说，刘邦抬起拳头轻轻敲了敲自己的头，豪爽地笑着说："哎呀，我的直觉不准了。"陈濞也跟着笑了起来。

陈濞能感受到刘季此人的本性中恐怕有着无可救药的阴郁一面。刘邦本人也很清楚这点，所以他想要通过行动让自己开朗起来，摆脱这份令自己厌恶的阴郁。因此，他会随着行动变得越来越开朗，而一旦停下来就会回到阴郁的状态。

"其实，押送囚犯的队伍受到了袭击。"周灶对刘邦说明了情况。

"可是看你们的样子，并没有被捕吏追赶，袭击队伍的是别人吧？"

"没错，有人和我们一样订下了袭击的计划，他们毅然执行了计划，但是县令竟然预料到了押送囚犯的队伍会受到突然袭击，反过来将他们击溃了。"

"看来是他们的密谋泄露了。"刘邦轻轻点了点头。

"又有很多人被捕了。砀县的人都要变成囚犯了。"周灶闷闷不乐地叹了口气。

陈涓满心怒火地说："元凶就是二世皇帝。"

"我听说这位二世皇帝将政事全都交给了宦官赵高，一天到晚荒淫无度，国政就这样一天天荒废了。"魏选接着说道。

"嗯，不光砀县的人民都变成囚犯了，恐怕天下人都要变成囚犯了。不想成为囚犯的人只能逃走，这样一来流民就会增加，如果流民集合起来，当官的就会觉得棘手。用不了一年，国家就会发生翻天覆地的暴乱了吧。这也是我的直觉告诉我的。"

刘邦嘱咐过四人保重后，就让他们离开了。随后，他叫来了樊哙，对他说："你去看看沛县的情况。"

"好，我这就出发。"

樊哙听说砀县县令刻薄的行径后，也不由得担心起沛县的情况。所以一接到刘邦的命令，他立刻出发下山，独自向东走去。这里离砀郡和泗水郡的交界处并不远，只要越过郡界继续向东，就能到达泗水郡的郡府相县。

周苛就在这里。

樊哙知道泗水郡的卒史周苛与刘邦交好，而且周苛并非多嘴的人。因此，最好跟他见上一面问问情况。樊哙这样想着，在傍晚时分来到县厅附近，等待周苛出来。

冬天，太阳落山很早。天色已暗，看不清吏人们的容貌。

是他吧？

樊哙仔细辨认出周苛后，若无其事地跟了上去。周苛和堂弟周昌同路，走了一段后两人就分开了。走到里门前，周苛突然转身，厉声喝道："是谁在跟踪我！"

樊哙并未回答，只是慢慢地继续向前走，巨大的身影缓缓移动着。

"啊，是樊哙吗？"

周苛一惊，伸直脖子看着樊哙的身后，他以为刘邦也在，可樊哙身后的阴影中一片寂静。

"只有你一个人？"

"是。"

周苛用力拉过樊哙的袖子低声细语道："这里不方便，你到我家去，今晚就住在我家吧。"里门有门卫把守，如果让他们听到在这里的对话就糟了。

周苛加快了脚步，樊哙也跟了上去，两人的动作都十分敏捷。周苛将樊哙让进家中，一名童子见到樊哙，倒吸一口凉气，怯怯地站在一边。这名童子就是周苛的儿子周成。这是他第一次见到樊哙，不禁被他的气势压倒。后来，周成因其父有功，被封为高京侯。

"不要怕，这是父亲的朋友，"周苛摸着儿子的头，对前来探看的妻子说，"去看看外面有没有人。"

周苛的妻子没有说话，只是点了点头走到屋外。外面的天色已经彻底黑透了，不久，周苛的妻子回到房中，告诉他外面并没有人偷看。

周苛严肃地对妻子说："记好了，你就当没见过这个人。"

周苛和樊哙单独吃了顿饭。吃完后，周苛终于开口问道："亭长还好吧？"樊哙从见到他以后就一言不发，因此周苛一直不敢开口询问。周苛觉得如果从樊哙口中听到亭长已死的消息，那这世间就会变得了无意趣。诚然，现在的世道就已经足够枯燥无味，但他心里一直默默期待着刘邦会让这个世间变得有趣起来。他作为郡府的卒史虽说也是个高级官吏，但始终对作为一介亭长的刘邦抱有敬意。这份敬意中也包含着周苛的期待，期待将来会出现一个只属于刘邦的新时代。

樊哙开口道："亭长在山里。"

"哪座山？"周苛闻言松了一口气，催促樊哙继续说下去。

"我不能告诉你。亭长说了，地点对娥姁夫人也要保密。"

"亭长真是谨慎。啊，说到娥姁夫人……"

周苛告诉樊哙，自从刘邦失踪后，娥姁就被官兵抓住关进了监狱。樊哙一听，怒道："被抓的只有娥姁夫人吗？"

"应该是。"

刘邦的一双儿女和樊哙的妻儿逃过一劫。由此可以看出，沛县县令的手段并不像砀县县令那样残酷。

"胆敢阻挡亭长的人都会像大蛇一样被斩成两段的。"

"这是何意？"周苛一脸愕然地看着樊哙。

樊哙并非多话的人，但也并非不擅长表达，只是不会说多余的话罢了。他对周苛讲述了刘邦斩白蛇的大致经过，周苛听完后，斩钉截铁地脱口而出："这是说南方要战胜西方。"

"南方的首领就是亭长吗？"

"没有其他人能胜任了。对了，山里现在有多少人？"周苛问。

"有二十人左右。"

"太少了。樊哙，你把刚才的故事散播到沛县中去，流言自会传开，传到邻近的县里，这会有助于刘季。"

"我知道了。"

周苛给樊哙出了很多好主意。第二天，他一个人离开周苛家，随即离开了相县。

这个人很信任亭长。

周苛似乎相信只有刘邦是终有一天能成大事的人。但是，樊哙细细一想，如果刘邦能达到那种高度，就是说自己的义兄会成为王甚至皇帝吗？想到这里，他不禁浑身一凛，因为现在完全看不出来刘邦要如何走上这条道路。如今，刘邦只是一个失去了亭长官职的平民而已。

樊哙从相县前往彭城，每晚露宿郊外，途经留县来到了沛县附近。

首先要去一趟泗水亭。

他不动声色地偷偷观察了一下泗水亭内的情况，听到里面传出了任敖的声音，这名狱吏经常代理亭长的职务。

任敖与刘邦交好，樊哙本可以马上与他见面，但亭内还有其他吏人和来客，因此他一直等到太阳下山。等天色一暗，樊哙确定亭中没有旅途中在此处歇脚的官吏后，立刻走了进去。

"啊，樊哙大人来了。"

下人见樊哙进来，大声叫来任敖。

"吵死了，怎么回事？"任敖说着从里间走了出来，见是樊哙，立刻命令下人："关上门，不要让任何人进来。"说完拉着樊哙的胳膊将他带了进去。

"我听说刘季在途中丢下任务逃走了，这不是真的吧？"任敖性子急躁，这点从他的语气中就能够听出来。

"这当然是假的。在途中逃跑的是丰邑的壮丁们，亭长一人担下了所有的责任。"

任敖放开樊哙的手，蹲下身脱了鞋。

"果然，原来如此，真不愧是刘季。"

任敖总算冷静下来，将樊哙带入里面的房间，还没坐稳就着急地问他："既然你在这里，就是说刘季也在这附近吗？"

"不，他在山里。"樊哙缓缓坐下。

"哪座山？"

"我不能告诉你，亭长特意嘱咐我，连他的家人都不能告诉。"

樊哙说完，任敖盯着他，突然微笑了起来，放缓了口气："嗯，那至少能告诉我离这里是远还是近吧？"

如果用一句话形容任敖的话，应该说他是个冲动的人。他的感情比常人丰富，但这并不是说他缺乏理智，而是说此人重情义。

"亭长不在泗水郡。"

樊哙能说的只有这么多了。

"啊……是这样吗？"任敖瘪了瘪嘴，略做思考后起身走出房间，召集起下人，嘱咐他们保守秘密，然后回到了房间。

他低声说："娥姁夫人现在还在狱中。"

"我知道。"

"嗯，你来泗水亭之前并不在沛县，也就是说，是沛县以外的人将此消息告诉了你，此人是谁我心里有谱。原来如此，原来如此，你是从那里过来的啊。"

任敖爽朗地点了点头，拍了拍樊哙厚实的肩膀。

"别担心，娥姁夫人很快就会被放出来的，她不是不知道刘季在什么地方嘛。"

在沛县，有两名被称为豪吏的人，其中一名是先前提到过的萧何，还有一名是曹参。曹参是沛县人，是一名狱掾。掾，可以理解为属官，但是有实力的属官可以称为辅佐官，可以说是曹参在背后总揽着狱吏们。身为行政官的萧何和身为执法官的曹参身处沛县的政治中枢，辅佐着县令等一批最上层的官员。

这两名豪吏曾一起来到县令面前，向他进言："现在，继续将刘季的妻子关在狱中也无济于事。"首先，坚持声称刘邦已经率领壮丁前往骊山的就是县令本人，如今将刘邦的妻子投入狱中，就等于公开声明其中另有隐情。而且现在已经到了十二月，中央政府和郡府都没有派使者前来问责，与其说是他们接受了沛县县令的说法，不如说是中央政府中一定有事发生。这是萧何和曹参在暗地里商量后得出的结论，他们凭此说辞成功地说服县令放人。

　　"你也尽力了。"樊哙对任敖点了点头。

　　"呵呵，算是吧。"

　　实际上，关照身在狱中的吕雉的人正是任敖。有一次，他见一名狱卒粗暴地对待吕雉，于是冷不防地一拳打了过去，打伤了狱卒，正是他这次无声的行动震慑住了狱卒们。从那以后，吕雉再也没有在狱中受到过拷问。

　　"让曹参有所行动的也是你吧？"樊哙说，但任敖只是笑了笑。他并不是会夸耀自己功劳的人。

　　这正是此人的美德。

　　樊哙对任敖的好感增加了。

　　樊哙在泗水亭住了一个晚上，第二天，他藏在下人们拉着的大车中进入沛县，冲进了自己家中。

　　"啊，夫君——"他的妻子吕媭喜极而泣。

　　"快去告诉吕公，你姐姐很快就会被释放了。"

　　樊哙让妻子回娘家之后，一时躺在床上发愣。

　　门响了。

　　樊哙从床上跳起来。那并非风声，是有人在敲门。他从门板的缝隙间向外看去。

是周绁啊。

周绁是他的老朋友。刘邦当年还在以当一名侠客为人生目标的时候，樊哙和周绁就是他最初的部下。

尽管如此，周绁怎么会知道我回家的消息？樊哙带着疑惑迅速打开了门。周绁看上去像是已经知道樊哙会在家中，进屋后就对他说："你和亭长都没事，真是太好了。"

周绁自从听了刘邦的话，装病躲过了去骊山的命运后，总觉得心中有愧，他一直盼望刘邦能够平安。但是，刘邦率领的壮丁中有很多人已经返回了沛县，他们对县厅的人说亭长在途中逃跑了，沛县陷入了混乱。就连因为装病没有出门的周绁也知道了这场骚乱，他对妻儿说："亭长才不是会做出此等卑劣之事的人。"

为了弄清楚事情的原委，他赶到了樊哙家。但是樊哙并未回来，他想到樊哙应该和刘邦在一起行动，因此猜测这场骚乱似乎另有隐情。

经过两天后，骚乱被镇压了下去，县里宣称刘邦正率领壮丁赶往骊山，这让事情变得更加扑朔迷离。

壮丁们和县令似乎都想把罪责推给亭长。

事情发生后的三个月里，周绁一直在寻找刘邦的下落，但是始终没有线索。就在这时，樊哙终于回到了沛县。

"你竟然知道我回来的消息。"樊哙微笑着说。

"这是因为那个啊。"周绁用手指向东边。告诉他这个消息的人是任敖的手下。

"原来是这样啊。"

樊哙从发生在丰邑西边一片沼泽旁的事开始讲起，一直讲到刘邦在夜里斩杀大蛇扫清道路。

樊哙的妻子回来了。她身后跟着儿子樊伉和父亲吕公，还有哥哥吕泽和吕释之。樊哙的儿子似乎一直被寄养在妻子的娘家。

"哦，你们都来了啊——"

周绁见此情景，主动退到了后面。

樊哙向吕公鞠了一躬后说：

"您大概已经从内子那里听说了，娥姁夫人马上就能出狱了。还有，亭长很好，如今正在泗水郡外的山泽中生活。他嘱咐我不要告诉娥姁夫人他的所在，因此我也不能对您说。"

吕公表情轻松，理解地对樊哙说："明明知道的事情却要装作不知道是很痛苦的。刘季也是想到了这点，因此才这样嘱咐你的吧。"

"实在抱歉。"

"那么，刘季和壮丁们身上到底发生了什么事，你快细细道来。"

吕公开始将自己的推理和樊哙的讲述一一对照。但是，大蛇和老婆婆的事情似乎出乎了吕公的意料，他再次向樊哙确认道："那个老婆婆真的说了刘季是赤帝之子吗？"

"当时在场的人事后都说听到老婆婆是这样说的。"

吕公重重地敲了敲自己的膝盖，面露喜色："果然没错。这就是说刘季一定会成为南方的霸主，这就是祥瑞啊。而且白帝之子被斩杀，一定是指西方帝王之死，也就是说秦朝即将灭亡。"房间里的人听闻此言，发出了小小的惊讶声和欢呼声。

"有人建议我将这件事传播出去。"

"哦？这人很聪明。我明白了，此事交给我吧。"吕公说完，催促樊哙继续向下讲。听完了整件事后，吕公说："刘季救了很多人。如果说这是恶行的话，那么以未来的某个时刻为界，世界必将发生剧变，善恶颠倒。"

吕公留下这句预言一样的话，离开了樊哙家。

吕氏父子离开后，周缲并没有跟着离开，他告诉了樊哙一个重要的信息。

"关于在丰邑西边逃跑的那些人……"

"是雍齿的部下吧。"樊哙咬牙切齿地说。

"雍齿的部下确实也在其中，但我听说是沛县的人用钱贿赂他们，唆使他们逃走的。"

樊哙大吃一惊，思考了一番后说："这样说来，沛县也有数人逃走。如果唆使他们的人是逃走的人中的一个，我马上就可以把他找出来。"

周缲摇了摇头："事情并没有那么简单。此人奸诈的地方就在于他唆使他人逃走，但自己并没有随着他们一起逃走，而是装作舍不得与亭长分别，大义凛然地留了下来。"

樊哙猛地睁大了眼睛："这真是不可原谅。设计这么复杂的诡计陷害亭长的究竟是什么人？"

不过周缲依然十分冷静。

"亭长手上有名簿吧？沛县派出了七十名壮丁，唆使他们的一两个人就在其中。不过，跟着亭长逃进山里的人应该可以排除。但是我推测，操纵这一两个人的幕后人物就在沛县。"

"这就越发不可原谅了。"樊哙难得发起火来。

"那一定是个有着丰厚财产的人，此人如此诡计多端，要想找到他十分困难。以前亭长与夏侯婴争执的事不是有人向官府密告吗，会不会是同一个人的伎俩？"

"那是亭长刚结婚时的事情吧，已经是十年前的事情了。那个密告者即使当时只有二十多岁，如今也已经年过三十了。而实际上他的年龄应该更大吧。"

也许是因为怒气已经开始消散，樊哙语气中的戾气已经消失了。

"我也这么认为。那家伙应该和亭长年龄相仿吧。"

"这么说，就只能是雍齿了。"樊哙不快地说，他从以前开始就看雍齿不顺眼。

"雍齿的老家确实在沛县，曾经也是富贵人家，只是因为有王陵在，无法张扬威势，他很早就搬去了丰邑，现在也住在丰邑。"

雍齿并非如此卑劣的男人，他不会因为刘邦获罪而幸灾乐祸。

这时，周绁看着樊哙的妻子说："啊呀，对不起，打扰了这么久。"说完起身离开。

周绁离开后，樊哙陪着妻儿度过了一段时间后对妻子说："我想见一见夏侯婴，不过他应该还在官衙里。在见他之前，我先见见尹恢好了。你去帮我把他叫来。"

尹恢是刘邦当上亭长之前的朋友，刘邦成为亭长后，两人的交往依旧密切。

"此人虽然会花言巧语，但还是讲些信义的。"刘邦很久以前曾经如此评价过尹恢。

太阳刚刚西斜，樊哙的妻子很快就回来了。

"尹恢大人不在，我已经托人给他传信了。"

"是吗？"

尹恢家离樊哙家并不远，但两家不同里。到了晚上，里门就会关闭，不同的里之间将无法通行。而夏侯婴的家和尹恢家在同一个里中，因此樊哙想赶在里门关闭前到尹恢家去。

樊哙嘱咐妻子吕媭道："我见到夏侯婴之后就不再回来了。你带着伉儿去吕公那里生活吧。"

"我们随你一起去吧。"吕媭说。

得知丈夫平安无事之后，吕媭要做的就是在父亲身边等待姐姐被释放。

好慢啊。

尹恢迟迟没有出现。樊哙看着夕阳焦急地等待着，终于，他看到尹恢悠然地走了过来。

尹恢还不知道发生了什么事，他一边说着"吕媭夫人，有什么事吗"，一边踏进家门。

"真慢啊，大哥。"

尹恢闻言吃了一惊，见樊哙站在一片昏暗之中，神情才放松了下来。会称尹恢为大哥的只有樊哙和周绁二人。

"樊哙，你回来了啊。"

"我必须见夏侯婴一面，今天晚上要在此借宿一晚。"

"我知道了。你戴上斗笠遮住脸，跟我来。"尹恢的目光变得犀利起来。

尹恢率先走出家门，樊哙跟在他身后出了门。不一会儿，吕媭牵着儿子的手也跟了出来。吕媭盯着丈夫的背影，像是要将他的身影刻在自己眼中一般，半晌后，向另一个方向走去。

"今天很暖和，春天就要来了。"尹恢用跟在身后的樊哙也能听到的音量说着。樊哙并未回答，只是在斗笠下左右环顾了一周，四周并没有人停下脚步，怀疑他的样子和行为。

进入尹恢家之后，樊哙摘下斗笠长叹一声。

"虽说如此，晚上还是很凉。"尹恢说着生起火来。他看着坐在火炉边的樊哙："我本以为有你跟着，亭长应该不会有危险，现在是什么情况？"这名与刘邦相交甚久的男人日后成了负责刘邦军队外交的一员，在平定天下后被封为故城侯，食邑两千户。

"亭长现在可比在泗水亭的时候精力充沛。"

"那真是不错。"尹恢大笑。尹恢听完樊哙的话，等到天色完全变暗后，便前去邀请夏侯婴。夏侯婴走进灯光昏暗的房中，看到炉火旁巨大的背影，小声惊呼："樊哙——"

樊哙回过头来微笑着说："亭长也还活着，请放心。"

之后，两人一起成了樊哙的听众。

听他讲述了这一路的经过后，两人互相望了望对方，叹息道："净是些出人意料的事情。"

"过去秘密告发你的人和这次陷害亭长的是同一个人吧？"

尹恢看着夏侯婴，略微歪了歪头。

"不知道，那个男人狡猾至极，一直没有露出马脚。"

自从上次被释放后，夏侯婴将此事彻底调查了一番。

"现在依然没有解开谜团。"夏侯婴无力地说。能看到夏侯婴和刘邦那次微不足道的争执的人，只能是泗水亭的下人。但是刘邦却断言他们并非密告者。刘邦的直觉很准，一眼就能看穿他人的善恶。既然刘邦都这样说了，夏侯婴也很想相信那些下人，但是他毕竟被鞭刑折磨得丢了半条命，所以依然对那些下人追根究底地调查了一番。但是，那些下人确实都是善良之辈，而且都十分敬慕刘邦。

"看来刘季说得没错啊。"最终，夏侯婴放弃了寻找密告者。

突然，樊哙抬起头说："那人并非在泗水亭工作。"

"你怎么知道？"

"你看……假设预谋陷害亭长的人和当时的密告者是同一个人。这次，此人给了壮丁们不少钱。一个下人怎么会有那么多钱？"

其中也有樊哙自己的推测。三十多名壮丁逃走，应该是收了钱的缘故。

"原来如此……"

夏侯婴回忆起过往的事情，想到当时县令相信了密告者的话。如果是下人的密告，像县令那样身份高贵的人是否会相信呢？另外，当时明明可以传唤目击到现场的下人作为证人去讼庭做证，却并没有这样做。

也就是说……

不只是密告者并非目击者，而且下人中也并没有人看见两人那次小小的争执。

"竟然有如此奇事。"

夏侯婴说着，似乎不想再继续回忆当时的情况，伸手在眼前摆了摆："我们还是想想今后该怎么办才好吧。"

首先，虽然只是传闻，但据说最近盗贼的数量突然变多。中央政府认为此事与征集壮丁有关，因此停止在诸县征集壮丁，也不再追究没有遵守命令的县令们的责任。夏侯婴认为这说明事态已经严重到负责问责的使者人手不够的地步了。

但是一切只不过是传闻和推测罢了。县令并没有明确贴出告示说明这些事情。沛县中，在前往骊山的途中逃跑的壮丁们都没有受到处罚，县令也没有受到责问，因此，夏侯婴认为樊哙也不会被逮捕。但是，事态有可能突然发生变化，因此他并没有将自己的想法说出口。一旦放松警惕，就可能会被官府乘虚而入。

"这些钱虽然不多，你都拿去吧。"夏侯婴和尹恢将一千文钱递给了樊哙。三人又交谈了片刻后，夏侯婴起身离开了。

夏侯婴走后，樊哙躺了下来，喃喃地说道："亭长真是个幸福的人，有这么多人担心着他。"

"刘季以前一直仰慕着信陵君和乐毅，或许现在依然没变吧。他打从心底认为身为男人，就要成为信陵君和乐毅那样的人。你也听刘季说起过这两个人的名字吧？"

尹恢回忆起刘邦二十多岁时的样子。当时的刘邦有着野兽一般的眼神，不过，那时的他身上迸发着纯真的气息。

看上去是会为了别人牺牲自己的人。

尹恢一直在刘邦身边为他捏着一把汗。

"信陵君和乐毅是那么了不起的人吗……"

樊哙几乎完全不知道这两个人的事迹。

"很了不起啊。那两人帮助弱者打败了强敌，他们抛弃私欲，做到了所有人都认为是不可能做的事。"

尹恢还想再多说说那两个人的事情，不过他发现樊哙已经进入了梦乡，就自言自语道："刘季如果能推翻秦国，就能够超越那两个人了。"

第二天一早，樊哙离开尹恢家，接着迅速离开了沛县。在他的旅程结束之时，冬天也悄悄地过去了。他回到了刘邦的大本营，看到眼前建好的房子，不由得大吃一惊。王吸从房子里走了出来，自豪地说："我们正在山里修建险塞呢。"

在不到一个月的时间里建好房子是十分困难的事情。樊哙惊叹道："你们能建成这么好的房子，真是不容易啊。"

王吸开心地笑起来，向他解释道："从砀县逃出来的人中有两个人精通建筑。"

"原来如此，这就可以解释得通了。"

只要建筑用的工具齐全，有刘邦的部下帮忙，在短时间里就能建起两三栋房子了吧。

"这座房子还可以用作瞭望台，我刚才就是从上面清楚地看见你回来了。"

"原来如此。"樊哙抬头看了看屋顶。在乔木的掩护下建起了一座小小的望楼。这座房子三面环山，在屋里站岗的人昼夜不停地监视着周围。

"沛县有什么新消息吗？"

"这个嘛……"樊哙含糊其词，简单对王吸说了说沛县发生的事，然后就向山上走去。留在这里的人们利用岩角建了几座结实的栅门，每座门附近都有人看守。

"樊哙大人，您回来了。"

每穿过一座打开的栅门，都有人跟樊哙打招呼。樊哙钦佩地想：这还真是建成了守备严密的险塞。

这里有些陌生面孔，看来人数有所增加。之前数人共同居住的洞穴如今已经成了刘邦一个人的住处，洞穴内整理成了房屋应有的样子。

"你回来了啊。"

樊哙感觉刘邦的声音中完全没有郁闷或虚弱的气息，便放下心来。他先拿出了夏侯婴和尹恢送来的一千文钱，然后开始向刘邦汇报从沛县得到的消息。最重要的消息是，在萧何、曹参、任敖的斡旋下，被抓进监狱的吕雉很快就会被释放。樊哙并没有告诉刘邦，周继推测陷害刘邦的人可能就在沛县。

"县令将内子关进监狱了吗？"虽然这并非意料之外的事情，但是得知事情真的发生后，刘邦还是露出了怨愤的神色。

县令和县丞这些沛县的最高官员都是平庸之辈。正因为如此，他们才会听取萧何及曹参这样有实力的下属的意见，没有逮捕或惩罚大量的人。但是，在砀县县令那样冷酷而有才干的人统治下，砀县的囚犯和被处死的人不断增加。如此想来，在沛县，只有刘邦的妻子被关进了监狱，可以说是奇迹般的平静了。

等到刘邦激动的情绪平静下来后，樊哙说："这里的人数似乎增加了。"

"你离开后，增加了十个人左右吧。"

"您调查过新来的人的来历吗？现在也该到官府会派来奸细的时候了。"

刘邦嘴角露出了笑意："不需要调查他们的来历，我只要看到他们的面相就可以了。"

刘邦的直觉非比寻常。樊哙十多岁的时候，曾经与刘邦一起出行。那次碰巧要连夜赶路，刘邦却突然停下脚步，说自己有不好的预感，要改变路线，于是两人半路折了回去。之后他们才知道，那晚明明没有下雨，那条山路却因为塌方被埋住了。而且刘邦也经常能看出他人的本性，以及其将来会成为什么样的人。

但是，亭长并没有看穿陷害他的人的阴谋。

能瞒过眼光毒辣的刘邦的人，会是他的亲人，或是像亲人一样关系亲密的人吗？樊哙虽然在心里这样推测，但并没有说出来。

又过了十余日，在一个温暖的日子里，山脚下的瞭望台上插起了一根黄色的旗子。旗子的颜色能够以最快的速度传递信息。黄色的旗子说明有亭长的客人来到这里。刘邦有些疑惑，于是派樊哙前去探察来者是何人。

樊哙下了山，他在山脚下见到了一个陌生的男人。那男人一见到樊哙，就对他鞠了一躬说："我是周苛的朋友，他托我将这份书信送过来。"他将书信交给樊哙后，一言不发地转身离去了。

刘邦拆信前问樊哙："是你将我的所在地告诉周苛的吗？"

樊哙一怒，反驳道："我连娥姁夫人都没有告诉，怎么会告诉周苛！"

刘邦一笑："哈哈，我都明白，不过是一句玩笑而已。"说着读起了手中的信，边读边高声笑道："内子已经被释放了。"

"我们要不要庆祝一下？"

"是啊，摆酒席。"

刘邦好饮酒，因此山中储存着不少酒。看着部下们喧闹的样子，刘邦想起了书信中另外的内容。

"二世，游幸，预定巡行东方。"

刘邦并不清楚信里说的东方指的是哪里。按照常理推测，皇帝应该会沿着他父皇巡行的路线前进。如果是这样，砀郡和泗水郡应该并不在皇帝的行程中。如果皇帝要经过这两郡，为了保证行程的安全，郡县的官吏们一定会进行巡逻，这样一来，刘邦这些流民就无法继续藏身于山泽之中了。

好险，好险。

刘邦用手掌拍打着自己的脖子。

不过，二世皇帝明明说过要修建始皇陵，为什么要在这时出行呢？虽然刘邦身边并没有人能够获知咸阳城深宫中的情况，但是他大致可以猜测出那里发生的事情。应该是有人不希望皇帝留在宫中，因此向皇帝进言，建议皇帝出行的吧。

"天子巡视列国被称为巡狩。不过，巡狩只需要每四五年进行一次就够了。"

这是从前张耳告诉刘邦的。天子巡狩时也会表彰积德行善的人。像秦始皇那样并不体察民情，只是向天下彰显自身威势的巡行并不能称为巡狩。秦二世这次的巡行应该与他父皇是一样的性质吧。

真是爱耍威风的皇帝。

表面上是皇帝轻视天下子民，实际上皇帝才是被万民轻视的人。

此时，刘邦尚在山里与部下庆祝吕雉出狱，而吕雉被父母接回家中后就病倒了，因此不得不在家静养了一个月。不过有妹妹吕嬃照顾，吕雉过得很安心。不光是吕嬃的儿子伉儿，吕雉的一双子女也跟着母亲回到了娘家，所以刘邦家里现在本应无人居住。但是，审食其表示他要留下看家，就在刘邦家里住了下来。就在审食其带着桃花去看望吕雉那天，她的病情好转，终于可以下床了。

"这真是可喜可贺。一定是因为桃花驱逐了邪气吧。"

"一定是这样。"吕雉露出了笑容，但直到十天以后，她才真正恢复活力。吕公确定爱女的病情痊愈之后，邀请亲朋好友举办了一场祝贺爱女病愈的宴会。宴会上，吕雉向众人施礼后说："让各位担心了。我前段时间腿脚虚弱，无法自如行走，如今终于恢复如初。再过两三日，我就要启程去寻找夫君了。"

众人闻言大惊。妹妹吕媭也变了脸色，上前劝说道："阿姐，您知道刘季大人如今身在何处吗？这件事连我都不知情，您在病榻之上又是如何得知的呢？"

"他就在西南方向。"吕雉指着西南方轻描淡写地说。堂内的客人一片哗然，只有审食其哈哈大笑，尖声说道："这真是让人高兴啊。沛县没有一个人知道亭长身在何处，娥姁夫人足不出户却能知晓，可见娥姁夫人并非寻常人物。怎么样，在座有没有勇敢的人，或者好奇的人，愿意跟随娥姁夫人一起前往？"

举兵之时

　　吕雉离开病榻后，曾经深深地吸了一口气，站在窗边向外看去。

　　哎呀……

　　晴朗的天空中，有一道云气直冲天际。像是白色的云彩，可是怎么会有笔直的云彩呢？吕雉匆匆走向庭院，眺望着远方的云气，她泪流满面，心中默默地坚信着自己的夫君就在那里。

　　当她被关在监狱中时，曾经在心里默默与丈夫刘邦交谈过。率领壮丁从沛县出发之前，刘邦曾经说过这是对他的试炼，自己一定不会死掉的。

　　看来接受试炼的不只有夫君一个人。

　　而且，如果丈夫不会死去，那妻子一定也不会死去。吕雉就是怀抱着这个信念挺过了狱中那段艰辛的日子。她得知自己获释的时候，强烈地感受到那是神的力量在庇护自己。

　　她觉得有神仙在肯定自己的坚持。她倒在父母的怀抱中时，不知道为什么，突然非常想见到自己的丈夫。就连在病榻上的时候，她也不断地在心中询问着夫君究竟身在何方。那道向天空中升起的云气，一定就是夫君对她的回答。

　　夫君听到了我的声音。

吕雉对此坚信不疑，开始准备行装。母亲看着她坐立不安。而父亲吕公很清楚女儿的性格，苦笑着对长子吕泽说："她说出来的话是一定会做到的，你帮我照看着她。"

　　吕泽答应了下来，叫上自己的朋友，带着下人，准备和吕雉一起出发。当然，对吕雉寸步不离的审食其也在出发的行列中。

　　虽然人人都能看到彩虹，但是升腾的云气似乎并非如此。吕雉能看到云气并不是说她有什么特异功能，应该说这是一种特殊的直觉。

　　吕雉一行不到十人，出了沛县后一直小心地观察着身后是否有人跟踪。吕雉在宴会上说了要去寻找刘邦，消息传出去后，县令应该会派人偷偷跟踪她。但是一天过去了，他们并没有发现身后有可疑的人。看来那天前来庆祝吕雉病愈的人口风都很紧，又或许他们都不相信吕雉真的会出发去寻找刘邦。

　　他们并未向西进发，而是先南下前往彭城。神奇的是，这支队伍并没有向导，只是因为队伍的中心人物吕雉说从彭城开始再向西前进，所有人都能听从她的指示。但是，吕雉从来没有在泗水郡中四处走动过。

　　吕泽看着吕雉自信满满的面孔，转向审食其征求他的意见："我听说刘季经过丰邑，在沼泽旁解散了壮丁的队伍。丰邑在沛县以西，而我们一直在南下，这方向是不是差得太多了？"

　　"不会不会，这样就好。你会这样想，只是因为我们看不到娥姁夫人眼中的景象罢了。"

　　"你是说我妹妹能看到什么记号吗？她那副丝毫不迷茫的样子实在是很不可思议。"

　　审食其以刘邦的管家自居，一直与吕雉关系亲密，因此得意扬扬地说："吕媭夫人不是说了亭长是赤帝之子吗？既然亭长是赤帝之子，他的妻子自然也有非凡的能力。"

"我一直认为我妹妹只是性格坚强而已，现在看来必须对她另眼相看了啊。在狱中的时候她也坚持下来了，普通的女子是会死在狱中的吧。"

"确实如此。但是，以后就困难了。"审食其皱起了眉头。

吕泽不会把事情往坏处想，他是一家的栋梁，一直激励着弟弟和妹妹。正因为如此，他将弟弟妹妹照顾得很好。但他考虑事情不长远，欠缺先见之明。现在，他也看不出审食其所谓的未来的困难之处，于是问他："你的意思是？"

审食其不厌其烦地对他解释道："娥姁夫人已经被释放了。但是亭长又如何呢？他明明没有犯下罪过，却要被当成罪犯看待。因此，亭长只要一回到沛县就会被逮捕。"

"嗯……"

"那么，谁会赦免亭长呢？"这是一个棘手的问题。

"只要皇帝不大赦天下，亭长就不能摆脱罪责。"

吕泽也很清楚这一点。但是这并不能解决眼前的难题。

"当年，秦始皇就很严厉，当今圣上更不可能为了百姓而大赦天下。这样一来，亭长在当今圣上驾崩之前都要不断地逃亡。当今圣上如今才不过二十一岁，看样子亭长会在他之前死去。"

执政者只是一味地增加罪犯，却不在减少犯罪的人数上努力。说到这里，吕泽终于理解了审食其的想法。

"这样一来，刘季是赤帝之子这件事也只能就这样不了了之吗？"

"关键就在于此。这种神乎其神的事情十分少见，今后一定会发生什么事情，让人恍然大悟，大呼果然如此。但是我们要怎么做才能促成此事，我现在依旧完全没有头绪。"

审食其并没有乐观地认为只要袖手旁观，事态就会自然地好转起来。他想尽快将刘邦从困境中解救出来。

"你很讲信义，我妹妹应该很信任你。"吕泽对审食其的认识有了改观。

一行人来到了彭城。

彭城是泗水郡中最大的县，但奇怪的是，郡府并未设在此处。此地是交通要道，四通八达，从这里可以前往东南西北各个方向。

因为吕雉说了要向西前进，一行人出了彭城之后就向萧县进发。到达萧县后，吕雉要众人向西南方向前进。萧县的西南方向是郡府相县，南边流淌着一条名叫睢水的大河。

要穿过这条河流可不简单。

吕雉和跟随她的人都这样想着。但是，进入相县后，吕雉说："我们不急着渡河。"只是让众人沿着河岸向西前进。

吕泽说："马上就要进入砀郡了。"

审食其看出了吕泽心中的不安，冲他点了点头说："我懂了。亭长就在郡界处。"

他们最终跨过郡界进入了砀县，在那里找到一艘渡船，坐船来到了芒县。

吕雉坚定地指示众人向北前进，她的话中丝毫没有犹豫，众人不由得面面相觑，心生疑虑。从芒县向西南前进，短时间内没有其他县城，正适合流民藏身，但是吕雉却说要向北前进，这让众人心中一惊。芒县的北边是砀县。

"砀县和下邑之间没有其他县城，亭长就在那附近吧。"

吕泽是跟随父亲吕公从砀郡搬到泗水郡的，因此对砀郡十分熟悉。但是单父在下邑的北边，此人与吕家交恶，因此他并不想到那里去。

吕泽严厉地告诫审食其说："只能走到下邑为止。"

审食其接受了吕泽的告诫，轻松地说："我知道。亭长也一定明白的。"

如今天气转暖，众人只是默默赶路，身上就浮起了一层薄汗。一行人离开芒县后再次渡过睢水，向砀县前进。

但是，吕雉在途中停下了脚步。

大河对岸有一座山，山上有星星点点的斑痕，那应该是山上露出的岩石。吕雉眺望着远处的山峰。

"有什么地方不对吗？"审食其问道。

吕雉莞尔一笑，回答道："夫君就在那座山里。"

听她这样说，跟随她的人都暗自怀疑。他们各自都想过刘邦会藏在什么地方，都认为亭长一定藏在有绿树掩映的地方。但是吕雉指向的山峰植被稀少，甚至可以说十分荒凉。

"那座山里看上去有狼的巢穴，刘季真的会在那种地方吗？"吕泽顾虑重重地说。

"他在那里。"吕雉目光坚定。

审食其马上对所有人说："都去找找通向山里的路。"众人开始在沼泽边搜寻。不一会儿，审食其高声呼叫吕泽："这里，就是这里。"

吕泽分开草丛，发出了一声惊叫。厚厚的草丛铺成一条道路。

审食其说："这是渡河的近路。"事实也许正如他所言。到了冬天草就会全部枯萎，这条草铺出的道路也会消失。

吕雉带领众人走上了这条草铺成的道路，水没到了众人的脚踝处。穿过沼泽后就能看到树木丛生。树丛中看似荒无人烟，但是众人刚一踏入，树荫中就蹿出两个人，冲审食其问道："你们来这座山里干什么？"

审食其立刻意识到娥姁夫人是正确的，他浑身一凛。吕雉在沛县就认准了这座山，这只能解释为她有千里眼，让人不得不承认这并非普通的奇事，而是吕雉身上确实有神秘之处。

瞭望台上插上了黄色的旗子。

世上也许真的有不可思议的巧合。

就在这天，刘邦从斜坡上走了下来。岩壁的半边笼罩在太阳的阴影中，刘邦靠在岩壁上眺望着沛县所在的东北方向，想着自己的妻儿如今境况如何。

一直以来，他都尽量不去思考妻儿的情况，偏偏就在今天，不知为何思念起沛县的家人。

"亭长，有客人。"

听到岩壁下方传来的微弱的声音，刘邦回过神来，看到了瞭望台上的黄色旗子，一边说着"我这就过去"，一边敏捷地走过洁白干燥的石头小路。他并没有在岩洞里散漫地生活，而是组织四十人的部下进行了两三次小规模狩猎。自古以来，狩猎就是军事训练的一种，对提高用兵能力很有效果。

在山里生活时能亲身体会到山里那独特的精气，这种精气能让人充满活力。曾经有得了难治之症的人在高山上修养一段时间就得以痊愈，刘邦从来没有怀疑过大山拥有治愈的力量。事实上，刘邦在山里居住的这些日子里从来没有过抑郁之感。像今天这样仿佛内心蒙上一层阴影的日子可以说是少之又少。

刘邦来到山脚下，看到瞭望台的时候他简直不敢相信自己的眼睛。包括警备的人在内，瞭望台上有十余人，远远看过去，有一个在刘邦眼中浑身散发着光芒的身影，那就是他的妻子吕雉。但是，不管怎么想，自己的妻子都不该出现在这里。沛县应该没有人知道刘邦的藏身之处才对。

"夫君——"

听到妻子中气十足的声音从远处传来，刘邦的身体某处涌起一股甜蜜的兴奋感。

娥姁就在这里。

刘邦仿佛不相信眼前的一切一般不停地揉着眼睛，但那声音真的是妻子发出的，妻子和兄长吕泽、审食其等人千真万确地站在那里。

竟然会有这种事。

喜悦之情将刘邦包围，他向着妻子跑去，吕雉也向他跑来。

将妻子的身体拥入怀中，刘邦夸张地惊叹道："你竟然能找到我。"

吕雉被丈夫抱在怀中，满脸喜色地说："因为你所在之处有云气缭绕。"

真是不可思议。

吕泽和其他跟随吕雉的众人听了她的话，一起抬头向天空望去。但是空中完全没有云气的影子。

"真是遗憾，看来这并非我们这些寻常之辈能看到的东西啊。"审食其小声对吕泽说。

"今天要好好招待远道而来的客人们。"

刘邦的话传到了山里的部下耳中，到了傍晚，人们陆续来到了山腰处。他们听说远道而来的客人就是刘邦的妻子后无不惊讶万分，之前，他们也从来没有听说过关于云气的事情。日落时分，樊哙从砀县归来，诧异地看着在山脚处举行宴会的众人，见吕泽坐在刘邦右边，吕雉坐在刘邦左边，只说了一声"竟然——"就再也说不出话来。吕雉微笑着朝他招了招手，让魁梧的樊哙坐下，为他斟满酒，对他说："我妹妹和伉儿都很好。"

　　"嫂子，你是从谁那里听说这个地方的？"

　　"没有人告诉我。"

　　樊哙一听，呛了一口酒。

　　"没有人告诉您，您就能找到这里……"

　　"没错。"

　　这时吕泽指着天空说："是老天爷告诉我妹妹的。"说完放声大笑。

　　审食其走到樊哙身边对他说道："这不是开玩笑，都是真的。我们只是遵从娥姁夫人的指示就找到了这里。亭长和娥姁夫人都是非同寻常的人物，我想他们一定都肩负着上天赋予的使命。我们必须要赌上性命去守护他们二人。"

　　当天夜里，吕雉在刘邦怀中度过，那一定是一段幸福的时光。

　　第二天，吕雉在刘邦之前醒来。她走出岩洞，坐在平坦的岩石上眺望着日出前的风景。沼泽还是一片青黑色，而半山腰以上的岩石已经褪去了黑夜的颜色，散发出青白色的光芒，真是一幅独特的山中美景。

　　人如果不向上攀登，就不能尽早沐浴在阳光之下。

　　也许如今我和夫君已经渡过了沼泽，但是依然置身于山脚下的黑暗中。吕雉这样想着，但并不感到焦躁。她沉浸在大山的宁静之中心情舒畅。不久，下方升起了袅袅炊烟。

这炊烟并非云气，所有人都能看到。吕雉心想：这么长时间以来，来往于芒县和砀县的人们竟然都没有注意到这里的炊烟。也许从山下的道路上看不到这里的炊烟吧。

太阳开始升起。

吕雉跪在岩石上祈祷："希望夫君能尽快回到沛县。"

就在吕雉祈祷结束之后，刘邦从岩洞中走了出来。他突然开口说："你身上仿佛散发着光芒。果然，你也将成为贵人。"说完便抱住了吕雉的双肩。吕雉的眼中流下了泪水。周围屡屡出现祥瑞，但这种悲惨的生活究竟还要持续到什么时候呢？

"夫君你真是太可怜了。"

"是这样吗？逃进这座山里的人都有着比我更悲惨的遭遇。为了拯救他们，我必须做出改朝换代的壮举。可我真的能做如此狂妄之事吗？"

"一定可以的。"吕雉断言。

"是吗？既然你说得如此坚决，那么这一天一定会到来的。"

刘邦也沐浴在晨光之中。沼泽周围终于被阳光染成了绿色。

这天，吕雉和吕泽等人下山踏上了归途。刘邦将众人送到山脚下，让樊哙跟随他们一起离开。一方面是为了让他保护吕雉，另一方面也是为了让他探察民情。

如今，郡县的官吏见到平民的队伍一定会上前盘查。从这一点上来说，吕雉一行这次往返的旅程也是十分危险的，好在他们最终顺利回到了沛县，可以说是因为吕雉有好运相护吧。

跟随吕泽的友人将这段旅程中发生的所有事情看在眼里，心中充满了感动和惊叹。他们一回到家就忍不住事无巨细地跟家人讲述了一路上发生的事情，边讲边感慨。

"你所在之处有云气缭绕。"

不久后，吕雉对刘邦说的这句神秘的话在沛县悄悄地传开。同时被传开的还不止于此。

泗水亭长好像在泗水郡和砀郡的边境附近。

这个流言也在沛县传开。到了现在，沛县的人们已经得知了沛县和丰邑的壮丁中途逃走的事实和刘邦当时采取的行动，开始有人将刘邦看作英雄。县里无所事事的少年们本来就对官府心怀不满，他们在暗地里指责县里的高级官员："明明应该把那些在途中逃走的人抓起来好好调查一番才对，县里的官老爷们究竟在干什么啊。"但是如果大张旗鼓地指责官员，就会为自身招来灾祸，因此这些少年只是不断地在两三人秘密集会时发发牢骚。不过，因为他们已经大致猜到了刘邦的藏身之处，于是开始有人商量着要投奔亭长，实际上，带着少量食物离开沛县的少年确实在增加。这些少年净是些被县里的人们瞧不起，整天无所事事、心怀不满的人。如果投奔王陵那样的地方豪族，虽然可以吃饱饭，却会被束缚。不想受到约束的少年并不在少数。

樊哙在沛县停留了大约半月，五月，他回到了山泽中，发现山里的人数又增加了十余人。于是他问刘邦："我想如今沛县县令也已经知道您在这里了。关于今后的事，您做何打算呢？"

郡县如果知道了在芒县和砀县之间的山泽中隐居着五十多名流民，不知何时就会派捕吏前来袭击这里。这正是樊哙担心的地方。

但刘邦依然豁达，只是说："郡县有所行动之前一定会有人来报信。这里是最好的藏身之所。"他完全没有表现出要转移阵地的意思，让樊哙接着汇报山下的情况。

"皇帝的游幸结束，似乎已经回到了咸阳。"

能了解到中央政府情况的是泗水郡府的高级官员周苛。樊哙往返于沛县的途中一定见到了周苛。

"听说皇帝一回到咸阳，就将自己的兄长，秦朝的公子们一个接一个地除掉了。不过这只是传闻而已。"

"不，应该是真的。"

因为当今圣上是秦始皇最小的儿子，秦朝所有公子都是他的兄长。虽然不知道秦始皇有几个儿子，不过应该至少有十人。皇帝如果觉得他们威胁到了自己的皇位，就会想除掉他们，现在的皇帝性格谨慎，应该能做出这样的事。

"另外，皇帝又开始建造阿房宫了。"

"呸。"刘邦吐了口口水。

阿房是地名。第一个想在那里修建宫城的是秦惠文王。秦惠文王的儿子是庄襄王，秦始皇嬴政是庄襄王之子。

秦始皇计划修建阿房宫，于是绘制了宫城的扩大图，打算在这座规模空前绝后的宫殿和骊山之间打通一条八十余里的阁道，或者应该说是复道。这是一条二层的走廊，秦始皇没能在驾崩前完成这项工程，因此他的儿子秦二世打算重新启动这项工程。

"这会让民怨更加沸腾啊。"

刘邦并不在意建筑的壮美。

进入六月，进入山泽的人数突然增加，这些人几乎都是来自沛县的年轻人。

"亭长的部下已经超过八十个人了，虽说这是好事，但是食物够不够吃啊。"樊哙担心此事，于是前去询问管理食物的王吸。

"虽然有砀县的人们支援，但是看上去撑不过今年冬天。"

王吸回答得很诚实。新来的人并没有带来太多食物，自然也不能让他们回去取。樊哙没有办法，只能将食物在今年的暮秋就会耗尽一事报告给刘邦。

"是吗……"刘邦喃喃自语道。他沉默了一会儿，抬头望着天空说："难道我们就要像伯夷和叔齐那样在山中饿死了吗？"

樊哙感到刘邦并没有向任何人寻求答案，而是在向上天发问。恐怕刘邦到死都不会离开这座山了吧。如果刘邦死在了山里，跟随他的人就会四散奔逃，流浪到其他地方，这里会变得空无一人吧。而樊哙也只能回到沛县。

三个月后，我们就要落到如此境地了。

樊哙不由得在心中呐喊。如果只有他和刘邦两个人，就可以继续流亡的生活，恐怕也不会落到饿死的境地。但正是因为有跟随自己的人，刘邦才不得不停下脚步。一群没有生产能力的人一旦停下脚步，会遭到怎样的下场呢？在山泽中的鸟兽都被捕猎殆尽后，就只能坐以待毙了。

对于刘邦来说，这一年的六月到七月可以说是他人生中最黑暗的日子了。

当刘邦感受到初秋的风时，只是自嘲地说："这座山里既没有蕨菜也没有薇菜啊。"

这样下去只会自取灭亡。

樊哙想着，下山前往泗水郡的相县，找到了现在最能靠得住的周苛，向他求救："你能不能弄些食物给我们？"

周苛面露难色，苦涩地说："不好办啊。我也劝过朋友帮忙，但是他们一听说要将食物运过郡界，就都退缩了。"

其实，受到食物不足的困扰的不只有隐居在山中的刘邦集团。泗水郡和砀郡也接到了中央政府向都城运送食物的命令，如今都有些供不应求。民间当然已经没有了余粮。

"这样啊……"樊哙双手抱在胸前，绝望地想着：穷途末路了啊。

突然，大雨倾盆，两人的声音被激烈的雨声盖过。时间一分一秒地过去，雨非但没有停止，反而越下越大。

周苛抬头看了看说："屋顶似乎要漏雨了。"他站起身来，走到屋外查看了一番，满面愁容地说："也许睢水就要泛滥了。"

可以说正是这场大雨让历史发生了翻天覆地的变化。

就在这天，相县东南方的大泽乡聚集了九百人，这些人都是被称为闾左的贫苦人民。闾左，又称里门以左，那里聚集着贫寒的人家。这些贫苦的人民是被强征到北方去做守备兵的，现在他们要向更北方的渔阳前进。

带领这群人的有两个人，一人名叫陈胜，另一人名叫吴广。陈胜是颍川郡阳城县生人，吴广则出身陈郡的阳夏县。颍川郡与陈郡相邻，也许正是因为这点，两人关系很好。陈胜并非出身名门，不需要继承家业，小小年纪就离开了老家，受人雇用当上了农民。

陈胜受人雇用时，曾经发生过一件逸闻。因为这件逸闻传播太广，可以说已经不仅仅是逸闻的程度了。

有一天，陈胜停下了手中的农活，登上一座小小的山丘，长长地出了一口气。见他的雇主也登上了这座小山丘，因为这名雇主一直待他不薄，陈胜便回过头对他说："如果我以后飞黄腾达了，一定不会忘记您的恩情。"

他的雇主突然听到这句出人意料的话，笑着奚落他："你现在可是被我雇用的农民，你要怎样飞黄腾达呢？"他只是将陈胜的豪言壮语当成可悲的笑话，怜悯地说着。

陈胜听了他的回答，长叹一口气说："嗟乎，燕雀安知鸿鹄之志哉！"

燕是燕子，雀为麻雀。鸿是鹏鸟，鹄为天鹅。另一方面，鸿鹄也可以作为形容词，用来形容宏大的东西。也就是说陈胜这番豪言壮语的意思是，像燕子和麻雀这样弱小的鸟儿，不会理解鸿鹄这等大鸟的志向。

在这里说些题外话。陈胜在这番话中用大鸟做了比喻，却没有提到至尊的凤凰和龙。这是为什么呢？陈胜出生的颍川郡有很多家族是从夏王朝延续至今的，后世的司马迁也曾说过：颍川，夏人之居也。因此这个地区充斥着夏朝的传说。也许在夏朝的创始者禹王和他的父亲鲧身上有关于大鸟的传说吧。

这件事姑且不谈，陈胜吴广要将九百人千里迢迢地送到北方的渔阳，却在大泽乡遭遇了大雨，大家都为之愕然。因为不止流经大泽乡以北的睢水泛滥，连支流的小河也发了洪水，睢水南岸的道路全部被水淹没，交通被阻断了。

这样一来，自然没办法继续向北前进了。

陈胜和吴广皱紧了眉头叹息道："这可糟糕了。"

天亮之后，下了一晚上的暴雨终于停了，但是城内满是积水。樊哙从周苛家走出，看着满是雨水的街道皱起了眉头。

虽说有城墙保护城中的居民不被睢水的泛滥所害，但是城里的水无法排出，有些路上积水一直没到了小腿处。只有市场的地面铺着砖瓦，其他路面都被水和成了泥。不过，对樊哙来说万幸的是，相县位于睢水的北岸，如果在睢水南岸，那他就会和陈胜等人一样被困数日无法动弹了。

樊哙避开浸水和被垮塌悬崖堵住的道路，绕了不少路之后终于回到了山里。王吸立刻来到他身边问："情况如何？"王吸的直觉也很准，见樊哙不在山里，马上明白他去了什么地方。

"不行啊。食物都送到中央去了，哪里都没有余粮。"

"是吗？"王吸垂头丧气地说。对王吸来说，能在山里生活是最快乐的事情，但这样的生活只能再持续两个多月了。

"真不想离开亭长……"

"亭长说了，他哪里也不去，就在这里等着饿死。"

"啊？真的吗？"王吸第一次听说这件事情，他焦急地说，"亭长一定不能死在这里。只要在食物耗尽之前离开这里，再去寻找别的天府之国就好了。"而能够让刘邦改变主意的只有樊哙。

"我想对于亭长来说，天府之国就只有这里，再无他处。没想到他这么固执。"

樊哙说完，在山里巡视了一番，看了看昨晚的大雨造成了多少伤害。山里没有发生崩塌，虽然有房子被冲走，但所幸没有出现死者。

看来是这座山在保护着亭长。

难道亭长是为了报答大山的庇护才决定独自死在这里的吗？

五天后，刘邦将樊哙叫去。他坐在岩石上向东南方向眺望，拍了拍岩石让樊哙坐在他旁边。等樊哙坐下后，他说："你知道战云吗？"

"战云是指战争就要爆发的迹象吧，并不是说真的有云在空中涌现。"

"呵呵，"刘邦哂笑一声，指着东南方，"但是，真的有云涌起啊，红黑色的云。那边有鲜血遍地，血水被风卷起升上了天空。"

"那就是战云吗？"

"也许吧，"刘邦吩咐樊哙，"你到沛县去。小心起见，这次不要从南边的相县走，而是走北路，通过下邑和彭城。我的直觉告诉我最好避开南边。"

"您让我去沛县做什么呢？"

"去保护你和我的妻儿，还有吕公一家。沛县的形势一定会严重恶化。"

"这也是您的直觉吗？"

"我不是说了吗，战云啊，战云。砀郡和泗水郡很快就会被那片诡异的云彩笼罩。"

樊哙并没有违抗刘邦的命令。他整理好行装，去王吸那里领取足够支撑数天的粮食。王吸突然缩了缩脖子对他说："樊哙大人，你看到那片可怕的云彩了吗？"

嗯？这家伙也能看到吗？

樊哙有些吃惊，应道："那个是战云。"

"啊，是吗？我还是第一次见到战云。一定是东南方发生了大规模的叛乱吧。"

"我要在那片战云笼罩泗水郡上空之前回到沛县。"樊哙说着向王吸伸出了手。

初秋的天空一片澄明，樊哙下山后抬头看了看天空，苦笑着嘟囔道："只有我看不到战云吗？"说完，侧了侧头继续向砀县走去。

就在这时，一支两千人左右的叛军正从蕲县出发向西北方向前进，逐渐靠近铚县。率领这支叛军的正是陈胜和吴广。

因为前日的大雨阻断了道路，这九百人被困在大泽乡无法动弹，不安和恐惧在人群中蔓延。三天后，当他们发现依然没有办法越过睢水时，人们开始窃窃私语。

有两三个人觉得就这样惴惴不安地等待不能解决任何问题，于是他们来到陈胜身边向他询问道："如果不能按时到达渔阳，结果会怎么样？"

陈胜毫不犹豫地回答："按照秦朝律法，大家都会被斩首。"

那两三个人一听此话，险些吓得失去了意识。不过，其中一人还是抱着一丝希望问道："如果明天或者后天就能出发，是不是还来得及呢？"

陈胜看着他冷冷地说："你觉得只有此地下了那场大雨吗？"可以想见，就算越过睢水，也有不少道路因为那场大雨而无法通过，无论怎么赶也没办法按时到达了。

"屯长……"那两三个人腿一软坐在了地上。

陈胜见此情景，缓缓地蹲在他们面前，语气柔和地说："大家都不是自愿想当戍边的士兵，离开故乡的。即使如此，依然抱着想要到达边境的心情努力寻找道路。但是秦朝的律法并不会体谅我们遭遇到了大雨，也不会体谅我们为寻找道路而做的努力和驻守边关为国效力的心情。只要不能按时到达渔阳，你们和我们都会被杀。难道我们明知如此，还要继续向北前进吗？"

正因为陈胜是穷苦出身，因此很善于笼络人心，而且能说会道。

接着，他用威胁的口吻说："你们现在很想逃跑吧。但是，你们以为只要逃跑就能捡回一条命吗？虽然我是你们的领路人，但是在我之上还有两名将尉监督官，如果逃跑，就会被他们杀掉。"那两三人听了他的话，沉默不语。

"进也是死退也是死，我们该怎么办呢？既然明白这样下去终有一死，就应该想办法寻找别的出路。"

其实，陈胜已经和吴广谈过，决定了既然终有一死，不如就此举兵，达成建国大计后再英勇赴死。正是因为二人胸有鸿鹄之志，才会产生这样大胆的想法。

他们二人所谓的大计正是指"复兴楚国"。陈胜出身的颍川郡，在秦统一天下前是韩国的领地。而吴广是陈郡人，陈郡曾经是楚国的一部分。这样看来，也许是吴广提出了打着复兴楚国的旗号就能号召众人的想法。那些楚国故地上的人民依然对秦朝愤懑不满。直到现在，依然有不少人会感叹"怀王可怜"。

怀王，是百余年前楚国的国王。

秦昭襄王向怀王去信邀请他在武关相会，怀王不顾重臣们阻拦，执意前往武关。但是这次会见是秦国设下的陷阱，怀王刚一进入武关，就被关进了要塞。秦兵将被幽禁的怀王押送回秦国都城，怀王从此成为人质。不仅如此，秦朝还就此敲诈楚国："要是想让国王平安归来，就得割让领土。"楚国上下都对秦国的卑劣之举愤怒不已。之后，秦国并未放怀王归国，而是让他客死他乡。从那以后，楚国人再也不信任秦国，两国积怨更深。

如果能将这股怨恨聚集起来，就会成为巨大的力量。

陈胜和吴广利用这一点，巧妙地说服了那些深陷在不安和恐惧中的人们，把大家团结在一起，故意激怒将尉，奋起反抗，砍下了两名将尉的首级。

陈胜吴广的起义就从这里开始。

毫无疑问，之前在各地都发生过同样的叛乱，但这次与之前不同的是，起义的人们在杀死中央官吏后并没有逃散，毕竟这是一支九百人的队伍，只要能拿到武器团结在一起，在郡县的官兵面前都不用退缩。率领着这九百名手下的陈胜和吴广打起了"大楚"的国号。这支九百人的队伍组成了一个没有领土只有人民的国家。

"领土只要在今后争取就可以，同时你们也会名扬天下。"陈胜向众人宣告，并且自封为将军，封吴广为都尉。都尉是上级武官，在这里则是指副将。总之，一支拥有武器，抱着建国理想的队伍成立了。这支区区九百人的队伍准备反抗大秦帝国。如果秦始皇在世，这次叛乱也许一个月内就会被镇压下去。但是，秦二世的暴政帮了他们。

"首先，我们要击溃这里。"陈胜所指的是近在眼前的大泽乡。只能说住在这里的人不幸，突然间被九百人袭击，财产、食物、家畜全部被夺走。

陈胜宣称"大楚就此建国"后，迅速率兵向西进发，突袭了蕲县。毫无防备的蕲县被轻易攻陷。

"继续前进。"陈胜并未让军队修整，而是直接前往铚县。攻下大泽乡和蕲县后，陈胜的军队已经扩大到最初的两倍。在蕲县以北睢水以南的符篱，一个名叫葛婴的人前来迎接陈胜。

此人可用。

陈胜如此判断，让他带兵平定了与自己进军方向相反的地区。

从上方俯瞰陈胜军的动向，主力部队以泗水郡的大泽乡为起点，从睢水南岸不断向西前进。西方是与泗水郡西边相邻的陈郡，反叛军的目标正是陈郡的郡府陈县。之前曾经说过，陈县曾是旧时楚国的首都，只有在攻下陈县之后，陈胜所打的国号大楚才能具有现实的意义。

此事暂且不提。樊哙此时并不知道陈胜吴广举兵和攻城略地之事，他从睢水北岸向东前行，在到达彭城之前，都不知道南边发生了满是血腥味的动乱。彭城的县令并不知道这场叛乱的真实情况，只是听说睢水南岸有一大群盗贼猖獗，因此没有立刻关闭城门。多亏如此，樊哙才没有被关在城内，得以向沛县进发。只是，沛县以南的留县已经关上了城门，樊哙只能露宿荒郊。

留县也太害怕盗贼了吧。

樊哙在心中嘲笑道。第二天，他就到达了沛县的泗水亭。亭内的任敖一见到他就表情严肃地问："你是从哪里过来的？"

"亭长让我从北边绕过来，所以我就从下邑经过彭城回来了。"

"你没有走相县吗？"

"我并没有靠近睢水，莫非你是想说盗贼团伙的事情？"樊哙微微笑道。

"盗贼团伙？你在说什么胡话啊。已经发生叛乱了。我们郡中的铚县已经被攻陷，听说贼军正通过相县的对岸向着砀郡的酂县去了。兵力有五六千人。"

"什么！"听到这个消息，就连樊哙也变了脸色。他曾经去过酂县，酂县地处芒县以西。叛军如果要通过那里，就有可能踏进刘邦所在的山泽中。

"现在也说不清贼军到底会不会来这里，泗水亭今天就要关闭。你快来帮我收拾东西。"

任敖手脚不停地忙活着，樊哙也开始心神不宁起来。

住在山泽中的人同样心神不宁。

"铚县被贼军攻陷了。"

流言的速度快过千里马，这话着实不错。就连刘邦所在的山泽中都听到了这样的传言。

竟然攻陷了一个县。

在战争时期，一个县就相当于一座城。一般情况下，就算再寒酸的城，攻下来至少也需要十日有余。但是流言却说铚县在一天之内就被攻陷了。

刘邦身边的人们冷笑着讨论："铚县也未免太没有防备了吧，竟然被一群盗贼攻陷了。"他们此时依然以为陈胜吴广的军队只是一群盗贼。

两天后，砀县人陈濞和同伴一起匆忙进入山泽中。砀县的城门已经关闭，他们是趁着夜色翻过城墙跑出来的。他们连夜赶路，就是为了尽快向刘邦汇报真实情况。

"看你们的表情，外面出了大事啊。"

刘邦将陈濞等人请进岩洞内。

"看来贼军还没有来到此处，我们暂且可以安心了。"陈濞放下了悬着的心说道。

"那不过是盗贼团伙而已吧。"刘邦故意这样试探。

"不，不是这样。"说话人是和陈濞一起来的魏选。

"他们确实像盗贼一样一路烧杀抢掠，实际上是一群闾左，本来要渡过睢水去北边驻守边关。因为前日的大雨，他们没办法渡过睢水，走投无路之下只得起兵叛乱。他们为了建立大楚国，攻陷了一个又一个县城，并且把一部分士兵留在了鄹县。这群贼军也包围了芒县，但因为芒县以北就是睢水，贼军才放弃了包围向西移动。他们的兵力多半已经过万。"

"一万人以上的兵力……"

就连刘邦也一时难以置信。

过去（春秋时代），鲁国有一个名叫盗跖的大盗，就连他的手下也只有数千人，从来没有超过一万。但是大泽乡起义的叛军集团不到十日就集结了一万余人，而且人数依然在持续增加。这只能用奇迹来形容了。

"这支起义军打着大楚旗号，他们的首领是什么样的人？"刘邦问。

"首领似乎名叫陈胜。我并不清楚此人出身何处，只听说是颍川郡或陈郡的人。"陈濞回答道。此人与他同姓，他自然格外关心。

"老实说，我内心也有一个声音告诉我要加入陈胜军。"魏选说。他们本来就曾经秘密结成了一个反叛集团。因此想要投奔有着同样政治色彩的陈胜军也没什么可奇怪的。

"要三思啊。"刘邦告诫他们不得轻率行事。

"不只有你们对秦朝的统治心怀不满。确实也有不少人为了发泄这种不满而加入了陈胜的军队。但是，你们是为了拯救弱者而集合起来的吧。我虽然讨厌儒学，但是儒家的学者经常将恻隐之心挂在嘴边。无论是多么罪大恶极的人，看到马上要坠入井中的孩子都会出手相救。这就是他们所说的恻隐之心。这种心情与侠义之心如出一辙。虽说陈胜的对手是万恶的秦朝政府，但是他们的理念中有没有恻隐之心和侠义之心，还需要好好确认一番后再行动。"

"您所言极是，"陈濞深有所感，大声问刘邦，"您不打算揭竿而起吗？"

刘邦毫不迟疑地答道："一切遵从天命。我在没有听到上天的召唤之前是不会行动的。"刘邦内心竟对神明抱着虔诚的信仰，他相信只要没有神明的加护，就无法成就大事。他带着这份真诚的信仰等待着上天的启示。

陈濞等人回去后，刘邦问自己：

真的到了要翻天覆地的时刻吗？

他命令手下的几个人下山查看陈胜军的动向。

几天后，几名手下带着令人震惊的消息回到了山上。

陈胜军攻陷鄢县后继续西进，大破谯县后进入陈郡，随后轻易地夺取了苦县，攻下了苦县西北方的柘县。

"陈胜军兵分两路向西前进，恐怕主力军队的目标是陈县吧。听说那支军队如今已有数万人，兵车六七百乘，战马千余骑。"

"竟有此事。"刘邦听到这个消息后十分震惊。

过去，诸侯国因有兵车千乘，因而被称为"千乘之国"。诸侯国之间的战争一般都发生在地势平坦的中原地区，因此主要采取兵车战的方式。不过，当各国与少数民族战斗时，战场转移到了多山多沙丘的边陲地区，为了获胜就不得不充实步兵和骑兵的数量。因此，军队中兵车的数量锐减，与此同时，坐在兵车上的也不再是士兵，而变成了指挥官。如果按照每名指挥官手下有一百人左右的步兵来计算，那么兵车六七百乘就相当于拥有六七万名士兵。

之前只有一万余人，不过区区数日，已经增加到六七万人了啊……

简直像变魔术一样。各县都有无法养活自己的年轻人，另外，像刘邦这样的流民也不在少数，再加上还有旧时楚国的豪族。但是就算这些人全部归顺了陈胜，这种兵力增加的速度也非同寻常。

可以说，这是千万百姓在秦始皇和秦二世的残酷欺压下的反抗吧。

以前，外黄县县令张耳曾与食客们笑谈："若是拼命堵住水源，反而会引发洪水酿成大祸。因此，无论修筑了多高的大坝，都不能忘记开闸放水，政治的要诀正在于此。不过，你们这群人中会出现治理国家的英才吗？"

刘邦想到此事，将山里的部下全都召集在一起。

那天风轻云淡。

阳光澄澈，洒在岩石上散发出耀眼的光芒。刘邦站在岩石上，他的身影在阳光下明亮得刺眼，众人都抬头看着他。

刘邦开口说："如今山下一片混乱。"随后他将自己所知道的，关于陈胜和他手下那支庞大军队的事情毫无保留地告诉了众人。"在陈胜军攻下的县城里，县令、县丞、县尉等高级官吏纷纷死的死逃的逃。还没有被攻占的郡县恐怕如今也是人人自危。所以，有冤屈的人，害怕遭受连坐而逃进这座山里的人，现在都可以回到家人身边去了，我建议你们尽快下山。下面的话是说给想要加入陈胜军的人听的。我不会采取行动，而且山里的食物到九月末就会耗尽。所以，如果有人想要加入陈胜军，我不会阻拦。我要说的就是这些。"

在众人开始喧哗之前，刘邦已经离开。众人三三两两地聚集在一起，一直讨论到夜里。

第二天，有二十来个人离开了山泽。

陈豨将饭菜送到岩洞里的时候，将这个消息告诉了刘邦。

"你们这些丰邑的人不打算离开吗？"刘邦微笑着反问道。

"我和王吸、陈仓一样，会在亭长身边侍奉到最后一刻。"

"是吗。如果我在山里饿死了，还请你们将我的尸体带回去，不要带回丰邑，请带回我身在沛县的妻儿身边。"

"遵命。"

刘邦听出陈豨的回答并非敷衍，他确信直到九月末为止，此人都不会离开这座山。

"但是，我要到十月才会饿死吧。"

"是这样吗？"陈豨疑惑地说。

"是啊。已经有二十个人离开了。本来属于他们的食物能让我再多支撑几天，不是吗？"

"啊，确实是这样。"陈豨微微一笑。

和陈豨一样，丰邑出身的王吸、陈仓都不相信亭长真的会在山里饿死。

王吸说过："亭长不会死的。他是赤帝之子，已经斩杀了白帝之子。而且，亭长夫人不是也说了吗？亭长的上方一直有云气缭绕。这样的奇人怎么会束手待毙，饿死在山里呢？"

"我也是这样想的。虽然陈胜军现在势如破竹，但他们还没有遇到秦的主力。现在加入陈胜军为时尚早。亭长正是因为明白这一点，才不采取行动的吧。"陈仓也很冷静。

饭后，刘邦召集这三人来到自己面前。

三人聚集在刘邦面前问："您有何吩咐？"

"你们会在我身边留到最后一刻。我从你们脸上看到了这样的觉悟。但是，说不定在食物耗尽之前，上天就会向我下达指示。如果当真如此，我就必须在电光火石之间采取行动。所以，我命令你们去打探丰邑现在的情况，联系留在沛县的樊哙，之后回来向我汇报。你们三人要分头行动。"

"遵命。"

三人见刘邦的脸上充满了生气，便欣喜地出发了。

刘邦此时浑身上下都充满了干劲。他觉得自己的感官都变得敏锐了，似乎在等待着上天赐给他的某些启示。

三人出发后，他又吩咐手下的五六个人："你们去探察一下陈胜军离开后各县的情况。"刘邦本来是想从留在相县的周苛那里询问些消息，但是他的手下没有合适的人选能去周苛那里打探消息。

没想到三天后，周苛给刘邦寄来了书信。内容着实叫人一读三叹。

"陈县陷落。陈胜入城，将陈县作为大本营，正在召集有权有势的人物。也许陈胜几天后就会称王。"

陈胜本是一介草民，不到一个月的时间就要成为王。回顾中国漫长的历史，这还是前所未有的壮举。

准确来说，陈胜和他的军队是按照以下的路线前进的。

陈胜将军队交给了符篱出身的葛婴，命他攻打蕲县以东。他自己与副将吴广一起向蕲县以西前进，拿下铚县后越过郡界进入砀郡，在酂县和谯县一番屠戮后继续向西侵入陈郡，攻陷了苦县和柘县。也许陈胜和吴广是兵分两路分别占领了这些县城的。总之，两人当初的目标就是占领陈郡的中心陈县，因此两人在陈县附近会合后，准备发动总攻。

一定会是一场激战吧。

陈胜和吴广做好了遭遇激烈反抗的准备后，继续向前推进。毕竟，陈县不只有县厅，也是统领全郡的郡府所在地。在两人看来，这里自然是兵多将广，有万全的防备。

没想到，迎接他们的只是一场轻而易举的战争。

郡府和县厅的长官都不在城内。那两人因畏惧叛军的兵力，甚至没有留下抵抗外敌的命令就偷偷逃走了。代替他们指挥士兵的是地位相当于副郡守的守丞。他登上望楼，放下豪言壮语："贼军不过是乌合之众而已，不足为惧。"想要激励士兵奋战到底。但是，陈胜军击破瞭望楼下的大门，一拥而入，杀死了守丞。

陈胜高声笑着走进城中，继续扫荡了两三天后，又举行了一场盛大的宴会来慰劳军队。战争进行到现在，从大泽乡和陈胜吴广一起踏出叛乱的第一步的九百人几乎毫发无伤。陈胜听着他们的赞美之声，满心欢喜地说："如今，各位已经名扬天下了。怎么样，我当初说得没错吧？"

第二天，陈胜召集了郡内的父老和豪族。

在秦朝的律法制度中，父老是一种缓冲阶级。他们由县乡的百姓推举出来，国家与各郡的法令如果不被父老认可，就不能用之于民。这就是说，县乡拥有很高的自治权。因此县乡的行政长官也很忌惮父老。

陈胜向他召集来的父老和豪族寻求意见。他做出遵从众人意见的姿态，是为了避免与郡内有权有势的人为敌。

聚集在这里的父老和豪族也只是一味赞美着陈胜的功绩。

“将军亲赴战场，拿起武器，伐无道，诛暴秦，复兴楚国社稷。建如此大功，该当为王。”

无道、暴秦，指的都是秦的苛政。陈胜的叛乱在大多数人眼中是为了匡正秦朝苛政，在这些人眼中，陈胜是解救人民的正义化身。

王吗？

陈胜内心露出了满足的微笑。

秦朝只有皇帝，没有王。秦统一天下之前，秦国国主还只是一国之王，楚、齐、赵、燕、魏、韩等国的国主也都是一国之王。这些王国的前身是周朝的诸侯国，在周王的许可下建国。也就是说，这些国家的王没有一个是人民推选出来的。

从这个角度来说，推举陈胜是划时代的壮举。

“承蒙大家抬爱。”陈胜毫不犹豫地接受了王位，心想：登上至尊之位的人应该心存谦虚，等待上天的启示，但是我不顾上天的启示，在众人的推举下成为一国之王。虽然可以说我厚颜无耻，但也不能否认这是一个新的创举。

从此，陈胜成为陈王，改国号大楚为张楚。他的盟友吴广则成为假王。假王，即临时的王之意。这样一来，两人举兵不足一月，就已经双双登上了王位。

刘邦的手下在陈县探听消息时，见到城外人山人海，聚集的人多到无法全部进入城内，都惊讶不已：“大伙都已经那么兴奋了。”

他们在陈县停留到月底，又在附近的县城历访一番后，回到了刘邦身边。

刘邦看着众人兴奋的面孔说：“你们都被冲昏了头脑。今天先冷静一下，明天再向我汇报吧。"说完让他们回去休息了。

第二天，他们向刘邦汇报了情况。

"陈胜终于称王了吗？"

"是。"

"称王啊……"

刘邦仿佛无法相信一般摇了摇头。虽然陈胜是被众人推上王位的，但是在刘邦眼中，陈胜不过是"自诩的王"而已。也许是他的想法太过时了吧，刘邦认为只有被天地众神嘉奖的人才能成为王。平定一方的人不过是霸者而已。

"陈王定都陈县，已经开始安抚四方。因为他的军队四处征讨，所以各处的县城都有县令、县丞被人民处刑。"

县城的人民如果想要响应陈胜军的号召，就会杀死上级官吏，开城迎接陈胜军。在这样的县城里，县令就只剩下两条路可以选择，或是仓皇逃走，或是无可奈何地臣服于陈胜军。因为秦军主力前来平定叛乱的脚步实在是太慢了，这不得不让人怀疑在中央政府眼里，东南方郡县的形势已经到了无可挽回的境地。

"对了，亭长之前提到了张耳。"

"是吗？"

"我们听说张耳成了陈王派出的北伐军中的一名将领。"

"此事当真？"

刘邦喜形于色。自从被悬赏通缉，张耳就一直在逃。魏国灭亡后，他和好友陈余便离开外黄县，来到了与自己此前毫无交集的陈县，改名换姓当上了一里的监门。监门，即门卫。当悬赏金的消息传到陈县时，两人的名字在里内传开。"捉住或杀掉此人者有赏。"

两人隐姓埋名，改头换面，可以说是刎颈之交。刎颈之交的意思是两个人的关系亲密到了可以为对方刎颈而死的地步。除了深厚的友情外，两人选择不再继续逃跑，而是一直在同一个地方做着监门，这种忍辱负重的精神也令人叫绝。他们是否还心存希望呢？

秦朝定将覆灭。

如果张耳和陈余心中有此想法，那他们着实有非凡的预见力。如果当真如此，当陈县成为叛乱的中心时，想必二人一定丝毫没有惊讶，而是想着这一天终于到来了，不疾不徐地去了陈胜面前吧。

另一方面，虽然不少有识之士和当地豪族都劝说陈胜登上王位，但张耳和陈余却认为此事不妥。陈胜的叛乱并非为了一己私欲，如此迅速地称王，岂非向天下人展示了陈胜有私心？另外，如果陈胜没有止步于陈县，而是率兵继续西进，号召旧时六国子民起义，则秦就不得不分散兵力，无法专心讨伐陈胜一人。之后，只要陈胜推翻秦朝，以咸阳为大本营号令天下，诸侯和万民自会遵从，自此帝业可成。

"现在，陈胜在陈县独自称王，天下会人心涣散。"

两人的意见十分正确，甚至可以说是最好的方法。

如果陈胜一直向西前进，士气一定会越来越盛，秦朝无论派出怎样强大的军队，都不是陈胜军的对手。但是陈胜却执着于称王，在陈县停下了脚步，并且在此分兵平定四方。这可以说是自己削弱了自己的力量。

陈胜的敌人并非分布在四方，而是就在西方。

陈胜的战略眼光远远不及张耳和陈余。但是，陈胜并未听取二人的意见，坚持称王。张耳和陈余失望之余，请求前往平定河北，得到陈胜的首肯后，便出发前往旧赵国的领地。

刘邦之前一直没有张耳的消息，现在得知张耳还在世，心中充满勃勃生机。刘邦觉得自己从张耳的经历中学到了忍耐和强大的信念。他曾经听说过水滴石穿的故事，虽然人们通常认为要打碎坚硬的东西，自然要使用结实尖锐的武器，但是只要经过漫长的岁月，柔软的东西也能穿透更坚硬的东西。

刘邦不相信这世上有速成之事。

他今年已经四十八岁，却并没有什么突出的成就，别人会嘲笑他一事无成吧。但是，有时候一事无成才是最宝贵的经验。换句话说，积累失败的经验有时也能超过积累成功的经验所能达到的上限。

贤者不如愚者。

可以说，刘邦隐居在山泽中就是在保持愚者的状态。总有一天，此时看似愚钝的经历会派上用场。

王吸在丰邑探察了一番，和樊哙碰头后回到了山里。

"丰邑以雍齿为中心加强了防备。与丰邑相比，沛县情势摇摆不定，没有人站出来统领大局。王陵等豪族都不动声色，县里充满了不安和诡异的气氛。"

不少豪族认为如果出手帮助县令，弄不好会给自己招来灾祸。雍齿能够率先挺身而出保护丰邑的人民，着实是个了不起的人物。

"王吸，马上就要到八月中旬了。这里的食物只能撑到十月上旬。在食物耗尽之后，我会怎么样呢？"

王吸听了刘邦的话，毫不犹豫地脱口而出："您会成为云上之人。时机一到，云彩之上就会垂下梯子。亭长爬上那架梯子时，

138

请一定带上我们。"

刘邦莞尔一笑。

从那天开始，刘邦便一言不发。山中的人们都不知道刘邦每天在做些什么。八月末，樊哙带着陈仓、陈遬等人来到山中。

"亭长，现在正是举兵之时。"

刘邦听到樊哙精力充沛的声音后，看着王吸笑道："梯子从云上垂下来了。"

沛公诞生

叛乱如燎原之火迅速扩散。

泗水郡、陈郡、砀郡已经置身于激烈的战火之中。

连日来，三郡中的各县都血流成河，风中弥漫着血腥味。

沛县位于泗水郡最北边，风从南边吹来，县令闻到空气中的血腥味，恶心得想要吐出来。这些日子，他每天都害怕得夜不能眠，食不下咽。

百姓不知道什么时候就会追随陈王的军队揭竿而起。只要自己先投奔陈王的军队，就可以阻止这件可怕的事发生，但是如果今后秦军平定了叛乱，加入陈王军队的县令们都会被处以死刑。

"我该怎么做啊？"苦恼良久后，县令征求了属吏中最重要的萧何和曹参的意见。

"此事难办。"如今县内县外一片混乱，二人也没有太好的办法。

"就算您想要背叛秦，在沛县征兵，百姓也会怀疑您是打算为秦征集援军。这样一来，您就失去了控制百姓的能力。然后……"萧何停了下来。

"然后如何？"县令焦急地催促他继续说下去。

萧何苦笑着，轻轻低下了头说："我能想到的只是万般无奈之策，也许曹参有什么良策。"

县令点了点头，催促曹参："你有什么计策尽管说。"

萧何与曹参在各个方面都是完全相反的。思想方面，曹参信奉老庄思想，而萧何的思想则根植于儒家。处事方面，曹参谨慎保守，而萧何积极向前。

曹参一开口就说出了悲观的看法："只有秦军主力才能镇压住这场大叛乱。但是直到八月下旬都没有听到秦军出击的消息。另一方面，郡内诸县不断有百姓造反，诛杀当地县令。沛县百姓的叛乱也只是时间问题。到时，不光是您，我们也逃不过被杀的命运。"

"正因为如此，我才会问你有什么计策呀。"县令的声音尖利得刺耳。

"战火已经快要吞没整个县城了，您现在才想着从大河中引水灭火吗？怎么可能会有计策。县令是县里的父母官。请您想一想要怎么保护沛县百姓吧。请立刻将尽可能多的百姓召集到县厅前，询问他们的想法，听从民意采取行动。您如果做不到，就只能想办法一个人逃亡了。"

曹参委婉地讽刺了县令明哲保身的想法。在曹参看来，所谓的计策不过是小花招而已，根本无法改善沛县的情况。比起思考计策，抱着舍生取义的觉悟敞开胸襟直面百姓，或许还有一条生路。这就是曹参想对县令说的话。

县令心头火起，撇了撇嘴，皱起了眉头。

这些日子以来，县令一直想要逃跑。可是一旦逃跑，就要放弃县令的官职，沦落成平民。而且即使想要逃跑，也没有落脚之地。就算逃到咸阳，恐怕也只会被皇帝杀掉吧。

县令深深叹了一口气，又转向萧何，用微弱的声音说："说说你的万般无奈之策吧。"

萧何轻轻点了点头："我的计策并不如刚才曹参所言高明。但是，如果您真的想听，我就斗胆一提。"

"嗯。"县令扬了扬下巴示意他说下去。

萧何接着说："民众不一定总是正确的。如果他们的判断出现了错误，县令就必须去纠正他们。仅仅在两个月前，还可以依靠律法的力量纠正错误的意见。但是现在律法已经失效，只有武力才能控制住民众。县令如果掌握着自己的私人军队，还可以用其控制民众。但是朝廷并不允许县令保有私人军队。因此，我建议您将外部势力引入县中为己所用。"

"外部势力……"县令没有意识到萧何话中的含义。因此萧何特意语气强硬地向他挑明："就是刘季啊。"

"原来如此。"县令终于明白了萧何的计策。

"您知道刘季如今正率领近百名部下住在郡界一事吧？刘季本无罪过，却无法回到沛县。您只要赦免刘季让他回到沛县，就可以利用他的力量镇压民众了。沛县中有很多年轻人敬仰着刘季，他们若得知刘季回到了沛县，一定会投入他的麾下，这样一来，您就可以将刘季当成挡箭牌，借此逃过一劫。"

曹参听着萧何的话，始终不置可否。

"不错，不错，"县令对将刘季当成挡箭牌的建议十分满意，沉思片刻后决定，"就这样做，马上派出使者通知刘季。"

县令真是个轻率之人。

萧何在内心苦笑着，再次对县令进言："如果派您的人去通知，刘季会怀疑这是个陷阱，恐怕不会采取行动。樊哙是刘季最信任的人，他如今正在沛县，您应该将他召来，把您的想法告诉他，让他将书信和赦免状一起带给刘季。若是不派樊哙为使者，刘季一定不会采取行动。"

县令露出了不满意的表情，但是他看了看萧何，大概又想到这是唯一的方法，便说道："好吧，明天将樊哙带到我面前来。"

刚一走出县厅，曹参就奚落萧何："真是一出妙计，让刘季得以被赦免。"

"我不过是想让县令悔过谢罪罢了。现在就算拿到了皇帝给的赦免状，不久之后也没什么用处了。恐怕只有真正有实力的人才能活下来吧。"

"你是指刘季吗？"曹参不屑地笑了一声。在他看来，那个亭长只会说大话，怎么会有真正的实力。

"不，我并非此意。形势越严峻，越能看出人的能力高下。现在，如果你我二人中无人能取下县令的首级，就无法镇压住沛县的人民。曹参，由你来杀了县令，统率沛县的人民吧。"

萧何说完，曹参丝毫没有表现出惊讶之意："我绝对不干。如果我取下了县令的首级，等叛乱平息后，我和妻儿都要受车裂之刑。"

"哈哈，有你这种想法的人，一定没有冲破乱世的力量。"

"正是如此。在叛乱平息之前，我想找个地方躲着静观形势的变化。"曹参毫不掩饰，这就是他真实的想法吧。

"但是你现在没办法逃走，所以只能牺牲刘季了。如果县令能顺利地利用刘季，那么只牺牲他一个人，就能躲过这场风暴。为了挺过这一时的狂风，只能这么做了。"

曹参盯着萧何："你真是狡猾，想把刘季和县令当成屏障吗？我会躲到狂风吹不到的地方去，你却不打算逃走，而是竖起屏障抵御狂风。你要小心，这样处心积虑是会受重伤的。"

这件事清楚地表现出两人不同的处事方式。

和曹参分别后，萧何凄凉地笑着想，我很狡猾吗？为了让刘季洗雪冤屈重回沛县，这是唯一的办法，现在是唯一的时机。自从萧何得知失踪的刘邦就在泗水郡和砀郡的边境附近后，就一直想让刘邦重回沛县。同时，他仿佛在心里听到了刘邦的声音："只有你能让我重回沛县。"从那时起他一直在寻找机会。

"抱歉，让你等到现在。"萧何边在内心对刘邦道歉，边敲响了樊哙家的大门。樊哙立刻打开门，见是萧何，说了句"怎么是你"，目露凶光。萧何没有在意他眼中的戒备，径直走进房中坐下，对樊哙说："我可能做了件会让你怨恨的事。"

樊哙咬牙切齿，口气强硬地说："就是你让亭长带领壮丁前往骊山的吧。而且还在壮丁里混进了不少品行恶劣的人。如果你早就知道会有人在中途逃跑的话，那么让亭长背上罪名，陷入如此困境的就是你。"

"名单并不是我定的。不过，我看了名单后预感会出危险，就把你和周缌的名字加上去了。"

"如果真的是这样，你为什么不逮捕逃走的壮丁调查清楚事情的真相？"

"我并非法官。"

"这都是托词。你也许足够聪明，但是薄情寡义。"

樊哙冷冷地看着萧何，像是要赶他离开。

"我有个请求。"

"我不打算听你的请求。"樊哙置之不理。

"我是想请求刘季,你替我传个信。县令明天早上会发出刘季的赦免状,你将它带给刘季,然后和他一起回沛县来。只有刘季才能拯救沛县的人民。"

樊哙牢牢地盯着萧何:"你又想让亭长背上罪名?"

"并非如此,"萧何激烈地反驳道,"刘季不光没有怪罪在中途逃走的壮丁们,还为了不让留下的人背上罪名,采取了现在的举措。这是别人无法做到的壮举。只通过这一件事,我就知道我远不及他。如今沛县人心惶惶,再过不久,陈胜军就会攻进来。恐怕叛军一到,沛县的百姓就会拿起武器攻击县厅,杀掉县令开城投敌。我担心的是在那之后,叛军即使得到了百姓的支持,说不定依然会进入沛县烧杀抢掠。百姓们见此情景,就会冲进县厅杀掉官吏,同时攻击帮助县令的地方豪族。而每个豪族都有数百人的私人军队,一定会为了自保而反击。这样一来,沛县必将血流成河。"

虽然这都是萧何的猜测,但是既然沛县没有能够聚集人心的英杰,事情就很有可能发展到无法收拾的境地。

"你也明白的吧。"萧何将现实的情况娓娓道来,试图安抚樊哙的激动之情。

"呃……"

樊哙紧紧地闭着嘴。

"无论是要反抗叛军,还是加入他们,最紧要的是将沛县的百姓团结起来。能做到这一点的只有刘季,因为他不拘小节,分得清大是大非。若非他那样的人才,是无法克服这场前所未有的大难的。我会全力辅佐刘季。"

萧何深深地体会到了自己的无力。他与曹参并称为沛县豪吏，但是当县厅的行政功能逐渐崩溃时，他却没有能力集合起下级官吏。应该有很多人在等待曹参的命令吧，但是萧何身边却几乎无人问津。

我无法用自己的德行去感召大家。

这就是能吏的悲哀。

只有当背后站着拥有绝对权威的人时，萧何的能力才会散发出光彩。如果拥有绝对权威的县令不被百姓承认，萧何的光芒也会迅速暗淡。

我马上就会被杀掉吧。

虽然萧何并没有苛待过百姓，但是在百姓眼中，萧何和县令是一条心。在这一点上，曹参与萧何不同，在县内陷入混乱之前，曹参已经带着家人和亲戚从容不迫地离开了。萧何如果这样做的话，一定会被沛县的百姓当成懦弱无耻之人，连同家人一起被追上杀掉。萧何只有将刘邦推到前台，自己躲在他身后才能逃过一劫。一旦刘邦死去，他也会死。萧何正是做好了这样的心理准备，才向樊哙低头请求的。

"你所言当真？"樊哙谨慎地问。

"事到如今，我把刘季骗来，将他关进监狱又有什么用呢？"

"如果你胆敢欺骗我和亭长，我一定会杀了你。"

萧何自嘲地笑道："到了那个时候，我在被你杀掉之前就已经被沛县百姓杀掉了。"

樊哙凝视了萧何良久，回答道："好吧，我去把亭长接回来。"随后，他去吕公和尹恢家里将此事告诉了他们，又派人去通知陈邀和陈仓。

第二天早上，萧何亲自来迎接樊哙。

"也许你很讨厌县令，但是今天，你要安静地听县令的话，尽快出发去找刘季。走着去已经来不及了，我准备了两辆马车。你坐着马车赶路吧。"

樊哙沉默地点了点头。

半个时辰后，樊哙接受了县令的命令。

县令很不开心。

看着县令时，樊哙这样觉得。不过，他的心情可能比县令更差。直到看见了县厅前停着的两辆马车，他的表情才明亮了起来。因为其中一辆马车的车夫正是夏侯婴。

"你能来真是太好了。"樊哙飞奔着跳上马车。

"还有其他人吗？"

"顺路去趟丰邑，接两个人。"樊哙的声音中充满了活力。

夏侯婴本是沛县的厩司御，擅长驾驭马匹，不光是在沛县，他的本事在泗水郡内恐怕都是首屈一指的。尽管如此，这些日子夏侯婴却一直屈居文书一职，今天终于重新驾上了马车，他浑身散发着活力。再加上这一趟是要去迎接被赦免的刘邦，他更是干劲十足。

两辆马车向西进发，来到了丰邑门前。

"那里站着三个人。"

有三个人站在门前等着马车的到来。

"奇怪，应该只有陈邀和陈仓两个人才对。"

夏侯婴立刻说道："我知道了。那是卢绾，是亭长最亲密的朋友，此人不会有问题。"

啊，是他。

刘邦从丰邑出发去骊山时，他曾经前来送别。樊哙还记着他的样貌。

夏侯婴将马车停在三人面前，下车走到卢绾面前问他："很久以前我曾经与您有一面之缘。我们此行是去迎接亭长，您是来送行的吗？"

卢绾向夏侯婴行了一礼："不，我也想去迎接亭长，因此在这里等待。可以让我随你们一同前往吗？"

夏侯婴哈哈一笑，回答道："县令派出的使者是樊哙不是我，只有他能够选择随行者。"卢绾听过后急忙向樊哙行了一礼。

樊哙咧了咧嘴，为难地说："虽然我们现在从丰邑经过，但是接到亭长后就要直接回沛县。如果那时陈王的军队包围了沛县，就要马上开始战斗。你如果要去迎接亭长，就意味着要离开家人奔赴战场。"

将性格温良的卢绾卷入战争之中是件好事吗？刘邦会感到高兴吗？

正因为樊哙与外表不同，是个心思细腻的人，所以此时没有爽快地答应卢绾的请求。于是，陈邂走到樊哙身边，在他耳边小声说："卢绾大人曾经对我多有关照。他外表温良，其实是个很有胆量的人物。"

樊哙轻叹一声，对卢绾说："那就请您一起来帮助亭长吧，请上马车。"樊哙自己先跳上马车，伸手将卢绾拉了上来。

丰邑的三人分别坐上两辆马车后再次出发。樊哙很在意身后那辆马车的车夫，便问夏侯婴："那是哪位？"

"他是县令派来监视我们的人。不过你不用担心，萧何绝对不会选择讨厌亭长的人来监视我们的。他的亲戚中有一个人就是跟随亭长离开沛县的壮丁，也就是说他很感谢亭长的恩情。"

"这样就好。"樊哙放下心来。刘邦暗中做过的善行在此时发挥了作用。

众人来到了砀县。

夏侯婴代替樊哙对众人说："我们不知道叛军什么时候会出现，遇到叛军时因为要全速逃跑，大家有可能会跑散。只要记住，目标是砀县和芒县之间的山泽。"

一行人前进到下邑附近时看到远处有不少人影，因此两辆马车改变了前进的路线。如果按照现在的路线继续南下就能到达砀县，但是砀县的城门一定已经关闭了。

樊哙远远地看着城墙说："砀县县令忠于皇帝，至死都在与陈王的军队战斗。但是他杀死了太多的百姓，也许已经被暗杀了吧。"

夏侯婴兴致盎然地问："这里离亭长所在的山泽很近吗？"

"只能说已经不太远了。"

相较来说，刘邦占据的山泽离芒县更近。从芒县北上的道路更平坦，而从砀县南下的道路则一路颠簸，路途艰险。刘邦的妻子吕雉前往山泽中时就是南下到达芒县后再北上前往山泽中的。

娥姁夫人真是贤明啊。

樊哙此时再次感叹道。

不一会儿，马车来到了一段难以通行的路旁。除了车夫，马车上的所有人都下来推车前进。反复多次后，刘邦所在的山泽终于出现在视野中。

"就是那里。"樊哙指着那座山说，他身边的卢绾流下了泪水。

好一座空寂荒凉的山峰啊。

亭长竟然在那座荒山里住了这么长时间。

这座山看上去巨石嶙峋，一片荒凉。比起感叹刘邦生命力的坚强，卢绾此时更是想到了在山中生活的艰辛，因此才潸然泪下。

樊哙看着卢绾的眼泪，内心深受感动，同时他认为卢绾是管中窥豹。山中的生活不光只有艰辛的一面，樊哙对这一点深有体会。但他并不是想指责卢绾，毕竟他对刘邦的感情之深无人能出其右。

众人逐渐靠近了山泽。

"再往前走马车就无法进入了。我们先继续向前走，你把马车停在那块岩石后面，然后跟上来。"樊哙对夏侯婴说完后，率先跳下了马车。

没过多久，六个人就穿过岩石密布的狭路，来到了荆棘丛生的平原上。平原的南边就是沼泽，只要穿过这片平原，就能到达灌木丛生的地方。

"这里看上去似乎没有路，其实可以向前进。"

由陈遬和陈仓打头阵，樊哙则配合着后面三人的步伐缓缓向前走着。眼前出现了房屋，门前竖立着黄色的旗子，有三个人从房间中走了出来，樊哙大声对三人说："明天就要出山了。我们都将成为亭长的士兵。"

就在负责监视的三人惊喜地讨论着樊哙带来的消息时，陈遬和陈仓从山坡上跑了下来。

"我们已经告诉亭长了,他正在山上急待诸位。"

"好,我们上山吧。"樊哙领着众人向山上走去。

不久,樊哙站在刘邦面前用震天动地的声音说道:"亭长,现在正是举兵之时。"樊哙将此话重复了两三遍,山里的人都听到了他的声音。

樊哙自有打算。

樊哙认为,刘邦必须在接到县令的赦免状的此时起兵。但是刘邦返回沛县并非为了拯救县令,而是为了保护沛县的百姓,为了不让山里的部下饿死。也就是说,刘邦和部下在下山时就要成为自由的武装集团,而不能等到达沛县后再确定这支队伍的性质和信念。

刘邦低头看着樊哙笑眯眯地说:"樊哙啊,你的声音都能传到天上了。"

樊哙抬头看着刘邦,稍稍压低了声音:"您有客人。"

"我听说了,真是令人高兴啊。"

夏侯婴和卢绾,还有马车夫,紧随陈濞和陈仓爬上了山。

"稀客,稀客啊。"刘邦难得欢快地说。

夏侯婴和卢绾来到岩洞前,激动地握住了刘邦的手。夏侯婴开口说道:"你能活到今天,多亏了社神的保佑。我就是社神派来的使者。"他对刘邦的要害了若指掌。

所有人都坐在平坦的岩石上之后,樊哙跪坐着向刘邦递上了木简:"这是县令的信和赦免状。"

说一句题外话,木简和竹简相比,竹简的腐烂速度更快。

等刘邦看完后,夏侯婴递上了另一封信:"这是萧何托我带给您的。"这是一封十分简短的信,信上写着:能斩杀隐形的大蛇，开拓道路的人非你莫属。

这果然是萧何那样有本事的人才能写出的信。

刘邦感叹着萧何的文笔，不自觉地微笑了起来。夏侯婴见他如此，稍稍加快语速说："我虽然不知道萧何在信中写了什么，但是如果没有刘季，沛县就会陷入四分五裂的境地，根本无暇考虑正义何在之类的问题。"

"不，正义就在那里。"

刘邦的语气十分坚决，夏侯婴惊讶地问："哦？此话怎讲？"

"征伐恶党即为正义。话虽如此，可以说正义无处不在，但又并不存在。也就是说，正义是需要有人创造的。"

"哎呀，你在山里隐居的日子里倒是变成哲人了。"夏侯婴大笑着说，其他人也跟着笑了起来。

"总之，现在我要做的就是尽快回到沛县去。"

"正是如此。"夏侯婴拍着手说。

见王吸也在，刘邦对他和陈邀、陈仓说："去把山里的人都叫到山脚下集合。"

三人匆匆跑下了山。

不一会儿，刘邦站起身对众人说："我将会在款待客人的宴会上宣布举兵。"说完，他带着决绝的表情向山脚下走去。他的部下已经聚集在瞭望台旁。刘邦提高声音，对站在那里的众人说："大家都坐下，我有话要说。"

等众人安静下来后，刘邦继续说道："明天，请大家拿起武器跟随我一起回沛县。这次回去，一是为了拯救大家，二也是为了拯救沛县的百姓。但是，我不会强求，如果有人不想回去，就不用继续跟随我前进了。"刘邦并不喜欢被人束缚，也不喜欢束缚他人。

刘邦的思想中从来就没有支配的概念。他的性格并不复杂，不会产生虽然不想被人支配，却想支配他人的矛盾。在他的思想中，最重要的就是仁义，或者说情谊。因为仁义一词反映了儒家思想，因此刘邦并不喜欢使用。但是他的思想根源就在于仁义。仁是对亲族的体恤，义是对他人的温情，即博爱。孔子提倡仁，孟子统一了仁义之说，而墨子则只提出了义的观点。

但是刘邦并非巧言令色之人。刘邦能从行动中看到他人的美德，他认为空口无凭不足信，只有落实在行动上才会绽放出人性的光辉。简单来说，就是没有经历过生死的人什么都不会懂。

"我们明天一早就出发，之后不会再回到这里。但是不要烧掉这些房子，如果有人为了躲避战祸逃进山里，这些房子就可以成为他们的落脚之处。但是酒菜若是剩下了，就只会腐坏，今天就将这些食物都吃光吧。"

众人欢呼。

不一会儿，山脚下便大摆筵席，日子已经接近九月的朔日，因此天空中看不到月亮。

刘邦对夏侯婴感慨道："在丰邑的西边，酒宴之后只有十数人跟随我来到了这里。而现在已经有六十人了。不要觉得六十个人太少，这六十个人，怕是比当初追随陈胜起义的人还要多啊。"

"您并非寻常人。您有非凡的直觉，而且思虑深远，也许是因为您对社神有虔诚的信仰。我想今后您也会遵循天地神祇的旨意行事。您就是上天之子，但是现在还没有人注意到。"夏侯婴举起酒杯低声说。

"你什么都知道啊。"刘邦笑着醉倒在地，众人将他抬到了半山腰的岩洞中，当晚，只有卢绾留在了岩洞中。

第二天一早，刘邦清点人数后发现一个人都没有少。

王吸骄傲地对卢绾说："这是当然的。现在还留在山中的人都下定决心要在这里侍奉亭长到饿死为止。那些并未真心敬服亭长的人早都离开了。"

卢绾大吃一惊："刘季本打算在山里饿死吗……"

在山脚下与众人一同吃早饭之前，刘邦设坛祭山，亲自将祭坛打扫干净后供上鲜肉作为祭品。

"山神一直在保佑着我们，离开这里之前，要好好感谢山神。"

刘邦在祭坛上叩头行礼后，众人齐齐下跪，场面壮观。

虽然陈腐，但是很符合刘季的性格，这样就好。

夏侯婴想着，也在坛下磕头跪拜。刘邦如果能出人头地，也能为这座山的山神增辉。

"好，开饭。"

这是在山里的最后一顿饭了，剩下的食物都会成为军粮。

王吸与陈邂等人说："还有一个月的存粮，一切都像计划好的一样顺利，亭长不愧是人中龙凤。"

吃饭时，刘邦问夏侯婴："这里距离陈王所在的陈县不远，为什么看不到陈王的士兵呢？"

"据传闻，陈王派周市平定砀郡去了，砀郡就是过去的魏国，魏国首都在大梁，所以陈王的主力都在那里了吧。"

"原来如此。"

大梁过去是魏国的首都，名为大都。泥土堆砌起的城墙被秦国用水攻冲毁，城池陷落。在那之后，城邑的规模缩小，成为如今的县城。即使如此，大梁依然是魏人心中的圣地。大梁位于砀郡的最西端，而刘邦所在的山泽在砀郡的最东边，因此两地相距甚远。

周市的军队还没有出现在这里，就说明砀郡西边还没有平定。

虽然夏侯婴没有提到，不过陈王的军队在别处也有机动部队，其中最早与叛军分开行动的是葛婴率领的队伍，这支队伍的前进方向与陈胜的大部队相反，很快便发展壮大起来。

葛婴接受了陈胜的命令，向东前进去平定蕲县以东的地区。但是他认为旧时楚国的领地更容易平定，因此并未直接向东进军，而是顺河而下渡过淮水，进入了九江郡。九江郡的郡府设在最北边的寿春。

楚国与秦国交战时，因为处于劣势，不得不一次次迁都。从郢都到陈都，从陈都到钜阳，又从钜阳到寿春。对于出生于战国时代晚期的人来说，楚国最早的首都郢都距离自己太遥远，与郢都相比，陈都、钜阳和寿春则更加熟悉。因此葛婴选择前往寿春所在的九江郡。

不过，葛婴深知寿春县面积广大城墙坚固，不容易攻陷，他到达寿春以东的东城后想出了一个计策。即拥立一位新楚王。拥立新楚王，能够让九江郡的百姓顺服，很容易就能征集到士兵。

因此，他命令部下前去寻找与楚国王室有渊源的人物。他的部下找来了一个名叫襄疆的人，他的身份不明，没有人知道他是否真的是楚王的后代。

但是葛婴当即将他立为楚王，建立起一个简陋的王朝。这个王朝迅速地发挥出吸引力，因此葛婴的计划已经成功了一半。可是正当此时，葛婴听说了陈胜建立张楚王国自立为王的消息，后悔自己太过冒进，为了谢罪，只得杀死自己好不容易拥立起来的楚王襄疆，回到陈胜身边复命。

可是，陈胜自然不会接受葛婴的谢罪，当即将他诛杀。如果葛婴有破罐子破摔，留在东城另起炉灶的魄力，他的命运就会有所不同吧。

正因为周市的军队向北前进，葛婴的军队向东南前进，而陈王的主力军队则向西进发，因此陈县东北方的诸县暂时没有受到军队的侵扰。从表面上来看，这是沛县和刘邦的幸运，而事实又如何呢？

"出发。"

刘邦尽己所能将部下武装起来，离开了住惯的山泽。因为刘邦最开始打算经过丰邑附近前往沛县，因此选择了北边的道路。

经过下邑进入泗水郡时已经时至九月。当队伍到达丰邑西边的沼泽时，刘邦让众人在此露宿。所有人都能体会到刘邦此时的心情，就在这里，刘邦得知了壮丁们逃走的消息，办了一场离别宴。一名在当时选择跟随刘邦的人指着水边，对夏侯婴说："当时亭长喝醉之后就朝那里走去了。"

"那就是命运的分岔口吗？"

那是一条荒凉的小路，也许当时的刘邦只是想独自在水边走一走。又或许他在独自行走时，就已经在冥冥之中走上了社神引领的道路。当时刘邦如果选择了其他的道路，也许就无法像今天这样回到沛县了。

直到入睡前，刘邦都没有说太多话。在夏侯婴看来，刘邦是因为想说的事太多，反而沉默不语。

第二天下午，众人来到了丰邑城外。城门是关着的，门外能看到数人的身影。他们本来坐在城门边，见刘邦一行人靠近城门，突然起身跑了过来。

"那是？"刘邦坐在车中问。

走在马车旁的王吸回答："那是周聚，是我们的同伴。"

与刘邦同乘一辆马车的卢绾愉快地说："游也在那里。周聚身后的一定就是他。"

"当真？"刘邦微微一惊。游，是刘邦的弟弟刘交的字。

"兄长！"那人举起手，正是刘交。也难怪刘邦不敢相信自己的眼睛，他从来没见过自己的弟弟如此精气十足。

刘交是刘家的异类，他从小喜爱读书，为了学习儒家思想去了学问圣地鲁县。鲁县位于薛郡中部，离泗水郡的丰邑不远。刘交的老师浮丘伯是一名儒学家，在六经中精通《诗经》，六经的其余五经分别是《书经》《礼经》《乐经》《易经》和《春秋》。刘邦十分厌恶儒学，他听说弟弟去了鲁县后曾经大骂弟弟愚蠢。但是当他得知刘交在学习《诗经》时又认为多少可以原谅。儒学中最让刘邦感到不舒服的是礼乐，礼即礼教，乐为音乐。礼不光规定了人的行为举止，也束缚住了人的精神。也就是说礼教剥夺了人的自由。而刘邦对音乐只有一个不好的印象：殷纣王因音乐而灭国。刘邦认为音乐是殷商亡国的主要原因。而诗与伦理无关，诗中有喜怒哀乐的真情，诗中的一些比喻散发着智慧的光辉，也包含着超越现实的进步之处。刘邦觉得诗很好，因为它并非强词夺理的产物。

在鲁县学习的刘交在得知秦始皇焚书的事情后，与学友穆生、白生、申公等人告别后回到了故乡。

奏请秦始皇焚书的是丞相李斯。

"天下拥有儒家的诗（《诗经》）书（《书经》）及百家书籍的人，都要将手中的书籍上交郡守和郡尉，统统烧毁。此后若发现暗中讨论诗书内容者，统统逮捕处以死刑，弃之于市。"

李斯的建议一经施行，刘交就意识到了其中的危险，于是离开鲁县回到了丰邑。

在那之后，刘交成家立业，得一子，取名郢，又称郢客。又过了很久，刘交又得一子名为辟非，他本想让辟非继承家业，但是此子早逝，最终郢成为刘交的继承人。

此事暂且不提，刘交刚从鲁县回来时曾来到泗水亭见过刘邦，从那以后两人就再也没有见过面。关系疏远的弟弟为什么会突然出现在这里呢？

兄弟相认后，刘邦在车上冷淡地说："游，好久不见。沛县县令召见我，我必须尽快回去，不能多做停留。你有什么要说的话就简要言之吧。"

刘交听后单膝跪地，低下了头："我没有什么要说的。请让我加入兄长的队伍，虽然你我是兄弟，但我只希望您将我和其他人一视同仁。"

长成了一个不错的男子汉嘛。

刘邦暗自赞叹道。但他表情未变，只是冷冷地说："要加入我们就相当于参军。拿起武器战斗可不适合你。"

刘交抬头回答："您虽然这样说，但如今正是鞠凶之时，就算曾是执笔之人，也必须举剑反抗。"

刘邦盯着弟弟："什么意思？什么是鞠凶之时？说得简单点儿。"

"鞠凶之时，即天降灾祸之时，《诗经》里有。"

"是吗……《诗经》里是怎么形容现在的形势的？如果我喜欢那首诗，我就让你当随从。"

"我知道了。"

刘交站起身，毫不犹豫地咏道：

"不吊昊天，乱靡有定。式月斯生，俾民不宁。忧心如醒，谁秉国成？不自为政，卒劳百姓。"

刘交咏到此处，坐在马车上的刘邦便同意了他的请求："好，游，跟在我的马车后吧。其他人都是你的同伴了，我允许你来我麾下。"说完，刘邦拍了拍拿着缰绳的夏侯婴的肩膀，让他驾着马车出发。

日后，刘邦十分信任卢绾和刘交，只有他们二人能进出刘邦的寝室。

另外，在离开丰邑时就跟随刘邦的人之中，周聚在平定天下后被封为博阳侯。

卢绾问刘邦："对了，你知道游咏的那首诗的含义吗？"

"很简单。天降祸乱，每月都会发生怪事，百姓心中不安，惶惶不可终日。没有引领国民的人物，君主不亲政，只会压榨百姓，因此天神降怒。"

卢绾惊讶地瞪大双眼发出感叹："刘季你——"

"哈哈，我也是懂诗的啊。"

刘邦有丰富的感性，他只靠感性就理解了弟弟吟咏的诗歌。

太阳就要下山了。如果连夜赶路，就能在夜里到达沛县。但是刘邦不想勉强部下，于是命他们露宿郊外。如今已是晚秋时节，深夜，地面冰冷刺骨。

夏侯婴靠在篝火旁问卢绾："刘季应该不会对县令唯命是从，明天开始要怎么做呢？"

"无须担心，刘季身上有一股不可思议的力量，一定能开辟出最佳的道路。"卢绾对未来十分乐观。

夏侯婴很惊讶，但是很快就改变了想法。也许正是卢绾的乐观让刘季感到舒心吧。

另外，卢绾从不会明确地表现出对他人的好恶。这并不是说他会理性公平地对待他人，而是因为他温柔的性格。他的这一性格对今后追随刘邦的人来说十分重要。卢绾是除了亲人以外唯一一个能进入刘邦卧房的人，他对刘邦部下的评价有可能直接成为刘邦本人的评价。如果卢绾精于谋利、乐于诽谤他人，刘邦的气量也会变得狭隘，进而流失人才。而只要卢绾的性格不发生改变，人们就能放心地跟随刘邦。从这点上来看，卢绾可以说是刘邦集团中的重要人物。

"卢绾，不光刘季拥有不可思议的力量，你的身上也有。"

"嗯？我身上吗？"卢绾吃了一惊，小声笑了笑，"真想不到，我还以为夏侯婴大人不会说笑，我才没有什么力量，只是再平凡不过的人而已。"说完便低下了头。

夏侯婴看着他，暗自感叹这样的男人才是最可怕的。他认为卢绾此人看似平凡实则不凡，看似愚钝其实并非愚者。

第二天一早，刘邦和他的部下们就开始向沛县前进。日上中天之时，紧闭着的沛县城门映入众人眼帘。

夏侯婴拴好马后吩咐另一辆马车的车夫："你上这辆车来。你、我和樊哙三人去向县令汇报。"说完让其他人走下马车。很快，马车到了城门前，樊哙大声叫道："县令命我带泗水亭长刘季同来。开门！"但是城内并无人应答。樊哙带着疑惑的心情连喊了三次，城内依然安静得诡异。夏侯婴感到事情不寻常，便调转马头远离了城门。

刘邦看着折回的马车，立刻明白发生了不寻常的事。因此他命令部下后退，在远离城墙的地方筑垒。

夏侯婴在车上看着刘邦谨慎的行为，对身边的樊哙说："刘季的直觉还是那么准。"樊哙面露不满，等马车追上撤退的刘邦后，他飞身跳下马车，愤怒地向刘邦汇报："县令本应打开城门迎接我们，现在却紧闭城门置之不理，真是无礼。"

"你又没有见到县令，说不定他已经死了。"

"什么？"

樊哙完全没有想过会有人暗中杀害召回刘邦的县令，将实权掌握在自己手中。

"如果县令还活着，就说明他改变了心意。如果萧何的尸体在黄昏前被吊在城墙上的话，就不会有错了。"

"啊，会是这样吗？"樊哙回过头，城墙并没有变化。

"城中的士兵可能会突然出击。继续加高营垒，防备今晚的突袭。"

"我知道了。"

樊哙找到一片易守难攻的地方，让众人挖土筑垒。夏侯婴将马从车上解下来向刘邦进言："我们对城内发生的事情一无所知。等到夜里，选一名身手敏捷的人去城内探探虚实如何？"

但是刘邦并未接受他的意见，只是留下一句不知所云的话："用不着这么做，我也能知道城内的情况"，就继续加入筑垒的队伍中了。

夕阳西下时，城外出现了斑斑点点的影子。樊哙爬上营垒，大声对刘邦说："有几个人向这边走过来了。"

　　刘邦擦了擦汗，展颜一笑，命令道："那是萧何他们吧？他才不会轻易被县令杀掉，快去迎接他们。"

　　令人吃惊的是，从沛县城内逃出来的不只是萧何和他的部下，狱吏曹参和他的仆人也在其中。夏侯婴见此情景，心想：这下事情可有意思了。他走到刘邦身边讽刺地说："原来如此，不用刻意派人去查探城里的情况，萧何和曹参自会向我们说明。那两个人会用什么样的态度来对待你呢？真是让人期待。"

　　萧何和曹参以前经常看不起作为泗水亭长的刘邦，如今，刘邦是这片营垒的主人。夏侯婴暗自决定，如果那两人对刘邦无礼，就立刻将他们赶出去。但是刘邦完全没有表现出粗暴的态度，而是提醒他："你要学一学卢绾，温和一些。"

　　夏侯婴注意到自己的激进，不由自惭形秽，暗自反省：若是我与刘季的关系像他与卢绾那样亲近的话，恐怕会将他引入歧途。

　　刘季设座接待客人。当时，将座位设在西侧表示待客，南侧是臣子的席位，若是将座位设在南侧，就表示坐在北侧的人要强迫他人臣服于自己。

　　夏侯婴见此，在心中佩服着刘邦的细心。别看刘邦外表马虎，实则心细如丝，连设座时都会考虑到不伤害到那两位豪吏的自尊。

　　萧何与曹参进入营垒后马上看到了坐席的位置，稍稍放心了些。夏侯婴没有错过两人的表情，在心中暗暗叹道：真不可思议，此时的刘季看上去那么高大，这两人倒变得矮小了。

落座后，萧何首先苦涩地开口："我和曹参都险些被县令暗杀。现在县厅的人正在讨论怎样击退刘季。我俩如果毫无防备地出现在那里，恐怕首级现在已经被挂在城门上了。"

曹参半睁着双眼，接过萧何的话头嘲笑胆小如鼠的县令："没有比胆小的男人更危险的东西了。"

夏侯婴在内心笑道：这人即使落到了这种地步也不想破坏自己的颜面啊。

曹参在进入营垒前一定想过要怎么面对刘邦。他既不想对刘邦低头，又不能不低头。曹参不得不自嘲如今的下场，又拼命想保住自己的面子。

夏侯婴想：这样看来，还是萧何的态度更好些。萧何是放弃了一切来向刘邦求助的，完全没有扭怩作态。萧何并不害怕刘邦，而曹参不同。在夏侯婴眼中，曹参内心非常不安，甚至不得不掩饰自己落魄的现状。

实际上，曹参没有想到自己差一点就要被县令诛杀。他一直认为是萧何在执意招揽刘邦，因此自己只需要在刘邦到来后专心保全自己与家人的安全就可以了。但是，向县令大献殷勤的吏人们擅自揣测了刘邦与曹参的关系。

"刘季与萧何同为丰邑出身，先前刘季率领壮丁从沛县出发的时候，萧何给他的饯别礼钱是最多的。而且，刘季有一名外妾叫曹氏，说明他暗中与曹氏有交集。也就是说萧何与曹参合谋将刘季召回沛县，打算杀掉你掌握实权。"

就是这份诬告让县令彻底转变了心意。

县令想在刘季抵达之前杀掉此二人，于是打算派出刺客，却没有人愿意接受他的命令，所有人都退缩不前。就在这时，有官吏向萧何与曹参告密，于是县令的阴谋就暴露了。两人在半信半疑间选择装病，不再去县厅。

县令得知刘邦和他的部下们正在向沛县进发后，派出不少使者前往萧何与曹参的住处："告诉他们说我要同他们商议召回刘季之后的计划，让他们带病前来县厅。"

县令的计划是当萧何与曹参一到县厅，就将他们围起来杀掉。但是，两人在县令的使者到来之前就不见了踪影。看来向两人告密的不只有一两个人。

隐藏在县里的萧何与曹参找准时机，各自在傍晚时分翻过城墙逃到了县外。因为两人选择的时间几乎相同，在城外遇到对方时，两人惊讶之余不由相视苦笑。

曹参似乎不是很愿意逃往刘邦身边。萧何看出了他的心思："你不想对刘季低头吧？都写在脸上了。"

曹参含糊地说："不，也不是这样……"

"就连那么平庸胆小的县令，我们都在他手下工作了良久。刘季总比他强。"

"确实如此，不过……"

"我们是逃出来的，不过这并非怯懦。但是如果你不追随刘邦，径自离去的话又怎么样呢？如今正是战斗之时，如果不战而逃，你会后悔终生的。"

曹参对此嗤之以鼻："这些都是儒家的思想。你断定刘季代表着正义，但是在我看来，刘季也有可能变成恶的化身。"

"在你眼中这世上本无善恶，但你却成了断善恶辨是非的狱吏，这算什么呢？比起变成恶人的人，似是而非的人才更加卑劣。我们与刘季一起变成恶人也是一件好事吧。"

"你说什么？"

曹参瞪着萧何，似是而非的评价似乎很触动他，他沉吟良久，自言自语地说了一句"如今没有能凌驾于恶的善"，便举步向前。

两人来到刘邦的营垒后，几乎想到了同样的事。

刘季此人不仅城府变深，气量也与之前截然不同了。

不过刘邦本人并未在意两人的想法，丝毫没有摆出自大的架子，心平气和地询问二人："县令会在晚上发兵袭击此处吗？"

萧何回答道："不，县令没有力量集合太多的兵力，应该不会发动夜袭。"

"这样一来，敌我双方都兵力不足，会一直对峙下去。"

"这可不妙，"曹参说，"我有一计。"

说到打仗的本事，曹参在萧何之上。战争无善恶，胜者会成为善，败者会被完全当成恶。最明显的例子就是不断获取胜利的秦与败亡的六国。

萧何问："你的计策是？"

"发动父老，让他们除掉县令。"

现在，正是父老掌握着沛县的民心，只要他们行动，百姓就会跟着一起行动。

"父老会相信刘季吗？"萧何怀疑地说。

"就算他们不相信刘季，不将刘季迎入县中也没有关系。但是，只要他们还遵从县令，沛县就处于危险之中。在丝帛上写明此事，系在箭上射入城内如何？"

萧何点点头："甚好。"

曹参对萧何说："就由你来写吧。"

萧何征求刘邦的同意，刘邦没有说话，只是点了点头表示同意。他虽然十分厌恶别人讲大道理，不过却会虚心接受他人的主张和意见。虽然他觉得这个计策不会成功，却并没有拒绝。刘邦不喜欢超出自己理解力的异想天开的想法，即使计策很普通他也不会轻易拒绝。

第二天一早，萧何将迅速写成的文章交给了曹参。文章的内容如下："天下百姓共同忍受秦苛政之苦已经很久了，如今南方战乱已起，父老兄弟们却在为县令守城。天下诸侯并起，马上就要攻破沛县的城池。在此之前，如果沛城的百姓起来诛杀县令，选出可立之人，响应诸侯，则家室能得以保全。否则，父子都将白白地惨遭杀戮。"

曹参看过此文后对刘邦说："我想借一位善于射箭的人"，要让他在太阳升起前靠近沛县，将箭书射入城内。"选出一人吧。"

一名士兵担心地问曹参："箭书不会被官吏捡到交给县令吗？"

曹参对此很有自信："此处城墙内的里并没有吏人居住。捡到箭书的百姓一定会将其交给父老。"说完便缓缓离开了。事到如今，曹参再次坚定了信念。如果不尽快动员父老，他的家人和亲戚就会被县令逮捕，受刑甚至处死。因此，曹参认为不能就这样与县令对峙下去。

太阳升起来了。

刘邦在营垒中听过曹参的汇报后才开始吃早饭。曹参轻轻叹息了一声。他听说刘季是个无礼之人，事实却并非如此。他这时才真正了解了刘邦其人，也许刘邦在面对不同的人时会采取不同的态度吧。

太阳越升越高，负责警戒的士兵突然骚动起来。不一会儿，卢绾来到刘邦身边："我们的兵力又增加了。"有几个人偷偷离开丰邑，赶来加入刘邦的队伍。刘邦与卢绾和弟弟刘交一起面见了这几个人，说了些慰劳的话。这些人中有一人名叫唐厉，天下平定后，被封为斥丘侯，食邑千户。

"好，就等城门开启吧。"刘邦对樊哙说完，早早就寝了。而曹参一直担心着妻儿的安危，辗转难眠。曹参的儿子名叫窋，这个字并不常用，意思是物品放在洞中的样子。

当星光暗淡之时，曹参匆匆登上营垒，在黑暗中，他隐约地看到有人站在垒上，那并非站岗的士兵。

曹参心生疑惑，登上营垒后，他听到了对方的声音。

"你起得真早。"

"刘季大人。"

"嗯？这是你第一次叫我大人。"刘邦低声笑着，稍稍转过身。

"我已经不是狱吏了，不过是向您求救的百姓而已。您才是这里的主人。"

"既然收留了你，我就无法再当亭长了，从此就是逆贼了。"

"逆贼吗……"曹参本是狱吏，如今反倒成了逆贼，真是世事无常，黑白颠倒。他就算适应了黑白颠倒的世道，又能活到什么时候呢？

"应该快了吧。"刘邦在黑暗中注视着沛县的城墙。

"是啊。"曹参说完，心情舒畅了一些。黎明即将到来，昨天父老们看到了箭书的内容，在这一天中，应该暗自聚集起了县中的年轻人。但是他们并未采取夜袭，应该会在天亮后突袭县令。黑夜会隐藏自己，也会隐藏对手。既然必须杀掉县令，就要在天亮后毅然行动。刘邦明白对方的想法，在惊讶的同时，又高兴地想着：成将才者，必有此觉悟。

东方的天空泛起了鱼肚白，微风吹拂，两人沉默地站在垒上。

半个时辰后，太阳刚刚升起，城墙的望楼上插上了一面陌生的红色旗帜，望楼的阴影中，只有那一抹红色光彩夺目。曹参看到后，对刘邦留下一句"借我马车和士兵"后，亲自驾着马车，率领二十名左右的士兵向沛县疾行而去。

刘邦走下营垒，找到萧何和卢绾，笑着说："早饭就在沛县城中吃吧。"

萧何让士兵全部走到营垒之外列阵，刘邦在马车上招呼他上车，驾驶马车的正是夏侯婴。

队列严整地出发了。

不一会儿，萧何说："城门开了。"光芒充斥在刘邦的视野中。

真是一幅壮丽的景象啊。

刘邦想起了妻子吕雉在山间的岩石上向着朝阳祈祷的画面。他想：是妻子的祈祷传达到我这里了吧。

刘邦沐浴着晨光神清气爽，他看见前方出现了两辆马车。一辆是曹参的，另一辆是从城门中走出来的。

"那应该是父老的使者。"正如萧何所说，两辆马车停在了距离刘邦的马车十步远的地方。曹参先向刘邦报告："县令已死。"随后，另一辆马车上走下一人跑到刘邦面前。刘邦一见来人，说道："是材官周勃啊。你是最讨厌撒谎的了，你的话我不会怀疑。"此人正是过去与刘邦一起搜寻过宁君的周勃。

周勃跪倒在刘邦面前："不敢当。父老希望您入城，共同商讨沛县今后的对策。请务必尽快入城。"

"我知道了，我会入城，烦请再给我两个时辰。大家还没有吃早饭，我还要看看家人是否安好。"

"好，我会转达给父老。请于两个时辰后前往县厅。"

周勃利落地转身离开。

终于回到沛县了。

迎接刘邦的，是挂在城门上的县令的首级。刘邦停下马车，抬头看着县令的首级，大声说："承蒙您的邀约，我刘邦回来了。"

进入城门，刘邦接受了百姓的欢呼。来到县厅前的校场后，刘邦吩咐部下："你们就在此用早饭，我一个半时辰后回来。"说完便向家中走去。萧何在校场下了马车后，樊哙便坐了上去。在马车到达家门前，樊哙便看到了自己的妻儿，他对夏侯婴说："我就在这里下车，一会儿你再来接我吧。"

刘邦与樊哙一起下了马车，向樊哙的妻子吕媭致意。吕媭见到二人，开心地抬起袖子掩面而泣。

吕雉带着一双儿女站在家门前，她身边是父亲吕公和两个哥哥。

"你回来了。"吕雉与妹妹不同，并没有流下泪水。她深知今后会面临更大的苦难，却依旧面色坚定。

"嗯，我回来了。我饿了，去给我和樊哙拿些吃的来。"

听到刘邦这样说，吕雉终于露出了一丝笑容。进屋后，刘邦向吕公鞠了一躬，毫不掩饰自己紧张的心情："这么久以来让您担心了。虽然如今沉冤得雪平安归来，但一切并未结束。"

"我明白。事情似乎皆如我所料，你必须先天下而后至亲。"

听到吕公的话，刘邦的眼圈微微发红。

众人一起吃了早饭。长男刘盈惧怕久未见面的父亲，不敢靠近。将碗筷撤去后，刘邦只留下了男丁，共同交换意见。席中并无人知晓陈胜军后来的消息。

不久后，马车停在了家门前。

刘邦走出家门，看着靠在车轮上的尹恢说："樊哙给你添麻烦了。"

尹恢微微一笑："你过去不喜欢招揽部下，这次可不行。以后我也要承蒙关照了。"说完便跟在了马车后面。

到达县厅前的路被百姓堵得严严实实。刘邦不得不走下马车，樊哙在他身前大喊着"让路"，一点点向前走去。众人见是刘邦，纷纷退后，口中赞叹不已。

得知县令已死后，震天动地的喜悦之情在百姓中逐渐扩散开去。但是只有今天能尽情享受自由的喜悦。

在县厅前，父老认出走上前来的刘邦，示意聚集的人群安静下来："如今，我们面临着前所未有的忧患。平庸之人没有办法渡过这道难关，守护沛县的人民。在这里，我想推举旧泗水亭长刘季为县令。诸位意下如何？"

在父老的召唤下，刘邦站在众人面前推辞道："保护百姓我万死不辞，但我无才无德，不能保沛县的父老乡亲平安无事。还请重新推举出合适的人选担此重任。"

于是，萧何及曹参的名字出现在推荐的名单中。但两人意见一致："除了刘季，还有谁能担此重任呢？"因此，最终刘邦被推举成为县令。沛县的县令又称"沛公"，虽然拥有这一称号的应该不止一人，但后世提到沛公，一定是指刘邦。不管怎么说，刘邦成为县令后，任命萧何为县丞，开始了自己的统治。可以说从这时开始，沛县成了一个独立王国，不受任何上级政府管辖。

转战

连日来，到县厅向刘邦送上贺词的客人络绎不绝。

虽然刘邦是遵从民意坐上了县令的位置，但他认为这并非值得庆贺的事情。如今他手中将寡兵微，一定会被东进的秦军轻松击败，到那时，沛县的百姓立刻就会将刘邦说成元凶，把所有罪责推到他身上后投降秦军。此时县令的位置就是为了应对这种情况准备的。

这就是百姓的智慧。

因此，今后的战斗一定不能失败，必须不断取得胜利。但是，即使在沛县征兵，最多只能征集三千人。谁都会认为以这样微弱的兵力，连战连胜不过是天方夜谭。

"有客人。"夏侯婴前来报告。刘邦抬起头，脸上的忧郁尚未散去。来人是丰邑的雍齿。

"啊，你来了。"见到旧友，刘邦的声音也开朗起来。雍齿大大咧咧地坐下后，刘邦又用颓唐的语气说："其实你不是来祝贺我的，而是来吊唁的吧。"

"呵呵，你既然杀了县令，自己坐上了县令的位置，就会被秦朝当成罪大恶极的人，逃脱不了死刑的命运。和你这样罪大恶极的人走在一起，我还能指望活命吗？"

"你要来助我一臂之力吗？"

"为了保护丰邑，我需要你的帮助。沛县与丰邑就像兄弟，如果不能同心协力就会被秦军击败。"

很早之前，雍齿就在丰邑向秦朝举起了反旗。他的意图很明确。他问刘邦："说起来，你打算在县令的位置上坐多久？"

"你的意思是……"看起来，雍齿与刘邦意见相左。

"你当上县令已经半月有余了，却只是安坐在那里，一步都没有走出沛县。专心内政没有错，受苛政所苦的百姓一定很满意你所施行的仁政。但是，从丰邑旁观者的视角来看，你在沛县什么都没有做。难不成你与陈王取得了联系？"

雍齿此次前来，是因为他怀疑刘邦是想等陈王的军队到达后再发兵，所以前来探听刘邦真实的想法吧。

"不，我并未联系陈王。"

雍齿对刘邦豁达的态度惊讶不已，难以置信地说："如果是这样，沛县就会在孤立无援中渐渐消亡，当然丰邑也是一样。"

"原来如此，会变成这样啊……沛县是不是应该追随陈王呢？"刘邦对此并没有给出明确的回答。

雍齿微微一笑，直率地说："过去，你曾是王陵的门客，后来又成了张耳的门客。豪族和有权势的人明明还有很多，你却只相信那两个人。如今，就算陈王的势力再大，你依然认为他不足为信。"

刘邦为难地皱了皱眉头："我承认陈王的举兵是为了正义。但是，举兵后，我在陈王的行动中看不到正义之风，他还有侠义的精神吗？哪怕只是一个传言也好，我想听到有人在赞同陈王。"

"你是在等这样的时刻吗？"雍齿一脸惊讶，语气激烈地讲道："也许陈王已经变成了一个只为一己私欲而行动的人。他不会带来正义，只会带来腥风血雨。不要再等下去了，你应该立刻起兵，壮大自身的力量。你的名气比你自己所想象的更大，为了证实这件事，你应该去收复附近的县城。"

当年九月，刘邦得到的信息少之又少。因为泗水郡内诸县都紧闭城门，各县的官民几乎断绝了往来。因此无法得知驻扎在陈县的陈王的消息，也不知道他派出的军队前往何处，胜败如何。现在所能得知的消息只是，在泗水郡北部，只有沛县在阴森的寂静中杀死县令，引发了骚动。正因如此，沛县附近的各县中有不少人听说了沛公的大名。

"什么都不做就只有死路一条吗？沛县中没有人会告诉我这个明摆着的事实。"刘邦谢过雍齿后，两人继续交谈了半个时辰左右。

"你的意见非常有用。"雍齿要回丰邑时，刘邦在县厅前的校场送别。

乘上马车离开县厅后，雍齿骤然换上了险恶的表情，他对手下的心腹说："不知道是头脑迟钝还是厚颜无耻，刘季看上去并不打算把县令的位置让给王陵。忘恩负义的家伙！一旦离开沛县，他就会像失去了龟壳的乌龟一样毫无防御能力，快点去死吧！"

雍齿希望与自己形同手足的王陵能治理沛县，没想到沛县的百姓会拥戴刘邦，这让他懊恼不已。

刘邦并未看穿雍齿的居心，而是认为他提出的建议不错，他立刻召集主要官吏和父老说道："我想要发兵试探附近诸县。"如果没有父老的同意，是没有办法征集士兵的。

其中一名父老说："我们能不能与陈王的军队一同行动呢？"

萧何代替刘邦回答道："陈王和他手下的将领们不会将沛公待为上宾。一旦加入了陈王的军队，就要为他做牛做马。我们不得不一次又一次远征，届时沛县将无人保护。最后，沛公的军队都会客死他乡。因此必须培养自己的势力。"他至今为止尚未提出向外征伐的意见，是因为不清楚刘邦作为武将的才能。而且刘邦精于内政一事也让他惊叹不已，因此他希望这种造福人民的仁政能尽量长时间地维持下去。正是这种想法让萧何在将刘邦拉上征伐的道路这件事上一直踟蹰不决。但是，无论内政如何优秀，一旦被外敌用武力击破便毫无意义。

正在萧何认为不得不起兵时，刘邦也有了出征的念头。但是，夏侯婴转过头，谨慎地对萧何说："怂恿沛公出外战斗的一定是雍齿，那个男人一定不怀好意，我从前就不喜欢他。"

"总的来说，我也不喜欢雍齿，此人奢望太多。但尽管这是雍齿的进言，现在确实正是向外征伐的好时机。周围的人已经看到了沛公的仁政，下面还需要让他们看到沛公作为武将的骁勇。"

萧何说完，极力向父老们强调出征的必要："攻击周围的县城是为了解放各县百姓。"这是在模仿陈胜成为陈王之前的做法，但萧何认为并无不妥。

刚才没有立刻同意出征的父老们听了此话，也终于让步："请征兵，定于十月初出征吧。"

如前所述，十月是新年的开始，没有选择九月末出征，是取诸事重新开始之意。

"终于到初次上阵的时候了。"

第一战一定要赢得漂亮。刘邦召集起队伍中的重要人物，征求众人的意见："首先要攻打何处？"

沛县以南是留县和彭城，北边是胡陵、滕县等地，东北有戚县和薛县。胡陵、滕县和薛县都是薛郡的属地。

"薛郡内的诸县县令对陈胜的叛乱一定都是隔岸观火的态度，因此我认为应该选择薛郡，出其不意。"这是曹参的意见，他的战术眼光很值得信赖。

刘邦谨慎地询问："也就是说要攻打薛郡中距离我们最近的胡陵是吗？"

"没错，只要攻击胡陵，薛县的百姓就能看清形势了。"

即使没有攻陷城池也无妨。此次攻击是为了敲门叫醒睡梦中的百姓，让他们看清形势。只要百姓们看清形势，县城就会从内部瓦解。这样敌人就会减少，友军则会增加。这就是曹参的想法。

原来如此。

夏侯婴也参加了此次集会，他发现曹参拥有非凡的军事才能。

刘邦见众人没有异议，便决定攻打胡陵。会后刘邦拜托萧何："我出征后，沛县就由你来保护。我攻下胡陵后也许会再继续攻打一两个县城，你要备足兵粮。"

"交给我吧。"

"明天就开始着手定军籍，编军队，你将前来报名参军的人的名单给我，每有增加都要更新。"

"遵命。"

值得期待啊。萧何对刘邦巧妙的用人感到惊讶。刘邦不过是一介亭长，应该并不了解县厅内各个官吏的能力，结果刚一当上县令，就能将每个人安排在了合适的位置上。这一次，他要将百姓编入军队，规定每个人的地位和身份。

关于人事，刘邦没有询问他人的意见，当然也并未与曹参讨论。军籍的核定完全展现出了刘邦个人的想法。

第二天，刘邦看着萧何递上的名单轻轻地叹了一口气，其中并未出现王陵的名字。王陵自不用说，他家中的人也全都没有前来参军。也许在王陵眼中，刘邦依然是过去那个微不足道的少年吧。又或者，在刘邦率领壮丁离开沛县时还无言地鼓励他的王陵，此时却在嫉妒他从亭长一跃成了县令。

三天后，最新的名单上依然没有王陵的名字。刘邦估算如果王陵能够前来参军，人数会一下子增加数百人，他一定不能放弃。

夏侯婴并未放过刘邦脸上的阴霾，试探着说："王陵是在无视我们吗？"自从刘邦当上县令，王陵从没有来过县厅，只是一味保持沉默，甚至让人摸不透他想对刘邦表示祝贺还是责备。除了怀疑，夏侯婴更觉得此事有蹊跷，他直率地说出了自己的怀疑："沛公离开沛县后，王陵会不会在您背后起兵？"王陵会不会趁着沛县守军减少的时机率领私兵袭击县厅，杀死留守的萧何自己坐上县令的位置？

刘邦立刻否定了夏侯婴的猜测："王陵并非如此阴险之人。"王陵部下众多，或许是不想轻举妄动。他如果前来祝贺刘邦，就会被认为与刘邦结党，若刘邦失势，他也会受到严惩。他如果出头斥责刘邦，又会被众多百姓敌视。王陵一定是因此才选择了韬光养晦。

"是吗？您认为王陵没有恶意？"

"他只是在观察开船前的潮汐和风向。但有时过分慎重反而会错失时机。"刘邦似乎是在说服自己，语气坚定。

"而沛公马上就要起航了。"

"正好，你去叫萧何过来。我已经有了将军的人选，要让他写任命书。"

"您要选谁做将军呢？"夏侯婴皱着眉头问。

夏侯婴似乎想问难道不是曹参吗？刘邦让他离开后不久，萧何进入了房间。刘邦说出了将军的名字后，萧何眉头都没有皱一下，似乎理解刘邦的选择："要选纪成吗？"萧何作为行政官员，对百姓的基本情况了如指掌。纪成虽然并非王陵那样的豪族，但在沛县中有权有势，而且不贪图私利，是个正直可靠之人。

刘邦的话中充满了信任："他是个坚韧不拔的汉子。"

刘季与纪成之间应该没有交集才对。萧何不知道刘邦从何处看出了纪成的才干，少见地开起了玩笑："看来沛公在做亭长的时候并非只会睡午觉啊。"

"哈哈，我闭着眼睛的时候，耳朵也灵光着呢。"

"原来如此，远处的事情无法用眼睛看到，就要用耳朵去听吗？"萧何对刘邦非凡的才能表现出了很深的认同。

"另外，我要任命曹无伤为左司马。"

左司马是中级武官。众人皆知楚国有右司马和左司马，曹无伤是大户人家的家主，手下有私兵数十人。如果起用曹无伤，就能招揽到这数十人。而且曹无伤是刘邦外妾曹夫人和长男刘肥的后盾，刘邦任命他为左司马，也存有报恩的意思。

刘肥和驷钧曾一起来过县厅，他是来向刘邦报告自己结婚的消息的，他的妻子是驷钧的妹妹。那是刘邦第一次见到声名狼藉的驷钧，但是他认为驷钧的面相并没有传说中那么不堪。尽管如此，他认为既然长子已经确定要与驷钧结为亲家，如果驷钧的名声依然没有改观，就必须要抑制驷钧这股恶势力的扩张。

刘邦内心深处不想让曹夫人伤心，也想要阻止刘肥走上歪路，因此希望能提拔老实本分的曹无伤，将权力交给他，任命他为左司马。

刘邦内心一片凄凉，自嘲地想：我能为那两人做的也只有这些了。他怀念着年轻气盛的自己与曹夫人的一见钟情，以及刘肥刚出生时自己的激动之情，但如今情况紧急，并非怀念过去的时候。许久未见的刘肥眼中已经没有了怨恨，看到他的眼神，刘邦却心痛不已。

萧何并不知道刘邦心中的伤痛，但依然很佩服他起用纪成和曹无伤的决定。

刘邦是想建立一支以百姓为主的军队。

正因如此，他没有任命曹参为将军。刘邦在编制军队的时候也考虑到了百姓对官员的反感。

萧何想：刘季确实知人善任。人的才能真是难以预计。刘邦是不是预见到会有这一天的到来，才在亭长的任上默默地观察沛县的人民呢？不，不可能。恐怕刘邦只是直觉过人吧。萧何知道刘邦曾是沛县无所事事的不良少年，看到如今的刘邦，他不禁感叹人真的会随着时间改变，而刘邦就是最明显的例子。

从第二天开始，军籍和上级武官的任命一一公开。

曹参被任命为中涓。涓的本意为小股水流，涓人是指在君主近旁服侍的宦官，中涓就是指侍从。

除了曹参，周勃、召欧、王吸、陈仓也被任命为中涓。也就是说，他们五人组成了一个小型的参谋总部。

樊哙被任命为舍人。舍人是指亲信或门客。除了樊哙以外，刘邦的舍人还有周绁、陈遬、周定、董泄等人。其中，只有樊哙、周绁与刘邦同乘一辆兵车作为护卫，称为参乘。

刘邦所乘坐的兵车车夫自然是夏侯婴，他的官职是太仆。仆既是指仆人，也指车夫。太仆即车夫长。

卢绾与刘邦最为亲近，地位微妙。刘邦思虑良久，难以做出决定，最后将他作为"客"。对卢绾，既不能过于优待，也不能过于怠慢。

同样出身丰邑的萧何虽然认为没有必要如此费心，但他完全没有干预刘邦任用卢绾一事。

十月。

出征的时间终于到了，前来参军的人数有两千，其中包括刘邦的八十名部下。

刘邦在县厅内供奉着黄帝像，却在县厅外的校场上祭拜了战神蚩尤。他宰杀牲口，将血涂在战鼓上。这是出征前的仪式。阵前的旗帜均为红色，红色本是周朝的至尊颜色，从周朝分裂出来的魏、韩等国同样使用红色旗帜。但是，刘邦选择红色，是因为他是"赤帝之子"的奇闻已经在沛县的百姓中广为流传。

众多士兵在城外列队，刘邦在阵前训话："我曾经斩杀了挡路的白蛇，但大家将要面对的白蛇比当时巨大百倍、千倍。因此，为了能够斩杀白蛇继续前进，我们必须团结一心。"

所有士兵大声回应："是！"

"出发。"

话音刚落，刘邦军便开始出发。或许就连刘邦自己都没有想到，他今天踏出的正是平定天下的第一步。对刘邦，以及在东方和南方举起叛旗的人们来说，幸运的是，到了十月，秦军依然没有推进到函谷关以东地区。

这是因为有人拼命阻止了秦军的反击。此人名为"周文"。他是陈县人,曾是楚国人。他曾是楚国大将项燕手下的视日。楚国常年维持着神政,即君主遵从神的旨意治理国家,因此有很多掌管祭祀的官员。视日就是其中的一种,即"占候时日,以卜吉凶"之人。周文常年在项燕身边观察他用兵的手段,学会了如何把握军队进退的时机。楚国灭亡后,他在故乡默默无闻地生活。如今,他的故乡成了叛军的大本营,周文自然不能继续沉默下去,他立刻来到陈王面前,将自己的经历吹嘘了一番,宣称没有比自己更优秀的军事家了。

"我很欣赏你,请来当我的将军吧。"陈王立刻拜周文为将军。来面见陈王的人形形色色,玉石混杂。其中,周文是一块美玉。

他奉陈王之名向西进发。这支军队最开始人数稀少,在向西前进的过程中兵力逐渐增多,到达函谷关时已达到数十万人。大军一举攻破了函谷关,可说是一桩伟业。就连刘邦崇拜的信陵君都没能攻破函谷关,周文率领的军队却在朝夕之间便打到了函谷关以西,甚至来到了戏水河畔。戏水与首都咸阳已经相去不远。

也就是说,咸阳的陷落已成定局,秦朝已成了风中之烛。将秦朝从悬崖边挽救回来的人是少府的官员章邯。因为秦军主力不在咸阳,他便率领着由在骊山做苦力的囚犯和奴隶们组成的军队突袭了在戏水河畔布阵的周文军。初尝败果的周文逃回函谷关以东,在曹阳重整旗鼓,不断抵御着章邯军的猛攻。

正因为有这场坚韧不拔的防守之战,周文在历史上的评价得以再上一个台阶。

话头重新回到刘邦军。

军队离开沛县后立刻渡过了泗水。随后顺着泗水向胡陵前进。在此之前，刘邦从来没有读过兵书。虽然他崇拜着魏国公子信陵君，但他从来没有研习过信陵君的战法。而且刘邦不会骑马，因此无法在马上指挥军队，只能在兵车上向军队下达指令。

因为胡陵在泗水东岸，因此刘邦让军队涉水来到东岸后沿河北上。如果读过《孙子》，他应该不会采取这样拙劣的行军路线。《孙子》上写着，渡河后要马上离开河岸边。因为如果敌将精通兵法，在得知刘邦军沿河前进后就可以从旁侧击。为了迎击从旁边攻来的敌人，刘邦军就不得不改变军队的朝向。这样一来就不得不背水一战。

没有陷入此种险境，可以说是上天保佑。但因为从来没有实战经验，因此刘邦并不知道自己刚刚经过了一条危险的道路。

胡陵城临泗水而建，因此为了完成包围圈必须要有船。而刘邦军只有两千多的兵力，不可能采取包围的战术。兵力达到城内士兵的十倍时才能采取包围的战术，这是兵法的常识。

为了防备城内士兵的出击，首先应该筑垒。如果没有时间筑垒，就要将马从兵车上解下，将兵车排成一列。

在军门立旗，大营立牙旗已是三天后。这已经是争分夺秒的成果了。城兵在此期间并未出击。

"好，出击！"

刘邦一声令下，打头阵的纪成于清早发动了攻击。城墙上守备的城中士兵对着冲向城墙的士兵一阵乱射，纪成对敌军的箭雨早有准备，推出了装有车轮的大盾。

刘邦站在营垒中的箭楼上眺望着纪成的战斗，称赞着他踏实的战法："没想到纪成的战法竟如此周全完备。"

斜后方的曹参严厉地说："攻守双方都不精于战斗，不过是场温吞的战斗罢了。"

"这场战斗很温吞吗……好。"刘邦走下箭楼，立刻叫来周勃，下达了命令。"你选出一队擅引强弩之人，放箭震慑城内士兵。"

"遵命。"

周勃马上选出了三十名射手，来到城墙附近。城墙上的士兵认为从下方放出的箭力道不足，因此无人在意。

"放箭！"周勃一声令下，三十支力道十足的箭一齐飞出。紧接着，城墙上的士兵消失了踪影，——命丧黄泉。

周勃的队伍缓缓地移动，不断放出强劲的箭矢支援着战友的攻击。刘邦军中有士兵登上了城墙，但因为敌人猛烈的反击不得不撤退。不久，太阳落山了。

曹参快步来到刘邦身边，借了三百名士兵后匆匆忙忙地离开了营地。

刘邦转过头，指着箭楼对身旁的卢绾说："你去看看曹参去了哪里。"卢绾登上箭楼，于日落时分回到刘邦身边报告："曹参前去迎接纪成，两人不久就会到达。"

"迎接？"刘邦满脸不解，询问回到营地的曹参："你如果只是去迎接纪成，应该不需要三百名士兵才对。"

"您是说这件事啊，"曹参满不在乎地回答，"战国七雄之一齐国被秦国歼灭后，国内再无战争。秦统一天下那年出生的人今年已满十四周岁。就算是和沛公同龄的人，如果没有参加过战争，了解战国时代纷争的人也已经年过五十。这片战场上并无熟悉战争的老兵。因此，我军和城中的士兵都在彼此试探。所以我才会说这是一场温吞的战争。但是，我认为从周勃的队伍放出强弩之后，双方的士兵都开始掌握战争的方法，战争变得激烈。随着我方的攻击越发猛烈，敌军非但没有退缩，反而发起了更加激烈的反击。这就证明了我的想法。我军士兵显出疲态开始撤退，我看到了其中的危险，因此带兵前往支援。"

"我不太明白……"刘邦盯着曹参。

"纪成着实善战，我军已经筋疲力尽，不能以牺牲我军为代价去消耗敌人。纪成认为战斗到这种程度后敌军必然已经力竭，不会再采取行动，因此背对城墙开始撤离。如果城内有机敏的敌将看准时机，必会于此时迅速出击攻击后退的我军士兵。我正是担心这点才急忙带兵前往支援。"

"啊，原来如此。"刘邦用拳头敲了敲膝盖。

在军帐中观战的人们也在这场战斗中学到了何为战斗。

刘邦对兵法没有兴趣，但是当手中握有重兵时，因为不想让士兵的性命葬送在自己手中，他也开始寻找最佳的战法。曹参所说的并非策略，而是情理。

情理之中存在着玄妙的兵法吗？

刘邦虽然这样想，但他并不认为自己能够成为出神入化的兵法家。自己需要做的只是举贤任能，从善如流。

弟弟刘交前来向刘邦报告死伤者的人数。

曹参听后立刻提醒刘邦："您只需听取报告就好，请不要前往看望负伤的士兵。"

"我想听从你的意见，但不得不遵从本心。"

刘邦直起身子，推迟了用膳的时间，带着刘交和卢绾去看望战死及负伤的士兵。死者有五六名，伤者二十多人。刘邦跪在死者面前哭了起来："我对不起将你们交给我的你们的父兄。是我愚钝，本不想让你们白白战死，总有一天我会在黄泉之畔向你们汇报战果。"

士兵们注视着在每一名死者面前哭着重复同样话语的刘邦，无不感动。曹参在远处注视着这幅景象，语气尖刻地对身边的夏侯婴说："主帅必须拥有俯视天下的眼光才能保持冷静。要将每一名士兵当成一个数字，将山川当成地图上的图案。若无法保持冷静，就无法保障更多士兵的生命。沛公的所为是十夫长或百夫长该做的事。这会让人觉得沛公不过是平凡的将领。"

夏侯婴没有附和，而是轻描淡写地避开了曹参的话锋："保持刘季的本性有什么不好？他并不打算成为孙子或吴子，而是要利用孙子和吴子位居高处。没有必要装腔作势。"

"孙子和吴子啊，我远不及此二人。"

"哈哈，有自知之明是件好事。"

"有什么好的，如今天下大乱，若非孙子、吴子那样的兵法大才就无法平定混乱。遗憾的是我军并没有如此大才，因此总有一天会被击溃。"

曹参很了解自己智谋的上限。但是夏侯婴并不像他那样悲观，反而开朗地说："刘季身上有一种神奇的力量，一定会有将才前来投靠。等着瞧吧。"

除了第一天激烈的战斗之外，之后几天，城外的攻防战都不温不火地进行着。

这就是我的第一仗吗？

刘邦自嘲地想。城池久攻不下，连日来只是在同一处扎营，实在不值得称道。他命两名士兵召集中涓。这两名负责联络的士兵是刘邦的亲戚刘贾和刘泽。刘贾是刘邦父亲的兄弟之子，与他是堂兄弟关系。刘泽是刘邦祖父兄弟的孙子，血缘很远。刘邦并没有因为这两人是他的亲戚就厚待他们，只是将他们当成普通士兵。

以曹参为首的中涓到齐后，刘邦开门见山地说："为了让百姓觉醒，我们敲开了胡陵的大门，现在就要敲开一座县城。如今城里的士兵没有出击，就是说他们也厌倦了如今的鏖战。"

曹参突然笑了起来："优秀的军队就算鏖战百日也能够保持紧张的状态。而且优秀的将领能够设法让军队士气高昂。在这里，军队则全无紧张感，也没有做出任何努力。现在只能选择转移，可是转移后也会是同样的情况。"

王吸加重了语气："我们的军队如今的确只是一名蹒跚学步的婴儿，无法在顷刻间长大成人，但我们在逐渐成长。只要战斗一天，就能积累一天的经验，积累喜悦和悲伤，然后得出新的想法和反思。所有的军队难道不都是这样成长起来的吗？我不认为只靠将领就能左右军队的好坏。"他在心中暗自指责曹参，认为他因为没有与刘邦在山里共同生活过，因此对集体生活没有正确的认识。

一将功成万骨枯。这是后世的诗句，但当时的不少人也认同这一观点。吴子百战百胜，但他手下牺牲过多少士兵呢？士兵籍籍无名地死去，只有吴子名垂青史。但是王吸认为真正强大的军队并非如此，这一点上，他的观点与刘邦相同。

百战百胜的名将一旦失败将一无所有。盈满则亏，胜利达到制高点后，面前就只剩下失败。

比起设法胜利，更应该想方设法不要失败。曹参曾是众人畏惧的豪吏，而平民王吸竟敢驳斥他的话。随着两人针锋相对的争论，众人热火朝天地讨论起来。

刘邦欣慰地看着这一场面，心想：这也是军队成长的过程之一。

整理好众人的意见后，刘邦立刻做出了决定，并传达给了打前锋的将军纪成。

第二天一早，队伍的前锋率先行动时，纪成动了些心思。他知道背对敌人十分危险，因此先向着胡陵城前进了一段后突然改变方向。这让城内的士兵以为有敌袭，做好准备迎敌时却发现刘邦军退到了弓箭的射程外，便松了一口气放下弓箭。因为刚刚放下心，敌人并不会想到应该立刻追击。

曹参谨慎地看着城墙，对刘邦说："看来没必要派兵断后了。"

"纪成这几日来成长了不少啊。"

"他的确是个可靠的男人。"

曹参认为比起攻击，纪成更适合做守将，但他并没有说出口。他认为刘邦看人的眼光在自己之上。

刘邦军离开胡陵后向西进发渡过了泗水。军队继续前进，方与城隐隐出现在视野之中。

与攻击胡陵时不同，纪成的先锋队逼近方与城后的第一天，只是与敌军弓箭相向，他在试探敌军的实力。第二天，纪成搬出攻城用的兵器震慑敌军后，在第三天发动了总攻。但是他并未攻破城门，也没能翻越城墙。不过，三天的战斗中并未出现一名死者。刘邦前来看望负伤者，挨个鼓励慰劳后回到大营叫来纪成，称赞他的用兵越来越纯熟。

在这场战斗中，刘邦军战胜了城内的士兵。尽管如此，依然没能攻入城内，这是因为他们缺少攻城的大型兵器，而且城内无人接应。

忌惮秦朝的人依然很多。这对举起叛旗的刘邦来说是一个残酷的现实。他的军队只有两千多人，若是不与其他军队联合，继续以一己之力战斗下去的话，总有一天会被击溃。即便如此，刘邦依然不想与陈王的军队结盟。他有一种直觉，陈胜在叛乱后立刻称王，他的未来并非一片光明。

刘邦开始考虑先回沛县，请社神明示今后该走向何方。于是他命令军队撤退，他下令前并没有与部下商议。为了不被城内的士兵发现，刘邦军选择在天亮前开始行动。樊哙坐在兵车上望着天空："回沛县不是这个方向吧？"

"从这里南下离丰邑很近。我去那里见过父亲和雍齿后再回沛县。"

刘邦已经将军队交给弟弟刘交和客卿卢绾，让他们先回沛县。而他之所以要前往丰邑，是因为他深信只有雍齿会成为他的助力。

丰邑的城门大开。门前排列着数十人，雍齿正立于前方。他听刘交和卢绾说明刘邦军战斗的经过后，在心中嘲笑：刘季不过如此。他认为刘邦率军的才能不过尔尔。胡陵和方与的将领连这等平庸之人都无法击败，看来也没什么本事。也就是说，刘邦的几场战斗让他明白，这周围没有能力在他之上的将才。这个想法让雍齿面露喜色。

刘邦走下马车，他先命令左司马曹无伤："我只带十个人进城，其余人马在城外扎营。"随后他笑着走向雍齿。雍齿也笑容满面地迎上前来，坦率地说："我听说你攻打了两座县城。从此你也扬名天下了。厌恶秦朝，没有跟随陈王的人都会聚集到你的麾下吧。"他没有想到这句话一针见血，准确地预言了刘邦军的未来。

"并非如此，这次战斗让我明白了我的军队有很多不足之处，这也可以说是种收获吧。"刘邦说着，与雍齿并肩而行。

"哦？你说不足之处？"雍齿在内心冷笑：恐怕第一个就是你的将才吧。

"如果不站在战场上就不会明白。"

"说来听听？"

"因为你也许会嘲笑我，所以我就不说了。总之，我听从你的意见出击是正确的选择。"

"是吗？"

雍齿微怒，认为刘邦是在摆架子。但是他低着头，没有表现出内心的变化，含混不清地说："我已经设下宴席。今天大家都脱下盔甲尽情放松吧。"

"劳你费心了，多谢。"

豪族房子的大小相当于战国时代贵族的宅邸。在丰邑，雍齿的宅邸之大可谓无人能出其右。光是刘邦看到的下人就有数十人之多，恐怕在他看不到的地方还有五倍以上的人在为雍齿效力。到了紧急关头，雍齿就可以将他们作为自己的私兵。

雍齿在中庭设宴。池边栽满了桃树，有些地方点缀着几棵柳树。只是现在正值隆冬，庭院中并没有呈现出桃红柳绿的景象。

为了挡风，庭院被帷幔包裹住，这帷幔几乎不会随风摇动。

刘邦、纪成、夏侯婴、曹参等人落座后不久，刘邦的父兄在刘交和卢绾的带领下走进帷幔。刘邦等人起身迎接。

雍齿对刘邦的父亲说："都到齐了。刘翁啊，令郎如今已经当上了沛县的县令，真是了不起。"说完拍了拍手，下人随即端上了菜肴，酒则要在饭后享用。

刘邦的父亲只将雍齿的话当作恭维，并未露出笑容。他扫了一眼刘邦的帽子低声说："不要换下竹皮帽，是它在守护着你。"

刘邦惊讶于父亲切中要害的眼光，小声回答道："季明白。"竹皮帽是百姓戴的帽子，很多百姓见到县令戴着竹皮帽时会感到亲切。

刘邦的父亲一言不发地吃着不断送上来的美味佳肴，然后开口问道："游派上用场了吗？"

刘邦微微一笑，捉弄起父亲来："派上大用场了。不知道他的才智是随了谁。"

"那就好。不过，你要小心雍齿。"父亲说着放下筷子，叫人收拾起碗筷。

刘邦皱起眉头。

这是说雍齿会做出危险的举动吗？

雍齿不可能放下叛旗归顺秦朝。他自尊心强，虽然不擅与人亲近，但绝非奸恶之人。雍齿从未欺骗过刘邦，父亲明明知道，为什么要让自己小心雍齿呢？父亲虽然性格古板，但阅历丰富，看人的本事高人一等，不会说些无凭无据的话来迷惑儿子。

酒宴开始前，刘邦的父亲离席准备回府。次子刘喜陪同父亲回府，二人向宴席的主人雍齿道谢后退到了帷幔之外。刘邦也来到帷幔之外恭送父亲。刘喜迅速靠近刘邦，在他耳边悄声说："你应当看准时机，把县令的位置让给王陵，要有自知之名啊。"

刘邦挑眉，语气尖锐地说："哦？你说的时机是指？"

"这种事情你自己考虑。总之，不要让父亲担心。"

"哼，"刘邦冷笑一声，坚定地低声说道，"担心的不是父亲，而是你吧？你既然这么害怕被我连累，不如早点儿离开丰邑。父亲与你不同，定会与我同生共死。"

刘喜愠怒，盯着刘邦，一言不发地离开，追上先一步离开的父亲，动作粗暴地挽起父亲的手。父亲似乎想回头，却被刘喜阻止。

刘邦停下了脚步。

这是他第一次感受到父亲的关心和胆识。刘喜与父亲相反，他并不为弟弟当上县令而高兴，反而因此心生畏惧，这是不是因为他受到了雍齿部下的恐吓呢？如果是这样，希望王陵成为县令的就应该是雍齿。刘邦知道王陵与雍齿是兄弟之交。

带着一丝忧郁，刘邦回到了座位上。

雍齿注意到他表情的变化，问道："刘翁有何不满之处吗？"

刘邦抬起头，圆滑地说："没什么，家父并非好酒之人，让你笑话了。家父很感谢你的招待。"

"那就好。"雍齿此时关心的是酒水迟迟没有端上，因此并未深究。

这是雍齿的优点。

从年轻时开始，雍齿就不是好猜忌之人，为人处事恬淡直率，喜怒皆形于色。刘邦深知这点，因此一直信任雍齿。但是，父亲告诫自己要小心雍齿的话挂在心头无法忘怀。

原来我疑心如此重。

刘邦重新认识到自己内心的阴暗面，惊讶不已。他一直认为疑心重是气量小的表现。但是，他没想到自己被百姓推上了县令的位置，手握两千余名士兵的性命。这时，他性格中隐藏在内心深处的一面表现了出来。

刘邦在心中提醒自己：不要成为可憎的人。他提醒着自己年轻时的理想，要像信陵君和乐毅那样活着。

"啊，酒终于上来了，抱歉，让各位久等了。"

雍齿的声音打断了刘邦混乱的思绪。

"来，大家举杯。"雍齿将酒从桶中舀出，正准备给刘邦斟酒，只见帷幔被划开一道长长的裂缝。刘邦的舍人董泄和陈遨飞奔而来。

"有敌袭！"

两人报告有五六千名士兵正在迅速接近。旗帜为黑色，一定是秦朝的郡兵或县兵。

刘邦迅速起身，命令左右让驻兵全部进入邑内。曹参和纪成抛开酒杯起身飞奔而去。

雍齿单膝跪坐在席间，看着眼前发生的事，对刘邦笑道："不愧是沛公，还没有放下酒杯。来吧，让我们为将来的胜利举杯庆祝。"

雍齿给刘邦的杯中斟满酒后，将自己的酒杯放入酒桶中高高举起，用所有人都能听到的声音高声喝道："胆敢进攻丰邑，这个将领真是愚蠢。我军必将砍下他的头颅沉入酒中。"

雍齿的几名主要部下高声回应后就离开了酒席，大概是去做迎战的准备了。刘邦见此情景，喝着杯中的酒安下心来，看来雍齿一定没有暗通秦朝。

雍齿从容不迫地坐下对刘邦说："正门就交给你了。后门本来也想拜托你，但是向沛县县令提出这种请求太过无礼。"

"怎么会无礼，只要能合力保护邑内的百姓就好。"

"哈哈，沛公真是心胸宽广，"雍齿稍稍抬起头推算，"还有一个时辰太阳就要落山了，今天敌人不会出击。如果敌人明天或者后天列阵的话，攻击就会在三天后。"

真是胆识超群的人。

刘邦暗自佩服雍齿的思考能力。明明没有亲眼见到敌人，只靠想象就能准确判断出敌人的动向。

宴席上只剩下刘邦和雍齿二人。帷幔在风中摇摆。

不久，樊哙和周绁走进帷幔。

"敌军将领是监平。还不知道准确兵力，预计不到八千。"

监是泗水郡监的简称，名为平，但不知道此人姓氏。雍齿听到这个消息后冷笑道："区区八千人不可能包围丰邑。监平竟然想包围这里，看来他也不过尔尔。"

不到半个时辰，刘邦麾下的士兵全部进了丰邑。刘邦已经与雍齿确认过排兵布阵，派纪成率一千五百名士兵镇守东门，自己亲自率领一千二百多名士兵向北门进发。丰邑有东西南北四个门，正门为南门，后门为北门。

樊哙与刘邦同乘一辆兵车，他毫不掩饰对雍齿的厌恶："看雍齿那副自信满满的样子，真是令人不快。"

"雍齿从以前开始就为人傲慢。但是他身上也有能弥补这点的美德。"

"那个男人身上怎么会有美德！"

"有。雍齿的正义感远超常人。而且能抓住事情的要害，在关键时刻绝不马虎。恐怕他的用兵也是踏实顽强。若是让他率兵，大概不会比纪成逊色。"

"哼。"樊哙转过头，没有将刘邦的话放在心上。丰邑是沛县的属地，竟然让沛县县令守后门，真是无礼。过去是过去，现在是现在。雍齿摆出一副朋友的嘴脸，其实内心看不起刘邦。也许会有人称赞雍齿不为权势所动，为人刚毅，但是在樊哙眼里，这种人和雍齿都是不知天高地厚的愚蠢之人。有自知之明者为贤者，没有自知之明的人是愚者。

樊哙深信雍齿比自己愚蠢。蔑视刘邦就是蔑视天地。总有一天，雍齿会领会到自己的气量是多么狭小。

刘邦到了北门后立刻登上城墙。风势渐强，眼前的原野被夕阳染成红色，看不到敌军的身影。曹参在刘邦之后登上城墙。刘邦问他："雍齿说秦军会在三天后发动攻击，他的推测准确吗？"

"丝毫不差。"曹参对雍齿并无偏见。

"监平为什么不攻击沛县，而要进攻丰邑呢？"

曹参脸上浮现出笑容："您真的不知道吗？"

"不知。"

曹参看出刘邦并非与自己开玩笑，收起笑容开门见山地说："他是来杀您的。"

"啊，原来如此。"刘邦望着天空哈哈大笑。

因为泗水郡北部和薛郡南部各县太平静，独独刘邦在此处揭竿而起，因此他深信敌人不会采取行动。但是当他在沛县起兵攻打胡陵时，胡陵县令应该已经向薛郡府和泗水郡府发出了求援的消息。胡陵西边的方与县应该也向郡府报告了刘邦起义的消息。胡陵和方与都在薛郡南部，如果叛军从泗水郡北部的沛县出发，薛郡和泗水郡就必须联合起来共同镇压这场叛乱，互通消息的过程中就耽误了派出援军的时间。监平的军队出发时，刘邦军已经放弃攻击方与城，来到了丰邑。也就是说，监平最大的目的是诛杀叛贼刘邦，攻陷丰邑讨伐雍齿只是次要的。

"监平一定是打算在您进攻方与的时候从背后攻击，或者在您撤退时突然袭击。如今您已进入丰邑，他一定觉得棘手吧。"这是曹参的推测。

"那么监平就不会立刻攻击。"刘邦终于明白了监平的意图。

"他只有不到八千名士兵，想要立刻攻城很难。监平为了防止您逃走，在城的四面筑垒阻断了交通，并向郡守请求增援。而他则暂时在此布置包围网。"

"我明白了。"

也就是说监平的士兵正在自己的视野之外行动。寒风凛冽，刘邦走下城墙进入了小屋。他在火炉边取暖，看着身旁的樊哙和周继等人，在举兵后第一次发出豪言壮语，告诉他们军队将在三天后取得惊人的胜利。

第二天，刘邦找到了监平的军帐。

令人意外的是，监平把军帐设在了北门以北。不，这称不上意外。刘邦得知军帐的大致位置后对樊哙和夏侯婴说："监平知道我守在北门，因此将军帐设在了那里。他果然是来杀我的。"

刘贺与刘泽负责与雍齿联系，他们惊讶地向刘邦报告："镇守南门和西门的士兵都有近千人之多。雍齿竟能独自召集如此多的士兵。"

"是吗？"

这证明雍齿的权势已经遍布整个丰邑。沛县比丰邑大，却只能召集二千多名士兵，由此可见雍齿个人的力量比想象中还要强大。

这天，王吸带着一名叫作薛鸥的人前来面见刘邦，此人希望能够跟随刘邦。刘邦一眼便看出这名王吸的友人有富贵之相。薛鸥并未选择跟随雍齿，而是来到刘邦麾下。刘邦对他说："正好，我希望你和王吸等丰邑出身的人为我办一件事。"他命令他们去调查敌阵的准确位置。

不久后，薛鸥、王吸、陈遬、陈仓、唐厉回来汇报情况，刘邦带着卢绾与众人一同登上城墙，指着树丛对面影影绰绰的营垒问："那并非敌人的军帐，而是前锋吗？"

"是的。监平的军帐在更北方。"薛鸥清楚地回答。

"兵力有多少？"

"北门的前锋三千有余，本阵五百。"

刘邦点点头，微笑着对卢绾说："没想到那片树丛竟如此深邃，小时候我和你还在那里玩耍过。"

"那里荆棘丛生，难以进入，一旦进入，就会发现那里长满了鲜花和果实。藏在那里玩耍真是再适合不过了。"

"藏起来玩吗……"刘邦小声嘟囔着，灵光一闪，屏退丰邑众人后对卢绾说："快叫曹参。"没过多久，卢绾和曹参一起登上城墙。

"如果后天监平率军攻城，我有一计。"刘邦指着远处的树丛说出了自己的计策。曹参听完，含笑回答："计谋是弱者才会用的东西，您的士兵并不逊于监平。不过，既然此计能缩短战斗的时间，但用无妨。"

"好，就这么决定了。叫雍齿来，我将此计告知他。"刘邦派卢绾前去寻找雍齿。

一个时辰后，雍齿带着数名部下来到小屋中。刘邦开门见山地说："监平的军队正在筑垒，明天应该不会发起攻击。如你所说，后天他们一定会采取行动。我军要在天亮前出城诱敌，你关上所有城门守城。我的军队不会再回丰邑，你千万不要开门。"

雍齿皱着眉头："不回丰邑？如果失败了你准备怎么做？城门是不会开的。"

"失败之时就是死亡之日，这是为将者的责任。我死后不会回来，只会归于尘土。不过如此。"

"你已经下心决心了啊。我与你一同出击。"雍齿探出身子。

"不，如果你我二人都死去，丰邑的百姓就会任人宰割。你必须守住丰邑。"刘邦说服雍齿留在丰邑。

第二天，刘邦召集军中的主要人物，向他们说明计划的大致内容，他再三叮嘱："无论胜败，这里都不再是我们的归宿，沛县才是。"他特别拨给周勃五百名士兵，让他们先行藏身于树丛中，与敌军前锋交战后直冲敌军大营。并派卢绾与陈仓作为向导。

周勃率五百人于半夜出发，他们并未选择北门，而是从东门出城。两个时辰后，纪成领兵出发，刘邦也亲自率军从东门出发。为了防止马的嘶鸣声惊动敌人，所有的马都叼着横枚。天空浮云淡薄，月光暗淡。

月光刚刚好。

因为不能举着明晃晃的火炬贸然前行，借着暗淡的月光，军队就不会迷路。

刘邦乘着兵车，想起了曹参的话。

"很少会有真正的奇袭。古代，夏殷之战中，辅佐殷汤王的贤臣伊尹带兵登上了陑山的悬崖绝壁，突袭夏朝的都城取得了胜利。那是中华历史上最早的奇袭。但是在我们想要奇袭时，敌军恐怕也想采取同样的行动。人总是会陶醉于自己的突发奇想中。"

既然如此，要如何才能取得胜利呢？刘邦陷入了迷茫。监

197

平从泗水郡和薛郡搬来的救兵正在向此处进发，就算这次突袭成功，如果在清晨遭遇大量援军，那突袭的成功也会化为泡影。但只要自己不死，逃回沛县重整旗鼓，秦军不见得会取得最后的胜利。在拉锯战中活到最后的才是胜者。而这真的可以称为胜利吗？总之，刘邦清楚事情不会轻易解决。

终于，军队肃然地停下了脚步，静静等待着黎明的到来。监平一定也披坚执锐，只等黎明的到来。

前文曾经写过，一郡的首领为郡守、郡尉和郡监。泗水郡的郡守名为"壮"，又称守壮，不知道他的姓氏。守壮从薛郡的使臣口中得知刘季在沛县举兵后率军攻击了胡陵，因此薛郡请求泗水郡派兵前往薛县共同讨伐叛军。

"我无法拒绝。"

守壮派郡尉留守郡府相县，自己则不情不愿地与监平一起率军出发。监平的军事才能比守壮高出很多，他认为必须查清叛军的位置和兵力，派出了众多侦察骑兵。收到骑兵带回的消息后，监平喜形于色，他立刻面见守壮，力劝道："贼军不敌于胡陵，正在转移，准备进攻方与。兵力不足三千。以此等兵力不足以攻陷城池。只要我们从后方袭击攻击受阻的敌军，只用片刻即可将其镇压，刘季的首级可信手拈来。无须将功劳让给薛郡郡守。"

"但是，方与县属于薛郡。"

"现在是特殊时期，怎么能拘泥于郡界？我们应该径直向北前进。"

"这……"守壮迟迟无法下定决心。

监平内心焦躁，他不想错失良机，便提出了次善之策。

"请郡守迅速前往薛郡，贼军由我来讨伐。"

监平从上万名士兵中抽调出七千多名向北直行，但此时刘邦军已经进入丰邑。监平只得在城墙四周筑垒，从外部观察城内的情况，竟发现刘邦的军队在镇守北门。根据他的观察，北门的守军人数不到两千。

只须攻破北门。

监平这样想着，在北边的营垒布置了三千名士兵，但他认为这些兵力并不足以攻下北门。只是，如果将兵力集中在北边，城内的士兵发现后就会加强北门的防御，刘邦也有可能转移到其他城门，这并不合他意。因此，监平在昨夜偷偷从东边调集了一千名士兵到北门外。今夜又从西边调集了一千名士兵，准备在天亮时分率五千名士兵突袭北门。

距离天亮还有半个时辰。

"点火。"

监平命令军吏。

"点燃火炬，挥！"

望楼上的军吏对站岗的士兵说。这是给北边营垒中的士兵的信号。如果在夜间擂鼓，声音有可能传入城内士兵的耳中，而且夜色中看不清旗帜，因此只能用火传递消息。

北边营垒中待命的士兵见到远方的火光，逐渐开始行动。他们走出营垒，向北门靠近。

在淡淡的月光中，四千名士兵悄然无声地前进，队伍的最前锋经过了树丛边缘。

陈仓大吃一惊。他和卢绾带领周勃的军队藏身在树丛中，正在其中休息。

敌军竟在这里！

陈仓手脚并用地拨开荆棘来到卢绾身旁，在他耳边低语："敌人开始行动了。让他们继续前进的话就会撞上沛公的军队。"

"什么？"

卢绾倒吸一口冷气，匍匐着来到树丛外。不远处，果真有大军在移动。

"这可不得了。"

卢绾缩了缩脖子，立刻转身飞奔进树丛，向周勃汇报了情况。周勃纵使胆色过人，也难免大吃一惊。亲眼证实卢绾的消息无误后，他坚决地说："已经来不及通知沛公了。我们能做的只是完成沛公的命令。"

周勃看着大军从眼前悄然走过，推测这就是敌军的前锋，此时北边的营垒应该无人驻守。周勃的任务是突袭敌军的大营，斩杀监平。

一场古怪的战斗即将开始。

当奇谋与奇谋彼此碰撞，两者都无法再称为奇谋。

在黎明到来之前，刘邦军先发现了敌军。前锋将领纪成犹豫片刻，但此时已经无暇请示刘邦的意见。他当机立断："击溃眼前的敌人，直捣敌军大营。"各队队长接到命令后，纪成一声令下："冲！"

大地还笼罩在黑暗中。刘邦军在这片黑暗中展开了行动。对监平军来说不幸的是，两军并非正面冲突，而是刘邦军从侧面冲入了径直向城门前进的监平军中。也就是说，监平军的侧翼突然受到了冲击。

"有敌人！"

监平军中惊叫声四起。虽然他们清楚刘邦军的兵力并不雄厚，但突如其来的攻击让监平军无法保持冷静。队伍一旦陷入混乱，就会将战友看成敌方的士兵，混乱进一步扩大。刘邦亲率的第二梯队也趁机杀入混乱的战场。

"突破敌军，向北进发！"

在刘邦的叫声中，天亮了。远处有孤烟升起。

"快看，敌军的大营已经被攻陷了！"

士兵被刘邦的声音鼓舞，而秦军听到他的话后都灰心丧气。没错，周勃突袭成功，秦军的大营已被攻陷。不过，监平勉强逃出大营，消失在战场之外，失去了踪影。

秦军失去将领，在刘邦军面前丢盔弃甲。

但是，若长时间留在战场上，难保秦军不会发起反击，因此刘邦高声向士兵们宣布胜利后，迅速率军向沛县进发。在这场战争中，刘邦击败了数倍于己的敌军凯旋，从此获得了英勇善战的名声。

重逢

不知为何，战场的消息比刘邦更早到达了沛县。

"沛公击败了秦军。"

沛县官民欢欣鼓舞，就连之前怀疑刘邦将才的人也终于安心地叹了一口气，在心中暗道：没想到沛公竟如此善于用兵。如果刘邦失败归来，他们恐怕会强迫父老紧闭城门不让刘邦进城，另立新县令吧。由于刘邦未能攻下胡陵和方与，对他来说，与监平的军队在野外的一战可以说是天赐良机。

刘邦凯旋，县丞萧何、掌管监狱的任敖和父老们都笑容满面地上前迎接。

但是刘邦却露出一副垂头丧气的表情，向父老们深鞠一躬："我让不少沛县子弟丢了性命。"父老们都大吃一惊。在秦朝，没有一名将领会为一兵一卒的死而痛心。父老们不知所措地看着萧何。萧何见状，开口说道："诚然，战争必然会出现死者。但是如果不战斗，就会出现更多的死者。"

刘邦不以为然，在他看来，这不过是儒家的诡辩。无论胜败，战争都会让人心情沉重。

让士兵解散后，刘邦在回家前先来到县厅，与萧何二人讨论了片刻。

首先，刘邦苦笑地看着萧何说："我没有什么东西能赏赐给在战场上立功的士兵。秦朝的级真是方便的制度。不需要赏赐财物，只要给他们定级即可。我深刻地体会到制度的方便之处了。"

将百姓划分等级，提出此项制度的是战国时代的大才商鞅。他才能出众，他所制定的新法在秦孝公时得以实施。当时的秦孝公还没有成为秦王，秦国也并未发展壮大成为一方强国。秦孝公不满足于现状，任用从其他国家来到秦国的商鞅发动变法，制定阶级就是其中一项。

甚至可以说是商鞅的变法开拓了统一天下的道路。

商鞅制定的等级中，最下一级为"公士"，共十七级，最上一级为"大良造"。准确来说，公士和大良造都是爵名，而非级名。等级适用于军籍，公士只能成为士兵，而大良造是大将。捎带一提，此后级数和爵名都稍有变化，共有二十等爵位。

取一名敌军首级即可成为公士，取两名敌军首级可升为上造。

"首级"一词正是来源于此项制度。

"秦朝的制度固然完善，但是冷酷无情的制度必须得到改变。"萧何虽然并非法官，但他能看到秦朝法令的缺点所在。

刘邦切身感受过秦朝法令的冷酷无情，他说："只要将只保护皇帝一人的法令改为保护百姓的法令就好了吧？"

萧何垂下目光，慎重地回答："只保护皇帝一人的法令确实不对。陈胜的起义正是为了改正这个错误。但是，法令是为了保护百姓还是为了保护国家而存在，这是个艰深的问题。"

我是为何而起兵的呢？

刘邦认为自己不过是遵从沛县百姓的意思，想要保护沛县的百姓而已。自己的志向和行动远远不及陈胜。

他直率地问萧何："我今后该如何是好呢？"

萧何认为刘邦如果想要询问今后的战略方向，应该会去问曹参，因此他斟酌后回答道："陈胜确实反对秦朝的法令，但他无法成为纠正法令的人。由您来纠正不是很好吗？由您来颁布新法，保护百姓，这就是您应该做的事。"

"嗯……"

萧何的回答虽然有些抽象，但与刘邦脑海中模糊的理想接近。毫无疑问，刘邦起兵不是为了个人的利益，而是为了帮助痛苦的人，悲伤的人。但是既然要对抗强大的秦朝，就必须成为强者，才能实现自己的理想。

"你说得很好，今后当我陷入迷茫的时候，你也要继续指点我啊。"

萧何从来没见过刘邦露出如此质朴的一面，感动不已，一时说不出话来。

萧何感到刘邦的气量又变大了。时间迅速地改变着刘邦，此时的他已经不再是曾经的泗水亭长。如果不能看清这一点，就跟不上刘邦的变化。萧何内心升起了一丝恐惧。

"另外，还有一件我不明白的事。泗水郡府必然会派兵，周苛人在郡府，他与您交情甚笃，可是为什么完全没有向您报信呢？"

"周苛一定可以猜到我当时已经穷途末路，但是什么消息都没有告诉我。也许他并非是不报信，而是无法报信。我实在放心不下他。"

"您如此信任周苛吗？"萧何这才知道刘邦与周苛的交情竟

如此之深。

"周苛帮过我不少。如果他现在陷入困境的话，我想出手相助。"

"我知道了，我去调查看看。"

刘邦点点头，走出县厅回到家中。

刘邦在家中与妻儿共度了三天时光。第四天，他邀请樊哙一家和尹恢、夏侯婴等人共同举行了一场宴会来犒劳大家。

席中，樊哙注意到刘邦面带忧色，问道："出什么事了吗？"

"嗯，现在完全不知道周苛怎么样了。萧何虽然已经去调查他的消息，但尚未回报，看来还没有消息。"

尹恢很有眼色地接道："周苛的老家就在沛县。明天我去看看吧。"

"拜托了。"

第二天，刘邦本想前往县厅，最后还是决定在家中等待尹恢的回报。

"让您久等了。"

尹恢说着走进刘邦家中，他的表情很沉重。

"结果都写在你的脸上了，什么都没查到吧？"

"没错。在您起兵之前，周苛就与老家断了音信。周苛的堂弟周昌家也是如此，如今老家的人也完全不知道两人身在何处。还有一事，老家的人说萧何的手下已经来问过他们了。"

"原来如此，看来萧何的调查没有遗漏。"

刘邦闷闷不乐地低下了头。

"是不是他与您关系亲近的事被郡守发现了？"

"郡守如果认为他与我串通，肯定会杀了他，为了示众还会把他的尸体送到沛县。既然此事没有发生，周苛和周昌应该还活着。"

"希望如此。"

听到尹恢的话之后，刘邦去了县厅。刚在书房坐稳，萧何就走了进来。刘邦一看到他的表情，就感觉到他一定是掌握了什么线索。

萧何说："虽然只是猜测，但周苛可能就在薛县。"

因为现在诸城的城门均已关闭，因此收集情报变得极为困难。不过萧何向三个方向派出属吏，连传言也不放过。他从中了解到，泗水郡郡守为了联合泗水郡和薛郡，已经前往薛县。

"此事属实。泗水郡的士兵自然也跟随郡守一起前往薛县，正是其中的一部分士兵突袭了您的军队。那次突袭并不在计划之中，所以周苛无法通知您。如果郡守不在郡府相县，而是将周苛留在了那里，他就可以秘密向您发出信息。但是周苛并没有这样做，可以想见他就在郡守身边，并且无法离开。"

"哈哈，所以你推测周苛在薛县吗？"

刘邦稍稍放下心来。

"但是郡守应该已经怀疑周苛在向您秘密传递情报了吧，毕竟他是沛县人。"

周苛什么都没有对家里人说也是出于谨慎，希望能躲开投向自己的怀疑目光吧。

刘邦勉强笑着说："每了解一件事就会出现另一个疑问，人总是会有无尽的烦恼。"

"有什么难以理解的事情吗？"

"你很聪明，可以以一推十，但有时却只知其一不知其二，还是说你只是装作不知呢？"

萧何佯装不解："您所指何事？"

"那我问你，薛郡郡守招来泗水郡郡守，让两郡兵力会合，所为何事？"

"是为了讨伐沛公您吧。"

"但是，我回到沛县已过了五日，薛郡依然按兵不动。这是为何？"

"这个嘛……"

事实是两郡兵力会合却没有行动，刘邦想知道郡守为何没有行动，而萧何想知道造成这种情况的原因。两人问题的实质略有不同。

"只有能够从一推测出十一的人才能够回答你的问题。我只能说也许薛郡发生了什么事，让士兵无法行动。"

只通过不确切的信息无法推测出真相。虽然不知道原因，但是薛郡并未派出讨伐军。但是并不知道这种情况会持续多久，因此萧何的任务就是随时保持防备。

"没有人可以从一推测出十一。就算是可以预知十年后的占卜师，也无从得知十一。只能等待时间告诉我们真相了吗？"

刘邦说完，命萧何退下了。

时间有着让被掩盖的事情暴露出来的力量。

十月末，一名男子离开薛县来到了沛县，他的名字叫陈胥。他是薛县权贵的使者，这名权贵名叫陈武。刘邦所戴的竹皮帽正是薛县的帽匠制作的。过去，刘邦经常前往薛县，但他并没有听说过陈武的名字。而萧何与曹参则久仰其大名。

萧何向刘邦说明："陈武手下养着数百人，是薛县豪族。不过他的显赫已经是多年前的事情了，您也许有所不知。"

"这位陈武似乎有事禀报，你们也来和我一起见见他的使者吧。"

来到三人面前的陈胥是个粗人。刘邦看人很准，认为陈胥虽然不同于常人，但并非虚伪之人。

"听说你有紧急之事，说来听听。"

刘邦说完，陈胥略施一礼后，就毫不犹豫地提出了一项奇怪的请求。

"请您在下月三日清晨进攻薛城。"

刘邦皱了皱眉，萧何与曹参互相交换了眼色。准确地说，明天是十月的最后一天，后天就是十一月一日了。如果要赶在三日清晨进攻薛城，军队必须后天就出发，而且必须连夜赶路。因为征兵需要时间，所以无法赶在一日出发。

萧何用眼神示意刘邦此事难以办到。但是刘邦没有断然拒绝使者的请求，而是询问陈胥："三日清晨会发生什么事情吗？"

"陈武会在县中起兵攻击郡守等人。陈武早先就一直在寻找起兵的时机，不知道郡守是不是注意到了这点，不要说郡外了，甚至一步也不出薛县。城外是泗水郡士兵的驻地，一直驻守着三千名士兵。因为泗水郡监平兵败于沛公，跟随泗水郡守来到薛县的士兵中恐怕有一千多人已经逃走。另外，陈王手下的将军周市似乎正在向着泗水郡东进，所以泗水郡守一直留在薛县，迟迟不回相县。如果郡兵决定保护郡守和县令，则陈武必然会陷入苦战。因此希望沛公能够讨伐泗水郡守和郡兵。如果沛公三日后派出援兵，恐怕陈武已经被捕处刑了。"

陈胥的语气十分强硬。

刘邦想，如果陈胥是薛郡郡守或县令的手下，此次是来哄骗并杀掉自己的，那么这番话就几乎都是谎言。如果是这样，那么能口若悬河地说出这番谎言的实在是非凡之人。

　　刘邦观察陈胥良久后，冷淡地说："陈武是想利用我方便他自己吧，想得可真美。"

　　"陈武平素憎恨秦朝苛政，经常哀叹不已。他得知陈胜起兵，并且发动了惊人的攻势后曾大喜过望，但是得知陈胜称王后，他又失望不已。陈武厌恶冷酷和贪婪之人，他得知沛公是体恤百姓和士兵的人后，欢喜地说只有您是可以仰仗之人。"

　　刘邦露出笑容。

　　这不是在怂恿我嘛。

　　刘邦向前倾了倾身子，对陈胥说："就算我受你和陈武的怂恿打算出兵征薛，紧急征兵也不是一件容易的事。你回去告诉陈武，到时候就算只有我一人，我也会独自站在薛城之外。"

　　萧何与曹参目瞪口呆地看着刘邦。

　　"我定会如实传达。"

　　陈胥再鞠一躬，迅速离开了房间。

　　"沛公——"

　　萧何与曹参同时出声打算劝诫。但是刘邦举起一只手制止了二人，语气强硬地命令道："一只脚已经踏入了黄泉的人前来求助，作为一个有侠义之心的人，无论如何也要前往救助。到朔日为止，给我召集尽可能多的士兵。"

　　刘邦已经说了就算只有自己一人也会去，因此萧何与曹参明白已经无法制止他了，便开始分头征兵。刘邦回到家后对妻子吕雉说了当天的事，第二天一早，吕雉的兄长吕泽和吕释之来到家里："我听说你的兵力不足，让我们也加入吧。"

让刘邦惊讶的是，当他来到县厅后，连萧何都提出想要参战。

看来兵力相当不足。

刘邦想着，同意了萧何的要求，叫来监狱主吏任敖。

"萧何会跟我一起前往薛郡。能够保护这座城的只有你了。这里就托付给你了。"

"是……"

任敖一时露出了不甘心的表情。

刘邦觉察到任敖一定也想参战，便安慰他："战争才刚刚开始，今后还会有需要你的战场。我怎么会不了解你的能力呢？"

任敖把守的城市不会陷落，也就是说任敖是守成之人，他自己并没有意识到自己的优势。但是刘邦心里明白。

总体来说，沛县的人比起进攻更善于防守。这并不是因为儒家思想教人守成，儒家思想的开创者孔子远远不是保守之人，反而拥有改革的思想，但后世的儒家思想却被用于守成。而与之相对的老庄思想是站在支配者对面的弱者的思想，主旨并非保全，反而在于破坏性和攻击性。刘邦厌恶儒家思想，虽然不讨厌老庄思想，但也并非老庄思想的信徒。

"也就是说你们不懂得进攻。"

如果被人这么说，他们也无法反驳。但是不能事到如今再去学习老庄思想。刘邦心里真正的想法是不能被任何思想束缚。

刘邦认为必须知己知彼，征求萧何与曹参的意见后，他组建了一支一百人左右的先遣队趁着夜色出发。

一日清晨清点人数时，集合的士兵不足二千。

已经不少了。

刘邦本打算就算只有一千名士兵也要出发，对士兵发表了简短的训词后便立刻乘上了兵车。他对来到兵车旁的任敖说："如果我没有回来，你就去迎接王陵，奉他为县令。"

任敖不同意，回答道："我才不会这么干。沛公有儿子，就算重新立县令，也该选择令郎。"

刘邦小声笑了笑，率领全军出击。

这是一条熟悉的道路。

军队刹那间就从泗水亭前走过。从这里向东北前进就会到达戚县，那里现在还在秦朝的统治下，所以刘邦决定迂回前进。军队在迂回的路上露营，他并不能肯定戚县士兵不会出击。

第二天，队伍继续向东北方向前进，来到薛县附近。先遣队已经折回，他们亲眼看到了泗水郡士兵的营地。

"好，夜里再向前走近一些，黎明时分袭击兵营。"

刘邦下定了决心，他心中既没有犹豫也没有恐惧。这次出征可以说只是为了拯救周苛一人。

到东方的天空亮起前还有一段时间。

萧何在大营中见到曹参，对他说："如果这是薛郡郡守设下的圈套，我们就彻底没救了。"萧何并非心怀不安，只是想知道经历过三场战争的曹参如何看待此事。

曹参走到萧何身边，坚定地说："薛郡郡守为人谨慎，只会借助泗水郡郡守的力量，不会独自行动。我不敢肯定其中有没有巧妙的策略，也不敢肯定有没有陷阱。不过泗水郡的士兵一定没有做好迎击我军的准备。"

"哦？何出此言？"

"从迹象来看。他们如果已经做好准备，一定会早早填饱肚子。但是看不出这种迹象。如果天亮后再升起炊烟，就会让敌人知道自己此时没有防备。"

"原来如此。"

战场上，萧何能从曹参那里学到很多东西。

就在这时，一直陪在刘邦身边的樊哙离开大营，加入了先头部队。

刘邦命令樊哙加入先头部队，尽早找到周苛保护他，并且让他传话给先头部队的将军纪成。

"不要攻击反向持矛者。"

反向持矛表示没有敌意。刘邦希望尽可能多地拉拢泗水郡的士兵。

终于，东边的云被朝阳染成了红色。天上彤云密布，暗淡无光，突然泛起的红光带着诡异的美。刘邦轻声感叹："午后会有雨吧。"

东边天空的红色逐渐扩大，红云散开后露出了淡蓝色的天空。

营地升起一缕炊烟。

紧接着，刘邦军的先头部队开始行动。

在薛城外的战斗中，樊哙无与伦比的力量充分地体现出来。

他用盾牌挥开漫天飞箭，径直登上土墙。几名士兵惧怕这名刚猛的入侵者，虽然举矛摆好了架势，却被樊哙手中旋转的矛抢飞了出去。几个人同时跌落到地面上。看到这一幕的士兵都发出惊叫，向后退却，不敢靠近樊哙。樊哙瞥了他们一眼，大声吼道："憎恶秦朝苛政，想要加入正义一方的人快向沛公投降。我们不会攻击反向持矛的人。躲开！"

樊哙一声令下，敌军纷纷向左右退去。樊哙带领十余人冲进了营地。还不知道樊哙的力量的人上前迎击，却在瞬间就被驱散。

"守壮人在何处！"

樊哙大叫着不断向前冲去。他的背后陷入一通乱战，樊哙的声音几乎被叫喊声盖住。

樊哙见到一座豪华的营房，认为这应该是高级官员居住的地方，便向其中窥探。黑暗中伸出一柄长矛。樊哙侧身躲过后抓住长矛，将刺出长矛的士兵拖出来抛了出去。樊哙确定营房中再无别人后，命令身后的士兵点火烧掉营房。

城内，陈武应该率领私兵突袭了郡守和县令，但是始终没有传来消息，因此不知道现在的情况。如果烧掉这座营房，姑且可以当作一个信号。

樊哙无法一间间查看成排的营房，便一路呼喊着周苛的名字一路向前走着。途中有几名士兵挡住了他的去路，樊哙都轻松地将他们斩杀。流矢不断在他眼前飞过。

"喂，樊哙，这里，在这里。"

远处传来喊声。

尽头的营房旁边有两个人的身影。

在那里。

樊哙高举起长矛高兴地跑了过去。周苛是泗水郡的高级官吏，但他并没有看不起樊哙这样下贱的平民，一直在暗中支持着逃进山里的刘邦。这是一次愉快的重逢。

站在那里等待樊哙的是周苛和他的堂弟周昌。周苛手中只拿着一把剑，周昌拿着长矛。

樊哙笑着说："啊，二位都没事吧。"

周苛用拳头打着樊哙的盔甲，感慨着说："我远远地就看出来是你，你总算来了。"

樊哙深知刘邦的心意，在周苛耳边轻声说："沛公是为了救您才出兵的。"周苛从来没有像现在这样感动过。从他听说醉倒在酒馆的刘邦身上确实浮现出龙开始，刘邦身边一直笼罩着各种各样的奇谈。周苛将其当成祥瑞之兆，始终没有与刘邦疏远。尽管如此，当他听说刘邦在前往骊山的途中带着几名壮丁一起逃入郡界附近的山泽时，也灰心丧气地觉得那些祥瑞都是假的，不得不认为刘邦只会沦为山贼了。即使如此，出于侠义之心，他依然冒险在暗中帮助刘邦，只要他周苛在，就一定会救刘邦。现在，刘邦虽然已经当上了县令，被尊称为沛公，但周苛深深地感受到只要有刘邦在，就一定会来救他。

樊哙催促他："来吧，沛公正在等您。我带来了十多个人，二位请尽快离开营地，回到我军大营。"

周苛并没有动，而是问道："樊哙，你要怎么办？"

"我要杀掉守壮。"

"这片营地很大，你不知道守壮身在何处，我来为你带路。"

樊哙立刻拒绝了周苛的要求。他好不容易找到了周苛，如果让他死在这里就无法完成自己的使命了。

但是周苛与周昌并没有离开。

就在他们和樊哙争论间，众多敌军向他们逼近，大约有二百人。

糟了。

樊哙目测出敌军与他们之间的距离后，凭直觉发现已经来不及让两人逃走了，不如由他自己来保护这两人，生存的概率会更大。樊哙立刻让两人躲在士兵身后，盯着逼近的敌军。

此时的景象十分异样。泗水郡的士兵没有立刻攻击樊哙，而是停住了脚步。战场上有时会诞生出一片不可思议的空间和时间。

"你是何人？"

一名郡兵问。

"我是沛公舍人，参乘樊哙。"

听了樊哙的话，郡兵向后退了一步。参乘是指挥官手下最强的士兵。

如今在郡兵的眼里，樊哙就是沛县中最强的男人。

他们冷笑着说："看来你在营中迷路了。没有援兵，靠你们这点儿人是赢不了我们的。真可怜，沛公的参乘就要死在这里了吗？"

但是樊哙毫无畏惧，也并没有虚张声势，微笑着用爽朗的声音说："你们听我说，我只是来杀掉守壮一人的，并不打算杀掉同郡的士兵。就算是敌军，沛公也会为你们的死而悲伤。你们都有父兄和妻儿吧，不能死在这里。而且，如果你们中有人为秦朝的暴政所苦，就应该立刻离开元凶追随沛公。我问你们，守壮会体恤你们吗？"

秦朝是否有郡守和将军会体恤百姓和士兵呢？

郡兵的内心都受到了冲击。这时，一名比樊哙还要魁梧的男人拿着大铁锤走上前来，他的眼中透露着冷酷的杀气。樊哙心中涌起厌恶之情，心想：这个男人就是恶的化身吧。就像挡在刘邦前路上的大蛇听不进道理一样，樊哙的怜悯在这个男人身上不会起作用。

"你也只能趁着现在说些自以为正义的话了，等你死了，就去喂鸟吧。"

215

男人双目怒睁，冲着樊哙的头挥出铁锤。所有人都认为樊哙的头会被铁锤击中，然后陷入身体，整个身体会被砸得鲜血四溅。但是樊哙只是稍稍向右移动了一步。铁锤在空中静止下来，周围在一瞬间陷入了奇异的寂静中。

"啊。"

郡兵纷纷颤抖起来。在铁锤的落地声后，男人的头也落到了地上。樊哙挥矛的动作看起来十分缓慢，并不是令人眼花缭乱的神速技巧。但是郡兵们都知道这是因为樊哙的动作太快了，让他们产生了这种错觉，于是纷纷后退。

"喂，让开。想跟随沛公的人可以跟着我，其他人尽快离开营地回家去吧。"

似乎被樊哙的声音所震慑，郡兵们向左右分开。令人吃惊的是，这些人之中只有数十人逃走，其余人都选择追随樊哙。也许是因为留下的郡兵认为现在离开营地反而更容易丧命吧。

脱离险境后，周苛和周昌站在队伍前头，指着前方的营房，但守壮居住的营房已经空无一人。

不光是他们一无所获，刘邦军取得大胜后，士兵们在营内搜了个遍，也并没有发现守壮。

"被他逃掉了吗？"

樊哙咋了咋舌，带着周苛和周昌，还有新跟随他的士兵回到了大营。

天上下起了冷雨。

刘邦站在军门前。周苛和周昌见到后，冲上前去跪在了军门边上。刘邦蹲下身子拉起两人的手，轻轻拍了拍，对感慨万分的周苛说："请你暂时做我的客人吧。"又对周昌说："我任命你为战志。"

战志，是掌管旗帜的官员。

然后，刘邦转向新来的士兵，光樊哙一人就带来了一百多人，加上跟随其他人前来的士兵，总共有八百余人。

刘邦看着众人微微有些感动，他对这些士兵说："我很感谢你们离开守壮跟随我。但是战争还会继续，接下来的几个月甚至一年，大家都无法回到故乡。如果各位想确认家人的安危或者向他们报个平安，现在就可以回去了。回来后还愿意继续留在我的军队中的人，以及现在留在这里的人，将出身地和姓名报告给县丞萧何。"

士兵们窃窃私语了一番，各自决定了去留。周苛看着这一切，感叹地对刘邦说："几乎都留下了。"离开的不足百人。因为留下的士兵几乎都是泗水郡西部的人，刘邦没有将他们并入沛县的士兵中，而是编成一支萧何直属的队伍。

尽管如此……

薛城的城门依旧没有打开。现在依然无从得知陈武的起兵是成功还是失败。

雨越下越大。

有急报传入大营。

"守壮逃往南方，左司马率十余名骑兵正在追击。"

刘邦难得地变了脸色。

左司马曹无伤最先得知了守壮的逃亡路线，立刻开始追击，但是十余名骑兵未免太少。刘邦不想失去曹无伤，于是将陈武的事情抛在脑后，调转军队向南前进，迅速去支援曹无伤。如果让守壮逃进戚县，事情就麻烦了。

幸好现在刮起了北风，雨点是从背后洒向南下的刘邦军队。但是由于道路泥泞，兵车进行的速度始终提不起来。

萧何才华出众，在刘邦军中组建了骑兵队。良马都出产于北地，因此黄河以南地区难以获得良马，而且南方马匹的价格也很高。萧何不知用什么手段得到了三十匹新马，交给夏侯婴调教，组建了骑兵队。然后将这支队伍交给了左司马曹无伤。

现在曹无伤率领十余名骑兵追击守壮，也就是说他将骑兵队一分为二。也许他认为守壮会假装前往戚县，然后在中途改变路线。

刘邦的军队很熟悉这条道路，因此无论下了多大的雨都不会迷路。但如今天色很暗。

刘邦回头一看，身后只剩几名士兵。

"停！后面的士兵掉队了。"他对夏侯婴说完后，与参乘樊哙一起下了车。两人喝着瓢中的水时，萧何与曹参等人乘坐的兵车便到了。不久后，士兵们也疾驰着赶了上来。

刘邦让赶上来的士兵们在此休息，他告诉自己不要着急，让士兵休息片刻也未尝不可。曹无伤做事谨慎，不是冒进之人。按照他的性子，应该不会鲁莽地追击。

不久，雨势减弱，风依然在吹。

"出发。"

刘邦继续南下。也许是被夕阳浸染，弥漫在南方天空中的黑云稍稍带上了一抹红色。但是周围看不到日落的景象，只有绵绵细雨不断地下着。

天色渐暗，如果不点起火炬就看不清前路。此时，樊哙说："前方有火光。"

夏侯婴勒住缰绳。

远方有火光一明一暗地闪烁着。

刘邦军停下脚步，想要探察那究竟是什么火光，一部分步兵走到刘邦的兵车前提防敌袭。

不久，他们发现火光不止一两处。

"是左司马的骑兵。"

负责侦察的士兵向刘邦身前的吕释之汇报。吕雉的兄长吕泽和吕释之本来负责刘邦军的后阵，现在两人都站在刘邦身边。吕释之点点头，迅速走到刘邦身边报告："左司马回来了。"

曹无伤平安无事吗？

刘邦担心，准备拨开步兵走向前去。吕泽急忙制止了他，因为侦察的士兵有可能误报。

不一会儿，马和火炬出现在视线中。

"那是——"

士兵一片喧哗，上前迎接归来的骑兵。打头阵的骑兵举着竹竿，上面挂着什么东西。

骑兵们在步兵的喧哗中停下马匹，得意扬扬地说："竹竿上是守壮的首级，秦朝就像这守壮一样，气数已尽了。"

周围欢声四起。

刘邦马上出现在士兵中，打头阵的骑兵一惊，忙放下竹竿翻身下马，拜倒在地。在两三匹马之后，曹无伤也急忙翻身下马，赶到刘邦面前。

曹无伤还没有开口，刘邦就称赞道："这可是大功一件啊。明年你一定会誉满天下。"

根据曹无伤的报告，守壮逃出军营时并未骑马，而是乘坐兵车逃走的。正赶上下雨，地面泥泞不堪，车轮不停地陷入水坑中，逃亡的速度自然会变慢。守壮的护卫只有兵车数乘，骑兵寥寥无几。被曹无伤追上时，他距离戚县只剩一步之遥。

曹无伤谦虚地说："都是我运气好。"

到此为止，刘邦不止击败了泗水郡监平的军队，也击溃了守壮的士兵。因此刘邦英名更盛。

士兵们收集被淋湿的木柴，艰难地生起火后，坐在火旁暖着身子开始吃饭，自豪地谈笑风生。

刘邦命令全军："不要让火灭了，尽量多点些火炬。"如果一直让火燃烧，戚县的士兵就会知道刘邦军队的位置，但是刘邦认为戚县的士兵不会出击。相反，刘邦军的火光越盛，越会让敌人畏惧。除此之外，刘邦很想让陈武知道自己的位置。刘邦认为如果陈武在城里被杀，那他们在这里等着也无济于事，如果陈武已经逃到城外，就应该来投靠自己。因此他增加了放哨的士兵。

"形势有可能会突然发生逆转，大家暂且休息，随时准备迎敌。"刘邦向手下将领传达了命令后就睡下了。果然不出所料，后半夜的时候，卢绾掀开帷幔走到刘邦身边低声说："陈武的使者到了。他被薛县士兵追击，前来求助。"

"立刻召见使者。是陈胥吗？"

"不，来人自称郭蒙。"

不大工夫，郭蒙跟着吕泽走了进来。他对刘邦一顿首："陈武举兵被敌人察觉，以失败告终。现在情况十分不利，陈武虽然坚持战斗，依然弹尽粮绝，勉强逃出城外。跟随陈武一起死里逃生的约有一百六十人，追兵有一千人。我们虽然趁着夜色躲过了追击，但是天亮后就会被敌人发现，一举歼灭。"

郭蒙说陈武并没有逃向南方，而是向西逃亡了。

"我知道了，所有士兵准备行动。"

刘邦一声令下，全军整装待发。

刘邦的军队已经习惯了赶路，队伍只点起很少的火炬，前进时几乎没有发出声音。郭蒙作为向导，暂时归入吕泽手下，吕泽见他仪表堂堂，便请求刘邦将郭蒙留在自己手下。

刘邦欣然同意，其实刘邦也认为郭蒙文武双全，想将他纳入自己麾下，但兄长既然已经开口，他自是无法拒绝。

日后，郭蒙被封为东武侯，食邑两千户，在刚刚加入刘邦军时，他只是吕泽的部下。

从薛县向西奔逃的陈武被一片巨大的湿地挡住了去路。陈武出身薛县，本应知道这片湿地的存在，尽管如此他依然向西逃亡。理由很简单，薛县的追兵一定会认为陈武兵败后会逃进沛县，于是他反其道而行之逃向了西方。但是薛县的士兵发现了他逃走的路线，将他逼入绝境。

向西北方前进的刘邦军放缓了脚步。因为他们不知道陈武和薛县士兵的准确位置，不能贸然前进。而且大雨过后四处都是泥泞，没有像样的道路。

"按照我的直觉，应该就在这附近。"

刘邦对夏侯婴说，让他停下兵车，军队也停下了脚步。现在能做的只有在这里等待天亮。

半个时辰后，晨光熹微。

今天会是个晴天。刘邦想着，深吸了几口气。当周围夜色退去，眼前会出现什么样的景象呢？所有人都屏息等待着。

终于，前方出现了树木的黑影。这里乔木稀少，除了这些树木并没有其他显眼的东西。天色越发明亮了，视野变得开阔。前方是辽阔的草原，没有可疑的人影。刘邦只派出了侦察骑兵，其余人按兵不动。他的直觉告诉他，应该在这里等待。

在曙光照亮刘邦的军队之前，草原上升起了白雾，那是升腾起的水蒸气，眼前仿佛是一片想象中的风景。白雾消失后，侦察骑兵回来了。

"西北方向有敌人，约有一千人。"

"嗯……"

刘邦轻轻点了点头，并没有下达命令，只是眺望着白雾消失的草原。

樊哙问道："出什么事了？"

刘邦向来果断，此时难得表现出犹豫的一面。

"社神让我不要轻举妄动。"

"是吗……"

樊哙本想催促刘邦出兵，此时只能闭口不言。刘邦有时会像现在这样说出些没头没脑的话。如果不尽快援救被逼到河边的陈武，他和部下就会被敌人全歼。刘邦心中清楚，但并没有下令出发。樊哙认为沛县社神的声音不会传到此地，也许是刘邦心中有神明吧。樊哙的信仰不如刘邦虔诚，他并不认为社神永远正确。但是他信任刘邦的直觉，所以没有开口反对。

萧何与曹参一起向这边走来，樊哙以为他们是来催促刘邦出发的，但出乎他意料的是，两人只是来询问刘邦的指示。

"其他侦察骑兵在东北方向发现了敌人。兵力约为三千人，请指示。"

"西北方向的敌军是来追击陈武的，而东北方向的敌军负责扫荡。我军向北前进，插入敌军之间。"

刘邦迅速下了决定，就像是事先想到会发生此事一样。

"遵命。我立刻派军吏通知纪成出发。"

萧何说完，和曹参一同离去了。樊哙心下不解，坐上兵车后问刘邦："如果插入敌军之间，我们就会被夹击。奇怪的是那两人并没有反对，是我愚钝吗？"

刘邦小声笑了笑，向他解释："在内部看起来不利的事情，如果置身事外就是另一番景象。刚才的白雾可以掩盖我军的行踪，我相信敌人的侦察骑兵并未发现我们。也就是说，我军在切断追击敌军退路的同时，可以阻挡扫荡军的去路，让两军措手不及。"

"原来如此。"

樊哙心中一震，这次行动是一着险棋。但是刘邦沉着冷静，在电光火石之间让军队发起行动。

樊哙深深地感受到两人胆识的差距。就算他面对眼前的二百名敌兵时毫不畏惧，此时也不由心生恐惧。他无论如何也不认为这是最正确的选择。

不过刘邦并非兵法家，只是因为同伴陷入陷阱而义愤填膺。区区一百六十人要如何杀掉四千名敌军呢？

如果是年轻时的刘邦，一定会斥责陈武做事太极端了吧。但他帮助弱者的侠义之心始终不曾褪色。

刘邦军向北前进，在斜坡的西面停下了脚步。刘邦叫来周勃，在他耳边说："按计划行事。"

周勃鞠了一躬，翻身上马，接过挂着守壮首级的竹竿驭马前进。马匹爬上草丛茂密的斜坡，停在了不甚高的坡顶。不久后，下方扬起黑色旗帜，众多士兵逼近山坡。但是，他们停下了脚步。

山坡上有一名骑着马的人。

那名骑兵背上插着红色小旗。

"这就是敌人吗？"

士兵们大声嗤笑着。一人一马不可能与三千名士兵抗衡，还是说那人是在山坡上等着投降？在薛县的士兵开始向斜坡上前进的同时，周勃缓缓走下了斜坡。走到敌兵能听到他声音的地方后，周勃勒住缰绳大声说："我是沛公的使者。竹竿上挂着的是泗水郡郡守的首级。守壮麾下的士兵已经全部归顺沛公。"

战场上需要虚张声势，一百名兵力也要说成一千。

守壮麾下的士兵并没有全部归顺沛公，但是薛县的士兵看到守壮的首级后自会心生动摇。周勃见敌军露出动摇之色，接着说道："但是沛公关心薛县的百姓，不想看到薛县士兵血染沙场。一会儿我会在这里敲鼓，在我敲到一百下之前，希望各位回头。沛公为人坦荡，不会袭击背对着他的士兵。开始——"

周勃将竹竿扔下山坡，敲起了放在马背上的鼓。

"一。"

"二。"

鼓虽小，但声音洪亮。周勃擅吹箫，精通音律，他的鼓声中同时包含着箫的清澈和优雅。

眼前出现了一幅怪异的景象，山坡下的薛县士兵们犹豫着，看了看周勃，片刻后仿佛回过神来一般开始登上斜坡。但是他们随后又停住了脚步，因为山坡的颜色变了，红色的旗帜林立，布满了整个山坡。

山坡后面究竟藏着多少士兵？

在未知带来的恐惧中，薛县的士兵开始逐渐后退。

"三十五。"

"三十六。"

周勃不慌不忙地继续敲鼓。时间缓慢地流逝着，薛县士兵仿佛被冻在原地般无法动弹。终于，周勃数到了九十。他停了下来。

"还剩十下。"

周勃刚说完，山坡上响起了大鼓的声音。周勃骑着马向后退了一步，对打头阵的薛县士兵说："等大鼓的声音结束，你们都会死。快走吧，死在这种地方太不值得。"

当大鼓敲到九十五下时，山坡上的士兵开始行动了。薛县士兵见此情景一下子溃散开来，溃散的势头向后扩散，当大鼓的声音停息时，薛县士兵开始四下奔逃。

可以说刘邦凭借胆识击退了三千名敌军。同乘一辆兵车的樊哙见黑旗撤退，轻轻发出惊叹："竟然有这等事。"

夏侯婴笑了笑，调转了兵车的方向。

"稍等。"

刘邦说完叫来卢绾。

"不要让守壮的首级暴露在荒野中，在山坡上找个地方埋了吧。"

樊哙听到此话，心中感佩：真是周文王再世。他小时候曾经听父亲讲过周文王的故事。周文王是殷商时的西方霸主，就算是敌方士兵的尸体，他也会细心埋葬。樊哙的心中响起了已故父亲的声音："对死者仁厚的人一定会对生者仁厚。因为此事，周文王成了天下人心所向之主。人心就是如此，你要牢记。"

刘邦是否也是因为知道这样充满博爱之心的故事，才故意为了笼络人心做同样的事情呢？不，不该如此。刘邦本就体恤他人，只是一直没有机会展示。通过杀掉守壮之事和对他首级的处理，刘邦一定会德望更盛。

不愧是我的义兄。

樊哙自豪地看着刘邦。

这时，刘邦下达了一项奇怪的命令，他不急着行军，而是命人鼓噪，向西进发。鼓噪，即擂鼓呐喊以壮声势。刘邦军向西前进后，就能从后方包抄追击陈武的一千名薛县士兵。为什么要大张旗鼓地让敌人知道此事呢？

一个时辰后，刘邦军前方的敌人消失了，薛县士兵四散而逃。又过了一个时辰，陈武率领一百六十人来到军门前。

在刘邦的想象中，陈武一定是一位威风凛凛的男子，如今终于得见，却见跟在吕泽身后的男人身材矮小，这让刘邦心中一惊。

陈武向刘邦顿首：“承蒙您屡次相救，在下终于九死一生。您的大恩大德必将终身难忘。”陈武声音不大，但刘邦听出他颇有胆识。

刘邦柔声道：“不，是上天救了你，我只是在上天的保佑下帮了一把。”他扶起双膝跪地的陈武，邀他赴宴。短暂的交流后，刘邦说出了震惊左右的话：“怎么样，要不要成为我的中军将领？”

“让我成为沛公的中军将领……”

陈武简直不敢相信自己的耳朵。这也难怪，今天是两人初次见面。把军队的核心中军交给初次见面的人，究竟是怎样的大将才能做出这种事？萧何与曹参也在，但两人没有说话，只是苦笑。

两人都明白，就算反对沛公的用人也无济于事。之前，刘邦任用纪成当前锋部队将领的时候，两个人虽然感到意外，但也没有出言反对。而实际上纪成在之后的战斗中确实老成持重。两人都认为沛公能在别人身上看到他们看不到的东西。

刘邦笑了笑，想要缓解陈武的惊讶之情："哈哈，虽说是中军，也不过只有千余士兵。中军身前有纪成在，身后有我在。你只要把中军当成第二梯队就可以了。"

迟来的午饭结束后，刘邦让萧何重整军队。

"只需要留一百名士兵保护我。"

这一百人中有一大半是曾经和刘邦一起隐居山泽的人。无论军队的规模再大，这些誓与他同生共死的人都是军中特殊的存在，始终会得到刘邦极大的信任。

最终，重整军队后众人并没有继续前进。第二天，刘邦下达了返回的命令，军队踏上归途后，由于胡陵父老的密使赶赴军中，便早早地就停下了脚步。

刘邦听到使者的汇报后不由得发出了一声惊呼。列席的萧何、曹参、夏侯婴等人也吃惊地窃窃私语："竟然逃到了那里。"

刘邦一开始并未攻陷胡陵，监平在被刘邦击败后下落不明，竟是逃进了胡陵。而且监平夺取了县令的实权，将胡陵据为己有。官民当然不会就此接受，县内的父老们听取民意，决定向初建战功的刘邦求援。

在县内父老托使者呈上的信中，有县丞的签名。

"信上说，县里的父老会趁着夜色打开城门。"

刘邦将信展开，询问列席者该如何回应父老们的请求。

萧何立刻向刘邦使眼色，示意他使者就在这里，不便明言。

刘邦轻轻点了点头，告诉使者还要询问些细节，叫来尹恢将使者带到军帐之外。

刘邦看着萧何，因为萧何似乎想要第一个提出意见。萧何轻轻点了点头开口说道："我有一个怀疑，这有可能是监平利用父老和县丞引诱沛公进入胡陵的诡计。但是如果父老和县丞真的陷入了困境，我们就应该率兵进入胡陵。"

"等等。胡陵的父老和县丞在沛公进攻胡陵时还是敌人，而且胡陵属于薛郡，应该向薛郡郡守求援才对。现在却向沛公求助，这不合情理。"

这是夏侯婴的意见。

曹参轻声冷笑："说不定胡陵的高级官员已经向薛郡派出了使者，但是薛郡郡守拘泥于自己的立场，拒绝了他们的要求。怒火中烧的父老们抛弃了郡守，暗地里反复商讨后，派密使来向沛公求援。

曹参认为，如果是监平为了报仇设计引诱刘邦，应该会更早设下陷阱。使者这么晚才来，应该是胡陵的父老和百姓为摸清刘邦的底细延误了决断的时间。

刘邦知道曹参对各种事情的猜测都不会出错，下令道："出兵前往胡陵吧。现在关键的问题还没有弄清楚。"

萧何没有理解刘邦的想法："关键的问题是指？"

刘邦微笑着，提出了自己的疑问："你不觉得奇怪吗？监平并非薛郡郡监，而是泗水郡的郡监。因此他在丰邑城外失败后应该逃往郡府所在的相县或者守壮所在的薛县，但他为什么要逃往邻郡的胡陵呢？"

"沛公——"曹参面带笑容，"陈武也没有逃往南方，而是逃到了西方。那时保护监平的士兵太少，而且他害怕被追击，那么该怎么做呢？他决定出其不意，于是跑到了距离最近的县。"

刘邦闻言大笑。

"我能想到的理由再多也比不上你啊。我总算明白了。"

在座的人都笑了起来。但是随后当萧何表示要带兵前往胡陵时，所有人都皱起了眉头。萧何是文官，从来没有指挥军队的经历。

"如果萧何要带兵前往，请允许我作为护军。"

夏侯婴的话让众人更惊讶。护军是军队的监察，代表着刘邦本人。

刘邦凝视着夏侯婴："如果你不在就没人为我驾驶兵车了，希望你再考虑一下。"

"樊哙也可以驾车。"

夏侯婴露出了倔强的一面。

他身上本就有着和刘邦相似的一腔热血，当他听到文官萧何提出要率军杀进胡陵后，自然无法抑制住这一腔热血。恐怕他在心中想要呐喊"我并非只会御马而已"吧。

刘邦思考片刻后对两人说："好，就这么决定了。"

萧何麾下新增的泗水郡士兵很熟悉监平的长相，他正是想要利用这点。但是没有人知道萧何带兵的才能，刘邦心中应该也有一丝不安。夏侯婴一定是察觉到了刘邦心中的不安，才自告奋勇地提出要充当他的耳目。

军事会议结束后，刘邦留下了萧何与夏侯婴，向他们说明此次进攻的计划。

"监平处事精明，善于随机应变，一定会从远处监视我军的动向，因此我打算暂不调转方向，让他以为我军会继续返回沛县，然后在黄昏时分掉转方向，趁着夜色攻入胡陵。"

"遵命。"

两人略施一礼，和正在招待胡陵使者的尹恢会合后询问了一些细节，确认了出兵前的步骤。

"喂，也带上我吧。"尹恢戳着夏侯婴的肩膀说。

夏侯婴的反应很冷淡："你是沛公的谒者，用不着舞枪弄剑，只要发挥能说会道的本事就行了。"谒者是指外交官，负责接待宾客。

"夏侯婴，你可别小看我，我跟随刘季的时间比你长多了，我腰上这把剑可不是摆设。"

刘邦还是游民的时候并没有像现在这样的部下，不过尹恢、樊哙和周继从那时起就是他的跟班了。

"你既然这么想杀进胡陵，就自己去求沛公。"

"哼。"

尹恢心怀不满，立刻来到刘邦身边，表示因为夏侯婴血气方刚，请刘邦派自己跟随夏侯婴一同前往。刘邦虽然知道尹恢也是血气方刚之人，却只能忍着内心的苦笑同意了他的请求。

"我的老相识里净是些任性的人。"

不久后，军队进入了丛林暂时休息。一千名士兵在众人休息期间消失了踪影。经过一番修整后，主力军队继续缓慢南下。等到太阳西斜，刘邦让军队停下了脚步："时间虽早，各位在此饱餐一顿吧。"等所有士兵都吃饱喝足后，太阳已经落山了。

"好，向胡陵前进。"

刘邦命樊哙驾车，让周继作参乘，率军向西北进发。夜间行军脚程较慢，如果太阳落山后没有立刻出发的话，就无法在天亮前赶到胡陵。

夜色渐浓，寒意更甚。

"萧何与夏侯婴已经进入城内了吧。"

周缧知道夜袭将在半夜进行。

"也许吧。"

监平谨慎，住在城内建起的一座小城内，命三四百名士兵护卫。就算发动夜袭，恐怕也很难攻破这座小城。在这一点上监平比守壮想得周到，但是他是泗水郡郡监，应该无法征集胡陵百姓保护自己，因此刘邦认为，会为监平而战的士兵最多不过五六百人。

军队在寂静中悄然前行，终于到了凌晨时分，空气中的寒气冰冷刺骨。

军队继续向前，从地上掀起的微风中，可以感受到黎明即将到来。不久后，天色渐明，士兵们熄灭了火炬。天地间明暗变换，即将变色。在刘邦军队的红色旗帜在晨光中恢复鲜艳的色彩之前，胡陵城已经出现在视野中。樊哙聚精会神地看着胡陵城，惊讶地说：

"城外有兵。"

急先锋

胡陵的城门上插着一面旗帜。

红色的旗帜在昏暗的背景中鲜艳醒目。

樊哙一眼就看见了这面旗帜，开心地说："萧何与夏侯婴成功了！"

"似乎确实如此。"

刘邦放下了心中的大石，果断地率军前进。驻屯在城外的是萧何与夏侯婴麾下的士兵，除此之外还有三四百名士兵席地而坐。

刘邦靠近城门，最先前来迎接的是胡陵的县丞和父老。刘邦走下兵车，两人毕恭毕敬地用爽朗的声音说："托您的福，我们夺回了胡陵县。"胡陵县令因为害怕被监平杀害，已经逃走。

刘邦对县丞说："这样一来，只能由你来管理胡陵了。"

他在走去犒劳萧何与夏侯婴之前先看到了尹恢，于是揶揄地对他说："啊，你还活着啊，你没拖那两个人的后腿就已经很值得称赞了。"

"你这话说得太伤人了。我可一直都在拼命作战，剑都折断了。"

"你不是教过我便宜的剑会让人送命吗？我送你一把值钱的剑奖励你这次的功劳吧。"

刘邦轻声笑着走到萧何与夏侯婴身边，声如洪钟，极力夸奖二人："你们只靠一千士兵就拿下了一座城，更没想到在天亮之前就结束了战斗。监平现在何处？"

"在那边。"

"哦，你们抓住他了啊。"

监平就在席地而坐的俘虏之中。他躲在城内的小城奋力抵挡发动奇袭的士兵，最终还是在箭矢耗尽前投降。只要成为俘虏，无论爵位有多高，都会是一副脱冠裸足的样子。

只有监平一个人双手被绑在身后，他颧骨很高，长相很有特点，此时正直直地目视前方，就连刘邦接近也丝毫不为所动。

刘邦突然抽出小刀切断了绑着监平双手的绳索。

"监平啊，我不会杀你。我喜欢明理善战的人，你已经自由了。"

这个决定显示出刘邦的宽容，同时也意味着他欣赏此人为人处事的态度。监平遭受奇袭后并没有独自逃跑，并且在箭矢耗尽前投降，这是因为他体恤手下的士兵吧。

监平并没有立刻起身，他摩挲着一只手腕说："你就是沛公吗？见到你真是太好了。我终归是秦朝的人，蒙受着秦朝的恩情，就算你在此饶我一命，我也不能追随你。也许今后还会成为忘恩负义之徒反戈一击。即使如此，你也要放我走吗？"

"无妨。我也会释放其他被俘的士兵，咱们就在战场上见吧。"

"嗯……"

监平终于抬起头看着刘邦。也许是因为太阳已经升起，他的眼神中闪烁着耀眼的光芒。

"你一定会成为百姓之主。"

刘邦拍手叹道："这份礼物真让人愉快。我听说没有比语言更好的礼物了，谢谢，我领受了。"

说完他立刻释放了全部俘虏。

胡陵的父老感动地看着眼前的景象，喃喃自语道："我本以为真正的王者只存在于古代，没想到今日得以亲眼目睹。"

刘邦军在胡陵停留了数日。为了让百姓接受县厅的改革，身后必须要有武力震慑。

在此期间，亢父和方与县派来了使者。

亢父在胡陵的西北方，方与则在胡陵的西方，两县都在砀郡的边境附近。前来的使者表示今后两县会追随刘邦。

萧何毫不保留地赞扬刘邦至今为止出色的处事方式："德行的力量胜过武力。"

夏侯婴认为萧何的赞扬并不过分。从向薛县出兵到现在为止，刘邦的用兵和善后如有神助。正是这份声望让亢父和方与两县归顺。

年轻时的刘季像一匹孤狼到处流浪，现在的沛公与当时判若两人，仿佛是一条即将腾云驾雾的龙。

刘邦说："曹参和周勃前往近处的方与，我去远处的亢父。"

胡陵百姓中有三百人请求加入刘邦的军队，这三百人归入曹参麾下，之前归入萧何麾下的八百郡兵全部转移到周勃麾下。还有一件小事：与陈武一同在薛县起兵后逃往县外的士兵们在得知陈武成了刘邦的中军将领后纷纷前来投靠，这部分新加入的士兵达到了五十人之多。刘邦的兵力正在逐渐增加。

接下来，刘邦拜托客卿周苛辅佐曹参和周勃。周苛曾是高级官吏，对军事和行政都了如指掌。

在亢父使者的带领下，刘邦离开了胡陵。

此时，刘邦军可谓一帆风顺，但是在遥远的西边，周文誓死抵抗章邯的秦军后最终兵败自杀。因此秦朝大军大举进入中原地区，雷鸣渐起狂风大作，但是徘徊在薛郡和砀郡边境的人们尚无从知晓这场即将从西方席卷而来的狂风暴雨。

刘邦到达亢父后，在那里停留了数日。

时间到了十二月，留守沛县的任敖派来的急使突然闯入军营。

使者表情严峻，刘邦听完他的话，读了任敖的信后愤怒地一挥手，毫无顾忌地在众人面前大骂出声："雍齿这家伙——"

萧何迅速捡起刘邦扔出的书信，过目后交给了坐在身旁的夏侯婴。

亏他做得出来。

夏侯婴口中发苦，心中涌起啐他一口的冲动。

驻守丰邑的雍齿背叛了刘邦。

任敖的书信很长。

以刘邦为首，军队各个将领并不了解泗水郡和砀郡目前的整体状况，而陈王手下一位名叫周市的人才正率领军队在两郡中不断来往。

周市是砀郡大梁县人，砀郡原属于魏国，周市并非出身名门，但一直抱着复兴魏国的志向。陈胜揭竿而起后在陈郡称王，周市立刻前去投奔，请求陈胜派自己去平定旧时的魏国，得到首肯后便开始平定砀郡，战果斐然。到处有人呼吁让周市成为魏王，但周市一直坚决推辞。因为陈王身边有两名魏王的王子，分别叫作"魏咎"和"魏豹"，魏咎比魏豹的年纪大。

周市不停恳求陈王立魏咎为魏王，但陈王始终不愿放两人离开，据说周市前后一共五次派出使者去劝说陈王。最后陈王终于同意，周市迎魏咎入砀郡，总算建立了魏国。为了巩固王朝的统治，周市开始着手平定泗水郡北部地区。

丰邑成为他攻击的目标。

不过，善于外交辞令的周市并未立刻派兵前往丰邑，而是派遣使者劝降了雍齿。

"秦朝抓住最后一位魏王后将他流放到了丰邑，如今魏国的数十座城已被平定。如果你现在投降于魏国，魏王将封你为侯，命你继续守护丰邑。如果你执意不愿投降，则丰邑将立刻覆灭。"

雍齿并不会轻易屈从于这点威胁，但封侯的提议很有吸引力，就算他继续帮助刘邦守住丰邑，天下也没有人会知道他的功劳，他也无法因此获得爵位。

我绝不能满足于成为刘季的道具。

刘邦当上沛公以后，雍齿一直在烦恼此事。本来两家的财力相距甚远，但刘邦毫不顾忌此事，一直以朋友的身份自居，这让雍齿深感不快。刘邦憧憬着能成为像信陵君和乐毅那样的人，受到天下人的敬仰和爱戴。在雍齿看来，这不过是愚蠢的人在说大话。在秦朝，刘邦不过是一介身份低微的亭长，雍齿经常会在远处用怜悯的心情嘲笑他一辈子也就这样子了。

但不知道是不是时代弄人，刘邦从亭长一跃成为县令，周边各县纷纷追随他。狗就算长出了翅膀，飞起来之后也一定会跌落，雍齿一直在一旁冷眼旁观。但是刘邦并未停止飞翔，这让雍齿心里更加不快。

就在此时，周市率领魏军前来。

我倒要挫一挫刘季的傲气。雍齿想。

雍齿走出丰邑来到魏军的军门前，拜见了新建立的魏朝的宰相周市。周市大喜，与他约定会上奏魏王立刻封他为侯之后，在丰邑附近暂作停留。周市没有费一兵一卒就拿下了丰邑，心情舒畅，向各县派去使者劝他们投降。其中一名使者来到了沛县。留守沛县的任敖说着"我只会跟随沛公"，将使者赶了回去。

使者回去之前说："沛公一定会投降魏军的。如果他拒不服从，我军将会把他的尸首送回沛县。你无论如何都是会投降魏国的。你不像丰邑的雍齿那样看得清未来的形势，我还会再来的。到了那时，希望你不是在城内，而是能出城迎接我。"

胡说些什么！

任敖大怒，但他立刻像是被泼了一盆冷水一样两股战战。周市将军队驻扎在丰邑附近，他知道远征中的刘邦的位置后一定会出兵攻击。他听说周市有三万兵力，但这是夸张，实际兵力应该不到两万。即使如此，只有三千兵力的刘邦也无法与他正面抗衡。而且如果遭到周市军的突然袭击，刘邦军立刻就会溃败。

沛公危险。

任敖心中涌起不好的预感，颤抖着双手写下书信派急使送出。

使者带给刘邦的实在是不祥之信。刘邦一直坚信人与人之间的友情是美好的，可以跨越身份和贫富的差距，男人之间的约定应该誓死守护。雍齿的背叛动摇了他的信念，这份冲击甚至摧毁了他的伦理观念。夏侯婴一开始就不相信雍齿，他眼看着刘邦的愤怒和沮丧，不可思议地想：像沛公这样眼光独到的人为什么没有看穿雍齿的本性呢？

两人年轻时一起走过的那段过往中一定发生过什么事情，而夏侯婴对此无从知晓。

萧何看着刘邦此时的样子，感到有些别扭。挚友之间的关系会在对方不得志的时候进一步加深，在飞黄腾达之时却容易成为对方的强敌。因此孔子说过能共生死，却不能共富贵。但刘邦一定会怒斥"因此我才讨厌儒家思想"。就算此话有理，在这种紧急时刻又有什么用呢？行动必须建立在正确的认识上，但正确的认识不一定总能引导出正确的行动。

刘邦怒气冲天，众人看着他阴郁的表情噤若寒蝉。但是有一个人置身于这种压抑的感情之外。

此人就是卢绾。

他走到刘邦身边，拍了拍友人的肩膀轻声说："曹参等人会被杀。"

刘邦挑了挑眉。曹参、周勃、周苛等人此时正在方与。周市应该也派了使者去方与劝降。如果方与县令瞒着曹参等人投降周市的话，曹参他们就会在县内被暗杀。就算他们没有被置于死地，周市也一定会率军北上劝降刘邦，这支军队自然会从方与经过。曹参兵力稀少，瞬间就会溃败。也就是说曹参等人如今正面临着双重危机。

刘邦恍然大悟，转向萧何说道："立刻派出擅长骑马之人去通知曹参，我也会立刻出发前往方与。"不大工夫，军中人声嘈杂，做好了紧急出发的准备。士兵们不知道此次出兵的目的地和原因，心中涌起疑惑和不安的情绪。夏侯婴沉着冷静地准备好兵车，激励心事重重的樊哙："沛公好像又变成以前的刘季了，不在乎敌人的数量，只为了守护必须守护的东西而奋不顾身地冲入敌阵。"

"是打算壮烈牺牲吗？"

樊哙明白刘邦绝不会向周市投降。但是双方兵力太悬殊，这是一场完全没有胜算的战斗。

正因为樊哙知道刘邦哪怕心里清楚这是一场必输的战斗也会毫不退缩，所以他已经开始思考要如何在兵败后保护刘邦逃回沛县。总之，最重要的是绝不能让刘邦战死沙场。

夏侯婴说："我们还不一定会输。"

樊哙决绝地说："如果需要减轻兵车的重量，就丢下我吧。"

"樊哙……"

夏侯婴眼眶一热，转开了目光。

刘邦只有在败退途中被追兵逼入绝境时，才会抛下参乘樊哙。走下兵车后，樊哙会独自与追兵战斗直至牺牲吧。

刘邦背对着萧瑟的寒风迅速开始南下。

此时的方与正准备关闭城门。

曹参和周苛为了向方与县令等人详尽地传达刘邦的治理方法，废弃秦朝法律，所以借住在县内的一所空屋中，以便缩短往返的距离，只留下周勃在城外驻守。

这天，曹参和周苛没有前往县厅，正商量让沛公前来方与的事情。正在这时，一名男子翻过围墙进入了庭院中。

"来者何人？"

曹参和周苛同时拔剑而起。

男子将剑背在身后跪倒在地，冷静地说："请不要惊慌。我是方与县的张说。之前因为憎恶秦朝的苛政，以县令为首的高级官吏们欣然臣服于沛公。但今日魏国宰相周市的使者威胁县令如不投降就要攻下方与。据说周市的兵力有两三万之多，而且已经取得了丰邑，正在向方与进发。我在县厅的亲戚告诉我，县令惧其军威，马上就要关闭城门杀掉诸位。我想加入沛公麾下，请允许我与二位共同出城。"

怎么会……

曹参和周苛面面相觑时，男人迅速起身。两人还没来得及出声，他就再次翻越围墙消失了身影。

两人急忙大声召唤家中的随从向屋外飞奔而去："快逃，什么都不要拿！直接往城门跑！"

城门即将关闭，太阳还没有下山。

曹参和周苛带着随从们惊险地赶在城门关闭前冲出了城外，他们继续向前冲入了周勃的驻地。

"出什么事了？"

曹参等人气喘吁吁，没办法立刻回答周勃的问题。喝过水平复了呼吸之后，曹参才回答道："我们被方与的县令背叛了。明天一早周市会率领魏军来到这里，兵力有两三万之多。我们应该立刻撤退与沛公的军队会合。"

周勃大惊，急忙集合士兵，命令众人回到沛公身边。士兵全然没有露出惊慌之色，可见周勃的训练成果颇佳。周苛对曹参说："这支队伍颇有胆色，周勃一定会成为良将。"

周勃预计追兵会从城内追来，便自己殿后，命令士兵出发。日落时分，军队遇到了刘邦的急使。周苛明白刘邦的体恤之心，回头征询曹参的意见："沛公为了救我们而率军南下，就算看到我们平安无事，也决不会逃跑，而是会与周市的魏军战斗吧。魏军的兵力几乎是我们的十倍。就算无法侥幸取胜，有没有什么方法能让我军立于不败之地呢？"

"你是说……"

"地形。如你所见，这附近的地形起伏较大，恐怕此处将会成为战场。如果能将敌人困在左右高地包围的狭窄地带，是否可以以少敌多呢？"

"原来如此。"

曹参同样不认为刘邦会畏惧周市的魏军而回头躲进亢父城内。周市的使者一定已经前往亢父，因此亢父也随时会有背叛的可能，所以刘邦会在方与和亢父之间的某处与周市的魏军战斗。这样一来，事先选择好战场排兵布阵对己方更有利。曹参同意周苛的计策，迅速找来周勃，征求他的同意。

"既然如此，我同意二位的计策。恐怕沛公会连夜赶路前往这里。我们赶紧寻找合适的地带并通知沛公吧。"

太阳落山后，周勃并没有让士兵休息，而是让他们去寻找被高地包围的窄路。终于有士兵回报说有所收获，周勃将此消息通知给其余两人，因为他会骑马，便骑上马带领两人的兵车前往该处。他看到远处成群的火光后回过头大声说："就在那里。"

十几名士兵举着火炬，似乎没有摸清左右高地的高度，也没有找到通往高地的路线。周勃翻身下马，等曹参和周苛走下兵车来到附近后问："此处如何？"

周苛抬起头说："真高啊。"

周勃略吃一惊，问他："你是怎么知道高地的高度的？光线如此昏暗，完全看不到上方的情况。"

"不，能看到微弱的星光。虽然星光下的地面一片黑暗，但可以看清高地的全貌。好，在这里停下吧，由我去向沛公献策。"

"啊，我去安排护卫兵。"

周勃再次目送周苛乘坐兵车离开。曹参留了下来，坐在路旁的石头上思索着。

"这附近有小溪或者泉水吗？如果能弄到水就准备食物吧。"

周勃叫来士兵，为了不打断曹参的沉思，在稍远的地方吩咐道。不一会儿，曹参抬起头，似乎注意到了周勃，朝他招了招手。周勃慢慢走近曹参。曹参站在原地问道："沛公崇拜魏国信陵君，曾经做过魏国外黄县县令张耳的食客，理应对魏国有感情。为什么在得知雍齿跟随魏国后勃然大怒，要与魏军为敌呢？"

"不知道……"周勃蹲下想了想，"我似乎有些头绪，但又说不上明确的理由。"

"哦？你有些头绪吗？我完全没有头绪啊。"

曹参自嘲地冷笑了一声。

周勃第一次意识到两人的想法完全不同。因为丰邑属于沛县，所以丰邑的守将雍齿是沛县县令刘邦的属将。属将应该理解主将的意图，而放弃主将追随他人是不折不扣的背叛行为。惩罚背叛者是理所当然的，惩罚令其背叛的人也是理所当然的，周勃想提出这样的道理。但其实在他心里，这个道理并不重要，最可怕的事情在于刘邦以寡敌众，想要战胜周市的大军是痴心妄想。

曹参也许是在思考有没有方法可以避免这场注定无法获胜的战争，是否可以利用外交的手段找到一条生路。恐怕只有曹参一人会从这个角度来思考问题吧。

男人就是要在不得不战斗的时候不计胜负挺身而出，刘邦一定认为现在正是这种时刻。周勃明白刘邦的想法，因此明白曹参的话虽然有道理，但放在此时并不合乎情理，因此只是含糊地说："我也只是有个大概的头绪。"

"周勃啊，就算全力应战，我们也会和沛公一起死在战斗中。沛公周身的祥瑞究竟是什么？我们只能带着疑问沉入死亡的深渊。"

周勃并没有理会曹参的话，他训练出来的士兵即使以一敌五也不会落下风。

吃完饭后，周勃小睡片刻，然后带领三十余名士兵花很长时间探察了一番周围的地形，在探察的过程中，他收到了大片火光正在接近的消息。那是刘邦的军队正在前来与他们会合。

周勃见曹参上前迎接刘邦，不动声色地靠近他轻声说："两年前，我曾经和沛公一起搜捕一个名叫宁君的贼人，当时有人想要刺杀还是泗水亭长的沛公。知道此事的人只有我和周苛。你觉得经历过当时生死一线的沛公会害怕死在这里吗？"

曹参哑口无言。

暗杀……

贼人会想要刺杀一介亭长吗？不，听周勃的口吻，事情并非如此简单。周勃没有说暗杀者是何人，也许他也并不清楚事情的真相，恐怕周苛更清楚此事的来龙去脉。虽然这样说对沛公无礼，但是杀掉一个亭长又能获得什么好处呢？

刘邦在火光中出现了，他问曹参："这里可以吗？"他想知道这里是否适合迎击周市的魏军。

"天还没亮，尚无法断言。"

因为地形还没有完全明晰，曹参只能这样回答。之后，刘邦听过周勃的详细报告后频频点头。趁着夜色吃过早饭后，刘邦军在黎明时分开始行动。

刘邦看着左右两边的高地回头对曹参说："这里很适合埋伏。但是周市身经百战，只需要从远处看一眼就会找到迂回的路线了吧。"

"这样的话战场就会扩大。"

这样一来形势就会对兵力较少的刘邦军不利。

"所以，不隐藏士兵，而是将此处隐藏起来如何？"

曹参在心中暗笑，刘邦确实是战场上的战略高手。刘邦的策略是用自己的士兵吸引对方的目光，从而让对方忽略此处的地形，可以说是一种障眼法。

曹参试探道："佯败吗？"

佯败就是指假装失败，刘邦的策略是让前锋部队在方与城附近与周市的魏军交战后故意败走，将追击的魏军引到此地后一举歼灭。魏军清楚刘邦的兵力，就算看到刘邦军溃逃也不会起疑，反而会奋起追击，这样一来，追兵的眼中就只能看到溃逃的士兵，而忽视了地形。这就是隐藏此处的含义。

虽然曹参在考虑是否可以通过外交手段谈判，但如今已经进入临战状态，他实在无法提出自己的想法。

"哎呀，被你看穿了吗？还好你不是敌军的将领。"

刘邦莞尔一笑，向前锋将领纪成和支援他的中军将领陈武下达了指示令其前进，命周勃留下指挥伏兵，让大营后退。在大营前的窄路上挖出一道沟渠，堆上泥土建造了营垒。

刘邦说："这就是小型的函谷关啊。"

函谷关是秦朝最大的要塞，形状就像一个箱子，阻止了西进的敌军。这道狭窄的矩形关口极难攻破，在被陈王的属将周文攻破前一直号称攻不破的关口。

曹参为了保护大营，在大营前紧急建造出能容纳三百名士兵的营垒，但即使如此，他依然觉得此战会败。

日上三竿。

周围恢复寂静。

黎明时分派出的侦察骑兵一个都没有回来。

这只能说明魏军还没有到达方与。侦察兵没有发现魏军，依然在搜索。如果事情向不好的方向发展，周市可能事先发现了刘邦军队的位置，早早改变方向北上，准备从背后包抄刘邦的军队。这样的话，吕泽和吕释之的后军就会率先被击溃，魏军将涌向大营。

曹参的脑海中只能想到最糟的状况。

日上中天后，侦察兵终于回来了。曹参与侦察兵一起前往大营，和刘邦一起听过报告后感到十分疑惑。

"魏军停止前进了。"

详细的情况是，魏军在泗水郡和薛郡交界处停下了脚步，没有继续行动的迹象。换句话说，魏军停在了方与以南二十多里的地方。

刘邦的参谋之一周苛猜测："周市应该是有所警惕，在搜索我军的位置，明天早上一定会行动的。"

曹参说："不，周市并不需要搜索，应该已经有方与的人将我军的位置告诉了他。魏军是由于其他原因停下脚步的。"

周市如果想要不战而屈人之兵的话，应该会派使者前来劝降刘邦。如果魏军是因此而停下了脚步，己方就可以在其中寻找生路。

"到了明天一切就清楚了，要小心夜袭。"

刘邦也无法下达新的命令。

一直到太阳落山，周市的使者都没有现身，由此可见周市并无意对刘邦采取怀柔措施。明天就要开战了吗……曹参暗地里有些失望。恐怕将有近两千名士兵陈尸此地吧，刘邦与自己也会在其中。曹参抬头看着星光熠熠的天空，想起了妻儿。

没有发生夜袭。

军中饲养的公鸡开始啼鸣。

魏军就要来了吧。

曹参听见鸡叫声，摆好架势准备迎击。但是周围始终是一片寂静。天光大亮时，曹参甚至想要大呼"魏军啊，究竟怎么了"。周市如果有心讨伐刘邦的话，应该会在晚上行军，天亮时前锋部队就将到达方与。或者说周市要从现在开始发动军队吗？曹参无法亲眼看到魏军的动向，心中焦急万分。

西风渐起，曹参感到气氛变了。

统率前锋的纪成派出的侦察兵在一个时辰后返回，随后便冲进了大营。

"魏军离开了。"

这是当日传来的第一个消息。之后又不断有报告传来，证实了魏军向西进发的消息。

老天保佑。

曹参从心底感叹。这是老天为了不让刘邦丢了性命才改变了魏军的方向。这就是名副其实的天佑啊。刘邦身上的祥瑞之兆果然预示着他将成龙成凤。曹参全身都在因为感动而颤抖，这是他有生以来第一次体验到这种感觉。周勃来到大营禀告："方与的守军得知魏军离开后陷入不安，我们应该趁此机会进攻方与。"

"没错。"

刘邦率军缓慢地接近方与，但是发动攻击时一直是一副心不在焉的样子。曹参加入攻击后草草撤兵，来到周苛身边说："借一步说话。"将他叫到军帐之外，一直交谈到日落之后。第二天早上全军休整，两人见到萧何对他说："我们想将张说和他的同伴编入新加入的士兵中。"

新加入的士兵首先会归入萧何麾下。

"既然如此——"

萧何首肯后，两人在机动部队中找到张说，请求他和他的同伴加入刘邦阵中。

"托您的福我们才能捡回一条性命，大恩无以为报，请您先听我一言。"

张说坐在土堆上盯着曹参，目露精光。曹参语气平和地说："你既然敬仰沛公，自然不止有尚武之心。"

张说脸色微变，沉默地细心聆听着。曹参暗自感佩张说端正的姿势，再次肯定了自己的眼光。

"以武力服众的人为霸者。秦王政自称皇帝，实则不过是霸者，我想你也不会尊敬始皇帝吧，因为你心里清楚霸者和王者的区别。你在期待百姓之主，拥有凌驾于武力之上的仁德之人。你认为沛公正是你期待之人。所以，你会加入沛公的军队吧？"

"没错。"

张说简短地回答。

"我相信只有沛公才是真正的王者。但是将成为王者的沛公如果与周市的魏军战斗能取得胜利吗？我不喜欢说大话，这场战斗一定会输。沛公将一步步坠入死亡的深渊，我和周苛虽是辅佐沛公之人，但是对此却无能为力，因为我们对新的魏国和周市的魏军一无所知。本来应该由我们去刺探敌人的情况，但苦于无法实现。因此，希望你和你的同伴能够代替我们去刺探敌人的情况。"

"要我做探子吗？"

张说面露不快。

"不，你如果认为周市拥立的魏王比沛公优秀，就可以留下追随魏王，不再与我们联系。如果魏王当真是圣王，沛公也会臣服于魏王朝。"

曹参说完后与周苛一起离开了，以便张说可以自在地和同伴商议。

不久，张说回到曹参身边向他确认："如果我发现魏王是庸主，我会在一天之内返回。这样可以吗？"

"我相信你的眼光，你会接受我们的请求吗？"

"是。"

"好，请收下这些银钱。"

曹参将旅费交给张说和他的同伴，便让他们动身出发了。

张说离开刘邦军前往魏国首都的过程中发生了很多事情，甚至可以另写一个故事，但是对本书的故事来说不过是细枝末节，因此只能目送他们离开了。顺带一提，张说回到刘邦军中已是两年后的事情，在这两年间，随着新生的魏国几经沉浮，经历了一段有趣的时光。总之天下平定后，他被封为安丘侯，食邑三千户。他在安丘侯的位置上坐了三十二年，可谓长寿。

送走了张说等人后，曹参防备着魏军也许会折回，但最终证明这不过是杞人忧天，魏军已经绝尘而去。

发生什么事了吗？

因为刘邦军的信息收集能力欠缺，军中并无人知晓真相。

就在此时，一个足以动摇刚刚成立并且正在扩张中的魏国根本的凶报传到了周市那里。

"陈县陷落。"

周市刚听到这项急报时，甚至在内心祈祷这是误报。陈县是陈王的大本营，只有陈王建立的张楚依然存在，新建的魏国才能维持下去。但是陈王被南下的秦朝大军逼出城外迎击后大败，至今生死不明。

率领秦朝大军的是大将章邯。

他在函谷关以东击破周文后径直东进，在敖仓击败将军田臧的军队并令其战死后南下，在荥阳城下杀死了田臧的属将李归。随后，秦军继续南进，在许县大破布阵迎敌的伍徐的军队。伍徐逃往陈县，章邯追着他的脚步一路向东南前进，突破了陈县的层层防卫，最终在城西击溃了陈王亲自率领的军队。此时，陈胜建立的张楚王国实质上已经灭亡。

"下一个就是魏。"

章邯调转军队向北进发。魏国首都是济水河畔的临济，章邯毫不留情地将一路上经过的魏国城池一一拿下。

周市认为既然魏国面前出现了如此强大的敌人，自然顾不上与刘邦那样微不足道的敌人纠缠，必须尽快回到临济与魏王魏咎商量今后的策略。

这就是魏军匆忙西去的原因，这让刘邦躲过了生涯中最大的危机。

"停止进攻方与。"

刘邦命令，调转军队向南挺进丰邑。进攻丰邑是出于刘邦心中的怒火，樊哙清楚刘邦的愤慨之情，担心地说："沛公您的父兄均在丰邑，雍齿会不会以他们为人质威胁沛公您？"

夏侯婴听后斩钉截铁地说："雍齿以侠勇为傲。如果用家人威胁敌人就太丢脸了，他绝对不会做这种事的。他如果敢这么做，必定会在一天之内灭亡！"

丰邑城中竖立着魏国的旗帜，和刘邦军的旗帜是不同的红色。

"进攻！"

刘邦从进攻方与开始一直心情不悦，但他只是沉默不语地凝视着城墙。

丰邑并非县城，城池的规模很小，却轻而易举地击退了前来进攻的士兵。也许雍齿正在城内放出狂言，说着"让你们知道我手下士兵的厉害"吧。城中军队的强劲战斗力也是对刘邦无声的嘲笑。

"太松散了！"

刘邦罕见地训斥了纪成，第二天，他将大营向丰邑又靠近了一些。但是这一天的攻击也毫无成效，刘邦放言："我来激励军心！"

萧何与曹参等人极力出言劝止，唯恐刘邦走到城兵箭矢的攻击范围之内。

三天后，刘邦卧病在床发起了高烧。萧何、曹参、周苛等人商量后决定从丰邑撤退，迅速将病重的刘邦送回沛县。

刘邦从来没有得过什么大病，此时却陷入了意识不清的病危状态。但是前来探病的妻子吕雉认为这并非无药可救。她盯着昏睡中的丈夫心想：从山上下来进入红尘生活是这么令人疲惫的事情吗？

刘邦的家宰审食其悄声对吕雉说："一定是心情过于沮丧的缘故。"他认为刘邦是因为被信任的雍齿背叛而灰心丧气，才生了此病。

"也许是这样吧。"

吕雉完全没有露出阴郁的表情，对前来探病的客人们说："夫君辛劳，需要休息一段时间，请不要担心。"实际上自从高烧退去后，刘邦的呼吸就变得平稳了。

"啊，你们的父亲就要康复了。"

吕雉对两名愁容满面的儿女说。不知道是不是听到了妻子的声音，刘邦睁开了双眼。他一动不动地平躺了片刻后，转头认出了妻子和儿女，声音嘶哑地说："真安静啊……"

"这里不是战场，请好好静养。"

刘邦看着枕边妻子的面孔伸出了手："你为了照顾我，晚上都没睡觉吧，你才应该好好休息。"

吕雉双手握住刘邦伸出的手，微笑着说："我就算五天不睡觉也不会倒下的。"

刘邦面色一惊："我已经睡了五天吗？"

吕雉沉默地点了点头。

刘邦几乎吃不下东西，十天后才恢复了食欲。又休养了几天后，他在一个能够感受到新春温暖的日子里来到县厅。厅舍内各处都响起了小小的欢呼声。

沛县的人们对我的感情都很深厚啊。

相比之下丰邑的家伙们……刘邦一想到此事，不由得生气起来。

大家为了庆祝刘邦的痊愈聚在了一起。

刘邦神色轻松地看着大家："我不在的日子里，沛县能平安无事都是大家的功劳。但是虽然沛县一片平和，外面可要变天了。"

萧何点了点头："正如您所言。陈县似乎已经陷落，陈王至今生死不明。"

刘邦并无惊讶之色，他始终不认为陈胜建立的张楚有光明的未来。

"秦军来了吗……"

激流从西方喷涌而下吞没了陈县，必须要在这股激流冲破沛县前想出解决的方法。

曹参说："我听说了一个传言，率领秦朝大军的是章邯，他并非武官出身，身世不明。"

"章邯……不是王氏吗？"

刘邦感到意外。过去灭掉楚国的是老将王翦，与他的子孙共同被秦始皇所重用的是蒙恬。蒙恬在秦始皇驾崩前掌管着秦朝的主力军，在他蒙冤自杀后，秦朝主力军的指挥权再次回到了王翦的子孙手中，由王翦的孙子王离掌管。刘邦并不了解秦军的情况，说到秦军只能想到王将军，因此并不清楚章邯的实力。最糟糕的情况是，章邯不过是策应秦军主力的侧翼，主力军队选择了另一条进军的道路。这样一来，秦军恐怕正兵分两路从南北两边同时前进，准备发动猛烈反击。

"兵力不足啊。"

刘邦深深地感受到。

萧何问："现在我们要进攻丰邑吗？"

刘邦看着萧何叹息道："你我的老家在丰邑，我的军中也有不少丰邑人，我想尽快夺回丰邑。但是区区三千名士兵无法攻下丰邑。之前的战斗已经证明了这点。"

萧何又点了点头，审视着刘邦的表情："我有一计，不知您意下如何。"

"我现在已经焦头烂额了，你快说来听听。"

刘邦也知道单靠自己的力量已经无法增加兵力了。

"楚王正在留县。"

"你说什么？"

刘邦像被雷击中一般惊讶不已。留县不就在旁边吗？

萧何补充道："虽说如此，不过是伪王而已。"

前几天，一位名叫秦嘉的使者来到沛县，说服刘邦加入他们。

陈胜举起叛旗后，各地都发生了小规模的叛乱。以秦嘉为首的叛乱集团在泗水郡以东的东海郡攻击了郡府所在的郯县，但是郡守庆坚决抵抗，守住了城池。秦嘉进攻受阻，听说陈王大败于秦朝将领后解除了包围圈向西前进。就在这时，秦嘉招入在楚国揭竿而起的景驹将他立为楚王。景氏在楚国是名门中的名门。楚军继续西进到达方与。本打算继续西进前往定陶，与秦军一决胜负，可是楚军忌惮秦军兵多将广，为了重新制订计划，所以从方与南下停在了留县。秦嘉得知沛县的刘邦既不属于秦国也不属于魏国，正在独自养精蓄锐后，自然想到要前来邀请他加入自己的军队。但当时县令刘邦正在家中疗养，县丞萧何没有给出明确的答复，只是持保留态度，告诉他等县令恢复后再答复。

刘邦倾身向前："楚国伪王的兵力有多少？"

"我听说有三四万。"

"那么多吗……"刘邦喃喃自语，毫不犹豫地对萧何说，"好，我们去留县。派使者通知秦嘉。"

既然秦军已经发起反击，那么举起叛旗的人们如果继续各自为政，则只会走向灭亡，此时正应该各自寻找盟友。刘邦既没有归顺陈王也没有归顺魏王，如今却认为可以归顺楚王。萧何并不知道个中缘由，只是派出使者请求面见拥立了楚王的秦嘉，随后便着手征兵。

士兵人数达到三千人后，刘邦离开了沛县。

正是这次当机立断的行动让刘邦收获了最宝贵的东西。虽然在此之前刘邦的运气始终都不错，但这次事件依然让人不得不惊讶于历史转折时期人与人之间的因缘际会。

留县在沛县的东南方。

沿着泗水就可以到达留县。

不久，留县就出现在视野中，有一支一百余人的队伍正在渡过泗水向刘邦的军队走来。他们看到对岸的刘邦军后，并没有表现出戒备之色，继续登上了河岸。

来者何人？

率领后军的吕泽和吕释之谨慎起见，向刘邦汇报了此事。

"有一支队伍正在跟随我军。"

"去查清他们的底细。"

刘邦让军队停下，派周苛和卢绾前去探察那支队伍的底细。不久后，两人带领其余数人回到刘邦身边。刘邦下了兵车正坐在草地上喝水，见到众人后，盯着领头的人看了看。此人看起来面色白皙，但并非二十多岁的青年，应该有三十多，不，可能已经四十岁了。只有这个男子一人未穿盔甲，而是身着普通的服装，看起来身材十分苗条。

或许是女扮男装。

刘邦目不转睛地看着他。

那名男子毫无畏惧之色，径直走到刘邦面前，略施一礼后慢慢坐了下来。

刘邦立刻感受到此人眼中有妖气。他将水瓢放在一旁，开口问道："我是沛县县令刘季。请问您高姓大名，出身何地？"

男子回答："我是下邳的张子房。"

下邳位于东海郡的最西边，泗水的下游。子房是他的字，本名是良，也就是说此人名叫张良，后世称张良擅权谋术数，是首屈一指的谋士，但在当时他尚且默默无名。

"你率百余人从下邳来到此处，今后将去往何方？"

"去留县。"

张良简短地回答，眼中蕴含着奇妙的笑意。

刘邦也轻轻笑了笑，不过并非受到了他的影响。

"这不是很奇怪吗？从下邳前往留县必须渡过泗水。可以从下邳直接渡过泗水，然后途经彭城，也可以从彭城对岸渡过泗水。但是你选择了从这里渡河，然后走一段回头路去留县，在旁人看来不是很不合情理吗？"

"我也觉得不合情理。"笑意在张良的眉宇间展开。

"哦？"刘邦等着他做出解释。

"沛公相信筮卜吗？"

烧龟甲占吉凶称为灼卜，数五十根蓍草占休咎称为筮。灼卜起于殷朝，是相当古老的占卜方法。但是到了秦朝，拥有龟甲的人少之又少，灼卜逐渐式微，筮卜和看相成为占卜的主要方式。

"我不相信。"

但是我相信社神的神谕，刘邦心里想着，认为没有必要把这句话说出口。

"我也不相信。但是我的家族中曾经有过术士，现在我的部下中也有擅长筮卜的人。"

刘邦收敛笑意竖起耳朵。在战国七雄的时代，决定国家大事时，形式上会使用占卜。

也就是说，各国只有王室或执政的家族才会占卜。

也就是说，这名男子是王室子弟或者宰相之子……

但是下邳并非一国之都。刘邦认为，此人在话中暗示了自己真正的出身是除秦国之外的六国中某一个国家的都城。

张良说："筮卜的结果是，从南边去往留县是凶，从北边去是吉。虽然我不相信占卜，但是为了不拂他的面子，所以我改变了渡河的位置。而且我也不能草率对待占卜结果，征兆已经显现出来了。"

"哎呀，你去留县是为了追随楚王吧？在见到楚王之前已经看到征兆了吗？"

"我见到了沛公。"

"这是吉兆吗？"

刘邦语气强硬地问。

"这就是吉兆。"

张良平静地回答，但神奇的是他的话中蕴含着力量，他的语气轻描淡写而并不冷淡。

刘邦感受到张良内心的热情，柔声问道："和我结识是吉兆吗？"

张良鞠了一躬："说是结识就是冒昧了，能否让我们加入沛公的军队呢？您答应我的请求才称得上吉兆。"

"呵呵，你一时兴起的决定会让部下们为难的吧。你要追随的应该是楚王而不是我。"

"来到这里之前我一直打算追随楚王，但是看到沛公后我改变了主意，决定放弃追随楚王。"

刘邦苦笑着说："这就是一时兴起啊。就算为了部下，选择君主时也要三思啊。"

"请恕我失礼，沛公前往留县也是三思后的决定吗？"

刘邦挠了挠头："不，我并未深思熟虑。"

"即使如此，三千名士兵依然恭敬地跟随沛公前进。无论是不是一时兴起，我的部下都不会反对我的决定。"

张良若无其事地显示出自信。

没想到这个男人身上有这样令人讶异的一面。

刘邦和张良彼此注视着对方。关于沛公的传言并没有传到下邳，东海郡在陈胜叛乱以后经历过数次动荡，不止是张良，东海郡的百姓都关注着郯城的攻防战。张良清楚进攻郡守的秦嘉并非楚国王室后人，因此始终冷眼旁观。但得知秦嘉在陈王战败已死的流言四起后便拥立楚王向西进军后，他决定，如果楚王决定与秦朝一战，便可追随楚王。

张良是一名侠客，他率领手下的年轻人跟随秦嘉的脚步向西前进。进入泗水郡后他第一次知道了刘邦的事情，比起刘邦的战果，斩杀白帝之子白蛇的传说更让他印象深刻。张良知识渊博，虽然也想到了白帝就是秦国，但他听说刘邦起兵后没能攻下周围各县，军队进展迟缓后暗自嘲笑：斩白蛇的故事不过是附会之言。

但当他渡过泗水后亲眼看到了前方的军队，一眼便看出这支队伍军容齐整。虽然打着红色的旗帜，但并非自己所知的韩或魏的旗帜，因此张良判断这是沛公的军队。也许是张良的好奇心作崇，他只是看到了军容就想见见主将刘邦，不过他更多的是希望用自己的双眼来判断传说的真伪。于是便明目张胆地跟上了刘邦的队伍。

见到刘邦后，张良一眼就看出他面相非同寻常。他并不精通看相，但是在看到刘邦的那一瞬间他感受到了无尽的畅快。

后来，刘邦平定了天下，两人在此处的相遇可说是一个奇迹。王佐之才张良改变心意追随刘邦这件事中潜藏着历史的神来之笔。

"既然你这么说了，我任命你为厩将，加入我的军队吧。"

厩将是管理马厩的官员。不过这只是军籍上的记载，实际上张良负责率领他带来的百余名士兵，成了不穿盔甲的队长。

刘邦的左膀右臂萧何与曹参在张良离开之前都闭口不言，他们不知道该说什么来表达自己的感想。

来路不明。

两人对张良的看法是一致的。刘邦果断地将这样充满谜团的可疑男子招入麾下，两人认为在刘邦大大咧咧的外表下应该有独特的直觉，因此并没有呈上谏言。

刘邦下令军队重新出发前，命萧何将张良和他带来的士兵安排在中军之后。那个位置就在曹参的队伍正前方，也就是说，刘邦想让曹参监视张良的行动。

刘邦军靠近了留县。

城外是一片宽广的兵营，萧何先行上前探看。返回后，他告诉刘邦可以谒见楚王。刘邦轻轻点了点头，选好随从人员后特意叫来张良："你本想追随楚王，我将要去谒见他，你如果想见见楚王就随我来吧。"

但是张良不知为何兴致索然，并没有接受刘邦的厚意："我在这里静候沛公归来。"

"是吗？"

刘邦没有执意邀请，带着几名随从人员走到军门前。卫兵立刻交叉长矛挡住刘邦，高声说："留下武器。"

刘邦怒上心头，呵斥道："这里并非王宫，我并非楚王的臣下，何须交出武器。"

随后，刘邦身后的樊哙立刻上前一步，抓住两支交错的长矛，折弯后将两名士兵一把提起抛了出去。

"沛公到。"

樊哙说完，盯着门前的其他卫兵，他们都将矛收了起来。

见面的地方设有帷幔和高台。楚王景驹坐在台上，台下站着一排近卫军，辅佐楚王的人分坐于左右。景驹朝南而坐，刘邦朝北而坐。

刘邦心想：这位楚王似乎不懂待客之道，辅佐楚王的秦嘉也是平庸之人，不由失去了兴趣。

坐在刘邦右前方的人说："我是秦嘉。"

他长着一张长脸，年龄与刘邦不相上下。

因为面对天子或君王时不得直接对话，刘邦便对秦嘉说明了此行的目的："我想借兵。"

因为不满楚王颐指气使的态度，刘邦特意用了毫不客气的语气。

秦嘉果然露出了不悦的表情。

秦嘉意欲与秦军决一死战，但现在兵力不足五万，便派遣使者去齐王田儋那里谋求联合。在这种时候借兵给一县县令百害而无一利。

秦嘉傲慢地说："不可。你们只须归顺于楚王，在沛县立起楚国的旗帜遵从楚王的命令即可。"

这种口气真让人反感。

刘邦一惊，斩钉截铁地说："我来这里并非为了帮助楚王，也不打算臣服。王者在击败强敌前应该先帮助弱小。连这种道理都不懂，我无意与你为伍。"说完起身要走。

这时，一个满头白发的人突然走进帷幔中。他在刘邦身边坐下后对秦嘉说："我要随沛公出征。"

说完转向刘邦，微笑着说："泗水亭长刘季，你的德望刚刚传开，千万不要性急。"

这声音好像在哪里听过……

刘邦凝视着眼前的人。

秦嘉面露疑惑之色："宁君与沛公有过交情吗？"

"没错，请借兵给沛公。"

宁君对着楚王低下了头。只要秦嘉点头，楚王就会同意。

"好，宁君，去支援沛公吧。"

景驹缺乏为王的威严，不过是秦嘉的传声筒而已。

刘邦回忆起来，宁君……不正是当时的贼人吗？

"难道您就是东阳大人吗？"

"正是，我是东阳人，人称宁君，当时你是负责搜捕我的泗水亭长，我不能在你面前暴露身份。"

听闻此言，刘邦立刻跪倒在地声音颤抖地说："您的救命之恩尚无以为报，此次承蒙您再次相助……"

宁君轻轻拉起刘邦的手："哈哈，我们之间的缘分深不可测啊。来，去我的营房好好说一说。"

刘邦走出帷幕，命在帷幕外等待的随从跟他一起来到大营外。大营外停着一辆马车，宁君邀刘邦与他同乘，见樊哙和萧何等人面露犹豫之色，便对他们说："我的营房离这里较远，你们也乘坐兵车跟我来吧。"

不久后，宁君见三辆兵车出现在身后，便命车夫放慢速度缓缓前行。

秦嘉拥立景驹为王，自己坐上了大司马的位置，但是只要新生的楚国还没有稳定下来，再高的官位也不过是自称而已。

在兵车中，宁君自嘲地说："和沛公不同，我不过是无官无品的平民百姓。"

"我也是如此。"

刘邦虽然是沛县县令，但并非秦朝皇帝任命的官员。

"不，我听说您是沛县百姓推举的县令，是真真正正的县令啊。"

走出大营后，宁君换上了一副郑重的态度，完全没有以恩人的姿态自居。

此人值得信任。

刘邦对秦嘉的印象不好，见宁君如此态度，心中放下了一块大石。宁君说帮助秦嘉起兵的除他以外，还有董缉、朱鸡石、郑布、丁疾等人。去年，众人分别率领三到六千名士兵聚集在郯城发动了进攻。现在各位将领分散驻扎在留县附近。宁君手下有五千兵力，营地设在距离留县最远的地方。

也就是说……

刘邦推测，也许是因为宁君与秦嘉的结盟并不牢固，因此希望在尽量远离秦嘉的地方扎营吧。

刘邦随宁君进入大营，感到他手下的士兵并非粗暴之人。他在宁君营房的入口见到了一位手持长矛站岗的男人。

"你就是当时和宁君一起救我一命的人吧？我是当时的泗水亭长。"

男人略施一礼，说出了一句意料之外的话："确有此事。但如今我主就拜托沛公了。"

刘邦注意到他的话中并无恶意，但却蒙上了一层阴影，便问："我记得还有一名手持铁球的武人，他还好吗？"

"他在进攻郯城的时候被流箭射中身亡了。"

"啊，真是可惜。"

刘邦大大地叹了口气后走进营房。

周勃从刚才开始就不明白眼前发生的一切，他感到很不自在，便问周苛："那位邀沛公同乘马车，跟他亲密交谈的人是谁？"

"什么？你还没发现吗？他就是我们两年前搜索的贼人宁君啊。"

周勃接着发问："宁君……啊？是他吗？那么刚才站在营房门口与沛公说话的人是……"

"不知道，大概是在沛公遇到暗杀者袭击时救他的人中的一位吧。"

周苛并不知道当时还是泗水亭长的刘邦是被什么样的人所救，那件事情太不可思议了。

应该有人在幕后下令诛杀刘季，但这位在幕后指使的人始终没有现身。

此事暂且不提。营房中被布置成了议事的场所，刘邦带了七名随从，张良陪坐在末席，是刘邦私下嘱咐萧何让他加入了自己的队伍。宁君注意到刘邦随从的人数后，也从自己的部下中选出了七人。刘邦明白宁君的用心，对他留下了好印象。

刘邦指着萧何展开的地图说："丰邑背叛了魏国，请与我共同攻打这里。"

宁君看了看地图，立刻起身问道："敌人兵力多少？"

"最多三千人。"

"我有五千兵力，沛公有三千兵力，用八千名士兵围城能否成功攻下？"

按照常理来说，只靠这些兵力无法攻陷城池。

"丰邑是我的故乡，一定会有人为我打开城门。"

刘邦心中并不确定，但此时只能一口咬定。

"是吗？"

宁君并没有一味地面露难色，毕竟他曾在刘邦身上看见过五彩云气，也就是天子之气。而刘邦本人并不知道自己身上散发着天子之气。宁君看着坐在自己面前的刘邦心想：此人必将成为天子。但此时却没有真实感。从上古到现在，从平民当上帝王的只有舜一人，而刘邦的老家是务农的，农民的儿子能成为帝王吗？这个疑问在宁君心里始终无法挥去。

会议很快就结束了。

第二天早上，刘邦军将带领宁君的军队一起出发。

在离开宁君的兵营前，刘邦叫来张良，边走边对他说："楚王不过是个摆设，而且是一个寒酸的摆设。另外，辅相秦嘉盛气凌人，不会为他人着想，又不懂得变通。你一开始就知道这点，所以认为没有必要去大营吧？"

"果真如此吗？我并不了解楚王和秦嘉，只是因为见楚军的旗帜缺乏精气神，便认为他不可靠罢了。"

真是非同凡响的洞察力。

"真不可思议，那你觉得宁君如何？"

"他为人真诚，他手下的士兵也受到了他的影响，但是他并非出色的将领。宁君的人格值得信任，但军队并非如此。"

换句话说，就是宁君的五千名士兵不及刘邦的三千名士兵。

"哈哈，你这双慧眼是如何看待我的呢？真是可怕。"

刘邦虽然表现出一副愉快的样子，但内心惊讶不已，因为张良的看法和他的直觉完全一致。

第二天一早，刘邦军先行出发，目标是仇敌所在的丰邑。

项梁

刘邦和宁君率军向丰邑进发。

但此时陈王陈胜已经被杀害。

陈胜亲自在陈县城外指挥士兵与章邯麾下的秦军作战，大败后向南奔逃到了汝阴。他在汝阴集合四散的士兵进入相邻的泗水郡的下城父，寻找适合反击的地带。但是谁都看得出来，陈胜的威望正在明显衰弱，他的御者庄贾感到回天无望，作为亲信背叛了主人，挥剑暗杀了陈胜，带着陈胜的首级投降了秦军。

奇怪的是，陈胜的死已成事实，但秦军并未大肆宣扬此事。也许秦军认为此时章邯的战略重点在于攻陷魏国，事到如今再宣扬陈胜的死恐怕天下人并不会惊讶，于秦军并无益处吧。

总之，东方和南方的人们即使已经隐约知道陈胜已死，也依然会说"陈王生死不明"。

此事暂且不提。刘邦抵达了能远远看到丰邑的地方后，为了等待后面的士兵放慢脚步缓步前进。他对宁君说："如果包围圈太薄弱反而危险，不如集中兵力一起攻击南门。"

军队丈量过与丰邑之间的距离后开始筑垒造营。刘邦将丰邑出身的将领聚集起来，对他们说："我知道凭借武力进攻没有用，我在等城内的接应，我相信并非所有的丰邑百姓都真心跟随雍齿，要想办法让城内百姓开门。"

听到此话，丰邑出身的人们聚集在一起纷纷出谋划策。

萧何、卢绾、刘交、王吸、陈濞、陈仓、周聚、唐厉、薛鸥均是土生土长的丰邑人。

卢绾说："先准备箭书吧。"

他是典型的循规蹈矩之人，但是因为他深得刘邦信任，甚至能自由出入刘邦的卧房，因此其他人并不会轻视他。

萧何担心地说："用箭书倒没有错，但是父老的家……"

除了丰邑豪族雍齿，只有父老才拥有能够动员起丰邑百姓的力量。父老的家虽然离萧何的老家很近，却离城墙很远。就算箭书成功落入城内，如果是被雍齿的部下捡到，也一定不会送到父老身边。

"我家离城墙很近。"

卢绾家在丰邑的西北角。

"是啊。那就先使用箭书吧。"

萧何写好说服父老的文章后绑在箭上，趁着夜色射入丰邑城内。

但是过了两天依然毫无回应。虽然众人又投过一次箭书，但城内依然毫无反应。

众人商议："既然如此，只能派人趁夜登上城墙潜入丰邑去说服父老了。"

但是萧何认为此计太过危险，恐怕会徒增伤亡，便只是将至今为止的结果汇报给了刘邦。

刘邦面露不快："父老和雍齿都是一丘之貉。就算派人潜入丰邑见到了父老，也只会被杀掉。"

于是刘邦决定武力攻城。故乡的百姓全部对自己兵戈相向，这个事实让刘邦无法忍受，他的不满正是来源于此。

刘邦走出大营，准备乘坐兵车去通知宁君明早进攻南门的消息时，看到两个人影径直向他走来。

他虽然明白那两人并非士兵，但不由惊讶他们竟然没有被站岗的士兵拦住。

"来者何人！"

樊哙上前一步喝道，不过随后立刻欢呼起来。来者正是陈濞和魏选，刘邦与樊哙隐居在山泽中时两人经常前来探望，两人都住在砀县。刘邦认出两人后露出了笑容，开心地说："哎呀，好久不见，没想到在这里又见到了你们。"

但他们的笑容只持续了片刻，便双膝跪地表情严肃地恳求："亭长，不，沛公，我二人从砀郡前来有事相求。"

"请讲。"

刘邦靠在兵车车轮上。

陈濞开口说道："现在砀县的百姓依然为统治者的暴政所苦。"

刘邦隐居在砀县以南的山泽中时，砀县县令为人残酷，一旦违背了他的命令，不光是违令者自己，其父兄妻儿甚至亲戚都会被逮捕接受处罚。县令即使如此遵从秦朝律法，但是当魏国大军包围砀县时，却为了保命干脆地投降了周市。在那之后，砀县得到了短暂的安宁，后来秦军从西边进攻，县令畏惧秦军，为了保全自身再次投降，却被毫不留情的秦军斩杀。秦军在司马仁的率领下进驻砀县。据说他本是陈王手下的将领，见陈王处于劣势后投降了秦将章邯，现在是章邯的属将，率领机动部队镇压砀县。

"司马仁此人冷酷无情。就连习惯忍耐的砀县百姓也已经忍受不了……"

陈濞声泪俱下。

"生灵涂炭吗……"

刘邦感情丰富，听闻此言不禁泫然欲泣，心中重新燃起了对秦朝冷酷律法的憎恶。

"你们希望我做些什么？"

陈濞直直地看着刘邦，恳切地请求："请您务必前去讨伐司马仁。"

刘邦立刻询问："敌人有多少兵力？"

"一万余人。"

刘邦点了点头，他手下现在有八千名士兵，但宁君手下皆为弱旅。如果真的打起仗来，宁君的士兵派不上用场，将会是刘邦的三千名士兵直接对抗司马仁的一万余名士兵。

不，事情没有这么简单。

刘邦再次思考了一下。

"司马仁平时住在何处？"

"在城内。他改造了县厅和官邸，在周围布置了警卫，和自己的亲信住在一起，这些人加起来不到一千人。"

刘邦轻轻拍了拍双手，声音明朗了起来："就是说剩下的九千多名士兵都驻扎在城外吧。"

"有什么方法可以趁着夜色潜入城内吗？"

陈濞也重新燃起活力："方法暂时没有，但只要我们回到砀县通知众人沛公的军队要来，就能聚集起足够的人马冲破北门。"

"是吗？"

刘邦立刻站起身来，命陈濞和魏选稍等片刻，示意站在近旁的张良随他离开。两人走到了距离兵车稍远的地方。

刘邦直截了当地问："你都听到了吧，我应该如何是好？"

"只要答应那两人的请求，我们不仅是正义的一方，军队的实力也能得到进一步的加强。即使沛公攻陷丰邑，那里的百姓会打从心底归顺沛公，加入沛公的军队吗？但是砀县的百姓如今身处大旱之中，沛公的支援就是他们梦寐以求的甘露。您不必犹豫。"

刘邦听到张良不假思索的回答，深深地感到敬佩：此人有侠义之心，了不起。侠，就是不考虑胜败，会为了帮助弱者与强者为敌。

"好，我去劝说宁君。"

刘邦回到兵车附近，带着陈濞与魏选一起前往宁君的营房。

宁君听说刘邦要进攻砀县后大惊失色，但很快展现出侠义的一面："我等本就是因憎恶秦朝暴政而起兵，我不反对与秦军作战。"

宁君在秦始皇在世时就密谋造反，秦将司马仁比魏将雍齿更能激起他的斗志，让他热血沸腾。

"不愧是宁君。"刘邦和陈濞与魏选一起向宁君鞠躬致意。

刘邦转身对陈濞与魏选说："我们明早出发前往砀县，将在晚上到达城墙附近，请打开北门。"

两人大喜，跌跌撞撞地冲出宁君的营房，再次拜谢刘邦后匆匆离去。

"改日再进攻雍齿，现在要以拯救砀县百姓为先。"

刘邦将自己的决定告诉了诸将，众人均面露犹豫之色。这也难怪，众人本来已经做好准备在今天攻打丰邑，现在却得知要改变攻击目标。

曹参小声问樊哙："劝沛公与秦军交战的是不是那个女里女气的张良？"

"恐怕正是。"

樊哙并没有听到刘邦和张良的对话。

曹参平常总是板着一张脸，这次却难得称赞道："那个男人看起来柔弱，倒是很有胆量，说不定比你胆子大。"

拯救砀县的百姓就可以在砀县增加兵力，刘邦军必须自己想办法增强兵力，眼下砀县正是最合适的地方。

第二天一早，刘邦和宁君的军队向着砀县出发了。

雍齿在丰邑的城墙上看着两军撤退，指着远处的刘邦嘲笑："只是筑好了营垒，一箭未放就夹着尾巴逃走了，真是让人无话可说。那个懦弱的家伙不出三年就会兵败身亡吧。"

这天温暖如春，薄雾暧暧，军队的影子逐渐消失在雾气中。

刘邦果断的抉择和行动经常会带来幸运，但这次却不走运。

司马仁不在砀县。

他率八千余名士兵离开砀县去了东北方向。砀县以北是下邑，东边是萧县。司马仁计划前去以武力威胁萧县，留下两千名士兵后离开了砀县。在砀郡和泗水郡交界处，他收到了先遣队传来的急报。

"一支身份不明的军队正在南下，因为旗帜为红色，可能是魏军，但没有听说过将领的姓名。兵力有数千人。"

司马仁冷哼一声，认为是周市的属将想要夺回砀县。虽然他的推测完全偏离了方向，但司马仁先一步得知了敌人的位置，这让他占据了有利的形势。他率领军队向前，镇定自若地布阵迎敌。刘邦得知敌军布阵后慌了手脚，但是想到如果现在逃走就太没有男子气概了，便重新稳住了心神。他询问张良："敌人设下了埋伏，该如何是好？"

张良镇静地说："不可能是那两人走漏了消息，只是碰巧遇上司马仁出城而已，应该在此试探秦军。"

此人所言句句在理。

刘邦暗自欣慰，命令全军突击，这是刘邦与秦军的首战。

但是，在这场战斗中，刘邦一败涂地。

这是他第一次见到自己的军队狼狈溃败，刘邦自己也灰心丧气，在夏侯婴驾驶的兵车中默默地凝视着前方。

他深刻地体会到秦军的强大，自己和宁君的士兵已经拼尽了全力，这场战斗如同晴天霹雳，让刘邦觉得虽然我军善战，可就算再与秦军交战千百回也毫无胜利的希望。

而且如今依然春寒料峭。

刘邦趁着夜色逃走后，在黎明时分折回战场，但并没有看见追兵的影子，连自己的士兵都所剩无几。这里似乎是萧县以北，继续向北就可以到达楚军的驻地留县。

萧何的兵车来到近旁。

"真是货真价实的惨败啊。"

刘邦自嘲道。萧何似乎一直在寻找刘邦，现在终于见到他后松了一口气："虽然失败，保住性命才是最重要的。您是永远在北方的天空中闪耀的星辰，只要星光不灭，行者就不会迷茫。"

"你能这样说我很高兴，但是我这颗星星已经暗淡无光了啊。"

刘邦似乎又回到了曾经做泗水亭长时的样子，露出了寂寞的笑容。

随后，刘邦和萧何缓缓前进，一路上重新聚拢散兵。到了第二天，军队的人数回到了两千五百名。

失去了五百人。

刘邦喟然长叹，而且自己只能任凭战死的士兵曝尸荒野扬长而去，太不甘心了。军队羸弱实属无奈。可就算军队变得强大，令数万名敌军死于非命也并非愉悦之事。

也许我本就不是好战之人，因为我是农民的孩子啊。

刘邦在心中喃喃自语。

宁君带着他的军队在前面等待。后来他得知宁君军队中的死伤者超过了自己的军队，这说明宁君的军队一直战斗到最后时刻。

刘邦向宁君道歉："这次真是一败涂地啊。"

但是宁君并没有灰心丧气，反而安慰刘邦："司马仁是欺压百姓的元凶的走狗，因此我们必须为民而战。"

刘邦抬起头，激动地说："被欺压的百姓为何忍气吞声，为何不揭竿而起，这个问题很愚蠢吗？"

"正是。义愤填膺就会被处罚，揭竿而起就会被诛杀。百姓心中畏惧，因此忍气吞声。而义愤填膺揭竿而起的你我手下确实有很多人丢了性命。"

刘邦摇了摇头："我们为了百姓抛头颅洒热血，而百姓并没有伸出援手，只是等待着世间重回正道。百姓真是一群偷懒耍滑的家伙。"

"因为您没有显赫的家世背景，所以自以为了解百姓的心思，其实不然，您太自以为是了。假如所有男女老少都拿起武器会是怎样一番景象？如果没有人做农活、捕鱼虾，从皇帝到所有百姓都会在十天之内饿死。也就是说，没有揭竿而起的人并不是偷懒，相反，我们正是靠他们养活的。"

"这……"

刘邦无力地跪在了地上。

"我对天地人民说了傲慢无礼的话，多亏有您点拨。"

"沛公，"宁君搭着刘邦的肩膀鼓励他，"天降大任于您，只有您能保护百姓，成为人民之主。"

两人来到留县。

刘邦将失败的消息告诉楚王景驹后，遭到了诸将猛烈的嘲笑。宁君的反应比刘邦更加激烈。他在众人面前横眉冷对，严厉反驳："包括我在内，诸将空有庞大的军队，却攻不下区区一个郯城。为了掩饰狼狈，向世人大肆叫嚣要与秦军一战，吹嘘秦军的强大，引起众人的恐惧后龟缩在这里坐等齐王的援助。你们从未与秦军的一兵一卒战斗过，有何资格嘲笑我们的失败！"

宁君的话头直指首领秦嘉。

秦嘉愤愤地告诫他："宁君，楚王在上，你不要太过分。"

楚王确实派遣使者去了齐国，使者名叫公孙庆。

有一件事很可疑。

秦嘉起兵时，侍侣中并无公孙庆其人，而他们攻打的郯城城主名为庆，称守庆。难道守庆坚守住郯城后与秦嘉结盟，率领郯县的士兵加入了秦嘉的队伍吗？如果是这样，守庆就是公孙庆本人。但并没有证据证明守庆和公孙庆当真是同一个人。

顺带一提，公孙庆的结局很凄惨。

他谒见齐王田儋时态度傲慢，要求齐国与楚国联合出兵攻秦。

田儋不悦，质问他："我听说陈王战败，至今生死未卜。在这种情况下，你们没有事先知会我齐王就擅自拥立楚王，是何道理？"

公孙庆旁若无人地说："齐国也没有知会楚国就拥立了齐王，是何道理？楚国拥立楚王何必要知会齐国？天下大事均起于楚国，楚国自当号令天下。"

田儋震怒，下令诛杀了傲慢的公孙庆。也就是说，秦嘉等人翘首企盼的使者再也回不来了。

刘邦回到营地时依然难以释怀，开始考虑是否要先回一趟沛县。就在这时，萧何来到了军帐之中。

"留县华无害率三百人前来归顺沛公，您要召见他吗？"

三百名士兵并非少数。

"嗯，我要见他……但是请他稍等片刻。"

刘邦走出军帐叫来舍人华寄。

华寄在刘邦从沛县起兵时还没有加入，他出身于薛县，陈武从薛县举起叛旗时他加入了陈武的叛军，脱离险境后投身于刘邦军中。刘邦与他相熟。

刘邦欣赏华寄的朴实寡言，想要从他这里询问些基本的信息："留县的华无害想要加入我军，你和他同族吧？听说过他的情况吗？"

刘邦直觉很准，因此先入为主的信息反而会成为障碍。但他感到自己此时心灰意冷，直觉不准，因此特意选择了更符合常理的方法来了解华无害。

"虽然同属华氏，但我与他并非亲戚。他在留县有权有势，从来没有传出过恶评。"

"好，这就够了。"

刘邦命华寄退下。八年后，华寄被封为朝阳侯，他追随刘邦以附骥尾，这是为了奖励他对刘邦不离不弃的坚忍。

刘邦见到华无害后突然粗鲁地问："你知道我败给司马仁落荒而逃的事情吗？"

"知道。"

华无害容貌威猛，声音中也透着勇武，实际年龄比外表年轻，大概在三十五到四十岁。

"你愿意归顺败军之将，可见一定是个怪人。"

"现在秦军正准备席卷中原，此时依然能悠闲地按兵不动的诸将才是奇怪之人吧。"

刘邦拍手大笑："我欣赏你说的话，我命你为机动部队的将领吧。萧何在管理将士的名单，你带着士兵去找他吧。"

刘邦自己也走出军帐，却并未看见萧何。他吩咐舍人华寄招待华无害后正准备回军帐，正在这时看见了张良。

"哎呀，张良，你快过来。"

刘邦粗暴地将张良召入军帐中，大声斥责："精通兵法之人应该避开明知会失败的战斗，而你却建议我应该试探秦军的能力，让我尝尽了苦头！"他的声音几乎穿透了军帐。

但张良却微笑着说出了奇怪的话："输得好，可喜可贺。"

"你说大败值得庆祝，这话我可不能置若罔闻。明天我要回沛县，你就不要跟着我了。"

刘邦心情不悦，将头转向了一边。

"沛公，如今哪里还有时间回沛县啊？"

"你说什么？"

刘邦回过头来盯着张良。

"您不关心拼命求您帮助的陈濞和魏选现在怎么样了吗？想必两人得知沛公大败后逃往留县，都在灰心丧气。相反，司马仁正在为击败了沛公而欢欣雀跃吧。"

"当真如此吗……"

刘邦心中升起了错综复杂的感情。

"一军之将不光要在战斗前和战斗中保持冷静，即使是在战斗结束后也必须如此。您还记得吗？敌军并没有紧紧追击。"

"嗯……"

这么一说，司马仁的士兵确实是轻易撤退了。

"司马仁的目标并非沛公的首级，而是攻取萧县或下邑，所以早早放弃了追击。"

张良强调司马仁的军队在向萧县以西前进，遭遇南下的刘邦军只是偶然，可以说是意外之喜。

"这我明白。"

刘邦说着，眼中逐渐浮现出犹豫之色，他完全不知道张良的想法。

"您如果明白的话，就应该尽快起兵。"

刘邦心中焦躁："子房啊，你究竟在说什么？你要我如何是好？"

"沛公您在说些什么啊？现在难道不该立刻出兵攻打砀县吗？"

"你说什么？"

刘邦军刚刚经历惨败，正在休养生息，此时怎么能再次挑战强敌。

"太鲁莽了，太不像话了。"

刘邦听过张良的话后目瞪口呆，命他退下。但是张良并未离开，他对刘邦说："司马仁的军队在大胜我军后一定会趁势进攻萧县或下邑。他就算能在一两天内顺利攻下萧县或下邑，也不会立刻回到砀县，现在砀县的守军最多不过两千余人。另外，司马仁还不知道沛公和陈濞的密约，如果现在立刻出兵，三日之内可取砀县。"

张良的意思是，只有赶在司马仁的军队回到砀县城外的驻扎地之前发起进攻才有机会取胜。

听到此事，刘邦的直觉恢复了，他激动地跳了起来："好。"

张良立刻进言："不要通知宁君了。"

兵力越多动作越缓慢。刘邦点点头，走到军帐之外连连呼叫诸将，大声吩咐他们紧急出发，催促樊哙和夏侯婴："不要等落后的人了，快点驾兵车出发。"

刘邦的决断力和行动力如疾风迅雷一般。

刘邦军迅速前进。

这次战斗没有通知宁君，但刘邦出发后派出使者向宁君解释此事。宁君不光是他的恩人，现在也是盟友，为了不伤害他的情绪，刘邦派诚实的周苛向他说明此次战斗有多么危险。

刘邦得到的消息是司马仁已经攻陷了泗水郡的郡府相县。接下来，假设萧县和下邑也落入司马仁手中，那要想在不被司马仁的军队发现的情况下靠近砀县就相当困难了。

"可以绕远路过去。"

刘邦接受了张良的建议，经过丰邑以南下邑以北的地区进入了砀郡，但是他并没有立刻南下，而是吩咐军队从下邑绕远路靠近砀县。就算被雍齿手下丰邑的侦察兵发现也没有关系，雍齿是魏将，应该不会向秦国将领司马仁报告刘邦的行踪。

风中带着温暖的气息，转眼已是二月。

刘邦军迅速进入砀郡，然后继续向西前进了一段距离后南下。他先派出骑兵队前去侦察，不久，骑兵队带回了消息。下邑已经落入司马仁手中，城墙上插着秦朝的黑色旗帜。

如果司马仁的士兵回到砀县则万事休矣。

刘邦在心中祈祷自己有福泽保佑。他逐渐放缓了行军的速度，最终停下脚步等待消息。在弄清砀县城外驻扎地的情况之前不能靠近砀县。

第二天傍晚，翘首企盼的消息终于送到。

"驻扎地中几乎没有士兵。"

刘邦心中一震。

"要如何进攻呢？"

没有办法通知县内的陈濞等人刘邦军已经来到这里。刘邦已经来到这里，并不想就此失败，于是只好询问张良的意见。

"让城里的士兵看到我们的军队，然后佯装向南离去，再悄悄地绕到城北。后天北门就会打开。"

这个计划仿佛是在变戏法。但在张良的脑海中，攻占城池的计划应该已经完成了。

刘邦毫不犹豫地接受了张良的计策。

第二天，刘邦突然靠近城墙，惊扰了城兵，随意放了几箭后向南而去。

"这算什么？"司马仁回到砀县城内，见到刘邦军的突袭先是心中一慌，听到士兵的汇报后放声大笑。"那就是沛县县令的军队吗？明明刚刚惨败，也不知道接受教训，随随便便地进攻，放了几支软绵绵的箭就跑了，糊涂透顶。不，等等，难道他的目标不是这里而是相县？迅速通知相县。"

大胜之后，将领往往会疏于防备。之前张良称刘邦的失败可喜可贺，正是看穿了那场大败会让司马仁疏于防范，庆幸后面的计划能够顺利进行。

砀县以南的山泽刘邦很熟悉，那附近就像刘邦家中的后院，他对隐藏在水边和一草一木中的小径都了然于胸。刘邦将两千多名士兵藏在山中，过去与刘邦一起在山中隐居的人们回到了熟悉的地方，不由得发出欢呼。

"沛公就隐居在此处啊。"

萧何、曹参、周勃等人第一次登上这座山，津津有味地四处张望。

"我住在更上边的洞穴中。"

刘邦说完，突然叫来王吸，命他插上黄旗。

"黄色的旗是什么意思？"

周勃立刻问道。

"有宾客来访的标志。陈濞等人如果逃出城，一定会看到那面旗子。"

"原来如此，沛公确实是他们的客人。"

周勃点了点头，深表赞同。

刘邦在洞穴外向里张望，对众人说道："我走后将这里交给了陈濞等人。明天就在山中休息，趁夜绕到城北。"

他在人群中寻找张良，但并未看见他的身影，此时张良正和卢绾、樊哙一起在山脚下谈笑风生。

第二天，刘邦和手下将士在山中休息了一整天。

卢绾独自来到洞窟附近，冲里面喊了一句"刘季，我进来了"，不等刘邦回答就进入了洞中。两人独处时，刘邦就卸下了沛公的身份，只是刘季。刘邦躺在床上并没有起身的意思，懒洋洋地问："有什么事？"

卢绾静静地坐着，细声细气地开口说："我想跟你谈谈张子房……"

"嗯……"

"他有着从未与旁人言及的远大志向。"

卢绾昨日与张良交谈后有了这样的想法。他觉得如果张良默默为此事所苦，能将张良拯救出苦海的只有刘邦，因此趁刘邦难得清闲，悄悄将此事告诉了他。

"远大志向……"刘邦看着眼前的虚空，起身说道，"你告诉子房我要单独见他。"

不一会儿，张良进入洞窟坐在了刘邦面前。他似乎注意到气氛不对，正襟危坐沉默无言。

"卢绾是我儿时的伙伴，他虽然看起来迷糊，实际上为人亲切，观察细致入微。刚才卢绾来我这里说你心怀大志。如果你因此而苦恼，希望你能跟我说说，不过我不喜欢对他人刨根问底，如果你觉得你帮不了你，我不会逼你说出来，也不会因此怀恨在心。"

刘邦试探道，希望能敲开张良的心门。

张良依旧沉默不语，眼神游移，不一会儿，他轻轻笑了笑，看着刘邦说道："我太小看卢绾了，他才是最可怕的人。我确实心怀大志。第一次见到沛公时，我强烈地感到跟随您一定能实现我的志向，因此才请求归顺于您。"

接下来，张良的话让刘邦惊叹不已。

就像刘邦猜测的那样，张良出身名门，祖父和父亲都是韩国宰相。韩国位于中原的中心，由于位置得天独厚，韩国在战国初期繁荣昌盛。但是到了战国后期，秦国掌握了天下霸权，韩国由于紧邻秦国，经常受到秦国的侵略，在一次又一次失败后不得不屈辱地割地求和。但是这并不能满足秦国的欲望，秦军大举进攻韩国，首都陷落。

当时的张良尽管还只是孩子，依然和弟弟一起率领三百家仆与秦军奋力交战。弟弟战死，张良甚至来不及安葬弟弟，便匆忙逃出韩国。

他一心想要报复消灭了韩国王室和自己家族的秦朝，一直在寻找能够帮助他的人。终于，他找到一位大力士。两人共同铸造了一百二十市斤（约三十千克）的大铁锤，计划将铁锤从高处推下暗杀秦始皇。因为秦始皇喜欢旅行，每年都会去各地巡游，张良认为总会有守备薄弱的地方。他带着部下一起跟踪游幸的秦始皇，在他来到博浪沙时抓住了机会。博浪沙位于三川郡的东部，要通过那里必须将队伍排成一列，那时秦始皇的马车旁边既没有骑兵也没有护卫。

张良和他手下的大力士在高处做好了准备，瞄准马车推下了铁锤。但是铁锤只砸到了在秦始皇前后护卫的副车。

张良心道不妙，唯恐留有后患，当即解散了部下，自己马不停蹄地向南逃跑，来到东海郡后在下邳落脚。秦始皇震怒，在全国通缉暗杀者，当时还是泗水亭长的刘邦也接到了命令。

刘邦毫不掩饰地盛赞："欲杀秦王者只有燕国荆轲和你啊。"

张良的远大志向就是复兴韩国王室。

刘邦叹着气说："你要寻找韩王的子孙，拥立他再兴韩国吗？"

"正是如此。"

"我的兵力不到三千，徒然往返于泗水郡和砀郡之间，可谓戎马倥偬，你觉得我能够帮助你完成复国大业吗？"

这就像空中楼阁，只能当成梦想。

但是张良一路赤手空拳地披荆斩棘，不知绝望为何物。

"当年沛公是戴罪之身，率领寥寥无几的部下隐居在这片山泽中，一旦被官吏逮捕就会立刻处刑。当时，沛公就和现在的我一样一无是处。"

"嗯。"

刘邦的眼中燃起了真挚的热情。

"但如今的沛公有沛县百姓的支持，手握两千多名士兵，正所谓无中生有。无中生有和有中生有的区别在于何处？从无中生出的有随时可以回归为无，因此可谓无限。而有中生出的有则为有限。看似无法实现的理想只有寄托在无限中才能够实现。"

这就是张良真正的想法。

随时可以回归为无的有……

刘邦发自内心地佩服张良的说法。刘邦从起兵时起就抱着随时可能死去的决心，一次次选择了前行的道路。这份决心的背面有着仿佛这座洞窟中一般的黑暗。这黑暗就是无，如果死亡，就会回归于黑暗中。但是当时的刘邦并不畏惧。相反，当他从一无所有开始得到越来越多的东西时，欲望渐生，执着渐起，开始害怕自己会忘记当初的决心。

"由一而起，一生二……"

张良说："二就是砀县。"

这句话让刘邦对他深信不疑，甚至开始认为他就是社神派来的使者。

日落时分，山中的士兵开始下山，趁着夜色秘密北上。

两千多名士兵在城外悄悄通过，砀县城中却没有一名士兵注意到。因为县令轻敌，所以城里的士兵也放松了警惕。

到了能看到城墙上的火炬的地方，刘邦让军队停下，等待城下队伍发来的暗号。刘邦派周勃率领城下的队伍。

张良说："在夜袭中想要捉住敌军将领十分困难，司马仁必会逃出城外。因为南边并无秦军主力，他一定会出东门或西门向北而逃，可派兵埋伏。"

因此刘邦又命曹参带领一支队伍埋伏在司马仁逃跑的必经之路上。樊哙闻言请求与曹参同去，因为他熟知此处的地形和道路。

"好，你去吧。"

刘邦同意了樊哙的请求，让周继代替樊哙留在自己身边。

"樊哙无论如何都想取司马仁首级啊。"

刘邦故意表现出一副轻松的样子，实则忧心忡忡。陈濞等人今晚真的会袭击门卫打开城门吗？他们打开的一定会是北门吗？如果太阳升起时门还没有打开，自己的军队一定会被城内士兵发现，到时该如何是好？虽然张良说没有必要筑垒，但是真的没有必要吗？

刘邦的脑海中不断浮现出疑问。

夜色渐深。

刘邦突然开口："有香气。"

周继深吸了几口气回答道:"也许附近有桃园吧。"

"司马仁绝非会散发芳香的名将,这香气是要向我传递什么消息吗?"

刘邦的感觉很敏锐。

夜晚的黑暗不会无限延伸下去。

在这种紧张的时刻,刘邦却开始思考这些事情。人们无论陷入怎样的绝境,都会紧紧抓住这份常识,期待第二天有光明降临。这是因为光明每天都会降临吧。而刘邦却陷入了无尽的黑暗,从这一点上来说,他是天下少有之人。

漆黑的夜色中有火焰燃烧。

那是在城墙北门附近待命的周勃发来的信号。刘邦见到火光,立刻心潮澎湃,心想一切都在张良的预料之中。

周勃的军队冲进打开的城门中。

前锋将领纪成见此情景,大喊一声:"不要让周勃丢了性命,冲啊!"率领军队奋勇前进。刘邦全军朝北门前进,他和周继一起坐在夏侯婴驾驶的兵车上向前进发。

周勃先行冲进城中,陈濞、魏选、周宠、陈涓、丁礼、陈贺等砀县百姓迎上前来,这让他更加斗志昂扬。毕竟与陈濞等人一起攻击北门的有上千人之多,而且得知县内的骚乱后拿起武器赶来的人还在不断增加。如潮水般的人群一起冲向司马仁的宅邸,但大小街道都被栅栏围住,秦军摆出了迎击的架势。

战斗变成了巷战。

陈武麾下的士兵跟在纪成之后,当刘邦军的优势逐渐明显时,天亮了。

刘邦在北门外坐镇大营,喃喃自语:"司马仁真是顽强啊。"

即使遭遇夜袭，司马仁手下的士兵依然毫无畏惧拼死抵抗。看来司马仁并非一般的将领，这真是让人意外。

太阳升起后不久，城内的骚动逐渐平息。陈濞等人出城赶到刘邦身旁报告："周勃大人追着司马仁出城去了。"

刘邦从未见过陈濞等人如此欣喜，心中明了这是因为他们经历了漫长的艰难岁月。陈濞等人跪在刘邦面前苦苦哀求："我等在山中曾深感沛公之慈恤，不知道有多少次想要抛下砀县奔赴沛县投奔沛公。但我们的等待最终没有白费，砀县多纯朴之人，长久以来忍受着砀县之主的暴政，正因为如此，他们心中积攒下了深深的愤怒和仇怨，我等一旦举兵，转瞬间得到千人响应。如今县城中已有三千余人与我等志同道合，希望追随沛公征战。只是我等愚钝之人均不善兵事，临近诸县都被司马仁攻占，所以请沛公务必在砀郡镇守一月。"

刘邦感慨万千，满口答应着"不必多言"，扶起众人并肩走向城门。刘邦进入城门后，众人高呼万岁，热情地迎上前来。

这就是我想看到的景象。

砀县的百姓不再屈服于秦朝暴政，不求救于新建的魏王朝，而是冒险选择拥戴势力微弱的刘邦。刘邦必须在今后证明他们的选择没有错。

县城内到处有青烟升起，那是激战后的余烬。萧何率数人动身查看县厅和官舍。刘邦感慨地对陈濞说："你们明明见我军向南前进，却知道要打开北门啊。"

陈濞回答："正因为听说沛公南去，我们才攻击了北门，因为我知道沛公是守约之人。"

傍晚时分，追击的队伍和伏兵撤退进城内。樊哙的矛头上并没有司马仁的首级。

司马仁见砀县内的战斗败局已定，便在二百多名士兵的护卫下逃出东门。他向东逃了一段后打算向北前进。曹参正埋伏在司马仁逃跑的分岔路上，一看见逃跑的队伍，立刻搭弓射箭。伏兵约有百人，箭射中了拉车的马，司马仁乘坐的兵车翻倒，他被甩出车外后消失了踪影。

伏兵与逃兵一通乱战。

樊哙发挥神勇，取下敌军十五颗首级。左司马曹无伤和周勃分别率兵到达战场时战斗已经接近尾声。他们遍寻敌军尸首，并未发现司马仁。毕竟包括曹参在内，众人并不熟悉司马仁的长相。

谨慎起见，曹无伤率一队骑兵搜索了周围一片区域，但并没有发现逃跑的兵车，无法确定司马仁是生是死，只得带着疑虑回到了砀县。

刘邦对曹参说："不过，你是怎么知道司马仁出了东门而不是西门呢？"

"哎呀，这是因为……"曹参看了看张良，不好意思地说，"子房大人说司马仁不会从西门出城。"

因为曹参向来对战术有独到的见解，刘邦很惊讶他会听从张良的意见。

他转身询问张良："子房，你在西门动了手脚吗？"

张良并没有露出得意的表情，只是平静地说："是沛公派华无害大人的机动部队在西门外巡视。我只是拜托华无害大人在城里开战后尽可能多地点火炬而已。这样城内的士兵就会以为西门外有大军埋伏。是沛公留出了东门外的空当，所以可以说是您将司马仁引到了东门外。"

"是我派华无害去西门外……"

刘邦一瞬间皱了皱眉头，突然大笑起来。

这是华无害自己的决定。张良是在得知此事后向华无害传达了指示，让他以为那是刘邦的命令。

诸将因为放走了司马仁而悔恨不已，而张良已经迅速从懊悔的情绪中走了出来，他对大家说："三日内，必能知晓司马仁的生死。"

司马仁如果还活着，应该会集合驻扎在临近诸城的士兵杀回砀县。在此之前，刘邦所能做的事不言自明。

砀县有三千多名士兵希望追随刘邦，因此必须重新整编军队。攻占砀县后，刘邦军的兵力在朝夕间增加了一倍。

原来如此，这就是一生二啊。

接下来就是二生三。刘邦正想询问张良要如何由二生三，随后不由在心里反省最近自己只会询问张良的意见。萧何、曹参、周勃、纪成等老部下一定在心里抱怨他偏听偏信。

偏袒会造成团队的衰落。无论是行政，还是军政，平衡就是一切。

刘邦开始着手重整军队，授予在砀县以东建立了军功的曹参七大夫（第七级）的爵位，拨给他众多士兵。他没有让曹参成为近侍，而是封他为队长。在砀县的百姓中，刘邦将熟悉的陈濞、陈贺和魏选封为舍人，将丁礼封为中涓，陈涓和周宠为兵士。后来他们都在战乱中披荆斩棘，建立功勋，陈濞被封为博阳侯，陈贺被封为费侯，魏选被封为宁侯，丁礼被封为乐成侯，陈涓被封为河阳侯，周宠被封为隆虑侯。

换句话说，此时砀县城内聚集了后世的皇帝和多名侯爵，可谓奇迹的时代。

重整军队时，刘邦的使者周苛正马不停蹄地向砀县而来。

奇怪的是，周苛到达城中时并没有驾马车，他气喘吁吁地来到刘邦面前复命，向他报告："宁君被秦嘉等人抓住关起来了。"

宁君从周苛口中听说刘邦为突袭砀县离开了留县后，怒气冲冲地说："正因为这很危险，沛公才应该与我一同前去。我也是司马仁的手下败将，怎么能作壁上观，看着沛公独自前去复仇呢？这会有损我的名声。"

宁君没有通知楚王景驹和秦嘉就准备出兵。此举触怒了秦嘉，他率领楚王的使者和众多士兵逮捕了宁君。周苛作为宁君的向导，当时已经离开了大营，他为了逃避追兵，弃车抄近道跑回了砀县。

周苛猜测："如果宁君被杀，他手下的五千士兵必会造反。因此秦嘉等人只会幽禁宁君而不会杀他。"

刘邦满脸愁容，忧郁地叹着气："这样一来，我就会变成恩将仇报之人了，尽管如此，我也无法救出宁君，真难办啊。"

刘邦犒劳周苛后，将战斗的经过和兵力倍增的事告诉了他。

周苛心下揣摩：子房虽说三日之内必能知晓司马仁的生死，但如今已经是第三天，并没有军队攻来。看来子房的神机妙算也有失准的时候，这我就放心了。他毕竟还是普通人，而不是神灵。他逐渐恢复了活力，说道："说不定司马仁已死或受了重伤而无法起兵，现在正是夺回被司马仁占领的县城的好机会。"

"你是这样想的吗？"

当天，刘邦在城中召开了军事会议。

参加会议的诸将和刘邦的想法基本相同。既然司马仁没有发动反击，现在不应退守，而应该起兵出击。司马仁攻占的县城兵力不多，诸县的百姓应该不会帮助司马仁的军队。

此次战斗的目标是让砀郡东部归顺。

重整军队后第二天，刘邦派周苛、卢绾和内兄吕泽驻守砀县，亲自率军向北出击。

三日后，在城墙上站岗的士兵向周苛和卢绾报告，远处出现了两架马车。

不一会儿，卢绾说："那并非普通的马车，那是兵车。不知是因为马匹疲劳还是车出了故障，兵车速度很慢。"

两架马车确实始终没有靠近城墙，兵车上没有旗帜，不知道车上坐着什么人。

"好，派骑兵去探察一番。"

周苛立刻派出五名骑兵，然后一直在城墙上观察对方的动向。只见五名骑兵靠近两辆兵车盘问起来。

"啊……"

虽然看得不是非常清楚，车里的人们似乎走了下来，将拉车的马全部解下，一人骑着其中一匹马，众人向城门走来。

不一会儿，周苛欢呼雀跃。

"宁君！"

马上的人一头白发，抬头看着城墙上方，被阳光晃了眼。

"啊，周苛大人。"

他的声音爽朗，但表情并不明朗。宁君满脸憔悴地走进城来。

周苛抑制不住焦急的心情，急忙上前问道："您怎么样？出什么事了？"

"我失去了部下。"

宁君尚来不及拂去发间的尘土，声音中带着凄凉。

事情是这样的。

秦嘉从楚王那里听说宁君自作主张要和刘邦共同行动，大怒道"宁君已经不再是我们的盟友"，逮捕了马上就要出发的宁君，并且将宁君麾下的五千名士兵分别编入自己和董继、朱鸡石、郑布、丁疾等人手下。士兵们不愿意跟随其他将领，因此纷纷逃走。秦嘉得知此事后，认为留着宁君再无益处，便打算诛杀他。宁君的心腹手下察觉了秦嘉的想法，突袭幽禁处救出了宁君。宁君在一百五十人的护卫下逃走，但大多数手下在敌人的追击中或死或伤，最后只有六人乘坐着两辆兵车逃了出来。其中一辆兵车的车轴已经折断，另一辆的车轮已经开裂。

"竟有此事。"

周苛心下不忍，表情微变。

"我知道宁君过去曾经从敌人刀下救下了当时还是泗水亭长的沛公，只是因为当时的萍水之缘，您就愿意义无反顾地离开好不容易拥立的楚王，来帮助势力尚微不足道的沛公吗？"

这个疑问一直藏在周苛心中，宁君的所作所为并不像曾经帮助过沛公，反而像是曾经被沛公所救前来报恩。

宁君沉默片刻，静静地看着眼前的三人。他深知周苛的人品，而卢绾是刘邦最好的朋友，吕泽是刘邦妻子的哥哥。

宁君认为可以将事实告诉这三个人，便开始娓娓道来："诸位请听我说，不过，接下来的话请对其他人保密。那天夜里，我是被秦兵追杀的贼人，沛公是被派来捉拿我的亭长，我们二人之间只隔着一条小河，相距不远。我辗转难眠抬头看着天空，突然有一道五彩云气映入眼帘，月亮和星星都黯然失色。"

五彩云气，众人闻言大惊。

周苛、卢绾、吕泽三人面面相觑，心想这不就是天子之气吗？

宁君面露笑容："我难以置信。天子之气怎么会出现在这样的草莽之地。我并未学过望气之术，可能是因为先祖中有擅长占卜之人，因此天生能看到他人之气。我从未见过那般光华灿烂的云气，我起身想去寻找云气从何而起，只见周身散发着五彩云气之人正在被两名刺客追击，向我们所在的方向逃来。我自然率部下帮助此人打败了刺客。如果尸体被人发现，我们的行踪就会被发现，因此我们便藏起了尸体。"

周苛拍着膝盖说："啊，终于真相大白了。现在的问题就是刺客究竟从何而来，是被谁派来的。"

宁君轻轻点了点头："我也想了很久，自问自答后最终只得出一个结论。"

三人咽了口口水。

"刺客是从咸阳来的。派出刺客的必然是始皇帝。"

三人听了宁君的判断，发出一声叹息。

"放出五彩云气之人是下一任天子。虽然难以置信，但应该是始皇帝在咸阳的宫殿见到五彩云气，派善于望气之人和兵士前来暗杀此人。我既然看到了云气，便想看到沛公之后的命运，我想亲眼见证他走向天子之位的道路。恶者势力强大，对抗恶者即为善。这就是我举兵的原因，但沛公的想法似乎并非如此单纯，我只是想探寻个中缘由。"

三人知道了宁君的本意后又叹了一口气。四五日后，仰慕宁君的人们聚集在砀县，一共有五十人。宁君麾下从五千人减少到五十人，但他并没有露出悲伤之色。

宁君和周苛等人一样成了砀县的守将之一。

从二月到三月，刘邦军不断攻打砀郡东部的县邑，到了三月中旬，攻陷下邑的捷报传到了砀县。随后，攻陷虞、蒙等诸县的捷报纷纷传来。不久，周苛等人得知沛公即将出发攻取丰邑。时间已经到了三月下旬，马上就要进入四月。

"沛公就这么憎恨雍齿吗？"

周苛问卢绾，卢绾应该是最了解刘邦想法的人。

"呀，是这样吗？沛公年轻时受到兄嫂的冷遇，不相信儒家所说的仁。因为受人关照，因此更重义气。他攻打丰邑并不是因为憎恨雍齿，而是不能容忍不讲义气之人吧。"

"原来如此。"

刘邦的两个哥哥都不喜欢他，故乡丰邑的人们也不断与他作对。现在的刘邦依然感受着身边人的冷淡和来自陌生人的温暖，周苛认为这就是他的命运吧。

已经进入四月。

并没有攻陷丰邑的消息传来。

不久后，传来了一个奇怪的消息。消息是秦嘉手下的宁君旧将带来的，他们应该是在兵败后逃进了砀县，一共有十三人。他们见到旧主不由得喜极而泣，迫不及待地说出了战斗的始末。

周苛和卢绾坐在宁君左右听完了他们的话后变了脸色，异口同声地说："必须要告诉沛公！"

出了大事。

出现了一股新生势力，而且这股势力聚集了六七万人之多。首领名叫项梁，自称会稽郡守。

提到项氏，住在东方和南方的人都会想到项燕，特别是旧时楚国的国民一定不会忘记这个名字，甚至有人听到这个名字就会热泪盈眶。项燕是楚国大将，曾经拼死保护最后一位楚王，与秦国大军战斗到最后一刻，最终战死沙场。在众人的记忆中，项燕是赤胆忠心的忠臣。

项梁正是项燕将军之子。

秦朝统一六国后，项梁一直留在关中，险些因连坐而被逮捕。虽然灵机一动躲过了逮捕，但在那之后偷偷杀了人，唯恐被报复而逃向了南方，在长江以南的会稽郡中心地带吴县安顿了下来。吴县正是会稽郡郡府。

项梁是抗击秦军的没落贵族之子，不可能当官走上荣华富贵之路，自然要躲藏在街巷之中，但他知人善任，暗中培养了一支势力。

长江以北的淮水北岸发生叛乱的消息传到了吴县。太守通得知叛乱迅速扩张后召见了善于聚拢人才的项梁，对他说："长江西边的百姓都背叛了秦朝，天将灭秦。先发制人，后发制于人。我将起兵，封你为将军如何？"

项梁没有立刻回答，推说要仔细考虑后退下，对在外等候的侄子低声私语了几句后又回到了太守通面前。他并不打算协助太守通，而是立刻给侄子使了个眼色，命他砍下了太守的头。正所谓先发制人。当时毫不犹豫地拔剑砍下太守通首级的正是项籍，字羽，项羽的大名家喻户晓。他当时二十四岁。

项梁举着滴着鲜血的太守首级来到吴县的吏民面前，众人畏惧，纷纷归顺于他。正在此时，他见到了陈王的使者召平，召平催他讨伐秦朝，他便率八千名士兵渡过了长江。对岸是东海郡。

幸运的是，东海郡东阳县的陈婴树大根深，并且同意帮助项梁。项梁的兵力增加了数倍，项燕之子的出身闻名遐迩，他继续北上渡过了淮水。因为黥布和蒲将军等有权势的将军都归顺了项梁，北伐军最终聚集了六七万人之多。

项梁一路打到下邳后，得知前方有一股不容小觑的势力。

"景驹竟敢自称楚王。"

项梁面露不悦之色，立刻派出使者指责景驹僭越。

"陈王率先起事，但他在战斗中失利，如今生死未卜，行踪不明。秦嘉却背叛陈王擅立楚王，这是大逆不道之举！"

项梁表面上是受陈王之邀共同抗秦，因此必须如此来谴责阻挡自己前路的政权。换一种角度来说，他是想让自己的行为正当化，以此为契机挑起战争。

景驹和秦嘉受到项梁的谴责，见无法与北上的大军妥协，便立刻从留县撤退到彭城，布阵迎击。

"敌人尽管兵多将广，也不过比我军多一两万人而已。"

秦嘉在景驹面前口出狂言，却在战斗开始后吓得胆战心惊。在敌人如狂风暴雨般的攻击面前，秦嘉的军队不堪一击，四散而逃。逃走的士兵中有少数几人心念旧主，便逃到了砀县。

另外，和秦嘉共同迎敌的将领朱鸡石大惊："我从未见过如此强悍的军队。"急急忙忙地背叛秦嘉投降了项梁。

秦嘉败北后一路向北逃窜，最后来到了胡陵。他在胡陵重整旗鼓意欲反击，但在一天之内一败涂地，战死沙场。景驹逃向西北求助于魏国，不久便撒手人寰。

宁君长叹一声，哀悼着过去的盟友之死："曾经是我救了沛公，现在却被沛公所救啊。"

（上册完，请看下册）

读客外国小说文库

熊猫君激发个人成长

刘邦

下

[日] 宫城谷昌光 著

佟凡 译

上海文艺出版社

目录

楚王朝

进攻丰邑告一段落后，刘邦在初夏回到了砀县。

周苛出城迎接时说："您发福了啊。"

刘邦本人并没有发福，而是军队屡战屡胜后兵力增加了。准确来说，刘邦军现在已经有九千兵力了。

只是尽管兵力增加，但刘邦因为尚未攻下丰邑，并非满面春光地凯旋。刘邦在出城迎接的守将中见到宁君，欣慰地感慨："你没事就好。"

周苛仔细观察着跟随刘邦归来的各位将领，感叹不已："大家都变强了。"

诸将并非只是按照刘邦的指示攻城略地，而是兵分几路各自为战，在刘邦来往于砀郡东部的这段时间里，诸将的主动性都在增长。刘邦并没有严格控制各个将领，而是让他们发挥各自的特点，这也许是因为刘邦吸取了农业中"育苗"的理念。

刘邦生于农家，农民根据土地的好坏播种、耕耘、育苗。刘邦从小看着家人务农，深知人的控制力是有极限的，不可能完全控制禾苗的成长。人能做到的只是保护植物不受蝗虫或干旱的伤害而已。刘邦将农民与植物的关系用在了军队中，因此刘邦的军队氛围宽松而富有人性化。但是如果军队的统帅并非刘邦的话，也许同样的方法会让军队失去纪律性，变得散漫而没有战斗力。

刘邦在砀县慰劳各位将领，第二天召来周苛、卢绾和宁君共商大计。

"请看看这个。"

周苛拿出的是留守沛县的任敖送来的书信。刘邦迅速浏览过书信后轻轻叹息了一声："项梁进入薛县了吗？"信上写着项梁军的动向。

项梁在彭城以东击败景驹和秦嘉的军队后，追击败走的秦嘉直到胡陵并杀死了他，随后便折回薛县。

刘邦询问宁君："之前秦嘉的军队推进到方与后也折了回去，你当时就在秦嘉军中，你知道他们为什么没有继续向西推进吗？"

宁君点了点头解释道："亢父在方与以北，东缗在方与以西，再往远说，亢父的西北是爰戚，这些县都在秦朝的统治之下。秦嘉认为要穿过这些县沿济水向定陶方向西进几乎不可能，因此掉转方向去了留县。"

"亢父啊……"

亢父曾经欢迎刘邦进城。但亢父在魏国强大时追随魏国，在秦朝强大时追随秦朝，也许是县令希望顺应时势能保护亢父的百姓，但如今世事无常，反复易主有时反而会被时代抛弃，可以说是造化弄人。项梁接收了秦嘉军队中的残兵败将后兵力增加，如今在薛县按兵不动，不知何时会出击，看来亢父的选择多半并非明智。

刘邦说："项梁是贤明之人，手下兵多将广却并未称王。"

宁君立刻回答："项梁是项燕之子，自然能够明辨是非。而且东阳的陈婴都归顺于他，可见项梁此人不简单。"

刘邦完全不知道东阳的陈婴是何许人也。

但宁君出身东阳，听说过陈婴的长者风范。

陈婴原是东阳官吏，辞任后住在县中，因他为人诚信而被众人尊敬。陈胜叛乱后，东阳的年轻人揭竿而起杀死了县令，推举陈婴为首领。陈婴不得已，在东阳起兵，总计有两万士兵投入他的麾下。宁君与他同样是东阳人，但只聚集了五千士兵，可见两人的威望判若云泥。

"竟然能靠自己一个人聚集起两万名士兵，真令人惊讶，我起兵时可只有三千兵力。"

刘邦体会到宁君的心情，苦笑着安慰他。

"关于陈婴，我知道的只有这么多了。"

"嗯，从德高望重之人的选择中可以看出首领的水平，看来项梁并非平庸之人。只是……"刘邦继续读着任敖的信，毫不掩饰心中的疑虑，"他的军队是为了支援陈王而北上的，也就是说是陈王的军队。"刘邦并没有在陈王势力达到顶峰的时候投奔他。

卢绾面带微笑开口道："明知陈王兵败而亡却依然表现出尊敬陈王的样子，这就是项梁的伎俩，他有征服天下的野心。他生于楚国的将军之家，怎么可能尊敬陈胜那样的贱民？他很快就要展现出本性了。"

卢绾的说法合乎常理，刘邦闻言一惊，感叹道："你所言正中要害。"

卢绾看出项梁的军队并非真正归顺于陈王，而是自有打算，并且装出了一副正义的姿态，以免遭到天下的责难。但卢绾也看出项梁正义的外表下也许并非怀着一颗正义之心。

刘邦心下踌躇，单独召见了张良。

如今在刘邦心中，张良已经与周苛等人同样重要，甚至是更加重要的谋臣。张良高瞻远瞩，足智多谋，能迅速抓住事物的重点。正是由于他的奇谋，刘邦轻松夺取了砀县，将这里当成第二个根据地。

张良刚在刘邦面前坐下，就突然开口说道："沛公不相信筮卜，但我要向您报告筮卜的吉凶。现在去薛县为吉。"仿佛他事先知道刘邦的问题。

刘邦焦急地皱起眉头，咄咄逼人地说："不只是我，你应该也不相信筮卜。我不想听占卜的预言，而是想听你的意见。"

张良皱起了眉头："您究竟在犹豫什么？"

"这还用说吗？我在犹豫究竟该不该去项梁驻军的薛县。"

那支新兴势力不好对付。

张良问："您不想去的理由是什么？"

"项梁是傲慢之人，如果他成了第二个陈王，我急急忙忙附骥攀鳞岂非欺骗了天下人？一旦失信于人，就无法挽回了。"

张良缓缓摇了摇头："您如果因为怀疑项梁而留在砀县，就会被他当成第二个秦嘉。不到半月，砀县就会被项梁的军队攻破。天下人知道此事后，会因为您拼死抵抗项梁而称赞您吗？项梁表面善良，等到他假面之下的凶相毕露之时，您再团结天下人讨伐他的恶行也为时不晚。如今最糟糕的事情正是犹豫不决，优柔寡断。"

刘邦的表情放松了下来，不再犹豫："看来我的优柔寡断只会害了大家。"

于是张良膝行向前呈上一计，内容有理有据："如果您突然前往薛县，陈婴也许不会以礼相待，所以应该先派周苛和宁君作为您的使者前往游说陈婴。"

刘邦并不会去薛县巴结项梁，鞍前马后地服侍他。帮助项梁只是避免与他为敌的明哲保身之道，但如果态度卑微，自然会被项梁蔑视。虽然现在还琢磨不透项梁的为人，但他看人的眼光毋庸置疑。刘邦如果能见到项梁，就会向他借兵攻打丰邑的雍齿，这份请求究竟能否实现呢？

项梁和刘邦面前有一个难以对付的共同敌人章邯。一开始，他手下的士兵不过是在骊山干苦力的人们，大多是戴罪之身的犯人，不过是乌合之众。尽管如此，章邯依然大破周文的数十万大军打入中原地区，击败陈王灭掉了张楚。虽然不知道目前章邯手中的兵力，但至少应该有二三十万之多。当初的乌合之众也已成为身经百战的精兵强将。

而秦朝的正规军曾在蒙恬将军麾下驻留在上郡抗击北方的匈奴。这支战斗力最强的军队在如今的非常时期有可能会来增援中原地区，不，说不定已经来了。这样一来，秦军的兵力至少已经达到了五十万，就算是强大的项梁应该也不会愚蠢到想独自与秦军作战，而是会寻求与各国的联合。

如今张楚已灭，天下五国鼎力，除了原本的秦朝之外，还有张耳和陈余建立的赵国，燕王韩广的燕国，以及定都临济，由周市拥立的魏咎建立的魏国和田儋治下的齐国。

恐怕项梁为对抗秦朝，正在思考与齐魏赵等国合纵连横之策。若是如此，如果刘邦提出攻打归顺于魏国的丰邑，项梁也一定会面露难色。张良深知此事，因此认为必须说服项梁所信赖的陈婴，便向刘邦进言先行派出使者去说服陈婴。

刘邦听了张良的意见后长叹一声。

周苛和卢绾的意见也有道理，但是他们远不及张良看得深远。而且张良明确提出了应该采取怎样恰如其分的行动。

刘邦深切地感受到道理也有深浅之分。

"我知道了，立刻派出使者。不过，你不能作为使者前往吗？"

刘邦询问张良。张良推荐的使者是周苛和宁君，难道他自己不正是能言善辩，能说服陈婴之人吗？

"陈婴见到我的长相立刻会起戒备之心。"

张良说完，刘邦轻轻笑了起来。

张良真的有自知之明。

他中性的长相实在太过妖异。

张良继续说道："宁君与陈婴同为东阳出身，虽家道中落，毕竟是名门，我想陈婴是听过他的名字的。另外，周苛曾为泗水郡的高级官员，为人笃实。他们两人应该能够博得陈婴的好感。"他认为使者应该给陈婴留下诚恳的印象。

"原来如此。"

刘邦点头称是，立刻叫来周苛和宁君，再三嘱咐道："陈婴讨厌好行小慧之人，不要耍小聪明。"随后命两人出发。

在两人回来之前，刘邦一直在练习骑马。在之前的战斗中他已经明白，在绵延起伏的地形上，兵车难免沦为无用之物。

马匹经过夏侯婴悉心调教后变得温顺，尽管如此，当时还没有发明马镫，人在马上很难控制平衡，因此刘邦频频落马。夏侯婴笑着问他："你想骑马去薛县吗？"

刘邦揉着腰逞能："从这里到薛县的距离正好适合练习。"

不久，周苛和宁君带着好消息回来了。

"陈婴大人知道您埋葬敌军尸体的事情。"

周苛报告时语气中还带着感动。陈婴安排两人见到了项梁。

刘邦难掩心中的好奇："哦？项梁是什么样的人？"

周苛说："他身材比沛公略高，身躯魁梧，是勇猛之人。"

宁君直截了当地说："此人是难得的人才，眼光独到。虽然沛公也能洞察他人，但他与您有明显的不同。"

宁君为人成熟老练，刘邦对他的看法很有兴趣："你说的不同是指？"

"项梁的眼神中没有像您一样的理想，这是你们最大的不同。我能看出项梁也是理想高远之人，但我从他高高抬起紧盯着目标的眼中能够感受到他的自尊上蒙着一层乌云。真正的英雄就算凝视着天空，眼中也没有乌云遮蔽。"

宁君并不是因为与刘邦交好才说出这样的话。项梁出身楚国贵族，他靠这份骄傲的支撑度过了重重苦难。但是脱离苦难后，这份骄傲又会限制住他自身。

刘邦深深地感到他人的眼光有多么可怕。他坦率地说："宁君，你的话说出了天机。"

既然已经得知项梁会欣然接受自己，那么再犹豫下去就是浪费时间，因此刘邦决定立刻出发。

刘邦命所有跟随他的人骑马前进。

张良虽然会骑马，但却表示要在这里等待沛公归来，没有随他前去。

"你不好奇项梁是什么样的人吗？"

刘邦为谨慎起见，多问了一句。他怀疑未卜先知的张良又有了新的想法。

过去，张良也没有去见楚王景驹，仿佛提前知道了景驹的国家会衰亡。如果他这次也提前预知到项梁的灭亡，就与他提议前往薛县互相矛盾了。

"不，我很好奇。"

张良的回答并没有绕圈子。刘邦心想他留在这里应该有别的理由，便邀请他说："如果你不想骑马，我可以准备马车。"

张良惶恐地说："今天出发还有这次旅程对我个人来说不吉利，我希望留在这里。"

刘邦一仰头，斥责道："你说什么！你明明说不相信筮卜，结果却是最相信筮卜结果的人！"其实刘邦并非想要斥责张良，只是此次与项梁见面是为了商讨今后的去向，可能会成为重要的岔路口，如果张良不在的话他会觉得心虚，因此想方设法让张良同去。

但是张良淡然一笑，向后退了一步："确实如此……"

真不像子房。

刘邦将张良留在砀县后，一直放不下心来。

事实上，张良三日后疾病缠身，卧床不起。幸亏他没有与刘邦同行。他虽然并非弱不禁风之人，但也谈不上身强力壮。正因为如此，他才不喜欢沉重的盔甲。

刘邦率领百余人斜穿过泗水郡北部，路过沛县见过留守的将军任敖后到达了薛县。

"啊！"

刘邦目瞪口呆，不觉感叹。

薛县城外的驻地中军旗林立，所有营房中的士兵都斗志昂扬。一想到这里驻扎着七万士兵，刘邦心中顿觉激情澎湃。

"先去陈婴大人的营房吧。"

周苛骑马向前给众人引路。陈婴的营房距离大营很近。

营房布置成了接见来客的地方。

陈婴身材瘦削，身高与刘邦差不多，笑容满面地起身迎接刘邦。

竟然是如此精明之人。

因为听说陈婴德高望重，刘邦以为他是一位外表宽厚之人，因此心中诧异。但一旦开启话题，陈婴的话中立刻体现出他的忠诚刚烈。当然，陈婴也在观察着初次见面的刘邦。

面相甚佳。

这是他对刘邦的第一印象。虽然面容上留着一些粗野之气，但并不险恶，心中有恰到好处的温情。说是和蔼可亲未免太随便，但刘邦身上确实带着一种让人想要亲近的气质。

陈婴对刘邦很有好感，热情地接待了刘邦和所有跟随他的人。

刘邦对陈婴的第一印象在日后并未变得淡薄，他一直记得此时陈婴让他感受到的笃实，最终在日后封陈婴为堂邑侯，并且在封弟弟刘交为楚王后，任命陈婴为楚国国相。

第二天，刘邦在陈婴的安排下见到了项梁。项梁一见到他就用浑厚的声音说："沛公，我听说你尊敬信陵君和乐毅。"

声音甚佳。

在见到项梁的容貌前，他的声音让刘邦放心下来。他只通过声音就可以判断出对方的人格。刘邦抬头看着项梁回答道："我尊敬的并非只有他二人，齐国孟尝君与楚国春申君也是我尊敬之人。"

这是一位英雄。

刘邦第一眼见到项梁时就这样认为。眼前的项梁正是能搅动时代风云的人物，看上去也颇有威望。

"哈哈，不错，不错。"项梁朗声大笑，在刘邦开口前便明确表示愿意借兵与他。

"沛公要讨伐不义之人吧？我也憎恨不义之人，因此不吝借兵于你。"

"不胜感激。"

这都是陈婴大人的功劳啊。

刘邦深鞠一躬向项梁表示感谢，同时深深感激陈婴。

没过多久，刘邦得知了项梁借给他的将兵数量，有步兵五千人、五大夫十名之多。五大夫为秦朝爵位中的第九级，可以带兵打仗，也就是将军。这次，项梁派五千名步兵作为刘邦的直属部队，另派十名将军率领士兵帮助刘邦。

有这些将兵就可以拿下丰邑了。

刘邦开心地想，突然意识到项梁志向高远。

项梁希望能联合与秦朝敌对的齐、魏等国，但以他的势力，即使没有其他国家的援助依然可以与秦军一战。他在薛县按兵不动是为了试探各国的态度，以高人一等的姿态等待对方前来求援。

既然项梁认为可以攻打魏国的丰邑，就说明魏国并未认可项梁的实力而请求与他联合。

"你带着砀县的军队出发前往丰邑，我从这里直接前往丰邑。"

刘邦向周苛下达命令后，带着借来的士兵先行向西南进发，途中再次路过沛县。他立刻会见了任敖，对他说："你暂时将这里交给萧何，跟我来吧。"

"好！"

任敖摩拳擦掌，笑容满面。

"明天我要招待十名将领，你来设宴。"刘邦嘱咐任敖后，对沛县出身的将兵们说："我要在这里停留两日，你们回家与家人团聚吧。"刘邦自己也和弟弟刘交、义弟樊哙一起回到了家中。如他所料，家中除了妻子吕雉，还有吕雉的妹妹、樊哙的妻子吕媭。

刘邦明白妻子身上有种神奇的能力，见家中摆满了酒肉，特意问吕雉："你知道我会带着弟弟们回来啊？"

"这点小事我还是知道的。"

吕雉只是微笑，并没有说明自己是怎么事先得知此事的。刘邦也没有执意询问，只是请刘交和樊哙落座，笑呵呵地说："看来家中女眷为我们准备了接风宴啊。"

吕雉说："要不要请夏侯婴大人前来？"

刘邦微微点了点头。在战场上，刘邦的性命可以说就掌握在夏侯婴的手中，吕雉自然知道二人特殊的关系。

众人热闹地开席后，夏侯婴带着孩子加入了进来，恐怕这也是吕雉的意思。夏侯婴的儿子两三年后才成年，名叫"灶"。三十七年后，他继承了父亲汝阴侯的爵位。夏侯婴一直活到刘邦之子文帝（刘恒）八年（公元前一七二年），可谓长寿。

刘邦见到夏侯灶，眯起眼睛惊讶地说："这么久不见，你长这么大了啊。"刘邦的孩子和樊哙的孩子带着腼腆的夏侯灶在较远的餐盘前坐下。刘交的儿子与他们年纪相仿，他不时地看着这群孩子。

刘邦注意到之后对弟弟说："游，你的儿子不在这里。"

刘交的儿子叫刘郢。

"只要兄长攻下丰邑，就能见到郢了。"

刘邦坚定地说："嗯，一定要攻下！如果失败，我无颜见项梁大人。"项梁借给他如此多的将士，如果没能攻下丰邑，刘邦将威信扫地。而且项梁并没有宽容到会原谅这样的失败。

这天，众人欢饮到黄昏时分。

因为刘邦首先醉倒，樊哙和夏侯婴等人告退，弟弟刘交在客房住了一晚。

半夜，刘邦醒来后感觉心中空荡荡的，对身旁的吕雉轻声说道："半个月后，我会杀掉雍齿。"

吕雉闭着眼睛说："如果失去了憎恨的对象，人是会变弱的。"

刘邦不由得注视着妻子的脸。

杀掉雍齿就是杀掉我自己吗？

难道，难道……刘邦默默呢喃着再次进入了梦乡。

第二天，刘邦在县厅召集了十名将领，郑重地请他们用膳："丰邑最多不过有两三千名士兵坚守，我却没能拿下，实在羞愧难当。承蒙各位帮助，这次一定要攻下丰邑。"

在端上酒水之前，众人开了一个简短的军事会议，明确了各自的分工。当然，刘邦让自己手下从砀县前来的军队和从项梁那里借到的五千名士兵一起攻打南门，合计一万四千名士兵。十名将领在丰邑的三个方向分别布阵，只要阻断交通，就能布下完美的包围圈。

刘邦委婉地提醒众将："因为丰邑属于魏国，所以如果大军兵临城下，邑主雍齿一定会向魏王求援。虽然现在魏国正在被秦军攻打，无暇顾及丰邑，但是依然要防备魏军。"

刘邦此日招待十名将领时几乎没有喝酒。十名将领回到城外后，他单独对萧何说："你留在沛县，如果攻城费时长久，务必要保证我军饷给。"饷给就是军粮，因为兵力众多，所以军粮消耗快。刘邦注意到十名将领携带的食物并不多，不能因为食物耗尽而撤退。

"交给我吧。"

萧何的行政才能超过任敖。只要由他负责补给，就不会出现因军粮不足而撤退的窘态。

分别时，萧何仿佛看透了刘邦的心思："您要放过雍齿吗？"

刘邦毅然决然地说："我此行是去攻打故乡，是雍齿让我不得不这样做，我怎么会放过他？"说完便转身离开了。

第二天一早，刘邦离开了沛县。夏日的阳光赫赫炎炎，兵马在行进时扬起白色的尘土。

刘邦让军队在还看不到丰邑的地方停下了脚步，命军队准备露营："砀县的士兵也许会在三天后的傍晚在这里与我们会合，无须着急。"因为军队还没到，就算去丰邑也没有意义。第二天，刘邦来到能远远看到丰邑的地方，命令士兵建造营垒来完成包围圈。十名将领率兵散开，在城墙附近筑起小营垒，每个营垒中留数十人镇守。但是两日中，城内士兵并没有出击。

砀县的九千名士兵比刘邦猜测的晚到了半天。率兵前来的曹参向刘邦汇报了张良的病情，刘邦眉头紧皱："医生怎么说？"

"医生说病情不严重，只要好好休息就可以下床。应该可以坚持参加今后的行军。"

"是吗？"

刘邦松了口气，让刚刚到达的兵将也加入建造营垒的队列，重重阻断了交通。阻断粮道后，只需要在城外完成包围，丰邑在六十日以内就会陷落。但是这样一来，传出去名声不好。

"明天早上攻城。"

两天后，刘邦派人向诸将传达了命令。

刘邦军中的大型攻城器械比过去多，也有城墙那么高的移动式箭楼。

天刚亮，士兵就将这些兵器移到了城墙附近。城内的士兵为了让这些兵器无法靠近，在城外挖了一道深沟，建起了栅栏投下箭石。攻城的军队首先要清除这些障碍物，如果城墙厚的话，至少要在三天后才能正式开始攻击。

用于撞击城门的大型冲车终于开始前进，但是城门被泥土封了起来，撞开城墙后依然要重复同样的工作。

城内的士兵放出火箭，打算烧毁逐渐逼近城下的攻城器械。有几座箭楼被火点着了。

发动猛攻的不光是刘邦的军队，因为有护军在侧，项梁派来的十名将领也丝毫没有放松。如前所述，护军是军中的监视者，是项梁的眼睛，会详细地记录下诸将的战斗情况并上报给项梁。项梁不会任用无法独当一面的将领。

过去，项梁在吴县起兵时，给吴县的豪杰们安排了各种职责，只是将一人排除在外。此人当着项梁的面表达了自己的不满。当时项梁说："以前，你曾经负责张罗某人的葬礼，但是没能胜任。所以此时我无法任用你。"

不会用人、无法裁决是非的人没有能力带兵。项梁平日里就在审视下属的能力。

诸将皆畏惧他的眼光。

丰邑连日遭到猛攻，城内士兵已显疲态。

刘邦见此，向城内射入了大量箭书。箭书上告诫城内支持丰邑士兵的百姓，如果项梁的属将们先进入邑内的话，他们将遭受残酷的折磨。而如果刘邦麾下的士兵能够先行进入城内，百姓就不会遭殃。

但是城内依然没有人为他们开门。

真是无可救药的家伙们。

刘邦见自己为百姓着想的心情就这样被随意践踏，心中大怒，攻击时不再手下留情。

城门终于被攻破，刘邦麾下的士兵一股脑儿冲进城内。不久后，项梁手下的士兵也翻越了城墙。但是战斗并没有结束，战斗在邑内持续了很久，一直到了傍晚时分。

"取雍齿首级！"

刘邦命令大营里所有的士兵都冲入邑内，但直到天亮，依然没能取下雍齿的首级。

雍齿竟能突破此等重围逃走吗？

刘邦沐浴着晨光，无法相信这一事实。日上三竿后，刘邦进入死寂的邑内，径直走向中阳里。卢绾站在里门边。刘邦将士兵交给卢绾和刘交，命他们优先守住中阳里。这里是刘邦的老家，他让两人守住此处，阻止项梁麾下的兵将在此处肆虐。

卢绾说："大家都平安无事。"

刘邦闷闷不乐地点了点头，沉默地走进家中。父亲和兄长的身影出现在一片昏暗中。父亲背对着他，刘邦坐在父亲身边说：

"丰邑百姓大多薄情寡义，您离开这里搬到沛县如何？"

但是，父亲并没有看着刘邦，固执地说："我喜欢这里，哪儿也不想去。"

"是吗……"

刘邦深知父亲的脾气，放弃了马上说服他的打算，起身嘱咐跪在门口的仆人彭祖："我父亲就拜托你了，有什么困难尽管跟我说。"

之后，刘邦去了刘交的家中，第一次见到了弟弟的妻儿。刘邦方才没有和兄长刘喜说话，在弟弟家中反而变得开朗善谈。

周勃亲自来到刘交家中向刘邦报告。

坚守丰邑城的士兵有两千多人，雍齿率领其中五百余名冲破包围逃向了西北方。另外还有数百名士兵逃出城外，城内投降的有一千二三百人。也就是说城内有三百多名士兵战死沙场。

周勃并不乐观："雍齿应该逃向了魏国临济。左司马曹无伤正率领骑兵追击，但发现雍齿逃跑为时已晚，恐怕难以追上。"

"是吗……"

刘邦面露不快，想起了妻子的话：这是上天为了不让我衰亡，才放了我憎恨的人一条生路吗？

刘邦与周勃一起离开刘交家，找到了任敖，任敖因为第一次参加战斗，心中的兴奋之情还没有平复。

刘邦不容分说地命令他："丰邑由你来治理。"

任敖目瞪口呆，轻轻地拍了拍刘邦的肩膀说："丰邑难治，只有您才能胜任吧。"

刘邦将俘虏也交给任敖管理。丰邑之主任敖让投降的士兵修补城墙和城门，竣工后释放了他们。他将反对刘邦的丰邑治理得井井有条。另外，刘邦还任命任敖为御史。御史即御史大夫，相当于现在的副总理。

第二天，项梁派来的十名将领准备撤退，刘邦将剩余的军粮作为礼物全部送给了他们，并派周苛与他们同行。

他嘱咐周苛："守卫沛县的萧何应该已经备好辎重。因为我们提前打下了丰邑，这些都不需要了。不过我必须向项梁大人致谢。你告诉萧何，让他代我前往薛县，将饷馈赠予项梁大人以示感谢。"饷馈即军粮。

不知道是不是因为不想在丰邑久留，送别十名将领后，刘邦立刻回到了砀县。

也许他在挂念着张良的病情。

张良曾一度好转，但因天气连日暑热，病情多次反复。

刘邦急匆匆地前去探望。

"这怎么使得！"

因为事先没有通知，张良一惊，急忙起身迎接。刘邦伸手示意他不必起身，放轻音量，唯恐有碍张良的病体："丰邑已经被我军拿下，你已经知道了吧。"

"我知道了，也知道雍齿逃脱的事。"张良脸色苍白，依然坚持起身坐在床上。

"也许是天意让雍齿逃脱了吧。"

"哦？"张良觉得刘邦很少会说出这样的话，他话中的阴郁之意比平时更重，也许是在丰邑经历了什么特殊的事情吧。

"在攻打丰邑前我妻子说过'如果失去了憎恨的对象，人是会变弱的'。仿佛她已经知道了雍齿不会战死，而会逃脱。"

原来张良感受到的阴影是源于刘邦的妻子吕雉。在刘邦和吕雉这对夫妇身上有时会同时发生神奇的事情。

"天敌也许就是自己的分身吧。"

"我可不想承认。雍齿那样的不义之人怎么会是我的分身？"

刘邦说着，不安地看着张良。今后，张良聪慧的头脑对刘邦来说是不可或缺的。但是他不能让张良拖着病体随军出征，该怎样做才能让张良痊愈呢？

"沛公，我有一个不情之请。"

"是什么？"

"我想搬到您之前隐居的洞穴中，望您应允。"

"你要拖着病体爬山吗？"

刘邦皱着眉头，没有同意张良的请求。但是，当他得知张良是想要吸收山气后，派人准备了轿子，亲自陪同前往。人无法治疗的疾病只能请大山治愈了。

刘邦让轿子抬着气息微弱的张良尽量靠近洞穴，将张良扶下轿子后说："后面的路只能走过去了。"山上巨石嶙峋，没有吹过树木间的清风，甚至比县城中更加炎热。张良苍白的额头上立刻浮出汗水。他靠在刘邦的肩膀上，爬上通天的道路来到洞穴前，因为刘邦始终亲自搀扶着自己而感动得眼眶发热。

刘邦对坐在岩石上的张良说："这里虽然现在炎热，但夜里很凉。你要小心，要尽快好起来。你只要恢复健康，就能实现大志。"

张良手下有一百余人，全部跟随他来到了山里。刘邦叫来其中身居要职的两人告诫道："要尽心治疗你们的主人，朝夕向山神祈祷，只要竭尽全力，一定能感动山神，让山神赐予灵力。"

这份告诫中也包含着刘邦的祈祷。

刘邦熟悉这座山，做了细致的指示后恭谨地下了山。

子房对我来说是无可替代的天授之才。

刘邦深有所感。如果只是在狭小的区域内作战的话，也许并不需要张良的智慧，但是若要与天下为敌，张良的智谋必不可少。尽管刘邦现在与项梁联合，但是他依然不知道今后哪条路才是最好的选择，不知道项梁今后要如何行动，因此才留在了砀县，与项梁保持距离。

夏侯婴在山下的马车上等候，刘邦上车后仰望大山倾诉道："这座山让我恢复了活力，是否也能让子房恢复活力啊。"说话间，清爽的风从骏马脚下涌起。

十天后，项梁的使者伴着晚夏的风来到了砀县。

使者说："万幸，楚怀王的孙子依然在世。"

项梁在薛县拥立怀王的孙子建立了王朝。这与过去秦嘉立景驹为楚王的手法如出一辙，不同的是，怀王的孙子是楚国至高无上的血脉。

"这是真的吗？"

刘邦问出了奇怪的问题。这也难怪，楚怀王生于齐国孟尝君和赵武灵王的时代，距离他死在秦国已经有八十八年之久了。

一般来说两代君王之间相差三十岁左右，如果八十八年前死去的怀王是第一代，再过三十年，也就是五十八年前就是第三代的开端。怀王的孙子就算当时只有二十岁，如今也已经是七十八岁高龄。

刘邦心中疑惑，谨慎地询问道："也许那不是怀王的孙子，而是曾孙吧？"

"不，确实是怀王之孙，他似乎在为他人放羊，名为心。"

根据使者的说法，他的血统确凿无疑。

项梁忌惮众议，并没有立刻立怀王之孙为楚王，而是计划集合诸将，共同拥戴楚王，开创新的王朝，因此希望刘邦也能前往薛县。

"悉听遵命。"

刘邦送走使者后立刻召唤了卢绾和樊哙："项梁找到了楚怀王的孙子，希望我与他共同拥立楚王之孙，你二人速去山里问问子房我是否应该遵从。"说完马上送两人离开。

他完全不知道身居洞穴中的张良的病情。虽然曾经派出过一次使者，但因为见面时间太短，并不清楚他的康复情况。

这天，还有另一名侍者来到刘邦军中。

被派往临济探察魏国动向的张说派同伴来向曹参报告。

曹参接到报告后立刻面见刘邦。

"魏国有二十余座城池，这些城池一个接一个被章邯的秦军击破，现在都城临济已经被秦军包围。宰相周市为了打破僵局在临济城外四处奔走。因此，周市自然找到了项梁求助。项梁召集诸将除了建立新王朝，或许也是为了救助魏国。"

"恐怕确实如此。"

现在，天下最受人关注的就是临济之战。曹参认为项梁的军事实力并没有因为击败了景驹和秦嘉的军队而广为人知，项梁如果拒绝了魏王的请求，恐怕今后将难以聚集民心。

曹参注意到刘邦表情凝重，问道："您要去薛县吗？"

"我虽打算前往，不过正在请子房为我占卜此行吉凶。"

"啊，原来如此。"

曹参终于明白了刘邦在犹豫什么。他不反对与项梁共同拥立楚王，但却不想去救魏国，因为仇敌雍齿就在魏王或周市身边。

让张说和他的人去调查雍齿的行踪？

幸好张说的使者尚在砀县。曹参退下后，在这个意想不到的时候听到了笑声，不由得心生疑惑。县厅中突然变得热闹万分。

原来是卢绾和樊哙谈笑风生地走了过来，走在两人中间的正是张良。

"啊，子房大人，您已经痊愈了吗？"

张良听到曹参的声音停下脚步，略略垂首："是大山神奇的力量驱走了病魔，让您担心了。"他的声音中完全没有了憔悴之意。

曹参身强力壮，带着怜悯的眼神看着体弱多病的张良。曹参很少受病痛折磨，心想恐怕自己这一生都体验不到大山治疗疾病的神奇力量了。

"沛公看到你一定会开心，还会相信你占卜的吉凶。"

"我只是将在山中得到的地神启示传达给沛公而已。"

张良说完，和卢绾、樊哙一起走向了刘邦办公的地方。

"这是怎么了？"

张良一进房间，刘邦先吃了一惊。卢绾和樊哙才刚刚离开砀县去山里。看着惊讶不已的刘邦，卢绾和樊哙说："我们也很吃惊。刚一出城，没走多久就看到了子房大人乘坐的轿子。"

刘邦深深地点着头，张良微笑地看着他。

"原来如此，已经痊愈下山了吗？可喜可贺。"

张良在刘邦面前恭恭敬敬地鞠了一躬："这次得以回到沛公身边，让我深切感受到了大山的力量。另外，关于您交给我的事情，此行前往薛县是吉事。我下山的前一天，天色未明之时曾看到远方有红色的光芒，仿佛是薛县方向的红光在召唤我。红色是代表沛公的颜色，也是我韩国的颜色。虽然那红色时隐时灭，但我认为是那是吉祥之意。"

"魏国临济已经是风中之烛，那红光是否在预示着此事呢？"

红色也是代表魏国的颜色。

"那并非临济的方向，而且从红光中感受不到不吉的气息。我从中感受到地神的指示，告诉我前往薛县是吉事，因此迅速下山前来。"

"既然是神明的启示，自是不能违背，"刘邦不再犹豫，"砀县就交给你们了。"他命周苛和宁君留守砀县，自己率领大半军马出发。

一到沛县，他立刻吩咐萧何："将沛县交给你的属吏，跟我走。"

刘邦预感到此行不光是前往薛县，之后就要出发远征，因此希望将擅长吏治的萧何放在身边。而且萧何代表刘邦面见项梁献上了礼物，当时已经与项梁的重臣通好。周苛并非没有才能，但是他不能像萧何这样放下身段，处事圆滑，眼界也不够广阔。

离开沛县渡过泗水后，萧何说："薛县聚集了众多将领，城外必不便屯兵。如今空余处恐怕只剩湿滑之地，不如我先行前往交涉一番。"他带领数名随从先走一步。

第二天，军队来到薛县附近，萧何站在前方说找到了合适的屯兵之地，引导刘邦等人前去。所到之处的附近是龙且的营地，离大营不远。龙且是后世天下皆知的猛将，项梁十分信任他，任命他为司马。

刘邦感叹着此地如此适合屯兵，不知为何竟无人抢占，随后猜到恐怕是有人事先留出的地方。这一定是事先留给司马龙且的地盘，而他将此地让给了刘邦。萧何总是能做出周密的安排，刘邦并不会次次称赞，而这次却忍不住在众人面前盛赞他的手腕。

安顿后没多久，刘邦带着萧何、曹参、张良、周勃、卢绾、樊哙、周绁等人先面见了陈婴，然后向项梁表示感谢。这时，张良的脸色稍有变化。

不光是张良，出生在名门的人都不会轻易将喜怒形于色，这是为了不让下人看穿他们内心的好恶。

张良通常不露声色，此时却似乎惊讶不已，刘邦感受到了他的变化。

刘邦与项梁交谈片刻后离开了房间，马上问张良："出什么事了吗？"

张良眼中露出了喜悦之情："我在项梁大人身边看到了认识的人。"

"是吗？"

刘邦并没有询问此人是谁。去年，项梁从吴县出发，渡过淮水北上，今年在东海郡的下邳停留了一段时间。下邳是张良曾经居住过的地方，想必那里有不少潜伏在暗处的游手好闲之徒被项梁军队的光环吸引，追随他而去了吧。张良也曾经是暗处有头有脸的人物吧。

那天傍晚，一名侍者找到了张良，张良对卢绾打过招呼后，走向了一间营房。住在那间营房里的人名叫项伯，是项梁的兄弟。一般伯指的是长兄，项伯应该是项梁的兄长，但史书记载他是项羽的季父。季的意思是末，也就是说他是项羽父亲的末弟。史书记载项梁也是项羽的季父，因此不知道项梁和项伯究竟谁更年长。不过，因为项羽是项梁抚养长大的，既然会抚养兄长的儿子，他应该是年长的一方。

按照推测，项羽的亲生父亲是楚将项燕之子，与秦军战斗时战死。十五年前，楚国在秦军的攻击下灭亡，当时项羽十岁。毫无疑问是项梁将他救了出来，项伯逃向了与两人相反的方向。从那以后，项梁与项伯各自寻找生路，都尝尽了世间辛酸。项伯曾经杀了人被官兵追捕，他四处逃亡，来到了张良身边。

就像之前说到的那样，张良图谋暗杀秦始皇，虽然大胆，不过确实付诸了行动。因为行动失败，他被全国通缉，在下邳躲着官吏的搜捕，默默无闻地生活。来到下邳的项伯无处可逃，张良心怀侠义之心，不顾生命危险收留了他。应该是其他郡的侠客将张良的名字告诉了项伯，如果此人泄露了二人的行踪，他们都会被逮捕。不过项伯感到危险已经过去，留下一句"你是我的恩人，救命之恩我定会以命相报"后离开了下邳。

没想到两人在薛县再次相遇。项伯见张良跟在刘邦身后时大吃一惊，立刻派使者请他来自己的营房。

两人忘记了时间的流逝，畅谈到天亮。

"项梁大人是如何看待沛公的？"

"兄长很赏识沛公。"

两人似乎很合得来。

张良认为项伯的话不会有错，暗自放下心来。在张良眼中，项梁是能够引领时代，勇往直前的英雄。

张良回到刘邦的营地后，平静地度过了几天。项梁在等待四方豪族聚集到此处。终于，项梁集合诸将宣布建立楚国。

在诸将的支持下，楚国诞生了。楚王是怀王之孙，名叫心，因南方将士怀念怀王，因此也称他为"怀王"。新的楚国诞生了新的怀王，虽然时代相距甚远，但楚国从此有了两个怀王。

都城并非薛县。盱眙县位于流经东海郡的淮水岸边，楚国在那里设置了中央行政府邸，任命德高望重的陈婴为上柱国，也就是宰相，来辅佐怀王。

王朝的实际主宰者项梁自称"武信君"，担任楚军的元帅。刘邦依然是沛公，楚国没有领土可以分给集结而来的诸将，只能凭借今后与秦军的战斗取得诸县的土地。

诸将宣誓效忠怀王后各自散去，张良的心情久久不能平静。

刘邦取笑他："你认识的人很多啊。"但张良心不在焉，并没有回应，不久后身影就消失了。

子房今天真是稀奇。

过去，张良从来没有如此慌张过，甚至出了神。一定有什么事让张良惊慌失措，但是众人却不知道是何事。与张良亲近的卢绾也疑惑地对刘邦说："他似乎在暗中东奔西走，我也不知道他去见了什么人。"

三天后，张良带着忧伤的表情回到刘邦身边，突然说："我必须离开了。"

刘邦脸上浮现出阴云。

张良说："我终于知道在山里看到的红光究竟是何物了。"

得知项梁在薛县招揽天下英雄后赶来的并非只有豪族，没落的名门子弟也前来薛县投奔他。其中有韩王之子横阳君。那道红光正是在向张良传达他的位置。方才在楚王的即位仪式上，张良看到了站在诸将中的横阳君，大吃一惊，仿佛坠入了梦中，于是立刻去见了他。

横阳君原本名声就很好，重逢后，张良确信他是贤明的君主，立刻决定要拥立横阳君复兴韩国王室。为此他需要士兵。向项梁借兵的事已经有了头绪，自然有项伯在暗中相助，不过张良并没有对刘邦提到项伯的名字，只是颤抖着声音报告了事情的经过。

"是这样啊……"

刘邦想表现出通情达理的一面，但心中却重重地叹了口气。

我要失去张良了吗？

刘邦十分沮丧。

张良觉察到刘邦的心事，悲伤地低语："与沛公离别让我肝肠寸断。"

但刘邦不想陷入长久的悲伤，于是用爽朗的声音祝福神机妙算的张良踏上新的旅程："祝你成就宏愿。"

两天后，横阳君和张良率兵离开了薛县。刘邦亲自带领数人暗中送别，不由得发出感叹："兵力竟如此之少。"

临时集结的韩军兵力不过千余人，甚至称不上是军队，不过是一支队伍而已。张良就算再怎么精通兵法，要率领这支兵微将寡的队伍与强大的秦军交战也将是一场苦战。不仅如此，也许张良会在某处被秦军杀害，再也没有重逢之日。

"武信君曾借我五千名士兵，没想到此次竟如此吝啬。"

卢绾听闻刘邦此言后说："因为您有战果啊。但是横阳君此前并无战果，武信君能够承认他为韩王，同意子房大人做辅佐韩王的申徒，实在不能说吝啬，反而是殊遇了。明明还有其他旧国的君主或大臣的子弟在此，武信君却只同意复兴韩国王室，这也是子房大人的功劳啊。"

"哎呀，卢绾，你在子房身边学会了如何看到事情的实质吗？"

刘邦认为有些话张良只会对卢绾说，所以并没有细问。

士兵渐渐远去，在士兵们的身影消失后，视线中只剩下一片空虚的光亮。

武信君今后将要怎么做呢？

不久后发生的事情回答了刘邦心中的疑问。

魏王的弟弟魏豹带领数百名魏兵逃进了薛县。

魏王魏咎被秦军追赶，向项梁求救，项梁派出将领前往支援。他首先派出的是朱鸡石和余樊君。之前已经说过，朱鸡石曾和秦嘉及宁君一起攻打了东海郡的郯城，后投降项梁。也许是因为他见风使舵，项梁并不信任他。他被派去支援魏国后，在与章邯军的战斗中大败，抛下战死沙场的余樊君，独自逃了回来。

项梁认为此人既无勇气又无气节，毫不犹豫地杀掉了朱鸡石。项梁得知魏国都城临济被秦军包围后，派家将项佗带兵前去营救魏王。他们与魏国宰相周市会合，和齐王田儋亲自率领的军队一同与秦军交战。但是足智多谋的秦将章邯毅然决然地夜袭了这支联合军队，杀掉田儋和周市取得大胜。章邯得知田儋的徒弟田荣集合残兵向东逃跑后，一路追到东阿。

败军之将项佗逃过了章邯军的追击后并没有逃回薛县，而是潜伏在临济附近。但是包围临济的秦军并无破绽，项佗终究没能潜入城内。

魏咎听说援军溃败，自己最重要的辅臣周市战死后陷入绝望，请求章邯："城内百姓无罪，我愿一死，只求网开一面放过城内百姓。"章邯同意后，魏咎坐在城内校场堆积的柴火上自焚而死。因为兄长的牺牲，魏豹逃过一死，他立刻逃出城外加入项佗的队伍。跟随魏豹逃至城外的士兵有数百人，众人都逃入了薛县。

张说也在随魏豹逃入薛县的士兵之中。他见薛县营房众多，装作迷路的样子进入了刘邦的营房，直接向曹参报告。曹参得知张说死里逃生，盛赞他吉人天相，大大地犒劳了他。

"魏国灭亡了，没有必要继续追随魏豹了，回到我军来吧。"

"不。"

张说拒绝了曹参的邀请。魏咎为保护百姓自焚而死的身影刻在他的心底，当时的悲痛和感动并没有随着时间的流逝而消退。

"我不能让魏王的遗志化为乌有。"

张说带着这样的想法选择追随魏咎的弟弟魏豹，只有魏豹能继承魏咎的遗志。

"我想亲眼看到他复兴魏国后再回来。"

"你……"

曹参在惊讶的同时深感钦佩。魏咎结局悲惨，但也是这个混乱的世道中开出的一朵圣洁之花。张说亲眼看到了这副高贵壮美的情景自然会被感动，但能将感动付诸行动的人为数不多。张说的志向和行为本就与众不同，他认为民意中自有天意，因此比起刘邦更容易被魏咎所吸引。

"如今，世间多利欲熏心之人，如你这般清廉之人实为稀有，但是心中的梦想太多、太执着的话，梦想的重量会增加，最后破碎。梦想和志向是不同的。"

张说会心一笑："嗯，这可是名言。"

"你随时都可以回来。我和周苛定会推举你成为高官。"

张说起身致谢："承蒙厚意。"

曹参问道："对了，还不知道雍齿的行踪吗？"

"有传言说他逃到了赵国。"

"是吗……"

曹参将此事记在心里。

第二天，魏豹在盱眙谒见楚怀王，怀王交给他数千名士兵，命他夺回失地。不用说，这背后是武信君项梁的指示。进一步说，为项梁运筹帷幄的是老军师范增。

泗水郡南边是九江郡，南北狭长。范增就住在九江郡北部长江北岸的居鄛县。顺带一提，九江郡最北端的寿春县曾是楚国都城，可以说，九江郡的百姓都是旧时的楚国人。

项梁在九江郡东边的会稽郡起兵，范增与他并无交集。秦灭楚后，范增愤世嫉俗，失望地住在居鄛。

在范增年近七十时，陈胜吴广在淮水以北起兵，叛乱的浪潮袭击了淮水以南。九江郡内陷入混乱。随后，各个豪族相继起兵，叛军蜂起。但是，范增称其为"蠡午"。蠡即蜂，可以像蜜蜂一样飞起，午是十二支中的马，有混杂之意。范增听到蠡午之音，半闭的双眼变得炯炯有神，认为世间变得有趣了。但他听说起义的主谋陈胜称王后，失望地嘟囔着"他就要衰亡了"，又半闭上了双眼。

但是，听说在吴县起兵的项梁渡过长江，与陈婴联合兵力增加后又渡过淮水，击败了景驹和秦嘉的军队后，范增看着天空，说着"他不会重蹈陈王的覆辙"，开始整理行装。因为项梁的军队一直驻扎在薛县，范增也渡过淮水去了薛县。

一个老人自然无法轻易见到大将项梁，不过也许是有九江郡出身的将士从中介绍，他见到项梁表达了自己的想法。

"因为诸将相信，只要你是项燕将军之子，就一定会拥立楚王，所以会聚集在你身边。"

范增劝项梁不要轻举妄动亲自登上王位，为他描绘了一幅立楚王为盟主统治天下的图景。

"好计！"

项梁采用了范增献上的计策，对他出类拔萃的才能也很是器重。

承认韩国的横阳君为韩王，赐他少量士兵派他西去；给魏国的魏咎士兵，催促他重建魏国，都是项梁身后范增的计划。从长远来看，这些都是针对秦军的佯攻作战。

现在，秦军主力在东阿。

范增认为，如果在东阿西边较远的地方制造混乱，秦将章邯就会忽视项梁麾下楚军的动向。他祭出奇招："请单独召集您信任的将领。"

"哦，这真是大胆的想法。"

项梁笑道，秘密召集了黥布、蒲将军、龙且等人，刘邦也在被召集的将领之列。

刘邦并没有感到疑惑，他认为楚军就要再次出发了。

被召集而来的诸将中有一人非常年轻，他就是项梁的侄子项籍，也就是项羽。在他落座之前，可以看出他身材高大。刘邦身高七尺八寸，而项羽比他更高大，身高八尺有余。当时的一尺是二十二点五厘米，因此项羽的身高大约是一百八十二点三厘米。不过刘邦在近处看着项羽，比起高大，更让他感慨的是此人的阴沉。虽然刘邦自己年轻时也经常陷入忧愁中，绝对称不上开朗之人，但是项羽比他更加阴沉，似乎对他人毫不关心。

项梁见诸将均已落座，便详细说明了秦军的情况："只要章邯拿下躲在东阿的田荣，下一个目标不是我军就是赵国。"

然后，脸上有刺字的黥布一口咬定："一旦渡河就难再回头。章邯如果打下东阿，不会攻打河北的赵国，而会先来薛县。"

项梁点点头，高声说："我也这样认为。我们必须突袭驻扎在东阿城下的秦军！章邯尚不知我军实力，我们趁秦军不备，从背后将矛戟插入秦军之中！"

逆袭之时

七月。

进入了霖雨时节。

从薛县出发那天也下着雨。

刘邦没有骑马，而是坐上了兵车。

东阿在薛县的西北方，就算途中没有碰到阻碍，也需要十天才能到达。

由诸将各自率领的军队组成的楚军兵力接近十万。前锋是司马龙且，第二阵由黥布统率，第三阵是刘邦的军队。之前在彭城以东的战斗中，单凭龙且和黥布麾下的士兵就击溃了景驹和秦嘉的军队。可以说这两人的士兵是楚军的精锐。

离开薛县，楚军首先会到达亢父。距离亢父不远处是东缗，东缗北方是爰戚。

靠近亢父后，项梁吩咐："踏平前方三县。"他没有劝说亢父开城投降，直接攻了上去。亢父从来没有经历过如此猛烈的攻击。刘邦与龙且和黥布分别进攻不同的城门，他见楚兵如此迅速地翻越了城墙，不觉目瞪口呆。就连第四阵后方项羽麾下的士兵也开始登上城墙。这速度非比寻常。

刘邦手下的将领们似乎也感到落后于他人，越发大声地鼓励士兵，催促士兵奋力战斗，最终没有落后其他军队太多。周勃与曹参进入城内后，看到楚军的士兵人数呈压倒之势。其中，项羽手下的士兵毫不留情地斩杀了城内想投降的士兵。

曹参皱着眉头说："这是不是太残酷了！"

周勃低声说："我听说项羽在先前攻打襄城的战斗中将城内的士兵一个不留全部坑杀了。只要与他作对一次，他就不会原谅对方。"

项梁迅速攻陷了亢父，派使者来到刘邦身边。这名使者带来的是项梁的褒奖之词。

"我并没有什么太大的功劳。"

刘邦心想，认为这名使者不过是项梁关怀下属的表现，但使者却说出了他意料之外的话。

"沛公的属僚曹参最先登上城墙，表现突出，武信君大喜。"

曹参是第一个站到城墙上的吗？

刘邦立刻召来曹参，向他询问此事的真伪。曹参归队时明明完全没有露出骄傲的神色。

曹参缓缓出现，刘邦将项梁的褒奖之词告诉他之后，曹参并没有居功自傲："我只是偶然登上了没有士兵的城墙而已，称不上先于众人登上城墙。"

于是刘邦起疑道："曹参最先登上了城墙的消息需要军吏确认过才能上报给武信君。我军将士的报告还没有到，究竟是谁见到曹参并将消息传达给了军吏呢？"

周勃听到后推测道："也许是项羽吧。"

因为项羽并没有立刻加入攻城的队伍，而是在稍远的地方注视着这场攻防战。而且项羽麾下的士兵开始登城的地方距离刘邦军不远。

"项羽的尚武之心值得称道，但是他在城中残忍的杀戮行为又如何呢？"

周勃没有掩饰自己对项羽的厌恶之情。

"项羽是这样的人啊……"

刘邦认为自己稍稍窥视到了项羽阴沉的实质。对项羽来说，敌人就只是敌人而已，他没有将敌人变成伙伴的想法。敌军说到底也只是寻常百姓而已，不再当兵就会回到百姓的身份。重要的是项羽的思想中缺乏变通。也许是作为项燕将军之孙的自尊心使然吧。

"我深深地感觉到自己是农民的孩子真好。"

周勃感到刘邦的话中感慨颇深，便闭上嘴静静地听着。

"难道不是吗？我并非家中长子，手中一无所有。但是项羽不同，他从小就以名门之后的身份为傲。现在，他的一只手中也紧紧握着这份骄傲吧。至于另一只手上握着什么，或是一无所有，我不得而知。总之，如果不能丢掉手中握着的东西，就没办法抓住新的。幸运的是，我现在两手空空。"

刘邦伸出双手，仿佛拥抱虚空一般合了起来。

这份虚空正是天下啊。

在这个瞬间，周勃这样想着，心中一颤。

此事暂且不提。根据规定，率先登上城墙的将士所在的军队会得到军中的首功，因此正因为曹参率先登上了城墙，刘邦军得到了最高的功勋。黥布之前一直是楚军中的首功之将，得知此事后懊悔不已。

黥布本姓英，也就是说他的名字是英布。他是九江郡六县人，还是平民的时候因为犯罪受了墨刑，从那以后就被叫作黥布。多说一句，六县位于寿春和范增的老家居鄛之间，他也曾是楚国人。因为他曾经做过盗贼之流的事情，所以性情粗暴，手下也都是些剽悍之人。

既然楚军想要突袭东阿，为了不被章邯发现，最好不要对沿途各县动手。但这支军队接连攻下了东缗和爰戚。理由恐怕只有一个，就是食物补给。薛县有近十万名士兵，因此薛县和周边各县一定苦于持续为他们提供食物。楚军离开薛县开始北上的另一个原因恐怕也在于此。

不光是食物，秦军后勤物资的运输也准备万全。军队必需的物资装在船上顺黄河而下，因为补给通过水路运输，因此被袭击的危险性很小。

东阿城附近就是黄河的支流济水，因此秦军围攻东阿时一旦出现军粮匮乏的迹象，只要向咸阳的中央政府发去请求，半个月内就能得到补充。

秦军将帅章邯已经立下了不逊于过往名将的军功。他击退了逼近咸阳的数十万叛军，打倒了叛乱首领陈胜，灭掉了张楚，击溃了此次大叛乱的元凶。随后攻下魏国全部二十余座城池，大破魏国援军、齐楚两国和周市的联军，杀死了齐王田儋和魏国宰相周市。章邯折返后，让固守在魏国首都的魏王魏咎自杀，稍作休整后追击齐国田儋的堂弟田荣包围了东阿。

虽然魏国首都临济和田荣所在的东阿之间距离遥远，但两县均在济水河畔，章邯一定是利用船只在两县之间自如地来往。

不过，章邯虽已经杀死了齐王，却依然固执地追击他的堂弟，从这件事中可以看出章邯下一步的战略。恐怕他将下一个目标锁定在了齐国。而且他必须尊重秦二世的想法。如果秦二世听到魏国覆灭的消息后下令"接下来讨伐齐国"的话，章邯就必须遵守命令。恐怕秦朝首都咸阳还没有接到有关项梁军的详细报告，只是将他们当成陈王军队的残党，并没有加以重视。

除此之外，章邯没有理由无视南方传来的攻击。章邯善于抓住时机，而且处事谨慎，这次却难得地疏忽了背后的敌人。

这就是"智者千虑，必有一失"吧。如果楚国军师范增看透了章邯的疏忽，那么他在开战之前就已经战胜了章邯。

让东阿被困到粮尽吧。

章邯并没有勉强进攻，而是采取了围困的策略。他正是用这种方法攻下魏国临济的。

在东方的齐国，百姓听说齐王田儋战死，便拥立过去齐王田健的弟弟田假为王，首相是田角，将军是田间。虽然同为田氏，但他们形成了与田儋、田荣一组敌对的势力，并不会去帮助被围困在东阿的田荣，也就是说东阿成了无援的孤城。

章邯见此情景，带着冷峻的目光怜悯着东阿和城内将士的命运："这座城撑不过三十日了。"他的眼中只有东阿。进一步来说，他也希望让麾下连续征战的士兵们在这里休整一番，因为这些士兵出函谷关之后连续战斗，始终没有获得足够的休息。他看着东阿城内的田荣，认为所有敌人应该都在远方。

但是，强敌突然出现了。

楚军的前锋龙且率军突袭，想突破秦军的包围。接着，黥布的军队加入袭击的队伍，刘邦的军队也同时杀入敌阵。另外，蒲将军的军队也猛烈地进攻秦军。项梁命令在其后出动的项羽军队："敌人必溃逃，你去追击。"

秦军虽然人数众多，在突然袭击下也脆弱不堪，连战连胜的秦军第一次开始败退。项梁见此，派出项羽和他的军队："敌人正向城下撤退，追！"

秦军的包围圈处处被截断，已经无法继续应战，终于四散奔逃。章邯也在逃走的士兵之中。

楚国将兵在确定胜果后并没有满足于此，而是继续追击。一名军吏赶到刘邦身边向他传达了项梁的指示："武信君希望沛公和项羽共同追击向南路败走的秦军。"

因为秦军已经四分五裂，并非所有士兵都朝着同一个方向逃亡。

四散溃逃的秦军虽然想要径直逃往西方，但这样一来就会被黄河阻断前路，从而陷入进退维谷的境地。如果向西南方向逃亡，较近的范围内并没有其他城池。距离东阿西南方最近的城池是东郡郡府所在地濮阳，但是在逃到那里之前就会被楚军追上。秦军深知此事，因此选择逃往西南偏南方向。因为济水附近城池较多，他们想尽快逃到那些城中。

刘邦和项羽即将沿着西南偏南方向一路扫荡过去。

"项羽常杀人。"

项梁听到过此类不好的评价。

项羽误认为只要自身足够强大就能算得上是良将。

培养项羽长大的项梁默默叹息。过去他曾经让项羽读书写字，但项羽并不用功。项梁见此便让项羽学习剑术，但项羽在剑术上也并未成才。

就连项梁也忍不住斥责缺乏学习热情的侄子："文武皆无意，竟欲何如！"

项羽听后泰然自若地说："文字，但可书姓名即可；剑术，但以一人为敌，无须学。我欲学可与万人战之术。"

此子不简单。

项梁见项羽一开始就想指挥军队，对他的气魄深表赞赏，便教他学习兵法。项羽起初欣喜，但他并未坚持学习，又一次露出了不耐烦的表情。学问及武术都有其奥妙之处，项羽未穷其究竟就自以为已经学会，项梁认为他的性格有缺陷。如今项梁虽然让项羽带兵参战，但诸将并不喜欢项羽。因此项梁将项羽放在德高望重的刘邦身边，希望刘邦多少能够驾驭他。

刘邦和项羽的军队会合后，在烟雨蒙蒙中南下。

走在前头的项羽带着军队等待刘邦军赶到，萧何见此惊奇地说："都说项羽独断专行，此次竟如此注重礼仪，也许是不能违抗季父的命令吧。"

"真是如此吗？"

刘邦还不了解项羽的性格和嗜好，项羽和刘邦曾经见过的人物都不同。毕竟两人没有机会见面交谈，还没有亲近的机会。

刘邦远观项羽麾下的士兵，认为这支军队虽年轻气盛、斗志昂扬，但是不知进退。主将年轻既是这支军队的长处，也是其弱点。

项羽对刘邦的军队兴趣更浓。项羽少言寡语，不喜与其他军队的将士交谈，但经常与自己麾下的将士交谈。这也是他的一个性格特点。

项羽属下有一名叫作丁公固的将领。他出身薛县，但并没有加入陈武的叛乱，而是在县中静观其变。这是因为他认为当时起兵时机尚早。之后，在项梁率大军进入薛县时，他认为此人能够成为天下主宰，便请求追随他。项梁立刻看出丁公有武人之能，便任用他为将领。救援东阿之时，项梁将丁公指派给了项羽。幸而项羽中意丁公的豪气，询问他："在楚军的将领中，除我和季父之外谁最优秀？"

丁公迅速回答："当属当阳君。"

当阳君即黥布。他自称当阳君，经由楚王允许，诸将便皆如此称呼。

但是项羽并不认同。

"要说在优势之战中取胜，无人能出当阳君之右，但他并无反败为胜的不屈不挠之精神。最优秀的将领当属沛公。"

"沛公啊，"丁公脸上浮现出嘲讽般的笑意，仿佛忍不住要唾一口，"沛公名叫刘季，不过是丰邑农民之子。虽然过去周王室有刘姓卿士（军政大臣），但到了战国时代，这个姓氏不再为人所知，与您的家室不可同日而语。刘季不过是一介小小的泗水亭长，却经常口出狂言蔑视县内长吏，又毫无实绩可言，不过是好酒又好女色之徒。他外表威严而德高望重，却败絮其中，绝不足为信。"

"嗯……"

项羽的表情没有变化。

丁公的出身地薛县距离泗水亭不远，薛县百姓中有不少人听说过舆论对刘邦的评价，丁公也是其中之一。但是，项羽亲眼见到了刘邦的军队，他认为那支军队并非虚有其表。那支军队战斗时并不会卖弄功劳，反而会任劳任怨。而且虽然气氛轻松，却训练有素。

如何才能训练出这样的军队呢？

这是项羽现在关心的事情。遗憾的是，项羽麾下的军队并没有这般成熟。虽然当项羽展现出身先士卒的勇气时，士兵们也会勇猛地战斗，但如果项羽不这样做的话，这不过是一支平凡的军队而已。项羽深知此事，所以一直在观察刘邦的军队。项羽并不认为与指挥这支军队的刘邦见面交谈就能弄清楚一切。无论遇到何事，项羽都不愿意请教他人。

项羽认为从他人那里得到的知识有其上限。

那么重复这些有上限的事情有何意义呢？

刘邦和项羽的军队来到了甄城附近。

刘邦突然来到项羽阵中。项羽对此并没有露出不悦之色，也并未表示欢迎，只是问道："你有何事？"

那天，是霖雨时节难得的晴天。

项羽竟然不知道自己来这里所为何事，刘邦对项羽的迟钝感到吃惊。刘邦转念一想，也许这是因为他从未居于人下而没有事先揣测他人意图的习惯吧。他试探着说："前方除了甄城，还有都关、城阳等地。"

"是啊。"

项羽的表情和回答依然迟钝。刘邦很快习惯了项羽的迟钝，对他说："虽然可以不顾这些城池径直向西前进，但这样做会违背武信君的想法，所以我来听听你的意见。"

"季父命我攻陷所有城池，特别是城阳，必须拿下，应该也有使者去了沛公那里……"

"确实有使者前来，但我并没有接到传话。"

刘邦在内心苦笑。项羽恐怕已经决定了攻陷前方的所有城池，所以才惊讶自己这般时候前来所为何事吧。

"那么，首先攻击甄城吧。慎重起见我问一句，需要事先劝降城内守将吗？"

"不用，那只是浪费时间而已。"

项羽的回答冷淡而迅速。他自信在使者往返的时间内就能够攻陷城池。

"我知道了，那就二话不说直接进攻。"

刘邦迅速离开。似乎项梁的命令只传达给了项羽，而没有传达给刘邦。也就是说，此次追击的军队以项羽为上将，刘邦在其之下。同时，项羽也是刘邦的监视者。也许项梁决定将项羽提拔到仅次于自己的地位吧。

回到自己的营地中，刘邦召集诸将下达了进攻甄城的指示，又突然问道："武信君命令项羽务必攻下城阳，这是为什么呢？"

曹参立刻说道："武信君应该正在东阿处理战后事务。如果从东阿直接去城阳，继续前进就能到达定陶。也就是说，武信君想要拿下的正是定陶。"

"原来如此。武信君是想将大营安置在定陶吗？"

虽然刘邦对定陶所在的东郡并不熟悉，但他也清楚定陶县的重要性。定陶是济水南岸的大县，自古以来就是水陆两线的交通枢纽。以前刘邦曾从宁君那里得知，景驹和秦嘉计划打到定陶。回想起这件事，他不由得认为这就是英雄所见略同。

"那就由我们为武信君扫除障碍吧。"

刘邦的军队向甄城挺进。

在刘邦决定布阵进攻前，一名使者来到他身边。此人并非项羽的使者，而是将领吕臣的使者。

吕臣不只是项羽的属将，更是佐将。

他是在刘邦之后来到薛县的豪杰。不过他战斗经验丰富，曾经是陈王的涓人。涓人与中涓，一样是主公的近侍。陈王与章邯的秦军交战败北后，吕臣也随之败退。吕臣与陈王向同一个方向逃亡，但他在途中的新阳停住脚步聚拢散兵，重新组建了苍头军，士兵头上都戴着青色的头巾。也许吕臣认为陈王会逃向新阳以南的汝阴，所以想在新阳阻断追击的秦军。但是他见秦军并未追击，便计划夺回陈县。就在那时，他听说了陈王被御者庄贾暗杀的传闻，下定决心要为陈王报仇，便率领苍头军突袭了陈县。吕臣发起猛攻拿下陈县，诛杀了身在陈县的庄贾。并非为了父母，而是为君主报仇，吕臣此举可说十分罕见，可以称得上是义举。之后，陈县被秦军左右校尉所夺，不过吕臣偶然遇到黥布，与他合力在青波击败了秦军。黥布转战东方后，吕臣便掉头夺回了陈县。但是，他听说项梁新立楚王后，便离开陈县迅速赶往薛县跟随项梁。

项梁听说了吕臣的战绩和节义，立刻将他提拔为大将。另外，吕臣的父亲吕青因其忠厚诚实被任命为楚王的辅臣。进一步说，七年后，吕青被汉朝封为新阳侯，受爵十年后去世，吕臣继承了他的爵位。

言归正传，勇将吕臣派使者来到刘邦身边询问："要攻打甄城的哪座城门？"

"南门。"刘邦简短地回答，感受到吕臣的顾虑后，他对使者说，"请空出西门外的道路。"秦军向西逃走时，如果将甄城重重包围，秦军必将抱着誓死的决心奋力战斗。穷寇莫追方为上策。刘邦认为吕臣能够明白他的用心，因此出言提醒。

使者退下后，刘邦不快地询问左右："为何项羽没有派使者前来，而是吕将军派使者前来呢？"

回答他的是萧何。

"这支追击的军队中没有主将。武信君认为项羽年轻，无法统御诸将，因此无法向诸将下达命令。虽然模棱两可，但您毕竟也是主将，所以辅佐项羽的吕将军为尊重您的意见而派来了使者。"

"也就是说……"刘邦表情稍霁，"项羽忌惮我，为了不表现出来，便派吕将军前来吗？"

刘邦觉得项羽的内心比外表复杂得多，恐怕项羽从出生以来从没有向他人低过头吧。虽然刘邦也不愿意对他人低三下四，但并没有项羽这般坚持。

有些情况下也要向他人低头，这样别人就会给予自己一些好处。

为了攻打甄城，三万余名士兵布好了阵势。

萧何看过其他阵地后向刘邦报告："西门之外并无士兵。"看来吕臣听到了刘邦的口信向项羽提出了建议。项羽的战法是将城中的百姓和士兵全部残忍地杀害，这样一来平定甄城反而会花很多时间。想在短时间内攻陷城池最好的方法就是空出一方城门。

"明天早上天亮时开始攻击。"

刘邦通知诸将后不久便下起雨来。夜色渐浓，雨声渐强。因为下雨，天亮得很晚。

"竖起旌旗！"

刘邦向周苛的堂弟周昌传达了命令，自己擂鼓宣告攻击开始。这时，率领前锋部队的周勃立刻逼近城墙之下，却马上注意到城内士兵全无战意。实际上，得知西门外并无敌军布阵后，秦军大多趁夜翻过城墙逃走了。甄城的士兵得知此事后心生动摇，大多数人开始考虑何时逃跑。因为违抗军令逃跑会被杀，所以很多士兵在等待战斗开始后，军官顾不上他们的时候再逃离战场。

楚军的士兵立于城墙之上，此时城内开始发生混乱。不知什么时候西门被打开，士兵和百姓向外涌出。

甄城在一天之内陷落了。

"善后工作交给你了，我即刻前往都关。"刘邦派使者告知吕臣。他见吕臣有处事之能，无须交代细节，感觉轻松了不少。

顺带一提，兵法中被封为至尊的《孙子兵法》是由春秋末期齐国出身的孙武所著。除此以外，孙子兵法一派还有《孙膑兵法》。孙膑是孙武的裔孙。《孙膑兵法》中提出"素信者昌"，信即信义，刘邦军之所以强大，正是因为其有信义。另外，因为刘邦信任吕臣，这支追击的军队才能团结。

两军交战，如果气势强大，如同巨石从坡道上滚下一般，即可连战连胜。对于楚军来说，东阿城下的胜利就如同推动了巨石，接下来只须等待气势增强。

此时无须多想，只须勇往直前。

这并非刘邦第一次有这样的感受。在他奇袭攻下砀县，击败司马仁后，就取得了军事上的气势。不过与当时相比，此刻这股气势更胜。

楚军将化作一股激流冲破都关。

这里的战斗也将在短时间内结束。

"终于要到城阳了。"

就在刘邦剑指南方之时，吕臣竟带领数名随从来到了他的大本营中。在连续不断的战斗中，刘邦和吕臣之间的心理距离渐渐缩短。

吕臣将军向刘邦略施一礼。他相对年轻，精力充沛。不过虽说年轻，看上去也已三十五有余。

在刘邦开口之前，吕臣苦笑着说："首先，我要向您报告，项羽大人已经率军出发，目的自不必说，正是为了攻打城阳。"

"看来项羽大人打算将其他各城交给我们，自己专心攻打城阳。"刘邦的话中带着一丝嘲讽。如果吕臣对刘邦怀有恶意，刘邦自然不会这样说。另外，吕臣并非与项梁、项羽亲狎的将领，他因为自己的信念而起兵战斗到了现在。从这一点上来说，两人经历相似。

"进攻城阳可否交给项羽大人？"吕臣说完这句话之后，主要谈起了陈王的事情，"虽然陈王在后世人眼中恐怕毁誉参半，但他将百姓从秦朝的苛政中解放出来是值得称颂的伟业。因此我暗中在砀县建了陈王的墓。"

"在砀县？"

刘邦一惊。砀县是刘邦的第二个大本营。后来，刘邦在吕臣所说的陈王墓安排了三十个守墓人，奉上供品拜祭。

项羽先于刘邦和吕臣到达了城阳城外，迅速在南门外布下阵来。这相当于无声地命令诸将攻击其他城门。

曹参冷笑道："项羽是觉得一旦将南门交给沛公，就无颜面对武信君了吧。"他话中的意思即项羽平时竟是这般怯懦。不过一旦开始战斗，项羽就像变了个人一样狂暴，仿佛失去了理性的控制。虽不能说项羽此人完全凭借对他人的爱恨来行动，但是旁人觉得他难以理解，不过是因为他沉默寡言，要给他的沉默寡言赋予意义自然会陷入困惑。刘邦觉得也许项羽本质是个单纯之人，为了不让他人看穿这点才故作深沉。

雨时下时停。

今年的初秋并无秋高气爽之感。

刘邦眺望着稍显阴沉的城阳城，在连绵细雨中，这座城池只是一团黑影，仿佛是由从地面升起的瘴气凝结而成。看着这座城池，无法想象城中的士兵正屏息以待准备战斗。过去，秦军是天下最强的军队，要与之为敌必然会生出恐惧之心。但自从在东阿城下大破秦军以后，心中的恐惧就瓦解了一大半。这不仅是刘邦一个人的感觉，楚军所有士兵都开始产生优越感。项梁率领楚军取得如此战果，相信他非凡的才能不久之后就会得到天下人认可。恐怕不到三年，楚国就能统一天下，现在的楚王将成为皇帝，项梁会成为丞相。

到了那时，我会是什么境况呢？

会不会和眼前的城阳城一样，如亡灵一般立于尘世之上呢？刘邦突然升起了消极的念头。

从远处传来战鼓声。

项羽似乎已经开始攻击。刘邦也敲起战鼓。因为下雨的原因，鼓声并不清亮，仿佛连鼓声都在告诉他，应该将这里的攻击交给项羽。

以项羽为主的攻击很猛烈。

城池不会发出声音，但刘邦的耳中却响起了轰鸣声。项羽麾下的士兵一刻都不喘息地持续进攻着。不知道是因为这连绵不断的进攻，还是因为经久不息的雨水，城墙的一部分崩塌了。尽管如此，城内的士兵依然拼命防守，直到傍晚时分依然没有让敌军攻入城内。因为此事，有人说"沛公更善于攻城"。项羽咬牙切齿心有不甘。其实刘邦在攻击丰邑时同样陷入了麻烦中，并不能说他擅长攻城，不过他确实在三天之内攻下了司马仁所在的砀县县城。诸将之所以产生这样的比较，恐怕是因为他们与项羽格格不入，心中对他有些许反感。

"他是容易被误解的人。"

这是刘邦对项羽的评价。在项梁的安排下，项羽数年后成为楚军的元帅。现在正是锻炼项羽的阶段，但项羽似乎并不想获得诸将的理解。

"不过，项羽手下似乎有优秀的将领在。"卢绾带着意想不到的口气说。

刘邦有些吃惊，笑着说："你还能听到其他人阵中的私语吗？"他突然觉得发现了项羽的另一面。外表严厉内心温柔是一个人尚未成熟的标志，现在的项羽如果成为君主，恐怕会被只会阿谀奉承的佞臣包围吧。

如果是这样可就麻烦了。

希望今后项羽的人格能突然发生转变，迅速地成长起来。这关系到楚王朝的未来。

第二天黎明前，项羽再次发起攻击。但是这天依然没有攻下城阳。然后，吕臣的军吏向刘邦传达了坚决发动夜袭的通知。刘邦摇着头，仿佛有些失望。曹参断言："此举必能攻下城阳。"因为他认为城里的士兵在夜里更容易逃走。

不知道城里的士兵是不是听说了项羽从不放过一个敌人的传言，都在誓死抵抗楚军。

秦朝律法严苛，弃城而逃的城主很难再有洗刷污名的机会，一定会被处刑。守城的士兵也是如此，因此在死亡的威胁面前，他们疯狂地战斗着。但是秦军连战连败，士气低下，在惧怕处罚之前更加惧怕眼前的敌军，不得不想着自己活命。只要不再为秦朝而战，就不会丢了性命，这样的想法在秦军中扩散开来。只有项羽一名将领在敌军放弃战斗的时候依然不会宽恕他们。项羽会杀死敌方城市里的全部男女老少。

夜里，城阳被上万支火炬包围了。

刘邦属下的将领们默默想着：不要全力进攻，要给城里的士兵逃走的机会。细雨连绵不绝，刘邦抬头看着昏暗的天空，突然想到：张子房不知现在如何。只有一次，张良派使者前来报告平定旧时韩国的情况。

当时使者说已经攻下了数座城池，不知在那之后进展如何。如今张良手中只有数千名士兵，以那么少的兵力持续战斗可谓难于登天。而且张良本人并不上阵，因此恐怕平定的过程只能依仗主将横阳君的武勇了。

雨依然在下，城内却出现了一片红光。卢绾立刻猜测："是不是南门已经被烧毁？"事实正如他所说，项羽毫发无伤地冲进了火中，将城内士兵斩尽杀绝。天色渐明时，雨停了，云朵的间隙露出蓝天的颜色，但战斗结束时朝阳的光芒依然没有普照大地。

项羽进入城中，也许是顾忌其他将领，他并没有像在襄阳城中那样斩尽杀绝。他也许在内心期待诸将会慨叹"项羽大人也在三日之内攻下了城阳啊"，但所有人都沉默不语。

虽然诸将承认项羽的军队勇猛精锐，但毕竟项羽只会夸示自己的勇敢和功劳，很少会照顾到其他将士。

与他不同，沛公的战法张弛有度，能体恤其他将领，甚至会关照到敌方的将士。

诸将在心底提高了对刘邦的评价。

卢绾对刘邦说:"大家对沛公的评价都在提高。"他依旧消息灵通。

"哦,这样啊。"刘邦嘴上说着,但并未露出笑容。如果这次追击的连胜只提高了刘邦的声望,元帅项梁恐怕会心生不悦。

"我让项羽与沛公同行是想暗中托沛公将项羽培养成未来的优秀将领,结果沛公竟以此为踏板提高了世人对自己的评价吗?"

也许项梁会这样对他说。毕竟项梁还是平民的时候曾经杀过人,并且在起兵前夕暗杀了会稽郡守。在他表面的大度之下有着深不见底的可怕。

"去向项羽大人献上贺词吧。"刘邦带着十几个人走向项羽阵中,首先称赞了士兵的勇猛,随后赞扬了项羽本人。虽然并不明显,但项羽脸上露出了愉快的表情。

啊,原来他也有这种表情。

刘邦仿佛看到了青年纯真的面容。

"武信君下令务必攻下此城,您成功地做到了,为武信君扫除了巨大的障碍。从这里继续南下就可以到达定陶,下一步要进攻定陶吗?"

项羽听刘邦这样问,便对他说:"季父的急使刚刚来过,命我们前往濮阳,章邯似乎打算在那里重整旗鼓。"跟以前相比,他与刘邦说话的语气亲近了很多。

章邯在东阿城下败北后沿北路而逃,黥布和蒲将军前往追击。但是秦军人数众多,尽管一度失利,如果能够重整旗鼓也会是一支可怕的队伍。想到这一点,项梁命南路的刘邦项羽军与北路军队会合,合力制服秦军,使其无法东山再起。

这是刘邦的想法。

"从这里到濮阳，急行军需要三日才能到达。章邯是一位贤明的将领，一旦给他时间东山再起，之后就会变得棘手。要趁着现在将他击倒。"

"我知道了，我们尽快出发。"

没想到项羽爽快地同意了，他命吕臣通知诸将掉转方向往西前进。从城阳直向西前进就能到达濮阳。

离开城阳后，南路军加快了速度。

刘邦坐在兵车里，听着外面的雨声。

如今章邯的军队有多少兵力呢？

假如章邯之前手中掌握着二十万的兵力，在东阿城下战败大概损失了其中的三分之一。这样一来，章邯手中还握有十四万左右的兵力。不过他从北路逃走时，为了躲开追击的士兵，应该在途中丢下了四万名左右的士兵。现在，章邯的军队大约有十万名士兵。尽管如此，这个人数依然是南路军的三倍。

如果对方布阵完成，我军就没有胜利的机会。

只有不给章邯时间，就还有胜利的机会。实际上刘邦并没有正面对抗章邯主力军的经历。就连章邯属下的将领司马仁都难以对付，因此刘邦从来没有小看过章邯本人。

项羽在途中联系上了黥布等人。但出乎意料的是，北路军前进得很缓慢，会合还要等三天左右。吕臣集合南路军的各位将领询问道："各位认为这三天该如何是好？"如果等待三天，北路的三万名军队就能到达。但是那支军队是追击敌人的队伍，项梁并不在其中。他暂时留在东阿，会见出城的田荣，与齐国协商，恐怕此时刚刚率领三四万名士兵离开东阿。

大多数将军都认为应该等待三天与北路军会合后一起进攻章邯军，之后项羽用沉重的语气说道："因为连日降雨，各地道路断绝。幸运的话，我军将在明天到达濮阳。但是如果等待的三日间依然持续天降大雨，小河将变成大河，军队将无法继续前进。现在我军气势正盛，章邯并不占优势。兵书中有拙速的说法，但从没有提到等待是更佳的策略，所以不能让军队停下脚步。"

项羽难得变得能说会道。也许是攻下城阳让他的心胸变得宽大了吧。

吕臣立刻转向刘邦："沛公的意见是？"

"我赞同项羽大人的意见。"

刘邦迅速回答。项梁是战略家，他如果担心南路军的实力，一定会提醒项羽与北路军会合后再共同进攻章邯的军队。既然他并没有如此提醒，就说明他相信南路军的实力，认为不须等待北路军就可以进攻章邯军。

吕臣似乎也想到了此节，语气中带着讽刺："章邯军队虽说之前败走，但依然兵力强大，不过如今我军士气更盛。正如项羽大人所说，短短的三天时间也有可能会失去胜机。如果等待当阳君与我军会合，胜利的功劳将会落入当阳君手中，各位希望看到这样的结果吗？"

有两三名将领羞愧地低下了头。

吕臣提高声音说："我军已经拿下了三座城池，胜利的运势在我军，如果现在停下脚步，运势将离我们而去，继续前进吧。"
众人一致决定继续前进。

南路军再次加快了速度，尽管道路湿滑，但所有路段都可以通行，因此第二天一早，军队就到达了濮阳附近。

负责侦察的骑兵返回报告："章邯的军阵在濮阳以东。"

曹参听后开心地鼓起掌来："章邯的军阵是为了迎击北路军，看来他还没有注意到我们的军队。"

不光是章邯，连战连胜的将领普遍容易轻敌，章邯正是由于轻视了项梁才在东阿城下被击败。这是他的第一次失败，他一定一边逃跑一边思考着挽回败局的方法，但并没有想出巧妙的计策。眼下最重要的是不要再次败给追击而来的楚军，除此他再无其他办法，更不用提能出奇制胜的谋略。

"我真是没出息。"

失败的将领只会变成平庸的人。章邯自己也认识到了这点。章邯尽量聚集散兵，在濮阳城东筑起了营垒，他希望能够尽快筑起坚固的军阵迎战从东阿追来的楚军。他很清楚追击而来的楚军兵分两路，南下的那支楚军已经拿下了甄城、都关、城阳三座城池。只要在脑中描绘出攻下这三座城池的路线，就能轻易看出这支军队要前往定陶。但是章邯的感觉实在迟钝，甚至没有发现这个常识性的问题。

北路楚军意外的迟缓也许同样是项梁的佯动。不对，包括东阿的奇袭在内，可以说这都是项梁的军师范增的计划。

当刘邦和项羽的军队从意想不到的方向出现时，章邯懊悔不已：敌军出现在了防守最薄弱的地方。此时项羽和麾下的士兵正精力充沛。

项羽擅长野战。

项羽军来势汹汹，别人一眼就能看出这点。因为雨水，营垒修筑得并不高，这也是章邯不走运的地方。低矮的营垒无法阻挡敌军，楚军的士兵马上进入了营垒之内。

秦军再次败走。

这是章邯第二次失败。

他逃向西边进入了濮阳城。项羽和刘邦在身后追击，趁势开始攻城，但是濮阳城很大，并且防守严密。

最先登上濮阳城的是樊哙。

当时他已经杀了二十三个人。

尽管如此奋力战斗，楚军依然被城内的士兵击退，不光是城内的士兵，章邯也在拼死战斗。他已经失败了两次，二世皇帝必定得知了此事。如果没有人为他说话，他此时一定已经被召回秦朝首都处死了。

如果第三次失败的话……

无论找什么借口都不会被接受了吧。必须在这里击退楚军。章邯不断鼓励麾下人数剧减的士兵，努力守住了濮阳城。

楚军疲于进攻，暂时后退休整。

结束了。

章邯见楚军退到远处后，派出城内的全部士兵挖掘壕沟造出水路，引入黄河之水包围了濮阳城。河水流入空壕。这样一来楚军的重型攻城兵器就无法靠近城门和城墙了。

两天后，攻到城下的楚军见到壕沟后惊讶地说："这是什么时候挖的？"

项羽双眉紧锁，他本来就不善于攻城，刘邦也发出了轻声的叹息。见到两名将领为难的样子，吕臣建议提前停止进攻："我们已经大破秦军，这座城中只有一万多名士兵。闭城不出的章邯能做什么呢？出城的士兵逃向了三个方向，因此不如将攻打濮阳的任务交给之后的军队，我们向定陶进发如何？"

刘邦点点头同意了吕臣的意见，看着项羽说道："武信君交给你的命令已经完成。既然武信君没有命你攻下濮阳，我认为应该主动进攻定陶。"

项羽毫不犹豫地说："我同意进攻定陶。"因此，楚国南路军放弃攻陷濮阳，向东南方向前进。

细雨如烟。

真快，已经仲秋了吗？

刘邦感到打在脸上的雨水带着凉意，注意到了季节的迅速变化。

目标定陶在济水对岸。也就是说，济水在定陶北侧形成自然的壕沟，这确实是一座易守难攻的城池。

楚军坐船渡过济水，没有休息直接开始攻城，但却无从下手。诸将仿佛感到厌烦一般不再让士兵靠近城墙。吕臣召集诸将询问今后的对策："各位认为该如何是好？"

诸将内心都认为无能为力，只得闭口不言。项羽喃喃地说："去请教季父好了……"军事会议就此结束。曹参见刘邦回到自己的营地，便对他说"我有一计"，然后站在那里说出了自己的计划。

刘邦听后简短地说："好，就照你说的办。"然后对身边的卢绾低声耳语，让他去找吕臣。半个时辰后，刘邦、项羽和吕臣三人聚集在吕臣的营中。刘邦立刻开口说道："如果在雨中按兵不动，士气只会逐渐低落，所有人都清楚地看到我们在定陶久攻不下，驻守周边各县的人隔岸观火，一定会认为楚军在定陶扎营后久久未动。因此，我们将一部分士兵留在这里，突袭济水沿岸的城池如何？趁着宛朐、济阳、临济等地放松警惕时攻击。我们三人之中留一人在此，做出继续攻城的假象，其余二人趁夜出发向西前进，我可以留下。二位认为此计如何？"

"哈哈，"吕臣笑道，"看来沛公身边有智者出谋划策啊。此为上策，我留下。"

"不，我留下。"项羽坚定地低声说，他要在这里等候季父的指示。

"就这样决定了。"

三人在很短的时间里达成默契。三位主将在决定后向诸将下达了命令。

这天夜里，刘邦和吕臣率楚军主力再次乘船渡河，沿着泥泞的道路向西前进。天亮时，吕臣得知刘邦军已经走出很远，感叹道："沛公善于夜行。"刘邦曾经隐居在山泽中，在黑暗中行军也不会迷失方向。苦难能给人智慧，磨砺直觉。

这支军队如疾风一般突袭宛朐，不过数日就攻陷了宛朐。

"沛公果然善于攻城。"

诸将在私下称赞。另外，刘邦在宛朐遇到了俊才陈豨。此人野心勃勃，已经聚集了数百人等待起兵的时机。不过他认定沛公才是能够成为自己主公之人，便上前迎接刘邦的军队。

此人不易对付。

刘邦见到陈豨第一眼就看穿了他的本性，但依然赏识他坚毅勇敢的性格，将他收入麾下。刘邦军在进攻的途中接纳了不少人才，军队的素质不断提高，人数也不断增多。这也是诸将对刘邦颇有好评的原因。七年后，陈豨受爵阳夏侯，当上了赵国的相国。另一名与陈豨不相上下的勇将靳歙也在宛朐加入刘邦军中，立刻被任命为中涓。如前所述，中涓即侍从，是刘邦的近臣，一般不会任命新人为中涓，而靳歙又是宛朐人，任命他为中涓一事展现出刘邦出色的洞察力。靳歙在战场上起到的作用非同寻常，他一生杀过九十名敌人，捕获一百三十二名敌军，击败敌军十四次，攻下五十九座地方都邑，平定一国一郡二十三县，战功卓越，最终升为车骑将军。

在攻下宛朐的战斗中，周勃捕获了单父县的县令。单父县位于砀郡北部，周围有周市的魏军来往通行，又是刘邦重点平定的地方，因此县令弃城向西奔逃，藏在了宛朐县令身边。

"继续向西！"

刘邦攻陷宛朐后并没有让士兵休息，而是神采奕奕地指向西方。从这时起，刘邦和吕臣的军队如旋风一般沿着济水向西前进，趋势发动夜袭拿下了临济城。济阳地处宛朐和临济之间，楚军佯装攻打济阳，实际上直接攻到了临济城下。前不久，魏咎将临济定为魏国的首都。

"你的计策甚好。"刘邦称赞曹参，打算继续向西行军。就在这时，项羽的军队赶了上来。刘邦立刻问道："武信君有何指示？"

项羽微微苦笑，坦白说："武信君让我立刻离开定陶向西前进，不得在定陶无所事事地等待。"从他的表情和语气可以看出他已经与刘邦相熟。刘邦回以微笑，他认为项梁是一个战略家，这项指示太过简单，但看不出项羽隐瞒了其他更复杂的指示。

"虽然先于沛公和吕将军行军让我于心不安，但我的军队尚未感到疲惫，请允许我做前锋。"项羽主动担下前锋的任务。

此时三人还不知道定陶已经陷落。定陶县令和部下见项羽的军队西去便放松了防备，结果被从北方赶来的项梁突袭。项梁让侄子的军队离开定陶，使得城内防守松懈，自己乘虚而入。于是难以攻陷的定陶城转瞬间便被攻陷。项梁进入定陶，控制了济水下游的交通，随后将上游地区的城池一个接一个地攻下，最终控制了整个济水的交通。不久后，刘邦得知此事，不由得赞叹武信君是出类拔萃的战略家。

战国时，济水下游的沿岸各县几乎都属于魏国。比起黄河，它的支流济水为沿岸的土地和百姓带来了更多丰富的资源。只要明白此事，就很容易推测出魏国曾是各国中最富裕的国家，极尽荣华的魏王甚至想取代周王成为天子。荣华过后，魏国陷入了与秦国的长期对抗，生活变得艰苦，最终屈服于秦国。因此住在济水河畔的旧魏国百姓尽管比不上楚国人，但反抗秦朝的情绪也很强烈。

济水沿岸的百姓见刘邦、项羽、吕臣等将军率军西征，有不少人被三位将军所引而加入军队。上文提到陈豨与靳歙加入了刘邦的军队，不过得到贤才的并非只有刘邦一人。项羽在路过杨武县时也得到了奇才陈平。陈平身材高大，容貌俊朗。

项羽并非陈平的第一任主公。他得知魏咎起兵称王后，立刻召集年轻人前往临济投靠到魏咎旗下，被任命为太仆。但是因他人进谗言而逃到了阳武。

陈平心下决定这次要奉有武德的人为主公，要投靠毅然抗击秦军的将领。他在心中审视项羽和刘邦。

目前大家对刘邦的评价更高。

但如今天下的宰相是武信君，掌握王朝军事力量的人是项羽。既然如此，在军事上百无一失的刘邦反而会成为阻碍，恐怕今后会遭到贬斥。

好，我决定了。

陈平加入了项羽的军队，但并没有受到厚待。项羽尽管得知陈平是魏咎的太仆，也只是说了一句"你能驾驭战马啊"，此后便不再搭理他。因为项羽本人能够骑马，因此并不需要马夫。

项羽和刘邦继续向西行军，终于到了卷县。黄河与济水在卷县以西分流。楚军到达卷县，说明楚国已经控制了济水的水上交通和沿岸的所有地带。

既然来到此处……

刘邦继续向西前进，感受到黄河上吹来的风。黄河是一条浑浊的大河，河面很宽，在遥远的对岸是河内郡。而卷县则位于三川郡的东部。

吕臣曾经是陈王的部下，刘邦见到他后问道："从这里向西就能到达荥阳。陈王的盟友吴广曾在这里久攻不下，这是一座坚城。我军是否应该进攻荥阳呢？"

"守荥阳的是丞相李斯之子李由。他是三川郡守，虽然并非武官，但战法老成持重。而且这座城建得很牢固，就算守将是平庸之辈也能坚持半年之久。"

吕臣这番话也许是在暗中为吴广辩解。无论是何等名将，要攻陷这座城池也并非易事。

"哈哈，看来我无法攻陷这里了。"

"不，如果是精通攻城战的沛公一定能攻陷，只是我军兵力不足，恐怕至少需要十万精兵。"

"十万吗？"

刘邦微微有些讶异。

这时吕臣的军吏疾跑而来，言简意赅地向他报告了一条消息。

"竟有此事！"

吕臣大悦，轻轻拍了拍手，立刻转身开心地告诉刘邦："好消息，李由不在荥阳，他正率军攻打雍丘。"

雍丘县并不在三川郡内，而是在砀郡的西部。荥阳是战略要地，李由之所以离开此地率军前往东边的砀郡，是因为在楚军沿济水北岸西进的时候，李由的军队正在从济水南岸向东前进。李由为了支援不断向西败退的秦军而离开荥阳，也许他在东征的途中得知雍丘县叛乱，于是打算进攻。

"把攻打荥阳的任务交给武信君，我们去攻打李由军。"

刘邦与吕臣达成一致，决定了楚军接下来的行动。

人们发起行动的原因分为表里两层。

李由必须坚守荥阳，却率领三川郡的士兵东征，其中自有急迫之事。

其父李斯因为触到皇帝的逆鳞被关进了监狱。

秦始皇在游幸途中驾崩以后，李斯立刻勾结宦官赵高，立末子胡亥为帝，并以莫须有的罪名陷害长子扶苏，使其自杀。但是秦二世对李斯和赵高两人亲疏有别，他无条件地信任赵高。李斯见秦朝暴政日益严重，内心忧愁不已，屡屡进谏，最终指控赵高想要谋权篡位。但是秦二世认为李斯的忠告多余，不过是在重复无凭无据的诬告，便囚禁李斯，命赵高调查此事。

诬告正是赵高擅长的手段，他立刻煞有介事地向皇帝报告："李斯父子意图谋反，私通东边的反贼。前几年，反贼的大军之所以能攻到咸阳城下，正是由于李斯的儿子李由将他们放过了三川郡。"

蒙上谋反的嫌疑后，李由不寒而栗，为了救父亲，他必须讨伐楚军，向秦二世送上捷报。尽管如此，楚军在济水北岸向西前进时，他为何要从南岸向东前进呢？虽然可以解释为收集情报的能力不足，但也有其他的可能。如果从雍丘向东北方前进，经过外黄可以到达定陶。如果李由已经得知项梁攻下了定陶，将那里作为大营，那么他企图攻击定陶反而证明他有优秀的情报收集能力。但是李由并不知道泗水北岸的楚军正在折回身来迅速接近雍丘。

"就在那里。"

项羽兴奋地看着雍丘城下林立的黑色旗帜。敌方的兵力大约有两三万人，但项羽在确认敌方的兵力之前就冲了过去。刘邦见此情景，率军从左边包抄，吕臣则从右边包抄，两人打算从两翼包抄李由的军队。这是一场名副其实的野战，李由的军队在项羽猛烈的进攻下一下子散开。

在此之前，项羽亲自率领的军队未尝败绩，他至今为止参加的战斗也几乎没有败绩。在与刘邦和吕臣等人并肩作战的过程中，他指挥作战的能力有了飞跃般的长进。此时，他的用兵可以说是天下最强。项羽自己并没有意识到这一点，也没有因此而自满，只是刘邦见到项羽军队强大的破坏力后曾对卢绾和夏侯婴说："幸好他不是我们的敌人。"

李由军在项羽军的冲击下被击溃。李由曾经坚信秦军的强大，如今军队被如此轻易地击溃，他茫然若失。他眼中的天地变得昏暗，不久便消失了踪影。李由死在敌人刀下。

不久后，李由的父亲李斯也被处死。自此，秦朝落入赵高一个人的手中。

楚军高奏凯歌。

传递捷报的使者前往定陶。李由死后，三川郡很快便被平定。

吕臣说："要不要先回定陶？"

项梁得知此次辉煌的战果后，也许会重新制定战略，下达新的命令。北路军和南路军在定陶会合，由项梁亲自率领大军向西出征的日子就要来了。

项羽说："回定陶之前，我想先拿下附近各县。"

雍丘附近的县有东北的外黄和西北的陈留。

"那就在回程时攻打外黄吧。"

吕臣接受了项羽的意见，楚军在前往定陶的途中进攻了外黄县。

外黄县啊……

对刘邦来说，这是一座熟悉的县城。他年轻时仰慕外黄县县令张耳，在张耳家里做过几个月的食客。不过如今的外黄县县令并非张耳。

楚军势如破竹，理应轻松拿下外黄县城，但是这座城却抵挡住了楚军的进攻。

"沛公！"项羽心下焦急，叫来刘邦询问他是否可以改变进攻的目标，让进攻外黄县的楚军突袭陈留。

"此计可行。"

过去，进攻定陶陷入僵局时也采用了同样的计策。刘邦接受了项羽的意见，立刻掉转军队向西进发。吕臣的军队留在外黄城下，送走了其余两人。

外黄和陈留之间流淌着两条河流。陈留附近的睢水是一条大河，由于连日降雨水量增加，渡河十分困难。刘邦在睢水东岸停住脚步，对身边的人抱怨："看样子无法发动奇袭。"项羽军果断地开始渡河，但是见兵马乘坐的木筏的绳索被急流冲断，木筏本身也被河水冲走，就连项羽也不得不停止了渡河。

"留在水边很危险。"

刘邦听了曹参的进言，寻找了一处高地让士兵露营。如果睢水在夜间泛滥，不光是刘邦军，诸将的军队都会被水淹没冲走，就此覆灭。

第二天，睢水的水势依旧凶猛。

要不要撤退呢？

刘邦去见项羽，商量之后的策略。

正在这时，吕臣的军队快速靠近二人。两人接到报告后不再商量，走出营帐迎接吕臣。不一会儿，吕臣跌跌撞撞地跑了过来。刘邦见吕臣如此仓皇，皱着眉头想：莫非发生了大事？项羽在他身边微微笑着。

吕臣气息奄奄地站在两人面前说："武信君被章邯杀死了。"说完，他仿佛被人抽干了力气，坐在地上哭了起来。

刘邦心想：守在濮阳的章邯手中不是只有一万多名士兵吗？他觉得一阵晕眩，也跌坐在地上。项羽面色苍白地站在原地，颤抖着嘴唇简单说了一句"撤军"，快步离去。刘邦和吕臣面面相觑，都在想如果章邯已经发起反击进入定陶，那此处就会很危险，必须立刻向东前进。

雨势很大，雨点仿佛要击穿地面。

再次出发

项羽最先拔营而去。

诸将慌忙跟在项羽身后，由刘邦和吕臣殿后。

竟然会发生这种事。

刘邦现在依然不敢相信项梁已死。

章邯军向项梁所在的定陶发起了奇袭。在东阿城下，章邯被项梁的奇袭击败，连连败走，蜷缩在濮阳城内。但是他逐渐召集散兵以增强兵力，突袭定陶杀死了项梁。

也就是说，章邯以牙还牙，靠奇袭取得了胜利。

"不过，我怎么都想不明白。"刘邦在车中用车夫夏侯婴能听到的音量说。濮阳到定陶大约有一百八十里路程，军队就算昼夜兼程也要花上两天时间。考虑到这些天来连日降雨，道路十分难走，可能需要花两倍的时间。在这段时间里，章邯军真的能隐藏自己到达定陶吗？

"濮阳和定陶之间没有其他县城，只有一个村落。章邯是摸清了所有情况后才决意实施奇袭的吧。"

夏侯婴很清楚道路的情况。

"原来如此。"

刘邦心情阴郁。接受项梁的死也就是失去了希望。项梁建立的楚国也失去了支柱，只能就此灭亡。另一方面，击败项梁的章邯东山再起，将以近十万兵力开始平定东方。刘邦手中虽然有一万多名士兵，但完全不是章邯军的对手。

要和吕臣联合吗？

这也是一个方法。

沿着睢水向东前进，刘邦来到砀郡郡府睢阳附近，这里已经离砀县不远了。军吏骑着马前来报告。

"有人率百名左右的士兵前来投奔沛公，您要见他吗？"

"见。"

刘邦认为此人一定知道这支军队正在撤退，却依然想投奔，必定很有骨气。

没过多久，这个壮年男人就被带到刘邦面前，他看起来并不勇猛，反而有些温和。

刘邦的猜测并不准确，他询问道："你并非出身于武将之家吧，而且你身上没有泥土的气息，也不是农民。你是商人吗？"

男人略施一礼回答："正如您所说，我是卖缯人。"

卖缯，就是做丝绸买卖。

"你叫什么名字？"

"灌婴。"

刘邦不仅眼力好，耳力也不错，只凭借此人的长相和声音就能看透他的本质。

此人善于应变。

刘邦心下断定。然后他说："商人对各地的情况十分了解，能很快听到传言，你应该已经知道楚国武信君在定陶被章邯杀死的消息了吧。"

"我有耳闻。"

灌婴沉着地说。

"楚国的宰相已逝，而且楚王年事已高，无法亲自率领诸将，因此军心涣散。我也不过是惧怕秦军而退却的将士之一，也许很快会没落。你为何要特意选择前来投奔我呢？"

面对刘邦的疑问，灌婴毫不犹豫地回答："始皇帝为百姓带来了和平，但他是否施仁政，恩泽全国的百姓了呢？并没有。所有百姓被皇帝一个人随意使唤。二世更甚，他施行的苛政与夏桀商纣相比有过之而无不及，因此天意让秦朝衰落。章邯无论是多么优秀的将领，都无法撑起逐渐衰亡的王朝。既然如此，天命落于何处呢？"

"天命……呵呵，落于何处呢？也许正在虚空中彷徨吧。"

灌婴看着刘邦的笑容，冷静地说："天命在民心之中。与百姓最亲近的人正是沛公，因此我愿意跟随您。"

他的话并非讨我欢心的阿谀之语。

"从你的话中可以看出，你是有信义之人。好，从今天起我任命你为中涓。"刘邦盯着灌婴片刻后，立刻任命他为近臣。

刘邦又得到一位人才。不光是将人才收入麾下，刘邦还擅长立刻发挥人才的作用，让他们在适合自己的地方发挥才能。灌婴一下子被提拔为中涓，受到亲信一般的待遇，感动不已。

我没有看错人。

灌婴坐在离开睢阳的车中，暗自松了一口气。原本，灌婴的想法很精明。如今刘邦并非处于上升之势，而是处于下降之势，此时投奔他，就像在商品降价时买入一样。如果刘邦的运势一路下滑就此失败，那么灌婴以自身为本钱的投资就会以失败告终，就此覆灭。但他带着投机的心理猜测沛公一定会东山再起。不断取得胜利的人一定会遭到致命的失败。不只是项梁，章邯也是如此。而刘邦在一方小股势力的首领雍齿面前就遇到了麻烦，后来又大败于章邯的部属司马仁，在军事上已经屡屡失败。因此灌婴认为从今往后，刘邦既不会一路取胜，也不会一味失败，而是会平稳地迎来命运的上升之势吧。

大赚一笔后必将损失惨重。

这是商业上的规律。灌婴并非能超越规律，在商战中连战连胜的富商。灌婴认为离开商界，追随胸怀宽广的刘邦就是正适合自己能力的选择。

换句话说，灌婴感受到了自己作为商人的上限。

言归正传，周苛和宁君率军出城迎接来到砀县附近的刘邦。刘邦见到两人后苦笑着说："这真是晴天霹雳啊。"他将砀县看成第二故乡，所以表情和语气都放松了下来。砀县的百姓和士兵忠厚纯朴，是最支持刘邦的人。

"有客人。"

两人将吕臣引上前来。

"啊，我不是……"吕臣并没有打算以刘邦客人的身份自居。

刘邦对他说："你在城中住一晚吧，我想和你商量今后的事情。"而吕臣此时明显露出了犹豫之色。

是这么回事啊。

刘邦看出了他的心思，特意用开朗的声音说："我现在已经筋疲力尽了，没有力气蓄谋在城内杀你。"周围的人都笑起来。刘邦和吕臣一起进入城中，设下了简单而精致的宴席。为了让吕臣放心，刘邦没有佩剑，出席宴会的其他众臣也都手无寸铁。

刘邦边吃边说："项羽大人已经先行回到楚王身边，此时正在联系诸将，召集他们回到楚王身边吧。"

吕臣点点头："上柱国陈婴大人德高望重，诸将都希望听从他的指示。"话中隐含着对项羽的批评，他认为经验丰富的诸将并不会响应年纪轻轻的项羽的号召。

"如今楚王身在盱眙，就算诸将都聚集在那里，又能否击退秦军呢？我认为楚王转移到彭城，诸将在城外布阵坚守才是最善之策。我留在砀县，阻挡住从西边攻来的秦军。"

听到刘邦的话，吕臣露出疑惑的目光。

沛公不打算抛弃楚国吗？

刘邦看穿了吕臣的心思。

此人的心思都写在脸上了。

刘邦并没有轻蔑之意，他对吕臣心存善意。他断言道："我从来没有背叛过他人。既然决定效忠楚国，就会坚持下去。只有当楚王背叛了我，我才会抛弃楚国。"

吕臣似乎被刘邦的话打动，诚惶诚恐地说："我并非怀疑沛公背叛。在此前的追击战中，很多将领倾慕于沛公，他们一定希望仰仗沛公，听从沛公的指示。然而沛公却不在楚王身边，因此我不由得深感不安。"

"多谢抬举，但参加追击战的不止我一人，还有黥布和蒲将军。与他们相比，你我只是后来之人，我们并不在王朝的权力中心。要将此事谨记于心，不要摆错自己的位置。"

虽说王朝不过是一个组织，但刘邦认为它也是有血肉、有思想的。自己只有区区两个月的战绩，如果大肆宣扬，一味冒进的话，必然会遭到排斥。该进则进，该退则退，方能渡过此次难关。

"如果没能渡过难关，你我和楚王都只有一死，因此应该放弃私心团结一致。"

"我明白了。"

第二天一早，吕臣带着对刘邦的信任离开砀县。

那天没有下雨，空中阴云密布。

刘邦抬头看着阴沉的天空喃喃道："什么时候才能放晴啊……"

随后，他召集重臣和近臣，对他们说："章邯擅奇袭。砀城虽有遭到突袭的可能，但恐怕章邯的目标并不在此。他应该打算杀掉楚王。"刘邦命令多名侦察兵出城在三面巡察。

但是，三天过去了，五天过去了，并没有传来章邯军南下的消息。也许机智的章邯在等待敌人放松警惕的时机。刘邦想到此处，在十天里始终保持着警惕。

萧何和曹参一同前来报告。

萧何说："有两三名侦察士兵带来了同样的消息。"章邯攻下定陶后没有停留，而是率军向北方前进，也有人说他渡过了黄河。

刘邦的眼睛中重新燃起了生机。

"章邯打算攻打赵国吗？"

曹参推测："尚不清楚这是章邯自己的判断还是皇帝的命令，但章邯应该确实率主力军队渡过了黄河。而黄河以南的秦军只是一支别动队而已，以他们的兵力不会攻击这里。"

我们得救了。

如果章邯亲自率领十万名士兵攻打砀县，百日后，刘邦必将和魏咎一样被火烧死。在这百日之间，恐怕楚国的援军不会到达这里。刘邦在心中暗笑：说不定只有项羽会率领援军前来。

总之，这场危机已经过去。

"消息应该也传到了楚王那里。虽然现在可以放心，但困难还在后面。"萧何一一阐述了今后的问题。由谁来辅佐楚王，由谁来管理国政，由谁来率领诸将与秦军作战？应该会有将领只愿意追随项梁，而不愿意追随其他统帅吧。

曹参断言："只有沛公才能统领诸将。"

萧何不由得正视着刘邦："您准备背负起楚国的重任了吗？"

刘邦移开了目光："这种事怎么能由我来决定呢？"

原本，楚国是项梁建立的王朝，其中充斥着楚国人对秦朝的怨恨。但刘邦起兵并非出于对秦朝的怨恨，而是为了匡正秦朝的错误。他认为如果不能匡正秦朝的错误，就无法保护沛县的人民。在这一点上，刘邦对秦朝的憎恨远不如楚国人深重。

刘邦转过头来自嘲地说："我的志向不如武信君远大。我只是想要保护弱者，帮助被欺负的人而已，从没想过建立王朝。"

"但是，就算您这样想，楚国也不会放过沛公的。"

曹参猜测楚王一定会派使者前来。果不其然，几日后，楚王的使者到达砀县，传达了楚王的命令："楚王任命沛公为砀郡之长，封为武安侯。"

砀郡之长即砀郡郡守，因为楚国不想沿用秦朝制定的官职，因此使用了"郡长"这一官名。使者说，楚王已经从盱眙转移到彭城，定彭城为首都，吕臣和项羽分别在东西修筑营垒，做好了迎击秦军的准备。但是秦军并未南下，反而北上攻打赵国，因此彭城解除了警戒，楚王召集诸将商定今后的策略。

"哦？这真是难得。"

看来楚王虽然年事已高，但并不甘于做楚国的摆设，而是有自己的想法，精神矍铄，打算亲自指挥诸将。刘邦略感吃惊。

看来他真的是怀王的后裔啊。

人在危急时分就会露出本性。刘邦相信楚王真的是怀王的孙子。

"我将即刻前往彭城面见楚王。"刘邦回答使者。

三日后，刘邦只带领五名重臣和五百名士兵出发前往彭城。

雨依然在下。

离开砀县，大约一路向东走就能到达彭城，两座城相距不远。

出城迎接刘邦的吕臣见他只带了少量士兵前来，微感失望，责备地问："只有这些士兵吗？"

"怎么能让砀县空着呢？对方可是章邯啊。"

"章邯已经渡过黄河去攻打赵国了。"

吕臣似乎在嘲笑刘邦的消息不灵通。但是刘邦表情未变，暗暗告诫吕臣："章邯的战法奇诡，昨天还在黄河北岸，今天就到了南岸。我既不喜欢巧计也不喜欢突袭，唯独不会忘记要谨慎行事。"

吕臣咬住嘴唇心中微怒，仿佛为自己的乐观而感到羞耻。他垂下目光轻声说："后天，楚王有宣命。"

"我知道了。"

随后，刘邦见到陈婴，又见了项羽。项羽依然沉默寡言，但是听了刘邦的悼词后流下眼泪。

第二天，刘邦拜访了之前战斗中相识的诸将，注意到他们频频提到宋义的名字。刘邦初次听说这个名字，更不用说见过此人。但是，诸将说宋义曾经是楚国的令尹（宰相），楚亡后，宋义也落魄了，但他颇有见地，于是成为项梁的谋臣。然而，在东阿城下大破章邯后，项梁志满气骄，宋义屡次劝诫："章邯未死，这样下去他就会被召回朝廷处死，因此他必然会发动突袭，扫清恶名。请务必不要对濮阳放松警惕。"项梁不厌其烦，打发他出使齐国。

宋义离开定陶前往齐国时，心怀不满，回头咒骂："取胜后主将骄傲，士兵懈怠，此等军队必败。武信君难道没有发现手下的士兵都变得懈怠了吗？"

在路上，他遇到了齐王的使者高陵君显。高陵君准备去见武信君。

"既然如此，你应缓步前行。若徐行，便可免于一死，若疾行，将被卷入祸端。"

宋义预言了项梁之死，让高陵君逃过一劫。

高陵君如果匆忙赶赴定陶，也许会被章邯军杀死。他一得知定陶陷落，便立刻转变方向拜谒楚王。此次谒见中，高陵君极力推崇宋义："我在途中遇到宋义，他预料到武信君注定战败而亡。几天后，那支军队确实遭遇了失败。宋义在未战之时看出军队的失败之兆，可谓熟知兵法之人。"

宋义是何等人物？

宋义的远见卓识引起了楚王的兴趣，楚王重新召回宋义，万事皆要询问他的意见。

宋义是辩论家。

他的计划皆有道理，楚王深感佩服，于是任命宋义为上将军，地位在诸将之上。

"上将军！"

刘邦一惊。上将军与元帅无异，过去天子亲率大军时会自称上将军，意思是天下独一无二的冠军。

"项羽大人被任命为鲁公，同时担任次将，范增大人被封为
末将。"

刘邦听后心想：原来如此，范增被贬了。楚王认为范增在项
梁身边，却没能像宋义那样提出谏言，以致项梁战死。

刘邦了解楚国政治中枢的大致变化后，并没有去见宋义。

第二天早上，头顶晴空万里，聚集在彭城校场上的诸将几乎
想为之欢呼。

阳光照进校场时，楚怀王出现了，诸将一齐跪拜在他面前。

白发苍苍的楚王落座后，诸将也坐了下来。

鸦雀无声。

甚至没有咳嗽声。

"诸君，"怀王缓缓开口，声音中气十足，"我大楚王朝失
去了伟大的武信君。但是，并非已经陷入累卵之危。如今，陷入
危局的是赵国，陷入危苦的赵王派使者前来求援。我有心相助，
但军队自有其战法。过去魏军包围赵国都城，赵王向齐王求援。
齐王派出援军，但并没有赶往赵都，而是前往攻打魏国都城。因
为魏军的精锐尽数出征，留守魏都的都是些年老力衰的弱旅，如
今的秦朝同样如此。因此——"

怀王深吸一口气："我想进攻关中。诸君中有谁愿意向西出征
平定关中？先入关中者为王，如何？我既然在诸将面前承诺了此
事，必将恪守约定。"

诸将一阵喧哗，之后马上陷入沉默。

曾经有过失败的先例。

周文受陈王之命攻打咸阳，率领数十万大军却依然战死沙场。如今就算从彭城出发西征，也无法召集起数十万名士兵。而且咸阳距离遥远，从这里到咸阳之间有数不清的秦朝城池，还有以函谷关为首，难以攻破的秦朝关卡。

此行无异于送死。

诸将胆怯。

有一人意欲起身，打破寂静。

是刘邦。

坐在他身边的吕臣一惊，拉住了刘邦的袖子。

如今，刘邦与吕臣是意气相合的朋友。无论怎么看，刘邦都不会加害于楚国。

吕臣之所以为楚国存亡煞费苦心，是因为他被封为司徒。司徒即行政长官，相当于首相。楚国的特殊之处在于司徒之上还有令尹和上柱国。吕臣的父亲吕青被封为令尹，父子二人必须共同管理楚国。

上将军宋义迟早会率领楚国的主力军队离开彭城与章邯一战。吕臣留在彭城，还指望以后能仰仗刘邦统率军队。

但刘邦却不知被什么冲昏了头脑，起身想要平定关中。

吕臣伸手拉住了刘邦的衣袖，一句"且慢"并未说出口。

但是刘邦轻轻拂开他的手，起身对怀王说："臣愿意出征。"

怀王点点头，环视诸将，在窸窸窣窣的声音中问："还有其他人吗？"

然后，又有一人起身，是项羽。

"我愿与沛公同行。"

项羽和诸将关系都不亲近，唯独与刘邦亲近。

"嗯，还有其他人吗？"

再无旁人应声起身。

"好，我将立刻选出适合率军远征的将领，改日公布。"

楚王说完，命诸将散去。

紧接着，吕臣咬牙切齿地劝刘邦三思："沛公，不可出征啊。"

刘邦微微笑着，语气和缓地说："你担心我会死在路上，这让我很高兴，但楚王的计划是正确的。只要进攻秦朝都城，攻击赵国的军队自会退去。既然必须有人去做此事，就由我来。信陵君如果在此，一定也会这样说吧。"

信陵君吗？

吕臣心下一软。

信陵君也曾救过赵国。他夺取兄长魏王的军队，击败包围邯郸的秦军。虽然这是一项义举，但他深知自己不该无视兄长的命令，尽管天下人皆为他叫好，他依然谦虚谨慎。刘邦尊敬信陵君这样的人，和信陵君一样经历过亲人无法理解的苦难。

吕臣问："信陵君虽然大败秦军，但是并没能攻陷秦都。您是想继承他的遗志吗？"

"请您将我选为西征将领。"

刘邦并没有回答他的问题，向吕臣略施一礼后走出城外。在城门处等待刘邦的萧何和曹参听说他要平定关中，惊讶不已。

这就像一叶扁舟想出海，必将遇难沉没。

不过，两人的惊讶和犹疑很快消失了。

主公是想离开楚国。

留在砀县的决定也表现了这一想法。但无论是留在砀县还是移居彭城为楚国带兵效力都绝不能说安全。另外，刘邦也不愿意被上将军宋义指使差遣吧。

"这才是刘邦的作风。"

萧何认识年轻时的刘邦，他觉得这正是刘邦不为强权屈膝的性格。

曹参认同萧何的看法，又冒出了一个天马行空的想法："也许主公是想去西边见见子房。"

两人都不知道张良的消息。但是既然没有听说他死去，张良应该依旧在辅佐韩王（横阳君）作战吧。旧韩国是现在的三川郡，刘邦如果出征前往西边，一定会经过三川郡，这样一来就能再次见到张良。

刘邦在城门处见到萧何与曹参，开朗地说："你们都听到了吧。"他似乎心情愉快，脸上带着解脱的神色。

"我听说项羽希望和您同行。"萧何的表情并不明朗。

"我理解项羽大人的心情。他见是我提出要出征，立刻提出希望同行，恐怕他是不会与其他人同行的吧。"

曹参讽刺地对萧何说："项羽性格孤僻，却独独喜欢沛公啊。"

"就算他喜欢沛公，我可不喜欢他。"

萧何明确地表示他讨厌项羽。他负责行政工作，多少会经手些民间的事务。他站在统治者和被统治者之间，对双方都有了解，希望做出有利于双方的事情。当他不得不实施践踏被统治者利益的政策时，内心总是痛苦的。就算是秦始皇把全国百姓都当成奴隶看待的时候，萧何也没有置县里百姓的尊严于不顾。因为萧何带着这样的思想，所以他不得不带着怀疑的眼光看项羽：此人眼中是否有百姓？

项羽始终着眼于战争，并非治国之人。当楚国成熟后，项羽一定会负责军政，而绝不会负责行政。但是将军在胜利后，或者攻陷一座县城后，必须负责行政事务，有时这些事比打胜仗更加重要。可以说行政是要发挥人的力量，但项羽却把人都赶尽杀绝。一座县城如果所有人都死了，确实就不需要行政了。如果项羽始终如此，那他所过之处将再无生者，极端地说，如果项羽代替宋义当上了上将军，中华大地的人口将减少一半。

真不想与项羽一起出征。

萧何殷切地希望。曹参虽然没有萧何那样露骨，但表情也并不舒展。

两天后，只有刘邦接到了怀王的命令。

"命武安侯、砀郡郡长平定关中。"

刘邦行拜稽首之礼。原本跪拜之礼是下跪摘取脚边花草的姿势，表示接受对方的要求。拜稽首是跪拜之礼的最高等级，要以额头贴地。

刘邦接下任务后问令尹吕青："为谨慎起见，烦请相告，受命远征的只有我一人吗？"

"正是如此。此次出征恐怕将耗时良久，如果是沛公，定能成功归来。我期待西方吹来的祥瑞之风。"

刘邦感到这并不是表面的寒暄。只是这一句话，刘邦就看出了吕青的为人，向他行了一礼："我的军队在砀县，因此将从砀县出发。此次出征无法一一汇报途中情况，还请您多多包涵。"

"兵书有言，将在外君命有所不受。一切按照将军的意思行事，楚王及我等绝不会出言责备。"

吕青话中的意思是楚国的领导者信任刘邦，这都是吕臣的功劳。

"告辞。"

刘邦快步离开。萧何与曹参立刻迎了上来，在两人开口询问之前，刘邦便告诉二人："项羽大人不会与我共同出征。"两人的眉头舒展开来。

怀王身边的老臣们反对项羽西征。他们心存恶意，评价项羽是"僄悍猾贼"。僄悍写成剽悍更容易理解，是指动作迅速粗暴。猾是指狡猾，贼是指坏事之人。

"项羽曾进攻襄阳，城内生者皆被其坑杀。项羽所过之地皆被破坏殆尽，生灵涂炭。"

老臣们认为重蹈先人覆辙是愚蠢之事，先人指的是陈王和项梁，两人都失败而亡。

这都是因为二人尚武。

老臣们得出结论。为秦朝暴政所苦的不只有东边的百姓，关中的百姓也被任意驱使。既然知道这点，就应该明白平定关中不能倚仗武力肆意杀伐。只有刘邦能代表楚国的这一宗旨。项羽若是出征，必将在关中肆意破坏，遭到关中父老的反感。

"因此不得派项羽出征。"

怀王接受了老臣们的意见。

"为何只有沛公得以出征，而我不行呢？"

项羽大怒，左右皆惧。他的想法很简单。

楚王不想让我做关中王。

找到这个受雇于人的放羊人，将他扶上王位的不正是季父吗？我是武信君的侄子，他如果还记得季父的恩惠，就应该允许我西征，如今武信君已死，楚王就忘记他的恩情了吗？如此忘恩负义之人，我不愿再为他效力。

我不会忘记这份仇恨的。

项羽下令出征，属将和近臣皆大惊，纷纷劝阻"万万不可"。项羽松开手中的鞭子，席地而坐，望着西方的天空喃喃自语："吾欲与沛公一同出征。"如果此时刘邦和项羽并肩西行，历史将会走向何方呢？

天空并未落雨，风呼呼地吹着。

今年有两个九月，也就是闰九月，风中寒意渐浓。

刘邦离开彭城后问车夫夏侯婴："我并不认为这是我最后一次见到彭城，这是何故？"

夏侯婴心想：哈哈，刘季难道不打算回到东边了吗？口中回答着："当然是因为沛公会回到彭城了。"

"为何要回来？"这句话更像是在问自己。

夏侯婴直言不讳地说："最惨不忍睹的情况就是在途中大败于秦军，然后狼狈逃回彭城。不过，那样沛公就会在彭城的集市上被处死，以儆效尤。"

"这我明白。就算军队溃败，我也绝不会逃回来。"

"是吗？这样的话就应该是出色地平定关中成为关中王，为了正式受封回到楚王身边。"

"嗯，有道理。"

虽然口中说着这样的话，但刘邦的表情和声音都略显迟疑。夏侯婴疑惑不解。

"你不满足于做关中王吗？"

"不，并非如此。也许这只是我自己的感觉，彭城笼罩在一片阴影中，是阴气。对我来说，彭城并非祥瑞之地。既然如此，我为何会再次见到彭城呢？"

"这个问题很难回答，"夏侯婴驾着马车沉默地走了一段时间后，说出天马行空的想法，"如果沛公没能成为关中王，就是说变成了平民。当然我也一样，只能是在回故乡沛县的途中经过彭城了。"

"原来如此，你我都再次变成了平头百姓吗？如果秦朝东山再起，你我将无法重回故乡。也就是说，是新的王朝平定了天下，你我得以安享晚年吗？这样倒是不错。"

刘邦终于笑了起来。

回到砀县后，刘邦立刻召集重臣和近臣，向他们说明与楚王的约定和楚国的宗旨。

众人哗然。

沛公如果最先进入关中，就能成为王。

也就是说，楚国将采取封建制度，封有功者为王侯。刘邦成为王之后，跟随他的人也许将不用再领俸禄，而会被封侯，得到食邑。

简直像在做梦。

在秦朝，连皇子的儿子都没有国土，臣下就算立下不世之功也得不到一寸土地。如果刘邦进入关中，就能打破这种断绝人们希望的制度。

听过刘邦的话后，人群中充满活力。

刘邦又说："我军的目标是关中，但并非直接向西前进。不久后，卿子冠军将从彭城出发支援赵国。我们要为那支军队扫平前路。"

上将军宋义率领的军队叫作卿子冠军。过去，代替天子统领军队的大臣被称为卿士，这支军队的名字就来源于此。无论是上将军还是卿子冠军，都可以看出宋义尚古，更体现出他装腔作势。

三天后，刘邦在砀县留下两千名士兵后向北方出发，兵力不足一万。

如此甚好。

刘邦心情放松。

以前，他与项羽共同扫荡敌军时，总是被一根看不见的绳子拴在项梁手上，仿佛是猎人的鹰犬。而这次他感受不到绳子的束缚，而且不到一万的兵力机动性强，不用担心兵粮不足。

刘邦军避开孟渚泽向西北前进。前方就是安阳，曹参问道："我们该如何行动？"刘邦打算越过济水后前往城阳。

"进攻。"

这支军队训练有素，刘邦当机立断。

刘邦军攻下安阳。

虽然此消息确凿无疑，但史书中对刘邦军此后的进攻路线记载并不明确。不知是此时还是在后来，攻下安阳的刘邦军似乎接到了"秦军在杠里"的消息，与杠里的秦军发生了战斗。如果杠里在安阳县中还容易理解，但有人认为杠里在安阳北边，城阳以西，与安阳相距甚远，这就当真难以理解了。

不过能够知晓的是，在杠里修筑营垒的军队将领是河间的郡守。但奇怪的是，当时并没有河间郡。河间国是此后的汉朝建立的，地处极北，与安阳和城阳都相距甚远。也就是说，后来的河间位于现在的河北巨鹿郡，因为张耳和陈余等人拥立赵王的军队进驻巨鹿，巨鹿郡守陷入了两难的境地。不过，除了在定陶杀掉项梁的章邯军之外，秦朝另有一支主力军从西边攻打赵国，因此巨鹿郡守得以脱离困境。后来，因为黄河以南兵力不足，章邯等秦朝将领命他率领郡兵去防守黄河以南。郡守离开巨鹿郡渡过黄河，在杠里筑营扎寨。

如果详细推测，事情就是这样。

但是因为继续推测下去就很可能被批评太牵强附会，因此就在这里打住。

攻下安阳的刘邦军转向东北方向，来到成武。东郡郡尉就在成武县中。丝绸商人灌婴在此地的战斗中立下大功。

刘邦军并没有对败走的秦军穷追不舍。

只需要驱散这里的秦军就好。

为了替后面的楚军主力扫清道路，刘邦军后来的行进路线曲折难料。

刘邦军继续北上，与杠里的秦军发生了激烈的冲突。

有不少在加入刘邦军时默默无闻的士兵后来被封为列侯，取得了食邑。

杠里的陈夫乞就是其中一位。

他虽然厌恶秦朝，但在拿起武器揭竿而起之前犹豫了很久。当他听说威名赫赫的项梁大破章邯军时心情复杂。

也许秦朝将就此衰败下去。

这是值得庆幸的事，但是他一想到今后将由楚国统治天下，心中便涌起了一丝忧愁。

过去的楚国有一项陋习。

政治中枢由王族子弟掌握，寒门出身的人绝对无法受到重用。出生在其他国家的人甚至没有为楚王效力晋升的机会。如果项梁建立的王朝统治了天下，这项陋习就会恢复，让天下人失望。人们会觉得如果是这样，倒不如让陈王做皇帝更好。陈王不重视门阀，不断提拔有能力的人。

事到如今，要加入楚军吗？

陈夫乞缩回拿着武器的手，失望地看着脚下的大地。

但是中原的形势突然发生了变化。

项梁被章邯所杀，楚军势力减弱。而秦军再次活跃起来，在中原地区铺开阵仗，如今正在攻打河北赵国。如果赵国屈服于秦军，燕、齐、楚都必将一一衰亡。

真不想看到这副情景。

秦二世比秦始皇更加恶劣，陈夫乞绝不想生活在他的暴政下。他抬起头，再次拿起武器。就在这时，刘邦的军队北上来到杠里。

沛公很好。

陈夫乞的直觉告诉他，如果要为他人效力，只能选择沛公。如果沛公称王建立政府，那应该会是一个与秦楚都不同的王朝。

"我赌沛公。"陈夫乞召集同伴飞奔出家门。

了解驻扎在杠里的秦军位置与兵力，加入刘邦的军队给他们带来消息的并非只有陈夫乞一人，这是因为刘邦的功绩和人品为庶民所熟知。有好几份关于秦军的情报传入军中。

"杠里有秦军的预备军吗？"

兵力是刘邦预想中的两倍，前方有秦军修筑的小型城墙。

"好，我们就一举击溃敌军。"

刘邦当机立断。他相信自己手下这支军队兵强马壮，并没有丝毫犹豫。

这是一场激烈的战斗。

不过，刘邦看出壁垒对面的秦军并非精锐，便放下心来。

战争持续了很久。但刘邦感到战争形势并无胶着之感，便问身边的弟弟刘交和卢绾等人："为何久攻不破？"卿子冠军应该已经离开彭城，那支军队将沿着刘邦军走过的路线前进，这样一来，前方的秦军壁垒会成为障碍，必须尽快开拓道路。

"好，明天攻破敌阵！"

第二天，刘邦亲自走出大营，在连绵细雨中来到敌人壁垒前鼓励军中将士。也许是他的鼓励起到了作用，刘邦军以怒涛之势越过了敌人的壁垒。

"冲啊，冲啊！"

刘邦在将士们身后不断大喊，想要爬上沾满雨水的湿滑壁垒。卢绾想要制止他，不禁大声呼喊他的名字。但是刘邦仍旧以剑为杖登上壁垒，俯瞰着下方的战斗。他一眼就看到了樊哙，樊哙的长矛一闪就能击倒数名敌人。在比樊哙更远的地方，有一个格外显眼的人。

"那是何人？"

卢绾看着刘邦所指的方向回答："是在横阳时加入军中的傅宽。"横阳是睢阳旁边的小邑。刘邦听说项梁的死讯后，在回砀县的路上曾途经横阳。在睢阳得到灌婴给他留下了深刻的印象，其实在那之前傅宽也加入了他的军队。

事后想来，刘邦军中人才辈出。一个人的才能在不同的境遇下可能得以发挥，也可能被抹杀。刘邦身边的人以及军队的核心大多是丰邑和沛县出身，但刘邦并没有因为过于重用他们而让军队变得保守封闭。后来跟随刘邦的灌婴、傅宽等人只要身处刘邦目力所及之处，就会感觉到刘邦在看着自己。就连与刘邦相距甚远的士兵都能感受到刘邦的目光。因此对他们来说，战场并非向秦朝报仇的地方，也不是执行命令的地方，而是表现自己的地方。这样的军队自然很罕见，而不可思议的是，这并非刘邦刻意营造的气氛。

言归正传，刘邦军终于击败了秦朝的预备军。他并没有穷追不舍，而是命令全体士兵拆除壁垒。如果不拆除的话，秦军再次驻扎在这里就会变得棘手。就在士兵拆除壁垒的时候，上将军宋义的消息传到刘邦耳中。

卿子冠军已经到达安阳，如今在那里停留。

已经是十月。之前已经说过，十月是岁首，是一年的开始。

不久，宋义的使者来到军中对刘邦说："上将军将从巨野泽以东北上，请帮助开路。"

"巨野泽以东吗？"

刘邦皱了皱眉，但他并没有询问原因。这是上将军的命令，他只能默默接受。使者离开后，曹参马上开口："您好不容易驱逐了杠里的敌人，楚国的主力军却不打算从这里前往黄河。"巨野泽是城阳东边的巨大湖泊，是中原最大的湖泊。从巨野泽以东向北前进就会到达齐国。

"上将军要去齐国……为何……"

萧何也不明白个中缘由。楚国的主力军从彭城出发到达安阳后便不再前进。楚军停下脚步应该是为了探察赵国的战况，却不知为何选择了巨野泽东边的路线，而不走西边。

"楚军要进攻齐国……不，不可能。"萧何自问自答。

如今，齐楚两国关系紧张。项梁救下了被困在东阿的田荣后，两国达成合作。但因为与田荣为敌的田假被田荣放逐后逃到了楚国，两国的关系恶化。

之前曾说过，田假和田荣都自称齐王，如今齐国有两位王。田荣对窝藏田假的楚怀王说："只要你杀了田假，我就派兵助楚国一臂之力。"

楚怀王拒绝了齐国的要求："他因为走投无路来到楚国，杀了他将陷我于不义。"

"那我就没什么好说的了。田假就如同蝮蛇之毒，过不了多久楚国就会中毒而死。"

田荣震怒，决定不再出兵帮助楚国。楚国为何要出兵攻打齐国呢？如果齐楚相争，得利的只会是秦朝。

"也许上将军自有计策。总之向东前进，为卿子冠军开拓道路吧。"

拆毁秦军修筑的小城墙花费了十几天，随后刘邦让军队向东前进。如果离开安阳后要从巨野泽东边北上，昌邑定会成为障碍。

此时，一名军吏来到刘邦身边。

"昌邑的彭越想拜见沛公。"

"昌邑的彭越是何许人也？"

没有人能回答刘邦的问题。

也就是说，彭越并非昌邑的豪族。

刘邦略感失望，向军吏问道："此人是要为我做向导吗？"

"也许正是如此，彭越麾下有千余名士兵。"

"你说什么？"刘邦心想彭越果然是昌邑的豪族，便同意与他见面。他一见到彭越的面容和装束便想到：此人是山贼吧。

不，巨野泽周围无山，他并非山贼，而是盗贼。不过，刘邦也曾经有过住在山泽中衣着邋遢的时候，不会因此看不起彭越。彭越的头发和胡子都很长，看起来像位老人，但古铜色的脸上并没有太多皱纹，想必正当壮年。

"你自称彭越，究竟是何人？"刘邦首先问道。

彭越缓缓抬起头回答："我曾经住在昌邑，后来因为住不下去便移居巨野泽，以狩猎为生。"他的声音平淡无奇，但有一个特点，就是不时会变得沙哑。

"只靠狩猎就能养活手下的上千人吗？"

"大家各自都在为了活下去而努力。这些人都是对秦朝的统治绝望而逃到湖边的人。最开始和我一起行动的不过数十人而已。"

"如今已有上千人了吗？看来你颇有威望。"刘邦看出眼前的男人并非坏人。

"不敢当。"

"可以说说你来见我的原因吗？"

"请您听我说。沛公经过此地是要去攻打何处呢？如果您打算攻打昌邑，我愿意尽微薄之力，因此才前来拜见您。"

刘邦认为彭越是想将昌邑的百姓从秦朝的苛政中解放出来，便毫不犹豫地对他说："是吗？真是太好了，你就在军队前方做我的向导吧。"

沛公果然气度不凡。

彭越听到刘邦出言果断，在心中确信自己的直觉没错。

在陈胜揭竿而起之前，彭越就来到巨野泽边与同伴捕鱼为生，因为只靠捕鱼无法维持生计，便集体做起盗贼之事。

后来陈胜在南边揭竿而起，接着项梁也起兵抗秦，另一个集团的年轻人前来邀请他："各地豪杰纷纷起兵抗秦，不如你也加入我们共同起兵如何？"

但是彭越没有接受他的邀请："双龙如今正在激战，我要先静观其变。"

他所说的双龙并非陈胜和项梁，而是指章邯的秦军和项梁的楚军。随后，他成为留在巨野泽边的人们的首领，不断攻打周围土地，收容从诸侯的军队中逃出的士兵，手下的人数超过了千人。

彭越得知项梁已死，章邯离开定陶和濮阳所在的东郡进入了赵国后，便想驱逐巨野泽南边县城中的秦军。但是虽然章邯的军队已到达黄河以北，但秦朝的城池和机动部队比彭越想象中多，以他的兵力什么都做不了。就在他不知今后该如何是好的时候，刘邦军北上来到了昌邑。

沛公吗？

刘邦并非楚军的元帅，而是机动部队的将领。他的军队攻陷了安阳，拿下成武，击败了杠里的秦军。彭越见这支军队来到了巨野泽附近，便猜测他们的下一个目标是昌邑。

"人们都说沛公德高望重。"

彭越并没有盲目相信手下人的话，他已经听说过刘邦战斗的风格，心想只要见一面，他就能知道刘邦是什么样的人，于是提出了拜见刘邦的请求。

沛公果然德高望重。

彭越深深地感觉到。他并没有因为要面见刘邦而特意打扮整齐。他想知道对方看到真实的自己时会做出什么样的反应。

沛公的眼睛……

那双眼睛绝不会通过外表判断他人，那双眼睛能在一瞬间看

透他人的本质，甚至能预测出他人的未来，令人感到畏惧。所谓
德高望重之人，是指年长而品德高尚的人，但是刘邦身上有一种
非同凡响的气魄。

彭越在一瞬间判断此人将来必将夺取天下，但他并不想被这
个念头所束缚。彭越不想让自己有过多的期望。就算刘邦成为皇
帝，他也不想依附于刘邦来发挥自己的才能。

如果可以的话，我想做一方霸主。

他并不关心中央政治。

彭越的队伍乱哄哄地走在刘邦军前面。

萧何见此立刻说道："无论怎么看，彭越都像是一个盗贼团
伙的首领。让那样的人留在您身边，这对沛公……"说到一半便
闭上了嘴。他一定是想说"这对沛公来说有损声誉"。但刘邦仿
佛想平复萧何的担忧一般劝说他："我过去也是贼人。不，就连现
在，我都是秦朝的贼人。而且我杀的人是彭越的百倍千倍。只是
我有正义作为借口，他则没有。他只是不想搬出儒学家那套繁复
的哲理，想自由自在地生活而已。"

刘季真是不得了的人物。

萧何在内心咋舌。刘邦的眼界远高出常人，能在一瞬间判断
出什么应该接受，什么应该排除。但是，萧何想，刘邦万一真的
当上了皇帝，应该排除的东西也必须接受。到了那时刘邦会如何
选择呢？

萧何看到刘邦军的红色旗帜被雨水打湿，看起来十分沉重。
如今已是十月中旬，雨水冰冷刺骨。

刘邦在到达昌邑前听彭越说了这座城的弱点所在，于是决定
改变包围圈的兵力。为了攻击城墙的弱点，他决定特意减少薄弱

方向的兵力，连续几天不温不火地攻击。

靠近昌邑后第五天，攻击开始。又过了五天，军队突然改变战术，突袭城墙的薄弱处。但是刘邦的军队并没有能够越过城墙。那里防守严密，仿佛是在嘲笑彭越的建议。

彭越挠着头向刘邦道歉："城墙改建过了。我不知道此事，出了一个馊主意。"

这下该如何是好？

进攻陷入胶着。不过包围昌邑等待发动猛烈进攻的刘邦军并非白费劲，宋义得知刘邦的军队将昌邑的士兵困在城中后，终于离开安阳向北前进，通过刘邦军队身边到达了无盐。无盐在巨野泽的东北方，从那里跨过郡界就能进入济北郡。现在济北郡是齐国的一部分，所以宋义的卿子冠军已经到了齐国的边境。他并不是来攻打齐国的，而是为了将自己的儿子宋襄送往齐国。

在宋义制定的战略中，一开始就不打算救赵。

如果要结盟，自然要选择齐国。

为了实现自己的想法，宋义向齐国派出密使，将儿子作为人质交给齐王田荣，以此来解决楚国与齐国间的矛盾。长期停留在安阳正是为了与齐国谈判。

我的儿子将成为齐国的国相。

对宋义来说，没有比这更令他开心的了。但是，因为与齐国的谈判和与齐王的密约没有告诉任何人，所以次将项羽心生疑虑，催促他尽快出发："我听说秦军在巨鹿包围了赵王。应该尽早渡过黄河，与赵国军队里应外合，这样定能击败秦军。"

目光短浅之人着实让人为难。

宋义心下反感，威胁项羽说："让赵国与秦朝相争，耗尽力气就好。今后，违令者当斩。"

严厉禁止属将提出不同意见后，宋义让军队缓慢前行。

军队通过巨野泽以东之后北上，来到遥远的无盐才停下脚步。这样一来不仅是项羽，所有将士都看出上将军并无意救赵。他们一定都心存疑虑，心想楚王命令上将军解救赵王，这不是违命吗？但是如果提出异议或者献上谏言就会被处斩，因此众人只能闭口不言。

宋义让军队停在无盐，为儿子举办了一场盛大的送别会。

刘邦始终没有接到详细的报告，只知道楚国卿子冠军到达薛郡北边，再次按兵不动。他推测：宋义是要抛弃赵国与齐国结盟啊。

宋义的战略并非不好，最初是项梁提出与齐国结盟的战略图景的。过去，楚国曾经定下合纵之计，与其他各国包括赵国在内共同攻打秦朝。不管怎么说，楚国在与相邻的齐国的交涉上花费了很长时间。两国时而为敌，时而为友。因为这段历史，楚国人会觉得自己了解齐国，但却不了解赵国。项梁的基本战略构想是联合齐国共同抗秦，在他身边的宋义继承他的想法也是理所当然的。但是从另一个角度来看，宋义的行为又容易被指责是"见利忘义"。

如今赵王的处境就像坐在一条在波涛汹涌中即将沉没的船上，在岸上看着的人怎么能不开船营救呢？

"上将军留在无盐是想等待齐军南下吧。"卢绾疑惑地说。

"恐怕正是如此。"

刘邦在心中估量：齐王发兵最快也要在一个月之后，慢的话要两个月。赵国还能撑到那个时候吗？

但是不久后，无盐突然起了祸端。

最先冲进刘邦寝室的是卢绾，他在刘邦耳边悄声说："宋义被项羽杀害了。"和往常一样，他的消息灵通。

"你说什么！"刘邦一跃而起，凝视虚空良久后终于开口，嘱咐卢绾保守秘密，"大家很快就会知道此事，这半日先不要声张。"

天亮后，刘邦立刻召唤彭越，向他告别："实不相瞒，楚国卿子冠军遭遇不幸，所以攻打昌邑一事就此告终，感谢你出手相助。"

不过，刘邦与彭越共同布阵一事在后来发挥了作用。这也是刘邦的德行之一。

和彭越交谈后，刘邦召集所有属将，告知他们："上将军已死，一切遵从怀王的命令。我认为今后的战略会有调整，因此决定撤回砀县。"诸将窃窃私语。这也难怪，宋义的死着实太过突然，背后必有隐情，众人都想知道真相。同时他们同意刘邦的决定，要暂时远离这件不吉利的事。

沛公的直觉很准。

如果楚军中发生内斗，那么退到斗争波及不到的地方实为妥善之计。

刘邦军与彭越的队伍分别，离开了昌邑。

又要从头开始。

刘邦心情略感沉重。

失去宋义后，楚军只会变弱。怀王是否能够处罚暗杀宋义的项羽呢？恐怕不行。过去曾有过类似的事。吴广曾经包围荥阳，他的属将田臧因为瞧不起他的统兵之才而将他暗杀。盟友吴广的首级被送到陈王面前，但陈王并没有惩罚田臧，而是将他提拔为上将。这次恐怕怀王非但不会惩罚项羽，还会封他为上将军吧。但是田臧不久后就在与秦军的战斗中战死。项羽的命运又将如何呢？

在行军的路上，时间已经进入十二月。

天空阴云密布，但并没有降下雨水。

前途依旧昏暗。

刘邦坐在车中，预感到事情并没有好转的迹象，忧郁在心中蔓延开。

军队一路南下，来到栗县附近。

军吏齐寿前来向刘邦报告。齐寿出身留县，因为留县与沛县相距不远，他从很早以前就开始追随刘邦。二十年后他被封为平定侯，那是刘邦死后很久的事了。

"发生了何事？"

刘邦见齐寿的表情并不严峻，在开口问前就猜到他带来的并非凶报。

"陈武将军在栗县附近。"

"哦？是吗？是来迎接我的吗？"

此次远征，过去的中军将领陈武负责留守砀县。栗县和砀县相距不远，也许陈武是听说刘邦军返回砀县的消息后特意前来迎接。

"陈武将军率领着四千多名士兵。"

"四千多名士兵……"

留在砀县的士兵应该只有两千多名。刘邦带着疑惑加快了行军的步伐。陈武也发现刘邦军正在靠近，便率军前往迎接，很快便来到刘邦面前。

"原来如此……"

刘邦了解了事情的原委。陈武率领的士兵是各地失去将领的散兵，因畏惧秦军而逃到刘邦的大本营砀县。在栗县不远处就有秦军驻扎。陈武并不打算独自攻打那支敌军，而是想联合魏军的机动部队。

"既然魏军在附近，就尽快联系他们。"

陈武接到刘邦的命令就立刻派出急使邀请魏将和魏军。几天后，皇欣和武满两位将军率领魏军前来。刘邦主动提出帮忙让两人大喜，将秦军的位置告诉了他。

"我知道了，立刻进攻。"

秦军说不定一直在留心魏军的动向，看到魏军的异常举动后，一定会注意到他们与刘邦的军队会合。刘邦想在被秦军发现前发起夹击，便让魏军绕到另一个方向，从两面夹击秦军。

两军发起快攻。

计划完美实现，刘邦军和魏军大破秦军。此前陷入苦战的两位将领愉快地向刘邦致谢："时隔许久，终于可以向魏王送上捷报了。"说完便离开了。

"魏军依然安好。"

刘邦带着感动的心情对周围的人说。魏豹在兄长被烧死后投靠项梁，离开彭城出发平定旧魏国时只带了数千名士兵。尽管如此，他依然接连拿下被秦军夺取的城池，兵力不断增加。魏豹作战十分顽强。虽然两名将领称魏豹为魏王，但魏军还在转战各地，尚没有根据地，自然也没有建立王朝。

恐怕韩军也是如此。

虽然包括刘邦军在内，黄河以南的军队都在奋勇战斗，但如果黄河以北的赵国被秦军所灭，恐怕三四十万名秦军就会越过黄河一举涌入中原吧。

必须做好准备。

回到砀县，刘邦在犒劳过从军将士后自己一个人独处时不由得心生恐惧。如今，平定关中不过是天方夜谭。

不久后，吕臣的使者来到砀县，向刘邦报告怀王封项羽为上将军一事。

楚王果然没能处罚项羽。

虽说这份让步是不得已而为之，但刘邦心中升起不好的预感，楚王今后也许会为此事而后悔。

奇怪的是，又过了不久，项羽的使者也来到砀县。

使者只带来一句口信："上将军渡过黄河，要去营救赵王。"

刘邦预感这也许是项羽的遗言，浑身打了个寒战。项羽想率领数万名士兵杀入三四十万名秦军之中，恐怕没有生还的可能。

西征之路

这一年的十二月，历史发生了重大的转折。

但是，远征的疲惫过后，身在砀县的刘邦一直在思考项羽死后楚国将何去何从，不停地叹气。他并没有意识到自己正站在历史的转折点上。

现在楚国的都城是泗水郡的彭城。项羽要率领楚国的主力军队渡过黄河进入赵国，与包围巨鹿城的秦朝主力一战，这已经是无法改变的事实。

彭城的吕臣告诉刘邦，秦朝主力军队有三十万兵力，将帅有三人，分别是王离、苏角和涉间。不用急着对秦朝庞大的兵力感到惊讶，渡过黄河的章邯手中还握有约十万名士兵，这些士兵是辎重兵，负责搬运兵器和军粮，支援主力军中的三位将领。

也就是说，进攻赵国的秦军大约有四十万兵力。

而打算挑战秦军的项羽麾下虽有黥布和蒲将军两员大将，但楚国的兵力远不足十万，可以说只有秦军十分之一的兵力。

"这样能赢吗？"刘邦问曹参。

"应该不可能。"

楚军如果要战胜秦军，就必须要以一当十，项羽打仗时几乎不会耍花招，总是凭借蛮力进攻。这样的话，楚军只有向秦军突进，然后壮烈牺牲一途。曹参的想法和刘邦一样。

"来年春天，楚国就不得不迁都了。"

如果坚守都城只会更快地覆灭。同理，刘邦也认为放弃砀县不断转移才是最好的对策。

但是百年一遇的奇迹出现了。

就要迎来正月的时候，吕臣的急报传到了砀县。听完使者的话，刘邦大喊一声"此话当真"后不由得站起身来。他身边的人都发出惊讶之声。

"上将军大破巨鹿的包围圈，斩获秦军的三名大将。"

报告很简短，还不知道胜利的详细情况。总之项羽击败秦朝大军，救出了被困在巨鹿的赵王赵歇和辅相张耳。

另外，后来得到了消息，秦朝三将中苏角战死，王离被捕，涉间自焚而死。

使者说一听说楚军战胜了秦军后，整个彭城都兴奋不已。刘邦仿佛也能看到那副喜悦的光景。他笑容满面地说："请代我砀郡郡长向楚王献上贺词。"招待过使者后让他回到了都城。

"真是惊人。"重臣们立刻聚集在刘邦身边。但是刘邦的惊讶之色已经消失："使者说到三位将领，其中并没有包括章邯。上将军只有战胜了章邯，才能说战胜了秦军。"

曹参点着头说："因为就算身处劣势，章邯也有可能扭转局势。"所有人都承认章邯的顽强。如果项羽和章邯的战斗陷入胶着，正在休息的刘邦会接到怎样的出兵命令呢？

"如果几个月之后项羽拿下了章邯，他会回到彭城报告战果吗？"

如果是接受了楚王的命令出兵救援赵王的将军，任务完成后理应回来复命。楚王只允许刘邦出兵平定关中，项羽不得出兵秦都。

周苛说："项羽应该不会回彭城，而是会向西前进。"

周苛原本是郡里的高级官员，他文武双全，不过现在并没有披上战甲带兵作战，而是作为一名参谋为刘邦出谋划策。刘邦觉得虽然周苛没有曹参萧何那样的远见卓识，但他能充分听取属下的意见，担当缓冲的角色。而且从刘邦担任泗水亭亭长开始，周苛就看出刘邦将来必成大器，不光与刘邦平等相处，甚至在他面前一直保持着谦恭的态度。因此刘邦打从心底里信任周苛。

"楚国无法控制项羽。"周苛说，但楚国的隐忧不止如此。如果项羽送来捷报后像季父项梁一样因轻视章邯而被他突袭而亡的话，楚王应该如何重新聚集起四散而逃的将士呢？辅佐楚王的吕青吕臣父子和陈婴等人会不会为了以防万一，派砀县的刘邦远征呢？楚王一定会命刘邦在赵国形势未明前不要轻举妄动。

萧何提议："我去彭城见见吕臣大人吧。"

"不，无须如此。"刘邦说完陷入了沉默，他内心并不想特意接近楚国的权力核心。恐怕项羽对楚王用心险恶，如果刘邦接近楚王的话，项羽或许也会憎恶他。

不要做多余的事。

刘邦决定韬光养晦。

正月里，吕臣的使者来了三次。

因为黄河以北的豪族几乎都追随了项羽，听说他的兵力已经达到了二十万甚至三十万。另一方面，章邯将在巨鹿败北的三分之一的士兵收入麾下，以二十余万的兵力与项羽抗争着。

使者告诉刘邦："这场战争恐怕会旷日持久。"

刚进入二月，使者来到了砀县，向刘邦传达楚王的想法："应即刻西征。"

"出发西征。"刘邦下令出师。萧何带着不解的表情说出了自己的困惑："项羽尚未战胜章邯，楚王为何命令沛公西征呢？"

"或许是因为……"回答他的并不是刘邦，而是曹参。

虽然身在赵国的楚军和秦军胜负未分，但楚军始终占据优势，半年之内必将获胜。在此之前，秦朝会一直支援章邯，无暇顾及其他地方的战争。也就是说，黄河以南没有实力强劲的秦军。如果刘邦乘此机会向西出兵，顺利的话甚至有可能攻入关中。但是刘邦军并不能从空中飞到关中，因此就算一切顺利，刘邦军也要在半年后才能攻入关中。项羽如果在此之前拿下章邯，可能会不向楚王复命而直接进军关中。项羽先于刘邦攻打关中的话，必将大肆破坏，杀伐无道，大大有损楚国的形象，给今后一统天下带来负面影响。

曹参说："楚国希望沛公先于项羽进入关中，将关中的百姓和财富原封不动地保护下来。"

楚王跟刘邦有约定，将封率先进入关中的刘邦为王，他实现约定的时候自己也会坐上皇位吧。项羽得知此事后应该不会罢休，楚王也许打算将南方的土地赐予他，封他为楚王。

这是曹参对楚王暗中定下的构想的猜测。

刘邦认为曹参说中了要害。仔细一想，他并不了解楚怀王治下的楚国究竟是什么样子，也完全看不出楚王将要施行什么样的统治。

"无论如何，我军将要出征。"

刘邦穿上盔甲坐在兵车中。但是他并没有去西方，而是向着北方进发。

夏侯婴心存疑惑，试探地问："真的可以去北方吗？"

刘邦悠闲地答道："嗯，可以。我和彭越说好了来年春天要再进攻昌邑。"车内，站在夏侯婴身旁的樊哙惊讶地皱起眉头，探身看着刘邦的脸说："和盗贼团伙的首领的约定有必要遵守吗？"

"就算对方是三岁的孩子，约定就是约定，必须遵守。"

听到刘邦的话，夏侯婴对樊哙摇了摇头，仿佛在无声地说沛公有自己的想法。

刘邦来到巨野泽附近，马上见到了来迎接自己的彭越。彭越一见到他，目瞪口呆地说："我真没想到，您竟然在这种时候……"

这种时候指的是楚军在黄河以北呈现压倒之势的时候。他接着问："这种时候您来这里做什么？"

"我不是与你约好到了春天就进攻昌邑吗？我是来赴约的。"

"这真是……"

彭越在一瞬间露出了受宠若惊的表情。刘邦先前进攻昌邑并非为了彭越，而是因为进攻昌邑对楚军整体有战略上的意义。

但是现在。

昌邑距离黄河很远，攻下昌邑不光对项羽没有帮助，对刘邦来说也完全没有好处。既然如此，刘邦率军北上只能是要为彭越拿下昌邑。在这个时代，诸将和豪族都为了自己的利益争红了双眼，遇到刘邦这样近乎荒谬的诚实，彭越仿佛被击中了要害，在感动的同时格外留心想道：沛公的气量超出常人太多。

后来，在前往昌邑的途中，彭越对一名近侍说："我见多了别人的贪得无厌和卑鄙下流，不会因为背叛和背信弃义而惊讶，但是见到沛公这样过于正直的人却感到恐惧。将来天下百姓就算被沛公欺骗也不会愤怒。那就是最恐怖的时候。"

刘邦并非只是愚直之人。

但他的性格并没有别扭到要假装愚直。他是真心想为彭越打下昌邑。面对他的决定，自然会有非难之声传出，认为楚王明明命刘邦西征，他不该将与彭越的约定置于王命之前。但是比起主从关系更重视朋友关系的想法并无古怪之处。就像之前说到的那样，对一个人来说最重要的既不是皇帝也不是君主，而是父母。在这样的尊卑体系中朋友的地位是很高的，主从关系是一种契约，可以轻易解除，而友情则不能轻易地解除。刘邦军的强大之处就在于这个集体并非由简单的主从关系维系，这支军队中有着亲情和友情那样的强大羁绊。

彭越并不喜欢这种复杂的关系，却依然被刘邦所吸引，因此他对这样的自己起了戒心。

刘邦军开始进攻昌邑。

但这次进攻依然没有成功。

刘邦亲自来到彭越阵中，告诉他自己将要撤退："这座城跟丰邑很像，过去丰邑对我来说就很棘手。城里的士兵虽然不多但很团结。虽然对不起你，但是我无法攻下这座城。虽然你我都是为了把昌邑的百姓从秦朝暴政中解放出来，但是县里的百姓并不希望如此。在民心转变之前，我们只能等待。"

"这也是没办法的事。"彭越脸上浮起一丝苦笑同意了。这时，他怀疑沛公并非为了攻陷昌邑而来。也许刘邦认为昌邑迟早会开城投降，在此之前发动猛攻杀死城里的士兵并没有任何好处。也就是说，刘邦希望在与秦军战斗的同时拉拢秦军的将士并援助秦朝的百姓。

彭越目送刘邦军离开昌邑，口中喃喃道："我只是被沛公巧妙地利用了。这里的战斗对沛公来说很有意义，但是对我来说完全没有意义。"

彭越有这样的想法也许是因为他气量狭小。他与刘邦并肩作战的事情很快就传开了，他摆脱了身上难登大雅之堂的盗贼身份，华丽地披上了正义的外衣。证据就是追随彭越的人数激增。

刘邦军终于开始向西前进。

在路上，六名与刘邦最亲近的人悄悄聚集起来讨论。这六人分别是刘交、樊哙、夏侯婴、卢绾、周苛、周绁。

六个人讨论的是进攻昌邑究竟是为了什么。

他们都认为，这次行动并不是为了履行与彭越的约定这么简单。

刘交说："楚王和大臣们得知兄长前往北方后，一定会不明所以，心怀不快吧。"

夏侯婴接着说："等他们得知了沛公与盗贼首领彭越一起进攻昌邑的消息，一定会更加不快。"

"刘季攻打昌邑就是为了让他们不高兴吗？"周绁顺口将刘邦叫作了刘季。周绁和樊哙一起不分昼夜地护卫在刘邦身边。二十岁之前，他和樊哙一样跟着刘邦四处游荡。

"你们跟着我总有一天会暴尸荒野的！"

就算刘邦出口斥责，两人也没有离开他。因此当刘邦成为沛县县令时，樊哙和周绁就当上了刘邦的护卫。周绁此人虽然有些古怪，但是头脑并不笨。

周苛的想法是："也许沛公不想抢在项羽之前西征，因此在昌邑打发时间吧？"

夏侯婴点了点头："嗯，是不想触怒项羽吗？有可能。"

然后，一直沉默的卢绾说出了一句众人都没有想到的话："刘季想试着反抗楚王，这是不是在与楚王告别呢？"

"与楚王告别吗……"

刘邦无论是在西征途中死去还是成功进入关中，都不会再谒见楚王了，这样一想，卢绾的话有其道理。但是夏侯婴感到疑惑："沛公离开彭城时曾说觉得还会再回来，不过他向我暗示并非为了向楚王复命。"

"嗯？是吗？"

卢绾陷入了思考。刘邦的一句预言可能准确地勾画出了未来的图景。当刘邦再次来到彭城时，他与楚王的关系会变成什么样子呢？

刘邦军向南走了一小段距离。

行军速度很缓慢，与其说是在西征，倒不如说是在巡查砀郡。虽然刘邦被封为砀郡郡长，但是郡内依然有很多秦朝的城池，除了刘邦军还有魏军在郡内活动。

结束南下后，刘邦军沿着睢水向西前进，来到了高阳附近。

正是在高阳，刘邦遇到了一个有趣的人物。

高阳城中某一里的守门人叫郦食其。顺带一提，刘邦的妻子吕雉十分信任的人名叫审食其，由此可见食其这个名字在当时很流行。言归正传，郦食其除了喜欢读书再无其他专长，里人都说他是怪人，如今他已经六十多岁。

陈胜叛乱后，每当有将领经过高阳，他都会特意去见面，每次都会说着"此人不行"扬长而去。

郦食其得知今年二月进攻昌邑的刘邦军来到了高阳后开始心

神不定。终于他笑容满面地对一名来到里门的人说："啊，你回来了啊。"

此人正是出身于此地，过去刘邦和项羽进攻外黄和陈留时逃走，并加入了刘邦军中，现在是一名骑兵。刘邦允许他回家探亲。

性格怪异的郦食其只有在此时露出了笑容，卑躬屈膝地来到骑兵身边说："我有事相求，能否让我见沛公一面？"

听了他的请求，骑兵困惑地低下头看着他。郦食其深深弯下腰，弓着身子看着骑兵说："我听说沛公傲慢，喜欢小看别人，但是有雄才大略。我早就想拜见沛公，但苦于无人引见。你是沛公身边的人，能不能替我向沛公说句话？就说'我的老家有一个名叫郦生的人，今年六十有余，身高八尺，虽然人人都说他癫狂，但他自认为并非如此'。你只要这样说就好。"

郦生的生是指学生、书生、先生的意思，这样说就能知道此人是学问之人。

骑兵抬起头，在他面前挥了挥手："沛公刘邦并不喜欢儒生，许多人头戴儒生的帽子来见他，他就立刻把他们的帽子摘下来，往里边撒尿。他在和人谈话的时候，一定会对儒生破口大骂。所以你不能以儒生的身份游说他。"

儒生的衣服都宽大舒适，一眼就能看出来。

刘邦一直讨厌儒学，不过传言里都是夸张的说法。

但是郦食其听了骑兵的话并没有在意，只拜托他说："你只管像我教你的这样说。"

第二天，骑兵从老家回到军队中后，就按郦生嘱咐的话从容地告诉了刘邦，刘邦同意与郦食其见面。

"啊，沛公同意见我吗？"郦食其高兴地搓着手，来到刘邦所在的传舍。传舍即官吏使用的旅社。当天，刘邦从营地来到了传舍。

郦食其走进传舍，见刘邦坐在榻上伸出双脚，两名女子正在为他洗脚。

刘邦见到郦食其后立刻露出了厌恶的表情，心想：什么，是儒生啊。郦食其在刘邦锐利的目光下并没有退缩，只是做个长揖而没有倾身下拜，开门见山地说："您是想帮助秦国攻打诸侯呢，还是想率领诸侯灭掉秦国？"

刘邦怒斥："你个儒生竖子！"有很多骂儒生的词，这里的竖子是指小孩子，也可以说成黄口孺子。"天下的人受秦朝的苦已经很久了，所以诸侯们才陆续起兵反抗暴秦，我怎么会反过来帮助秦国攻打诸侯呢？"

刘邦的怒骂令人畏惧。郦食其如果是普通人，大概会畏首畏尾说不出话来吧。但是郦食其并非普通的儒生，而是战国时代游历诸国大谈利害和策略的纵横家。纵横家有一个共同的辩论技巧，那就是他们的论述都是从激怒对方开始。他们认为如果激怒别人后再说服他，就会使对方对自己更为信任。

郦食其面对怒火中烧的刘邦非但没有后退，反而上前一步大声斥责："如果您下决心聚合民众，召集义兵来推翻暴虐无道的秦王朝，那就不应该用这种倨慢不礼的态度来接见长者。"

此人并非寻常儒生。

刘邦立刻明白了此事，收起怒气停止了洗脚，将衣服穿整齐，亲自把郦食其请到了上宾的座位，向他道歉："刚才是我失礼了。"

刘邦讨厌儒家的大道理，但是能果断地改正错误，这种态度被称为"豹变"。刘邦的态度正是豹变。

郦食其被尊为上宾后心想：正如我所料。他确信只有沛公与其他将领不同。

知，最重要的是知人。

刘邦精通此事。

郦食其认为刘邦能够读懂自己，比起从今以后为刘邦鞠躬尽瘁，为刘邦带来利益，他更想让自己的才能为天下人所知。他就像项梁的军师范增，不过范增是楚国人，对秦朝有深深的怨恨，而郦食其的思想中并没有感情的因素。也就是说，只要对方能懂得郦食其真正的价值，无论是哪国的将领他都可以为其效力，并不是非刘邦不可。

"沛公知道过去战国时代的合纵连横是怎样的吗？"

郦食其从此事开始说起。

以前曾听张耳说过一些。

刘邦对合纵连横只了解一部分。他的知识主要以魏国为中心，然后知道一点关于赵国的事而已。他并不了解战国四君子孟尝君、平原君、信陵君、春申君的全部事迹，对任用乐毅攻陷齐国七十余座城池的燕昭王以及将被燕国夺去的城池一座座夺回的齐国田单，刘邦只是略有耳闻。从郦食其口中得知他们只是活跃于台前，幕后还有怎样的策谋涌动后，刘邦深感其中乐趣，边吃饭边继续聆听郦食其的话。

但是过去的故事无论如何精彩，都已经过去了，当时的情况如果不能在当下发挥作用就毫无意义。

于是刘邦问郦食其："那您看我今后该如何制定计策呢？"

"您把乌合之众、散乱之兵收集起来，总共也不满一万人，如果以此来直接和强秦对抗的话，无异于羊入虎口。陈留是天下的交通要道，四通五达，如今城里存粮很多。我和陈留的县令很是要好，请您派我到他那里去一趟，让他来向您投降。他若不从，您再发兵攻城，我在城内又可以作为内应。"

刘邦也清楚陈留是交通要道。郦食其说此地四通五达，其实说是四通八达也并不为过。拿下陈留将是刘邦此次征途上的丰硕成果。

"好，就照你说的办。"

于是刘邦就派遣郦食其作为使者前往陈留说服县令，自己带兵进城。

从进攻昌邑至今，刘邦军始终没有取得大的战果，拿下陈留一事发挥了巨大的效果。刘邦不伤一兵一卒就迅速拿下了这座军事重镇，他大喜过望，连忙召见郦食其，尊称他为广野君。

什么？这不过是一切的开始。

郦食其接受了刘邦的赞赏，但并没有露出喜悦之情，而是向他禀告："其实我还有一个弟弟。"

郦食其的弟弟名叫郦商，同样出身高阳，在陈胜叛乱后悄悄聚集同伴等待揭竿而起的时机，在半年前与聚集起的四千人一起离开了高阳。郦商曾说要帮助魏军，但郦食其认为此事进行得并不顺利。魏军中的将军都没有能赏识弟弟才能的眼力。弟弟也是恃才傲物之人，应该不愿意被魏军中平庸的将领颐指气使。因此弟弟失去了方向，与四千名士兵一起在睢水之滨徘徊。

"为了天下苍生，你也来追随沛公吧。"

郦食其立刻派出使者去通知弟弟。

"你的弟弟手下有四千名士兵吗？"

虽说拿下了陈留兵力有所增加，但刘邦军中的兵力不过一万两千。听说郦商手下有四千名士兵后刘邦大惊，立刻决定面见郦商。听说郦商身在岐地后，刘邦并没有召唤他前来陈留，而是亲自前往岐地与郦商商谈，接收了郦商和他率领的士兵。说到岐地，后世的历史学家多方考察后依然无法断定其具体的位置。

因此只能笼统地说刘邦与郦商见面的岐地距离高阳并不遥远。

刘邦见郦商性格独立，将他收为直属部队后不久就命他率领别动队，由他自主判断，攻打敌人的阵地。

"按照你的想法做。"

作为主帅，这句话很难说出口。刘邦与项羽的区别正在于此。

刘邦军接收了郦商的军队后，兵力增加到一万六千名。

郦食其认为不该立刻西征，而是应该攻下附近的郡县以增强兵力。于是刘邦凭借陈留县囤积的军粮向四周出兵。

陈留以西是开封，刘邦本是以开封为目标，但是在到达前就遭遇了赵贲率领的秦军。魏秦两军就在附近交战，刘邦陷入了两军之中。

对手是沛公吗？

如今，秦朝将领无人不知刘邦的大名。他的军队虽然不如项羽的军队强悍，但却顽强而没有破绽。

"这是个难对付的对手。"

一场交战后，赵贲撤退逃进了开封城。刘邦军趁势追击，攻打开封城。樊哙在此一连串的战斗中表现出众，他杀死一名斥候，取六十八名敌人首级，捕获二十七人之多，可谓超人。

"不要拘泥于开封。"

刘邦解除包围，率军向北前进，继续寻找猎物。

越过济水后，刘邦军来到了黄河边的白马。从白马附近的白马津可以进入赵国。刘邦来到这里是为了查探项羽和章邯的战斗进行得如何。

即使到了三月，两军依然胶着。

似乎依然毫无进展。

刘邦军正要撤退时发现了秦军，敌军将领是杨熊。

"到处都有秦军啊。"

刘邦毫不犹豫地命令发起突袭。

刘邦军也许是因为已经习惯了与秦军的战斗，轻而易举地击败了杨熊的军队。

杨熊率领麾下的士兵向西南方向逃走了，而刘邦军也打算返回陈留，于是对败走的杨熊形成了追击之势。

被这样的对手纠缠真是件不幸的事情。

"沛公这家伙真是纠缠不休。"杨熊咋舌，在三川郡东边的曲遇以东布阵迎击，可以说是破罐子破摔了。

此时刘邦军的前锋是由曹参和周勃率领，曹参在战斗中战功显赫，他大破杨熊的军队，俘虏了司马和御史。

杨熊失去了佐将，离开战场逃进了西边的荥阳城。

这座城池坚不可摧。

杨熊好不容易恢复了活力，但他的厄运并没有停止，他在白马和曲遇连续败给刘邦的事被上报到咸阳，正好传到了秦二世的耳朵里。

"真让我大秦面上无光！"

秦二世大怒，马上派使者到荥阳诛杀了杨熊。

刘邦军从此开始大展神威，攻下曲遇以北的阳武后转而南下，进入颍川郡攻下了宛陵、长社、颍阳等地。

颍川郡是过去的韩国……

刘邦心里一直惦记着一件事：张良应该就在颍川郡中，他率军在郡中来回往返，张良一定会赶来见他，但是到现在为止依然不见张良的使者。

他已经病逝了吗？

一想到张良拖着不堪甲胄之重的身体站在阵前指挥军队的样子，刘邦便因悲痛而备感阴郁。又或者他尚未逝去，而是因病卧床不起吗？

刘邦率军沿颍水溯流而上向西北方前进，过了阳城后依然向西北方前进。

就这样一直前进下去的话就能到达洛阳。

卢绾心想，军吏齐寿来到了他身边。卢绾听到他的报告后欢欣鼓舞，连忙跑了出去。

卢绾跑向刘邦身边时并没有笑出声来，但刘邦从他的脚步声中感受到了他愉快的心情，便对身边的刘交和周苛说："看来有好消息啊。"

果然，卢绾笑着说："侦察骑兵找到了韩军。"

刘邦情不自禁地站起身来问："是子房的军队吗？"

卢绾点点头，声音明快有力地说："不会有错，他们正在前方的森林中休息。子房大人不久后就会前来。"卢绾知道刘邦始终关心着张良的行踪和他手下军队的胜败，这两人的关系超越了主仆和朋友，互相之间有着绝对的信任。纵然卢绾可以自由出入刘邦的寝室，但是就连他都有些嫉妒张良。

"子房在这里……"刘邦仿佛在说着梦话，向兵车飞奔而去。那并不是刘邦专用的兵车，而是萧何的。车上没有车夫，刘邦便亲自拿起了缰绳，刘交和周苛见此情景慌忙冲上前去坐上兵车，刘交说着"我来"，连忙接过了缰绳。

卢绾也急忙喊道："骑兵、骑兵，跟上沛公！"首先反应过来的是灌婴，他立刻翻身上马追上了刘邦的马车，他身后跟着几名骑兵。

走了大约三里，刘邦看到了前方的烟尘。

"军队就在那里。"

刘交点点头："是红色的旗帜，是韩军。"说完拉紧了缰绳。马停下了脚步，不久便看见了向这边走来的兵马。

周苛说："大约有五千兵力。"不过这支军队朝气蓬勃，看起来比实际人数更多。刘邦见此便放下心来，心想：子房并没有生病。

对方见刘邦一行只有一辆兵车和几名骑兵便停下了脚步，然后只有两辆兵车来到刘邦身边。

"子房！"

"沛公！"

两人的声音在停滞的时空中交织在一起。

啊，沛公流泪了。

周苛见此，泪水也要夺眶而出。他知道张良之前身体不好，与那时相比，如今从兵车上走下来的张良看起来完全恢复了健康。

刘邦也立刻走下兵车，因初夏暑热，他找到一片树荫招呼张良过去。

张良拜倒在坐在草地上的刘邦面前说："兵马倥偬，请原谅我没有派出使者。"

"战场多不如意之事，我也如此。来，快坐，你没有穿戴盔甲，竟然还能指挥如此大军。"

张良听了刘邦的话微微一笑，依然跪在地上微微转身介绍："实际指挥军队的是韩国的公孙。"

站在张良身后的男人身高八尺五寸，比刘邦高，甚至比项羽也高出三四寸。他年龄与刘邦相仿，祖父是韩襄王。虽然王的儿子称王子，孙子称王孙，但是在春秋时代之前，天下只有周王可以被称为王，因此只有周王的孙子被称为王孙，而诸侯的孙子都被称为公孙。这个传统一直延续到战国时代，虽然除了周王多人称王，但他们的子孙依然保留了公子、公孙的称呼。

高大的男子在张良身边向刘邦跪拜，态度谦虚地说："在下名叫信。从子房处听闻您的大名，一直期待着有机会相见，如今得以如愿，一定是上天的指引。"

刘邦一眼就看出此人内心比外表豪爽。

另外，周朝王室的支系家主应该与周王同为姬姓。韩王和他的子孙应该姓姬，但家族的远祖被封在韩原，故此为韩氏。

因此，韩王的孙子信既可以叫作姬信又可以叫作韩信，但当时同名同姓的人并不在少数，因"胯下之辱"而著名的韩信也是同时代的人物，两者后来都成为刘邦身边的人，因此后世的历史学家司马迁记载韩国的公孙韩信为"韩王信"，以与东海郡淮阴县出身的韩信区别开。韩信出身平民，在淮阴时是一个不折不扣的不良少年，长大成人后依然品行不端，既没有跟随豪族也没有与他人结伙，靠勒索他人为生。

此人不知天高地厚，一无是处。

这是大多数人对韩信的看法。一名卖生肉的年轻人曾张开双手双脚对韩信说："喂，韩信，你虽然长得又高又大，喜欢带刀佩剑，其实你胆子小得很。有本事的话，你敢用你的佩剑来刺我吗？如果不敢，就从我的裤裆下钻过去。"

韩信盯着那个年轻人看了片刻，弯下膝盖双手撑地，从年轻人胯下钻了过去。市场上的人见此情景都哄堂大笑，嘲笑韩信没有骨气。

韩信在淮阴县受人嫌弃，不久便离开了。项梁渡过淮水的时候他曾经加入项梁的军队。项梁死后，韩信跟随了项羽的军队，此时正作为项羽近臣中的一员在黄河以北的军队中，尚且籍籍无名。

我们暂且用本名称呼与韩信同名的公孙韩信。

刘邦请张良和公孙韩信坐在树荫下，两人开始讲述韩军的战略进程。

即使有子房在，依然不那么顺利吗？

刘邦这样想着，打断了两人的话，伸手召来站在稍远处的刘交、周苛和灌婴，让他们一起加入了树荫下的谈话。

"韩王现在将阳翟作为大本营，再分兵攻取城池。"根据张良的说法，如今韩军兵分两路平定周围的城池。阳翟是位于颍川郡中心的大县，秦朝在这里设置了郡府。既然韩王成将这里作为大本营，也就是说阳翟暂时成为韩国的都城。

无法继续平定四方是因为兵力不足。即使过去韩王的子孙在旧韩国中起兵，也很少有人因为怀念过去的韩国而投身其中，这是因为韩国的文化太过超前。中国最早的成文法就诞生于韩国的前身赵国，韩国继承了赵国的传统，人与人之间的关系建立在契约的基础上，因此自然而然地催生了商业的发展。虽说是君主制，但分工明确，官吏们都深知自己不能干涉其他职务。这样的制度让人与人之间的情意淡薄，韩国的官民在国家灭亡，被迫接受秦朝的法律时也并没有表现得十分痛苦。也就是说他们并不认为韩比秦好。但尽管如此，现在郡里的百姓也并不认为秦朝的统治更好。

刘邦听完张良的话之后说："我明白了，我会帮助韩王。"他决定与韩国军队共同平定四方。

刘邦对公孙韩信说："平定时请将子房借我一用。你可否率军前往阳翟辅佐韩王？"

公孙韩信却说："我原本被埋没在街巷之中，是子房提拔了我。我用兵尚不熟练，怎能辅佐韩王？这支军队是子房的军队，请让他们全部回到韩王身边，由我独自追随您。"

刘邦听出了他话中的决绝和谦虚，看着张良面露笑意："这位你好不容易奖拔出来的将领，从此就要跟你分道扬镳了啊。"

"这真让我难办。既然如此，只能由我带着军队一齐追随沛公了。韩王是通情达理之人，不会对我等的行动感到为难的。"

只要韩国的军事和行政核心还是张良，那么就连韩王也不能对张良的行动指手画脚。总而言之，如今韩国上下都完全依靠张良一人。

"既然如此，"刘邦微微探身拿起一块尖石头一边询问张良，一边轻轻在地面上画着线条和圆圈，"从这里径直前往洛阳的话首先会到达辕辕，然后会到达缑氏。"

张良点点头，指向线条的前方，示意那里就是洛阳。然后他微微抬起头问："沛公要在洛阳等待楚国的上将军吗？"如今楚国兵分两路，主力军队以上将军项羽为将帅，地位在机动队将领刘邦之上。因此张良猜测刘邦是按照项羽的密令行军的。

张良并不是唯一这样猜测的人，因为目前就连中原的将领都知道只有刘邦一人在彭城接受了平定关中的命令，但刘邦的行进路线并非一路向西，而是特意迂回前进。因此自然会有人怀疑沛公无视楚王的命令而与项羽联合。

"不，我并不打算等待上将军，但对手毕竟是章邯，黄河以北有可能会发生不测。齐王田儋、魏王魏咎和宰相周市以及楚国的武信君皆是被章邯所杀，而且他们都是在占据优势时被章邯发动的奇袭逆转而死。"刘邦接着说，"如果年轻的上将军居功自傲放松了警惕，一定会被敌将抓住破绽而死。我正是担心会出现这种情况特意推迟了此次远征，一切都是为了楚王和楚国。如果是你应该能理解我的想法。"

张良迅速了眨了眨眼睛："沛公的感情真是丰富。"

周苛和灌婴心中也涌起了和张良同样的想法。

原来如此。

刘邦的弟弟刘交明白了兄长的本意后也感动不已。

> 国虽靡止，或圣或否。民虽靡膴，或哲或谋，或肃或艾。如彼泉流，无沦胥以败。

刘交的心里浮现出曾经学到过的诗句。

国家虽然失去了法度，有的人能听到神明的声音，而有的人却始终糊涂。百姓虽然人数不多，依然有明哲之人和善谋之人，有谦虚谨慎之人与温和恬静之人。就好比那清泉涌流，千万不要就此衰亡下去。

张良一定就是诗中所谓善谋之人，但令人遗憾的是，兄长身边并无明哲之人。在高阳得到的郦食其虽然知识渊博，但他的才能更适合外交而不适合用来制定国家的百年之计。刘交认为这支军队中的人才依旧匮乏。

刘邦回到大营后不久便与韩军会合。张良将军队的指挥权交给公孙韩信后，率百余人来到了大营中，这百余人正是从最初开始在下邳跟随张良骑兵的年轻士兵。萧何与曹参等老将聚集在张良身边欢迎他的到来。

后来曹参微笑着对萧何说："我军的智囊回来了。子房能在外统领军队，你可以专心处理后勤事务了。"就连在战术上颇有自信的曹参也自知比不上张良的战术眼光。

与韩军会合后，刘邦的兵力达到了两万有余。此地与策源地陈留相距甚远，因此刘邦问萧何："辎重是否会不足？"萧何踌躇不决，如今尚不能说有余裕。

"是吗……那就拿下辕辕和缑氏补充军粮吧。"

刘邦率军向西北方前进，首先拿下了辕辕，接着又攻陷了缑氏。辎重得到补充后，刘邦军来到了洛阳附近。洛阳是周朝一统天下时的首都，可谓天府之地。

周朝被秦朝灭亡后，洛阳成为三川郡的郡府和行政要地，之前曾写过军事要地是三川郡东部的荥阳。

张良说："此行艰险。"艰险指的是要在一路上不断征伐，荥阳正是进攻的难点所在。陈王的盟友吴广曾经包围此地许久却依然没有打下这座城池。守城的三川郡守李由在与刘邦和项羽的战斗中战死后，荥阳依旧坚守城门。刘邦如果不顾荥阳一味攻打三川郡中西部的城池的话，有可能会被荥阳中的秦军从背后包围。

而且洛阳并非一朝一夕可以拿下的城池，所以张良认为平定这片地方太过危险。

不能勉强西征。

如果身后留下的敌人过多，辎重队就会被袭击，军队的补给会被切断，刘邦自然也明白这点。

该如何是好？

刘邦在洛阳以东休整兵马时陷入了思考。张良或许会有妙计，但是他想在询问张良之前想出自己的意见，这样才能立刻判断出属下计策的好坏。

这天，在前方探路的侦察骑兵回来了。

"有一支军队在黄河北岸集中，不知道是何处的军队，但可以肯定并非楚军。"

"嗯……"刘邦皱起眉头，似乎在说他并不想听到这个消息。

黄河流经三川郡的北部郡界，尽管对岸就是黄河以北，但那里自古以来都没有被称为河北，而是被称为河内，名叫河内郡。

项羽如今正在黄河以北与章邯战斗，黄河以北的诸将应该全部参与了这场战斗。那么这支渡河的军队来自何处呢？

"好！"

刘邦果断决定率军向西北方向前进，到达黄河以南的平阴后赶走守卫港口的秦军，点火烧毁停在港中的兵船，并且严令当地拥有渔船和商船的有权有势的人物不得将船开往对岸，以此封锁水上交通。

因为刘邦的行动而无法渡河的军队将领名叫司马卬。他虽是赵国的将领，但此次是擅自采取了行动。可以说，司马卬的行动反映出了过去赵国国内复杂的局势。

简单来说就是，陈王曾派诸将平定天下，负责平定黄河以北的将领叫作武臣，他的手下有邵骚、张耳、陈余三人。武臣平定了旧时的赵国，当上了赵王，并得到了陈王的认可。陈王命武臣继续攻打周围各郡，派出韩广、李良、赵魃前来支援。由于韩广攻下旧时的燕国后最终翻脸自称燕王，这次远征既不能说完全获得了成功，也不能说是失败。另外，李良将军因为被武臣颐指气使而感到耻辱，便发动叛变杀死了武臣和邵骚。张耳和陈余死里逃生，找到旧时赵王的子孙赵歇，另立他为赵王。

司马卬效力于赵王武臣，既反对秦朝，又不服从于新的赵王，便擅自率军准备渡过黄河从南岸向西前进，却被刘邦阻止。

刘邦在黄河岸边停留了一段时间，突然接到急报，不得不下令撤军。

“我军被秦军跟踪了。”

跟踪刘邦的秦军将领名叫赵贲。

“赵贲吗……”

过去，刘邦曾在开封附近与赵贲交战。赵贲战败后逃进开封城，因此刘邦并没有紧追不舍。如今赵贲重整旗鼓绕到了刘邦军身后。

“真是个纠缠不休的人。”

刘邦命全军掉转方向，他曾经打败过赵贲一次，因此并没有太过谨慎，率军来到了洛阳附近。

刘邦军和赵贲军在洛阳东边的尸乡相遇了。

而刘邦军陷入了苦战。

并非只有刘邦小看了赵贲，所有率军的将领都放出大话，认为自己不可能输给怯懦的赵贲，攻击时不免轻敌。但是他们忘记了秦朝将领如果多次失败的话就会被诛杀，赵贲是抱着必死的决心与刘邦战斗的。这股惊人的气魄化为全军的锐气直插刘邦军中。

刘邦军仿佛被敌人挖出了肠子，急忙后退。

"轘辕有一条险路，如果能通过那里，赵贲就没办法继续追击了。"

刘邦接受了张良的意见继续撤退，从这条狭窄的道路穿过轘辕来到阳城。赵贲军追到轘辕附近后停下了脚步。

真是危险。

汗水流进了刘邦的眼睛。如今酷暑难忍，因为失败，士兵们更是备感疲倦。

刘邦想让士兵们休息一下，便命令全军在周围筑起营地屯兵于此，自己也找到了一处阴凉地休息。

"再向南边走一段就能看到颍水了。"

刘邦接受张良的建议向南走了一段后，见到一棵挺拔的老松，松树下有微风涌起。

风起于颍水水面之上，萝茑攀附在不能称之为崖壁的斜面上不断随风摇曳，为微风染上了一层绿意。刘邦感受着风中的凉意，有些伤感地说："啊，这让我想起了泗水亭。"

他看着身后的中涓孙赤命令道："在这里建四阿。"四阿即是四根柱子的亭子。

孙赤也是沛县人，比刘邦年轻十岁，刘邦在沛县起兵时，他便拿起武器加入了队伍。他在中涓中并不起眼，但是在工作中绝不轻慢放纵。后来他成为将军，官至上党郡守，在刘邦去世前一年被封为堂阳侯，食邑八百户。

"遵命。"

听到刘邦的命令，就能知道他决定暂时留在此地。不只是孙赤，所有跟随他的人都松了口气。

刘邦来到老松的树荫下，邀张良一起在树荫下落座，沉默地看着奔流的颍水。过了一会儿他叹息道："泗水水流平缓，颍水却如此湍急。"河水的流逝可以用来比喻时势，对手下不过数人的泗水亭长和统领数万人的沛公来说，时势明显不同。

张良和刘邦一样回忆起过去，脸上浮现出微笑："下邳除了泗水，还有一条小河。"

"嗯……"

刘邦漫不经心地听着。

"那条小河上有一座土桥，我曾经散步到桥上驻足凝望小河的流势，在那时遇到了一位神奇的人物。"

"嗯。"刘邦从回忆中回过神来。

"一位身穿粗布衣裳的老者大大咧咧地走到我身边，故意将脚上的鞋子扔到了桥下，看着我说：'小子！到桥下把我的鞋子取上来。'"

"哦？这位老者真是傲慢啊。"

刘邦觉得张良的故事很有趣，将整个身体转向了他。

"正是。别看我这样，我也是很有血性的，当下便想上前殴打这个故意惹人生气的老者。"

"哈哈，你可是袭击过始皇帝的人，自然会厌恶傲慢的人。"

"如果他不是老者，我一定会殴打他。但我见他年纪大了又行为古怪，便忍住怒火下桥捡起了鞋子，回到桥上时，老者竟然趾高气扬地使唤我为他穿鞋。"张良似乎觉得这是一件有趣的回忆，眼中浮现出笑意，但是这可不是什么好笑的事。

"那么你为老者穿鞋了吗？"

"既然已经下桥帮他捡了鞋，便按下怒火帮他穿上了。然后老者笑着离去了。"

"到此为止了吗？"

"不不不，后来的事更让人生气。老者离开后走了一里地又折回来看着我傲慢地说，'孺子可教，五天后天刚亮时，你到这儿来等我'。"

张良心想这名古怪的老者应该是想教自己些什么，半信半疑地跪在地上答应了。张良虽然觉得五天后回来也是徒劳，但依然在当天早上来到了桥边。老人已经站在了桥上，他看了张良一眼怒气冲冲地说："和老人相约，反而比老人晚到，成何体统？回去！五天后尽早前来。"

五天后，张良在公鸡刚刚打鸣的时候就离开了家，却又被桥上的老者斥责。又过了五天，张良在夜半时分便来到了桥上，过了一会儿老者出现，笑着说了句"正当如此"，将一卷书交给了他。最后老者说："读过此书即可成为帝王之师。十年后你将发达，十三年可再来见我。济北谷城山下黄石就是我了。"老者留下这句话后便消失了，再也没有出现过。天亮后，张良发现手中的书是姜太公的兵法。

张良觉得此事神奇，便经常诵读此书，直到暗记于心。

谷城山位于东阿以东，东阿正是项梁救出被秦军包围的田荣的地盘。

"是谷城山神将兵法赐予你的吗？"

刘邦喜欢奇闻异事，他认为名震天下的人身上都会发生奇闻，张良果然也不例外。

“正是。韩魏两国的人所读的兵书皆为《孙子》《吴子》《魏公子兵法》，不会读齐国建国始祖太公望的兵法。但是孙子、吴子、魏公子也就是信陵君，都称不上能统领天下的帝王之师。只有太公望辅佐周武王在牧野击败了殷纣王，拥立了新的王者。神仙黄石就是想告诉我这点吧。”

刘邦敲打着膝盖说：“从见到那名老者开始，今年已经是第十年了吗？”

“不，我第一次见到沛公那年是第十年，也就是去年。”

“那么十三年后就是后年了。”

“嗯……”

两人仿佛意识到这个年数难以理解，声音消沉了下去。今后刘邦会继续西征，张良也会跟随他。谷城山在遥远的东边，今后张良只会离那里越来越远，为什么会在后年到东方呢？

“这就是说我看似向西行进，其实不过是在原地打转吗？”刘邦笑着说，这笑容甚至称不上苦笑。但此时张良突然想到了一件事。

虽然沛公说是原地打转，但从宏观上来看，原地不就是天下吗？也就是说，后年沛公会为了平定天下出征东方，这样一来，张良就能来到谷城山脚下。

这个想法让张良感到一丝恐惧。

如果沛公成为天下之主而张良成为军师，那么韩国的韩王成会如何呢？如果沛公得以当上皇帝统一天下，韩国就会灭亡。或者沛公没有成为皇帝，而是选择成为诸侯的盟主，以王的身份来治理天下呢？

无论如何，此人必将成为王者。

张良带着这份坚定不移的预感注视着刘邦。

刘邦已经从河流上收回了视线，侧身对着张良看向光芒刺眼的天空喃喃说道："关中很远啊……"

张良立刻说出了意义含混的话语："西征的道路并非只有一条。有时看上去是绕远路，但其实是近道。"

"等酷暑结束我再听你慢慢道来。"

刘邦在此地停留半月整顿军队，他经常询问负责收集情报的周苛："近来有什么新的消息？"

"魏军行动活跃，已经夺回了不少城池。"

"上将军的情况如何？"

刘邦一直在关心项羽的动向。

"上将军在黄河以北，无法得知具体的消息，不过两军似乎陷入了相持，并没有开战的消息。"

"两军并未交战，就是说不久将发生大事，"刘邦的直觉起了作用，他准备再次采取行动，"召集将领召开军事会议。"刘邦到目前为止都没有表现出想抢先一步的样子，反而对在河北战斗的项羽有所顾虑。

阳翟的韩王成也受邀参加了这次军事会议。刘邦第一次见到韩王成，但两人都听张良提起过对方，因此气氛融洽。

刘邦说："此次要借子房和公孙韩信一用。"

韩王成爽快地同意，以此作为刘邦为韩国出兵的回礼。但是韩国的平定才刚刚进行到一半，韩王在此时将平定战争的核心人物张良借给刘邦，可以说是至高的盛情。韩王成明白，子房与沛公的关系超越了他与韩国之间的主从关系。

刘邦对韩王成提出了忠告："感激不尽。我此言并非盲目乐观，但黄河以北的战斗必将以楚军的胜利而告终，章邯军或许会撤退，或许会投降，总之秦军的势力将迅速衰落。您只须固守阳翟便可平定韩国。但是不能就此放下心来，如果听说了楚国上将军渡过黄河向西前进的消息，您就要迅速追随上将军向西出征。如果我能够进入关中，你我就能够在那里再次相会。"

韩王成马上理解了刘邦的谨慎，刘邦毫无疑问是在帮助韩国，他是在建议将韩军一分为二，一支跟随刘邦，一支跟随项羽，这样就可以避免不测。

"谨遵教诲。"

韩王成为人谦虚。

张良也听到了刘邦的忠告，感动不已。

沛公对他人的情义已经成为一种政治手腕。

刘邦并不会强行向他人施恩，给予他人好处。他并不标榜儒家以仁为本的思想，不会根据大家普遍认为的义气来行动。直截了当地说，助人为乐的精神就是刘邦行动的动力。接受这份情义的人会与刘邦缔结超越利害关系的感情，因此刘邦的军队既有凝聚力，又不拘泥于陈规旧俗。

"那么，"刘邦看着重臣们，"酷暑已过，时至晚夏，正是适合出兵的季节。我军将前往关中。子房已经提出建议，比起必须经过函谷关的北路，通过武关从南路进军更容易。我想听听诸位的想法。"

从阳城前往武关需要先行南下进入南阳郡，然后继续南下经过宛县后转向西边，向丹水前进。武关就在丹水河畔。

从阳城到函谷关只须径直向西前进，十天左右就能到达。而经过宛县到达武关，即使完全不发生战斗也需要十七八天的时间。考虑到辎重，行军天数多的路线更危险。

首先发言的是曹参："原来如此，北路虽然行程短，但路途艰险，虽然会绕远路，但也许选择南路更合适。"

萧何点点头，坚定地说："南阳郡物产丰富，应该有不少县有存粮，只需要拿下一座县城，就可以获得一个月的军粮。应该选择南路。"

刘季是不是为了将北路留给项羽呢？

南路会比北路多花一倍的时间，刘邦如果选择了南路，就会与项羽几乎同时到达秦朝的都城咸阳。萧何看出了刘邦心中的打算。

周勃、灌婴、郦商等人也同意选择南路。

"好，择吉日出发。南阳郡曾经是楚国的地盘，但我军中几乎没有楚人。进入南阳郡后，要拉拢当地人为我军做向导。"

刘邦决定出师。

军事会议后，刘邦叫来孙赤，有些恋恋不舍地对他说："你建的亭子让我们避过了酷暑，就把它留在这里吧，让阳城的人们出游时可以在此休息。"

刘邦离开了阳城。

此时加上韩军，刘邦军的兵力已经达到了三万。刘邦在阳城停留的这段时间里，也聚集了一些志愿从军的人。

陈胜叛乱后，一个名叫邓说的人响应他的号召揭竿而起，他是阳城人，没想到阳城附近的反秦情绪意外高涨。顺带一提，邓说起兵后将阳城以南的郏县作为大本营，刘邦正是经过那里南下的。

郏县之前的地域都很安全。

刘邦看着逐渐昏暗的天空，想起了沛县和砀县的傍晚，感觉这里的日落来得更晚一些。

任敖从丰邑向西眺望时也许会觉得不甘心。

刘邦虽然想带上兼具勇气和人情味的任敖，但是一想到雍齿有可能会悄悄回到丰邑，就不得不让任敖继续坚守丰邑。但是雍齿究竟潜伏在什么地方呢？

已经通过了郏县。

在靠近郡界之前，刘邦派出了多名侦察骑兵，在他们回来之前暂时按兵不动。

两天后，第一名侦察骑兵回来报告。

"郡界处有敌情。"

之后，报告接连不断地传到刘邦身边。南阳郡得知刘邦军南下，郡守吕齮率领郡兵北上布阵迎击。

"我知道了。"刘邦虽然这样说着，但他对吕齮一无所知。

"此人精于算计吗？"

没有人能回答刘邦的问题。于是张良说："我去试探一下。"他派部下乔装打扮跨过郡界，用食物拉拢老百姓混入了敌人阵中，打探吕齮的为人。

"郡守吕齮的名声很好。治理能力强，不知道带兵如何。看起来不像是精于算计之人。"

刘邦听过张良的话之后当机立断，他命令全军出击，不使用计策正面迎战。

鸿门宴

南阳军在吕齮的率领下于郡界边的犨县以东布阵。

真是规矩的将领啊。

刘邦心中轻笑。如今秦朝的郡守和县令都张皇失措东奔西走，忘记了自己的职责，抛弃了本该守护的百姓和土地。

然而南阳郡守吕齮征召了三万多名士兵，想要以一己之力守护南阳郡。从他留在郡界没有进入旁边的颍川郡，也可以看出吕齮遵纪守法的精神。

不要小聪明，这样的战斗很爽快。

刘邦竖起战旗宣告进攻开始，并擂起了战鼓。因为军队规模扩大，他没办法亲眼看到前锋曹参战斗的景象，只能通过不时传来的战报了解战况。

过去担任前锋的周勃被任命为虎贲令，率领着最精锐的部队守护在刘邦身边。

郦商和灌婴的军队在曹参两翼支援，身后是率领着沛县、薛县士兵的陈武，砀县的士兵由宁君率领。宛朐出身的陈豨被称为特将，也就是机动部队的将领，负责随机应变。公孙韩信的韩军也是机动部队，但是很快就加入了战斗。刘邦得知此事后高兴地对身边的张良说："正如你所说，韩信会成为一名良将啊。"

曹参已经成为一名老练的将领，他总是身先士卒，身上往往旧伤未愈又添新伤，因此很受士兵们尊敬。

经过一轮弓箭互射后，两军的前锋几乎在同时开始移动，可以说在前锋交战时，胜败已定。

南阳郡土地肥沃，经常会发生战事。

但是郡守吕齮征召的士兵大多数都是平时拿着农具在地里劳作的农民，并没有一直跟随他征战。与此相对，刘邦军可以说是刘邦的私人军队，一路征战。两军在战术和武艺方面相距甚远。

曹参率领的前锋轻而易举地冲进敌军的前锋之中，几乎没有遇到太强的抵抗。

这支军队不足为惧。

曹参心想，命令手下的士兵："敌人的阵地已经开始瓦解，压上，压上，坚持压上！"军队冲破了敌人的前锋，又击破了第二阵，直逼第三阵。

刘邦得知曹参处于压倒性的优势，立刻叫来周勃命令道："不用保护我，立刻加入战场一举击溃敌军。"

最精锐的虎贲军也加入了战场。

此时，南阳郡最后的队伍开始撤退，军队的前后开始脱节。

抵挡不住。

吕齮浑身颤抖，终于丢下战鼓的鼓槌逃向了南方，南阳军立刻陷入了溃败。

左司马曹无伤率领骑兵在身后猛烈追击，但是并没有找到吕齮。

"不能在此留下后患啊……"刘邦命令全军追击，军队迅速南下扫荡残敌。

犨县以南是阳城县，之前刘邦休整军队的县城也叫作阳城，两者容易混淆。中国有时会出现两三个同名的地区。气喘吁吁地逃向南方的吕齮到达阳城后没有进城，而是勇敢地在城外重新布阵。

　　但是曹参的军队顷刻间就攻入阵中击败了敌人。此时南阳军的兵力已经只剩一半，在南下的过程中又减少了一些。

　　吕齮最终逃进了宛县。

　　这座城很大。

　　刘邦得知吕齮跑掉，来到了能远远看到宛县的地方，但是并没有下令围城。

　　刘邦认为自己已经摸清了吕齮作为将领的能力。吕齮两次败走，深深地感受到了敌人的强大，绝对不会再次出城迎敌，就这样忽略宛县和吕齮，对刘邦军并无害处。因此他并没有攻击宛县。

　　刘邦没有让军队靠近宛县，而是掉头向西，于是张良难得地提出了异议。

　　"您不打算攻打宛县吗？"

　　"进攻无益。攻下宛县耗时良久，会损失不少兵力。"

　　刘邦本以为张良会对他的决定感到开心，没想到张良却面露难色。

　　"虽然沛公着急赶往武关，但秦军依然兵力强大，据守着险要之地。如果西征前不在这里拿下宛县，宛县的士兵就会从背后攻击我军，前方又有秦朝的强兵阻挡。也就是说，不攻下宛县直接西征是非常危险的。"

　　张良没有看轻表面平庸的吕齮。

　　原来如此，有了赵贲的前车之鉴啊。

　　本以为对手是猫，但他也有可能化身为老虎。

"好，进攻宛县。"

刘邦下令，在宛县城外先向西走了一段路，让吕齮手下的士兵放松警惕后在夜里折回。刘邦谨慎地选择了和离开时不同的道路，并且改变旗帜的颜色后来到城下，在黎明时分将城墙包围了三层。

天亮后，城里的士兵全都大惊失色，最惊讶的当属吕齮，他失望地拔出剑说："我只剩自刎这一条路了。"说着就将剑向喉咙刺去。周围的人一片慌乱，舍人陈恢拨开众人上前，沉着稳重地说："不要慌张。"

吕齮带着询问的表情看着陈恢。

"请派我出使。"

陈恢大声说道，阻止了吕齮自杀。吕齮已经放弃了思考，只是呆滞地点了点头。陈恢见此，大声向周围的人宣称："大人派我出使。"一把抓过象征使者的旗子飞奔出去。

他穿过城墙，举起旗子冲向军门，口中大喊："我是郡守的使者，前来参见沛公。军吏何在？谒者何在？"

谒者尹恢见到旗帜来到了陈恢身边。他一上来就带着半是威胁半是嘲弄的口吻说："喂，你说你是使者，骗人的吧？使者当有正使和副使，而且有的使者需要带着人质。单枪匹马的使者弄不好会成为刺客，你是来刺杀沛公的吗？"

"绝无此事，"陈恢单膝跪地，交出了手中的剑，"郡守和城里的所有人见本已离去的敌军包围了城池，都大惊失色，不知该如何是好。如果坐以待毙，沛公的军队就会发动攻击，因此我匆忙赶来。当然，我已经得到了郡守的允许。"

"哈哈，只有你没有手足无措吗？"尹恢笑着示意他跟自己来，在前方带路。因为这里距离大营很远，尹恢在途中借来了马车，让这位单枪匹马前来的使者上车。

到达大营的尹恢对卫兵说："我带来了南阳郡守的使者，请放行。"他走下马车，与陈恢一起走进大营。

刘邦就在帐幕中。

他正在与张良、周苛、卢绾等人畅谈，听到尹恢的声音后便停下让他进来。

陈恢走进帐幕后立刻跪倒在地。

"不要离得那么远，上前来。"

陈恢听了刘邦的话后，缓缓膝行向前。

刘邦并不认为儒家的礼仪很优雅，反而觉得琐碎至极而感到厌烦。但是南阳郡守的使者膝行向前的姿势有一种神奇的魄力，刘邦在一瞬间不由得伸手握住了剑。眼前的使者并未佩剑，但如果怀中藏有匕首，就可以冷不防地发起袭击。

但是名为陈恢的使者磕了一个头后停下了动作。

刘邦将手放回膝盖上说："抬起头来，说说你出使所为何事。"

陈恢抬起头。

面相颇佳。

刘邦年轻时曾单凭胆识行走于世，见过不少流氓恶棍，就算是在那时，他也厌恶不真诚的人。如今见到陈恢，他立刻感到此人内心是真诚的。

陈恢张开厚厚的嘴唇说："我听说您与楚王约定先进入咸阳者为王。如今您包围了宛县，宛县是大郡之都，周围有数十座城池，百姓众多，积蓄的粮食也很殷实。被困在城中的官吏现在都认为如果投降就会被杀，因此拼死守城。如果您要耗费时日在此布阵不断进攻的话，必然会出现大量伤亡。如果您放弃了进攻，撤兵离开宛县，宛县的士兵必将出城追击。这样一来，您就会陷入进退维谷的境地，定然无法最先进入咸阳。"

尹恢在陈恢身后听着他的话，有些吃惊地想：此人奸诈。陈恢最初见到尹恢时明明摆出一副惶恐的神色，如今竟然敢威胁沛公，真是颇有胆识。

突然，刘邦大笑起来。

"正是如此。我虽然包围了宛县，但并未找到好办法攻城，这里的将领都束手无策。今后将如何是好，还需你来指教啊。"

"啊？"

陈恢心里发出了小小的惊呼声，咽了一口口水，他突然感到刘邦的身影变得巨大而令人恐惧。刚才他站在帐幕外时听到里面传出了轻微的笑声，完全听不出束手无策的紧张感。也就是说，陈恢认为沛公并非没有攻城的方法，却故意这样对他说。也许刘邦已经猜到郡守的使者一定会来，当使者来到这里后便对身边的人说着"你们看，他来了"，众人皆笑。

陈恢紧张得冒汗，压抑着颤抖的声音说："让我为您出谋划策吧。首先接受郡守的投降，将郡守封为侯，让他继续守城。您将南阳郡的士兵收入麾下继续西征。郡中守着各个城池的人听到此事后，一定会争相开城迎接您，您前进路上的阻碍就会接连消失，行军时完全无须担心身后。"

刘邦立刻向张良使了个眼色，轻轻点了点头看着陈恢说："我听说南阳郡守吕齮难得仁慈，郡中百姓都敬慕着他。但是在秦朝残酷的法律下实行仁政难于登天。现在他若抛弃秦朝残酷的法律投降于我，我又怎会置他于死地呢？我会封他为侯，让他继续守护宛县实施仁政。我接受你的建议。请你立刻与谒者尹恢一起回城准备开城事宜。"

陈恢非常高兴。尹恢起身苦笑着对刘邦说："要让我做人质吗？"

"这很正常啊。宛县城中一定会款待你的，不要吓到郡守。到城门大开，我军拿下城池的时候，有你的一半功劳。"

"啊，当真如此吗？"

尹恢不情不愿地走出帐幕，让陈恢坐上停在大营外的马车，驾着马车向宛县驶去。

尹恢进入城中后突然被幽禁在房间中。

"你们干什么！"

"请安静。城中的士兵和官吏并非全都愿意投降，郡守现在要去说服他们，如果发生叛乱，这里是最安全的地方。"

"切。"尹恢咋舌。

应该留下郡守的人做人质。

现在就变成了刘邦心虚，单方面交出了人质。

三天后，尹恢被放出了房间。

吕齮跪倒在他脚下："请您将我绑起来交给沛公吧，请务必宽恕我此前的无礼行径。"

"嗯……"尹恢斜目环视四周，吕齮身后跪着一众官吏，陈恢也在其中，"绑起来太麻烦了，你就这样坐在马车上吧。"

听了尹恢的话，吕齮战战兢兢地换上了白衣，免冠徒跣，让陈恢将双手绑在身后走出了城门，其余官吏跟在他的身后。

无须如此。

尹恢独自坐在马车里看着投降的人们，不觉心生同情。这里距离刘邦所在的大营有很长一段距离。

走了二里左右，前方出现了旗帜和兵马。尹恢见队伍中有牙旗，不由自主欣喜地叫道："啊，是刘季前来迎接了。"吕齮听见尹恢称呼沛公为刘季，疑惑地抬起头，这才发现尹恢和沛公关系十分亲密，也明白了沛公的用心良苦。

尹恢停下马车，吕齮席地而坐等待着刘邦的到来。刘邦坐在兵车上，周围有骑兵护卫，他对走下马车的尹恢说："如何？受到了不少礼遇吧？"

尹恢干脆地回答："我有生以来第一次受到如此礼遇。"

"哈哈哈，"刘邦放声大笑，迅速走下兵车来到吕齮身后为他解开了手上的绳子，然后拉着吕齮的手将他扶起，让他与自己同乘一辆兵车，"你的选择是正确的，现在郡中的百姓一定都在欢欣雀跃，三呼万岁吧。"

道路两边已经站满了县里的百姓，刘邦在他们的欢呼声中随骑兵队一起入城，精神抖擞地在郡府中登堂说道："封吕齮为殷侯，命其继续防守宛县。"陈恢让宛县不流血而开城投降，刘邦赏赐他食邑千户。

随后，刘邦单独召来尹恢褒奖他说："抱歉让你受苦了。因为有你做人质，我才能拿下宛县这座大城。你立下了大功，想要什么尽管说。"

尹恢开口说："我现在既不需要什么东西也不需要金钱。不过等刘季你当上了王……"说着露出了害羞的神色。

"怎么了？觉得难为情吗？"

"呵呵，有一点儿。"

"真不像你。哈哈，看来你想要的东西大得吓人啊。"

"你可以嘲笑我厚颜无耻，也可以选择忘掉此事。等你当上了王，哪怕只有一天也好，请任命我为丞相。我很清楚自己没有这个本事，第二天就罢免我也没关系，但是请将此事留在王朝的官方记载里。"

尹恢并无物欲，有的是对名誉的欲望。

"此话有趣，实在太有趣了，我说不定会忘记啊。"

刘邦捧腹大笑，但并没有忘记此时尹恢提出的请求。后来他任命尹恢为右丞相，六年后封他为故城侯，食邑两千户。

刘邦在宛县又得到两万名士兵，拥有了一支庞大的军队。

这支军队向西前进，正如陈恢预想中的那样，沿途的南阳郡诸城接连开城投降。想加入刘邦军的人数急剧增加，最终兵力达到了七万几千名之多。

平定南阳郡的过程一路顺利，刘邦军到达了丹水后并没有直接沿着丹水向武关前进，而是折回进攻胡阳县。这多半也是因为张良提出了彻底平定郡内各城的建议。

在这里，刘邦军意外遭遇了从南方北上的五千名士兵，这支军队的将领是梅鋗。他面见刘邦后，立刻开门见山地说："我奉番君之命前来帮助沛公。"

刘邦认为此言非虚。梅鋗的主公番君名叫吴芮，是九江郡中部的番阳县县令。此人善于审时度势，曾暗中帮助在长江周围活动的盗贼首领黥布，还将自己的女儿嫁给了他。因此吴芮一边理所当然地帮助项羽的属将黥布，一边在听说刘邦来到南阳郡后立刻再三嘱咐梅鋗："也许刘邦会率先进入关中为王，你追随刘邦入关。时事瞬息万变，没有人知道未来将会如何，如今不要说五年后，就连一年后的情况也无法预测。既然无法预测，就不能只用一只手，而要在闭着眼睛的情况下用双手探索着前进，这样才称得上贤者。"

梅铕谨记番君的心意，前来面见刘邦。见面的两人同时想到：这就是外交，这就是政治啊。

"是吗？那我就爽快地接受番君的一片好意吧。"

刘邦将梅铕的队伍编入了自己的军队中。

刘邦此后率军向北前进，攻下了郦县和析县后再次回到丹水畔。

"可以去武关了。"

"正是如此。只要攻破武关就能进入关中。"张良回答。不知他是否心生感慨，突然移开目光看向了西方的天空。

武关的防守不如函谷关严密。

秦朝为了防止武关被攻破，在武关的西北方设下了要塞峣关，布下了双重防御。

刘邦军兵力将近八万，沿着丹水河畔来到了武关附近。

因为有南阳郡出身的各位将领相助，因此不须担心军粮，也可以使用攻城的大型兵器。

"这里即使从正面进攻也不会遇到太大的麻烦。"

刘邦听从了张良的话，在武关前采取了正面进攻。

武关的防守出乎意料地脆弱。

三天后，刘邦军的前锋部队叩开了武关。

刘邦终于进入了关中。

话分两头。就在此时，已经当上了二世皇帝的胡亥被丞相赵高暗杀。赵高得知刘邦军攻到了武关后派出急使。使者迅速来到刘邦身边，向他传达了赵高的想法。内容是：不如将关中一分为二，各自为王。虽说此举是迫不得已，但是刘邦认为关中一山不容二虎，这样愚蠢的计策连小孩子都不会同意，于是就将使者赶了出去。使者回到咸阳时，向他下达命令的赵高已死，他是被新立的秦王婴诛杀的。

刘邦刚刚进入关中，尚未得知这些消息。

"下面要攻打峣关了吧。"

刘邦准备先派出两万名士兵攻打峣关，但是张良却露出了困惑的表情。

"哎呀，我的命令出错了吗？"

"并非如此，与武关相比，峣关更难攻破，不能轻视秦军。我听说守卫峣关的将领出身寒门，骤登高位。不是说贾竖易动以利吗？现在应该派郦食其出使。"

张良献上的计策是不派兵攻打峣关，而是派能言善辩的郦食其出使。

此前也有提到，贾既可单指买也可单指卖，指商人。但贾指拥有店铺的人，而商指旅商。张良所说的贾竖中的竖指的是儿童，因此"贾竖易动"可以解释为商人和儿童容易被利益诱惑，不过贾竖当作一个词来看，一般认为是对商人的蔑称。

"好，就照你说的办。"

刘邦马上嘱咐郦食其将财宝和五万人的粮食带给驻扎在峣关附近的秦军。

秦军将领接过财宝后喜笑颜开，对郦食其说："我怎么会阻挡沛公的军队呢？正相反，我甚至想联合沛公一起进攻咸阳。"

郦食其向刘邦复命后，刘邦拍着手褒奖张良："这样一来，不费一兵一卒就能通过峣关，不愧是子房啊。"但是张良并没有露出笑容。刘邦皱起眉头试探道："你的计策莫非另有深意？"

"目前只有将领一人允许我军通过，我想士兵们不会对这样的将领心服口服。若得知将领投敌，士兵们恐怕会愤怒地杀死将领，对我军兵戈相向。如今士兵们尚不明真相，必然会放松警惕，应该趁现在发起进攻。"

也就是说，张良离间了秦军的将领与士兵。

此计的妙处原来在此。

刘邦本就不喜欢为利所动之人，他简短地回答了一句"我知道了"后就下令全军出击。趁敌军不备，大破五万秦军。

"接下来的战场在蓝田。"

在战国时代，楚军与秦军战斗时曾经攻到蓝田，此处地势广阔，可以让大军散开。张良心想，秦军为保卫都城一定曾在此拼死战斗过。

在到达蓝田之前，刘邦得到两个消息。

其中一个是关于项羽的。周苛说："项羽似乎已经击败了章邯。章邯手下应该有超过二十万的秦军，如果项羽将这支军队收入麾下，那么如今他的兵力已经达到了四十万，不，恐怕有五十万以上了。"

"五十万啊……"

光是听到这个数字就让人心里不痛快。

"今后项羽将如何行动呢？"

"不得而知。他如果要向楚王复命，应该会渡过黄河南下，但他如今留在了黄河以北。项羽是不是打算在那里建立新王朝呢？不过这只是我的臆测。"

"不好说啊。"刘邦陷入了沉思。

项羽如果击败了章邯，就必须先考虑如何处置他。周苛收集到的情报有限，关于这件事并没有听到传言，其实项羽已经暂时将章邯封为"雍王"。雍，过去曾是秦国的都城，位于咸阳以西很远的地方。当时有雍县，但并没有雍国，也许项羽告诉章邯，"由你来统治咸阳以西，国名为雍"。将章邯与秦军分开后，项羽同时下令由章邯的佐将长史司马欣和董翳率领秦军。奇怪的是，此时他将司马欣称为上将军。只有成为诸侯盟主的王才能封属将为一国之王，以及任命上将军。项羽的自我意识极度膨胀。

项羽还有平定赵国后的善后事宜要做。

刘邦推测着项羽始终按兵不动的原因。被项羽所救的赵王歇回到了原来的都城信都（巨鹿以西），只有张耳一人与赵国的军队一起留在了项羽身边。

刘邦虽然不清楚之前发生的具体事情，不过始终关注着项羽的动向，他出人意料地准确捕捉到了项羽身边的事情和他的想法。

"还有一个消息。"周苛称这则消息是由把守南阳郡宛县的吕齮送来的，"王陵率数千名士兵进入了南阳郡。"

"哦？"

这可是出乎意料。王陵是沛县的豪族，刘邦年轻时曾视王陵为兄长，但两人关系不深，因此刘邦在沛县起兵时王陵完全没有出手相助。后来刘邦将大本营转移到了砀县，扩张了势力，王陵依然始终保持沉默。为何他在此时起兵，而且没有留在泗水郡，却向西来到了南阳郡呢？

"因为他抢先得知了项羽击败章邯的消息吧。"周苛对王陵并没有什么好感。

"你是说他为了追随项羽而去了西边吗？"

"正是。"

"不对……"

周苛是以官吏的身份观察王陵的，而刘邦近距离地接触过王陵，能看到他真实的想法。王陵和刘邦一样不喜欢读书，知识并不渊博，但性格中并无卑鄙阴暗之处。他并不是那种得知项羽被黄河以北的诸将拥戴后会慌忙赶去想要分一杯羹的人。

"他如果想巴结项羽就必须走到黄河附近，南阳郡距离黄河太远了。"

"就是说，王陵是来追随沛公的……怎么可能……"

如果王陵想帮助刘邦，就可以理解他为什么去了南阳郡，这样一来王陵应该会派出使者向刘邦传递消息。如果他不想派出使者，应该会提前告诉负责治理南阳郡的吕龄。

长期以来，王陵就让人捉摸不透。

周苛心中不快。

但是刘邦对王陵的感情与周苛不同，他吩咐周苛："王陵的士兵并未在南阳郡作乱，告诉吕龄不要对王陵出手。"

刘邦不久就将到达蓝田。

"蓝田以南有秦军布阵，兵力大约十万。"

张良在刘邦身边听到这个消息后向他进言："我们可以虚张声势。"

刘邦接受了他的进言，竖起旗帜，假装军中有十几万的兵力，威慑秦兵后发起了进攻。

张良在进攻之前说："秦军怠惰。"

攻破武关进入关中的一路上，刘邦一直严厉告诫士兵："擅入民家掠夺者死罪。"并且禁止拐走秦朝的百姓。因此刘邦的军队看起来军容齐整，受到了秦朝百姓的欢迎。刘邦军体恤关中百姓，这样的声誉削弱了秦军的战斗意志，让他们失去了抵抗的理由。

秦军中的士兵也是关中的百姓，他们也被秦朝的法律折磨，只是因为害怕遭受从东边攻入关中的将士的痛击才拿起武器守卫秦朝的都城。不过当他们得知刘邦并非为了复仇进入关中之后，与刘邦战斗就失去了意义，他们也不会从中得到任何好处。

排列在蓝田以南的大多数士兵都抱着这样的想法，刘邦军的前锋部队攻到眼前后，便丢下武器四散而逃了。

秦军不攻自破。

张良见刘邦军大胜并没有放下心来，而是建议刘邦连夜赶路。

"不能放松追击的脚步。"

如果因为胜利而骄傲就会露出破绽，招致失败。过去有无数的前车之鉴，但是轮到自己时，人们往往会忘记过去的教训。

"我明白。"

刘邦命前锋曹参连夜赶路。

蓝田以北果然有秦军坐镇，曹参和他身后的将领发现后毅然发动夜袭，攻破了秦军。

刘邦接到捷报，笑着对张良说："子房啊，秦军灰飞烟灭了。"

张良不喜轻佻浮华的举止，因此没有让士兵休息，而是继续追击秦军："过去范增效力于武信君时曾说，楚虽三户，亡秦必楚。沛公体恤秦朝百姓，对他们并没有深仇大恨，但一定有人效忠于秦王，在兵刃上淬毒想杀掉沛公，因此必须对他们赶尽杀绝。"

刘邦听出了张良话中的恶毒之意，想起他的父母也是被秦军所杀，虽然张良没有将深藏于内心的仇恨之情表现出来，但是靠近秦朝都城后，他压抑着的感情终于还是涌现出来。

刘邦也曾为秦朝律法所苦。如果陈胜没有发起叛乱，也许他就将沦落为山贼，但他并没有想过将仇恨发泄在秦王和秦朝百姓身上。

在追击中，刘邦派出使者劝秦王婴投降。只要秦王婴接受劝降，就可以结束战乱。

"那么秦王将怎么做呢？"刘邦问身边的人。

周苛回答："秦王贤明。赵高取消了皇帝这一称号，称国主为王，自己却掌握着足以遮蔽王的威望的巨大权力，秦王不畏惧赵高的权力将其诛杀。秦王应该看到了沛公从武关到这里是如何战斗的，又是如何体恤关中百姓的。如果是项羽先于沛公进入关中，秦王恐怕会离开咸阳逃往西南的汉中郡吧。不过如果是沛公的劝告，我想秦王会顺从地接受。"

"秦王如果贤明，自有存活之道。"刘邦开始考虑自己成为关中王之后的安排。

刘邦军来到了被称为霸上的霸水河畔。

"秦王会如何答复呢？"

刘邦停止进攻，驻扎在霸上等待秦王婴的态度。从霸上到咸阳，徒步需要两三天。

不久，刘邦的使者和秦王婴的使者一起回来了。

"秦王接受沛公的劝告。"

"秦王英明，关中不用流更多的鲜血了，这对官民们来说是最值得庆幸的事。"

刘邦见秦朝的官吏和士兵都放下武器停止备战，便带领三分之一的士兵和重臣前往咸阳。

时值十月。

后来司马迁所著的史书《史记》中记载这一年十月为"汉元年十月"，不过刘邦此时还是楚怀王的属将，应该看作秦降于楚，楚统一了天下，应该记载为楚元年十月。另外，这一年是公历公元前二〇六年。

几乎在刘邦从霸上出发的同时，秦王婴离开了咸阳，在位短短四十六天。他身着白衣，坐在素净的马车上，由白马拉车。傍晚，秦王婴来到枳道亭，第二天没有离开，等待着刘邦的到来。正午过后，刘邦来到了枳道亭旁，秦王婴静静地站在亭子旁边。听到刘邦的声音后，他屈膝跪拜，挂在脖子上的丝绳微微晃动，这丝绳表示他已经做好了自杀的准备。

突然，跟随刘邦的几名将领高声说："秦王残酷无道，该当诛杀。"秦朝的律法的确残酷无情，让众多百姓获罪，连无罪的家人都要被连坐处死。而且父兄朋友被秦军杀害的人也为数不少，他们的怨恨和憎恶自然集中在了秦王一个人的身上。

但是，刘邦在车中举起手，制止了他们。

"楚怀王派我前来正是因为知道我为人宽容，诛杀降服之人是为不祥。"

不只是秦王婴和他身后的随从们，枳道亭附近的人听到了刘邦宽宏大量的话语都感动不已。

沛公的德行竟如此之高。

只在这里见过沛公的人无不有此感想。因此也可以说属将们的话和刘邦的宣言都是事先商量好的，他们在秦朝的官民面前演了一出好戏。咸阳近在眼前，只要秦王婴让出王位，刘邦就会成为关中王。就在这里，秦王婴交出了玉玺符节，玉玺是天子之印，符节分别是用来下达军事和行政命令的凭证，但刘邦并没有接。

可以说，人的第一印象决定一切。

没有人比刘邦更明白第一印象的重要性，他不但能看出初次见面之人的能力，还能看透他将来能达到的高度，但刘邦并非信奉能力至上主义的人，正因为如此，他才会厌恶知识和烦琐的礼仪，以及让人和组织变得徒具形式的儒家思想。

"请上马车。"刘邦扶起秦王婴，轻声对车夫夏侯婴说，"缓步慢行。"这不光是为了让沿途的百姓看到自己，更多的是想观察这些百姓。

第二天，刘邦终于进入了秦朝的宫殿。

虽说是宫殿，其实并非一两座，关中有宫殿三百座，关外的宫殿四百有余。总之，秦始皇想将天上的星宿置于地下，因此宫殿多如星斗，为了建造这些宫殿，他对百姓课以苦役。刘邦和跟随他的人对此无人不知，但当面对这些壮丽的建筑时，完全没有心情去批判。不光是光彩夺目的雄伟建筑，宫里还充满了财宝和美人。秦始皇驾崩后，后宫没有子女的女人全部被要求殉死，尽管死了那么多人，宫中的美人依然众多。

"哎呀，是女人。"

刘邦已经脱下了盔甲，此时立刻上前左拥右抱，这种柔软的触感和重量是战场上感受不到的，在这一瞬间，刘邦的双臂中感受到了和平。

刘邦抱着娇嫩的女子消失在房间中之后，跟随他的人们继续向宫殿深处奔去，寻找堆积着财富的府库，只有萧何在寻找与他人不同的东西。他进入秦朝丞相和御史的房间，找来律令文书、人口田册和关塞地图，一一收好。

跟随刘邦进入宫殿的有数百人，不过宫殿广阔，渐渐地大家都不知道别人的所在了。因为不知刘邦身在何处，卢绾不知如何是好，只得先离开了皇宫。在宫门附近站岗的是樊哙和周绁，卢绾见到两人后抱怨道："刘季带着美女消失了，诸将忘乎所以地抢夺财物，如今宫殿中一片酒池肉林的景象，真伤脑筋。"

樊哙和周绁四目相对，坚定地说："明天我们也去搜集一番。"如果宫殿中的酒菜被人投了毒，刘邦在一夜之间就会命丧黄泉。虽说秦王婴已经投降，但这里毕竟是敌人的地盘，应该保持警惕。最关键的是，这里明明不是后宫却有女官，这很不正常。虽然可以说这是秦王婴为了招待刘邦安排的，但也有可能是个陷阱，为了借此看透刘邦在女人和酒肉面前有多散漫。

"我先去找找他。"

卢绾回到了宫殿中。第二天早上，樊哙和周绁也一起寻找刘邦。他们在宫殿中来回奔走时，隐约听到了歌声和管弦之声。走在两人之前的卢绾回过头来说："不太妙，殷商纣王日日宴乐，终究招致灭亡。"终于，三人找到了一间伸向空中的雅致房间，房间里笙歌燕舞。刘邦用手打着拍子，已经喝得烂醉。

樊哙面带怒色，一下子冲进房间劝诫："沛公，这里不是你该待的地方，你应该回霸上。"

但刘邦醉意蒙眬，晃了晃身子口齿不清地说："哟，义弟啊，来，坐。喝酒吃肉。"身边有女子搀扶，刘邦不住地左右摇晃着，可以说已经进入了半睡半醒的状态。

周绁在樊哙耳边说道："等他睡熟了，大家一起把他抬回霸上如何？"

"不可。"

樊哙和卢绾都阴沉着脸。他们长时间艰苦奋战，就是为了赶在其他军队前进入咸阳，刘邦确实实现了这个目标。他的心情因为取得的成就而感到放松，这并非不能理解，但不可在众目睽睽之下露出痴态。虽说秦王婴将宫殿和住在里面的人交给了刘邦，但这并不意味着他已经当上了关中王。

只是得到了宫殿、财宝、美女，这对刘邦来说毫无益处。

只有得到人心才算是得到了天下。得到的宫殿、财宝和美女越多，越会逐渐失去人心。如果不能尽早让刘邦认识到这一悖论，三人就失去了作为臣下的价值。

第二天，刘邦所在的房间中聚集了众多仆从，那里很快成为巨大的宴会场。

但是有一个人悄悄地向温香软玉在怀，酒不离手的刘邦投去了强烈的憎恶目光。

他狠狠盯着刘邦，火冒三丈，心头涌起了这样的念头："那个吊儿郎当的男人就是关中王吗？果然应该在他还是泗水亭长的时候处死他。"他不动声色地离席，走出了房间。樊哙和周绁与他擦身而过，看着房间里的样子说道："沛公完全听不进去我们的话，只有子房大人能把沛公带回霸上了。"于是两人一起向张良走去。

第二天，张良端坐在刘邦面前。

樊哙和周绁在他身后一脸担忧。

这些家伙是来劝诫我的。

刘邦故意看向一边，用手指轻轻敲着身边女子的膝盖，先发制人地说："我觉得这里挺好。"

张良面对刘邦冷淡的侧脸说出谏言："因为秦朝无道，所以沛公能到这里为天下除害，现在应该以勤俭朴素为本。刚入秦，就安于享乐，这就是所说的'助桀为虐'。忠言逆耳利于行，良药苦口利于病，希望沛公听从樊哙的忠言。"

周围鸦雀无声。

初冬的风声在远处响起。

终于，刘邦依然看着旁边微微一笑，推开了身边的女人们说："叫军吏。"他让手下的人们把搜集来的金银财宝全都送回了府库，将府库封锁起来。

"啊，这才是沛公。"

樊哙和周继松了口气，欢欣鼓舞地跟在刘邦身后走出了宫殿。卢绾见此，欣喜地来到张良身边向他致谢："您真是天赐之人啊，就算刘季是天选之人，如果没有您也会被上天抛弃。"

"真不可思议。沛公并非只能听进我的声音，却会在关键时刻接受我的进言。也可以说这并非我向沛公进言，而是沛公让我这样说的。也许就像人有卧起，人心也分休息和清醒之时，在休息的时候别人说什么都没有用。而今天沛公的心已经清醒了。"

张良说着缓缓坐上马车，一挥衣袖离开了宫殿。

刘邦在霸上扎营。

他在这里召集了父老与各位豪族，向他们说明了自己的行政和司法概略。

"秦朝的严刑苛法把众位害苦了，诽谤皇帝朝政者不光是自己，连亲族都要被诛杀。而且只是聚众交谈也会被处以死刑，暴尸于集市之上。我与诸侯约定，先入关中者为王，根据约定，我将成为关中王。现在，我与各位约定，"刘邦高声宣布，"律法只有三条。"

刘邦宣布废除所有烦琐的律法，百姓只需要遵守三条刑法。

约法三章的内容是：

杀人者死，伤人及盗抵罪。

因为内容太过简略，在这里分成三条说明。

一、杀人者要处死。

二、伤人者要抵罪。

三、盗窃者要判罪。

"只有这些吗？"

父老们简直不敢相信自己的耳朵，他们心中的惊喜可想而知。因为刘邦的宣言给大家留下了过于深刻的印象，关中百姓称赞这简短的律法为"约法三章"，并口口相传。

刘邦继续对父老们说："我们之所以来这里，是为民众除害，不是想来危害大家，所以大家不用惊恐！而且我们之所以驻军霸上，是为了等待诸侯们到来商定大事，实践承诺。"

实践承诺是指让诸侯认可刘邦成为关中王一事。

刘邦让父老们散去后，派秦朝的官吏去关中各县和乡邑传播约法三章的内容。秦国百姓皆大喜，带着牛羊美酒等食物来霸上的营地献给刘邦，慰劳他的士兵。

但刘邦委婉地拒绝了关中百姓们的好意："我军不缺粮食，为了不让大家浪费粮食，我不能接受。"刘邦谦虚温厚的态度让关中的百姓们对他越发敬爱。

"不久，诸侯的军队就会进入关中，如果他们不承认沛公是关中王可就糟了。"

百姓们担心的只有这一件事，也就是说刘邦进入咸阳仅仅一个月就抓住了秦人的心。虽说刘邦收拢人心的手段背后有张良出谋划策，不过刘邦本就体恤百姓，就算没有张良指点，他也会下达体恤百姓的命令。

希望沛公成为关中王。

殷切盼望此事的人们献上了一计："现在听说章邯投降项羽，项羽给他的封号是雍王，在关中称王。如今要是他来了，沛公您恐怕就不能拥有这个地方了。可以赶快派军队守住函谷关，不要让诸侯军进来。并且逐步征集关中的兵卒，加强自己的实力，以便抵抗他们。"

刘邦闻言顿生邪念，心想：原来如此。或许这也是因为刘邦进入关中以来受到了极大的欢迎，他想保护支持自己的百姓，这样想来就并非为了一己私欲。总之，刘邦当机立断，将军队派往函谷关。

得知刘邦的决定后，有一个人悄悄叫来了自己的心腹："刘季显然是伪善之人。他明明对关中的官民说会在霸上等待诸侯们到来，却又打算封锁函谷关。你立刻出发，赶在军队之前通过函谷关，替我将此封书信交给项羽将军，不出一月，刘季将人头落地。"说完立刻派出了密使。

密使赶在刘邦派往函谷关的守军之前冲出了关外。

此时，西征的项羽正在新安县以南大肆屠杀，他将二十余万秦兵推进洞穴，将他们坑杀，这些秦兵并非敌人，而是投降于他的章邯手下的士兵。一夜之间坑杀如此多的士兵，可谓空前绝后。

如前所述，项羽接受了章邯的投降，将章邯与秦军分开，命章邯的佐将司马欣和董翳率领秦军。这样一来，项羽的兵力达到了六十万之多。

六十万人每天需要的食物极多，军粮减少的速度超乎想象。

兵力并非越多越好。

项羽意识到了这点。另外，这些过去的秦兵不光怨恨章邯将军背叛他们投降了项羽，还在图谋造反。

项羽心想："这二十万士兵会成为祸害。"他与黥布和蒲将军商量后，只留下司马欣和董翳，将其余秦兵全部坑杀。虽说可以明确得知项羽是趁夜将众人全部杀害，但是实在无法想象能装下二十多万人的洞穴是怎样的光景。如果是将他们推下深谷倒是说得过去，但恐怕历史的事实超出了常人的想象。

新安位于洛阳和函谷关之间。

这样就稍微轻松一些了。

项羽杀死二十多万人后，若无其事地继续向西前进。

不久，项羽见到了从西边赶来的密使。密使递上的信中写道："沛公欲成为关中王，封原秦王子婴为丞相，将府库的珍宝全部据为己有。封锁函谷关，不让诸侯进入关中正是他野心勃勃的证据。"

项羽大惊，愤怒地将密信扔了出去："沛公这家伙！"

其实在此之前，项羽对刘邦从来没有过恶意，反而充满了亲切和敬意。虽然他与刘邦的军队联系并不频繁，但是他感觉与在黄河以南奔走的刘邦军之间有战略上的联系。

刘邦并没有一味地向西赶路。

项羽认为这是刘邦在照顾他的感受。但是信中的刘邦又如何呢？简直是充满伪善的野心家。

见项羽勃然大怒，军师范增慢慢捡起了他扔出的书信。他迅速浏览过信的内容后冷笑道："哈哈，沛公暴露了本性。"他向来不信任刘邦。项梁在定陶战败而死后，楚国将领纷纷在彭城集合，只有刘邦独自留在了砀县。当时范增怀疑：难道沛公怀有二心？虽然在那以后他并没有密切关注刘邦的行动，但他认为刘邦的行动并没有表现出绝对忠于楚国的意思。这就是说，刘邦或许有着独立的志向，他的志向如果不会危害到项羽则可以默许，但如今看来将成为巨大的危害。

范增说："可让当阳君的军队打前锋，拿下函谷关是轻而易举的事。"

"就这么办。"

项羽命当阳君，也就是黥布率军先行出发，猛烈进攻函谷关。黥布轻而易举地拿下了这场攻防战的胜利，可以说一举攻破了要塞，守军在恐惧中一路败退。

怒气冲冲的项羽军终于还是进入了关中。

时间已经进入了十二月，浓云密布，天色灰暗。

项羽不断向西进发，渡过戏水靠近鸿门时再次遇到了密使。

"沛公身在霸上，却没有前来迎接，似乎意欲一战。他的兵力大约十万。请您在明天早上慰劳士兵，然后攻破沛公的军队。"

"呵呵，这才是大王啊，"范增满意地点了点头，他认为刘邦此人危险，应该尽早除掉，"沛公在山东时贪财好色，但是进入关中后既没有搜刮财物也没有宠爱女人，可见志向不小。谨慎起见，我命善于观气之人从远处观察了他身上的气，呈五彩之色，那是天子之气。应该突袭他的军队，不能让他逃掉。"

山东的山具体指的是哪一座山，现在无法确定。有说是华山，有说是崤山，还有太行山的说法。总之在过去的秦国，秦国领地以外东边的广阔地区都叫作山东，但是范增是楚国人，虽说他如今进入了关中，但是会使用山东这个说法依然有些奇怪。另外，他说刘邦没有搜刮财物，这与密信中提到的刘邦将府库中的全部财宝据为己有相互矛盾。如此看来，应是后世的人将范增的话篡改了很多。

无论如何，项羽的楚军要开始行动，突袭刘邦军杀死刘邦。

知道这个决定的只有项羽身边的人，其中一人面色凝重，他就是项羽的季父项伯。

"日出之时设宴款待士兵，宴会结束后赶往霸上，击杀刘邦军吗……"

项伯嘟囔着，在营房里心神不宁地踱步，他看着日落处一扬眉，果断地自言自语："既然如此……"他利用夜色的掩护独自牵出一匹马，屏住呼吸和马一起走了一段路程后，环顾左右没有人，才缓缓骑上了马背。

他的目的地是霸上。

从鸿门到霸上大约有四十里，骑马需要半天的时间，因为现在是晚上，而且对路并不熟悉，所以项伯没办法尽情飞奔。好在月色明亮。

从这时起，项伯遇到了好几件幸运的事情。比如他并没有绕太多路，而且冬天霸水的水量很少，可以轻而易举地渡河。另外，晚上一定会有放哨的士兵巡逻，但项伯靠近刘邦的大营前一次都没有遇到盘问的人，简直可以说是奇迹。

子房一定就在沛公身边。

项伯边想边翻身下马，悄悄溜进营地，寻找挂着韩国旗帜的营房。

"就是这里吧。"

项伯嘟哝着，故意发出了脚步声。

"是谁！"两名卫兵上前询问项伯。

项伯解下腰部的佩剑高高举起，用能让营房中的人听到的声音说："我是项伯，曾在下邳承蒙子房庇护。现有消息要通知他，此事事关子房的生死，请让我见他。"

士兵接过剑，正要向张良报告，张良已经打开了营房的大门。他见项伯气喘吁吁地站在月光中，急忙上前拉起了这名稀客的手："你应该在项王阵中，怎么会这么晚来到我这里？"

"有要事相告。"项伯低声轻语。张良急忙将他请入营房。项伯调整好呼吸后立刻说："留在这里只有死路一条，你赶紧跟我一起离开。"

张良扶着项伯的双肩让他坐下："你先冷静一下。我现在一头雾水。你是说只有我会死，还是……"

"不只是你会死，沛公，这里的士兵都会死。正午过后，楚军会突袭这里，项羽一定会毫不留情地赶尽杀绝。"

项伯表示项羽一定会猛烈追击，如果不趁着夜色逃走就没有生路。

听了项伯的话后，张良不明白项羽为何如此愤怒。

因为沛公封锁了函谷关吗？

张良是第一次听到此事，他大吃一惊。这是刘邦的失策。

"你应该知道，自从离开彭城，沛公一直顾及着项王。项王只要明智，一定能理解此事。封锁函谷关确实是将项王拒之门外，但沛公并无恶意，只是出了纰漏。我为了韩国跟随沛公，如果明知形势即将发生突变还跟你一起逃走，不就成了不义之人吗？"

张良心中升起了一股侠义之气。并不是只有张良经历过千钧一发的危险境地，项伯也有一身侠骨，张良曾冒着生命危险掩护他，他认为此时正是回报这份恩情的时候，所以抛弃了侄子项羽，为了救张良一命而冒险来到了这里。

项伯面色凝重："我明白你的心情，虽然不能置明天就有可能死去的沛公于不顾，但是已经没有时间了。"

"确实已经没有时间了，不能再等下去了，我立刻去叫醒沛公，你跟我一起来。"

张良和项伯一起冲出营房，径直走向刘邦的营房，樊哙和周绁站在营房外。张良用火炬照亮了两人的面孔后叫道："快去叫沛公起来，有要事。"

樊哙从来没见过张良如此匆忙的样子，感到有不祥之事发生，敲开门走了进去。门内马上传来了刘邦的声音："进来！"樊哙出来后，张良独自进入了营房。刘邦依然身着寝衣，不过他的眼中已经没有了睡意，疑惑地看着张良。

"发生了最糟糕的事。"

张良详细说出了事情经过。

"竟然……"

刘邦看着眼前的虚空不住叹息："我该如何是好呢？"他仿佛是在向虚空发问，而不是询问张良。

"您打算彻底背叛项羽吗？"

如果不能确定刘邦的心意，就算是张良也无法制定计策。

"有个没用的家伙给我出了个馊主意，说应该封锁函谷关不让诸侯入内，我听从了他的意见。"

正所谓事到临头懊悔迟。

"沛公啊，您好好想一想，您能够凭借一己之力击退项羽吗？"

片刻间，刘邦一语不发。过了一会儿，他终于回过神来："不可能。我该如何是好呢？"

张良并没有立刻回答刘邦的问题："其实，项羽的季父项伯就等在门外。"

"这真是令人吃惊。你是怎么认识项伯的？"

"他是我年轻时的学友。后来他因杀人罪被官府追杀，我掩护了他。"

刘邦听完事情的原委后问："你和项伯谁更年长？"

"项伯年长于我。"

"那我也该视他为兄长，快叫他进来。"

刘邦如今走投无路，只有项伯是唯一的依靠。项伯为了报答过去的恩情甚至背叛了侄子项羽，这让刘邦对他充满了好感。

项伯进入营房。他虽然外表朴素，但并无粗鄙之感，也毫无颓唐之气。即使饱经沧桑，但生于豪门的气质犹存。

"感谢您能来。"

刘邦以礼相待，命人准备了酒与项伯对饮，祝他长寿。

"如何，要不要从我的族人中娶妻？"

刘邦提到了结婚的事。

他想拉拢我进入刘氏一族吗？

项伯想，但是心中并无反感，反而认为这是个有意思的人。这种话可不是命悬一线的人能说出来的。

后来，项伯进入了刘氏一族，改氏为刘。他被封为射阳侯，在刘邦去世三年后离世。虽说项伯并非对项氏毫无留恋，但也许是因为与项羽之间有了微妙的隔阂，又或者是因为他亲眼见到刘邦后从他身上感到了前所未有的魅力。

总而言之，酒拉近了两人的距离。

"我立刻回鸿门为你向项王求情，你也必须在明天早上之前面见项王，向他谢罪。"

项伯说完离开了霸上。他到达鸿门后，在黎明时分偷偷见到了项羽，慎重地说："沛公封锁函谷关是为了防止盗贼进入，他同时封锁了府库，正在恭候您的到来。那些无凭无据的话，是有人想要挑拨您和沛公之间的关系。这些人才是内部的敌人，他们会成为暗杀秦二世的赵高那样的奸臣。请您务必小心……"

项羽表情未变，沉默地听着他的话。项伯继续说："因为沛公平定了关中，您才得以轻易入关，攻击有大功者为不义，难道不应该厚待他吗？"

项羽听到最后，看着终于变得明亮的天空，只说了一句"我知道了"，便让项伯退下了。

日出时分，刘邦乘马车率百余名骑兵来到项羽的大营，营地内外一片喧嚣。

赶上了吗……

项伯如释重负，前来迎接刘邦，引他进入了大营。刘邦看着项伯的眼睛，项伯不动声色地示意他事已成。

之后，刘邦面见收敛了怒气的项羽，表达歉意。最后说："有小人意图挑拨我们之间的关系……"

项羽轻轻点了点头，说出了密告者的姓名："是沛公的左司马曹无伤。如果不是他挑拨离间，我怎么会怀疑沛公呢？"

汉中王

刘邦和项羽的会面顺利结束了。

但是项羽对刘邦说："我今早为慰劳士兵准备了大量酒肉，现在正好与您一起享用。"这样一来，刘邦并没能马上离开。

准备宴席时，项羽离开了房间。范增趁这个机会追问项羽："大王，您并不是真的要放过沛公吧？"

"亚父啊。"项羽这样称呼范增。这个称呼表示了项羽对范增的尊敬，将他当成仅次于父亲的人。

"沛公并无恶意。以前，我和沛公曾共赴沙场。他并不是个欲望熏心的人。那是沛公左司马的诬告。"

范增闻言脸色一变。

"难道，您已经告诉沛公告密者是左司马曹无伤了吗？"

"是啊，这有什么不对吗？我和沛公皆憎恶奸臣。"

"哎呀！"

范增心想，大王真是单纯。左司马是军中重臣，有他给项羽报信，今后不要说刘邦军队的动向和内情，就连刘邦本人的想法都能握于掌中。这么重要的间谍，项羽一句话就失去了。

既然如此——

范增目露凶光。

"就算沛公没有恶意，他只要还活着，就必然会妨碍到您。如果不趁此机会铲除此害，将来您一定会后悔的。"

"你这是什么意思？"

项羽不耐烦地皱起眉头。

范增轻轻拍了拍手，说出了自己的计策。

"宴会场外有很多卫兵。到时宾客尽享宴酣之乐，只要您一声令下，卫兵可立斩沛公。为了使沛公无法抵抗，只要将他的座位设于南侧，卫兵即可从背后袭击。另外，为了不让沛公从您的表情中察觉到我们的计划，由我来坐他对面北侧的座位，请您坐在西侧。"

"我做东招待客人，如果不坐在东侧反而坐在西侧，沛公立刻就会起疑了。"

"不管沛公是否起疑，他都逃不出去了。只是，您坐在沛公的右侧可能会有危险，所以应该坐在左侧。"

南侧座位的左边即西侧。

"嗯……"项羽并没有马上回答。

"没问题的。"范增推波助澜。

不久后，项羽在项伯耳边轻声说：

"请沛公入席的时候，让他坐在南侧。只允许带一名侍者，让侍者坐在东侧。这是亚父的指示。你跟我们一起坐在西侧的座位。"

"嗯？"

项伯不由得望向项羽。

这是有事要发生。

向对方暗示即将发生的不幸，这已经是项羽最大的好意了。

但是项羽并没有说最好让沛公马上离开，这也是因为他真心想招待沛公吧。

要小心范增吗？

项伯走到沛公身边，将座位的安排告诉了张良，并且对他说："在宴席上作陪的只能有你一个人。"

说完，项伯带领两人走向宴席。

范增和项羽已经入座。这是一场气氛奇怪的宴会。坐在北侧的范增像帝王一样看着刘邦。

过去，范增和项伯同为项梁的左膀右臂，分掌军事和外交。但是从一开始，范增就视刘邦为敌人。范增曾经对项梁说："沛公和景驹、秦嘉是一类人。他并没有从内心臣服于您，将来必反。您不能信任他。"

但是项伯却对项梁说："陈胜称王后，诸将对他是多么忠诚。如今跟随您的将士们也一样，黥布和蒲将军不正是您的股肱之臣吗？您只要足够强大，还怕那些存有异心的将领不忠于您吗？"

项梁战死后，项伯继续跟随项羽，他的想法并没有改变。特别是和刘邦交谈后，他更不想让刘邦和项羽相争。杀掉刘邦？岂有此理！项伯简直想痛斥范增。

宴会进行到高潮时，范增的表情异常凝重。他一会儿给项羽使眼色，一会儿举起佩戴的玉玦示意。

玉玦是带缺口的环状玉佩，将玦交给对方意味着"诀别"。范增三次举起玉玦，是在催促他"决断"。但是，项羽对他置之不理，只是喝酒吃饭，并不开口。项伯和张良觉察到了范增的异样，意识到他在催促项羽下决断，于是默默准备好迎击。

突然，范增愤然起身。项羽仍然无视他的行动。项伯和张良对视一眼，相互点头，都松了一口气。

范增走出宴会场，焦急地叫来项庄。项庄是项羽的堂弟。

"大王心慈手软，不忍杀沛公。你进去以祝沛公长寿之名舞剑，趁机杀掉沛公。此事关系到项氏一门的未来。如果现在不杀沛公，将来我们必然会沦为他的阶下囚。"

范增下了暗杀的指令后，含笑回到席中。

嗯？发生了什么？

项伯和张良没有看漏范增神情的变化。外面发生了什么好事让老军师如此高兴？两人正疑惑时，项庄走了进来。他向堂兄项羽施了一礼，面对刘邦坐下，倒了一杯酒，向刘邦献上祝词。然后转身面对项羽轻轻低下了头说："君王和沛公饮酒，军营里没有什么可以用来作为娱乐的，请允许我舞剑。"

"好，请。"

项庄闻言一笑，拔剑起舞。

有杀气。

项伯瞬间有所察觉，立刻对项羽说："请允许在下共舞。"

他拔剑立于刘邦之前，像鸟儿张开翅膀那样用身体掩护刘邦，这也叫翼蔽。如果项伯没有起身相护，刘邦就会被项庄斩杀。可以说项伯一舞成为历史的分岔路。

范增咋舌，示意项庄退下。项羽事先知道范增的阴谋，但不知他是否看出两人舞中的暗中争斗，只是称赞两人："好剑！"

张良立刻走出宴会场来到军营门口找到站在那里的樊哙。

樊哙问："事情还顺利吗？"

张良语气凝重地说："事情很危急，刚才项庄拔剑起舞，意在杀害沛公！一会儿还不知道会发生什么事。"

"竟有此事！既然如此，我要进去和沛公生死与共。"樊哙怒目圆睁，拿着剑持着盾牌打算冲进军门。

"站住！"

守卫军门的卫兵怒斥，持戟交叉不让他继续前进。

转瞬间，数名卫兵拦在了樊哙身前。樊哙瞥了一眼卫兵，将盾牌举在身前一言不发地撞了上去，樊哙力大无穷，卫兵们在这一撞之下纷纷跌倒在地，已经没有人能阻挡樊哙进入宴会场。

"就是这里吧。"

樊哙嘟囔着掀开帷帐走了进去，面向西方，面对项羽目眦欲裂。见到樊哙的表情，就连项羽都握剑挺身问："这位客人是何人？"

张良立刻从樊哙身后走了出来说："是沛公的参乘樊哙。"

项羽重新坐下，爽朗地说："此人是壮士！上卮酒。"卮是能装四升酒的大酒器，有人从帷帐之外搬来了一个硕大的酒器。樊哙屈膝拜谢后将盾牌放在旁边，双手接过酒器，起身一饮而尽。

项羽大悦："赏彘肩。"彘肩就是猪肘。

下人送上彘肩，樊哙将盾牌扣在面前，将肉放在盾上，拔剑切开吃掉。项羽从未见过如此大胆之人，说："实乃壮士。还能继续喝吗？"

樊哙抬起头来，真心诚意地说："我连死都不怕，区区卮酒怎会推辞？过去，秦王有虎狼之心，杀人唯恐不能杀尽，惩罚人唯恐不能用尽酷刑，所以天下人都背叛他。怀王曾在彭城和诸将约定'先打败秦军进入咸阳的人为王'。现在沛公先打败秦军进了咸阳，一点儿东西都不敢动用，封闭了宫室，等待大王到来。特意派遣将领封锁函谷关，是为了防备其他盗贼的进入和意外的变故。"

樊哙的辩解颇为动人。在场的人全都注视着樊哙，只有范增扭过头去。

樊哙接着说："沛公劳苦功高，却没有得到封侯的赏赐，大王反而听信小人的谗言，想杀有功的人，这不是与灭亡了的秦朝做法相同吗？我以为大王不应该采取这种做法，此举并不可取。"

这番话很明显不光是在为刘邦辩解，既尊重了项羽又阐明了道理，只能说樊哙颇有辩才。

项羽难得输了气势，无话可说，只说了一句："坐吧。"原本坐在地上的樊哙起身走到张良身后坐下。或许刚才说服项羽的时候樊哙已经起身，此处对樊哙动作的记载不明。

总之，刘邦本来已经陷入人为刀俎我为鱼肉的境地，如今因为樊哙的出现总算缓过气来。

坐了一会儿，刘邦起身如厕，樊哙跟在他身后做护卫。

刘邦并没有去厕所，而是沉默地走出了军门，然后才开口说道："我出来的时候并没有告辞，该如何是好？"

樊哙平静地说："做大事不必顾及小节，讲大礼不必计较小让。现在人家好比是菜刀和砧板，我们则好比是鱼和肉，还要告辞干什么呢？"

小节和小让意思相近，都是指细微处的礼节。

"是啊……就让子房代我道歉吧，你回到宴席上去……"就在刘邦小声吩咐樊哙时，张良一路小跑向这边而来。

"正好，我现在返回霸上，抄近道的话要二十里左右，你估计我回到了军营后再进去。"

张良点点头问："您来时带了什么东西吗？"

刘邦说："一对玉璧献给项王，一双玉斗献给亚父，但正碰上他们发怒，就未敢奉上。你替我献给他们吧。"

璧与环相似，是扁平状圆形玉器，中国有璧帛一说，表示珍贵的礼物。玉斗是指玉制的斗形酒器。

"遵命。"

张良用眼神暗示樊哙尽快离去。

不过，有人听到了这三人在军门前的密谈，他就是都尉陈平。项羽命他来叫刘邦："沛公如厕已久，你去看看是怎么回事。"陈平见厕所寂静无声，心想刘邦应在别处，走到军门时发现了站在那里说话的三人。他一直沉默地看着这三个人。

刘邦留下了乘坐的马车和随从人马，独自骑马脱身，只有樊哙、夏侯婴、靳疆、纪信四人徒步跟随。

之前只提到一位靳姓之人，就是出身宛朐的靳歙。靳疆也许是靳歙的同族，不过这只是推测。他的出身地不明，只知道刘邦进入关中时，他在渭水北岸的栎阳。秦王投降于刘邦时，他率领骑兵千人向西前进加入了刘邦军。他虽然是新加入的将领，却受到了与樊哙、夏侯婴等老将同等的待遇。十年后，他被封为汾阳侯。纪信同样出身不明，不过他在靳歙之前就跟随了刘邦，在攻破武关前被任命为将军。刘邦在沛县起兵时提拔了纪成。纪成与纪信也许是同族，但并没有记载能够证明此事。

张良独自站在军门外。

日上三竿。

"子房大人。"

陈平在此时第一次开口。

张良并没有太过惊讶，因为他从刚才开始就注意到了站在军门边的陈平。

"大王召见沛公。"陈平故意说。

张良走到军门旁，试探陈平："沛公已经离开，我去向大王道歉吧。"如果陈平此时声张，那就是他看错了人。

"啊，是这样吗？"陈平假装糊涂。

果然如此。

张良心中暗笑，和陈平一起回到了宴会场上。

项羽见陈平只带回张良一人，用眼神询问他发生了何事。这无声的询问中包含着一些担心，怕是范增又用其他的手段杀掉了刘邦。

张良立刻郑重说道："刘邦禁受不起酒力，不能当面告辞。让我奉上白璧一双，敬献给大王；玉斗一双，献给大将军。"大将军是指范增。

项羽面色未变："沛公现在何处？"

"听说大王有意要责备他，沛公脱身独自离开，现在应该已经回到军营了。"

刘邦此时应该还在路上，但张良在话中暗示项羽现在去追已经无济于事了。

"是吗？"项羽小声说着接过了玉璧，而范增大怒，接过玉斗掷于地上，拔剑敲碎了它："唉！黄口小儿不值得共谋大事！夺项王天下的人一定是刘邦。我们迟早都会被他俘虏！"

项羽的优柔寡断让范增大为恼火且万分懊悔，不由得骂他为黄口小儿。

不要忘了，此时除了主张杀死刘邦的范增外，还有主张不能杀死刘邦的项伯。总之就要看项羽相信哪一方的说法了。范增从项羽的未来考虑，认为刘邦是敌人，而项伯考虑到目前的情况，认为应该善待刘邦。

进入鸿门的项羽可以说距离平定天下只有一步之遥了。如果此时暗杀刘邦，跟随项羽的将领们就会起疑心，对刘邦颇有好感的关中百姓会反抗项羽，刘邦的属将会在四面八方打起反抗项羽的大旗。这样一来就会功亏一篑。

这就是项伯的想法。

项羽在进入关中之前从来没有厌恶过刘邦。看到曹无伤密告的内容后，他对刘邦起了蔑视之心，心想沛公竟是这般卑鄙的人。但得知这封密告只是诽谤之语后，项羽对刘邦的杀心也就消失了。范增的计谋太贸然，不合时宜。

刘邦回到霸上的军营后命令身后的四人："抓住曹无伤，带到大营中来。"这四人并不知道事情的原委。樊哙和夏侯婴从起兵的时候就与曹无伤相识，知道刘邦非常信任他，两人疑惑地问："曹无伤做了什么事吗？"

"唆使项王杀我的诬告就是出自他手。是项王亲口告诉我的，不会有错。"

樊哙和夏侯婴露出了难以置信的表情，但见刘邦眉宇间流露出前所未有的严峻表情，两人互相使了个眼色便离开了。

不一会儿，双手缚在身后的曹无伤被带到刘邦面前。刘邦独自坐在军帐中，让抓住曹无伤的四个人离开了军帐，说："让我和曹无伤单独谈谈。"被按在刘邦面前的曹无伤目不斜视，眼中迸发出强烈的憎恨之情。

刘邦看着他的眼神，不知这个人为何如此憎恨自己，带着疑惑对他说："你马上就会人头落地，你该知道原因吧。"

"不知道。"

曹无伤的声音中毫无畏惧之意。

"不可能。你陷害我,想让项羽杀了我。"

"我说不知道并不是指此事。我是不明白像你这样丧尽人伦的人怎么会成为王。"

刘邦冷笑一声:"哦?你说我丧尽人伦……"

"你让曹氏生下了儿子,又不娶她为正妻,而是巴结有权有势的吕氏,娶了他家的女儿,将曹氏当作外妾。这就是你悖道之始。你感受不到被当成外妾的曹氏和她儿子的悲伤苦楚,又怎能体恤百姓?你会为了一己私欲弃百姓于不顾,不如死在这里。我不过是为了天下人的福祉,想要借助项王的力量而已。"

曹无伤一口气说出了心中的怨愤。

刘邦沉默片刻,盯着曹无伤,压抑着激动的情绪说:"是吗?向沛县县令密告我与夏侯婴之间的小小争吵的人也是你吧。你明明不在泗水亭内,为什么能将那件事告到县令那里呢?"

这次曹无伤露出了冷笑:"啊,你真是迟钝。我是听你的下人们在酒馆说出来的,就是这么简单。我真希望你当时就被处死。"

刘邦听到此话并没有发怒,反而陷入了深深的思考,过了一会儿,他终于说:"曹无伤,你爱着曹氏吗?但是同姓之人不得结婚,你的悲伤都来源于此。我脑子笨,现在才明白此事。"

曹无伤眼中涌出泪水。

那一天,曹无伤被杀。

刘邦在此之前从未斩杀过属下,夏侯婴心想,刘邦此时心里一定很难过,等张良带着骑兵回来后对他说:"等等再向沛公报告吧。"暂时让刘邦独自留在了军帐中。

总之,鸿门宴就像是赤手空拳逃离了虎口,刘邦经历了此番生死一线的危机,深深感到上天的庇佑。同时,他回想着与张良的相遇,深感其中的神奇之处。如果没有遇到张良,就不会得到项伯暗中相助。

刘邦小睡片刻,整理好思绪,带着释然的表情招来张良,慰劳他随机应变的功劳。之后招来舍人唐厉,提拔了他:"左司马的位置空出来了,由你来接任。"唐厉并非沛县人,而是出身于刘邦的出生地丰邑。

之后的几天里刘邦始终保持着警惕,因为他并不知道项羽会不会改变心意发起突袭。

但这不过是杞人忧天。

项羽径直向西出征,抓住子婴后将其斩杀。接下来闯进宫殿,夺取了一车又一车的财宝和女人。结束后命令手下放火烧毁了所有宫殿,七百多座宫殿付之一炬。

火三月不灭。

司马迁《史记》中的记载未必是夸张,所有宫殿燃烧殆尽恐怕确实需要三个月之久。这是楚人复仇的火焰,过去灭亡楚国的秦朝已经被烧毁。项羽必须让身在远方的楚国百姓看到这个证据,这与心中对秦朝并无太大怨恨的刘邦有着天壤之别。

其间,项羽派使者去彭城询问怀王的想法。使者带回的命令是"如约执行"。也就是说,封先入关中的刘邦为王。

岂有此理!

项羽认为怀王并不知道一路的经过和关中发生的实际情况,心中愤愤不平,集合诸将对他们说:"灭秦平天下凭借的是各位和我的力量。"又要求怀王封诸将为王侯。如果要封怀王之下的人为王侯，怀王就必须被抬到更高的地位，于是他尊楚怀王为"义帝"。

项羽未经义帝允许便擅自分封天下诸侯。刘邦必须等到封地确定下来，他来到了张耳的营地。负责接待的是贯高和赵武。两人见刘邦走下马车后依然面色不变，甚至有些冷淡地说："你是来祝贺主公被封为恒山王的吗？"之前曾经说过，后世史书必须避帝王讳，汉朝时恒写为常，因此恒山记载为常山，张耳在当时被称为常山王，实为恒山王。

刘邦依然满面笑容，恭敬地说："我在泗水亭附近见过两位。过了这么久，两位依旧贵体康健实为幸事。我得知张耳大人被封为恒山王，前来献上贺词。"这两人过去是张耳的食客，耀武扬威，刘邦像对待兄弟那样对待他们。这两人却始终将刘邦看成无法独立谋生的毛孩子。

这两人并不聪明啊。

这样的两个人作为大王的重臣辅佐国政，刘邦不由得担心起张耳国家的未来。

刘邦走进昏暗的军帐中，一时只能看到张耳模糊的身影，不过很快就适应了军帐中的光线。张耳坐在地上抬头看着刘邦。

苍老了不少。

而且面色严峻。刘邦看到张耳后，心中涌现出如此感想。他站在那里试探着说："就连信陵君也没能当上王。"

"啊，是啊，我真是诚惶诚恐。"

自己飞黄腾达，超过了过去的主公信陵君，张耳为此感到不安，虽是白天却关着大部分窗子，郁郁寡欢。

此人还是如此规矩。

刘邦松了一口气。

张耳做外黄县县令的时候曾有很多食客，当时刘邦认为他身上有功利的一面，凭借曾是信陵君的食客来沽名钓誉。张耳曾誓与陈余生死与共，但两人最终失和。据说陈余因为张耳怀疑自己的友情，一怒之下在黄河河畔隐居了下来。张耳此举也可以说是以自己的利益为先。因此刘邦认为张耳心中并没有真正的情义。但张耳此时成为恒山王，却并没有骄傲，而是表现出诚惶诚恐的姿态，也许对张耳来说，信陵君是天神一样的存在吧。

"也许正是信陵君让你成为王。"

张耳仿佛在刘邦的话中得到了救赎，脸上的严峻之色突然消失。他对刘邦说了句"来，坐"，便亲自起身打开了窗户，房间里马上明亮了起来。

"好久不见了。"

"有二十二年，不，二十三年了吧。"

张耳是在魏国被秦灭亡十九年后当上的县令，那年刘邦三十二岁。刘邦记得自己去外黄县时还不到三十岁，最后见到张耳应该是二十八九岁的时候。

"我听说你险些被项王杀掉。"

"哎呀，是吗？"

"你不用装傻，诸侯们都知道了，大家都在说那个刘季已经成长为能威胁到项王的人了。你的功劳太大了，因此反而会被贬谪。自古以来，君王都害怕臣下功高盖主。你虽然还没有拿到封地，但最好做好心理准备。"

张耳是在暗示刘邦，项羽也是逐利之人。

诸将的封地一一确定，但刘邦并没有见到通知他封地消息的使者。

　　"已经到了晚春，您一定是被忘记了吧。"

　　刘邦身边的周苛并没有掩饰自己焦躁的心情。张良也疑惑地说："我去探察一番吧。"就在他离开后，项羽的使者到了。

　　"封为巴蜀王。"

　　这就是使者带来的消息。刘邦的近臣和属将都愤怒不已："巴蜀不是流放犯人的地方吗？"巴郡和蜀郡在咸阳西南方很远的地方，与咸阳的距离和砀郡相当。而且巴郡和蜀郡是流放犯人的地方，住着很多不服从朝廷的异族，因此很不太平。

　　卢绾难得变了脸色，叹息道："最重要的是，我们要怎么去呢？"

　　应该说无法到达。后来，王莽修凿了通往巴蜀益州最东边的子午道，那是大约二百年后的事了。

　　张良回来后听到了军营里紧张的嘈杂声，喃喃自语："巴蜀太远，是耗尽天运之地。"他命令部下把箱子都堆在马车上，又带着少数几名随从乘马车离开了。

　　马车向北来到了戏水畔项伯的军营。张良马上把箱子搬到军营中，见到项伯后，他打开了箱子："这是上次的回礼。"箱子中是黄金百镒和珠玉二斗。这本是刘邦赏赐张良的财宝，张良原封不动地献给了项伯。百镒相当于现在的黄金三万二千克。

　　张良郑重地请求："明天，沛公将被正式封为巴蜀王。但是巴蜀偏僻，生活不易，沛公原本应该被封为关中王，请您劝说项王，至少将汉中加入沛公的封地。"

　　汉中郡因在汉水中游得名，是战国时代楚国设立的。后被秦国攻占，成为秦国的领地。秦始皇统一天下时曾置三十六郡，第一个就是汉中郡。汉中郡在咸阳以南，与咸阳相邻，直线距离很近，但并没有道路相连。

第二天，刘邦来到戏下军帐接受封侯。

"封沛公为巴、蜀、汉中王，都城南郑。"

因此，此后刘邦被称为汉中王，简称汉王。他的国家并不叫汉中，而被称为汉。

这次分封充满了恶意。

这份恶意并非来自项羽，而是来自项羽背后的范增。刘邦明白此事，却依然因为封地中加入了汉中而略感欣慰。回去的路上，他试探张良说："我们不用去巴蜀，都是拜你的神机妙算所赐啊。"

"不是什么神机妙算，针如果不能插在正确的地方就不会起效。"

"哈哈，果然是你啊。项羽的朝堂上有病魔，针法不娴熟的话就没办法消灭病魔。"

张良罕见地露出了忧愁之色："是范增吗？"

范增得知是张良坏了他在鸿门宴上诛杀刘邦的阴谋后，独自调查了张良的来历。得知张良是韩王成的辅相，同时又是刘邦的谋臣后，他言之凿凿地向项羽进言："韩王成虽然毫无疑问地得到了封地，但恐怕会通过张良与刘邦勾结加害于大王。因此不能让他回到韩都阳翟，应该留他在大王身边做人质。"

张良并不知道范增这番威胁到韩国复兴的进言，但是他感觉到始终追随项羽的韩王成开始受到冷遇，便明白范增的恶意一定是冲着自己而来。

"子房啊，你我又要分别了。"

刘邦认为张良会随韩王成回到阳翟，心中涌起一层伤感。

张良没有回答。

他在犹豫。如今秦朝灭亡韩国复兴。张良的志向是复兴韩王室，但他并不想做复兴后的韩国宰相。如今他的主公之一刘邦即将奔赴偏僻之地，自己怎么能不去送行呢？不，怎么能不随他一同前往汉中呢？

最后，直到回到霸上的军营为止，张良都没有答案。

时至初夏。

项羽命令留在关中的王侯回到各地的封地。刘邦去戏下的大营告辞，拜见了被称为西楚霸王的项羽。项羽占据了横跨魏楚的九郡，有传言说，他的都城在彭城。而如今义帝正在彭城。

项羽要如何处置义帝呢？

刘邦心中疑惑，当然他并没有问出口，只是郑重地向项羽报告了自己出发的日子。然后项羽说了一句出人意料的话："我听说从这里到汉中路途荒芜，我将借你三万士兵。"

"感激不尽。"

刘邦道谢后退下。但等在帐外的张良听说此事后难得恼怒地说："这些士兵是来监视您谪徙的，项羽将您当成了罪人，要把您流放到汉中。"张良在愤怒之余，还担心这三万名士兵接到了袭击刘邦的命令，这样一来，事情就会变得棘手。

张良决定了自己今后的去向："我跟您一起前往汉中，但是我也很担心韩王的处境，不能一直留在汉中。"

刘邦麾下的十万士兵在出发前几乎减半。除了一些士兵听说要去汉中后自行离去，还有一部分像梅鋗这样封侯后食邑达到十万户的将领也带兵离开。不过，一直追随魏王豹的张说重新回到了刘邦军中。张说被任命为执盾，成为刘邦的近侍。

刘邦军离开了霸上。军队向西到达轵道，转而向南行进，通过了杜县。杜县以南通向汉中郡的道路后来被称为子午道，此时叫作蚀中。一路上都崎岖坎坷，林间小路和山路还算好，来到在悬崖峭壁上凿出的栈道旁之后，所有士兵都屏住呼吸停下了脚步。但总不能一直停在原地，士兵们颤抖着迈出脚步，贴在崖壁上缓缓移动。因为数万名士兵都要这样缓缓移动，行军速度只有平常的十分之一。

一旦踏空就会掉下万丈深渊，有的士兵因为害怕前方绵延不绝的危险栈道而连夜逃走，随着队伍前进，逃走的士兵越来越多。西楚霸王的军队本是来监视士兵不得逃走的，但他们也惧怕危险的栈道，领头的将军在到达褒中后感到厌烦，心想汉中竟是如此险恶之地，向刘邦告辞后便撤退了。见到超乎想象的险恶地形，这名将领失去了监视刘邦到达都城南郑的心思。

一项危险解除了。

张良替刘邦感到欣慰，向他进言："我不能随您到达南郑，但您应该烧掉您走过的栈道，向天下人表示您无意返回东边，让项王放心。"

刘邦没有掩饰心中的寂寞："是吗？要在这里分别了吗……可你已经随我走到这么远的地方了。"

护送张良离开的士兵在返程时烧掉了栈道，蚀中的道路就此断绝。

从褒中到南郑路途并不遥远，曹参边走边看着峡谷间的一线天空，脚步越来越沉重。他叹息着："这里是山峰和幽谷建成的牢狱啊。"

在前往南郑的路上，士兵们唱起了故乡的歌谣。项羽的郎中韩信也在这些士兵之中。他屡次向项羽献计却均被驳回，于是对项羽失望，投奔刘邦军中。他是随着监视刘邦军的士兵一起来的，在其他人撤退时留了下来，加入了夏侯婴麾下。

只有夏侯婴最重义。

韩信冲着这一点加入了刘邦军，被任命为连敖，属于下级或者说是中级官吏，总之绝非上级官吏。

韩信一直有些散漫没规矩的地方，当上连敖后也曾因蔑视法律而被逮捕，处以死刑。同样被处以死刑的一共有十三人，其他人都被杀了，只有韩信活了下来。

我怎么能死在这种地方？

如果韩信此时瞑目，就只能人头落地，但他并没有闭上眼睛。

夏侯婴在那里。

韩信在观看处刑的人群中发现了夏侯婴的身影，突然大叫出声："你的主公不是想要夺取天下吗？为何要斩壮士！"

他的声音打动了夏侯婴。

夸大其词。

夏侯婴带着一丝嘲笑走近这名罪人，他记得这个人。

"让我来看看你是否真的是壮士吧。不要杀他，这个人我收下了。"

夏侯婴说完将韩信带到了自己的军营中，端上酒和食物。和他交谈了一番后，夏侯婴对刘邦说："应当重用韩信。"但刘邦此时心情不佳，除了在南郑住得并不舒适的原因之外，还因为他对未来感到迷茫。他将韩信任命为治粟都尉，但并没有认真听取韩信的意见。

士兵不断逃跑。

逃跑的不光是士兵，甚至包括将领。

刘邦非常苦恼。

就在这时，他接到了报告："丞相萧何逃走了。"

"什么！"

刘邦不敢相信自己的耳朵，大喊一身跳了起来，他感到一阵头晕。如果负责后勤的萧何离开的话，他的王国将无法支撑下去。当天晚上，刘邦几乎吃不下饭。

第二天他也在恍惚中度过。周围人从没见过刘邦如此消沉，悄悄交换着眼神。

不过又过了一天，早上传来了好消息。

"丞相回来了！"

刘邦听后大喜，同时满面怒容，准确地说，是故意表现出愤怒的样子。刘邦在匆忙建好的宫室中转来转去，见到萧何后大骂："你为何逃走！"

萧何跪坐着向前移动，直直盯着刘邦反驳道："我并没有逃走，而是去追逃走的人。"他的回答令人意外。

"你去追谁了？"

"韩信。"

刘邦盯着萧何，眼神中透露着怀疑。

"逃走的将领有数十人，你都没有去追，怎么会去追区区一个官吏韩信？不要说谎。"

萧何没有在意刘邦严厉的话语，又跪着向前移动了几步，坚决地说："会逃走的将领很多，而韩信可谓国士无双。如果大王甘心留在汉中王的位置上，不用韩信也罢。但是如果您打算夺取天下，没有韩信则无法成事。大王希望如何呢？"他的话让刘邦冷静下来。

国士，是指一国最优秀的人物；无双，是指独一无二的意思。萧何与韩信的关系已经亲密到会给他如此高的评价了。

"我想去东方，怎么会想一直在这种小地方磨蹭？"

刘邦心中也很焦急。但是对项羽的畏惧让他压下了心中的焦急。

"大王如果想去东方，就可以重用韩信，韩信也会留在这里，如果您无法重用他，他终究会离开。"

如今张良不在，没有人为刘邦策划未来的军事行动。萧何认为韩信可以做到这一点，所以推举了他。

"是吗？那我就接受你的意见，拜韩信为将。"

刘邦并非没有见过韩信。

此人内心有阴暗处。

这是刘邦的直觉，与他第一次见到张良时印象完全不同。但是不光是夏侯婴，连萧何都佩服韩信，这让刘邦开始反省也许是自己看走了眼。

"单单拜将无法留住韩信。"

刘邦听到萧何的话一惊，心想韩信竟是如此人才，便毅然决然地说："那就封他为大将。"

"不胜荣幸。"

萧何深鞠一躬。拜将前，萧何来到刘邦面前向他呈上谏言。好不容易做到这个地步，决不能再让韩信跑了。

"大王向来轻慢无礼，虽然就要拜韩信为大将，却就像招呼小孩一样，这就是韩信要离开的原因。大王既然要拜他为将，一定要选良辰吉日，斋戒，设坛场，礼数齐全才行。"

刘邦心中嘲笑萧何啰唆，但是为了给萧何面子，便答应了下来，按照他的说法拜韩信为大将。

"那个下等小官竟然是大将！"

军中众人皆惊。

拜将仪式结束后，刘邦第一次与韩信单独见了面。

刘邦的举止与平日完全不同，彬彬有礼地说："丞相经常向我提起你，你要给我制订什么样的计划呢？"虽然刘邦认为彬彬有礼的举止不过是虚有其表，但是如果在不熟悉自己的人面前立刻表现出散漫的举止，用随便的口气说话，对方一定不会将这当成亲密，只会觉得受到了侮辱。

这是儒家带来的恶习。

刘邦现在依然这样认为。

虽然韩信也曾是不良少年，但他似乎对儒家学说有一些敬意，在刘邦面前礼数周全。

"如今大王打算向东前进，与大王争夺天下的敌人就是项王吧？"

"正是。"

"大王认为自己与项王相比更胜一筹吗？"

刘邦沉默片刻，仔细思考后说："远远不及。"

韩信立刻赞美了刘邦的坦率："我也认为大王不及项王，但我曾经为项王效力。"

之后，韩信提出了自己相反的想法。

项羽有外人看不到的几项弱点。

项王大吼一声可以将千万人吓倒在地，这足够勇猛，却不能任用有才干的将领，这种勇猛就只能叫匹夫之勇。项王待人恭敬有礼，仁爱慈祥，别人生病了，他会含泪给别人送去吃食，可等到手下将领立功该封爵的时候，他却把玩着应该赏赐给部下的印章，直到印章棱角都磨圆了也舍不得交出去，这就是所谓妇人之仁。

原来如此，项羽的占有欲非比寻常。

刘邦发现项羽和秦始皇有着同样的性格，并没什么了不起。

只要不是奴隶，很少有人会不计报酬地为他人效劳，而项羽强迫部下做到这点。不光是相信自己有才能的韩信，已经立功却没有得到一寸土地的将领恐怕也已经离开了项羽身边。

接下来，韩信提到了项羽的不公和残忍。

如今天下无人不知，项羽违背了与楚国义帝的约定，擅自将诸侯封王，而且格外优待自己的亲信，对与他关系疏远的人则很冷淡。而且项羽将自己国家的首都定在彭城，将碍事的义帝赶到了江南。诸侯得知此事后都纷纷效仿，赶走旧主抢占好的地盘。因为项羽开了一个不好的先例，如今各国都不顾长幼尊卑。天下必将大乱。

项羽所过之地无不横遭摧残毁灭，天下人大都心怀怨恨，几乎没有人真心亲近项羽，只是迫于威势勉强服从。

韩信断言："项羽只是名义上的霸主，实际上已经失去了天下的民心。"

原来项羽虽然成为霸王，却没能笼络人心……

刘邦心下了然。

"所以大王只要做出与项王相反的行为就可以了。"

"原来如此。"韩信这番话在刘邦看来十分浅显易懂。

"关中百姓对抛弃手下士兵的三秦之王恨之入骨而仰慕汉王。汉王如果起兵东进,只需一封檄文就能平定三秦之地。"

韩信的想法十分乐观,却给了刘邦充足的信心。三秦是指过去的秦国分成的三个国家:"雍"（以章邯为王）、"塞"（以司马欣为王）、"翟"（以董翳为王）。这三个国家可以说是为了监视汉中的刘邦,阻止他出击。

事后想来,将军事要地交给他人是项羽重大的失败之处。如果他亲自留在关中,而将刘邦封锁在边远的地方,也许历史将会发生重大的改变。

有人建议项羽将都城建在关中,但当时的项羽说"富贵不还乡,如锦衣夜行",没有采纳这一建议。他放火烧掉了所有宫殿后将关中的中心荒置,并没有留在这里的意思。显而易见,关中是易守难攻之地,但项羽对自己的军事能力颇有自信,因此并没有感受到关中之地的吸引力所在,应该说他太过自信。项羽自信就算定都东方也不会输,不需要关中的地形优势。

但是,难道项羽不明白王朝并非一代而终吗?他竟然没有想到自己的子孙并不会成为超越自己的勇猛之士,并在这个常识的基础上制订未来的计划。

当然,刘邦此时也没有余裕去绘制百年后的蓝图,只是离开关中就需要他全力以赴。

他召集诸将商议应当如何出击,在八月完成了部署。

因为他亲手断绝了东边的蚀中道,因此只能从西边进入关中。

流经关中的渭水河畔有一座名叫陈仓的县城,通往那里的道路被称为故道或陈仓道。

刘邦选择了那条道路，下达了出击的命令。

这样一来就能回到东方了。

士兵们激动地欢呼起来。

刘邦认为章邯性格谨慎，恐怕会在陈仓布阵迎击。韩信则认为章邯的军队羸弱，他对刘邦说："章邯已经今非昔比，现在的雍兵也并非过去的秦兵了。"

也许是吧。

刘邦率领军队前进，心中暗暗希望事实正如韩信所料。章邯用兵出神入化，刘邦曾在中原战斗，始终对他心有余悸。他对离开汉中心中犹豫的重要原因正是出口有章邯把守。刘邦从来没有单独与章邯的直属军队交战过，虽然他作为项梁的属将曾和项羽联手与章邯交战，但他认为最好忘记当时的感觉。如今两军的战斗战场和兵力都有不同，绝对不会重复当时的战斗。

刘邦让萧何留在南郑，亲自率军出发。他接受了曹参的建议，决定先击溃距离汉中郡最近的下辨县。初战告捷让军队势力增强。刘邦接到捷报后派出了临武侯。被封为临武侯的正是樊哙。刘邦召来义弟，命他担任别动队的将领："由你带兵西征。"这支队伍的任务是攻下主力军西边的县城并且击溃章邯的军队。

"遵命。"

樊哙即刻出发，向下辨以西前进，在白水以北的广阔地带遭遇了西县县城里的军队，大败敌军后向东追击，到达了陈仓东北方的雍县。他在那里与汉的主力军队会合，可以说迂回的速度相当迅速。

汉的主力军队从故道向北前进。

故道既是道路的名字也是县名。在到达陈仓县之前要经过故道县，必须攻下此县。

故道的县令已经得知刘邦离开了汉中，在从首都废丘出发的章邯军赶到前便败给了刘邦。章邯在到达陈仓时听说了故道失守，急忙派使者前往翟国和塞国，希望与同袍司马欣和董翳联合起来共同攻击汉军。

章邯军有两万兵力，而汉军兵力四万。

出人意料的是，雍王章邯的征兵能力很差，这是因为他只当了四个月雍王，而且他麾下的二十万余士兵被项羽坑杀后，身边没有留下一兵一卒，秦兵的家人们对他都心怀怨恨，匆忙征兵后只有两万人应征入伍，其中大多是素质低下的士兵。

与他相比，刘邦麾下的将士都是相信他的远大理想，在汉中时没有逃跑坚决留下的人，而且大多是经验丰富的勇士。两军素质的差距一目了然。

另外在用兵方面，韩信的能力超过了章邯。

韩信来到渭水河畔，见对岸没有章邯军的旗帜后笑道："章邯武运已尽，我军可以轻易渡过渭水。"

但刘邦心有疑虑："章邯诡计多端，经常发动奇袭。在敌人渡河途中发起攻击是常见的战术。章邯会不会正躲在暗处，在我军开始渡河后发动袭击呢？"

"不，对岸没有雍国的士兵。"不知为何，韩信如此断定。

真的如此吗？

韩信尚未向对岸派出侦察兵。刘邦认为应该在对岸探察一番后再开始渡河，韩信则要求迅速发起行动："章邯尚未做好迎击的准备。如果我军踌躇，章邯将由不利变为有利，应尽快渡过渭水。"

"好，出发。"

刘邦此前一直相信张良的策略，此次是第一次听从了新任将领的策略率军出发。在战斗中，犹豫不决是大忌。刘邦鼓起勇气坐上了船。

对岸果然没有敌军。

刘邦上岸后问韩信："你如何得知此处没有敌军？"

韩信抬头看着天空回答："地面的情形会反映在天空中。只要地面平静，天空就不会骚动。"

说得真好。

刘邦在心中笑道。如果天空中的鸟群骚动，就说明地面有伏兵。不过韩信并没有拜师学习过兵法，他始终生活在底层，仔细聆听他人的话语，时而批判，时而钦佩。韩信判断什么应当抛弃什么应当保留的标准是他几乎不可能实现的愿望：如果我成为统领大军的将领……

因为总是在考虑用人，而不考虑为人所用，因此韩信作为小吏时是无能之辈，但他有成为大将的才能。只要认清这个事实，韩信终究会让刘邦感到无法驾驭。

刘邦在此时已经看清了这点。

汉军顺利渡过了渭水。

此时，章邯已经率军离开陈仓向渡河的地点走来，得知汉军已经渡过渭水后，他发出一声叹息："哎呀，晚了一步。"然后急忙掉转方向撤回陈仓。韩信仿佛早已知道章邯的动向，催促汉军迅速前进，不给章邯留下建成坚固堡垒的时间。

章邯是一位名将，可以将素质低劣的士兵培养成精兵。但此时他并没有创造奇迹的余裕。

"汉军攻过来了！"

章邯听到此报后看着还没有建成的堡垒咋了咋舌，明白自己已经陷入了被动。如果在陈仓阻挡住汉军的东进，司马欣和董翳的军队就会赶来。而且再过两个月项羽就会派出援军。章邯心中涌出一股不安，他感到计划似乎会被打乱。

汉军接近了。

红色的旗帜和盔甲笼罩在黑色的大地上，秋天的阳光突然黯然失色，是汉军放出的一万多支箭遮蔽了天空。

章邯本想死守陈县，但汉军冲破了他的防线。

章邯兵力不足，无法填上被冲开的防线。就在他拼命抵挡汉军的猛攻时，弟弟章平来到了他身边。

章平是废丘以北好畤的城主。

"兄长，不能在这里与汉王决战。城比堡垒坚固十倍，而且我们身后有援军。现在最重要的是争取时间。"

章平所言极是。章邯曾经在陷入绝境后逆转取胜。不，应该说他与项羽的战斗是顽强不屈地打成了平手。章邯也许是少数认识到时间具有魔力，并且巧妙地利用时间提高自己声誉的人之一。他过去只是秦朝的少府，现在已经当上了雍王，他想打一场不愧于自己声誉的战斗，换句话说，他想要与汉王的军队打一场漂亮的胜仗。执着于此事的章邯听了弟弟的劝诫，放弃了自己的梦想："好，撤退。"

夜里，章邯率军撤退。悄无声息地转移军队是章邯的拿手好戏。

兄弟二人也许是害怕刘邦追击，并没有回到废丘，而是来到了好畤。他们沿渭水畔向东走到了郿县后转而向北。

到了早上，汉军士兵发现敌人的阵地空空如也，纷纷吵嚷起来，不知如何是好。

韩信立刻向刘邦进言："雍王想要避开野外决战，想据守城池抵抗，拖住我军的脚步。不能犯下率大军围困雍王一人的蠢事。"

如果为了杀掉章邯一人而浪费时间，就会给项羽留下充分的准备时间。韩信担心的正是此事。

"而且，"韩信神色阴郁地说，"最近得到消息，韩王成已经被项王诛杀。"

这是为了粉碎会在中原为汉军引路的势力。

刘邦仿佛能听到自己心中发出的悲鸣。

张良也被杀了吗？

张良离开褒中时的背影清晰地浮现在刘邦眼前。难道那个身影消失在刘邦的视线中后就坠入了深谷吗？

刘邦心神不宁，在军事会议后单独召见了卢绾和周苛，对他们说："你们去为我查探子房的生死，另外，查一查韩国现在形势如何。"

汉军开始进军，但并不急切。

如果将废丘比作雍国的头和躯干，汉军的战术就是扭断雍国的手脚，打败从远方伸来的援手。刘邦并不急着东进，他在等待率领别动队的樊哙。

雍县就在陈仓近旁。

排除了道路上的一个个障碍物后，汉军攻下了雍县，在这里与樊哙的队伍会合。刘邦大喜，问道："我听说了你的功绩。陇西郡现下如何？"

"章邯的威望还没有泽被那里，关中西部的百姓也在期待着
汉王回归。"

"是吗？"

这是个好消息。过去楚国的百姓怨恨秦朝，如今秦朝的百姓
怨恨楚国，冤冤相报何时了。

汉军继续进军。

他们沿渭水向东，绕过郿县，首先攻下了雍县，之后从雍县
向好畤进发。

好畤、废丘与咸阳形成一个三角形。秦朝宰相范雎第一个完
成了在三点屯兵形成三角逐渐扩张的战略思想。秦将章邯自然清
楚这一战略。但只要咸阳失去了军事上的功能，形成三角形的战
略就是纸上谈兵。

汉军在好畤的攻防战中取得了压倒性的胜利。

出城攻击的章平在城南被击败。

章邯离开好畤逃往废丘。

章平留在好畤，兄长章邯出城逃向南方，一定是兄弟俩选择
了分头对抗汉军的策略。

刘邦命军队包围好畤发起猛烈的攻击。最先登上城墙的又
是樊哙，攻击雍城时就是樊哙率先登上了城墙。在好畤，樊哙最
先进城，杀死了县令和县丞，拿下十一枚首级。之前曾写到章平
是好畤的城主，实际上县令是好畤的城主，而章平的地位在他之
上，统治着以好畤为中心的一大片地方。按照常理来说，他是雍
王的弟弟，自然处于大臣中首位，也就是首相的位置。

如果汉军的士兵就这样逐渐进入好畤，城池必将陷落，但士
兵们再次回到了城外。

"为何如此？"樊哙愤怒地说。

"三秦士兵正在向这里进发。"

听到这个消息，樊哙明白了现在的形势：救援好畤的联军打算从背后袭击汉军。汉军急忙掉转了方向。

好畤有两个乡，分别是壤和高栎。这两乡附近成为战场。

韩信充满自信地微微一笑："城里的章平此时恐怕是欣喜万分，就像在久旱的日子里看到天空飘来乌云，可惜这片乌云并不会降下雨水，只会云消雾散。"

这支军队良将云集。

韩信深切地体会到这一点。以曹参为首，周勃、樊哙、郦商、灌婴、靳歙，不胜枚举。与项羽的属将不同的是，他们会在战斗中独立思考。换句话说，他们眼观六路。项羽的属将总是在恐惧如果无法完成任务就会受罚，所以会拼命完成接到的命令，没有自己的想法，只能看见眼前。这就是项羽麾下无良将的原因。

三秦的将领更糟糕。

"这简直是在扭断孩童的手臂。"

虽然韩信没有夸下这等海口，不过两军的战斗轻易分出了胜负。汉军大破三秦军队。樊哙击退了敌军的骑兵队，因此功劳被封为将军。

章平得知三秦军队败退后大惊失色。

汉王的军队竟然如此强大……

虽然难以置信，但这就是现实。汉军并未追击三秦的军队，而是立刻撤回包围了好畤城。

留在这里只有死路一条。

章平当机立断，在包围圈形成前率城内士兵出击，看准防守薄弱的地方突破重围逃向西方。

"让章平逃了吗？"刘邦说着，语气中并无遗憾之意，"叫骑都尉来。"

负责掌管骑兵这一重任的是靳歙。

靳歙在刘邦经过济水河畔的宛朐时就追随他，当时项梁依旧在世，他立下大功是在项梁去世之后。刘邦军在距离开封不远的地方遭遇了秦军，当时靳歙率千名士兵杀死骑兵将领，杀死五十七人，俘获七十三人，是可以与樊哙匹敌的勇士。他在蓝田以北也立下了卓越的战功，杀死两名率领兵车队的车司马和骑兵队长，歼敌二十八人，俘获五十七人，可以称为超人。

刘邦认为他头脑也不差，于是将骑兵交给了他。刘邦在派他出征前曾特意嘱咐他："你率领骑兵西征镇压陇西，不要太过在意是否能取下章平的首级。只要让西方的官民看到你的威势，章平的首级自然会落入我们手中。"

实际上，陇西都尉郦商就在汉军之中。西征的任务本应交给郦商，但刘邦却命他去镇压北方的北地郡和上郡。如今上郡已经变成了董翳的翟国。而刘邦打算亲自去讨伐关中西南部。

刘邦率军向北进发。

龙虎之战

从好畤径直南下就是雍国首都废丘，不过刘邦在中途转向了东方。于是，不光是将领，连士兵都明白他要进攻咸阳。咸阳虽然已经被项羽烧毁，但并没有荒废到无法居住的程度。如今统治这里的是内史保，赵贲是军事辅佐官。

真是不可思议的缘分。

赵贲与刘邦已经打过两仗，一胜一负。得知刘邦正从好畤赶往咸阳后，赵贲产生了一种奇怪的感觉。

又要与刘邦一战吗？

不知道为什么，赵贲总是站在刘邦的对立面。

汉军的先锋曹参得知内史保与赵贲在咸阳以西布阵迎击后，讥讽地嘲笑赵贲："你又在我们眼前晃荡了。"

从这里开始，周勃开始活跃，他的军队紧随曹参冲破了敌阵。这一战赵贲惨败。他与内史保一同逃往咸阳，周勃在两人身后紧紧追击。因此汉军在咸阳的防守还没有完成的时候冲入城内。赵贲并未战死，他顽强地活了下去，但再也没有出现在历史中。他一定在自嘲一生都在与刘邦对抗，但并不后悔吧。

刘邦进入了咸阳。旧都的百姓都欢迎刘邦的回归。

终于来到这里了。

虽然只是下山来到平原，不过刘邦心中涌起了一丝成就感。刘邦将咸阳改名为新城，让诸将向三个方向进发。他的战略是斩草除根。

诸将率军离开新城后，周苛缓缓来到刘邦身边向他报告。

"子房大人似乎在将要被项王杀害前逃走了。他会不会正在来这边的路上？"

"是吗？"刘邦的喜悦溢于言表。

汉军将领们的行动引人注目。

在新一年的十月之前，塞王司马欣和翟王董翳投降了汉军。三秦中的两国消失在地图上，成为汉的领土。

但是，雍国依然留了下来。

雍王章邯在废丘城坚持抵御汉军，弟弟章平屡战屡败，但依然东奔西逃继续与汉军战斗。与其说这是因为他们忠于将雍国赐给他们的项羽，不如说是武将本身的志气使然。

真不愧是章邯。

刘邦在内心称赞。章邯手下的士兵之前普遍素质低下，但随着时间流逝，这些士兵的素质似乎有了提升。三秦中有两国已经覆灭，本该前来救援兄长的章平东奔西走连连落败，废丘已经成为一座孤城，无法再指望援军的到来。废丘城内的士兵明知如此，却无人怀有二心，而是坚持守城。这说明他们对章邯怀有敬慕之心。

不过，他们仍在等待项羽长驱直入前来支援吗？

刘邦想到此事不觉浑身战栗。他叫回包围圈中的周勃，命令他把守峣关。假如项羽率军西征，只是加强函谷关的防守，刘邦并不放心。如果没有人把守武关和峣关，项羽就会趁机突破那里。

刘邦依然不放心。

他叫来与自己同是丰邑出身的王吸和薛欧，将一封书信交给他们："我留在沛县的妻子和丰邑的父亲可能会受到伤害，你们去将他们接过来。离开武关后就是南阳郡，王陵在那里。我想借助王陵的力量。因为王陵自尊心强，所以我在书信中降低了身段。我想王陵看到信之后，应该会展现出侠义之心，伸出援手。"

这封书信第一次将刘邦和王陵在军事上联系在一起。

过去，刘邦成为沛县县令的时候，王陵并没有来见他。同时，刘邦也没有去见王陵。如果当时刘邦向王陵低头请求帮助的话，王陵会欣然应允吧。王陵并非阴暗之人，不会强迫刘邦始终屈从于自己。只要对方放低姿态向他求助，他就会拍着胸脯答应下来。

刘邦嘱咐过王吸和薛欧后，率军向东前进。

但是项羽并不愚钝。

当他得知南阳郡王陵的士兵突然动身进入了陈郡，立刻明白王陵打算替刘邦在自己的领土上作乱，于是立刻发兵，在陈郡北部的阳夏挡住了王陵军。后来，项羽得知王陵执意追随刘邦之后大怒，将王陵的母亲逮捕后关在军队中。项羽威胁王陵："如果你不顺从于我，我就杀了你母亲。"

这种简单粗暴的态度表现出项羽外交和政治上的不成熟。

王陵的使者到了项羽军队中的时候，被幽禁的王陵之母悄悄跑出来送别使者，哭着对他说："你告诉陵儿，一定要恭敬地为汉王效力。汉王德高望重，不要为年老的母亲心怀二心，我以死助你。"

王陵的老母说完，取出随身携带的剑，伏剑而死。

项羽听说后怒火中烧，将王陵母亲的尸体扔进了滚烫的热水中。

这种残忍的行为并没有让王陵感到恐惧，而是加深了他的怨恨。人可以遭人恨，但一定不能遭人怨。秦朝之所以覆灭，正是因为楚国人心中的怨，项羽应当看到这一点。

就在刘邦平定关中一事招来了项羽的愤怒，征西军从彭城出发时，他身边出现了一只援手。

逃过被项羽杀害命运的张良最终回到了刘邦身边。这是一段充满危险的逃亡之旅。

"子房！"

刘邦大喜，甚至想要感谢上天，但张良的脸上还留有悲伤的神采。

"韩王不在了。"

韩王成跟随凯旋的项羽回到彭城，不只被降为侯，还被项羽杀害，因为项羽怀疑他与刘邦串通。他自然也没有放过和刘邦一起走到了汉中褒中的张良，想暗下杀手，在千钧一发之际，张良逃出了彭城。但是在函谷关前，张良感到羞愧难当。

没有人比他更清楚韩王成是多么优秀的君主，可他却无法救出韩王。张良为自己的无能而心怀愤恨。

刘邦从来没有见过张良如此消沉，他来到庭院中朝东而坐，捶地大哭："我能做到的只有为韩王而哭了。"

汉王……

张良恍惚地看着刘邦，被他的体贴感动。他热泪盈眶，同时心中豁然开朗，心想只有他才能抓住民心。项羽残忍地杀害了无罪的韩王成，这样的人怎么能夺取天下！

张良起了复仇的念头。

他表情骤然发生变化。刘邦回到房间中，感受到了张良身上的邪气。以前他曾在张良身上看到过同样的邪气。

"我担心项王正在率军西征。"

刘邦对张良说话时不需要绕圈子。只要刘邦踏出一步，张良就会上前几步做出回答等着他。

"有一个方法，能让项王不向西征讨，"张良心中已经有了计策，"项王视野狭窄，只关心眼前的事。距离项王领土更近的并不是这里，而是东方的齐国。您知道项王对齐国的安排吗？"

"他让齐将田都当了齐王。"

刘邦并不太关心齐国，这一点遭到了张良的挖苦。

张良微微一笑，开始解释："齐国最有实力的人是田荣，可以说他本该成为齐王，但他却拥立他兄弟的儿子田市当上了齐王。田荣之前既没有帮助项梁也没有帮助项羽，而是与田市一起回到了东部的胶东。来到中部的正是田都。另外，西部建立了济北国，田安当上了济北国的王。总之，齐国分成三部分，分别拥立了自己的王。除了田市，另外两位王都仰仗项羽的鼻息，这让田荣非常不满。"

"原来如此，我明白了。"

张良想说的是，统治天下的人也需要了解齐国的国情。

"首先，田荣拒绝田都入国。田都虽然和项王一起回到了东方，但最终没能回到自己的国家，而是逃到了项王身边。接下来，田荣杀掉身边的田市。田安也因为太害怕项王而不听田荣的命令，最终被田荣派兵前往济北杀害。也就是说，田荣平定了那片被称为三齐的土地，合并后自称齐王。"

"原来如此。"

听到这里，刘邦也明白了张良的计策。

"我已经将田荣背叛项王的事告发给彭城了。项王只要得知此事，应该就会出兵伐齐。谨慎起见，大王也应该派使者去项王那里。您与义帝有约，因此才平定关中占领了此处，另外，您不会离开关中。只要强调这两点，项王就不会再注意西边。"张良已经看出项羽的外交能力很弱，战略眼光短浅。

"至于韩国……"张良的语气稍稍微弱了一些，"嗯，王已经不在了。""正是。因此项王起用了过去的吴县县令郑昌，在韩国驻兵。""就是说现在的韩王是郑昌吗？"刘邦用手挠了挠下巴，一副心不在焉的样子。在向项王保证不出关中后出兵平定韩国一事让他有些退缩。"大王身边有公孙韩信，可以让他带兵去平定函谷关以东。这样一来，大王就不用亲自离开关中，项王也可以安心北伐。之后，大王就可以打着支援公孙韩信的名义出函谷关。"刘邦笑道："原来是这样的顺序啊……"计谋是很奇妙的东西。抓住事情的要害就能让狭路变得广阔，视野变得开阔。仔细想来，张良并非出身卑贱，他的家里有三百名奴仆，而且祖辈又是韩国大臣。在这样的富裕之家出生成长的人很少能体察到人情世故的微妙之处，而只有通晓人情，洞察人心才能想出计谋。主观不过是个人的感情，人心却表现在客观中。只有掌握好主客观的平衡，计谋才能突破常规，绽放出光彩。刘邦从张良的话语中看到了这样的光彩。难道张良是从天而降的使者吗？难道张良的背上长着翅膀，总有一天会飞向天空吗？刘邦想到此处，脸上的笑容渐渐变淡。张良注意到他表情的变化，问道："有什么伤心事吗？"

"啊，又要陷入战乱了，太令人悲伤了。"很多人会在战争中死去，刘邦为此而悲伤。"我远不及不损一兵一卒就能克敌的孙子。"张良低下了头。他白皙的面孔散发出奇妙的美感。公孙韩信的军队立刻出关。这是刘邦平定东方的第一步。张良为辅佐公孙韩信而离开了大营。但是刘邦并未轻率地出关。如果我离开，就没有人统治关中了。想到此处，刘邦立刻派使者去南郑召来了负责运送食物的萧何。能够统治关中的只有萧何。萧何一到，刘邦留下一句"之后就交给你了"便率军出发。但萧何赶忙追上刘邦问："大王打算以新城为都城吗？""我是有此意……"

"在平定天下后可以在此建都，但今后的战场在东方，这样一来，辎重与战场的距离太遥远。"确实如此。而且新城已经被项羽烧毁，重建工作尚未完成，防守也并不完备。刘邦说："将都城建在更靠东的地方吧。"他与萧何一起沿着渭水北岸向东走着。"这里是秦朝的旧都。"

萧何对这里很有兴趣。一国的都城具有其独有的有利之处。秦献公在栎阳建都，在一百七十年前，秦献公统治下的秦国只是西方的一个小国，栎阳是一座充满祥瑞气象的都城。桃花在隆冬盛放，两年后天降金雨。此后，献公之子孝公招揽他国的奇才商鞅坚决变法，实现了富国强兵，为统一天下打下了基础。也许萧何正是因为知道此事，才向刘邦进言："栎阳正适合作为都城。"因此，汉定都栎阳。渭水流经栎阳以南，且栎阳北边的郑国渠有大量灌溉用水，可谓水源充足。刘邦终于来到了函谷关之外。但这并不是一次军事行动，而是出于政治目的。为了让关外百姓了解汉是如何统治的，刘邦来到函谷关以东的陕县，在那里召见慰问了百姓的代表父老。在派诸将远征期间，刘邦专注于内政。他开放了原本禁止百姓进入的秦朝王室庭院园林，允许百姓在其中耕作。能让人民感到喜悦的人终将获得胜利。这就是刘邦的信念。归根结底，百姓讨厌复杂的事情，喜欢简单易懂的规章制度。如果要加入儒家思想，简单易懂的规章就会变得复杂。只在礼仪一点上，儒家思想中就有太多华而不实的东西。刘邦深知这点。

"好了，准备出发回关中吧。"刘邦刚刚准备出发，一名稀客走进了县厅。带着少数几名随从来到陕县的正是恒山王张耳。

"啊，真是稀客。"刘邦走出县厅迎接这位意想不到的客人。据说刘邦有时会对宾客无礼，不过此时他的态度温和而又郑重，因此张耳紧绷的表情放松了下来。张耳面有愧色，坦率地说："我这落魄的样子，让你见笑了。"刘邦虽然不了解事情的原委，但明白张耳是遇到了事关生死的困难前来求救。他亲自上前扶起张耳，将他带到了官舍的一个空房间中。只是如此就让张耳感动不已。刘邦说："明天我再听你细细道来。"他命卢绾和尹恢善待这群亡命到此的主仆。张耳安心地叹了口气，恳切地对跟随自己而来的甘公说："幸好我相信了你的预言。"张耳在与旧友陈余的战斗中败北。可以说这场战斗是间接由项羽造成的。他将过去的赵国一分为二，拥立了两位王。其中一位是过去的赵王歇，项羽让他去北方做代王，南方由恒山王张耳统治。在他的安排下，一直扶持赵王歇的陈余的处境出现了问题。陈余因为和张耳之间生出嫌隙，放弃了将军的职位隐居在黄河边的南皮，并未跟随项羽进入关中。因此项羽看不起陈余，只是将南皮附近的三县赐予他。一开始对此感到愤慨的是陈余的食客们。他们代替陈余追随项羽进入关中，接受分封时在项羽面前说："陈余的功劳与张耳一样大。"但项羽赐给张耳大国，而陈余只得到了小小的三个县城，食客们得知此事后立刻放弃封地离开关中，回到了陈余身边。

陈余听到他们的报告后勃然大怒，挥拳怒斥："项羽不公！"于是决定击败张耳，拥戴赵王歇回国。为此，陈余向齐国借兵攻打张耳。张耳落败后陷入了绝望，叹息着说："我已经不知道该投奔谁了。汉王是我的旧交，但显然项王更强，而且是项王封我做了恒山王，我只能投奔项王了。"

但精通天文的甘公阻止了张耳投奔楚国："汉王第一次进入关中时，五星齐聚东井。东井是秦朝的天区。最先进入关中的人必将成为霸者。楚国如今虽然强盛，但最后终将臣服于汉。"

张耳相信了他的话，转头来到了刘邦身边。这是千钧一发之际的选择。第二天，刘邦听张耳说清事情的原委后说："过去，我是你的食客。现在我将你奉为上宾。我一定会夺回赵国献给你，以报答昔日的恩情。"张耳的嘴唇微微颤动。事后，张耳对儿子张敖和近臣们自嘲道："刘季年轻时虽有可取之处，但我实在没想到他会成此大器。我与陈余曾是刎颈之交，是我看错了他。看来我眼光不济。"

一年后，张耳成为赵王。这是因为韩信大破陈余的军队，杀掉了陈余和赵王歇。又过了两年，张耳去世。张敖继承了赵王之位，娶了刘邦的长女（鲁元公主）为妻。与其说两人的婚姻是出于政治上的考量，不如说是为了表达对张耳的谢意。

刘邦久久没有离开陕县。因为张良亲自前来向他报告战况。与韩王郑昌的战斗并不顺利。有子房在，为何会如此？刘邦惊讶不已。刘邦只要听从张良的计谋挥动斧头，连岩石都能打破，但其他将领并非如此。"我知道了。我要先回栎阳，由韩信代我前去支援。""多谢。"张良知道刘邦提拔淮阴出身的下臣韩信做了大将，但并未亲眼见过韩信的带兵能力和用兵之术。此事暂且不提，韩信率领的是汉军的主力，因此听到刘邦会派出韩信，张良便放下心来。刘邦回到栎阳，同时韩信的军队加入了攻韩的队伍。因此韩国的战场上出现了两个韩信。栎阳正在建设新都，为了避开战火，众多的百姓涌入栎阳。刘邦见此情景，心想这正是说明百姓都预感到这座都城将取得最后的胜利，因此露出了满意的笑容。

陇西传来捷报。

西征的靳歙在陇西战胜章平军，平定了六县。

"做得很好。"

刘邦立刻派使者去褒奖靳歙。

几天后，东方传来好消息。

韩信军在韩国击败了郑昌军。接下来，张良的使者带来捷报，于是刘邦让使者带去了他的封赏："公孙韩信现在已经是太尉，此次封他为韩王。"

此前，刘邦一直专注于站稳脚跟，从来没想过只要打倒敌人就能得到他的地盘这种好事。他相信要想得到土地就要得到人心，因此在行政方面尽心尽力。

首先要成为西方的霸主。

刘邦告诫自己，控制住自己的欲望。关中是过去秦朝的地盘，如果不能在这里站稳脚跟，此后的发展都不会安稳。刘邦深知此事。这就是刘邦的谨慎之处。就算在关外与项羽的战斗中落败，只要关中之地能继续支持自己，他就不会落入万劫不复的境地。除此之外，他还有其他的想法。他在等待项羽离开彭城远征齐国，在那之前，不在关外做出刺激项羽的行动方为上策。

在多方因素考量之下，刘邦始终留在栎阳没有离开。

正月，捷报传来。

"章平被杀。"

不断与刘邦作对的章邯之弟终于死去了。

"此事值得庆祝。"

刘邦立刻下令大赦天下，免去了所有人的罪行。

章平在栎阳西北的北地郡，平定此处后，除了最北边的九原郡，关中各郡都落入了汉军手中。只剩下废丘的章邯在重围中不断抗争。

我总有一天会拿下废丘。

刘邦已经不再关注章邯。

到了二月下旬，刘邦召回包围废丘的曹参和灌婴，命栎阳诸将做好出师的准备。曹参和灌婴回来后，刘邦褒奖了二人的军功，命二人远征东方："只有二位可以胜任我军的前锋。"时间已经来到三月。

大王终于要开始夺取天下了。

二人精神抖擞，但心情并不浮躁。这是理所当然的，前方就是项羽的势力范围，就算赢得此仗，也必然需要面对项羽的主力军。项羽的五万士兵号称可以击溃五十万敌军，自不必说，楚军是天下最强的军队。

诸将说："项王出征齐国，如今不在彭城。"

这是事实。只有刘邦和他身边的近臣知道此事。不只是张良，王陵也带来了同样的消息。更准确地说，在刘邦出征前两个月，齐王田荣已死。田荣在与项羽的楚军决战时失败，虽然逃到了与赵国交界处的平原县，却被住在那里的百姓杀害。

项羽吹嘘道："看到了吗？反抗我的人都是这种下场。"他率军前往齐国，将投降的齐兵全部坑杀，并将视线所及之处的城郭和房屋全部毁坏。

"太碍眼了。"

项羽杀死了所有男丁，将老人和妇女绑起来当成奴隶。最后他来到北海旁，愉悦地看着化为焦土的国家，对曾经被田荣驱逐的田假说："齐国是你的了。"然后准备踏上归途。这是二月的事，所以刘邦选择在一个月后出关远征其实错过了最好的时机。

不过刘邦运气极好。

有人挡住了将齐国毁坏殆尽后打算踏上归途的项羽。

他就是田荣的弟弟田横。

他召集起数万名散兵，以城阳为大本营挑战项羽军。

"败军之将能掀起什么波澜？"

项羽本想一举击败田横，但并未取胜。田横面对项羽一步也没有退缩，只凭借这一点，他就在历史上留下了大名。

楚军在田横的齐军面前受阻，不得不在齐国停留了很久。

在此期间，刘邦向东经过渭水以北的临晋渡过黄河。对岸是魏国。之前写到，如今的魏王是魏豹，更准确地说，魏豹是西魏王。比起西部，魏国的东部土地更加肥沃，百姓更多。项羽想得到这片土地，他命令魏豹："你去西边以平阳为都，称西魏王。"

魏豹无法反抗项羽，只得不情不愿地去了平阳。

张说曾经效力于魏豹的兄长魏咎，在战场上为魏国而战。刘邦叫来张说询问："魏豹是什么样的人？"

张说想也没想，轻蔑地回答："逐利之人。"张说对为了拯救临济的百姓自焚而死的魏咎抱有敬意。他相信其弟弟魏豹会继承兄长的遗志，因此继续跟随魏豹与秦军作战。但他发现魏豹并没有伸张正义的志向，也没有体恤百姓之心，因此失望地离开了魏军。

"不过如此吗？"

刘邦嘲笑着说。

"魏豹作为弟弟，不了解兄长的苦心。他的兄长魏咎是伟大的王者，如果他还健在，我就不会出现在这里了。"

"张说啊，我也可以为了臣民烧死自己，你不相信吗？"

张说在刘邦的注视下低下了头，拜倒在地深表歉意。

得知刘邦率领汉军来到了黄河以东的蒲坂后，魏豹大惊，十万火急地离开平阳，在蒲坂以东迎接刘邦。

项羽不重视我。

魏豹深有此感，相信跟随刘邦对自己更加有利。坐在车中的刘邦见魏豹跌跌撞撞地来到马前，轻松地说："啊，魏王，我这就要去洛阳，你要一起来吗？"仿佛是要去洛阳郊游一般。

"愿效犬马之劳。"

魏豹回答。前往洛阳要通过河内，因此要与统治那里的殷王司马卬一战。司马卬是项羽势力范围内的王，刘邦是在询问魏豹是否要共同与项羽为敌，而魏豹立刻答应。

刘邦呵呵一笑，爽朗地说着"这很好"，接纳了魏豹和魏军。他路过魏国时召来曹参和灌婴，命他们拿下殷王。两人率领的虽然只是汉军的前锋，麾下依然有约五万兵力，司马卬独自抵抗的话绝无胜算。

灌婴俘虏了司马卬。

"好，好。"

刘邦将河内改为郡，向洛阳进发。南下渡过平阴津后，洛阳就近在眼前了。

在洛阳附近，有人拦在了汉军面前。此人并非士兵，而是一位父老，名叫董公。

"此人说有事向大王报告，一直等在路旁。"

刘邦听说后走下马车。他必须重视父老。刘邦走近父老询问："您说必须向我报告的是什么事？"

董公抬起头肃穆地说："义帝在江南被项王杀害了。"

刘邦倒吸一口冷气，沉默地脱下一只袖子，当场哭了起来。

脱下一只袖子是简略的丧礼。刘邦在百姓面前表现出了对义帝的哀悼之情，进入洛阳城后立刻为义帝发丧，三天闭门不出。接下来，他向四面派出使者发出告示："过去，天下人共同拥立义帝，大家都向他称臣，听命于他。如今项羽把义帝流放到江南，将其杀害，实属大逆不道。我亲自为义帝举哀，全军将士也都披麻戴孝。现在，我调集关中的全部士兵，收编三河的勇士，正准备沿长江汉水顺流而下，愿跟随诸王一道去征讨楚国那个杀害义帝的人。"

杀害义帝的确实是项羽，但亲自下手的另有其人。项羽将彭城作为大本营，从关中东下的时候，他派使者到义帝身边说："古代帝王的领土方圆千里，并且一定要住在河流上游。"他逼迫义帝离开，让他搬到长江以南的长沙郡郴县。郴县确实是在湘水上游，但这不过是牵强附会。义帝不得已，出发前往南方，在渡江的船里被接到项羽密令的人暗杀。

刘邦的檄文得到了天下人的响应。

魏王豹已经率魏军随刘邦驻扎在洛阳城外，不久后，韩王信也和张良一起来到了洛阳。

我还想招揽赵王。

刘邦想，于是派使者去辅佐赵王歇的陈余身边。使者带来的答复是"只要杀掉张耳，赵王就会追随汉王"。

这是不可能的。

刘邦思考了一会儿后叫来军吏："在获死罪的人中找出面目酷似张耳的人，将他的首级送给使者。"

不久，酷似张耳的罪人首级被送到赵国。陈余立刻派兵前往洛阳。在此之前，赵国以北的燕国已经派兵前来协助汉军。

刘邦看着东边初夏耀眼的天空："啊，四王的军队已经聚集在此，加上我们的军队，五支军队将共同讨伐逆贼项羽。"

五国的军队离开了洛阳，兵力一共有五十六万，其中人数最多的是汉军，刘邦麾下有超过二十万的士兵。他从来没有率领过这么多士兵。

率领这支大军前锋的将领依然是曹参和灌婴。

经过荥阳后就到达了济水。沿着济水向东走就将进入项羽的势力范围。毕竟项羽是九郡之王，济水流经的东郡和砀郡也可以认为是项羽的领地。东郡中最重要的县是濮阳和定陶。

张良向刘邦进言："因为赵国助汉，赵国边境附近的濮阳的军队被他们所牵制，因此只须进攻定陶。"

"我知道了。"

刘邦立刻向曹参和灌婴下达了命令。

前锋到达定陶。

楚军将领龙且和项它布阵迎击。之前曾经写到项它是项羽族兄之子，曾辅佐魏王，对魏国应该有些许同情。他得知魏军跟随汉王东征后心中为难，但不得不战。

两军开始交战。曹参和灌婴感到楚军比过去的秦军更加强大，不是可以轻易战胜的对手。而龙且和项它也感到了汉军的成熟，两人真切地感受到汉军战斗经验的丰富。

楚军的战法是一口气击溃敌军，但曹参和灌婴的军队已经强大到能够抵挡住楚军猛烈的攻击。

只要阻挡住对方，接下来只需要等敌人兵势衰弱就可以了。

曹参和灌婴并非老将，但两人在战场上进退自如。两人坚持抵挡着楚军的猛攻，敌军将士渐渐露出疲态。

到反击的时候了。

曹参和灌婴节奏一致，没有商量就默契地同时发动了猛烈的反击。楚军的弱点在于防守，他们不会在防守上下功夫。

最终汉军击败了楚军。

龙且和项它离开战场向东逃去，汉军没有追击。

定陶南部是令人怀念的砀郡。

汉军离开济水向东南方前进。在砀郡各县中，砀县是刘邦的第二故乡，他想看看砀县如今的样子。但如今砀县由项羽任命的县令驻守，他的手下是楚国的军队。

刘邦命令前锋："拿下砀县。"

砀县很快陷落了。县令听信传言，以为有百万大军攻来，因为恐惧而弃城逃走了。

城门大开。

过去的砀县县令刘邦如今已经成为汉王，县里的百姓欢呼着迎接他的回归。在砀县的统治者改变之前，砀县百姓始终支持着刘邦。为了向他们表示谢意，刘邦在城门前走下兵车，冲着城门鞠躬后大声说："我刘季曾是砀县县令，如今身居高位，再次回到了这里。"百姓们闻言立刻沸腾了起来。

然后，刘邦走到路边的百姓身边不断说着："我要感谢愿意让家人加入我军队的各位父老乡亲。"刘邦已经让老家在砀县和附近县城的士兵们回家探亲了。他走到县厅前，听见人群中传来汉王万岁的呼声。

刘邦走进厅堂坐下，敲着桌子感慨万千，想到自己曾经千万次地敲着这张桌子。他抬起头，曹参、灌婴、周勃、卢绾、樊哙、张两千、周苛、周继、尹恢、任敖等人并排坐在他面前。

刘邦曾将丰邑交给任敖治理，任敖出色地完成了任务，在泗水郡落入项羽手中后卸任回到刘邦身边。看到任敖，几乎所有人都想起了在砀县时的种种回忆。

"真让人怀念啊。"

刘邦又敲了敲桌子。眼前的重臣们纷纷响应，君臣谈笑风生。

从这天算起，刘邦在砀县停留了三天，享受着短暂的闲适。在最后一天，卢绾带着几分紧张的心情询问刘邦的想法："王陵带兵来到了砀县……"但刘邦若无其事地说："他派兵救出了我的家人，必须去道谢。"说完，在官舍准备好会客室。刘邦明白王陵自尊心强，亲自走出官舍迎接王陵。王陵见此赶忙上前，双膝跪地："您是汉王，我无位无冠，您怎么能在我面前如此谦虚，这样无法为臣下做出表率。"

王陵真是体恤我。

刘邦深知王陵的性情，心中涌起热流。他感受到沛县的百姓是真心支持自己，喜悦之情充满他的整个身体。王陵也许感受到了他的心情，毅然地说："请允许我从今天开始为汉王效力。我一且下定决心，就将至死不渝。"

刘邦笑着说："我都明白。"他拍了拍王陵的肩膀扶起他，将他引到官舍内。王陵落座后低头致歉："抱歉，我没能完成您的嘱托。您的家人被项羽抓去了，现在应该身在彭城。"

"你一定是历尽了艰辛，但你一句话都没有提。"

王陵苦笑了一下后表情严肃地说："我有事拜托你。"

刘邦身体微微后仰，戏谑地说："我可没有那么厉害，能让你拜托我做事。"

"我让人在外面等，能唤他进来吗？"

"哦？"

刘邦向在旁待命的弟弟刘交使了个眼色，刘交点了点头，立刻离开官舍，不久后带着另一名男子走了进来。

跟在刘交身后走进来的是雍齿。

突然，刘邦的眼中精光一闪，但并没有流露出感情。王陵观察着刘邦的神情，缓缓离席坐在地上，向刘邦叩首下拜："请原谅义弟，他曾对大王无礼，今后会做牛做马，如果他再次背叛大王，我会亲手杀掉他。"

王陵心高气傲，恐怕是生平第一次向他人叩首下拜。在他身后，雍齿也缩了缩肩膀向刘邦叩首下拜。

刘邦沉默地看着两人，半晌后冷冷地说："我从不憎恨他人，唯有雍齿无法原谅。王陵啊，你应该知道，我将他看成能终生彼此相助的好友，是他破坏了这一切。雍齿没有把我当朋友，他如果决心从今天开始追随我，就必须为我赴汤蹈火。怎么样，雍齿，你有这样的觉悟吗？"

雍齿抬起头，微微膝行向前："我这段时间以来先逃到魏国，又逃到赵国，与废人无异。我遍寻明主而不遇，世间又充满欺诈和谎言，人人只顾着四处逃亡。后来我得知是项王欺骗了世人，愤怒让我重新恢复了活力。我知道如果想用这份活力来赎罪，需要您的饶恕，所以拜托王陵大人为我求情。我已经做好准备，如果您怒气未消，我就在这里刎颈自尽。"

此人还是以前那样装腔作势。

刘邦咬牙切齿地移开目光，回想起杀掉曹无伤时的不适。他至今依然后悔杀了曹无伤，认为应该选择将他流放。

"好。你的义兄王陵也听到了你这番话，不要让他失望。"

刘邦原谅了雍齿，让他成为自己的臣下。

四年后，雍齿被封为汁方（汁防）侯，食邑二千五百户。雍齿死后，雍家的侯位相继传给了雍巨、雍野和雍桓，在第四代雍桓时封地才被没收。雍家对汉高祖刘邦不善，能传到第四代实属不易。

刘邦离开砀县时，附近的萧县已经被汉军的前锋拿下。另外，刘邦听说妻子的长兄吕泽攻下砀县以北的下邑后，命他暂时留在下邑，平定周围地区。这一步不经意的布置在后来派上了用场。

刘邦途经萧县来到了彭城附近。

"项王现在何处？"

周苛回答："项王依然在城阳与田横交战。"

"是吗？不知道项王何时会回来。包围彭城时要加强北方的兵力。"

刘邦没有放松警惕。泗水流经彭城东边，因此刘邦的军队堵住了北、西、南三面的道路。东边的包围圈则不得不布在泗水对岸。

汉军绕到了彭城以北。

彭城很大。但包围彭城的士兵有五十六万之多，可以昼夜不停地攻击。

刘邦的大营安在彭城以北，可以从那里远远看到彭城。等诸将布好包围圈后，他提醒诸将："明天早上开始攻击，不要去追逃向河边的敌军。"攻城时留出一处缺口是刘邦常用的战术。

第二天早上，天空泛起鱼肚白，五国的士兵一齐冲向城墙。旗帜如波浪一般涌向城墙，大型攻城兵器发出震天动地的声响。两军射出的箭如黑雨一般。不一会儿，城内的士兵开始点火阻止汉军的攻击，城墙上不时会涌起一团红光。但刘邦所在的位置听不到声响。

五国的军队连续三天不断在攻打彭城。

第四天深夜，城内的士兵逃走了一大半。

被留在城内的只剩下老人、孩子和女人。

早上，进入彭城的汉军欢呼着打开了城门。刘邦听到战报，立刻命刘交进城查看父亲的安危。他命人告诉早先进入彭城的义弟樊哙："快去找我妻子。"五国的士兵拥入城内后引起了混乱，到处都在发生残暴之事。刘邦不能让家人被卷入混乱中。

刘邦进城时接到了好消息。他的父亲、妻子和一双儿女都平安无事。

刘邦大喜，立刻去与家人相见。

长兄刘喜站在父亲身边，有些不知所措。父亲心情不佳，因此见到刘邦后并没有露出笑容，别扭地说："季儿啊，我讨厌这里，想尽早回到丰邑去。"

家仆彭祖蹲在刘邦的父亲身后。刘邦对他说："你一直在父亲身旁保护他，这次让你受惊了。我马上就会击败项王，在此之前，请继续留在丰邑照顾我父亲。"

彭祖跪在地上："小民自当遵命。"

妻子吕雉带着一双儿女和审食其一起站在不远处。

吕雉的表情有些冷淡。

妻子已经知道戚姬的事了吗？

刘邦藏起心中的慌乱，笑着对吕雉说："你没事就好。"刘邦有一名爱妾戚姬，又叫作戚夫人，生于定陶。为了躲避战祸，戚姬一家搬到了西边的汉中洋川，战火不会波及那里。后来，刘邦被封为汉中王的消息在汉中引起轰动。戚姬被献给了刘邦，她的美貌出众，被刘邦纳为侧室。

刘邦心想妻子吕雉应该还不知道戚姬的事，试探着说："父亲要回丰邑，不过你可以留在这里。"但吕雉并没有答应，平淡地说："你还没有和项王分出胜负，女人和孩子在战争中会成为你的负担。我会带着孩子们回沛县，等你打败项王平定天下后，再派使者来沛县接我。"

"好。"

刘邦认为吕雉的话有道理，立刻给了陈武、任敖、纪通等人三万多兵力，让他们护送父亲和妻子。纪通是最早被提拔为将领的纪成之子。刘邦成为汉中王后，纪成率领汉军的前锋部队平定各县，刘邦离开汉中时，纪成在陈仓与章邯军交战，后来在好畤进攻章邯之弟章平的战斗中阵亡。他的继承人纪通因为父亲的功绩受到刘邦的照顾，在六年后被封为襄平侯。刘邦拿下彭城后，张良献上一计。

"听说楚军与田横的军队正在城阳战斗，但我想项王应该在更靠北的地方。如今大王统领五国军队，应该率大军北上与田横取得联系，一举击溃项王。"

"言之有理。"

刘邦从来没有拒绝过张良的计策，立刻召集诸将共同商议。但诸将对此计并不热情。多数人认为无须出征齐国。项羽得知彭城失手后必将离开齐国南下，因此只要在这里迎击就可以了。彭城附近的地形适合大军散开，如果北上的话，战场会变得狭窄，对大军不利。

"诸将不愿出征。"

张良见刘邦神情苦闷，说："但必须弄清项王的所在。由我去吧。"便率领韩军出发了。

想到后来耗时长久的战斗，刘邦此时应该采纳张良的计策，哪怕只有汉军的兵力，也应该立刻率军北上。虽然不知道楚军的准确兵力，但最多只有五万，汉军的兵力是楚军的四倍，可以轻易击溃楚军。但刘邦将汉军留在了彭城，他看着集合在城外的五十六万士兵，难免会认为这支军队不可能输给项羽。而且彭城内充满了诱惑，因为咸阳宫中的财宝和美女被尽数搬到了这里，诸将都被这些东西所诱惑，大摆筵席，连日来觥筹交错，歌舞升平。

张良这段时间里迅速北上，最终来到了距离东阿不远的谷城山山麓，那里是薛郡、东郡和济北郡接壤的地方。

"啊，黄石在这里。"

张良感动地说。据说在下邳将太公望的兵书送给张良的老人正是这块黄石的化身。张良向着这块散发着奇异光芒的石头叩首祭拜。

张良对着石头说："我又见到您了啊。"

但石头并没有回答。

"您不斥责我来晚了吗？"

张良继续说。他对着石头说话的样子在旁人看来也许很奇怪，张良自己却乐在其中。

张良坐了良久，突然皱起眉头命令军队撤退："风里有血腥味，一定是楚军在行动。"

韩军终于在薛郡南部找到了项羽。

几天前，三万楚军从鲁地南下来到胡陵。

这是楚国的主力。

不过张良并没有大惊失色，从胡陵继续南下就会到达沛县，那里的汉军防守坚固，彭城不会遭遇突然袭击。

但项羽脑海中有五国军队的排兵布阵，因此采取了出其不意的行动。他并没有从胡陵直接南下，而是向西南方绕道而行。

张良穿过薛郡前遇到了樊哙的军队。

刘邦并没有和诸将一起在彭城寻欢作乐，他命令樊哙率军平定薛郡。他并没有发现项羽麾下的军队已经穿过了薛郡，可以说，项羽的军队如疾风一般。

"啊，彭城已经开始战斗了吗？"

樊哙听了张良的话惊讶不已。

张良让樊哙冷静，对他说："将军不要慌。就算战斗已经打响，也不会在一两天以内分出胜负。项王的大营在彭城以北，我军可以从项王背后悄悄靠近。虽然项王占了先机，但我们可以扳回一程。"

但是项羽的行动出乎张良的意料。张良本以为项羽急不可待，会径直前往彭城。但问题在于项羽手下的兵力只有三万，张良应该非常重视这点。

项羽不会玩弄计谋。

张良熟悉项羽的战斗风格，对此深信不疑。他认为项羽对自己的战斗才能过于自信，就算只有三万兵力也会正面挑战五十六万大军。

如果是我就会绕道西方。

张良心中掠过了这样的想法。

项羽也想到了这点，他来到彭城西边的萧县后，做好了突袭东方的准备。

驻扎在彭城的五国军队万万没想到敌人会从西边袭来，防守松懈。

项羽也许在不知不觉中学到了擅长突袭的章邯的战法，趁夜率兵马向东出击。在项羽一生的战斗中，只有此战真正使用了计谋。

项羽在黎明之前到达彭城附近，对左右将领说："打赢这场战斗轻而易举，简直与袭击空城无异。不要放过这些松懈的家伙。砍下所有人的首级，抛在这绵延千里的道路上。"

他指着诸侯在城外布下的无边无际的阵地下令："全歼敌人！"

军队人数众多反而脆弱。

一旦被突破就会一泻千里。

刘邦在天亮时注意到事态不寻常，接到楚军突袭的报告后仰天长叹，后悔没有听从张良的计策。周绁、张说、卢绾、刘交等人始终留在刘邦身边，他们异口同声地表示应该立刻去查看城外的营地，便带着数十名护卫向北门冲去。守卫北门的是汉军的士兵。但城内一片混乱，众人迟迟无法到达北门。

项王来了！

城内百姓口耳相传，失魂落魄地夺路而逃。

张说终于看到了北门的士兵，大声说："快开门，护送大王去北方！"

北门打开了。众人得知消息后蜂拥而至，刘邦仿佛被汹涌的人潮推出了门外。

张说开心地说："啊，大王，滕公的兵车就在那里。"

兵车上插着高出别处的汉旗，车夫正是夏侯婴。在刘邦军进入南阳郡攻打秦军前，他被任命为滕县县令，因此被称作滕公。刘邦成为汉王后封夏侯婴为昭平侯，担任掌管国君车驾的太仆，但滕公的名号流传甚广。

刘邦跳上兵车，喘着粗气说："你真有眼色，快去营地。"

"大王，楚军已经近在眼前。项羽想要的只是您的首级，您快逃吧，曹参等人会率领汉军战斗的。"

夏侯婴驾兵车开始前进，他似乎并不紧张，说着"没想到是以这种方式在彭城走了一遭啊"，但刘邦似乎没有听到他的话，并没有回头张望。

这是一次狼狈的逃脱。

虽然刘邦的失败已经不是一两次了，但这次败走让他懊悔不已。他手中有五十六万兵力，却没能充分发挥。虽然太在意诸将的意见是失败的直接原因，但从根本上来说，这次惨败是因为他小看了项羽。虽然刘邦口气粗鲁，性情豪爽，但他本性细心谨慎，了解自己的弱点。他明白自己的生命脆弱，如果没有社神加护，一定无法活到现在，因此养成了小心谨慎的性格。

如今彭城里动荡不安，没有时间独自静下心来聆听社神的声音。不，也许张良的计策就是社神的声音吧，没有注意到这点，是我忘记了祷告。这是社神对我傲慢的惩罚。

刘邦浑身一凛，在车里蹲了下来。如果这是社神的惩罚，那么他将无处可逃。

刘邦没有回头也许是他的幸运。两千名楚军的骑兵在身后紧紧追赶这辆兵车。

项羽在攻击彭城外诸侯的军阵前曾吩咐重臣丁公："如果刘邦出城，一定会去沛县和丰邑保护家人。如果能幸运地找到刘邦杀掉自然万事大吉，如果没有找到他，就抓住他的家人。"

丁公姐姐的儿子名叫季布，季布的名字流传到了后世，而丁公的名字消失在历史中。丁公出生在薛县，而季布是彭城人。季布年轻时以侠客自居，他与丁公不同，虽然项梁威震四海，但他并没有拜倒在项梁麾下。西楚霸王项羽来到彭城后，他这才动身臣服于他。季布立刻当上了将军，成为楚军中的一员勇将。

此事暂且不提。夏侯婴熟悉道路，驾车想躲开楚军的追击。但丁公是薛郡人，他对这附近的路线也并不陌生。

丁公每次都会在分岔路口兵分两路，经过几个岔路口之后，丁公身后只剩下了一百多名骑兵。

丁公命部下查看车辙："为刘邦驾车的一定是夏侯婴。他这人不好对付，说不定会装出逃走的样子，藏在什么地方等着我们经过呢。"

"在这里，但是车辙在小河边消失了。"

"不要被骗了，这是他驾驶兵车走进了河里。河对岸应该还有车辙。"

丁公下马渡河，立刻找到了车辙，催促部下说："刘邦就在附近。”

初夏，绿意盎然。绿草如茵的高原上，树丛中的树木纷纷吐出鲜绿的新芽。

“那里很可疑。”

丁公命骑兵散开，一步步接近树丛。新鲜的绿色中出现了红色的旗帜。

“刘邦在这里！”

插着红色旗帜的兵车冲向缓坡，仿佛要逃离身后骑兵的马蹄声。

“不要让他跑了。”

丁公的马脚程很快，战马在绿色的斜坡上狂奔，终于追上了兵车。丁公拔出佩剑，骑马靠近兵车砍了下去。刘邦举剑迎击，火花四溅。两人交手两三个回合后，刘邦说：“你就是丁公吗？你听好了，两贤怎能相厄？”

两贤，指的是两位贤者，两位英雄。

丁公思考片刻。如果项羽和刘邦相争，必将尸横遍野。难道刘邦为了避免伤亡，想和项羽和平共处吗？刘邦的实力足以平定天下，如果自己在这里杀掉刘邦，战火将不断扩散，项羽为了平定战乱，恐怕将在马上度过一生。

丁公决定不再追击刘邦。

追赶刘邦的不只有楚国的骑兵。汉军的骑兵也在为了保护大王而拼命搜寻。

“那不是大王的兵车吗？”

二百多名汉军骑兵终于找到了刘邦。但他们的喜悦转瞬即逝。千余名楚国骑兵出现在刘邦的兵车后方。不一会儿，将刘邦的兵车护在中间的汉军骑兵队被楚国骑兵包围，包围圈足有三层。

汉军陷入了绝望的境地。

就连刘邦也仰天长叹："婴，我要命绝于此了。"但夏侯婴在任何绝境中都会寻找出路，他激励刘邦："您是赤帝之子，就算有大蛇阻断了道路，您也能挥剑开辟出道路。"

刘邦仿佛受到了他的激励，高举宝剑祈祷："社神啊，请助我一臂之力！"

刘邦当上泗水亭长前，就意识到社神在保佑自己，他经常在一些小事上感受到社神的加护。这是刘邦个人的感受，他甚至没有对夏侯婴说过。但他从没有像今天这样直接向社神祈祷过。这并不完全是出于不想死的欲望，不过是刘邦最后的挣扎罢了。此前刘邦也经常面临濒死的险境，都被社神救了回来。刘邦在内心呼喊，社神让自己活到了现在，怎么能就这样没有价值地死去？

楚军骑兵的包围圈逐渐缩小。

以一顶百的樊哙和靳歙都不在这里，汉军骑兵恐怕就要被全歼在包围圈中了。除非马生出翅膀，否则无法逃脱。

我命休矣。

看着敌军的样子，刘邦心如明镜。

"婴啊，请把我的头埋在泗水亭边。"

"啊，神明似乎听到了您的祈求。"

夏侯婴看着西北方，那里有一片可疑的黑影。

狂风渐起。

这股狂风甚至吹断树干，卷起沙石，天空渐渐被黄沙遮蔽。

楚国骑兵注意到异样，全力安抚骚动的马匹，已经顾不上进攻。风沙打在夏侯婴脸上，他大叫一声，驾着马向前猛冲。兵车冲进了黄沙之中，两次几欲翻倒，万幸的是，兵车最终穿过了狂风。

这是社神的加护啊。

坐在兵车中的刘邦深切地感受到。如果不是神力，这次一定无法死里逃生。

两人来到沛县，但沛县如今混乱不堪，兵车迟迟无法进入城内。夏侯婴在城外徘徊许久后，终于开心地指着前方说："快看那里！"刘邦的一双子女出现在了涌向城外的人潮中。

"快上来！"

刘邦呼唤着一双儿女。两人听见刘邦的声音，拨开人群跑了过来。两人坐上兵车后，刘邦问道："你们的母亲怎么样了？"

儿子刘盈说："我们一起从家里逃出来，但是在出城前走散了。"刘邦不满意他的回答。刘邦不在时，刘盈就是一家之主，保护母亲和姐姐是他的责任。怎么能只保护了姐姐，却丢下母亲呢？

刘邦没有掩饰不悦的心情，他对夏侯婴说："我去找我妻子。"这时，楚军的军旗出现在他的余光里。

不能留在这里了。

刘邦匆匆忙忙地说："去丰邑。"

夏侯婴点点头，驾马向西。但车上如今坐了四个人，再加上马匹劳顿，兵车的速度大不如前。

在路上，刘邦频频回头张望，突然将一双儿女踢下兵车。

天命之人

父亲是家中最尊贵的人。

在儒家思想成形前，这样的思想已经存在了，深深根植于每个中国人心中。

楚国骑兵紧追不舍的兵车中有四个人，车夫夏侯婴、汉王刘邦和他的一双子女。因此，两人见父亲即将身陷险境，理应下车减轻兵车的重量。这就是孝。而刘盈只知道靠在车轼上瑟瑟发抖。

真没出息！

刘邦大怒，不只是刘盈，而且将长女也一起踢下了车。

"您在干什么啊！"

夏侯婴大惊，连忙拉紧了缰绳。

"我只是扔掉没用的行李。"

夏侯婴不顾刘邦说的话，掉转方向拉起了两个孩子。

"喂，你干什么！"

刘邦怒道，作势要抽出佩剑。

"孩子是无可替代的。如果抛弃他们，您一定会后悔的。"

"哼，我绝不后悔。"

这时，刘邦心烦意乱。重新出发后，他再次扔下了一双儿女。夏侯婴再次回头接回两个孩子。两人来来回回重复了十几次。最后，刘邦终于拔出剑抵住夏侯婴的脖子，但终究没有杀掉他。

尽管磨蹭了很久，兵车终究逃过了楚兵的追击。

丰邑中还留着数量众多的汉军。刘邦将一双子女托付给汉军士兵，命他们将两人送到栎阳。丰邑也是一片混乱。因为夏侯婴要从兵车上卸下疲惫的马匹，刘邦便率领剩下的汉军进入丰邑，径直回到家中。但父亲并不在家，里内空无一人，也许已经偷偷离开了丰邑。

他从麾下的士兵那里听到了一条传言。

"中阳里的人都逃向沛县了。"

刘邦闻言一声长叹："这不是自投罗网吗？"

刘邦的父亲一定以为他会率大军经过沛县。但夏侯婴为避开楚军，一路都选择了小路，也许两人在中途错过了。

"没办法了。去下邑。"

刘邦回到夏侯婴身边，面露愠色。下邑在丰邑西边，那里应该有他妻子的兄长吕泽率重兵驻守。

希望他没有逃走。

虽然吕泽性格刚毅，但毕竟此战大败，他也许会为了安全，撤退到不会被楚军的攻击波及的西方。刘邦心情复杂。

夏侯婴检查过兵车后转头对刘邦说："请骑马吧。"

兵车破损严重。

"好。"

刘邦有气无力地说。他抛下五国的士兵独自逃跑，实在是无能的主帅。后来，他得知军队被楚军攻打到体无完肤。彭城东边的泗水和北边的谷水之间，有十多万名五国士兵被杀。逃向南方的士兵来到睢水边，他们为了去对岸的灵壁跳进河中，据说甚至阻断了河水。这些士兵也命丧黄泉。

三万楚军击败五十六万的五国联军，取得了惊人的大胜。

刘邦没能发挥这五十六万兵力的作用。

过去，兵败定陶的项梁一定也是如此。

奇怪的是，进入彭城的刘邦并没有感到不安。也许这就是大难之前的心情吧。

刘邦上马后只说了一句话："好热。"夏侯婴露齿一笑，揶揄地说"您终于恢复正常了"，自己也翻身上马。

此时正值酷暑时节，但刘邦之前心急如焚，并没有感觉到暑气。他此前一心想要救出父亲和妻子，不断向西前进。但如今希望破灭，他终于清醒。眼前是一片凄惨的景象，他只能望洋兴叹。

一百多名士兵在刘邦身边保护他，人人垂头丧气，神情悲痛。刘邦见此情景，稍稍回过头去愧疚地说："因为我，士兵们都成了丧家之犬啊。"

夏侯婴骑马走在刘邦斜后方，感到奇怪："真是难得啊。丧家之犬应该是儒生会说的话。"

过去，孔子在游说途中遇险，与弟子们失散，独自站在郑国的城门前。郑国百姓见到憔悴不堪的孔子，形容他如丧家之犬。治丧期间，人人悲伤不已，都不记得给狗喂食。狗因为饥饿而变得消瘦。

"是吗……这是儒家的说法吗？"

刘邦嘟囔了一声后沉默不语。夏侯婴转过头，心想刘邦也许已经不再讨厌儒士了。刘邦的弟弟刘交学过《诗经》。另外刘邦的客人陆贾也是楚国出身的儒士。

刘邦到达了下邑。

城门和城墙上插着汉的红旗。吕泽知道刘邦到来后，匆忙赶到城门迎接他。刘邦见吕泽没有逃走，始终守护着下邑，心下敬佩，便称赞他说："真不愧是兄长，我就知道你是英勇之人。"

吕泽听说各国国王和有实力的人纷纷叛离汉后劝诫刘邦："去砀郡如何？"砀县不会有人谋反，会比留在下邑更让人放心。

"就这么办。"刘邦虽然答应了，但并没有立刻出发前往下邑，而是先派砀县出身的陈濞和周宠前去查探砀县的情况，自己则在下邑停留了三天。这不仅是因为刘邦谨慎，也是考虑到如果自己立刻离开，逃散到此的汉军就失去了落脚之处。最后，刘邦果然在下邑集合了五千名左右逃到此地的汉军。

刘邦带着这些士兵离开下邑。他选择了翻过山前往砀县的近路。刘邦在视野开阔的地方停下马，看着眼前绿树掩映的盛夏景象叹了口气。

我又回来了。

刘邦只要遇到危难之事，一定会回到砀县休养，等待东山再起的时机。一想到又要从头再来，刘邦不由得深切地哀叹虚度了此前的光阴。他率领五国士兵攻下项羽的大本营彭城后，距离平定天下只差一步之遥，如果当时率领大军北上支援齐国的田横，夹击项羽的楚军，如今战争怕是已经结束了。

最后关头掉以轻心了。

形势在一天之内发生逆转，五国将士分崩离析，塞王司马欣和翟王董翳投降楚国。恐怕其他各国国王也背叛刘邦与项羽结盟了吧。

我失去了太多。

刘邦骑在马上哀叹，继续催马向前，看见砀县时并没有提起精神。陈濞和周宠站在城门旁。

两人异口同声地说："砀县百姓质朴，将永远支持大王。"

"感激不尽。"

刘邦虽然面带微笑，但内心失落得几欲坠马。他来到砀县校场后翻身下马，摘下马鞍放在地上坐下。

我这副样子，真是败军之将啊。

刘邦心下自嘲，一时间没有看出眼前坐着的人是谁。

"子房！"

张良本该在彭城以北很远的地方，如今竟出现在了刘邦身边。

"您放心，樊哙将军已经来到砀县了。"

张良眼中闪现着微微的笑意。

张良能出现在这里堪称奇迹。他得知楚军绕到彭城西边后对同行的樊哙说："很遗憾，五国军队大败。汉王逃向北方，应该会去下邑。之后汉王一定会去砀县，我们可以直接去砀县与汉王会合。"于是两人并没有去彭城，而是经过方与径直南下。

刘邦在张良面前完全不用摆架子，他像孩童一样垂头丧气，呆呆地问："这是上天的惩罚，因为我没有采用你的计策。这样下去我就会丢掉关东，即使如此，依然会有人和我共同战斗吗？"

刘邦此时的想法是：关东，也就是函谷关以东的地盘谁拿去都好，但是如果在关西被孤立就麻烦了。

张良微微膝行向前，仿佛看穿了刘邦的想法一样说道："九江王黥布是楚国猛将，但近来与项王不和。"

关于黥布，有着不光彩的传言。项羽将义帝赶到长沙的时候，接受项羽的密令暗杀义帝的人正是黥布。但是暗杀义帝一事还有另一个传言，说衡山王吴芮和临江王共敖暗地里接到项羽的

220

命令，在渡江的船中杀害了义帝。无论如何，项羽都让南方诸王蒙上了历史性的污名。

他让我们弄脏了双手，却想要独善其身。

黥布是吴芮的女婿，他对项羽心生不满。此后，项羽攻打齐国时，从彭城派出使者催促黥布出兵。但黥布托病婉拒，只是派出重臣率领数千名士兵前去。另外，听说以汉军为主力的联合军攻击彭城的消息后，黥布也并未派兵支援。项羽一定会对黥布心生怨恨，张良认为黥布应当会越来越畏惧项羽。

"原来如此。"

刘邦的神情重新出现了神采。

张良继续述说道："彭越曾与齐王田荣和齐王的弟弟田横结盟，如今也一直在魏国反抗楚国。大王应该立刻派出使者去黥布和彭越那里。"

"彭越吗……我都忘记他了。"

此前刘邦率五国军队东征时，彭越率三万多士兵出现在外黄县。刘邦与彭越重温旧好。

"我本想封你为魏王，但魏豹是现在的魏王，因此，我封你为魏国宰相。"他当时允许彭越随心所欲地征战。但是汉军败北后，他失去了彭越的行踪。

"现在的汉军之中，能独当一面的将军只有韩信一人。"

刘邦如果离开关东，可以将此地交给黥布、彭越和韩信三人。这样一来就能够击败楚军。这就是张良的计策。

通过舍弃来得到。

儒士不会想到这样的反论。

"我懂了。先要找到彭越。"

刘邦终于恢复了活力，在张良退下后叫来了樊哙。

"我要召集散兵向西进发，途中各县恐怕有不少叛汉归楚之人，你先去为我扫清道路。"

樊哙接到命令后，率军离开砀县向西北方前进。随后，曹参和灌婴等人到达砀县，刘邦命二人与樊哙一起开辟出西进的道路。

正如刘邦所料，雍丘、外黄等县与汉军为敌。汉军攻下这些县城，扫清道路以便撤退。在此期间，刘邦离开砀县来到了西北的虞县。他已经派出使者去寻找彭越，但还没有找到引诱黥布的合适人选。这次出使困难重重。从黥布的立场上来看，如果见到汉王的使者，可能会砍下使者的头送给项羽以表歉意。刘邦麾下有没有能避免一死，并且说服黥布的外交能人呢？

身在虞县的刘邦心中不满："你们这些人当中没有人能与我共谋天下事！"

听到刘邦的话后，有一个人走了出来。

此人是随何。

他是儒士，和郦食其一样负责外交。

"我不明白陛下所言何意。"

"没有人能为我出使淮南，说服黥布出兵背叛楚国吗？如果这几个月里能将项王困在齐国，夺取天下之计可百全。"

完全即十全，百全是形容此事的把握是完全的十倍。

"既然如此，臣愿出使。"

刘邦虽然不信任儒士，但也许感受到随何身上的胆识，给了他二十人一同出使淮南六县。

不用说，这次人选十分合适。随何在黥布面前舌灿莲花，最终成功说服黥布叛离楚国投奔汉朝。

项羽得知黥布背叛后大怒，派项声和龙且两位将军前往淮南，大破黥布的军队。

败军之将黥布甚至抛弃了家人，与随何一起秘密逃到刘邦身边。

此次两人的见面很有意思。

黥布进入房间后，刘邦依然坐在床上洗脚。

汉王竟如此无礼！

黥布见状心头火起，后悔前来，想自杀。当他退出来到为他准备的住处后，不由得目瞪口呆。用器、坐骑、饮食、侍从官员一应俱全，与汉王的房间无异。

汉王待我竟如此诚挚。

黥布喜出望外，坚定了投效刘邦的决心，召集留在淮南的士兵与楚国交战。张良的计策如有神力。

刘邦继续撤退。

刘邦不断向魏国以西退去，终于到达了荥阳。此前已经说过，荥阳城难以攻陷。

来到这里，刘邦松了一口气，重新整顿军队。萧何接到战败的消息后，送来了关中的士兵。

但是楚军不断追击，汉军没有喘息的时间。

后方传来急报："楚国骑兵正在大举进攻！"

汉军中没有能与楚军一决胜负的强劲骑兵。

"必须立刻组建骑兵队，由你们来推荐能率领骑兵的人。"

接到刘邦的命令，军中推举出李必和骆甲。两人曾经效力于秦朝骑兵队，是关中重泉人。重泉与汉首都栎阳不远。

两人来到刘邦面前，垂手说道："我们是旧时的秦人。就算把汉军的骑兵交给我们，恐怕士兵也不会信任我们。请选出大王身边擅骑马的人为队长，由我们来辅佐。"

此话有理。

刘邦考虑过后选择了灌婴。因为灌婴有着商人独有的才干，而且他与其余老将相比更年轻。

"好，命灌婴为将，二位为左右校尉。"

刘邦重整骑兵队迎战楚国骑兵。汉军前锋由曹参率领，灌婴作为他的佐将。灌婴此前不光模仿曹参的战法，还凭借自己的战法屡立战功。如今得以率领机动性高的骑兵，更是如鱼得水，斗志满满地投入战争。他在荥阳以东布阵，大破楚国骑兵队。汉军时隔许久后再次取得了大胜。

"成功了。"

刘邦拍手称赞，命令前来复命的灌婴："你不要留在荥阳了，绕到楚军身后切断饷道。"

魏王豹趁刘邦心情愉悦便说："母亲患病，请允许我回乡探亲。"

"当然，快请回。"

刘邦允许魏王豹回国后，面露不快，对周苛和卢绾等人说："魏王叛汉通楚，都写在他脸上了。"

果然，魏王豹刚一回国就关闭黄河港口切断交通，向汉举起了叛旗。另外，赵国的陈余也发现之前刘邦送来的张耳首级是假的，气愤地说："汉王欺我。"他对汉产生了深深的反感。

总之，见刘邦时运不济，与汉结盟的三个国家都背弃了刘邦，只剩下韩王信依旧留在刘邦身边。

先回一趟栎阳吧。

刘邦离开荥阳，在路上听说了魏王豹谋反的消息，叫来郦食其，派他前往魏国："魏豹本是怯懦之人，你去魏国温和地劝劝他。如果你能劝服魏王再次归降于我，我就封你为万户侯。"

但郦食其此行并未成功。

晚夏，刘邦回到了栎阳。

刘邦立刻慰劳萧何后对他说："刘盈软弱，但只要有你辅佐，应当可以成为称职的国君吧。"刘邦立刘盈为太子，大赦天下。

如今万事不顺啊。

刘邦郁郁不乐，但他收到的并非只有坏消息。

章邯被包围在废丘，樊哙加入围城的军队中，从渭水引水冲垮了土城墙。因此废丘陷落，章邯自杀。

眼中钉终于被拔除，刘邦叹了口气，喃喃自语："终于结束了。"也许他的叹息中也有对名将之死的哀悼吧。无论如何，包围废丘的将士终于可以前往关东了。

刘邦没有在栎阳久留，他回到荥阳。

不久就找到了彭越的行踪。

因为他原先的大本营巨野泽已经变成了楚国的势力范围，所以他北上后在黄河畔建立了新的大本营。这样一来，刘邦便找到了彭越。但彭越并非会按照刘邦的指示行动的人，他是功利主义者，为了收复失地有时与齐国结盟，有时与汉朝结盟。尽管如此，因为他厌恶楚国，所以从来没有与项羽结盟。

接下来的问题就是要如何用韩信了。

刘邦正在思考此事时，郦食其表情阴沉地从魏国回来了。

没能成功说服魏豹。

若是平时，刘邦一定会开口大骂你这个没用的儒士，但此时却没有骂出口，而是马上问郦食其："魏国大将是谁？"

　　郦食其抬起头回答："是柏直。"

　　"嗯，是吗？乳臭未干的小子，不是韩信的对手。骑兵将领是谁？"

　　"是冯敬。"

　　郦食其在魏国并没有无所事事地虚度光阴。

　　"他是秦将冯无择的儿子，虽然聪明，但才能不及灌婴。步兵将领是谁？"

　　"是项它。"

　　"项羽的耳目吗？他也不及曹参。看来伐魏一事无须担心了。"

　　刘邦说完，召来了韩信、灌婴和曹参三员大将。曹参刚刚平定了颍川郡和南阳郡之间的各郡。刘邦命令三人："魏王豹背信于我，不可原谅，我决定伐魏。活捉魏王豹，将他送到我面前来。"

　　刘邦目送三位将领率领远征军离开后，笑着对周苛和卢绾说："不出一月就可拿下魏国。"不出所料，汉军在魏军面前有着压倒性的优势。

　　魏豹沦为俘虏，被驿站的马车押送到刘邦面前。

　　蓬头跣足的魏豹被押送到刘邦面前，牙齿打战瑟瑟发抖。刘邦蹲在魏豹面前，靠近他说："魏豹啊，撒谎也要撒得好一点。要是激怒了我，你现在已经没命了。你既然来到这里，就不要再撒谎了。只要你守住荥阳，我就封你为侯。"

　　魏豹本以为刘邦会杀掉自己以儆效尤，听到刘邦竟然原谅了自己，心下大惊，欣喜地抬起头说："您……您会原谅我吗？"

"呵呵，现在高兴还太早。既然我原谅了你，就是说你背叛了项王。如果项王攻下荥阳，你就会被他大卸八块。"

"是啊，是啊……"

魏豹不停地嘟囔着，语气消沉。

刘邦不但没有惩罚魏豹，还让他当上了荥阳的守将。周苛心怀不满，向刘邦进言："他一定会逃走的。就算不逃走，也会打开城门放楚军进城。如果您不把魏豹关起来，他一定会成为祸害。"

"不要说得这么严重，现在我军的三位将领正在平定魏国各地，魏国百姓都在看着魏王的境遇。如果我苛待魏豹，平定魏国就会变得困难。"

最后，刘邦消灭了魏国，设河东、太原、上党三郡。

太原郡和上党郡的东边与代国和赵国接壤。

闰九月，刘邦让张耳与韩信的军队会合："时机已到，该回赵国了。"

代国位于赵国以北，国王是陈余。不过陈余为了辅佐赵王歇并未亲自前往代国，而是派夏说治理代国。

韩信对张耳说："夏说虽然擅长外交，但军事能力尚不成熟，可先攻下代国。"他率军北上攻入代国，轻而易举地攻破代军，俘虏了夏说。

不光是代国，韩信将平定后的各国士兵接连送往荥阳，因此荥阳附近的士兵不断增加。军粮主要是敖仓中的存粮。

敖仓是秦朝建造的巨大粮仓。

敖仓位于荥阳以北，距离济水与黄河分流的位置很近。粮食之所以聚集于此，是因为南边的南阳郡农产品质量出众。

刘邦在敖仓和荥阳之间建造了粮道，在道路两边建造土墙用于防御，这就是甬道。甬道一直延伸到黄河岸边。萧何从关中送来的食物、兵器和士兵也到达了黄河岸边。

另一边，韩信平定代国后迎来了新年（十月），他轻描淡写地对张耳说："下一个是赵国。"

韩信打算从井陉入侵。

赵王歇和陈余动员了国内所有士兵，以二十万兵力拦在井陉前。

这可是一支大军。

与此相比，韩信的兵力少得可怜。虽然面对赵国大军玩弄计策无济于事，但谨慎起见，韩信还是在敌军中安插了探子。他问张耳："陈余此人如何？"

"用一句话说就是儒士。"

"哈，儒士吗？儒士懂得如何享受贫苦，但得到财富和权力后只知道固守，不是吗？"

"啊，确实如此……"

张耳微微苦笑。的确，张耳和陈余之间的友情在两人籍籍无名时坚不可摧，却在赵国取得权势后分崩离析。

韩信在距离井陉入口还有三十里的地方安营过夜。探子带回了消息。

韩信听过报告后，敲着自己的头笑道："真危险，如果陈余接受了广武君的计策，我的脑袋现在怕是已经搬家了。"

广武君就是李左车，是赵王手下的战略家。

他得知韩信的士兵正在靠近井陉后，立刻推测这支军队兵微将寡。如果兵多将广，就不该选择井陉这条狭路。

因此李左车向元帅陈余献上一计。

"由于道路狭窄，韩信的军粮一定会在后方，您给我三万人，我会走小路去劫夺他们的粮车。您只要挖掘深沟高筑营垒，加固大营的防备，一定不要迎战。这样一来，敌军就进退两难了。汉军的退路一旦被切断，不出十日，韩信和张耳的首级就能落入您手中。请务必接纳臣的建议，否则您必将被那二人擒获。"

但陈余驳回了他热情洋溢的建议。他不喜奇袭，他同样看到敌人兵微将寡，但他唯恐空有大军却固守营帐而不出击，世人将会嘲笑其懦弱。这就是所谓的"宋襄之仁"。陈余像一名儒士一样学习宋襄公，在战场上也要讲究礼仪。

好，看来陈余想要认真与我一战。

韩信在心中拍手称快，尽管在夜里，依然选出两千名轻骑，让每个人拿着一杆红旗，从小路越过山岭去探察敌人的行踪。

韩信对他们说："赵军见我军逃走后一定会举兵前来追击。你们趁机闯进敌军大营，拔下赵军的旗帜，插上汉军的红旗。"

接着，韩信对佐将说："在出师前简单吃些东西吧。今日击败赵国后大家一起吃一顿大餐。"

别开玩笑了！

诸将听到此话都不相信韩信。井陉是军事上的一道难关，突破此处与越过函谷关的难度无异，诸将心里盘算至少要花半个月，而韩信竟然说只需要一天就能通过此处大破赵军。诸将对主将的傲慢心怀不满，认为他信口开河，但嘴上依然应承下来。

韩信召来军吏说："赵军已经占据有利地形修筑了营垒。他们在没有看见大将旗帜仪仗前不会立刻迎战。敌军知道险要之地所在，一定在等着我军到达那里后再出击。因此我有一计。"接着将自己的大致战术告诉了他。

军吏面色大变："这样一来，我军将会全部覆灭。"

他不相信韩信的战术，想劝诫韩信。但韩信眼神中透出孩童一样淘气的神情，自信满满地说："你看着吧，全灭的不会是我军，而是赵军。"

不久后，韩信先派出一万名士兵，慢条斯理地率领主力靠近井陉的入口处。那里有一条河，这条河正是获胜的秘密所在。

"韩信背对河水列阵。"

陈余接到消息后坚信此战必将获胜。背水而战意味着置自己于死地，自古以来在兵法中为人避忌。《孙子兵法》并非儒士的必读书，不过陈余读过此书。他看不起韩信，认为韩信缺乏教养，对李左车说："没有学问的将领真是悲哀。"李左车陷入了沉思，并未回答。

天亮后，韩信竖旗擂鼓，率军出井陉东口。

陈余的主力军队在韩信东边的井陉关，他心潮澎湃地想：敌人已到。

他很少能在战斗前就确信能够胜利，一瞬间陷入了自我陶醉，认为这就是《孙子兵法》的真谛，心想这就是布阵中压倒性的优势吧。

陈余也开始擂鼓，他一声令下，摆好迎击架势的诸将迅速冲出营垒开始战斗。

"冲啊！"

赵军大举压上后汉军将无路可退。陈余深知此事，暂时在远处观望激烈的战场，见赵军占据优势后亲自率主力军队出击。

"消灭汉军！"

陈余说完，主力军队也大举进攻加入战斗，将汉军士兵逼到了绝境。最终，汉军不敌开始后退。

"唉！"

韩信见军队溃退，懊恼地扔掉旗鼓，但心中暗喜。这次失败是为了引出敌人的佯败。但是如果他事先将此事告诉汉军将士，他们就会因为不拼死战斗而被敌将看穿。所以这次佯败连汉军将士都被蒙在鼓里，只有这样，战术才能起效。

汉军逃走，赵军开始追击。

道路狭窄，两辆兵车无法并行。少量士兵容易穿过，大军却难以通行。

汉军迅速通过狭路来到河边。韩信已经在河边布好了迎击的阵势。韩信大声对将士们说："大家听好了！被河流冲走的人一定会丧命，身后的河流就是死地。敌军兵多将广，但每次冲出狭路的只会是少量士兵。相反，我军可以从正面和左右侧面攻击少量敌军将士，以多敌少。不要害怕，放手一战吧！"

没过多久，赵兵从井陉西口冲出。汉军从三面不断发起攻击，歼灭敌人。

赵军陷入了悲惨的境地。

从井陉冲出的士兵不断战死，但正在通过狭路的士兵并不知道此事，他们坚信自己占据优势，能将汉军全部赶入河中，因而不断前进。

而赵军士兵的尸体堆积如山，后方惊恐的士兵不再前进。听说前线陷入了苦战，有士兵开始转身逃走，诸将发现战况开始发生逆转，但依旧半信半疑。

"竟然无法攻破背水一战的敌军吗？"后方的陈余疑惑地说，声嘶力竭地发出号令，"不要停下，进攻！"但士兵迟迟不愿前进。

其间，穿过小路躲在山中的汉军轻骑攻入几乎空无一人的营垒，拔下赵军旗帜插上了汉军的红旗，同时攻下了井陉关的大营。另外，赵王歇在这次会战中行踪不明，《史记》记载"追杀赵王歇于襄国"，从此可推测，赵王歇在井陉关附近得知赵军大败后逃向了南方，但事实真是如此吗？襄国是汉朝时的地名，此时是赵国都城信都。赵王歇应该身在信都，命陈余率领赵国全部军队与汉军交战，大败后在信都迎击汉军时被抓住后杀害了才对。也就是说他并未逃走，而是与陈余一同战死了。

当然，陈余已经先一步战死沙场。

赵军迟迟无法攻破背水布阵的汉军而开始撤退时，注意到异状。军营和井陉关竟然立起了汉军的旗帜。士兵不知道元帅已经离开了井陉关，以为代王已死，又惊又怕。这股惊惧之情立刻扩散到全军之中，开始有士兵逃走。

"不许逃，逃跑者斩！"

赵军将领拔出剑，杀死了不听从命令的士兵。但依然不断有士兵逃走，最终整支军队落荒而逃。追击的汉军发起猛攻，紧追不舍，在距离井陉关不远的泜河边杀死了陈余。

背水布阵的韩信一天之内击败了二十万赵军的事迹流传后世，神乎其神，但其中自有道理。

"哦？胜利了吗？"

身在荥阳的刘邦面带笑容，但并没有十分激动。刘邦向来认为战争的胜利不过是表象，真正带来胜利的是张良的计策，这才是真正有价值的东西。

韩信平定赵国各处还需要一两个月吧。

也就是说在十二月，赵国就会完全落入汉朝的势力范围内。这样一来，汉军就可以从任意方向侵入山东，威胁到楚国势力的身后。

按照时间顺序来说，九江王黥布背叛项羽逃到刘邦身边正是在当年的十二月。

到儒士随何说服黥布跟随刘邦为止都很成功，但黥布很快败给了项声和龙且，这是刘邦的失算。

顺带一提，黥布的妻儿被后来进入九江的项伯杀害。

其实，这正是项羽的楚军形势开始逆转的证明。

项羽率主力向西方的荥阳前进，得知韩信的军队平定了赵国后，命令东郡的将领："渡过黄河突袭汉军的远征军。"他组织起一支突袭的军队逐步接近荥阳，摧毁了从黄河延伸到荥阳的甬道。对刘邦来说，此举不光让黥布和韩信的军队失去了行动能力，荥阳的物资也必将耗尽。形势明显对刘邦不利。

"从城中能看到楚军的旗帜。"

项羽终于来了吗？

刘邦接到消息后心下大惊。见郦食其正好就在身边，便对他说："你就想不出一个能引起一场风波，让千军万马撤退的计策吗？"刘邦此话暗含批评，似乎在说你没能成功说服魏豹，如今荥阳城就要陷入包围中，你就没有什么计策吗？真是愚蠢。

郦食其闻言微怒，昂首献上一计。

此计并非异想天开。

郦食其的计策与过去范增献给项梁的计策相同。他说："六国为秦所灭，如果您能够重新立六国后人为君，他们必将对您感恩戴德，臣服于您。"

郦食其的计策是在全国树立起反对楚国的势力，分散前往荥阳的楚军兵力。为解眼前的危机，此计似乎甚好，刘邦颇感兴趣，命郦食其出发："好，你立刻刻制印玺，巡行各地分封六国后人。"

在刘邦吃饭时，张良外出归来。刘邦心情大好，放下筷子开心地说："子房啊，你过来。宾客中有人为我献上了削弱楚国权势的计策。"

刘邦将郦食其的计策说与张良后，问他此计如何。张良皱着眉头，沉痛地说："这是谁出的主意？若是按此计行事，就要坏了大事。"

刘邦放下筷子："此话怎讲？"

张良略施一礼后膝行向前，伸手拿起筷子画了一个一字说："请听我一一道来。"接着一一指出郦食其此计的不周之处。

张良首先提出了七点，说出郦食其作为前提引用的古代圣王故事，一一询问刘邦能不能与商汤周武做到同样的事。刘邦的答案都是"不能"。如果推行郦食其的计策，刘邦就要效仿商汤周武这些古圣先贤，而他无法做到这点。

张良提出的第八点是，分封六国后人的计策愚蠢至极，甚至会动摇刘邦的地位。他说："天下众人离开亲人，抛下祖坟，告别故土随您打天下，日日盼望的正是一块咫尺之地。如果复兴六国，封立韩、魏、燕、赵、齐、楚之后，天下游士都将回去侍奉各自的主人，返回自己的故乡，这样一来，陛下要靠谁去夺取天下呢？这就是此计不可的第八个原因。再加上当今楚国是最强大的国家，新立的六国君主恐怕都会对项羽俯首称臣吧。陛下要如何让他们臣服于您呢？如果采用了宾客的计谋，就会坏了陛下的大事。"

张良说的咫尺之地也可以说成寸土，是指少量的土地。咫和尺都是大张开手指的形状，男性的大小为尺，女性为咫。咫比尺更短，约八寸长。

刘邦听过张良的批评后气得把口中的饭都吐了出来，破口大骂："无用的书生，差点坏了我的大事！"他立刻留住郦食其，将原本要交给他的王侯印信全部熔毁。

之后，张良借刘邦的筷子指画当前形势一事被称为"借箸代筹"。

总而言之，刘邦被张良指点后发现自己愚钝轻率，不再信任郦食其。

另外，后世与张良并称奇谋之人的陈平从此事开始受到刘邦的重用。之前写到过，他曾是项羽的都尉。但是，他受殷王司马卬的牵连，险些被项羽诛杀，逃走后被好友魏无知推荐给刘邦。

陈平刚刚为刘邦效力时，因为直接被委以都尉的重任，在军中口碑极差。因为陈平相貌姣好，不光是周勃，就连灌婴也难得地诋毁陈平说："这小子虽然长得仪表堂堂，但不过是金玉其外，没什么真本事。听说他与自家嫂子有染，而且先投魏王咎，待不下去后又投奔项羽，没几天又来归附大王。大王对他如此器重，他却私下收受将领们的贿赂。陈平此人反复无常，是乱臣贼子，请大王明察。"

陈平竟是如此过分之人吗？

刘邦心生疑虑，他并未立刻召唤陈平，而是询问推荐了陈平的魏无知。魏无知立刻条理清晰地回答："我举荐的是陈平的才能，陛下所问的是他的品行。就算现在有像尾生那样讲信用，像孝己那样有德行的人，但对战争的成败没有什么帮助，陛下会用他吗？如今楚汉交战正酣，我推荐能出奇谋的人，只会考虑他的才能是不是真的能为国家带来利益。是否与嫂子私通，是否收受了将领们的贿赂，怎么能因为这些事怀疑他的才能呢？"

言之有理。

刘邦整理好思路后召来陈平，故意问他："你在魏王那里没有受到重用，为楚王效力也并不长久，如今跟随于我，讲信用的人可以如此三心二意吗？"

陈平镇定地说："魏王不采用我的建议，因此我去楚国为项王效力。而项王不信任他人，任人唯亲，我听说汉王善于用人，便来归附您。我只身而来，若不接受钱财就没有办事的费用。若大王认为我的计谋不值得采纳，请允许我封好钱财送回官府向您辞行。"

刘邦轻轻敲了敲膝盖，暗道果然应该认真听取他人的意见。一件事有其表里，若不知道背后的缘由，就称不上了解他人。

"抱歉，我怀疑了你。"

刘邦向陈平道歉，尽管知道他收受贿赂，依然丰厚地赏赐了他，而且任命他为护军中尉，监督全体将领。这次，没有人再中伤陈平。

能做的我都做过了。

刘邦遥望着楚军的旗帜，认为自己已经穷途末路。他原本已经决定就算将关东地区交给他人也可以，便派使者去项王身边，提出了求和的条件。

"以荥阳为界，西边归汉，东边归楚。"

"刘邦要与我平分天下吗？"

项羽喜形于色。但是军师范增并未掉以轻心，他看出刘邦的建议近乎哀求，便坚定地进言："汉军现在很容易对付。如果接受了他们的建议，没有夺取汉的领土，将来您一定会后悔的。"鸿门宴时也是如此，但项羽在关键时刻手软了。如果当时杀掉刘邦，如今西方恐怕已经完全落入楚国手中了。如今杀死刘邦的机会又摆在眼前，如果不抓住这次天赐良机，恐怕项羽就不会再有第三次如此好的机会了。

范增的气势让项羽重新考虑了一番。

"亚父，我明白了。就让荥阳城资源耗尽，让刘邦饿死在那里吧。"

项羽扬了扬眉毛，拒绝了汉朝提出的讲和条件，迅速率军包围了荥阳城。

"这样一来，刘邦就无法逃出城外，摆在他面前的只剩两条路，在城内死去，或者投降于我。"

项羽放出豪言壮语，望着荥阳城和范增一起大笑出声。

天气微微转暖。

再过一个月，天气就会热到能烤焦城墙的程度。

刘邦带陈平登上有风吹过的门楼，但并非为了乘凉。站在门楼中一定会看到楚军的包围圈。刘邦自嘲着自己所处的无可奈何的困境："天下纷乱，何时能够平定呢？"

等刘邦或项羽死去，天下就会平定吗？或者会以其他的方式平定吗？刘邦询问陈平。而陈平认为如果活下去的是项羽，天下也无法平定。即使项羽摆出威势彰显自己的强大，依然会有很多人背叛他。因为项羽治理百姓的能力不成熟，让很多人产生了不满，恐怕会连年发生叛乱。因此陈平深信下一个统治天下的人非刘邦莫属。

陈平说："项王的股肱之臣不过亚父范增、钟离眜、龙且、周殷之辈几个人而已。如果大王舍得拿出几万斤黄金实施反间，离间楚国的君臣，就可以让他们互生怀疑之心。项王为人猜忌多疑，他们内部定会互相残杀。汉军可趁机发兵攻打，定能击败楚军。"

《孙子兵法》中也有反间计，战国时代的秦国曾屡次使用。除了潜入敌国和敌军探察内情之外，挑拨对方内部的关系也称作反间。现在就可以让项羽心生怀疑。

"好，就这么办。"

刘邦走下门楼，交给陈平黄金四万斤，听凭他使用而不过问。

陈平让人带着黄金潜入楚军，再将他们手中的黄金交给项羽的宾客们。最后，楚军中传出谣言，说范增和钟离眜等人私通汉军。

项羽从身边近臣口中听到了这个谣言。

"说亚父通敌……哈哈，绝不可能。"

项羽刚开始只是一笑了之，可是几天后，他叫来两三个近臣吩咐他们："你们去荥阳城劝汉王投降，同时探察谣言的真伪。"

荥阳城内的陈平听说项王的使者来了，立刻私下谒见刘邦献上密计。

第二天，刘邦笑容满面地迎接楚国使者，爽朗地说："欢迎欢迎。"不光备下丰盛的酒宴太牢，还奉上鼎俎。使者在如此隆重的款待前目瞪口呆，战战兢兢地说："我们带来了项王的意思。"

于是刘邦一惊，立刻换上了一副表情，冷淡地说："我还以为是亚父的使者，原来竟是楚王的使者！"命人撤下太牢换上了粗劣的饭菜。

刘邦的表现十分明显，这自然是受到了陈平的指点。但使者并没有看透这明显的欺骗行为，回到项王身边后一五一十交代了看到的事情。项羽拍案而起大喊道："亚父竟屡屡向刘邦派遣密使吗？竟然还在我面前摆出一副军师的嘴脸！"

范增不知此事，他认为包围太松散，便面见项王进言："荥阳的资源已经枯竭，士气明显萎靡。大王只要趁此时亲率大军突袭，定能如秋风扫落叶般攻陷荥阳。"

项羽冷冷地看着范增，听过他的劝诫后冷笑一声，微微移开视线说："如果我亲自指挥突袭，大营将无人防守。"

听到项羽理所当然般说出这样的话，范增怒目而视："空出的大营自然由我来坚守。"

"哦？由你？"

"如果您不放心，将钟离昧留下如何？"

"哼，让你和钟离昧坚守大营，我去攻打荥阳城会是怎样的下场？"

"此话怎讲？"

项羽转过头来，脸上出现了愤恨的神色，冷淡地说："你自己心里清楚，退下吧。"仿佛在说我不想再听到你的计策了。

范增退下，心下不解，走了一段之后生气地以杖杵地，自言自语："发生了什么事？"

范增离开故乡居鄛前往薛县追随项梁时已是七十岁高龄，如今又过去了四年时间。这四年间动荡不断，范增最遗憾的事就是没能保住项梁。他当时并非没有想到章邯的反击。攻下了定陶的项梁得意至极，对所有劝他谨慎的建议都充耳不闻，范增的进谏也被他驳回。

那就随便你吧。

当时范增血气方刚，从心底里放弃了项梁，不久后项梁便命丧黄泉。后来，此事始终让范增后悔不已。因此他虽然在鸿门宴时怒斥优柔寡断的项羽是竖子，但最终压下怒火，没有与项羽翻脸。

如果我抛弃项羽，他就会死。

范增为项梁的死而惋惜，因此才坚持辅佐心智不成熟的项羽至今。但今天项羽严峻的表情所为何事？

范增回到营房后立刻叫来两三名心腹，命令他们："项王对我态度可疑，去查查发生了什么事。"

范增听了心腹带回的报告后，啐了一口说："项羽这竖子，真难对付。"

我受不了了。

既然项羽想赶走自己，不如主动抛弃他。为项梁战死而赎的罪已经够多了。

再怎么教导，笨蛋终究是笨蛋。孔子曾说"朽木粪墙"，朽木终究无法雕刻，粪土之墙终究不可砌。

范增感到继续辅佐项羽也是徒然，便马上来到项羽面前说："天下大局已定，剩下的事请您自己定夺吧。愿赐骸骨归卒伍。"

赐骸骨，就是指自己此前将身心都奉献给了项羽，如今想拿回一把老骨头告老还乡。归卒伍，就是回到一介兵卒，做一名平民百姓。

"既然如此，悉听尊便。"

项羽甚至没有说一句慰劳之语。

范增拄着拐杖离开荥阳只身前往东方，在路上气得浑身发抖，背上生毒疮，死在了前往彭城的路上。

项羽失去了智囊而不自知，反而为除去通敌者而心情愉快。

这样一来，就除去了我的心头大患。

时至盛夏，项羽预感到荥阳即将陷落。

项羽彻底摧毁了汉军的甬道后只是加厚包围圈，并未发动真正的攻击。他袖手旁观，盯着城内的情况。

如果他像范增建议的那样在预感到荥阳即将陷落时再进一步发动奇袭的话，刘邦也许就会无路可逃战死沙场。但项羽不擅长攻城。在与齐国田横战斗时最终也没有攻下城池。

此时，他认为刘邦必将如瓮中之鳖那样在城中饥饿而死，因此久守阵地，迟迟按兵不动。

荥阳城内确实陷入了饥荒。不光是士兵，城内人数众多，食物很快被消耗殆尽。

"怎么才能让陛下逃出城外呢？"

忧心忡忡的重臣们聚在一起出谋划策，想找出突破包围圈的最好方法。迫不得已出城迎击是最下策，就算趁着夜色毅然出击，恐怕进攻的将士们也会全军覆没。

荥阳以西是成皋，刘邦只要能逃到成皋就能甩掉追兵。因此必须让刘邦从荥阳西门出城，但项羽也明白此事，因此西门的楚军兵力格外多。

"利用女子如何？"

陈平提出奇谋。城内有两千名女子，只要将她们趁夜送出东门，楚军就会被她们弄出的动静所吸引。西门的楚军听到骚动也会前往东门查看。

卢绾疑惑地说："只凭此计，西边的楚军并不会去东边吧。"

纪信说："不仅如此，如果汉王从东门出城，西边的士兵也会来看吧。"他是衷心钦佩刘邦的将领之一，认为这次的局势确实很危急。

"汉王从东门出城，也就是说……"

陈平怀疑地皱起了眉头。

"我来做陛下的替身，以我的死来换取陛下的性命。如果陛下死了，我们还能活下去吗？"

没有人回答纪信的问题。

当天下午，重臣们齐齐坐在刘邦面前。

"何事？"

听到刘邦的询问，陈平膝行向前，献上了大家共同的提议。刘邦听到众人赴死的决心后表情严肃，心想：情况已经如此危急了吗？

"纪信啊，你要为我而死吗？"

刘邦眼眶湿润了。

纪信低着头说："我出身寒门，承蒙陛下信任，赐我显耀的将军职位。我愿先走一步，在黄泉迎接夺取天下的陛下。每晚一天，死亡就更近一点，请务必在今夜行动。"

刘邦转过头，不想让他人看到自己的泪水。他痛苦地决定："主公无德，才会让臣下赴死，总有一天上天会惩罚我的无德。但是我不会辩解，会思念着纪信并接受上天的惩罚。"

此前，刘邦屡屡陷入困境，但从未使用过替身。他曾经下定决心，如果走投无路，就自杀来挽救城里的人。但如今就算并非本意，他也不得不抛弃城中的人们逃走。

卑鄙的人才会如此行事啊。

刘邦深深咒骂自己。他将衣服、王旗、御车都交给了纪信，又召来周苛、魏豹和韩王信，对他们说：“我一定会回来的。在此之前，虽然辛苦，请为我守住荥阳城。”

周苛抛开感伤的情绪，特意用开朗的声音说：“请不要担心，我就算死也不会将荥阳城交给项羽。”

“交给你们了。”

刘邦甩开忧郁的心情看着周苛，他并不知道这就是两人最后一次见面。在刘邦还是泗水亭长的时候，周苛就在他身上看到了光明的未来。荥阳一别后，刘邦永远失去了周苛。

入夜。

纪信和两千名女子前往东门，刘邦在几十名骑兵的保护下前往西门。两千名女子数量太多，也有说法认为是数量众多的女子和两千名甲士一起走出了东门，不过只派出女子的主意更加新奇。虽然让女子披上战甲也并非不可能，但恐怕还是后人想象力太丰富的结果。

在东门内集合后，门楼上的火炬稍微增加了一些，大门打开了。女子们举起火炬出城，众多火光从城内涌出。楚军士兵立刻注意到异状，大喊“有敌袭”，举起长矛冲进了火光之中。女子们发出悲鸣。

什么？是女人啊。

楚兵总算注意到此事，收起了战斗的架势。就在这时，一辆黄屋车吱吱呀呀地开出东门。之前曾经提到，在五行思想中，方位和颜色密切相关。东为青，南为红，西为白，北为黑，中央为黄。只有天子才能站在中央，所以黄色是天子的颜色。黄屋是指黄缯车盖，车子左侧插着天子的旗帜。

"那难道是……"

楚军忘记了攻击，在他们的注视下，车中传出了声音。

"城里的食物都耗尽了，所以汉王选择投降。"

楚军士兵听到后放下了武器高呼万岁。想到漫长的战争终于即将结束，众人都发出了欢欣鼓舞的声音，高呼万岁的声音此起彼伏。终于，汉王投降的消息传开，在黑暗中把守着西门的楚国士兵也举着火炬，相约赶往东门看热闹。

"就是现在。"

夏侯婴驾着刘邦乘坐的马车出发了。几乎就在同时，数十名骑兵从西门出城，消失在夜色中。不用说，还有其他很多人追在刘邦身后逃出城外。

同一时间，纪信乘坐的黄屋车来到了楚军军门。

项羽站在军门前。

纪信缓缓走下马车。

一看到眼前的人，项羽的声音中充满了愤怒："你不是汉王！汉王现在何处？"

据说项羽一怒如狂风吹过，没有人能在他面前抬起头来。但纪信毅然站立在他面前，讽刺地说："也许已经逃出城外了。"

"烧死他！"

项羽气愤地回到营帐中。

不久，楚军派出骑兵队追击，但并未发现刘邦。夏侯婴巧妙地躲过了追踪。刘邦逃进了成皋，喘了口气之后向西前进。他匆匆走进关中，一到栎阳就对萧何说："我把周苛留在了荥阳，立刻召集士兵去救他。"

就算刘邦没有说出荥阳攻防战的详细情况，但萧何已经明白当时的紧迫形势，立刻着手征兵。刘邦见萧何反应机敏，心中大喜，深感佩服。

平定天下后，刘邦评定众人的功劳。当时群臣异口同声地推举曹参："曹参当为首功。他带着七十多处伤，依然攻城略地。"只有谒者鄂千秋一人冷静地说："萧何当为首功，曹参次之。"

"曹参虽有转战各处攻城略地的功劳，但这只是一时之事。主上与楚军相持五年之久，其间曾数次失去军队只身逃走。而萧何总是会从关中派遣军队补充到前线。就算没有得到主上的诏令，他也会在千钧一发之际及时送来数万名士兵。萧何还会用船从关中送来粮食。主上屡失山东，萧何始终保护着关中等待主上。这才称得上万世之功。即使失去几百个曹参那样的人，汉室也不会有损失。怎能让一时之功凌驾于万世功勋之上呢？"

刘邦立刻表示此话有理，同时赏赐了鄂千秋。

此时刘邦内心焦急。

不只是周苛一人，对刘邦来说无可替代的臣子们正在抵御楚军的攻势。并且，他听说替身纪信被项羽烧死后，心情久久无法平复。

项羽这小子，竟敢烧死纪信！

刘邦此前还对项羽抱着一丝敬意，此时终究丢下了这份敬意，讥讽他残忍的行为。真正的王者应该赞赏为主公赴汤蹈火之人，即使对方是敌军的将领。过去，曾有人嘲笑从关中凯旋的项羽不过是戴上了帽子的猴子，事实确实如此。

等士兵集合后，刘邦立刻准备从栎阳出发。

"等等。"

正在此时，有人发出劝诫。

此人名叫袁生，他的祖先是春秋时代陈国的宰相辕涛涂。他提出刘邦通过函谷关东征是平庸的战略。

"陛下应该南下出武关。这样一来，项羽一定会率军赶往南方。之后我军应该修筑高垒坚守不战，面对楚军不主动出击。把守荥阳和成皋的将兵不用面对项羽和楚军的主力，就可以休养生息。趁着这段时间，韩信等人就可以平定河北，联合燕齐两国，到时再进军荥阳也为时不晚。那时楚军兵力分散，而汉军却得到了休整，一定能战胜楚军。"

"此为上策。"

刘邦立刻采纳了袁生的建议，掉转方向疾行向南，出武关进入了南阳郡。来到南阳郡的中心宛县后，又在此征集了士兵。

项羽果然率领楚军主力南下。刘邦接到战报后命令全军："听好了，修筑坚固的高垒。就算楚军攻击，也不得冲出高垒应战。"彻底由进攻转向防守。

不久后，楚军猛烈地进攻汉军。

比起躲在巨大的城池中，修筑多个营垒来防守也许更不容易受到伤害。

就连善于野战的项羽面对大量小型营垒时也颇费了一番工夫。

"坚持住！坚持住！"

刘邦在营垒间来回巡视，鼓励士兵。只要能在这里拖住项羽，荥阳和成皋就不会陷落。刘邦下定决心要坚持半年，心中想着守护荥阳和成皋的将士们。

但是在一天早上，楚军消失了。

刘邦注意到周围诡异地安静，派出了侦察兵。根据回报，楚军向东方撤退了。

是回荥阳了吗？

从宛县向东就是陈郡，陈郡以东是泗水郡。楚军的目标是哪里呢？

虽然此时汉军完全没有得到消息，其实彭越已经向刘邦伸出了援手。

彭越潜伏在黄河边，见到刘邦的使者后并没有立刻行动，等到项羽来到西边与刘邦激烈交战时，他终于率领部下开始南下。

"汉王陷入了苦战。"

直言不讳地说，彭越并无侠义之心，也没有匡扶正义的救世理想。勉强来说，他虽然玩世不恭，但性格中依然有着些许憎恨强者帮助弱者的部分。

"去挑衅一下楚国吧。"

彭越竟然大胆南下到项羽的大本营泗水郡横冲直撞。平定了黥布的九江郡的项声大惊，率军北上。

两军在东海郡西边的下邳相遇。彭越军的兵力更多，而且彭越在战场上的手腕更高明，轻而易举地大破项声的军队。战败的消息传到了项羽那里。

项羽辱骂彭越："这小子，真是只野鼠！"他决定亲自讨伐彭越，便率军东征。

北上的道路在刘邦面前展开。

风和雨

兵荒马乱让山丘和原野变得荒芜。

一片不毛之地啊。

刘邦心想，他的感觉还没有麻木。

刘邦有条不紊地离开宛县的营垒率军北上。撤往东方的楚军可能会突然杀个回马枪，这次撤退也许是诱使刘邦离开营垒的策略。

到达南阳郡北端后，刘邦命令全军："迅速前往成皋。"就算项羽的主力军追来，从这里也能逃进成皋，但是以现在的兵力无法瓦解包围荥阳的楚军。只能暂时躲进成皋后再次征兵，然后东进营救荥阳。

幸运的是，到达成皋前并没有看到楚军的旗帜。守卫成皋的将士们得知刘邦到来，放下心来发出了欢呼。

刘邦立刻召集诸将征询众人的意见："要如何突破荥阳的包围圈呢？"但诸将都垂头丧气，没有人提出能够振奋人心的答案。其实，尽管刘邦率军进入了成皋，他的兵力也只够防守，没有余力出击。

"只能等此前逃出荥阳的士兵们回来了吗？"

刘邦有些消沉。这样一来，就相当于对留在荥阳的人们见死不救。

啊，周苛会死。

在这几天里，刘邦在城中焦急地各处走动。他找到卢绾，郁郁不乐地说："要是当时把荥阳留给项羽就好了。"

不久，刘邦接到紧急通知，项羽回到了荥阳的包围圈中。

已经回来了吗？

刘邦悲痛地叹息。如果项羽带着楚国的主力军加入了荥阳的包围圈，那么率领成皋的士兵去救荥阳就会越发困难。

刘邦板起面孔对夏侯婴说："如果躲在成皋不去救周苛等人，就太没有男子气概了。"夏侯婴讲义气，应该能理解刘邦的苦恼。但夏侯婴并不同意，他严肃地进谏："如今，您并不只是一个男人，而是万民的王。如果您为了与几名臣下的约定而赴死，万民会高兴吗？主从的关系本身就是一份约定，主公如果死去，就是违背了约定。您要抛弃与万民之间的约定吗？"

刘邦垂下头小声说："如果我不救他们，万民就能得救吗？"

夏侯婴立刻毫不留情地说："这是儒家所谓的仁。您平日里厌恶儒家思想，到了自己身上却要按照儒家思想行事。这不是对您自己的背叛吗？"

刘邦的头垂得更低了，将头埋在了草席之上。

周苛，抱歉。

也许刘邦在暗暗哭泣着道歉吧。

此时，荥阳城里的周苛已经杀掉了魏王魏豹。周苛原本就不喜欢魏豹投机取巧，他与枞公密谋杀掉魏豹，认为"反国之王，难与共守"。反国是指谋反的国家。枞公此前从来没有出现过，称为"公"的人过去应该是县令，但当时并没有枞县。所以枞也许是姓氏。

枞公一定与周苛关系亲近，他与周苛一起留下守荥阳，因此刘邦应该很信任他。也许枞公是在刘邦起兵时以士兵的身份跟随他，或者是其后很早就追随他的人之一。就像夏侯婴被称为滕公，他也因为战功被尊称为枞公，但并无法确定他究竟是谁。

总而言之，周苛和枞公觉得魏豹这种没有义节的人如果认为荥阳必将陷落，一定会私通楚军打开城门。为了避免这种令人不悦的事发生，两人杀了魏豹。

说不定魏豹在被杀时还在嘟囔："我不是天子的外戚吗……"

而周苛和枞公听到此话，恐怕会当成他的胡言乱语而置之不理。不过，魏豹如果活到了汉朝，确实会成为天子的外戚。

历史上到处都有令人费解的奇缘。其实魏豹手中曾握有一件宝贝。

秦灭魏后，魏王的女儿与薄氏私通生下了薄姬。之后天下大乱，魏国王女得知魏国复兴后带着薄姬来投靠魏豹。有一次，王女听说国内有一个叫许负的人会替人看相，便让他为薄姬看相。许负看相的本事是天下第一。他看过薄姬后惊讶地说："你的儿子会成为天子。"

王女大喜，对魏豹说："许负说薄姬的儿子会成为天子。"

是吗？薄姬是一件宝贝。

魏豹觉得只要薄姬在自己手中，他就能成为天子的外戚作威作福。在魏豹眼里，刘邦和项羽都不能成为天子，所以他离开了刘邦。

后来，薄姬沦为奴隶整日织布，被刘邦临幸了一次生下一名男孩儿，他就是后来的文帝。

项羽如疾风般回到泗水郡，击败彭越的军队后返回了荥阳的包围圈中。

"哼，刘邦进入成皋了。"

虽然项羽不擅长攻城，但他发现只要包围城池，城中的人就无法逃脱，可以轻易将其击败。于是他下令攻击："好，首先攻下荥阳。"他知道荥阳的食物和兵力都不足，不需要等到食物耗尽。

在夏季的暑气开始退去的那天，楚军毅然发动了总攻。

周苛、枞公、韩王信等将领能征善战拼死守城，但最终弹尽援绝，被楚军士兵逮捕。

三人被带到了项羽面前。

这些人真是英勇善战。

项羽心想，首先看着周苛采取了怀柔之策："要不要投降于我？我可以封你为上将军，食邑三万户。"

周苛冷笑，盯着项羽大骂："你如果不赶紧投降，终究会成为汉军的俘虏，你不可能是刘邦的对手。"周苛一直很讨厌项羽。

"一派胡言！煮了他！"项羽大怒，向左右下令。

被项羽杀害的周苛有一子名叫周成，后来凭借父亲的功劳被封为高京侯。

枞公和周苛一样，不愿臣服于项羽而被杀。但韩王信与两人不同。

"我愿臣服于大王。"

他臣服于项羽，逃过一劫。可以说，他对刘邦的忠诚不及周苛和枞公二人，但他并非刘邦的臣子，而只是与刘邦结盟，如果他死在这里，韩国可能会就此灭亡。无论如何，韩王信背叛刘邦求项羽饶他一命的事传遍了天下。

刘邦在成皋城内哀号："周苛与枞公已死！"他悲痛欲绝，坐而击案起而拍柱。在悲伤的深处，刘邦也在感叹原来韩王信是如此善变之人。

"陛下！"

夏侯婴的声音将刘邦从阴郁中拉了出来，他严肃的语气让刘邦清醒过来。

"何事？"

听到刘邦的询问，夏侯婴依旧站在原地。

"陛下难道看不到城内外的形势吗？冲破楚军包围逃向西边的荥阳士兵被楚军猛追，逃进了成皋。如今他们的恐惧在城中蔓延，陛下在关中和宛县征集的士兵都瑟瑟发抖，毫无抵抗之力。楚军正在趁势包围成皋，只要项羽一到，恐怕立刻就会发起攻击。到时候就算有第二个纪信也无济于事。陛下如果不希望出现更多的死者，就应该逃走。这样一来，成皋就不会陷入荥阳那样悲惨的境地。请快上兵车吧。"

夏侯婴的话太唐突，刘邦呆立在原处。

"陛下一时的犹豫就会让城里的上千名士兵被杀。"

夏侯婴激动地说，抓住了刘邦的衣袖。

又要逃跑了吗？

刘邦心中涌起一股悲伤，头脑一片混乱，但他决定信任夏侯婴的直觉。刘邦没有披上盔甲，只是拿上剑就跑了起来。刘邦逃走时没有引起别人的注意，他一跳上马车，夏侯婴就催马从北门出了城。

跑了一段时间之后，两人来到黄河岸边。

没有见到楚军的影子。

"真是狼狈。"

刘邦敲着车上的横梁叹息。但停下马车的夏侯婴没有理会他的叹息，只是问他之后该如何是好。

这个问题中包含着别的意思，好不容易来到了黄河岸边，夏侯婴希望刘邦能渡过黄河。虽然刘邦明白夏侯婴的想法，但他认为如果要回栎阳，渡过黄河就绕了远路，所以只是含糊地回答："是啊，要如何是好呢？"萧何为他征集士兵实为不易，要是独自一人回到栎阳着实脸上无光。刘邦盯着黄河看了良久，突然怒上心头，尖声说道："对了，韩信等人正在修武。"

韩信和张耳等人平定赵国的脚步受阻，已经撤退到了河内郡，在修武休养生息。修武虽然不在黄河边上，但距离河边并不算远，只要从那里率军南下渡过黄河，应该可以从背后袭击包围荥阳的楚军。

韩信这小子，看见我陷入苦战竟然隔岸观火。

刘邦明白韩信的企图。

"好，去修武。不过兵车能渡河吗？"

"交给我了。"

夏侯婴走向船夫的房间敲了敲门，希望向他借一条木筏以备不时之需。船夫打开门说："天已经黑了，明早再渡河吧。"说着看了看夏侯婴身后的刘邦。只要看到刘邦的帽子就能看出他的身份，他的帽子既不是动物皮做的，也不是棉布做的，而是一顶竹皮帽。见船夫露出了鄙夷的表情，夏侯婴笑着说："别看他那样，他可是汉王的使者，不得怠慢。"

"欸，是吗？"

船夫虽然怀疑，还是让家人准备了饭菜，让两人搬到了隔壁的弟弟家中。刘邦突然笑了起来："别说是汉王了，我看起来甚至不像一名使者。既然如此，不如做回泗水亭长吧。"说完伸手去拿酒杯。

刘邦只喝了少量的酒，却仿佛喝醉了一样浑身无力，也许是因为身心俱疲吧。他闭上眼睛，眼前浮现出流过泗水亭边碧波荡漾的泗水。他仿佛听见夏侯婴在对岸呼唤他，却无法回答，他发不出声音。夏侯婴不停地呼唤着他，就在感到厌烦的时候，他醒了过来。

"天就要亮了。"

夏侯婴叫醒刘邦。

船夫已经回到家中，向四五个男人下达指示。他看见夏侯婴和刘邦后说："等二位吃完早饭后就出发。"又在夏侯婴耳边轻声说："比起帽子，那位使者的腰带是上等货色。"

早晨的风从西向东吹拂。

载着马匹和车的木筏浮在水面上，另一条船上的刘邦始终沉默不语。拿着船桨的年轻船夫刻意用刘邦能听到的声音说："真希望战争早点儿结束。如果楚军来了，这船说不定就会被烧掉。"刘邦看着水面。汉王逃走后，成皋必将陷落，然后楚军就会来到这里吧。为了阻断河两岸的交通，也许会肆意烧毁手边的所有船只。

不要说城里的士兵了，我连平民都保护不了。

刘邦的悲伤更甚。

上岸后，刘邦叫来去停船的船夫，将腰带上的玉璜递给他说："我一定会将你的话告诉汉王。只要汉取得了胜利，你就去滕公那里领赏吧。"这块玉是半块玉璧的形状。

"欸，这是……"

船夫不敢相信地用手指捏起玉佩仔细看着。

"两块同样的玉可以拼成一块，另一块在汉王手中。只要你到时候拿出这块玉，汉王一定会很开心的。"

刘邦说完便坐上了兵车。夏侯婴在车中竖起了汉王使者的旗帜。

船夫并没有丢掉玉璜。刘邦平定天下后，他拿着玉璜来到夏侯婴身边说："您可能已经忘了我……"他在战火中失去了房屋和船只，希望能来讨些奖赏维持生计。夏侯婴说："我并没有忘记。你将这块玉璜献给陛下就可以了。"于是他让船夫去见刘邦。船夫在刘邦面前吓得不敢抬头，刘邦笑着对他说："好久不见，我在你家吃的早饭和晚饭都很香。"船夫大惊，终于抬起了头，首先映入眼帘的是那顶熟悉的竹皮帽。

"啊，您是那时的使者！"

船夫大惊。

"没错，就是我。我怎么会忘记你的照顾和全力相助呢？我命你担任船夫长，统领沿岸的船只。你回去的时候，马车上会装满银钱。"

刘邦的话让船夫感激不尽。

言归正传。刘邦登上黄河北岸后，让夏侯婴驾车向东北方向前进。

路上，见怀县插着汉旗，两人便在亭中休息。这里的亭长见到刘邦的竹皮帽后也产生了怀疑，但并没有多问。亭子北边有河水流过。在亭长的安排下，两人渡河到了对岸前往修武。

来到修武附近后，两人遇到了一所关卡，有五十多名士兵。

这里的长官是张耳手下的贯高。贯高站在栅门前气势汹汹地大喊：

"站住！"夏侯婴说："贯高大人，是我。我要送汉王的使者去修武大营。"他让贯高打开栅门。刘邦始终背对着前方。他不想让对方看到竹皮帽后认出他，于是微微蹲着身子。贯高认识夏侯婴，立刻放兵车通过。等兵车绝尘而去后，贯高抱着双臂产生了怀疑：夏侯婴是刘邦御用的车夫，他的车会让其他人乘坐吗？

两人没法赶在日落之前到达修武，于是便住进传舍，声称是汉王的使者。传舍就是能让官员们住宿的处所。

"明早鸡鸣时入城。"

刘邦说完便睡下了。第二天醒来时，天空中还能看到星光闪烁。夏侯婴已经起床了，正从马厩中牵出马匹。虽然夏天还没过去，但天色未明时的空气中依然带着寒意。

夏侯婴手脚利落地将马套在车上。刘邦摇着肩膀看着他说："早饭到城里再吃吧。"说完匆匆坐上了兵车。

修武城外驻扎着汉军。举着火炬的哨兵见到兵车，刚开口询问来者何人，刘邦就拿出旗子呵斥道："让开，我是汉王的急使！"

兵车一路狂奔，在天亮前来到城门前。

"等不到鸡鸣了。"

刘邦说着，拿起旗子走下兵车敲打着城门。

"开门！开门！有急使！"

门卫听到刘邦高喊，打开了城门。

"好，门开了，大营在何处？"

夏侯婴驾着兵车和刘邦一起进入城门，询问门卫大营的位置后径直前去。天空突然放亮。两名卫兵站在大营前，刘邦将手中的旗子摆在两人面前，不容分说地催促士兵："开门，告诉韩信和张耳汉王的使者来了。算了，我自己去韩信的寝室，带路！"

刘邦走进昏暗的寝室，立刻找出了印玺和虎符。将军需要有这两件东西才能统率、指挥军队。从刘邦拿到这两样东西的时候开始，统率权和指挥权就转移到了他手里。

竟然还在睡，真悠闲！

刘邦对韩信心生厌恶，悄悄退出房间进入大营。军吏飞奔而来。夏侯婴大喝一声："汉王面前不得无礼！"军吏一惊，低下了头。

"从现在开始，我军将重新部属。告诉诸将，把我下面要说的话都记下来。"

刘邦神色肃穆，严厉地对军吏说。军吏意识到事情的严重性后更加惶恐。

就在刘邦重新下达指令分配诸将时，韩信和张耳连滚带爬地来到了房中。听说刘邦来到军中后，两人依然是半信半疑。

刘邦不是应该在黄河南岸的成皋与项羽作战吗？尚没有听说成皋失陷的消息，就算刘邦在城池失陷前逃了出来，也应该是和卫兵一起行动，不该只带着一名随从来到这里。但出现在两人面前的正是刘邦本人。

"汉王……"

两人扑倒在刘邦面前，无话可说。

"现在才起床啊，一副睡眼惺忪的样子，成何体统。张耳，你是赵王，我命你守护赵国，快去平定赵国。"

张耳听出刘邦心情不佳，心惊胆战。

"命韩信为赵国相国，辅佐张耳平定赵国。之后带着赵国的军队去收服齐国。不要再让我看见你们迷迷糊糊的样子。听清楚了就赶紧出去，穿上盔甲尽快出发。"

听到刘邦怒斥，两人一跃而起，连滚带爬地冲出了大营。

至此，韩信被贬官。

真没趣。

韩信内心的阴影越发浓重。

韩信和张耳率领少量士兵出发后，刘邦接管了韩信手下的大部分士兵，命令全军向南进发。修武以南是小修武，再向南就是黄河。

"汉王要从小修武渡河去敖仓吗？"

军中传出这样的流言。

如今守卫敖仓的人是曹参。刘邦自然会想把良将曹参带在身边。

但刘邦率军停在了小修武以南，并未渡河。

郎中郑忠出言劝阻。

"应该高筑垒深挖堑，切勿渡河与楚军一战。"

战斗有轻重缓急之分。突袭荥阳和成皋的楚军如今势头正猛，汉军处于颓势不得碰硬，聪明的做法是后退一两步，稳住脚步固守。首先要通知汉军，刘邦正在小修武。

"就照你说的做。"

刘邦停下脚步。他的策略在某种程度上来说已经取得成功。守卫成皋的将士们由于刘邦的突然失踪一时乱了阵脚，得知他去了小修武之后纷纷放弃了成皋。有些人和刘邦一样坐船逃到黄河北岸，也有人逃向了西边。

自不用说，楚军拿下成皋后发起追击。不过汉军在成皋西南方的巩县布阵拦截，击退了楚军，阻止了楚军西进。巩县位于洛水河畔，四面环山易守难攻。不过楚军势如破竹，那么在此地巧妙用兵阻挡住楚军的将领究竟是谁呢？

之前曾经说过，曹参在守敖仓，成皋失陷后，楚军攻向敖仓，曹参不得不乘船前往小修武。

那么是张良吗？

张良此时行踪未明。因为他体弱多病，经常会在不同的地方疗养，并不在刘邦的营帐中。

周勃此时在守峣关，不会擅自来到成皋附近。

刘邦的股肱之臣樊哙负责镇守敖仓西边的广武。在曹参撤退时，他也逃向了广武西边。

郦商率领的机动部队并不在主力军附近。

灌婴是骑兵队队长，他的任务与围城无关。

这些主要人物中并没有人在巩县立下大功，也无法找到历史学家遗漏的人物。

总之，刘邦得知楚军被阻挡在巩县后暗暗松了一口气。另外，如果楚军经过洛阳后前往函谷关，刘邦就不能继续在小修武按兵不动。留在成皋的项羽应该已经知道刘邦在黄河以北，但并没有坚决渡过黄河。正如刘邦会为军粮不足而发愁，项羽也很谨慎，决定在兵站完善前不轻易采取行动。

另一方面，《资治通鉴》认为在巩县拦住楚军的正是刘邦本人。也有说法认为身在小修武的刘邦将大营转移到了巩县与洛阳之间。

刘邦感受到晚秋的凉意，召来卢绾和刘贾，命令二人："楚军的前锋在成皋，将辎重一直运到那里路程着实遥远。也许除了陆地，他们还使用了水上运输。总之，我想切断楚军的运输路线。你们两人率军向东渡过白马津进入楚地。彭越就在黄河岸边，你们与他合力拿下济水附近的城池。"

刘邦交给卢绾与刘贾两万步兵和数百名骑兵。这是他第一次让亲信卢绾带兵。之前曾经对刘贾的名字一带而过，据说他的父亲和刘邦的父亲是兄弟，也就是说，他是刘邦的堂兄弟。在两年前他当上将军，平定了司马欣统治的塞国。

卢绾和刘贾离开小修武后，顺着黄河北岸前进，在白马津渡过黄河进入东郡。联系上彭越后，三人组成联合军队南下。联军在燕县以西击败楚军后继续南下，用一个月左右的时间拿下了十余座城池。

从东边采取水上运输很难借助黄河，通过济水运输更容易。只要拿下济水沿岸的几座城池，不只是水上的运输，连陆上的运输都能够阻断，人员和物资都会动弹不得。

"又是彭越这家伙！"

项羽得知济水南北对楚军不利的战况后大怒，决定亲自前往讨伐，于是召见了大司马曹咎。

曹咎被称为海春侯，是项羽手下显贵的大臣之一。

他过去曾是蕲县的狱曹属吏，项羽的季父项梁在栎阳被捕时曾请求曹咎为他出示证明无罪的文书，借此逃脱了罪责。当时栎阳的狱曹是司马欣。项羽从项梁口中得知此事后厚待二人，封司马欣为王，封曹咎为侯。

项羽对曹咎说："请你稳守成皋。无论汉军如何挑衅，务必不得出城迎战，只要阻挡汉军东征即可。只要给我十五天的时间，我一定会杀掉彭越，平定济水南北，与你会合。"说完匆忙离开了成皋，仿佛被晚秋的风催促着一般。

这既是项羽的强项也是他的弱项。与过去一样，项羽没有将镇压彭越的任务交给属将，而是一定要亲自出马。这就是楚军的弱点所在，也是楚国诸将没有成长的证明。虽然不同的将领才能有高低，但不给他们成长的空间就是项羽的问题了。对常胜将军项羽来说，他不明白属将为什么会失败，难以原谅他们的失败。他的不理解和不宽容让诸将产生畏惧，会特意选择稳妥的用兵之计，这样反而带来了失败。项羽并没有看清楚军的实际情况。

项羽离开成皋后向东进发，经过荥阳时并未停留。汉军诸将得知此事后精神一振，心想成败在此一举。

从巩县来到成皋附近的汉军发起了突袭。但曹咎坚持死守，并不出击。这时，汉军心生一计，派人去城墙下怒骂曹咎。几个人排成一排从早到晚不停辱骂曹咎。五六天后，曹咎终究怒上心头，大发雷霆，扬言道："要让汉军知道我不是懦夫！"遂率军出城迎击。司马欣也在军中，于是二将共同冲进敌阵想要消灭汉军。

成皋的楚军完全受到了汉军的引诱。

成皋不远处有一条汜水流过，这条河并不在城西，而是在城东。曹咎大概是听说汉军主力来到了汜水以东，准备进攻荥阳，因此命令麾下士兵渡过汜水。荥阳有钟离昧把守，曹咎一定是打算与钟离昧取得联系后从东西两方夹击汉军，因此才下令出击。曹咎并非怒火中烧后不管不顾地胡乱出击。

汉军放出了诱饵。

汜水东岸的军队正是汉军的诱饵。

曹咎匆忙行军，想突袭这支军队。但汉军的主力其实在汜水西岸。东岸的汉军不过是伏兵而已，西岸的主力在楚军离开成皋开始渡汜水后依然没有发起攻击，而是在一半军队渡过汜水后才一齐发动攻击。

楚军原本想对汉军左右夹击，结果反而落入了汉军的夹击中。

楚军被汜水分隔开，无论是已经渡过了汜水的士兵还是尚未来得及渡河的士兵，都被迫背水而战，因为失去退路而坠入河中。

曹咎和司马欣看着这副凄惨的景象心怀愧疚，说着"自此无颜见项王"，在汜水河畔双双自刎。

汉军士兵欢呼雀跃，继续向东前进攻打荥阳，在荥阳东边包围了钟离眜。

项羽以电光石火般的速度向东进发，打下陈留县和外黄县后来到睢阳。他在睢阳得到了曹咎和司马欣战死的消息后，迅速掉转军队。

正因为平时就畏惧项羽，汉军将士们得知项羽就要回来后，急忙解除了包围，逃到广武山等地形险恶的地方躲起来。

"好，我也去广武山吧。"

因为夺回成皋后战况稍有好转，刘邦率军渡过黄河，将汉军的大营转移到了广武山中。

项羽见此，也来到广武山筑城。

刘邦已经在山上建城，不过广武山有两座山峰，中间的峡谷中有溪水流过，最终汇入黄河。刘邦只是在西峰建好了城池，还没来得及控制东峰，就被项羽抢先一步。项羽所建的城叫作东广武城，为了区分，刘邦所建的广武城在后世被称为西广武城。

据说两座城池的距离不过百余步，在一百四十米左右。

如今已经是十月，新的一年开始了。刘邦并没有更改秦朝的历法，新的一年依然从冬天开始。这也是安抚秦朝旧民的手段之一。

项羽登上东广武城后，收到了不好的消息，不止一条，而是有两条。

第一条坏消息是彭越肆无忌惮的行动。彭越不断穿梭于济水沿岸切断楚国的补给路线。如果曹咎和司马欣没有离开成皋与汉军一战的话，项羽恐怕已经杀死了彭越。既然补给路线被切断，前线的楚军不久后必将面对食物不足的问题。

第二条坏消息是韩信的军队进入了齐国。项羽此时并不知道汉朝的外交情况，其实在韩信从赵国侵入齐国前，郦食其已经来到齐国都城，想要说服齐王田广归顺刘邦。他此前没能成功说服魏豹改变主意，便想找机会挽回自己的名誉，他对刘邦说："如果现在能说服齐国归汉，对汉朝将大有益处。"征得刘邦的同意后，他千里迢迢地来到了齐国。田广和宰相田横对刘邦不反感，二人告诉郦食其齐国同意归顺汉朝，打开了国境处的关卡。

韩信和他的近臣们在赵国听说了此事。阴谋家蒯通煽动韩信的嫉妒之心，对他说："郦食其不过是一介辩士，乘车前往齐国，凭借三寸不烂之舌劝降了齐国七十余城，将军的功劳反而不如他。"

蒯通又口若悬河地说："将军受汉王之命伐齐，汉王虽然又另派密使劝降了齐国，但并没有下诏命令您停止进攻。既然如此，您就不该停止进攻。"

韩信如果没有野心，应该会认为齐国已经投降于汉朝，无须再伐，对蒯通的进言充耳不闻。但韩信拿下赵国的五十余城后依然没能当上赵王，得知齐国已经解除武装后认为此时的齐国唾手可得，便从平原县入侵了齐国。这样一来，汉朝对齐国的态度产生了分歧。韩信为一己私欲做了多余的事，齐国将士们听从齐王的命令，已经放下武器准备不战而归顺于汉朝，韩信的军队却将他们一一杀害，一路杀向齐国都城。

这样一来，难怪田广会震怒，认为汉朝没有守约。他立刻抓住郦食其，把他用沸水煮死。郦食其原本立下了大功，没想到因韩信横插一脚而被齐王处死。

此后，田广在楚国将领龙且的帮助下与韩信交战，却最终兵败被杀。辅佐田广的田横得知田广已死，自称齐王继续与汉军战斗，当手下士兵只剩下一百余人后，渡海逃到了岛上。

田横这样的奇才最终没能为刘邦所用，这也是韩信的过错。当然，韩信争强好胜又对刘邦心怀不满，但不能否认，正是由于他的行动，本该平息的战火又烧了起来。此事如果有历史意义的话还说得过去，但既然没有，就只能说是给刘邦的脸上抹黑，弄巧成拙了。

不只是赵国，连齐国都被汉拿下了吗？

东广武城的项羽神色黯然。他心情焦躁，突然命左右"建高俎"。顾名思义，高俎就是指高高的案板。他在城外建起高俎，朗声说："把汉王的父亲放在上面。"他命下人将在军营里当人质的刘邦的父亲带上来。等老人被绑在案板上之后，项羽拔剑冲着山谷对面的西广武城大喊："刘邦！出来！如果你不投降，我就把你的父亲放在案板上切碎扔进鼎里。"

项羽要杀了我父亲吗？！

刘邦慌忙登上城墙。眼前是一副悲惨的景象。但是他并没有露出悲伤的表情，而是果断地说："我和你共同面向北方接受了怀王之命，相约结为兄弟。因此，我的父亲也就是你的父亲。如果你要煮了父亲，请分我一桮肉羹。"

有一些文字因为不再使用而逐渐消亡，"桮"就是其中一个，如今都写作"杯"。但历史也会在某个时刻复苏，因此原本已经被深埋于土中的文字会重见天日。这就是历史带来的额外收获吧。

"胡说什么！"

项羽大怒，解开刘邦的父亲正要杀，项伯赶忙出言阻止："天下未定，另外，想要平定天下的人不会顾及家人。就算杀了刘邦的父亲，对大王也没有任何好处，反而会增加祸患。"

项羽听了项伯的话，认为有理，便收起剑，命人撤下鼎，砸毁了高高的案板。

威胁刘邦逼他投降的想法化为泡影。

自此，楚军和汉军只得在广武山对峙下去。项羽本想将属将留在这里，亲自出发去消灭彭越等人，但曹咎的失败成为他心中的一道坎，让他始终无法下定决心。

项羽渐渐无法忍受在广武山无所事事的日子，便派出使者对刘邦说："不如由你我两人单独出战，一决雌雄。"想要激发他的男子气概，说了多么孩子气的话。

刘邦笑着对使者说："我希望能够斗智，而不想斗勇。"

项羽将这话当成刘邦的敷衍，于是选出一名壮士，派他出发前往西广武城，命令他："汉军中一定也有勇士，你去与他一战，彻底打垮他。"这名壮士便只身前往敌阵，他冲着山上的城池喊道："我前来挑战汉军中的勇士，胆敢与我一战者，出来！"

汉军中的一名将领听见后警告他："汉王说过不会斗勇。你回去吧，不然只会死在这里。"

但壮士并未停下脚步。

这人真是不听劝。

将领咋舌，叫来了楼烦。楼烦是北方民族的名字，并不是指特定的人，而是对善使弓箭的人的称呼。楼烦身手利落地架好弩后，将领一声令下，弩中射出的箭几乎没有在空中划出弧线，笔直地击中城下的壮士，壮士当场死亡。

"竟然用弓箭射死请战的壮士！"

项羽大怒，再次送来壮士，得知壮士再次被射死后，又派出第三名壮士。他听说第三名壮士也被一箭射死后，穿着盔甲拿着长戟，不听手下人的劝告亲自来到西广武城。

"还不接受教训啊？"

将领从城楼上俯瞰，看不清来人的面容。他们没想到项羽竟然只身来到城外，便漫不经心地吩咐楼烦杀了来人。

楼烦摆好弩准备射箭时，项羽抬起了头。

"无礼之徒！"

项羽的呵斥传到楼烦耳中，楼烦一惊，转头向下看去，正对上项羽凶神恶煞般的眼睛。

此人的眼神和声音如此恐怖，难道是……

楼烦明白此人正是项羽后浑身发抖，面色发青，逃进了城墙里，任凭别人怎么叫也不愿意出来。

"出什么事了？"

将领心生疑惑，无奈之下指着来人大声命令手下的士兵："击退此人！"汉军的士兵竟对付不了区区一个人。刘邦接到报告后笑了笑说："哦？只有楼烦说那位壮士就是项王吗？他不会只身前来邀战的。"他并没有将此事放在心上。

但刘邦后来又改变了主意，心想再难以置信的事也有万分之一的可能，便吩咐身边的人前去调查。后来，前去调查的人回报说那人正是项王，刘邦惊讶不已。

项羽竟如此执着于一对一的决斗。刘邦走到城墙之外，项羽大骂："你不敢接受我的挑战吗？"

刘邦反驳他说："你有十项罪名。"

违背与怀王的约定是第一项，刘邦一一历数了项羽的十项罪名，然后斩钉截铁地说："我率领正义之师与诸侯同心协力诛杀残余贼党，受过刑的罪人就能杀掉你项羽，我何苦要与公单挑作战呢？"

故意蔑称项羽为"公"，表现了刘邦的自尊心。这番话与其说是为了指责项羽，不如说是为了打击跟随项羽的楚军的士气。刘邦希望楚军能好好想一想，跟随犯了十项罪名的极恶之人，怎么可能会走向光明的未来。

项羽心中愤懑，什么话都没说就回去了。第二天，他再次来到城墙外挑衅："刘邦，你只会耍嘴皮子功夫，快出来！如果你不出来，天下人都会知道你是个懦夫！"

此时，项羽心中有一条密计。

项羽又在城外喊叫了吗？

项羽的话毫无理智，只是大声喊着单调而无聊的言语。刘邦走出城外，心想：人应该会随着时间的流逝逐渐变得成熟，但项羽还是当年的那个样子，一点长进都没有。

"你又来挑战吗？我耳朵都要起茧子了。你不停地说，连说的话都蒙上了尘埃，还是回去洗洗再来吧。"

刘邦说着，项羽挥鞭抽打空气，刘邦仿佛看到鞭子浮在空中，一支箭以迅雷不及掩耳之势飞了过来。刘邦想躲开，顿感胸口一痛，他故意做出腿被射中的样子，说着"你这小子，射中了我的脚趾"，拖着一条腿退到了城内。其实箭射中了刘邦的胸口，削下了一块肉。

弩的射程最长有五百九十步（约八百米），但是只有在三分之一的距离内才能真正射伤人。之前曾经说过东西广武城的距离只有百余步，所以项羽埋伏好的弩射出的箭足以杀死刘邦。

刘邦倒在城中，因为剧痛而浑身冒汗。

张良前来看望，鼓励刘邦起身："我知道您很痛苦，但请您一定要起身慰劳军中的士兵，让他们放心。如今楚军的将士们正在欢呼，说汉王已死，不能助长他们的气势。"

头好晕。

但刘邦依然在军中巡视了一圈，让汉军放心，让楚军气馁。

回到城中，刘邦摔倒在床上。由于箭伤疼痛加剧，几天后他悄悄下山来到成皋，城内有医生。也许是因为医生的治疗得当，三天后疼痛就已经消失了。

又是社神救了我吗？

回想过去，刘邦经常陷入险境。

每次逃出险境靠的都不是自己的力量，这一点刘邦是最清楚的。他并不为自己的好运而骄傲，他认为他能活下来靠的并不是运气。

因为神明保佑，我才能活下来。

刘邦对此深信不疑。

能够下床后，刘邦没有回到战场，而是向西经过函谷关回到栎阳，先举办了一场宴会慰劳栎阳父老们。如果没有他们，征兵和军需物资的筹备都无法顺利进行，父老代表的正是民意。席间，刘邦向父老们说明了前线的战况，既没有表示乐观也没有表示悲观，只是让父老知道战斗进行得非常激烈。

接着，刘邦将过去的塞王司马欣的首级挂在市场上示众。他对反复背叛之人深恶痛绝。

刘邦在栎阳只停留了四天，然后回到广武的军营中。之后，关中不断有援军赶到，也许是他慰问父老产生的效果。

"我有几件事要向您汇报。"张良坐在刘邦面前开门见山地说。

"如果好消息和坏消息都有，就先说坏消息吧。"

"坏消息是郦食其被齐王杀了。"

刘邦微微低下头问："他没能说服齐王吗？"

"不，他成功了。齐国一致同意追随汉王，已经派出使者要将此项决议告知陛下。"

"齐王要追随我……我没见到使者来报啊。"

刘邦大惊，抬起头盯着张良。

"齐国本打算举国投效汉，但韩信没有征求陛下的意见就出兵攻打了齐国，齐王因此大怒。"

"那个迷糊的家伙！"

刘邦愤愤不平，怨韩信多管闲事。

不过张良表情未变，接着说："还有后续的报告。"田广用沸水煮死郦食其后离开王宫逃到高密，然后向楚国求救。楚将龙且率二十万大军前去营救。齐楚联军在潍水河畔对抗韩信军。但韩信计高一筹，击溃了齐楚联军。

"龙且战死，田广被俘虏后杀死。这应该算是好消息吧。"

龙且是项羽的左膀右臂，他的死对楚军和项羽都是沉重的打击。

但刘邦面色严峻，唾弃道："这算什么好消息！"韩信杀掉龙且不过是微不足道的功劳。天下人关注的主战场在广武山。广武山之外的将领们都在通过战斗为刘邦和汉军主力建立优势。只有韩信一人肆意妄为，随便出战。如果韩信在赵国按兵不动等待刘邦的命令，如今齐军已经南下与楚军战斗了。这样一来，项羽就不得不从广武山撤军。

"真让我气不打一处来，快说说好消息。"

刘邦表情苦涩地说。

"彭越的破坏行动颇有成效。楚军的补给线路被切断，食物和武器无法运送到项羽的军中。楚军必将撤退。"

"哦？是吗……"

彭越并非刘邦的属将。他和韩信一样随心所欲地战斗，但依然能从他的行动中看到他还讲些信义。

刘邦的表情总算柔和了一些。

但张良似乎还有所挂念，表情并没有放松下来，他提醒刘邦："曹参在韩信手下。"如今平定齐国的并非只有韩信，曹参也在与齐国战斗。张良此时提到曹参，是在暗示刘邦应该在曹参被韩信拉拢之前召他回来。

"嗯……"

刘邦不可能忘了曹参。

曹参把守敖仓时，面对楚军的猛烈进攻，不得不坐小船逃向对岸的小修武。刘邦任命他为右丞相，安排他在韩信麾下。虽然表面上曹参是韩信的手下，其实曹参是受了刘邦的命令去支援韩信，并不需要听从韩信的指示。

"曹参懂得韬光养晦之术，他的手段不输于韩信。让他留在齐国吧，这是我的计策。"

曹参还在沛县做狱曹时，刘邦就认识他。那时曹参不露锋芒，始终依附于体制。他虽然并非完全没有正义感，但总是表现出一副随波逐流的样子。与实实在在的能吏萧何相比，曹参并不显眼，但也许他一直在暗中观察周围的人和事。因此无论韩信在齐国有多大的权势，曹参都会像柳树一样不违逆强风，就算枝叶和树干随风飘扬，但根基依然屹立不动。

"陛下明察。"

张良退下了。

当从黄河吹到广武城的风带上仲春的和暖时，韩信的使者到了。

刘邦打开使者呈上的书信。

"齐国狡诈多变，反复无常，南面与楚国交界，如果不设立一个代理王来镇抚，局势一定会持续动荡。作为权宜之计，望陛下允许我暂时代理齐王。"

刘邦几欲扔掉这封信，他盯着使者怒斥："我在这里艰苦战斗，日夜期盼韩信前来相助，他却只想着自立为王！"

张良和陈平赶紧暗中踩住刘邦的脚，从两边凑近汉王的耳朵，两人说的话几乎相同："目前汉军处境不利，怎么能阻止韩信称王呢？不如趁机封他为王，好好待他，让他镇守齐国，否则可能会发生变乱。"

确实如此。

他对韩信的憎恶不光会让韩信疏远，甚至可能会成为韩信投奔楚国的原因。这不是一个贤明的王者该有的态度。

刘邦故意继续骂道："大丈夫平定了诸侯，就该做真王。怎么能做代理王呢？"以此掩盖住了刚才的怒骂。

接着，刘邦立刻命令张良前往齐国册立韩信为齐王。

子房应该能阻止韩信鲁莽行事。

尽管如此，韩信自立为王依然让刘邦万分不满。如今天下大势就看韩信和齐国的取舍了。

刘邦愤愤不平地问陈平："韩信不会真的去帮助项羽吧？"

"有一半的可能性，"陈平并没有轻易做出预测，"此前韩信攻打毫无防备的齐国，应该是他身边近臣的主意。韩信着实是用兵天才，但他的眼界并不开阔。他只能在规定好的区域内充分发挥用兵才能，因此必须依靠擅权谋术之人的意见。也就是说，韩信此人既无信念也无主见。因此他才会在遥远的齐国对陛下的艰苦处境隔岸观火，没有出手救援，为了满足一己私欲做出请封齐王这种厚颜无耻的举动。"

"原来如此。"

刘邦突然感受到了危机。如果他没有同意封韩信为齐王，韩信此时一定已经派使者前去要求项羽承认自己齐王的身份了。到时齐国就会成为楚国的盟友。

项羽和韩信联手是汉最不想看到的事。

事后想来，正是因为刘邦忍住怒气册立韩信为齐王，才没有导致最糟糕的事情发生。历史上经常会出现这样的情况，要想得到巨大的回报，首先要做出巨大的牺牲。

实际上，刘邦预感到的危机已经在齐国发生了。

项羽失去了他信任并且重用的龙且，担心战况会进一步恶化，便派使者找到平定了大半个齐国的韩信。这名使者是盱眙出身的武涉。

他见到韩信后，想让韩信明白刘邦是多么不值得信任的王。他提出了三分天下的计策："如今您与汉王结盟，为汉王打天下，但最终会被汉王擒获。如今您之所以能当上齐王，正是因为有项王在。楚汉二王相争，成败就掌握在您手中。您投汉则汉王胜，投楚则项王胜。如果今天项王灭亡，汉王下一个要除掉的就是您。您与项王有旧交，何不叛汉投楚？您只要与楚国结盟，就可以三分天下成为真正的王。"

但韩信念及汉王对自己有恩，拒绝了武涉献上的建议。蒯通得知武涉离去后频频咋舌。他立刻面见韩信，告诉他三分天下的计策才是让韩信能够威震天下的上策。

"如今应当三分天下，鼎足而立。当然，您不能率先行动，不能助汉伐楚，而应该首先迫使燕赵二国屈服，然后拿下不属于楚汉两国的土地。如果不接受上天的赐予，就会反过来受到惩罚，时机到了却不行动，反过来就会遭到祸殃啊。"

如果韩信接受了蒯通的计策，也许中国历史上的三国时代就会提前出现。

但韩信早就看清了项羽的气量，他明确表示不会叛汉："坐了别人的车，就要分担他的祸患；穿了别人的衣服，就要分担他的忧愁；吃了别人的饭，就要替他的事业卖命。我怎能为了私利而背信弃义呢？"

蒯通又咋了咋舌，坚持想打消韩信天真的想法。他不肯罢休，接着说："您听说过刎颈之交吗？"

张耳和陈余还是无名之辈时关系非常亲密，可谓刎颈之交，但后来两人之间生出嫌隙。韩信与刘邦虽说关系亲近，但还比不上以往的张耳和陈余。就连那两人之间的关系都会随时间的流逝和地点的变化而变质，从亲密无间变得相互憎恶，韩信的未来也可想而知。

"常言道，兔死狗烹。功高盖主声震天下之人非但不会得到赏赐，反而会陷入危险之中。如今您正可谓声震天下，立下了不世之功，如今您依附于楚，楚人不会信任您，归顺于汉，汉人只会惧怕。既然如此，您应该选择哪一方呢？"

蒯通想告诉韩信的是，他已经无处可依附了，因此应该独立为王。劝韩信伐齐，成就了他如今地位的，正是蒯通。只差一步，他就可以将韩信推上天下盟主的位置。韩信、刘邦、项羽三分天下的局面并非无稽之谈。但是韩信在关键时刻犹豫不决。蒯通在意见被驳回后并没有放弃，进而选择第三次进言。

"能察纳雅言是事情成功的开始，制订计划是事情成功的关键。不听取意见，不在适当的时机制订计划，是不可能长久保持安泰的。"

蒯通在说服韩信这件事上倾注了全部的热情。他是赵国范阳人，看准张耳和陈余拥戴武臣进入赵国的时机毛遂自荐。但是赵国几经易主，让人目不暇接，他的谋略失去了用武之地。因此当韩信和张耳共同平定赵国后，他看出韩信才是日行千里的好马，便选择追随他。之后，正如他所预测的那样，韩信成为齐王。但蒯通为韩信规划的远大前程现在才刚刚开始，可韩信却停下了脚步，不愿意继续前进。

他不知道汉王是如何看待自己的吗？

蒯通担心韩信深信平定齐国是大功一件，刘邦会为此而高兴，便拼命强调："即使理智上知道该怎么办，但却不付诸行动，这就是一切事情失败的祸根。做事自然是失败容易成功难，时机难以获得，却容易错失。时机错过就不会再来，您请务必三思啊。"

但韩信依然没有点头。

韩信在兵法上屡屡突发奇想，但在洞察自己的命运方面甚至不如普通人。韩信因为自己的天真而将刘邦也当成天真之人，而蒯通明白不光是刘邦，所有夺取天下的人都心狠手辣，于是他预料韩信必将失败，便装疯卖傻离开韩信，成为一名巫祝。

后来，韩信受刘邦冷遇意图谋反，趁刘邦率军平定别国时闯入宫中，意图刺杀皇后吕雉和皇太子刘盈时，反而被吕雉的部下诱杀。他在死前曾感叹："我后悔没有用蒯通的计谋，落得被妇人小儿暗算的下场，这都是天意吧。"

此事发生后，蒯通也被捕。刘邦要将他处以烹刑时，他的口才非但没有退步，反而越发能说会道，让刘邦赞叹不已而免除了刑罚，实为妙人。

言归正传。作为刘邦的使者前往齐国的张良回到了广武山。

刘邦立刻询问张良的想法："以你的智慧，应该已经看穿了韩信的阴谋吧？"

"阴谋啊……"

与平时不同，张良的话含义不明。

"我的问题很难回答吗？"

"并非如此。总之，韩信因为当上了真正的齐王而满心欢喜。他在故乡淮阴时品行不端，从来没有为了自己而做过什么，更别说是为了别人。他能活下来全靠求别人施舍食物。也许能让别人不断施舍也是一种才能，但没什么值得尊敬的。当上齐王的韩信和曾经品行不端的少年韩信有什么不同呢？现在的他在为自己而努力，这点也许和从前不同，但他并不是为陛下而努力，讨要齐王之位也不过是为了自己。他并没有什么阴谋。"

"啊，我明白了。"

刘邦心中有一份理想，知道自己作为男人想成为什么样的人。就算不可能实现，他也没有失去追求这份理想的热情。正是因为怀有热情，人才能清楚地感受到世上有着靠独自一人之力难以改变的现实。一次又一次地受到挫折，在希望和绝望之间游走。时间长了，人就会产生自己的思想。

但是韩信完全没有这样的经历。硬要说的话，他始终心怀梦想，在当上齐王后，他的梦想已经实现，因此他并不明白现实为何物，如今是他第一次面对现实。

"韩信可以计算数量，却不会算计人心。他对项羽的全部印象就是此人对他冷淡，这件事深深地印在了他的心里，让他不可能欣然与项羽结盟。他只会记住在他需要时给了他食物的人。"

张良彻底看透了韩信。

韩信不会追随项羽。

既然张良这样说了，刘邦就不再怀疑，但这个春天依然充满愁绪。

广武山的整座山都是要塞，因此几乎没有植物，无法从山上细微变化的色彩看出季节的变换。

刘邦流露出些许懈怠之意，他对张良和陈平说："就连黄河都已经看腻了。"战况完全呈现胶着状态，两军都悄无声息，仿佛忘记了进攻和防守。

陈平判断："今年夏天似乎会格外炎热。只要度过酷暑，战况一定会发生变化，项王的耐心也是有限的。"

过去，汉军主力驻扎在荥阳，修甬道作为补给路线。因为那段甬道被项羽破坏，荥阳陷入了孤立的境地，刘邦被逼入绝境。但广武山就在黄河边上，再加上有成皋在背后支援，因此不会被楚军切断输送军需物资的路线。而且关中送来了大量士兵，因此连接广武山和成皋的道路防守格外严密，楚军无法攻破。

炽烈的阳光仿佛要将地面烤焦，不过汉军的阵地和城池始终食物充足，但楚军又如何呢？

张良认为："因为彭越的军队一直在捣乱，说不定项王已经悄悄下山去讨伐彭越了。"

刘邦摩挲着手腕说："如果项羽不在，我们就可以攻城。"

陈平和张良都认为："东西两座山峰都一样，山体就是巨大的要塞。如果进攻一定会伤亡惨重，而且恐怕无法攻陷。"

刘邦自嘲地说："也就是说，我整个夏天都要看着黄河度过了吗？"实际情况确实如此，这个夏天在历史上留下了一段空白。

夏天就要过去时，张良对刘邦说："韩信的军队似乎开始南下了。"

"太慢了。这小子之前都在干什么？"

刘邦生气地冲着空中挥了挥拳头。

就在张良谨慎地调查韩信军南下究竟是谣言还是事实时，时间已经来到初秋。

张良向刘邦报告："臣已经证实，韩信到了能够威胁到楚军的地方。"

"他明明可以直接攻击楚军，却在国境附近徘徊，也许是在观察形势。"

张良建议刘邦利用黥布："就算是这样，对楚军来说他的军队也是个威胁。楚军如果派兵前往齐楚两国的边境，镇守中原的兵力就会减少，就算是项羽也难以消灭彭越了。不如再给项羽一击。"这员猛将逃到刘邦身边后，几乎还没有派上过用场。

"要如何使用黥布呢？"

张良说："他曾被项羽封为九江王。既然已经离开了楚国，自然不能继续当他的九江王。应该将九江改名为淮南，封黥布为淮南王。"

此前，刘邦封张耳为赵王，封韩信为齐王。有了这两国，对汉来说是相当大的帮助，可以从三个方向进攻地域辽阔的楚国。但是如果不能封住南面，就无法包围整个楚国。应该封黥布为淮南王，让他去攻打自己曾被楚军夺走的土地，截断楚国通往南方的道路。

"黥布也是只会考虑自己利益的人，如果封他为淮南王，他就会有所行动。"

刘邦理解了张良宏大的战略部署，立刻召来黥布对他说："我封你为淮南王，你准备回国吧。"

因为事出突然，黥布一时哑然，随后大喜过望，立刻召集属下吩咐众人："形势依然对汉有利，要让淮南各县也明白此事。你们偷偷潜入淮南，说服县令，拉拢他们归顺汉。"然后他开始做回国的准备。

当月，北方异族和燕国的骑兵南下谒见刘邦，成为汉的援军，汉军越来越强大。项羽看着敌军的情况，又回头审视自身的军队，暗自感叹自己已经无能为力。

垓下之战

发生在广武山上的战斗很神奇。

并没有激烈的战斗，汉军和楚军都只是在等待对方筋疲力尽。

刘邦认为楚军已经显现出疲态，于是就招来儒士陆贾，命令他去接回自己的父亲："楚军的粮食即将耗尽，可我父亲还在楚军之中。想到如今楚军的情况，哪怕只是一个人的食物也必须节省，我接回父亲和他的随从，减轻楚军的负担也合情合理。"

郦食其被齐王杀死后，陆贾负责汉军的外交。陆贾本是楚国人，刘邦认为项羽不会断然拒绝他，因此才派出了能言善辩的陆贾。

但是陆贾两手空空地回来了。

刘邦粗暴地破口大骂："你这个迂腐的儒士！我总算明白了，儒家思想毫无用处。"

与纵横家郦食其相比，陆贾是更纯粹的儒士。刘邦当上皇帝后，他献上过各种各样的进言，每每进言一定会引用《诗经》或《尚书》中的内容。刘邦不厌其烦，驳斥他说："天下是我骑在马上打下来的，哪里用得着《诗经》和《尚书》这些东西！"

但陆贾并没有畏缩，反而昂首直言："陛下确实是骑在马上打下了天下，但难道您可以在马上治理天下吗？商汤周武都是以武力征服天下，然后放下武器以文治守成，文治武功并用，才是使国家长治久安的最好方法。如果秦朝以武力统一天下后能够施行仁义之道，效法先贤，陛下如今又怎么能取得天下呢？"

此言有理。

就连厌恶儒家思想的刘邦也被陆贾的直言不讳刺痛，因此命令陆贾："你去总结一下秦朝失去天下而我们得到天下的原因为何，以及古代各朝成功和失败的原因所在。"

陆贾欣然受命，立刻着手论述，写出了十二篇著述。每写完一篇就上奏皇帝，刘邦定会称赞，左右群臣也齐声高呼万岁，这部书被命名为《新语》。当时，"语"并不是话语的意思，而是指故事。

言归正传，陆贾的学识比郦食其丰富，他没能说服项羽并非因为口才不好，而是因为经验和胆识不够。劝诫他人所需要的智慧和胆识与在战场上伺机进退是一样的。

刘邦问张良："这该如何是好？"

不用说，刘邦身边就有能说服项羽的人才，这就是张良和陈平。但是他不能将这两人派去项羽身边，因为两人都有可能会被项羽杀害。

"恐怕陆贾想从道义上说服项王吧，但过去的纵横家都会用利益说服别人。"

优秀的纵横家会潜入敌人的阵地和城池，不动声色地观察敌军将领的脸色，先提出与对方相反的论点，也就是说在对方发愁时流露出恭喜之意，在对方愉快时献上悼词，提出论据的方法变化多端。并且纵横家要让敌方将领看到他们能得到什么样的好处，这样一来，敌方将领就无法看穿纵横家的策略，因此才能给他们自己的军队带来更大的好处。

"我军中有这样的奇才吗？"

刘邦身边的儒士不多，除了陆贾还有叔孙通，但是刘邦看不惯他松松款款的儒士服装，让他换上了楚国人的短衣。叔孙通并没有在外交上受到重用。

张良说："侯公如何？"

侯公是罕见的尊称。

过去秦始皇的方士中有一名被称为侯生或侯公的人。他害怕自己无法满足秦始皇离谱的要求，为逃避惩罚而躲了起来。他与汉军中的侯公会不会是同一个人？因为刘邦明确说过侯公是辩士，而并没有说他是方士。

侯公坐在刘邦面前谨慎地问："过去，陛下曾与项王议和，提出荥阳以西归汉，东边归楚的条件。现在，陛下的想法依然没有变化吗？"

"嗯，你说这个啊……"

刘邦本想命令侯公带回自己的父亲，却被提醒此前曾经与楚国有过议和。他确实曾经迫不得已地提出议和，却被项羽拒绝。但如今形势对汉朝有利，如果现在提出议和就无异于让步。

侯公见刘邦犹豫，便拼命劝说："父亲在陛下心中有多重要呢？如果父亲在您心中非常重要，不要说广武城了，就算将成皋拱手相让也要换回他。"

刘邦被侯公一番话打动，明确表示："你的意思我清楚了。只要能换回我父亲和妻子，我会尽量让步。就算项羽要我后退到洛阳，我也会接受他的要求。议和一事就交给你了。"

侯公叩拜后退下，迅速下山登上了即将断粮的东广武城，谒见愁容满面的项羽。

"你是来议和的吗？"

项羽已经走投无路，没想到刘邦会提出议和。项羽原本以为就算楚国前去议和也一定会被拒绝，而他如果接受刘邦放下身段提出的议和就能保住自己的面子。

"如果议和成功，就是给汉王面子，既然如此，也不是不能考虑。"

项羽刻意摆出傲慢的态度，其实心中已经倾向于接受议和了。

侯公作为使者在楚汉间来回传递着消息，当他再次谒见项羽时，项羽对他说："我同意二分天下，东为楚，西为汉。"

侯公缓缓施了一礼，冷静地说："可喜可贺。年轻人将不再苦于战争，老弱将不再疲于奔波。那么，必须决定楚汉之界。过去汉王曾提出以荥阳为界，自古以来两国均以山河为界，从未以都邑为界。因此，我建议以鸿沟为界，项王意下如何？"

项羽怒上心头。

鸿沟也可以写作鸿渠，是一条人造的水路，即古代的运河。鸿沟将黄河水从广武山引出，分两路流向南方和东方，南方支流为后来的官渡，东方支流为后来的汴河。侯公所说的鸿沟应是指后者。

鸿沟位于荥阳以东，也就是说，楚国要将手中的荥阳城交给汉。

项羽提出了不同意见："鸿沟西边有汜水，不如以汜水为界。"

侯公说："遵命。一月后，我会再来面见大王。"说完就要退下。

项羽急道："等等，为何要等到一个月后？"

楚军的食物已经无法再支撑一个月了。

侯公带着若无其事的表情暗中威胁项羽："汉王就要返回栎阳。如果以鸿沟为界，在下就能顺利与大王议和后离开广武山。如果以汜水为界，微臣必须随汉王一同前往栎阳，商议后再回到广武，来回需要一个月的时间。"

项羽苦恼不已，最终妥协，同意以鸿沟为界。

众所周知，此次议和成为结束楚汉战争的契机。侯公立下了大功，因此刘邦封侯公为平国君，盛赞他是天下辩士，凭一张嘴就能消灭敌国。刘邦盛赞侯公的原因不止于此。在达成议和的同时，侯公还带回了刘邦的父亲和妻子。

当一行人终于摆脱俘虏的身份出现在汉军军门前时，军中将士都高呼万岁。

刘邦来到军门前，见父亲走下马车，立刻快步迎上前说："请将手搭在我肩上。"

父亲听后毫不犹豫地将手搭在了刘邦肩上，环视左右斥责道："你做事还是那么不周到，怎么不见中阳里的人？你如果体恤我，就该把邻里都接到这里来。堂堂汉王连这点小事都做不到吗？"

"惭愧之至。"

刘邦随口应着，其实心里明白父亲心情很好。

接着，他牵起妻子吕雉的手。

"你嫁给我之后在狱中受过鞭挞，又被楚军捉走，险些与父亲一起遭受车裂之刑。受尽千辛万苦后，你依然平静得像只是去了趟邻居家一样。也许你父亲吕公不止一次想过你要是一名男子该多好吧。"

吕雉听刘邦提到吕公，表情出现了动摇。

"父亲已经去世了。"

"是吗……"

最早预言到刘邦会飞黄腾达的人正是吕公，他自己却在预言即将实现的时候撒手人寰。也许是吕公的命数让他无法看到孩子的荣华富贵，但刘邦依然悔恨没能让老人家留下美好的回忆。

"今后，要请你统领后宫了。"

"呵呵，我听说你有很多爱妾。"

汉王已经不再只是刘邦个人，而是天下的汉王。过去只会伸向吕雉的手，今后不得不指挥群臣，也会拥抱后宫的嫔妃。

"如果我是男儿身该多好。"

吕雉说着，露出寂寞的表情，带着审食其等人离开了。

刘邦打算把父亲和妻子送去栎阳，于是对周围的人说："我也回一趟栎阳吧。"

张良和陈平听到后赶紧来到刘邦身边，在他耳边窃窃私语："微臣冒昧……"示意刘邦两人有不得公之于众的话要说。

回到房间中，刘邦屏退了众人，只留下张良和陈平。

张良和陈平立刻膝行向前，两人的进言几乎相同。

"如今汉取得了大半个天下，诸侯都臣服于汉朝，而楚粮尽兵乏，天要亡楚。陛下应该抓住时机伐楚，统一天下。如果此时放过楚，必养虎为患。"

项羽相信刘邦会信守盟约，已经踏上归途。张良和陈平提议从背后袭击项羽。

张良和陈平要做恶人。

刘邦在心中暗笑，如果接受了两人的进言，自己就会成为更大的恶人。他必须认真考虑如果在此时撕毁与项羽的盟约，天下人将如何看待自己。刘邦一旦背信弃义，就会遭到万人指责，汉朝有可能彻底失去人心。但是项羽既不是刘邦的主君也不是朋友，两人不过是敌人而已，和敌人之间的约定总会决裂。等楚国恢复体力无异于养虎为患。在被老虎吃掉前指责老虎背信弃义，只会沦为笑柄。

刘邦不断敲打着膝盖，最后起身坚定地说："好，追击楚军。老虎不除，战争无法结束，伤亡会继续增加。"

不久后，促成楚汉合议的侯公消失了。这与刘邦撕毁和项羽的盟约不无关系。恐怕侯公相信通过楚汉休战，中华大地至少能得到片刻安宁，但他见汉军立刻追击楚军，一定心生愤慨，觉得这让自己劝说项王的行为从一开始就变成了欺骗，便暗自指责刘邦并选择离去，通过此事向天下彰显自己与项羽谈判时的诚心。

从另一个角度来看，这是汉朝的自我净化。

儒臣陆贾也说："就连周武王也遭到过伯夷、叔齐的指责。而且陛下与周武王不同，始终对父亲尽孝，也没有对主君拔剑相向，可谓问心无愧。"

不过刘邦曾经下定决心要誓死保守男人间的约定，而这次无论找什么借口，都无法改变他打破约定的事实。违反约定的人会遭到报应，尽管不知道报应会落在自己身上还是后世子孙身上，但是为了群臣和百姓，刘邦会在正确的道路上一走到底，绝无后悔与愧疚，不在乎后世史学家批评他狡诈恶劣。

男子汉坚守道义的生存态度固然高洁，但那只是狭义上的高洁，成为天下之主时所需要的高洁品质与单枪匹马闯天下时完全不同。只要有一个人认可刘邦的侠义之心超过信陵君，并因此平定了天下，刘邦就会感到满足。

楚军沿鸿沟南下，汉军追在楚军身后来到陈郡北端的杨夏。

要从广武回到彭城，沿睢水向东前进会更快，但彭越的军队在济水和睢水之间，项羽担心被彭越军阻拦，因此并没有选择这条道路，而是刻意南下。

"刘邦欺我，竟然仍在追赶！"

项羽让军队在杨夏以南的固陵停下脚步，摆好阵势等待迎击汉军追兵。刘邦防备着楚军转身反击，命令汉军停下脚步，同时派急使通知韩信和彭越，告诉两人楚军的位置，要求他们共同攻击楚军。

虽然楚军战斗力下降，不过刘邦认为汉军单独与楚军一战依然太危险，在新年到来时，他坚信韩信和彭越半个月后就会赶到。

顺带一提，这年是汉王五年，公元前二〇二年，十月为岁首。

十天过去了，刘邦没有接到任何报告。

"在这里看不到楚军的情况。"

刘邦等得不耐烦，心急火燎地向杨夏以南前进。

"不可操之过急。"

张良担心南下危险，但刘邦说："如果给了楚军喘息之机，这次追击就会失去意义。"他继续率汉军逼近楚军。楚军似乎撤向了固陵以南。

"楚军还在逃吗？"

刘邦说着，催促军队赶到固陵。

依然没有消息。

刘邦心情烦躁："韩信和彭越在干什么？"

就在这时，传来了"楚军攻击"的声音。原本不断南下的楚军转向北方突袭汉军。

糟了。

刘邦立刻想到汉军防守薄弱，他虽然已经想到楚军会发起反击，但没有想到对方会选择固陵。项羽见汉军在杨夏防守严密，便特意将汉军引到了固陵。

楚军如疾风扫落叶般迅速突击，给了汉军一记重拳。

项羽明白自己的军队已经没有余力，固陵一战是孤注一掷。项羽的眼神可以震慑住百名敌人，一剑可以斩下十人的首级，他最先攻入汉军的前锋部队，前锋部队转眼之间分崩离析，第二阵也一路溃败。

我要在这里除掉刘邦！

项羽勇往直前，仿佛将生死置之度外。阻挡住他破竹之势的是樊哙和周勃的军队。周勃原本在镇守峣关，后来刘邦命他扰乱楚军后方，攻陷济水附近的城池。随后，他被召回镇守敖仓，在刘邦开始追击楚军后加入了刘邦的军队。如今，汉军中最强的骑兵队由灌婴率领，他在韩信麾下平定齐国后率韩信的机动部队不断南下，一次又一次地击败楚军，最终拿下了彭城。灌婴如今不在固陵，不过周勃同样擅骑射，率领骑兵拉弓射箭挫了楚军的锐气。

樊哙的攻击如烈火之势，阻挡住楚军的前锋。

但张良见周勃和樊哙的队伍开始后退，明白汉军已经支撑不住，吩咐近侍将陛下护送到营垒中，自己也跟着撤退。刘邦进入了小小的土城中，深深佩服张良的先见之明，惊讶地说："什么时候竟建好了这样一座营垒！"

当天的战斗以汉军大败告终。不过汉军并没有后退太多，已经开始准备第二天的战斗。建筑兵不眠不休地建造营垒，到了早上，已经建起一座小型的城墙。项羽见此情景，口中嘲笑道："刘邦是鼹鼠吗？"但心中隐隐失望。他错过了杀死刘邦最好的时机。虽然不想承认，但楚军已经无法拿出昨天那样的气势了。尽管如此，他依然放出豪言壮语："土城里的将士不过是一群泥人，将他们统统赶到鸿沟里去！"他鼓励麾下士兵向汉军发起攻击。

楚军连日猛攻也耗费了自己的力气。

汉军主要使用弓箭迎敌，并不离开泥土搭建的营垒。楚军在箭雨中损失惨重。

项羽闷闷不乐地下令停止进攻。大部分楚军听到他的命令后都坐倒在地，因为饥饿而失去了力气。

项羽得到的都是坏消息。其中一条难以置信的消息让项羽心情沉重。

"彭城失陷，守将项它降汉。"

项氏将领在战败后没有自裁，而选择了投降，成何体统！

——我已经没有能回去的地方了。

不，就算失去以彭城为中心的淮水北岸，项羽手中还有淮水以南和长江以南，也就是过去的九江郡和会稽郡。

固陵以南是陈县，从陈县沿颍水向东南方向前进可以到达淮水。渡过宽阔的淮水后就到了九江都城寿春附近。从那里继续向东南方走就是乌江渡口，横渡浩渺的长江后就可以到达项羽举兵的会稽郡。

要在九江和会稽东山再起吗？

项羽抬头仰望冬日的天空，天上乌云密布。

"就算是这样……"项羽咬紧嘴唇。

项羽如今依然不敢相信自己竟输给了刘邦。如果是他独自应战，一定会取得胜利。哪怕是在固陵，哪怕是率领着早晚都填不饱肚子的楚军，项羽都有把握大胜汉军。不断压迫百战百胜的项羽的究竟是什么呢？

汉军营垒内一片寂静，因此项羽让楚军休息，趁机寻找退路。

但营垒中的刘邦并非无所事事，他问张良："我召集韩信、彭越等诸侯，但没有一个人率军前来。这是为何？"

道理不言而喻，但坐上至尊之位的人难免看不清形势。

张良耐心地解释："韩信和彭越都没有固定的封地，自然不会前来相助。只要您与他们约定共分天下，他们立刻就会赶来。如果不做约定，将来的情况就难以预料。将陈县以东到海的地盘分给韩信，睢阳以北直到谷城的地盘分给彭越，让他二人共同抗楚，则可轻易攻破楚军。"

人人都会为自己而战，但不会为他人而战。只有清楚地认识到与汉军共同作战对自己有好处，韩信和彭越才会与刘邦合作攻楚。

"好，我明白了。"

刘邦迅速下定决心派出使者。

几乎与此同时，刘邦采取了另一项措施。

因为黥布的属下已经进入九江拿下数座县城，因此刘邦将一项任务交给了早前从东方归来的刘贾。

"你协助淮南王（黥布）率军讨伐九江诸县，同时劝服九江大司马周殷归汉。周殷心中也该清楚，如今楚军即将灭亡。"

不久后，刘贾的军队瞒着楚军出发，迂回南下。第二个月，刘贾成功说服周殷叛楚。至此，九江全部归汉，项羽失去了进入寿春斜穿过九江的机会。

而此时项羽选择不断南下，只是选择南下就要背对敌人，就连项羽也格外警惕。

"苦县前方有汉军。"

固陵以东就是苦县，不断靠近苦县的是灌婴的军队。

果然只能向南了。

项羽在天亮前命令全军赶往陈县。

天亮后，汉军得知楚军撤退的消息后紧追不舍。樊哙放出豪言壮语："楚军在此前的战斗中已经耗尽了力气，十分脆弱，不足为惧！"说完，他率领自己的军队超过了前锋部队。

樊哙在陈县附近追上了楚军。楚军被樊哙的队伍咬住，不得不停下脚步。

"加强防守。"

项羽命令楚军转身死守。正如樊哙所说，楚军已经无力作战，只能不断逃走。

与楚军正好相反，汉军兵力得到了增强。

刘邦慰劳到达苦县的灌婴，让他前往陈县加入攻击楚军的队伍。另外，率机动部队征伐魏国的郦商也回到刘邦身边。当刘邦还在广武山时，与樊哙不相上下的猛将靳歙率军转战东方不断追赶楚军将领，此时他也率军回到刘邦身边，赶往陈县。他来到陈县加入攻击楚军的队伍后，分兵南下平定了南郡。刘邦认为项羽一定会向淮水以南逃跑，便与张良、陈平商议后拿下了南郡，不让项羽在此处休养生息。

先封锁通往九江郡的道路，再堵住前往南郡的道路。虽然衡山郡位于九江郡和南郡之间，但大别山矗立在衡山郡之中，此处荒无人烟没有藏身之处，而且统治衡山郡的正是黥布的岳父吴芮，项羽绝不会逃往此处。

综上所述，在陈县一战中，项羽已经无法退回淮水以南。

刘邦问张良："项羽要将陈县作为终焉之地吗？"

"陈胜曾在陈县设王府，大败于秦军后逃往汝阴，在下城父被杀。虽然无从知晓项羽会不会退守汝阴，但我想他会经过下城父附近。"

张良认为项羽不会南下，而是会向东前进。

"为何？"

"很快，项羽就会知道南下无济于事。只剩下东海郡和九江郡的边境可以通往会稽郡。如果要去那里，就必须经过下城父附近，然后继续向东经过陈胜吴广起兵的大泽乡。不过项羽恐怕撑不到淮水了。"

张良认为项羽不可思议地走上了与陈胜相似的结局。

陈胜建立了楚王朝，项羽同样建立了楚王朝，除此之外，秦嘉也建立了更小规模的楚国，这些王朝都一一倾颓。

天要亡楚。

就算如此，刘邦出身寒门，不过是丰邑的农民之子，为何能走到即将平定天下的地位？有人终其一生积善行德也无法上达天听，但好酒好色的刘邦却化身成龙一步登天。

汉军包围了楚军，但包围圈兵力不多。楚军虽一时无法行动，但最终突破了汉军东侧的包围圈。

刘邦听说楚军迅速向东前进后笑着对张良说："项羽果然逃往东方了。"他告诉诸将无须紧张，韩信和彭越很快就会采取行动。项羽的出路会逐渐变得狭窄，不用急着追赶也绝不会跟丢。

从陈郡进入泗水郡时已是十一月。只要楚军停下脚步，汉军就按兵不动，双方并未再次交战。

刘邦暗暗期待会不会有楚军的属将砍下项羽的首级投降汉军，但此事并未发生。

楚军如同一只忍受着病痛的野兽缓缓向东前进，不时会停下休养生息。

汉军大营传来捷报。

刘贾率军进攻九江，已经成功说服了周殷。九江郡已经开始北上支援汉军。

"想必楚军也已经得到消息了。"

张良冷冷地说。他拥戴的韩王成被项羽所杀，他心中的怨恨恐怕比刘邦想象的还要深重。与外表不同，张良是执念深重的人。

另一条捷报传来，韩信军和彭越军这次终于南下。

"我这是为打虎而引狼入室。"

刘邦嘴上这样说着，表情却很开朗。

泗水郡是项羽地盘的核心地带，灌婴已经攻下了泗水郡北部的沛、留、萧、相等县。不过南部各县依然能够成为楚军的盾牌，于是汉军攻下下城父县后向东前进，试图劝降铚、蕲等县。

楚军在城中得到了极其少量的补给，继续跌跌撞撞地向东推进。

刘邦觉得自己是猎人，正在追赶一头受伤的老虎。

攻陷一座座县城用了将近一个月之久。

时至十二月。

汉军还没有失去楚军的行踪。

刘邦感到汉军无法轻易拿下楚国的城池，便问张良："各县县令为了项羽拼死战斗，但项羽并没有与他们共同迎敌，这是为何？"

"事到如今，各县县令依然忠于楚国，这自然令人敬佩，但项王恐怕心存怀疑，担心他们已经私下串通敌人。带着疑虑，项王自然不能背对城池布阵迎敌，因此他才不愿意在县城附近停留，也不与县令共同迎敌，只相信自己的将士，独来独往。"

"疑人者弱吗……"

在战场上，刘邦不会摆出猜疑的姿态，而是大胆任用诸将。可是在当上皇帝后，刘邦渐渐为自己的猜疑心所苦。

汉军攻陷蕲县后继续东进，不久后接到消息。

"楚军停在了垓下。"

垓下并不在淮水之畔，距离淮水还有百里的距离。

张良点点头，断言道："项王打算从垓下径直南下，到达淮水对岸的钟离后前往东城。但是这条路线已经被堵死，因此楚军被困在了垓下。"

刘邦到此时才确信自己事先做好的准备全都有了结果。如今，大军正从东南西北各个方向逼近项羽的军队。如果是以往的项羽，一定会在被包围之前找到突破口，轻松地打出一条出路。毕竟他曾经以三万兵力碾压了五十六万敌军。但是如今楚军精锐尽失，军队如同送葬队伍般死气沉沉。

"楚军在建营垒。"

前往侦察的士兵又带来了新的消息。在阵地四周修建营垒说明项羽决定留在此处迎敌。

"真可谓画地为牢。"

张良的比喻十分精准。

"也许是楚军这只老虎改变了心意。我方也要筑起更大的牢笼，不要放跑敌人。"

刘邦命令众将帅完成包围圈。包围圈中有刘邦的汉军、韩信的齐军、彭越的魏军，还有周殷和黥布的军队，将楚军重重围住。另外，在荥阳投降项羽的韩王信逃走后投奔刘邦，他的韩军人数虽少，不过也加入了包围圈中。

此时，与项羽结盟的只剩下临江国，临江国的都城在江陵。如前所述，靳歙的军队挡住了陈县通往临江国的道路，不过如果项羽早下决断，楚军也许尚能击败靳歙的军队逃进临江国东山再起。但临江国过去属于南郡，与项羽并无渊源，因此他一开始并没有打算逃往此处。

垓下的包围圈已经完成。

回顾过去，项羽总是攻击的一方，几乎没有陷入过被包围的困境中。此次在陈郡也许是楚军第一次陷入包围圈。项羽不擅长防守反击的战法，因此并不重视外交。他正因为相信武力可以解决一切问题，结果落到了在垓下孤立无援的境地。

刘邦命韩信率领前锋部队，将军陈贺和孔藂在左右呼应。

孔藂与陈贺同为砀县出身，因为性格诚实耿直，当上执盾在刘邦身旁护卫，后来升任左司马。陈贺同样担任过左司马一职，两人的升迁速度相近，几乎在同时成为都尉，都被派往韩信手下。

韩信、陈贺和孔藂身后是汉军大营。在大营后负责支援的是周勃和陈武。陈武又被称为柴武或柴将军。

项羽从广武撤退后失去了不少士兵，不过此时手下依然有十万名士兵，汉军的兵力有三十万，其中并不包括彭越的军队和周殷、黥布的军队。

项羽得知汉军包围圈的兵力后面无惧色，只是点头表示明白。也许项羽此人生来就没有恐惧之心，恐惧是智慧的重要来源，项羽从不会感到恐惧，因此智谋不足，兵法缺少巧妙之处，预测局势的能力也平平无奇。他的性格中始终有着未尝败果的幼稚，而始终没能认识到此事也是他的悲哀。

刘邦完成包围后命令韩信出击。其实如果汉军继续包围，楚军就会自然力竭而亡，但刘邦并不打算慢条斯理地等待胜利，因此发起了攻击。

项羽得知韩信开始进攻楚军的营垒后一挑眉，说道："就是齐王韩信杀了龙且吗？"于是他亲率数万大军迎敌。刘邦的大营距离前线不远。如果项羽能够冲进大营杀死刘邦，战场上的形势将在瞬间逆转。

楚兵强劲，与韩信的士兵交锋后立刻呈现出压倒之势。

"竟如此之强！"

韩信军的士兵绝不软弱，但在楚军的攻势下毫无还手之力，只能不断后退。陈贺与孔藂冷静地在旁观察。

楚军爆发力强，但不能持久。

两人在韩信侧翼支援，并不慌张，等到楚军出现疲态后不约而同地发起进攻。这两人在刘邦起兵时不过是军中的普通士兵，如今已经成长为老练的将领。从他们身上就可以看出刘邦善于培养人才，就算没有亲自动手也可以让身边的人得到成长。

楚军不断压迫着韩信的军队，两人的军队从左右分别给了楚军猛烈一击。

楚军停下了脚步。

"马上就到汉军大营了，不要停下！"

项羽骑在马上不断鼓励士兵前进，但这支前锋队伍受到汉军的左右夹击不断被消耗，最终被消灭。项羽催马上前，在第二阵遭遇陈贺。

"骑在龙马上的就是项王！"

陈贺大喊一声，立刻召来弓箭手，指着项羽与众不同的盔甲，命令弓箭手向他放箭。不一会儿，弩中射出的箭径直飞向项羽，仿佛穿透了盔甲。

"射中了吗？"

听到陈贺的欢呼，弓箭手垂下了脑袋。他比陈贺看得更清楚，飞出的箭仿佛畏惧项羽的威势，在他面前无力地掉在了地上。弓箭手还是第一次见到这种神奇的场面。

"没有射中。"

"不，应该射中了才对。"

陈贺再次在人群中寻找项羽的身影，却没有看到。

并非只有陈贺与孔蕘看出楚军的进攻势头开始减缓，就连不断后退的韩信也注意到楚军气势萎靡，命令军队回身反击。

从这时开始，战场的形势开始逆转，楚军开始后退，大量楚军士兵在撤退时身亡。

楚军损失惨重，退回了营垒。

就连项羽也明白自己的军队已经无力再战，只得选择放弃。

雨水凄凉地打在大地上。

项羽失魂落魄地度过了整整两天。

在这两天里，他什么都看不到，神情恍惚，仿佛分不清现实和梦境。

突然，项羽感到一片安宁。

是楚地的歌谣。

他睁开眼睛，天已经黑了。魂魄仿佛随着歌声回到了身体中，项羽起身下床。睡在他身旁的爱妾虞姬被他的动作惊醒，也直起了身子。

虞是古老的姓氏，是古代圣王帝舜的姓氏。虞姬的官名是美人，因此又被后人称为虞美人。

虞姬没有留在城内的闺房之中，而是始终陪伴在项羽身边出入战场。项羽是西楚霸王，统治着九郡的广阔土地，虽然他将都城设在了彭城，但楚军大营就是他的居所，他走到哪里居所就在哪里，因此大营中总有官人和官女服侍。

虞姬虽说是官女，但身份相当于王妃。

虞姬见项羽举止异样，急忙起身询问："大王有何事？"

"我听到了楚国的歌谣，是我军的士兵夜里无法入睡，唱起了故乡的歌谣吧。"

虞姬侧耳倾听："啊，我听到了，是从远处传来的。"说着起身来到窗边。

"从远处传来的吗……"

项羽嘟囔着一跃而起，离开营房。他仿佛感觉不到空气中的寒意，仰望着满天星斗。伫立良久后，项羽长叹一声，对身后的虞姬说："歌声是从敌人的阵地中传来的。"

虞姬低下头，从背后抱住了项羽，她从项羽的背影中感受到他的悲伤。

后来，人们用"四面楚歌"形容这番光景，用来表现项羽得知淮水以南的各国也已经归顺汉朝后的惊讶和失望之情。

但是只要稍稍动下脑筋，就能明白四面楚歌是个天大的谎言。

楚军有十万兵力，营垒宽广，南方悲伤的士兵不可能从四面包围住整个楚军营垒。而且项羽不会到现在还不知道九江的周殷已经背叛。再加上夜间军阵中禁止出声，更别说唱歌了。

军阵中传出楚国歌谣的事实属稀罕，因此项羽一定认为这歌声并非人声，而是天地间传来的歌声吧。

上天是在召唤我回到最初举兵之地吗？

"虞姬啊。"

虞姬从项羽的声音中感受到前所未有的温柔，深知诀别的时刻已经到来。

不久，项羽拉开营帐大门，命人送来美酒，此时虞姬已泪眼蒙眬。项羽搂着她的肩膀说："就算饿着肚子，依然有这么多士兵愿意追随我。只要兵粮充足，就算有百万汉军我也能让他们一败涂地。"说完，项羽独自喝着闷酒。过了一会儿，他掷出酒杯起身反复吟唱：

　　力拔山兮气盖世
　　时不利兮骓不逝
　　骓不逝兮可奈何
　　虞兮虞兮奈若何

骓即项羽的爱马乌骓马，通体黝黑。

虞姬心有所感，立刻以歌和之：

汉兵已略地

四方楚歌声

大王意气尽

贱妾何聊生

项羽听后潸然泪下。随侍在侧的人从没见过项羽流泪，纷纷被这异乎寻常的景象感动，泣不成声，无法抬头直视二人。

出人意料的景象还没有结束。

虞姬挥刀自刎。

"啊！"

众人倒吸一口冷气。项羽瞥了众人一眼："虞姬已死，她是在催我逃走。你们快随我来。"说完换上战甲飞身上马。部下壮士八百多人骑马跟在后面，趁夜突破重围，向南冲出，飞驰而逃。

天快亮时，刘邦接到报告。

"项羽要丢下军队独自逃跑吗？"

刘邦也曾有过丢下军队逃跑的经历，此时却露出了惊讶的表情。因为项羽向来十分骄傲矜持。刘邦曾想象过他会在什么样的情况下结束生命，只是万万没想到项羽会丢下深爱的军队独自逃走。

刘邦立刻命灌婴追赶。灌婴麾下的骑兵队个个都是精锐，五千骑兵如电光石火一般出发追赶项羽。

见张良走进来，刘邦苦涩地说："项羽逃走了，他是要逃往吴县吗？"

"此时形势与陛下避难时不同。首先，项羽要到达吴县必须渡过淮水和长江两条大河，此事难于登天。另外，项王的大本营在彭城，吴县和会稽郡对他有多忠诚呢？项王举兵时曾杀死了吴县郡守，项王如果逃到吴县，恐怕会被心存怨恨的百姓杀死吧。"

项羽如今已经无路可逃，他杀人无数，没有人愿意庇护他。在张良眼里，项羽已经死在了垓下的军营中，逃走的不过是他的躯壳。

"与楚国之间的战斗已经结束了。陛下如果担心南方不稳，可派十万军队前往镇压。垓下的将士不会立刻降服，不过他们只要听说项王的死讯，就会一齐放下武器。"

张良表示继续进攻楚军杀死士兵对汉军毫无益处，反而会播下怨恨的种子，因此刘邦只须在这里不慌不忙地等待。

刘邦抬头望天，温和地笑着说："但愿南方能在春天到来前平定。"时间已是晚冬，云朵的形状瞬息万变。

同一片天空下，项羽率八百多名骑兵径直南下。他此时并不知道灌婴正在追赶，距离他只有半日的路程，不过项羽明白刘邦不会让自己轻易逃掉，因此始终没有放慢速度。不过虽然他的马是千里良驹，但并非所有骑兵的马都是良驹，不断有骑兵掉队。

来到淮水旁时，项羽身后的人只剩下一半，对岸就是钟离县。准备船只的过程并不顺利，项羽在河边等待的时候，得知汉军骑兵即将赶上。

无计可施了。

项羽决定不顾三百名骑兵独自渡江。他到达对岸时，身后只剩下不到一百名骑兵。灌婴准备船只比项羽顺利得多，因为九江郡已经归顺汉，钟离县的县令自然会帮助灌婴。五千名汉军骑兵全部渡过了淮水。

项羽向西南逃往阴陵。他在阴陵附近迷了路，只得询问路边的农夫东城要怎么走。农夫抬头看到项羽，露出惊讶的表情后说:"向左走。"项羽扬鞭策马,再次振作起精神。因为有人替自己指路,项羽感到还没有陷入绝境,还有东山再起的机会。

但没过多久,项羽再次失望,眼前没有路,只有一片大沼泽。沼泽上笼罩着冰冷的白雾,枯黄的草木如亡灵般伫立在两边。

项羽暗骂:"那个农夫骗我!"心情瞬间沉入谷底。他明白了附近百姓对他的厌恶,同时终于意识到自己曾经杀死了太多士兵。项羽从来没有埋葬过为了自己战死的士兵,也从未将他们的尸骨送回故乡。他们的尸体被土壤掩埋,被鸟兽啄食,经历着风吹雨打。

项羽冲着草木大喊:"请宽恕我!"他掉转马头寻找前进的道路,却因迷失方向又浪费了不少时间。他终于来到东城附近,想要回头告诉身后的人时,惊讶地发现追随他的只剩下二十八骑。项羽知道在身后追赶的汉军骑兵数以千计,他对身后的骑兵说:"我带兵起义至今,亲自打了七十多仗,未尝败绩,因而能够称霸,据有天下。可是如今终于被困在这里,这是天要亡我,绝不是战争的过错。我明白今天必将战死沙场,我愿意让诸位打一场痛痛快快的仗,让诸位冲破重围,斩杀汉将,砍倒军旗,让诸位知道的确是上天要灭亡我,绝不是战争的过错。"

项羽将骑兵分成四队,面朝四个方向。追上来的汉军将他们重重包围住。

可是,项羽对身后骑兵所说的话很难理解。他既然说出天要亡我,说明他承认了自己的罪过。但是为什么说这"不是战斗的过错"?是因为战争不可避免,而且他始终未尝败绩,所以不该将一切归咎于战争吗?他在手下兵微将寡时仍旧未尝败绩,但依然即将走向灭亡。也许他这番话不光是说给跟随他的骑兵听,也是说给自己，为了让自己能接受现实才控诉上天擅自决定人的命运。

项羽年轻时曾跟着季父项梁学习剑术，但他认为剑只能打倒眼前的一个敌人，而他想要学习能击败万名敌人的方法，因为看不起个人的武艺而没能学到剑术的精髓。但如今，在东城附近汉军的围困中，项羽却想向追随他的骑兵们展示个人的勇气和武技，这种矛盾显示出他人格中不成熟的部分。

项羽看着远处的敌将，背对着追随他的骑兵大喊一声："看我为各位取敌将首级！"然后只身冲了出去。汉军的士兵如同疾风中的草木般纷纷倒下，回过神来后发现他们的将领已经身首异处。

尽管如此，汉军骑兵将领杨喜依然勇猛地在项羽身后追赶。

项羽停下马，瞪大双眼一声呵斥，杨喜如遭雷劈，连人带马后退了好几里。

项羽和其他各队骑兵会合，分为三路，在身后追赶的汉军也将部队分为三路。项羽又取走一名汉军都尉性命，汉军死伤多人。

楚军的三路士兵会合时仅损失两人。项羽骄傲地问骑兵："如何？"骑兵们纷纷敬服："正如大王所言。"

从东城向东南就到了乌江边。

乌江亭长停船靠岸等待项羽，他跪倒在项羽面前劝他尽快渡江："江东虽然小，但土地纵横各有一千里，民众有几十万，也足够称王。请大王快快渡江。现在只有我这儿有船，汉军即便到了，也没法渡过去。"

但项羽骑在马上笑了笑，并没有接受他的建议。

"天要亡我，我还渡乌江干什么！我带领八千江东子弟渡江西征，如今没有一个人回来，纵使江东父老兄弟怜我让我做王，我又有什么脸面去见他们？纵使他们不说什么，我项籍难道心中没有愧吗？"

说完，项羽翻身下马，轻轻抚摸着爱马的脖子说："我骑着这匹马征战了五年，所向无敌，曾经日行千里，我不忍心杀掉它，就把它送给您吧。"说完命骑兵下马跟在他身后，手持短兵器与汉军追兵交战。

项羽手中只有一柄长剑。

这柄剑曾取过数百名汉军的性命，项羽身上也留下几十处伤痕。

项羽转头看见了汉军骑司马吕马童，说："你不是我的老相识吗？"两人虽是旧识，但吕马童在关中好時加入了刘邦的军队。如前所述，好時是章邯建立的雍国的副都，曾由章邯的弟弟章平镇守，与汉军对抗。当地人吕马童与西楚霸王项羽的关系无人知晓。

吕马童听到项羽的话后，转头对骑兵将领王翳说："这就是项王。"

项羽以剑柱地，缓缓走到吕马童身边。他已经耗尽了力气，满身伤痕，就要失去意识，依然提着一口气用沙哑的声音说："我听说汉王用黄金千斤、封邑万户悬赏我这颗脑袋，我就把这份好处送你吧！"

吕马童和王翳面面相觑，随后再次望向项羽。只见项羽反手握剑，将剑柄立于地面，自刎而亡。

见此情景，王翳抢先一步取下项羽首级，其余将士冲向项羽争夺他的手足。最后，王翳、吕马童、杨喜、杨武、吕胜分别得到项羽的首级和手足，五人均被封侯。

跟随项羽的楚兵见项王已死，纷纷倒在地上，仿佛体力耗尽。

至此，项羽和追随他的骑兵在乌江不远处战死。而事实当真如此吗？司马迁写下《史记》后多年，班固在《汉书》中写道："婴以御史大夫受诏将车骑别追项籍至东城，破之。"并没有出现乌江。项羽真的是在东城附近被灌婴麾下五人共斩，没能逃到乌江边吗？项羽如果并未在东城身死，而是来到了乌江边，则一定是为了回到江东以待东山再起，不会拒绝为他准备船只的乌江亭长的好意。也许项羽从东城到乌江边那段超人般英勇的表现都是司马迁虚构，或是取自于传说。司马迁将这段传说写得犹如真正发生过的历史一般，想必是为了悼念逝去的项羽和楚军士兵吧。

灌婴杀死项羽后渡过长江，率军进入江东平定了诸县。他攻下的县城多达五十二座。

刘邦见到项羽的首级后轻轻敲了两三次膝盖，然后召集诸将，命他们将项王的死讯传达给营中的楚军将士。刘邦禁止虐待投降的楚国将士，饶过所有项氏家族的人。在鸿门宴上暗中帮助刘邦的项伯被封为射阳侯，赐刘姓。

不久后，刘邦率军北上凯旋，来到薛县时接到了前线传来的战报。

"鲁县不肯降服，如何处置？"

刘邦开心地说："鲁人忠诚。"怀王生前，曾在项梁遭章邯突袭战死后，召集楚国诸将齐聚彭城，封项羽为鲁公。鲁国百姓不忘此事，依然想要为项羽而战。

"不得进攻。将项羽的首级给鲁县父老看，劝他们投降。"

刘邦采取怀柔之策后，鲁县开城投降。

军队继续向北，刘邦感慨万千地对张良说："那就是谷城山了。"他认为正是谷城山神将张良赐予自己，便派使者带着奠菜祭拜了山脚下的黄石。然后刘邦按照鲁公封号的礼仪，将项羽安葬在谷城，发丧大哭一场后离去。

军队掉转方向从东阿南下，回师定陶。知道刘邦和项羽曾并肩前行的人们都怀念地说："这是两人曾经走过的道路，陛下是在悼念项王之死。"来到定陶后，刘邦立刻命夏侯婴驱马驰入齐军的军营，口气轻快地对韩信说："我来取回大印和虎符。"他看都不看目瞪口呆的韩信，径自将大印和虎符收入怀中。这是刘邦发起的小小突袭，也许是属于他的幽默吧。至此，韩信失去了兵权。但齐王韩信并没有失去一切，不久就被封为楚王。

刘邦在定陶停留了一段时间。

正月，刘邦会见诸侯及各位将领，众人讨论的问题只有一个，尊请汉王称帝。没有人提出异议，所有人联名上疏。刘邦立刻驳回众人的请求："我听说贤能的人才能拥有皇帝的尊号，空言虚语不是我所要的，我可承担不了皇帝的尊号。"但众臣三次上疏。刘邦推辞不过，终于松口："既然你们认为这样确实合适，那我就做出有利于国事的决定吧。"刘邦决定登基。

定陶附近有汜水流过，二月甲午日，刘邦在汉水北面登临帝位。

既然已经决定定都洛阳，刘邦为何要在定陶停留良久呢？是为了在此追忆项梁的遗志吗？这次凯旋充满了刘邦的回忆和感伤。

最终，刘邦接受了刘敬（旧姓娄）的建议，将汉朝首都从洛阳迁到关中长安。

当上皇帝的刘邦再次回到故乡沛县已是七年之后，当时距离他驾崩只有六个月。

他置办了一场盛大的酒宴，把沛县的老朋友和父老子弟都召集起来。刘邦在沛县挑选了一百二十个孩子亲自教他们唱歌。酒宴正酣时，刘邦亲自击筑唱起了自己作的歌。

> 大风起兮云飞扬
> 威加海内兮归故乡
> 安得猛士兮守四方

刘邦让孩子们跟着学唱，自己翩翩起舞，心中感伤，流下一行热泪。

只有平定天下的人才能写出这首诗歌，若是单论诗的好坏，恐怕项羽更胜一筹。

原版后记：连载结束

我不喜欢行为不合情理的人，更别说让他们成为小说的中心人物了。

在我眼中，刘邦正是一个不合情理的人。与他相比，项羽的生活方式始终如一，更容易博得我的好感。我带着这份感情在《每日新闻》上连载了《香乱记》。在楚汉战争中始终坚持不屈的田横给后世的人们，特别是逆境中的人们带来了勇气。我欣赏田横的生活态度，因此一直对刘邦心存批评的念头。随着时间的流逝，我重新查阅了楚汉战争中英雄们的故事。在这个过程中，我对刘邦的看法发生了转变。

说句题外话。发生在楚汉战争很久之后的三国时期，司马懿手握魏国大权，曾经欺骗了谋反的王陵。当时，王陵怒斥司马懿欺骗了他。但司马懿平静地回答："我也许背叛了你，但并没有背叛国家。"这是诡辩吗？对这句话的不同理解改变了我的历史观。

我意识到我之前认为刘邦的行为不合情理，是因为太拘泥于个人的情义，便起了写写刘邦这个人的念头。但如果只是重复一遍司马迁《史记》中的内容未免太无聊，这个想法打消了我写作的意欲。让读者看到毫无悬念的小说是最不礼貌的行为，首先必须让内容出乎自己的意料。我开始烦恼该如何是好。

在决定动笔的一个月前，我在迷茫中翻看起班固的《汉书》。我以前一直认为班固的文章平淡无奇，不如司马迁的文章精彩，但始终都很重视《汉书》的内容，特别是关于楚汉战争的部分。我当时确实不知该如何是好，便看起了《汉书》，希望从中找到哪怕是一丁点的新颖内容。我看到了"高惠高后文功臣表"。其实《史记》中也有"高祖功臣侯者年表"，但我并没有在意，而是被《汉书》中的功臣表吸引了目光。

曹参、靳歙、夏侯婴、王吸、傅宽、召欧……我看着一个个人名，曹参和夏侯婴已经很熟悉，但靳歙、王吸等功臣在哪里立下了什么功劳，我几乎一无所知。我对此万分惊讶，终于意识到原来我完全不了解楚汉战争，可竟然毫无自知之明地打算在一个月后动手创作关于楚汉战争的小说，真是乱来。我必须承认当时我因为私事缠身，没有大段的时间仔细查阅史料，终于静下心来动笔时，已经比预定的时间晚了很多天。

尽管刘邦没有超乎常人的武威和德行，但他依然击败项羽夺取了天下。实现这件不可思议的事情依靠的并非个人的力量，而是集体的力量。或者说其中有君臣共同成长，相辅相成的作用。我没有信心，不知道是否写出了其中的魅力。

最后，我必须感谢为每一个章节绘制插画的原田维夫先生。这些绘画作品每一幅都是精品，在先生的作品中也属佳作。另外，我还要感谢学艺部的小玉祥子，从前些年的《香玉记》开始，她每天都来取稿件，经常鼓励我。这篇连载小说将会送到出版局（现·每日新闻出版）的小川和久先生手中成书出版。再次感谢小川先生。

二〇一五年三月吉日

宫城谷昌光

马上扫二维码，关注 **"熊猫君"**

和千万读者一起成长吧！

图书在版编目（CIP）数据

刘邦 /（日）宫城谷昌光著；佟凡译 . -- 上海：
上海文艺出版社，2020.7
（读客外国小说文库）
ISBN 978-7-5321-7709-7

Ⅰ.①刘… Ⅱ.①宫… ②佟… Ⅲ.①长篇历史小说
—日本—现代 Ⅳ.① I313.45

中国版本图书馆 CIP 数据核字 (2020) 第 095092 号

责任编辑：毛静彦
特邀编辑：季易达　　王　品
封面设计：陈艳丽
封面插画：杨青凯

刘邦

[日] 宫城谷昌光　著

佟　凡　译

上海文艺出版社出版、发行
地址：上海绍兴路7号
电子信箱：cslcm@publicl.sta.net.cn
网址：www.slcm.com

新华书店经销　三河市龙大印装有限公司印刷
开本 890毫米×1270毫米　1/32　19.5印张　字数 437千字
2020年7月第1版　2020年7月第1次印刷
ISBN 978-7-5321-7709-7/I.6125
定价：79.90元（全2册）

如有印刷、装订质量问题，
请致电010-87681002（免费更换，邮寄到付）